돈보라

돈보라

임상근 장편소설

도서출판 신정

작가의 말

첫 소설집을 펴내며...

일 년 반이라는 시간 동안 원고지 한 뭉치를 머리맡에 두고 얼마나 신열을 앓았던가?! 어떤 날은 빈 원고지만 물끄러미 바라보다 밤을 새웠고, 또 어떤 날은 단 몇 줄을 쓰다 말고 덮어두고 몇 날 며칠을 뒹굴기도 했다. 까만 밤을 하얗게 써내려가기도 하며 한해 겨울의 긴긴 밤을 지새웠다. 막상 한 권의 책으로 엮고자 하니 서재의 빈 의자가 눈에 훅하고 들어온다. 한낱 우리네 일상의 흔한 이야기에 지나지 않을 수도 있다는 불안감이 엄습해 온다. 밀려오는 두려움에 접을까? 하고 생각도 많이 했다. 그러나 이 소설에 쏟아 부은 열정이 아까워 단 한 사람이라도 끝까지 읽어 준다면 하는 기도의 마음으로 용기 내어 출간을 결심했다.

"소설의 배경인 1980년대 어려운 시대를 돌아보며, 오늘을 살아가는 또 다른 이정표가 되어주길 조심스럽게 기대합니다."

"앞으로 노력하는 사람으로 기억되길 기도하며 떨리는 가슴을 다잡아봅니다."

목차

| 작가의 말 | 첫 소설집을 펴내며... / 5

제1장
눈보라는 몰아치고

누렁이의 눈물 ··· 10
장미들의 수다 ··· 69
하룻밤에 만리장성을 쌓다 ····················· 127

제2장
그 시간에 멈춰버린 시계

가슴 아린 휴가의 계절 ························· 150
그 시간에 멈추어 선 시계 ····················· 204

제3장
주인 잃은 군사우편

일 년의 군대생활 ·· 236
주인 잃은 여러 통의 군사우편 ······························ 263
어쩔 수 없는 외로운 슬픔 ···································· 291
오월의 축제 ·· 331

제4장
민들레 홀씨 되어

해변길에 불어오는 바람 ······································ 356
위장병 수발 ·· 389
이름 없는 두 통의 편지 ·· 406
모진 인생 민들레 홀씨 되어 ································· 449

| 발행인의 말 | 서평 박선해 / 475

제1장
눈보라는 몰아치고

누렁이의 눈물

차가운 바람이 유별나게 불던 어느 겨울날 친구 주용이로부터 하늘이 무너지는 듯한 소식을 들었다. 대학생활 일 년을 마무리할 때쯤이다. 김영재가 해인사로 입산했다는 소식이다. 이 소식을 전해 듣는 순간 눈앞이 캄캄하여 정신을 차릴 수 없고 머리를 큰 망치로 팅! 하고 한대 얻어맞은 듯 그대로 멍했다.

영재는 고교시절부터 형제처럼 친하게 지낸 친구였다. 고교시절에 영재하고 둘이서 자전거 타고 법흥다리 건너 등하교하던 일, 대원사 포교당에서 불교학생회 활동하던 일, 그동안 지나온 모든 일들이 한 순간 눈앞을 스쳐 견딜 수 없었다. 그 시절 영재는 어머니를 모시고 강 건너 먼달에서 살았다. 위로 형과 누나가 있었다. 결혼한 형은 서울 구이동 버스 종점 부근에 살면서 극장가 영화 간판을 그리는 화공이었고 형수는 구멍가게를 하고 있었다. 나중에 알게 된 일이지만 영재네 형의 살림살이가 그리 넉넉하지는 못했던 것 같았다. 영재 누나도 결혼했다고 했다.

영재 엄마는 먼달에서 양계장을 했는데 닭장을 좀 크게 지어 암탉을 풀어놓고 길러 달걀을 낳으면 매일 수거하여 큰 대야에 담아 머리에 이고 십 리 길을 걸어서 시내에다 내다 팔았다. 고등학교 시절 주말이면 가끔씩 영재네 집에 가서 닭장의 닭똥을 치우기도 했다. 리어카 끌고 가서 낙동강변 모래를 한 리어카 씩 퍼다가 닭장에 새로 깔아 주는 일을 한 적이 여러 번 있었다.

  고등학교 삼학년 초 삼월 어느 날 영재와 여느 때처럼 둘이서 대원사 포교당에 들러 학생회 법회를 마치고 학생회관방에서 뒹굴고 놀고 있었다. 그때 불교학생회 일 년 선배인 장혜령 누나가 왔다. 그때 그녀는 무척 예뻐 보였으며 정갈했는데 나에게 남아있는 그녀의 인상은 잠자리 날개같이 산뜻한 모습이었다. 그녀는 언제나 가을날 길가에 핀 가녀린 한 송이 코스모스처럼 하늘거리는 여인이었다. 그때 누나를 한번쯤 내 품에 품어 보았으면 하는 꿈을 꾸기도 했다. 그런 그녀는 여고를 졸업하면서 어려운 가정 형편 때문에 대학진학을 포기하고 공무원으로 의성군에 근무하며 방송통신대학에 다니고 있다고 했다. 그녀는 그날 웬일인지 나와 영재를 불러서 시내에 있는 제과점에 빵 먹으러 가자고 했다. 우리 세 사람은 제과점에 도착하여 빵과 아이스크림을 시켜놓고 나란히 앉았다. 빵과 아이스크림을 앞에 두고 그녀는 그것을 먹지도 않고 우리의 얼굴을 빤히 쳐다보며 결심한 듯 상기된 얼굴로 말을 이어갔다.

  "내가 불교학생회 후배 중에 가장 아끼는 후배가 바로 너희 두 사람이다. 그런데 너희 두 사람 지금 고삼 수험생이 한가하게 이 시간에 왜 절에서 시간을 보내고 있느냐? 이 누나는 참으로 실망이 크다. 친구들에게 너희 두 사람의 근황을 전해 들었다. 가정 형편을 핑계로 대학진학을 포기하고 매일 절간에 와서 허송세월한다는 소식을 접하고 너희 두 사람을 잘 못 보았다고 생각했다. 실망스럽기 그지없고 너무나 안타까워 몇 날 며칠을 고민했다."

"야! 너희 두 사람 사내자식들이 뭐 그러냐? 여자인 나도 가정형편이 안 좋아 비록 대학진학은 포기했으나 방송통신대학에 진학했다. 그런데 너희 두 놈은 사내자식들이 불알 차고 배짱이 그것밖에 안되냐?"

이렇게 그녀는 얼굴을 붉히며 굳은 목소리로 말하며 제과점 천장을 올려다보는데 송아지 눈 같은 커다란 눈에 눈물이 그렁그렁했다. 그녀의 긴 머리가 어깨 위에서 그날은 더욱 더 짙은 검은색으로 흔들리며 빛났다. 제과점 창문으로 비스듬하게 비친 햇살이 마치 조명처럼 그녀를 비추고 있었다. 그녀는 다시 말을 이어갔다.

"야! 이놈들아! 남들은 보통 첫 월급 받으면 부모님 내의 사서 찾아간다고 하더라. 그런데 난 오늘 너희 둘을 만나러 여기로 왔다. 이 누나가 오늘 공무원으로 근무해서 받은 첫 월급으로 아이스크림 사 줄 테니 오늘 밤새도록 너희 둘 머리를 맞대고 고민하다가 졸리면 이 아이스크림 하나 먹고 정신 차리고 밤새워 고민하고 또 고민해 보거라. 알겠냐?"

그렇게 애원하듯이 타이르는 소리가 길어져 탁자 위의 아이스크림이 녹아 물렁해지도록 그녀는 우리 두 사람에게 혼을 다해 퍼부었다. 그녀의 목소리는 열변이었다. 아니 차라리 간절한 애원이었다. 그때 그녀는 우리 두 사람에게 약속해 달라고 했다.

"이 누나가 원하는 것은 아무것도 없고 단지 너희 두 사람의 대학

합격증이다. 내년 이월 달에 나란히 합격증 들고 와서 오늘 이 빵 값과 아이스크림 값 돌려주면 그때 이 누나는 기분 좋게 그 돈으로 내 부모님 내의 사서 인사드리러 가려고 한다."

라며 약간은 떨리는 목소리로 꼭 그렇게 할 수 있도록 우리 두 사람에게 약속해 달라고 했다. 그리고 그 물렁해진 아이스크림과 빵을 모두 봉지에 담아서 제과점을 나왔다. 그리고는 곧장 그녀가 이끄는 대로 문학사 서점으로 향했다. 그 서점에서 성문종합영어, 수학정석, 로고스 물리, 예비고사 기출 문제집 등을 똑 같이 사주고 갔다. 그리고는 우리와 헤어져 시외버스터미널로 걸어가는 그녀의 뒷모습은 깔끔하였으나 화려하지는 않았다. 몇 년을 입은 옷인지 조금은 낡아 보였으나 깨끗하고 단정하여 빈틈이 없어 보였다.

우리는 그 길로 빵, 아이스크림, 그녀가 사준 참고서를 들고 대원사 포교당으로 갔다. 부처님 전에 그것들을 올려놓고 우리는 체육복으로 갈아입고 밤새워 삼천배하며 다짐하고 또 다짐했다. 삼천배를 시작하고 몇 백배가 넘어가자 땀이 흐르고 호흡이 거칠어져 갔다. 영재가 목탁을 치고 내가 염주를 돌렸다. 천배 정도 지나니 슬슬 육체적 한계가 드러났다. 이미 흘린 땀으로 입었던 체육복은 흥건히 젖어있었고 육체적 고통이 커질수록 관세음보살을 연호하는 목소리는 커져만 갔다.

"관세음보살 관세음보살 관세음보살~~~"

삼천배를 시작하고 세 시간이 지나면서 우리는 흐르는 것이 땀인지 눈물인지 모르게 얼굴에 범벅이 되어 흘렀다. 그렇게 삼천배하면서 어느 순간부터는 무아지경에 빠졌고 그냥 목탁소리에 자동으로 몸이 반응했다. 목탁소리가 '똑 또르르'하고 들리면 몸은 자동으로 엎드려 절하고 탁! 하고 다시 목탁소리가 들리면 또 자동으로 일어났다. 절하면서 관세음보살! 또 일어서면서 관세음보살! 을 연호하며 거의 무아지경에서 절했다. 시간이 흐르면서 관세음보살을 연호하는 목소리는 절규에 가까워졌다. 육체적 한계를 느낄수록 목소리는 더욱 커지고 절규에 가까웠다. 시간이 흘러가는 것도 모르고 우리는 삼천배를 했는데 돌리던 염주의 끝이 어느덧 느껴졌다. 절을 하면서
"영재야 이제 세 번 남았다."

하고 말하니 영재는 세 번째에서 마지막을 알리는 신호로 목탁을 크게 '탁! 탁! 탁! 또르르'하고 세 번을 치면서 삼천배의 마지막 절을 하고 일어났다. 영재는 목탁을 다시 가늘고 길게 '똑 또르르'치며 반배로 부처님 전에 절했다. 삼천배가 끝나자 우리는 그 자리에 쓰러져 버렸다. 포교당 법당에 쓰러진 두 사람은 서로를 부둥켜안고 격려하며 울었다. 이 삼천배하는 정신으로 꼭 누나와 한 약속 지키자며 부처님 앞에서 다짐하고 또 다짐했다.

정신을 차리고 일어나보니 언제부터인가 뒤에서 우리를 지켜보고 있었는지 대원사 포교당 주지스님이 법복을 정갈하게 갖추어 입고 지키고 있었다. 아마도 삼천배하는 두 사람의 안전을 위해 지켜보고 있었을 것이다. 스님은 우리가 정신을 차리자 두 사람 앞으로 경건하게 합장하고 다가와서 방석 두 개를 깔아놓고 앉으라고 했다. 스님은 학생회 법회 때 설법하는 사자좌에 오르더니 지장주를 크게 세 번
"꽝! 꽝! 꽝!"

하고 내리쳤다. 그리고는 우리 두 사람을 위한 설법을 시작하였다.

"오늘 밤새워 너희 두 사람이 한 삼천배의 이유는 묻지 않겠다. 그리고 너희 두 사람도 그 이유를 어느 누구에게도 말하지 말거라. 오늘밤 두 사람의 가슴에 새겨진 부처님이 항상 두 사람과 함께 하심을 명심하여라."

라고 스님은 말했다. 그리고 우리의 소망이 꼭 이루어지도록 이 법당에서 스님이 오늘부터 백일기도 올리겠다고 했다. 법당을 나서니 여명이 밝아왔다. 아직은 삼월이라 새벽공기가 차갑게 느껴졌다. 삼천배하면서 땀으로 흠뻑 젖은 체육복이 차가운 느낌으로 전해왔다. 그런데 오늘은 그 차가운 느낌이 오히려 더 상쾌하게 느껴졌다. 법당을 나서며 동쪽 하늘에 떠오르는 태양을 바라보았다. 새벽 햇살은 두 사람의 가슴에 살포시 내려와 부서진다. 가늘게 부서진 햇살은 법당을 내려오는 계단 옆에 도열해 있는 대나무 잎에서 서걱거리며 우리의 다짐을 응원해 주는 듯 했다. 꼭 대학에 합격하여 누나가 부모님 내의 사갈 수 있도록 노력하자고 우리 둘은 굳게굳게 약속하고 또 약속했다.

그날부터 우리 두 사람은 매일 밤이 늦도록 대원사 포교당 학생회관방에서 공부했다. 어느덧 시간은 흘러 날씨가 몹시도 무더운 한여름에는 아카시 그늘이 짙은 시원한 포교당 법당 뒤편에 은박자리 깔고 밥상 두 개를 맞대놓고 서로 감시하며 수학책과 씨름하고 영어책을 끌어안고 뒹굴었다. 가끔은 포교당 옆 탁구장에서 딱 한 게임만 치고 공부하자는 유혹이 일어나도 우리는 서로에게 말도 못했다. 대원사 포교당 주지스님은 우리의 그런 행동을 뻔히 알면서도 모른 척 아무런 내색도 간섭도하지 않았다. 오히려 가끔씩 저녁 늦은 시간에 포교당 방에서 공부하는 우리에게 공양주보살님께 부탁하여 푹 삶은 누룽지 죽을 내오게 했고, 무더운 여름날에는 얼음을 동동 띄운 시원한 수박화채도 내주었다. 그렇게 습하고도 후덥지근한 그해의 여름이 지나가고 어느덧 가을이 찾아왔다. 학교에서 삼학년 마지막 전국모의고사를 시월 중순쯤에 쳤다. 그동안 우리가 열심히 노력한 결과를 중간 점검 할 수 있는 좋은 기회라 생각하고 이번 시험으로 평가해보자고 의기투합했다. 그 시험 결과는 정말 우리 자신도 놀랄 정도였다. 중·하위권이었던 우리는 중·상위를 넘는 결과를 받았고 그 성적표 받던 날 우리는 포교당 부처님 전에 그 성적표를 나란히 올려놓고 백팔배를 하였다. 백팔배가 끝나고 영재와 법당에서 서로 부둥켜안고 또 한참을 울었다.

시간은 흐르고 흘러 드디어 예비고사를 치기위해 대구로 갔다. 수험생들을 위해 마련된 특별열차를 타고 갔다. 그날은 학교에서 담임 선생님이 인솔하여 기차역 광장에 집합했다. 그런데 갑자기 학생들이 술렁이기 시작했다. 여고생들도 우리와 같은 기차를 타고 대구로 이동한다는 것이다. 우리는 앞쪽 열차에 탔는데 나는 팔 반이어서 맨 뒤쪽 4호 열차이었고 그 여고생들은 5호 열차에 탑승했다. 선생님 두 분이 4호 열차 뒷문에 떡 버티고 계셨다. 학생들은 창문 밖으로 팔을 내밀어 뒷칸의 여고생들을 향하여 손을 흔들었다. 여고생들도 창밖으로 손을 흔들고 소리치며 야단들이었다. 그렇게 우리는 예비고사 시험 하루 전 대구로 가서 학교별로 여관에 숙소를 정했다. 그날은 시험 장소인 청라고등학교에서 예비소집을 하였고 수험표도 교부받고 수험장 교실과 자신의 수험자리도 확인했다. 그리고 숙소인 여관으로 돌아와서 저녁식사하고 저녁에 영재와 머리도 식힐 겸해서 숙소 인근에 있는 아태백화점으로 구경하러 갔다. 그때 나는 태어나서 처음으로 대구에 갔다. 백화점이란 곳도 그날 처음으로 갔다. 백화점 입구의 대형 유리회전문도 무척이나 신기해하면서 긴장하고 통과했다. 일층 로비에서 이층으로 올라가는 에스컬레이터도 타 보았다. 에스컬레이터 입구에 안내하는 아가씨가 서 있었다. 그 아가씨는 까만 제복에 하얀 면장갑을 끼고 부동자세로 눈도 깜빡이지 않고 마치 마네킹처럼 가만히 서 있었다. 영재와 에스컬레이터 타면서 마네킹이 예쁘다고 생각하였다. 그 에스컬레이터 안내양의 손을 슬쩍 만졌다. 그 순간 아가씨는 놀라 움찔하며 손을 피했다. 마네킹이 놀라 살아 움직이는 바람에 내가 오히려 더 놀라서 기절할 뻔했다.

"아이쿠! 어머나! 놀라라!"

"아이고 아이고 죄송합니다. 저는 하도 꼼작 않고 서 있기에 이 촌놈이 마네킹인 줄 알았어요."

하고 허리 숙여 미안하다고 말했다. 그러자 그 안내양은 방긋 웃으며 "손님! 괜찮아예."

하며 무릎을 살짝 굽혀 인사하며 예쁜 목소리로 말하고는 눈인사를 건넸다. 그 에스컬레이터 안내양은 바로 아무런 일도 없었다는 듯 다시 부동자세로 서 있었다. 에스컬레이터 타고 올라가면서 몇 번이나 그 안내양에게 꾸벅꾸벅 미안하다고 인사했다. 그렇게 아태백화점을 구경하고 우리는 숙소로 돌아오면서 배를 움켜잡고 까만 아스팔트 노면이 하얗도록 웃었다. 그렇게 숙소에서 설레는 가슴으로 하룻밤을 보내고 다음날은 긴장하여 최선을 다해 예비고사를 무사히 치루었다. 그렇게 치른 우리들의 예비고사 성적도 우리의 예상대로 상위권이었다. 우리는 드디어 대학에 원서를 썼는데 나는 인하대학교 토목과에 합격했다. 그런데 영재는 고려대학교 법학과에 응시했다가 아쉽게 그만 낙방하고 말았다. 그때 영재는 나에게 '너 혼자라도 혜령이 누나 찾아가라'고 말했다. 그러나 혼자는 못 간다고 생각했다. 그때 영재는 내게 말했다.

"나는 재수해서 내년에는 서울대학교 법대에 꼭 합격할 거야. 그러니 올해는 합격증 들고 너 혼자 혜령이 누나에게 다녀오너라."

그렇게 말하고 영재는 참으로 매몰차게 돌아서 가버렸다. 홀로 남겨진 나는 혼자서 대학에 합격한 사실이 영재에게 미안하고 부끄러웠다. 그런 생각에 대학합격증을 찢어버릴까 하고 몇 날 며칠을 고민했다. 그 길로 영재는 서울 형님 집에서 기거하며 종로학원에서 재수를 시작했다. 합격통지서를 머리맡에 두고 며칠을 고민하다 혜령이 누나를 찾아가야겠다고 결심했다. 그때 그녀는 도리원에 있는 봉양면 면사무소에 근무하고 있었다. 시외버스 터미널에서 대구행 완행버스타고 봉양면의 소재지인 도리원에 도착하니 열두 시가 조금 지났다. 합격통지서를 꼭 쥐고 면사무소로 걸어 들어갔다. 면사무소 안에는 두 명의 직원이 남아있었고 다른 직원은 모두 식사하러 나가고 없었다. 면사무소로 들어서자 직원 중 한 분이 흘깃 쳐다보고는 일상적인 말투로

"어떻게 오셨나요?"

하며 눈길도 주지 않고 자신이 하던 일을 계속했다.

"예~ 저어~ 여기 직원 중에 장혜령씨를 만나러 왔습니다. 장혜령씨가 여기에 계십니까?"

그러자 그는 자리에서 일어서며 나를 아래위로 쭉 훑어보았다. 그

리고 약간은 의심스러운 표정으로 퉁명스럽게 대답했다.

"아! 장혜령 주사 말입니까?"

하며 여전히 경계의 눈빛으로 말했다.

"예 장혜령씨가 여기에 계시나요?"

하고 대답하자 그는 손가락으로 뒷머리를 긁적이며

"에~ 있긴 있는데~ 지금은 점심 먹으러 집에 갔으니 삼십분 정도 기다리세요."

하며 다시 자신의 자리에 앉아 자신이 하던 일을 계속했다.

"혹시 집이 어딘지 아시면 좀~"

하고 말하고 엉거주춤하게 서 있는 나를 향해 걸어 나오더니

"아~ 이 참! 처녀의 자취방을 어떻게 가르쳐 주나요. 그냥 기다리세요."

하며 아주 퉁명스러운 목소리로 약간은 짜증나는 투로 말하고는 자신의 자리로 돌아갔다. 그 직원의 불친절함에 기분이 조금은 언짢았지만 별다른 방법이 없어서 면사무소 마당으로 나왔다.

마당 남쪽 담벼락을 따라 늘어 선 수양버들이 앙상한 가지를 늘어뜨리고 차가운 바람에 떨고 있었다. 지난 가을에 떨어진 붉은 낙엽은 모진 찬바람에 이리저리 뒹굴었다. 찬 서리에 희뿌옇게 탈색된 낙엽은 면사무소 마당구석으로 우르르 모여 처녀를 찾아온 낯선 남자의 뒷모습 훔쳐보며 지들끼리 무어라 수군거리는 소리가 들려왔다. 난애써 그 수군거리는 그들의 소리를 못 들은 체 하며 먼지가 뽀얗게 쌓인 나무의자에 걸터앉아 들고 간 합격통지서를 꺼내서 한 글자 한 글자 또박또박 몇 번을 읽고 또 읽었다. 그때였다. 면사무소 문이 열리

고 큰소리로 이쪽을 향해 소리쳤다.
 "야! 송창식 너 왔구나!"
 하며 급히 달려오는 발소리와 귀에 익은 혜령이 누나 목소리가 뒤섞여 힘차게 들려왔다.
 "언제 왔어? 왔으면 이 옆 자취방으로 오지? 많이 기다렸지? 밥은 먹었어?"
 하며 대답 할 틈도 주지 않고 이제 막 곱게 피어나는 한 송이 백합꽃처럼 환하게 웃으며 달려와서 덥석 끌어안고 펄쩍펄쩍 뛰면서 몇 바퀴를 돌았다. 그때 그녀는 이제 막 피어나는 열아홉 살 처녀였다. 고운 두 손으로 뺨을 어루만지며 좋아하더니 갑자기 멈추고는
 "영재는 안 왔어? 왜! 너 혼자 온 거야? 어떻게 된 거야?"
 하고는 말없이 가만히 서 있는 나에게 다그쳐 물었다. 나는 대답도 못 하고 머뭇거렸다. 그러자 그녀는 직감한 듯 시선을 하늘에 던지고 잠시 그대로 멈추어 있었다. 무거운 침묵의 시간이 흘렀다. 차가운 겨울햇살이 산산이 부서져 칼날 되어 가슴을 마구마구 후벼 팠다. 잠깐이지만 깊은 침묵이 두 사람 사이에 흐른 뒤 그녀는 결심한 듯한 표정으로 말했다.
 "그래! 창식아 우리 여기서 이러지 말고 내 자취방으로 가서 밥부터 먹자. 잠시만 기다려줘. 면장님께 오후에 조퇴 허락받고 올게."
 그렇게 말하고 내게 대답할 틈도 주지 않고 그녀는 종종걸음으로 면사무소로 들어갔다. 그녀가 사라지자 그동안 숨죽여 그녀와의 만남을 무슨 큰 구경거리라도 난 것처럼 휘둥그레진 눈으로 바라보던 허옇게 빛바랜 철지난 낙엽들이 다시 수근 대기 시작했다. 이번에는 그들의 수다에 귀를 기울였다. 도대체 뭐라고 지들끼리 수군거리는

지 은근히 궁금했다.

"참 별일이다. 우리 면사무소에서 가장 예쁜 장주사가 바람났나봐! 내 그럴 줄 알았다. 세상의 사내들이 예쁜 처자를 그냥 둘 리가 없지. 그런데 남자가 아마도 연하인가봐?"

하고 허옇게 빛바랜 낙엽들이 모여 입이 벌겋게 지들끼리 우리의 만남을 흉보고 있었다. 피식 웃으며 허옇게 빛바랜 낙엽들에게

"야! 니들이 남의 말이라고 함부로 말하는구나. 너희들의 지금 그 모습은 마치 우리 동네 머리가 허연 늙은 할망구들과 꼭 닮았구나."

하고 한마디 던져 주었다. 허옇게 빛바랜 낙엽들과 투닥거리며 시간이 흐른 뒤 면사무소 정문이 열리고 핸드백을 어깨에 걸치고 그녀는 뛰다시피 달려왔다. 그리고는 자취방에 가서 밥 해준다며 면사무소 부근에 있는 육소간에 들러 돼지고기 한 근을 끊어 자취방으로 데리고 갔다. 그녀는 이야기 할 시간도 주지 않고 단촐한 자취방 부엌에서 점심을 준비했다. 그녀의 자취방은 작은데 아담했다. 부엌은 처마 밑을 합판 몇 장으로 둘러막아 놓았고 합판에는 짙은 고동색 페인트가 칠해져 있었다. 출입문이 달려있었고 분홍색 자물통이 하나 깜찍하게 달려있었다. 부엌 안쪽 구석에는 파란색의 작은 꽃무늬가 있는 삼단찬장이 반듯하게 놓여있었다. 처마 밑 봉당에는 연탄아궁이와 빨간색의 작은 석유곤로 하나가 놓여있었다. 방안은 작지만 깨끗했다. 방 위쪽 구석에는 조립식 이불장을 두 개 나란히 놓았는데 연한 하늘색 바탕에 붉은 꽃무늬가 아름다웠다. 하나는 이불장으로 또 하나는 옷장으로 쓰는 듯했다. 그 옆에는 작은 앉은뱅이 화장대가 있었는데 그다지 크지 않은 거울이 달려있고 서랍이 달려있는 화장대가 놓여 있었다. 그 화장대 위에는 몇 개의 기초화장품과 립스틱 몇 개도

놓여있었다. 방바닥에는 연분홍색의 앙고라 담요가 반듯하게 깔려있어 따뜻했다. 그녀는 앙고라담요를 들고

"여기 앉아 우선 발이라도 조금 녹여라."

하고는 급하게 점심을 준비했다. 이윽고 알루미늄 둘레밥상 위에 금방해서 김이 모락모락 나는 쌀밥에 돼지고기 두루치기를 빨갛게 해서 한 쟁반 올리고 몇 가지 반찬을 차려 들고 들어왔다.

"창식아! 점심시간이 많이 지났네. 배고프지! 많이 먹어라. 우선 밥부터 먹고 나서 천천히 얘기하자."

하며 그녀가 정성껏 차려준 점심을 배가 실죽 해서 허겁지겁 먹었다. 따뜻한 숭늉 한 그릇을 후후 불면서 마시고 빈 밥상을 치웠다. 그제서야 그녀 앞에 아무런 말없이 가져간 인하대 합격통지서를 내밀었다. 그녀는 그 통지서 집어 들고 환하게 미소 지으며 가슴에 꼭 품었다. 마치 나를 꼭 안은 듯한 표정이었다. 그 표정이 얼마나 따뜻하고 행복하게 보였는지 사십 몇 년이 흐른 지금도 가슴이 따뜻해진다. 혜령이 누나는 그 모습으로 잠시 동안 눈을 감고 있다가 얼굴 표정을 정색으로 하고 내게 물었다.

"영재는 어떻게 되었어? 왜? 너 혼자 온 거야?"

하며 표정이 굳었다. 나는 말을 쉽게 꺼내지 못하고 망설이다가 어렵게 말문을 열었다.

"누나! 영재는 고려대 법대에 지원했다가 떨어졌어요. 그리고 영재는 지금 재수하려고 서울 형님 댁으로 갔어요. 재수해서 내년에는 꼭 서울대 법대에 합격하고 누나를 찾아온다고 약속했어요. 누나! 영재는 반드시 그렇게 될 겁니다. 누나가 그렇게 되도록 응원해 주세요."

그렇게 이야기하고 미리 준비해 온 봉투 하나를 주머니에서 꺼냈다.

누나가 공무원으로 첫 봉급타서 사준 빵, 아이스크림, 참고서 값으로 오만 원을 넣은 봉투를 그녀 앞으로 내밀었다. 그녀는 그 봉투를 받아 들고는 또 천장을 올려다보더니 송아지 눈처럼 커다란 맑은 눈에서 눈물이 흘렸다. 하얀 봉투를 잡은 그녀의 손이 파르르 떨리고 있었다. 혜령이 누나는 자신에게는 지나칠 정도로 검소하게 생활했다. 비록 낡은 옷이지만 깔끔하게 입었고 빈틈이 없어보였다. 그런 누나의 손이 가늘게 떨리며 송아지 눈처럼 맑고 큰 검은 눈에서 흐르는 그 눈물의 의미는 도대체 무엇이었을까? 아마도 그 눈물은 영재에 대한 아쉬움과 아픔의 눈물이라고 그때는 그렇게 생각했었다. 장혜령! 그녀에게 우리 두 사람은 도대체 어떤 의미의 존재였을까? 아마도 자신이 못다 이룬 꿈 그 꿈을 장혜령 누나는 우리 두 사람을 통해 대리만족하고자 하는 의미의 눈물이었다고 오랜 세월이 흐른 뒤인 지금도 그렇게 믿고 있다.

그녀는 한참을 그대로 있다가 돌아앉으며 화장대 위의 화장지로 흐르는 눈물을 꾹꾹 찍어냈다. 그리고는 화장대 서랍을 열어 그곳에서 봉투 두 개를 꺼냈다. 손가락이 유난히도 가늘고 긴 하얀 그 손으로 내 손을 꼭 잡고 봉투를 쥐어주며 말했다.
"창식아 하나는 너의 등록금에 보태고 하나는 영재에게 전해다오. 이 누나가 너희 두 사람을 위해 일 년 동안 모아 준비했다."
그 봉투 속에는 빳빳한 새 돈으로 각각 삼십만 원이 들어있었다. 지금 생각해보니 그 시절 공무원 초봉이 십팔만 오천 원 정도로 기억한다. 그런데 그녀는 우리 두 사람을 위해 일 년 동안 준비했던 것이다. 그 자리에서 벌떡 일어나며 아니라고 거절했다.

"누나가 왜 우리에게 이러십니까? 내가 무슨 자격으로 이 돈을 받아 갑니까? 나는 더 이상 이렇게 할 수 없어요."

하고 일어서는데 갑자기 뺨에서 천둥번개가 서너 차례 몰아쳤다. "야! 송창식 너 지금 뭐라고 했어? 그래 내가 너에게는 아무것도 아니다. 너의 애인도 아니고 부모형제도 아니다. 하지만 너희 두 사람은 나의 희망이었다. 너희 두 사람을 통해서 내가 못다 이룬 꿈! 그 꿈을 대리만족 하려고 이런다. 내가 이러면 안 되니?"

그녀는 울음 섞인 목소리로 절규하듯 울부짖었다. 그녀와 그 자리에서 하염없이 마주보고 울었다. 그러나 아무리 그렇다 해도 도저히 이것은 아니다 라는 생각으로 그녀에게

"죄송합니다."

라고 말하고 들고 간 봉투와 그녀가 건네 준 두 개의 봉투를 합쳐서 세 개의 하얀 봉투와 인하대학교 합격통지서를 방바닥에 내려놓고 방을 뛰쳐나왔다. 그녀가 급하게 뒤따라 나오며 부르는 소리가 뒤통수를 후려갈겼다.

"창식아~ 창식아! 창식아! 잠깐만 거기 좀 서 봐라!"

하며 울음 섞인 그녀의 목소리를 뿌리치고 뒤도 돌아보지 않고 그 길로 안동을 향해 나있는 큰길로 정신없이 달렸다. 뛰다가 걷다가를 반복하며 이마에서 흐르는 것이 땀인지 눈에서 흘러내리는 눈물인지 뒤범벅이 된 눈물을 양팔 소매로 훔치며 정신없이 달렸다. 해가 서산을 넘어 땅거미가 깔리기 시작할 때 쯤 얼마나 뛰었을까? 의성읍에 도착하였다. 시외버스 터미널로 들어가서 안동행 버스타고 돌아왔다. 안동시내에 도착하니 이미 어둠이 내려 가로등이 하나 둘 켜져 있었고 추운 날씨 때문인지 시내 길거리도 황량했다. 그길로 시내에 살

고 있는 친구 용철이를 찾아갔다. 그는 우리와 함께 불교학생회에 다녔던 동급생 친구였는데 그는 농림고등학교를 다녔었다. 늦은 시간에 찾아간 나를 보고 용철이는 놀라며 어서 들어오라고 했다. 그날 밤 용철이 방에서 하룻밤을 지내면서 장혜령 누나의 이야기는 단 한 마디도 하지 않았다. 아니 할 수 가 없었다. 다음날은 조금 늦게 일어나 늦은 아침을 먹고 시내버스로 집으로 돌아왔다. 터덜터덜 힘없이 걸어오는 아들을 발견한 어머니가 얼른 삽지걸로 나오며

"어디 가서 뭔 짓을 하다 이제 오느냐? 어디 가면 간다고 말이나 하고 갈 것이지 이 못난 놈아! 집에 어제저녁부터 웬 아가씨가 찾아와서 기다린다. 너를 꼭 만나야 한다고 밤새워 기다리다 이제 막 잠든 것 같다. 너 무슨 사고라도 친 건 아니냐? 바른대로 말해라."

하며 불안해하는 모습으로 안절부절 했다. 직감적으로 그 웬 아가씨는 분명히 혜령이 누나 일 것이라고 생각했다. 그녀가 찾아 온 것이 분명하다고 확신했다. 그녀는 고등학교 불교학생회에서 이년 전 여름방학 때 농촌일손 돕기 봉사활동 하러 우리 동네로 왔을 때 우리 집을 기억하고 찾아왔을 것이다. 어제 오후에 그녀의 자취방을 뛰쳐나온 후 그녀는 곧바로 우리 집으로 달려왔을 것이다. 아마도 지난 밤 동안 어머니하고 그간의 일을 상세히 이야기했을 것이다. 이미 어머니는 모든 걸 다 알고 있는 듯 그녀가 잠들어있는 방으로 앞서 들어가면서 들어오라고 손짓했다. 방문 앞 처마에는 뒷굽이 닳아 조금은 하얗게 벗겨진 하이힐 두 쪽이 가지런히 놓여있었다. 방안에서 그녀와 어머니의 목소리가 들려왔다. 곧바로 방문이 후다닥 열리고 그녀는 맨발로 처마에 내려서며 굳은 얼굴로 날카롭게 쏘아보며 말했다.

"일단 방으로 들어와서 이야기 하자. 너 도대체 어제 어디로 갔냐?

또 어디서 뭐하다 이제 오느냐? 얼른 어머님께 말씀드려라."

하면서 그녀는 이미 어머니와 한편이 되어서 다그쳤다. 그러자 옆에서 연신 눈물만 훔치던 어머니가 입을 열었다.

"이 아가씨에게 이야기 다 들었다. 장하다 내 아들아! 에미는 장독대에 새벽마다 정한수 한 그릇 떠 놓고 빌고 빌었는데~ 하늘이 너를 보살펴 주었구나."

라고 말하는 어머니의 얼굴은 분명히 환하게 웃고 있는데 눈에는 뜨거운 눈물 두 줄기가 흐르고 있었다.

"어제 저녁에 밤새도록 이 아가씨한테 지난 이야기 다 들었다. 세상에 이런 관세음보살이 또 어디 있느냐? 이 큰 은혜를 너의 뼈에 새기고 평생을 살아야 한다."

그동안 아무런 말도 하지 않고 지켜보던 혜령이 누나가 입을 열었다.

"어머님! 정말 장한 아들입니다. 이렇게 장한 아들이 바로 어머니 아들입니다. 어머니 이제 우리끼리 이야기하도록 자리 좀 비켜주세요."

하고 그녀가 말하자 어머니는 일어서 나가며 나와 그녀의 눈치를 번갈아 살폈다.

"그러세요. 둘이서 이야기 나누세요."

어머니가 일어서 나가자 그녀는 자리에서 일어나 어머니가 나간 문을 당겨서 닫고는 나의 손을 잡아 앉히고 말을 이어갔다.

"창식아! 먼저 미안하다. 내가 잘못했다. 감히 내가 너의 뺨을 때린 건 실수다. 창식아! 용서해다오. 그 순간 감정을 누르지 못해서 그랬다. 나를 용서해다오."

하며 또 커다란 송아지 눈 같은 그녀의 눈에서 뜨거운 눈물이 흐르고 있었다. 아무런 말도 못하고 방바닥 만 뚫어져라 바라보고 있었다. 그녀는 다시 말을 이어갔다.

"너 도대체 어디 가서 자고 이제 왔느냐? 그리고 앞으로 너는 어떻게 할 생각이냐?"

아무런 대답도 못하고 있는 나를 그녀는 꼭 끌어안았다. 그날 그녀의 가슴은 팔딱팔딱 뛰고 있었고 무척이나 포근했다. 처음으로 느껴보는 여자의 가슴이었다. 그녀는 떨리는 목소리로 등을 토닥여 주며 아주 부드러운 목소리로 말했다.

"내가 너에게 해줄 수 있는 것은 이번이 마지막이다. 물론 영재도 마지막이다. 너희 두 사람은 분명히 성공할 것이라고 굳게 믿는다. 반드시 이 고난의 언덕을 너희 혼자 힘으로 넘어서야만 한다."

그녀는 이렇게 말하고 나를 그녀의 품에서 놓았다. 그리고 핸드백을 열어 합격통지서와 세 개의 봉투를 나란히 방바닥에 펴 놓았다.

"창식아! 이제부터는 너의 몫이니 반드시 대학을 졸업해라. 중도에 포기하면 이 누나는 다시는 너희들을 보지 않을 것이다. 그리고 영재에게도 꼭 전해다오."

라고 말하고는

"나는 이제 곧바로 가야한다. 오늘 무단결근했으니 면사무소로 가서 빌어야 한다."

그녀는 핸드백을 챙겨들고 일어섰다. 돌아서 방문을 막 열려고 하는 순간 내가 입을 열었다.

"누나! 잠시만요. 누나가 말씀하신 대로 어떤 일이 있어도 꼭 해낼 겁니다. 그리고 영재도 반드시 그렇게 해낼 겁니다."

하고 떨리는 목소리였지만 힘차게 말했다. 그렇게 말하고 나니 가슴이 뜨거워졌다. 나도 모르게 두 손을 꽉 움켜쥐고 있었다. 꽉 움켜쥔 손에는 손톱이 손바닥을 찔러 통증이 가슴 속에서 전해져 왔다. 그녀는 잡았던 문고리를 놓고 돌아서서 와락 나를 껴안았다. 껴안은 두 팔에 힘이 들어갔고 부르르 떨고 있었다.

"그래! 고맙다 창식아! 다른 사람은 몰라도 너희 두 사람은 반드시 할 수 있다. 역시 내가 사람 보는 눈은 틀리지 않았어."

하며 또 눈물을 흘리고 있었다. 잠시 그대로 멈춘 시간이 흐르고 그녀의 고운 두 손으로 나의 볼에 흐르는 눈물을 닦아주며

"창식아 사내는 말이다 부모가 돌아가시기 전에는 다시는 이렇게 울지 말아라."

그렇게 말하고 그녀는 방문을 열고 나갔다. 방문턱을 막 넘는데 그녀의 발에 신고 있는 검정색 스타킹이 뚫어져 엄지발가락이 삐죽이 나와 있었다. 그날 그 뚫어진 스타킹구멍이 내 가슴에 평생 지울 수 없는 구멍으로 남게 되었다. 평생을 메꾸어도 메꾸어지지 않는 그런 구멍이 되고 말았다. 그녀는 방문 앞 처마에서 하이힐을 챙겨 신으며 "오늘은 무단결근했으니 퇴근시간 전에 면사무소로 달려가서 면장님께 빌어야 한다. 나 바로 갈게 나오지 마."

하며 급히 서두르는데 처마 밑에서 어머니가 나를 쳐다 보며

"얼른 나와서 면소재지까지 바래다 드리고 오너라. 거기로 가면 간혹 내려오는 택시가 있을 것이다. 택시라도 잡아드리고 오너라."

라고 말하고는 그녀의 손에 얼마의 돈을 돌돌 말아 지어주고 있었다. 그녀는 한사코 안 받으려하자 어머니는 단호하고 애원하듯이 받으라고 말했다. 그때까지 옆에서 말없이 지켜보고 있던 할머니가 그

돈을 어머니 손에서 빼앗듯이 하여 그녀의 핸드백에 구겨 넣고는 연신 고맙다고 인사했다. 그러자 그녀는

"예, 할머니 알았어요. 그럼 이 돈은 제가 가져갈게요."

그렇게 말하고는 삽지걸로 나가며 할머니 어머니를 향해 인사하고 종종걸음으로 나갔다. 그러자 어머니는 나의 등짝을 철썩 때리며

"창식아! 니는 뭐하고 그렇게 서 있냐? 얼른 따라가서 택시라도 잡아주고 오너라."

라고 말했다. 그녀와 약 오리 정도의 비포장 길을 빠른 걸음으로 걸어갔다. 가끔은 숨이 차 헐떡거리면서도 그녀는 꼭 잡은 손을 놓지 않고 걸었다. 꼭 맞잡은 손에 땀이 맺혔다. 그때 두 사람 손바닥에 흐른 땀 그런 땀의 느낌은 내 가슴속에 지금도 맺혀있다. 그 땀을 서로가 느낄 때 쯤 누나는 핸드백에서 손수건을 꺼내 내 손바닥을 꼼꼼히 닦아주었다. 그 손수건은 하얀 면 손수건 이었는데 가장자리에 난초꽃이 수놓아져 있었다. 파란색 실로 난초 잎을 수놓고 한 가닥의 꽃대를 곧게 올려 자줏빛 난초꽃 한 송이를 수놓은 손수건이었다. 하이힐을 신고 비포장 길을 빠르게 걸어가니 그녀는 몇 번이나 휘청거리면서도 우리는 빠르게 걸었다. 면소재지에 거의 다 왔을 때 뒤에서 택시 한대가 달려왔다. 초록색의 택시였다. 누나는 큰길을 가로막고 택시를 세웠다. 마침 빈 택시였고 여기에서 도리원까지 가자고 하니 택시기사는 횡재했다는 듯 싱글거리며 타라고 했다. 택시비도 흥정이 적당히 이루어졌다. 누나는 나에게 들어가라고 손짓하고 떠났다. 혜령이 누나를 태운 택시는 하얀 먼지를 남기며 야속하게도 멀어져 갔다. 멀어져가는 파란택시가 왠지 무척이나 얄미웠다. 그 택시가 보이지 않을 때 까지 지켜보다가 돌아서왔다.

그날은 이상하게도 한 길가에 불어오는 겨울바람이 무척이나 따뜻하게 느껴졌다. 길가의 마른풀도 모두 나를 응원하는 듯 바삭 마른 풀잎을 흔들어 서걱거리며 격려했다. 한겨울의 찬바람을 폐부 깊숙이 빨아들이며 맑은 하늘을 쳐다보고 맹세했다. 죽는 한이 있어도 대학을 마치겠노라고 구름 한 점 없는 파란겨울하늘에 맹세를 했다. 집에 도착하니 할머니가 삽지걸에서 기다렸다. 할머니 얼굴을 바라보니 눈가가 벌겋다. 집으로 들어오는 나를 앞세워 어머니 방으로 들어갔다. 어머니가 먼저 할머니 얼굴을 바라보며

"어맴요 우리 누렁이 팔아 창식이 야 대학 보내시더. 소는 나중에 지가 돈 벌어서 다시 사면 되잖아요."

할머니는 대답을 못하고 천장만 쳐다보고 있었다.

"어맴요 산사람 입에 거미줄 치는 법은 없니더. 그래도 아들 하나는 대학 보내시더?"

하고 말하는 어머니의 눈에는 이제는 눈물도 더 이상 흐르지 않았다. 한참을 말없이 있던 할머니는

"그래 내일모래가 장날이니 마뜰 우시장에 내다 팔아라. 그런데 그 돈으로 야 창식이 학비는 되냐? 잘 팔면 오십만 원은 되니까 대학등록금은 될 겁니다. 아까 그 아가씨가 주고 간 돈이 삼십만 원이니 우선은 될 겁니다."

하며 두 분이 동시에 나를 바라보다가 어머니가 먼저 말했다.

"창식아 며칠 전에 우체부가 가져온 등기가 대학 합격통지서라는 걸 눈치는 차렸다. 그런데 왜 나흘이 지나도록 이 에미한테는 말도 한마디 안했냐? 그리고 너는 앞으로 어쩔 거냐?"

방바닥만 뚫어져라 바라보고 있던 내가 입을 열었다.

"할매 어메 저 대학 갈래요. 저도 우리 집 형편이 어떤지는 잘 알아요. 내가 대학을 가면 동생 다섯 명은 고등학교도 못 간다는 것을 알아요. 하지만 이번만 입학금 내 주세요. 나머지는 내가 무슨 수를 쓰더라도 대학 꼭 졸업 할게요."

할머니가 먼저 대답했다.

"에미하고 내하고 땅바닥을 열 손가락으로 헤매서라도 우리 장 손자 대학 보낼게. 아까 그 처자를 봐서라도 우리 한번 해보자. 까짓 거! 하늘이 무심치 않을 게다."

이윽고 어머니가 말을 받았다.

"그래요 어맴요. 야 대학 한번 보내시더. 우리 집안에 대학교 간 사람이 아무도 없니더. 야가 처음 아이껴."

하고 어머니는 두 눈에서 눈물을 훔쳤다. 그때 우리 집은 할머니 어머니 그리고 어린 우리 육 남매가 살고 있었다. 아버지는 태어날 때부터 선천성 장애인으로 태어났고 폐결핵으로 팔 년 동안이나 투병하시다 내가 중학교 이 학년 되던 겨울 몹시도 추운 어느 날 바람 따라 하늘의 별이 되었다. 아버지가 하늘의 별이 되고 우리 집에 남은 재산은 논 세 마지기와 밭 두 마지기가 전부였다. 아버지가 돌아가신 뒤로 할머니와 어머니는 그 땅뙈기로 근근이 여덟 식구 입에 풀칠하고 사는 형편이었다.

이틀 후 새벽 먼동이 채 뜨기도 전에 잠들어 있는 나를 할머니가 흔들어 깨웠다.

"창식아 창식아! 얼른 일어나라. 아침 먹고 에미하고 우시장 가거라."

아련한 꿈결에 할머니의 깨우는 목소리에 깜짝 놀라 스프링이 튕기듯 일어났다. 아직 어둠이 밝아오기 전이다. 할머니와 어머니는 언제 일어났는지 벌써 우리 누렁이 마지막 쇠죽을 설설 끓여 소죽통에 가득 퍼 주었는데 벌써 거의 다 먹고 빈 소죽통 핥는 소리가 벅 벅 벅 하고 들렸다. 어머니는 부엌에서 아침밥상을 차리고 있었다. 끓는 물 한 바가지에 찬물을 타서 대충 세수하고 아침 식사하고 누렁이 몰고 집을 나섰다. 막 출발하려 하는데 할머니가 싸리로 만든 마당 빗자루 집어 들고 누렁이 엉덩이 서너 차례 때리며

"누렁아! 다른 집에 가서 잘 살아라."

하며 돌아서서 치맛자락 걷어 올려 눈물을 훔친다. 그 광경을 지켜보던 어머니는 할머니에게

"어멤요! 우기는 왜 우니껴? 난 소 팔아서 창식이 대학 보내니 좋기만 좋은데요."

하면서 어머니도 돌아서 눈물을 흘렸다.

"그래그래 나도 좋다. 그런데 소가 나가니 섭섭하기도 하다. 야야 이러다 우시장 늦겠다. 얼른 가거라."

하며 할머니는 나를 향해 손을 저었다. 소 이타리를 움켜잡고 앞서서 걸었다. 뒤따라오는 어머니는 큰 주전자 하나를 들고 따라 나섰다. 우리 집 누렁이도 이 상황을 모두 다 알고 있다는 듯했다. 누렁이는 몇 번이고 뒤를 돌아보며

"음메~ 음~ 메에~~~"

하고 길게 큰소리로 울었다. 누렁이의 울음소리가 막 밝아오는 새벽의 여명을 가로 질렀다. 힐끔 돌아보는 누렁이의 커다란 눈에서 눈물이 흘렀다. 누렁이도 가슴이 아픈가보다. 그날따라 누렁이의 눈은

더 맑고 더 깊었다. 길다란 속눈썹이 아래로 축 늘어져 있었다. 누렁이는 자신이 떠나는 이유를 다 알기라도 하듯 앞서서 꾸벅꾸벅 고갯길을 올라갔다. 한 시간정도 누렁이가 앞서 걸어가는 산길 따라 말없이 걸었다. 이리가자 저리가자 말하지 않아도 누렁이는 말없이 우시장으로 걸어갔다. 마치 누렁이는 우시장으로 가는 길을 잘 알고 있는 듯했다. 집을 나와서 모골 고갯길을 넘어 너럭바위가 깔린 동악골 고갯길도 누렁이는 그저 말없이 걸어갔다. 그렇게 하얗게 서리 내린 차갑고 서러운 길을 누렁이는 꾸벅꾸벅 걸어 마뜰 우시장에 도착했다.

우리가 도착하니 넓은 우시장 마당에는 벌써 많은 소들이 고삐 묶인 채 소주인과 장사꾼의 입씨름이 벌어지고 있었다. 이웃동네에 사는 젊은 소 장사꾼이 우리를 보고 달려와서 누렁이 이타리 넘겨받아 우시장 귀퉁이 빈자리에 매어놓고 조금 지나서 소 장사꾼을 대리고 와서 흥정을 붙였다.

"형님! 이놈 좀 보소. 이 소는 팔게 아닌데 이집 아들이 이번에 인천에 있는 대학에 합격했잖니껴. 그래서 아들 대학입학금 내려고 파니더. 형님이 야 적선하는 셈치고 좀 잘해서 사소."

그 늙은 소 장사꾼은 누렁이 입을 벌려보고 엉덩이도 툭툭 때려 보더니

"아지메요! 아들 대학입학 축하드리니더. 내가 특별히 생각해서 사십 오 만원 드림시더."

그러자 옆에서 눈치를 살피던 젊은 소 장사꾼이 한마디 거든다.
"에이 형님! 관두소. 그렇게는 안 되지요. 창식이 어메요! 얼마 받으라 카니꺼?"

하며 젊은 소 장사꾼이 어머니를 바라보았다. 어머니는 서운함이 역력한 얼굴표정으로

"한 오십오 만원은 쳐주소. 그래야 야 입학금이 되니더."

그러자 이웃동네에 살고 있는 젊은 소 장사꾼은 누렁이 엉덩이를 털썩 때리며

"형님 한 번 더 보소. 이 소는 내가 잘 아니더. 농우로는 그만이씨더."

하고 너스레를 떨더니 그 늙은 소 장사꾼의 팔을 끌고 옆으로 갔다. 조금 떨어진 곳에서 무어라 한동안 이야기하더니 늙은 소 장사꾼의 팔을 잡아끌며 다시 돌아왔다.

"창식이 어메요! 오십오만 원은 너무 쎄이더. 고마 형님하고 서로 쪼메씩 양보해서 사십칠만 원에 파소. 그라믄 괜찮니더."

하며 젊은 소 장사꾼은 어머니의 얼굴과 늙은 장사꾼의 눈치를 번갈아 살피며 연신 어머니께 눈을 슬쩍슬쩍 꿈쩍였다.

"그래 팔면 우리 아들 입학금이 모자라니더. 사장님이 우리 형편 봐서 쪼매만 더 주소."

그러자 그 늙은 소 장사꾼은 아무런 말도 없이 돌아서 삐적삐적 걸어갔다. 그러자 이웃동네 젊은 장사꾼이 얼른 달려가서 그의 팔을 잡아끌고 다시 돌아왔다.

"형님요! 쪼매만 더 쓰소. 야 입학금이 모지란다 카니더. 에이~ 그라지 마고 이리와 보소."

하며 늙은 장사꾼의 팔을 잡아끌었다. 늙은 장사꾼은 못 이기는 척 다시 끌려왔다.

"보소! 아지매요. 야가 자꾸 이카니까 내가 이만 원 더 드릴게요.

그래 고마 넘겨주소. 나도 여기서 더는 안 되니더."

그러자 이웃동네 젊은 소 장사꾼은 누렁이 이타리 풀어 늙은 장사꾼 손에 넘기며

"형님! 고마운더. 창식이 어메요! 이정도면 잘 받았니더. 이 돈 받고 고마 아직이나 자시러가시더."

하며 어머니를 향해 연신 작고 반들거리는 눈을 꿈쩍거렸다. 그러자 아쉬운 표정이 역력한 어머니는 그렇게 거래를 결정했다. 어머니는 돌아서면서 누렁이에게 다가가서 볼을 쓰다듬으며

"누렁아! 그동안 고맙데이. 이제 다른 집에 가서 잘 살거라. 우리가 너 싫어서 파는 게 아이다. 창식이 야 대학 보낼라 그란다. 니도 잘 알제. 누렁아! 그동안 우리 집에서 고생 마이 했데이. 고맙데이. 좋은 집에 가서 잘살아라."

하고 말하면서 눈가에 흐르는 눈물로 누렁이와 이별을 했다. 누렁이도 커다란 검은 두 눈에서 눈물이 흘렸다. 돌아서 오면서 몇 번을 돌아보았다. 누렁이도 우리의 뒷모습을 계속 바라보고 있었다. 누렁이도 작별인사라도 하는 듯

"음~ 메~ 에~~"

하고 길게 울어 작별을 고했다. 오랜 세월이 지난 지금도 그 누렁이 울음소리와 얼굴이 생생하다. 그때 그 누렁이얼굴은 초상화를 그려도 될 만큼 뇌리에 깊게 박혀있다. 그렇게 우시장을 벗어나니 큰 가마솥에 허연 김이 펄펄 나는 선지해장국집이 길 양옆으로 쭉 늘어서 있었다. 허연 김이 무럭무럭 나는 가마솥 아궁이에는 시뻘건 장작불이 우시장 열기처럼 거세게 타고 있었다. 젊은 소 장사꾼은 익숙한 듯 어느 해장국집으로 들어서며 들어오라고 손짓했다. 어머니와 따라 들

어갔다. 그는 큰소리로 해장국 세 그릇과 막걸리 한 주전자를 시켰다. 곧바로 음식이 차려지고 찌그러진 노란 양은 주전자와 술잔이 나왔다. 그는 막걸리를 한 잔 가득 채워 어머니에게 권하고 그도 한 잔 가득 채우고는 벌컥벌컥 몇 모금 마시고는 어머니 앞으로 돈 이만 원을 내밀었다.

"창식이 어메요. 이거 받으소. 이거는 내가 아까 그 형님한테 구전으로 받은 돈인데 창식이 등록금에 보태소."

그러자 어머니는 놀라며

"아이씨더 왜 이카니껴? 소 잘 팔아 준 것만 해도 고마운데 이라면 안 되니더."

어머니와 젊은 소 장사꾼은 돈 이만 원을 여러 차례 밀고 당기다가 결국에는 어머니가 졌다. 그 젊은 소 장사꾼은 나의 등을 두드리며 "창식아! 대학가서 열심히 공부해서 어메한테 효도해라. 우리 동네에서 대학가는 사람은 니가 일 호다 일 호! 축하한다!"

그렇게 누렁이 팔고 뜨끈한 선지국 한 그릇 먹고 나서 어머니는 우시장 올 때 들고 온 주전자에 선지국 서너 그릇을 사들고 집으로 돌아왔다. 그 선지국은 집에서 기다리는 할머니 주려고 미리 어머니가 주전자를 준비해 왔던 것이다. 이 십리 길을 걸어 집으로 돌아오면서 어머니는 장혜령 누나 그녀에 대해서 자세히 물었다. 그리고는

"창식아 니가 대학졸업하고 그 아가씨 우리 며느리로 봤으면 좋겠다."

하고 어머니 속 마음을 이야기했다. 나는 그때 아무런 대답을 못했다. 하지만 내 머릿속에서는 처음으로 어머니 말처럼 그런 꿈을 꾸었다. 그때 어머니 말처럼 그렇게 되었으면 좋겠다는 야무진 꿈을 처

음으로 꾸었다. 그날 처음으로 그녀를 누나가 아닌 여자로 생각하게 되었다. 다음날 누렁이 판 돈을 들고 면소재지 농협창구에서 입학금을 내고 혜령이 누나가 영재에게 전하라며 준 봉투와 어머니가 준 돈 봉투 두 개의 봉투를 가슴에 품고 인천으로 올라갔다. 인하대학교 캠퍼스를 한 바퀴 둘러보고 학생처에 들러 입학절차와 신입생 오리엔테이션 일정을 안내받고 학교 뒷편 후문골목에서 늦은 점심으로 짜장면 한 그릇으로 허기를 달랬다. 그리고 복덕방에 들러 허름하고 작은 자취방도 하나 계약했다. 그 자취방은 지난해까지 살던 학생이 남기고 간 찬장과 작은 밥상도 하나 있었다. 시간은 흘러 어느새 해가 서산마루에 걸려 있었다. 마음이 급해져서 얼른 주안역으로 달려가 전철타고 청량리에 내렸다. 영재네 형님 집으로 공중전화를 걸어 영재와 통화했다. 영재가 전화로 일러주는 대로 청량리역 앞에서 505번 시내버스타고 구이동 어린이대공원 후문 구이동 버스종점으로 갔다. 영재는 고등학교 때 입던 체육복을 입고 시내버스종점에서 기다리고 있었다. 서울에서 처음으로 만나는 영재가 반가우면서도 서로 몹시도 서먹했다. 영재와 함께 형님 집으로 들어가서 영재와 마주 앉아 도리원으로 장혜령 누나를 찾아갔고 그녀가 며칠 전에 우리 집에 찾아와서 있었던 일 모두를 영재에게 상세하게 이야기했다. 그리고는

"영재야! 혜령이 누나가 이거 너에게 주라고 하더라."

하며 들고 간 하얀 돈 봉투 하나를 영재에게 건넸다. 그 돈 봉투를 받아든 영재는 한동안 아무런 말이 없었다. 그날 우리는 혜령이 누나를 생각하며 서로 부둥켜안고 한참을 울었다. 그렇게 시간이 흐른 뒤 영재 형수가 차려주는 저녁 먹고 안동행 야간 완행열차 타고 돌아왔다. 그날 우리 두 사람은 서로에게 굳게 다짐했다. 반드시 서로의 목

표를 이루어 혜령이 누나에게 보답하자고 맹세했다. 어떠한 어려움이 닥쳐와도 반드시 이기고 당당하게 일어서서 혜령이 누나에게 찾아가자고 맹세하고 또 맹세했다.

  그 후 시간은 달리는 새마을호 열차보다 더 빠르게 흘렀다. 대학생활에 그럭저럭 적응했고 영재도 열심히 재수생활에 전념했다. 혹시라도 영재의 재수생활에 방해될까 염려되어 일부러 영재의 생활을 모른 체했다. 몇 달이 지나도록 서로 연락도 안했다. 그 시절은 손 편지를 하거나 찾아가서 만나야 했다. 요즘 같았으면 휴대폰으로 가끔 연락했을 것이다. 우리는 서로를 자신처럼 믿으면서 지냈다. 그런 친구 영재가 이제 와서 갑자기 한 마디 상의도 없이 대학에 원서도 한번 내보지 않고 스님이 되었다는 소식을 듣고 나니 눈앞이 캄캄했다. 주용이로 부터 영재가 해인사에 스님이 되기 위해 출가했다는 소식을 전해 듣던 그날 밤 한숨도 눈을 붙이지 못했다. 한마디 상의도 없이 해인사에 입산한 영재가 괘씸하기 그지없었고 온몸이 부들부들 떨렸다. 아니 괘씸하다기보다는 배신감이 엄습해 왔다. 무엇보다 혜령이 누나가 우리 두 사람에게 베풀어 준 은혜에 대한 배신행위라는 생각에 가슴이 터질듯 아파왔다. 내일 당장 해인사로 달려가서 영재를 만나 억지로라도 끌고 와야겠다고 결심했다. 한편으로는 고교시절에 불교학생회 활동하면서 그렇게도 존경하던 스님, 그런 스님이 되겠다는 영재의 결단이 존경스럽고 부럽기도 했다. 구도자의 길, 중생을 제도하는 거룩한 스님의 길을 선택한 영재의 결단에 박수치며 격려해 주고 싶은 마음도 가슴 한편에는 분명히 존재했다. 그런 영재를 막무가내로 말리는 것이 최선의 길인가에 대해서 밤새도록 하얗게 뜬

눈으로 고민했다. 가슴속에서 깊은 바다 파도처럼 일렁이는 갈등은

"구도자의 길을 걷는 스님의 길을 선택한 것 과 우리 두 사람이 대원사 포교당 법당에서 부처님 앞에 삼천배하며 굳게 다짐하고 다짐했던 우리의 목표 이 두 가지는 도대체 어떤 의미이고 무엇이 최선의 길일까?"

하고 밤새워 고민했다. 까만 밤이 하얗도록 고민해도 시원한 결론을 내리지 못 했다. 이때 혜령이 누나라도 가까이 있으면 달려가서 상의하면 좋을 텐데 하고 초라한 자취방의 까만 어둠에 홀로 갇혀 나도 모르게 흐르는 눈물만 수없이 삼켰다.

다음날 아침 새벽에 일어나 무작정 해인사로 떠났다. 왜? 지금 내가 무작정 달려가고 있는 것인지 내 자신도 몰랐다. 의무감 아니 차라리 영재의 이런 행동이 장혜령 누나에 대한 배신감이라 표현하는 것이 옳을 것이다. 해인사로 무작정 달려가는 나의 주머니 속에는 전 재산인 몇 만 원이 전부였다. 서울역에서 대구행 열차 타고 출발했다. 열차는 경부선철로를 느릿느릿 달렸다. 차창 밖으로 스치는 풍경은 겨울이라 황량했다. 아니 차라리 내 가슴이 더 황량하고 아팠다. 이상하게도 이제는 눈물도 더는 흐르지 않았다. 몇 시간을 달리는 동안 눈길은 찬바람이 쓸고 지나가는 빈 들판에 아무런 의미 없이 꽂혀 있었다. 저 멀리 빈 들판에 홀로 서 있는 낡은 허수아비의 모습이 지금 나의 모습처럼 느껴졌다. 완행열차 안의 떠들썩한 소리도, 홍익매점 아저씨가 옆을 지나며

"심심풀이 따앙코~옹 따끈한 김밥, 사이다, 콜라, 찐 계란 있어요."

하는 묵직한 소리도 이미 들리지 않았다. 어느덧 대구역에 기차는 도

착했다. 몇 시간을 달려왔는지 감각이 없었다. 대구역을 나와서 시내 버스타고 서부시외버스 터미널로 이동하여 해인사행 시외버스에 몸을 실었다. 얼마의 시간이 흘렀는지 시외버스가 어디로 달려가는지도 모르고 몇 시간을 버스는 달렸다. 어느덧 버스는 나를 해인사 앞 정류장에 내려놓고 비포장 길을 힘들게 달려온 시외버스는 씩씩 거리며 연신 거친 숨을 몰아쉬더니 뒤도 돌아보지 않고 미련 없이 달려 오던 길로 떠났다. 도착하고 보니 어느새 해는 뉘엿뉘엿 서산마루에 걸려 있었고 저녁노을이 붉게 물들기 시작했다.

이미 해인사입구 상가들은 거의 문을 닫았고 한 두 곳의 식당만이 문을 열어놓고 있었다. 주위를 두리번거리다가 그중 어느 식당에 들려 주인으로 보이고 마음이 후해보이는 펑퍼짐한 아주머니에게 물었다.

"사장님 저어~ 해인사로 가려고 하는데 어디로 가면됩니까?"

하고 물어보니 아주머니는 고개를 갸웃거리며 한눈에 아래위로 쭉 훑어보았다.

"이 시간이면 절에 문을 닫아서 경내로는 못 들어가는데~ 이 시간에 거기는 왜 가려고 하나요?"

엉거주춤하게 서서 조금 망설이다가

"아~ 예 저어~~ 저는 인천에서 대학을 다니는 학생입니다. 친구가 한 달포 전에 여기 해인사로 스님이 되려고 입산했어요. 그래서 인천에서 이렇게 무작정 찾아오는 길입니다."

하고 이렇게 늦게 찾아온 이유를 설명했다. 그 아주머니는 손으로 방향을 가리키며

"여기서 저 앞길 따라 오리정도 올라가야 하는데~"

하고 그 펑퍼짐한 식당주인이 친절하게 일러주었다. 아마도 나의 행색이 무척이나 초라하고 안 슬퍼 보였던 모양이었다. 그 펑퍼짐한 식당주인 아주머니는 잠시 식당에 들어오라고 했다. 어물쩡한 모습으로 식당에 들어서니 그 펑퍼짐한 주인아주머니는

"학생! 여기서 뭐라도 잠시 조금 먹고 올라가요."

라고 했다. 얼른 주머니를 만져보니 돈이 얼마 남지 않아 돌아갈 차비가 될까 말까 했다. 그래서 난처한 표정으로 말했다.

"저~ 괜찮아요. 배고프지 않아요."

하고 식당 문을 막 나서려 하는데 그 식당주인 아주머니는 나의 팔을 잡으며 말했다.

"내가 여기서 이 장사만 십 년을 넘게 했어요. 눈치 하나는 학생보다 빠르지요. 지금 막 식당 문을 닫으려하던 참이요. 돈은 안 받을 테니 도토리묵이라도 한 그릇 따뜻하게 먹고 한숨 돌리고 마음을 진정시키고 힘내서 올라가세요. 학생!"

하며 걱정스런 표정으로 바라보는 표정은 마치 엄마가 아들을 애처롭게 바라보는 듯했다. 약간은 떨떠름한 맛이 도는 도토리묵 한 그릇을 곱게 쳐서 고명으로 김 부스러기 약간 뿌려 양념간장하고 내어왔다. 김이 허옇게 올라가는 따뜻한 도토리묵 한 그릇이었다. 그 도토리묵을 한 숟가락 떠서 입에 넣는데 나도 모를 설움이 터져 나왔다. 흐르는 눈물을 손등으로 훔치는데 그 펑퍼짐한 식당주인 아주머니가 의자를 앞으로 당기며 말을 걸어왔다.

"여기서 장사하면서 일 년에 한두 번은 학생 같은 사람을 만나요. 보통은 여자 친구 아니면 주로 누나나 엄마가 많이 오지요. 학생은 입

산한 친구를 찾으러 왔다하니 대단하네요. 그러나 부디 마음을 진정하고 깊이 생각하여 입산한 친구의 가슴에 더는 대못을 박는 행동은 하지마세요."

하며 도토리묵 한 그릇을 다 먹도록 옆에서 걱정스러운 표정을 지었다. 후다닥 한 그릇을 비우고 일어나려고 했다. 그런 나의 팔을 다시 잡으면서 그 펑퍼짐한 식당주인은 한 마디 더 했다.

"묵 값은 필요 없어요. 혹시 절에 올라갔다가 시간이 늦어지면 어디 잠잘 곳도 없는 것 같은데 여기 간판에 적힌 이 번호로 전화하세요. 괜히 돈도 없는데 여관가지 말고 우리 집이 여기 이 건물 삼층이니 우리 아들하고 같이 자고 내일 아침 첫차 타고가면 됩니다."

하고 배려해주는 식당주인 아주머니께 고맙다며 몇 번이나 허리 굽혀 인사했다. 그때 먹은 도토리묵 맛은 지금도 가슴에 걸려있다. 아니 그 펑퍼짐한 식당주인의 마음이 가슴에 걸려 있다고 해야 옳을 것이다. 총총걸음으로 그 펑퍼짐한 식당주인이 일러준 길로 걸어가기 시작했다. 어느덧 해는 서산을 넘었고 산중이라 어둠이 빨리 깔리기 시작했다. 그날따라 서쪽 산위에 붉게 물드는 석양도 무척이나 서글프게 하늘을 붉게 멍 들이며 울고 있었다. 오리 정도의 거리를 올라가려면 빨리 걸어도 삼십 분은 족히 걸어야하기에 숨이 턱밑까지 차도록 걸었다. 어둠이 깔리기 시작하더니 사방은 금새 어두워졌다. 조금 더 걷다보니 개울을 건너는 후덕교가 앞에 떡 하고 버티고 서 있다. 대리석으로 만든 아치형 다리였는데 마치 그 다리를 건너면 속세에서 부처님 세계로 들어서는 듯했다. 후덕교 중간쯤에서 잠시 머뭇거렸다. 고등학교 때 불교학생회 활동하면서 수 없이 입으로만 내뱉었던 스님, 불쌍한 중생을 제도하는 부처가 되려는 거룩한 스님이었다.

불자로서

"부처님께 귀의하고, 불법에 귀의하고, 존귀하신 스님에게 귀의 하겠다."

는 삼귀의례를 배우고 믿었었다. 그런데 지금 친구 영재가 그 구도자의 길을 선택했는데 '내가 무슨 말을 영재에게 해야 할까?' 하고 생각하다가 후덕교를 건너서니 어느새 어둠이 짙어져 앞을 분간하기조차 어려웠다. 어둠속에서 조금 걷다보니 다행히 그날은 밤하늘에 보름달이 떠올랐다. 보름달 조명아래 희뿌연 길이 산속으로 구불구불 이어져있어 마치 부처님 세계로 안내하는 듯했다. 숨이 차서 잠시 머뭇거리는데 어느새 일주문이 떡하니 가로막고 서 있었다. 어둠속에서도 일주문의 그 당당한 위풍에 압도당했다. 일주문 위에는 어두운 밤인데도 『가야산 해인사』라는 명판이 크게 눈에 들어 왔다. 그리고 일주문 옆에는 고승들의 부도탑이 일렬로 쭉 도열해있었다. 둥글둥글하게 깎아 세워놓은 부도탑을 보는 순간 머리끝이 쭈뼛 서는 것 같았다. 일주문을 들어서면서 두 손 모아 진심으로 부처님께 빌었다. "부처님 내 친구 영재는 안 됩니다. 부디 영재를 저에게 돌려주세요." 하고 처음으로 부처님께 눈물의 기도를 올렸다.

어느덧 해인사 경내로 들어서는 입구에 도착했다. 보름달이 훤하게 비춘다고는 하지만 산중의 밤은 깊고 어두웠다. 사찰 안으로 들어가는 큰 대문 위에는 『해인총림』이라는 현판이 걸려있고 그 대문 안쪽 양 옆으로는 사천왕상이 큰 눈을 부라리고 험악한 얼굴로 노려보며 서 있었다. 해인총림이라 적혀있는 그 큰 대문 앞에 도착하니 사찰의 대문은 굳게 걸려있었다. 그 순간 조금 전 도토리묵을 따끈하게 한 그릇 내주던 펑퍼짐하고 인정 있어 보이는 식당주인 아주머니의 말이 생각났다. 그러나 다시 돌아서 갈 곳도 없는 처지라 몹시 당황되었다. 어둠속에서 한참을 망설였다.

"이대로 돌아서 내려갈까?"

하고 짧은 시간이지만 별의별 생각이 다 들었다. 그때 갑자기 등골이 서늘하고 머리끝이 섬찟하도록 무서움이 몰려왔다. 마치 누군가 뒤에서 훅! 하고 잡아당기는 듯한 섬찟함이 등 뒤로 스윽~하고 지나가는 듯했다. 겨울이라 날씨도 무척이나 추워서 온몸이 삼발사발 떨리기 시작했다. 주먹을 움켜쥐고 큰 대문을 마구 두드리기 시작했다. 조용한 경내가 꽝! 꽝! 꽝! 울리며 온 절이 떠나가는 듯한 큰소리로 부르며 대문을 마구 두드렸다.

"여보세요! 여보세요! 누구 안계십니까? 문 좀 열어주세요."

하고 절규하듯 소리쳤다. 아무리 소리쳐도 큰대문 안은 쥐죽은 듯 조용했다. 얼마나 두드리며 불렀는지 대문을 두드리는 손이 아프고 목도 아파왔다. 오늘 하루 종일 제대로 먹지도 못하여 그런지 추위에 온몸이 더욱 삼발사발 떨려왔다. 내 풀에 지쳐 그만 그 자리에 푹 주저앉고 말았다. 그때 큰 대문 안쪽 저편에서 언뜻 후레쉬 불빛이 번쩍였다. 그리고 대문을 향해 걸어오는 발자국 소리가 점점 크게 들리더니 대문 앞에서 멈추고는

"거기 누구십니까? 누가 이 시간에 이렇게 문을 두드린 겁니까?"

분명히 차가운 겨울밤의 날씨인데 온 몸에 식은땀을 흘리며 축 늘어져서 기어들어가는 목소리로 대답했다.

"저기요. 여기 대문밖에 사람이 있어요."

하고는 사람의 인기척이 들리자 아마도 난 혼절했던 것 같았다. 대

문이 열리고 스님 두 분이 후레쉬 비추어 나를 발견하고 놀라서 일으켜 세웠다. 식은땀으로 흠뻑 젖어 혼절해 있는 모습을 발견하고는 들쳐 업고 스님 처소로 가서 간호했던 모양이다. 정신을 차리고 보니 따뜻한 방 아랫목에 이불을 덮어놓고 온몸을 마사지하고 있었다. 정신이 들면서 나를 내려다보고 있는 스님의 얼굴은 마치 사천왕상처럼 크게 보여 화들짝 놀라 일어났다.

"여기가 어디입니까? 당신은 누구십니까?"

하고 말했다. 그 스님은 부처님 같은 편안한 미소로 빙그레 웃으며 "처사님 이제 정신이 조금 드십니까? 여기는 해인사 절이니 안심하십시오. 우선 이 따뜻한 물이라도 한 모금 마시세요. 처사님은 사천왕상 문 앞에 쓰러져 있어서 여기로 업고 왔습니다."

하면서 다리며 팔을 마사지하고 있었다. 그 때 마신 따뜻한 물 한잔은 처음으로 마셔본 관세음보살의 감로수였다. 정신을 조금 차리자 스님은 깨끗한 승복 한 벌을 건네주었다.

"처사님은 식은땀을 많이 흘려서 입고 있는 옷이 다 젖었으니 우선 이 옷으로 바꾸어 입으세요."

하며 방을 나갔다. 스님은 방을 나가다 말고 돌아서서

"처사님 우선 누룽지라도 조금 차려올 테니 옷 갈아입고 기다리세요."

하고는 방을 나갔다. 어찌할 줄 모르고 멍하니 앉아 있다가 스님이 준 옷으로 갈아입고 있으니 소박하게 차린 누룽지 밥상을 들고 들어왔다. 밥상을 보니 갑자기 허기진 배가 요동을 쳤다. 가만히 돌이켜 생각해보니 오늘은 인천 나의 자취방에서 간단하게 대충 챙겨먹은 아침 한 끼에 도토리묵 한 그릇이 하루 종일 먹은 것의 전부였다. 누룽지 한 그릇을 비우고 나니 온몸에서 신호가 왔다. 얼굴이 벌겋게 달아오르면서 식은땀이 났다. 그동안 아무런 말없이 지켜보던 스님은 어느새 녹차를 우려 놓고 기다렸다.

"처사님 얼굴에 화기가 도는걸 보니 이제는 안심이 됩니다. 이렇게 늦은 시간에 여기는 무슨 일로 오셨나요?"

하며 입가에는 부처님 같은 미소를 띠우고 얼굴은 환하게 밝아 너무나도 청아하고 단아하게 보였다.

"예 스님! 우선 삼배(三拜)부터 올리겠습니다."

하고 벌떡 일어나 합장하니 스님은 나를 잡아 앉히며 괜찮으니 앉아서 안정을 취하라 했다.

"예 스님! 저는 인천에서 대학을 다니는 학생 송창식입니다. 친구인 김영재가 여기 해인사에 한 달포 전에 입산했다는 소식을 듣고 오늘아침 무작정 여기로 달려왔습니다. 인천에서 대구를 거쳐 여기로 달려왔습니다."

스님은 기억을 더듬는 듯한 표정으로

"속가 이름이 김영재라. 아하! 그 행자로구나. 고향이 안동이라고 하던데~"

하며 스님은 나의 표정을 살폈다.

"예! 맞아요 스님! 안동입니다. 여기에 있는 거 맞지요."

하고 다급하게 묻는 나에게 스님은 조용하고도 낮은 음성으로 "예 여기에 계십니다."

하며 우려 놓은 녹차를 한 모금 마셨다.

"지금 영재는 어디에 있나요. 영재를 만나야 해요. 그 친구는 스님이 되면 절대로 안돼요."

스님은 녹차를 마시라며 내 앞으로 찻잔을 조용히 내려놓으며

"처사님 조금만 침착하세요. 지금 행자들은 여러 명이 함께 수행하는 중 입니다. 아마도 오늘저녁은 철야 정진하는 날로 알고 있습니다."

하며 또 녹차를 우려냈다.

"스님! 저는 오늘 영재를 만나려고 아침부터 여기까지 달려왔어요. 제발 만나게 해주세요."

하고 간절하게 말했다. 그때 나의 모습은 마치 다섯 살짜리 어린애가 생떼를 쓰는 꼴이었다. 그러자 스님은 지금까지와는 전혀 다른 얼굴 다른 어조로 단호하게 말했다.

"처사님! 절간에는 절간대로의 법도가 있어요. 절에 오시면 절간의 법도를 따르셔야 합니다. 오늘은 밤도 깊었으니 여기서 소승하고 주무시고 내일아침에 만나세요."

하며 내가 벗어놓은 식은땀에 흠뻑 젖은 옷을 들고 일어났다.

"스님! 그 옷은 왜 가져가십니까?"

하며 겁에 질린 표정으로 물어보는 나를 향해서

"처사님 이 옷은 밖에서 말려 내일 아침에 돌려 드릴 테니 걱정하지 마세요."

하며 스님은 나가고 홀로 우두커니 방천장만 바라보고 있었다. 곧이어 스님이 다시 들어왔다. 스님은 익숙한 듯 이부자리를 따뜻한 아랫목에 깔아주었다. 잠시 뒤치락거리다가 그날 하루의 피로가 덮쳐 나도 모르게 깊이 잠들고 말았다. 꿈결처럼 몽롱하게 밖에서 들려오는 범종소리에 화들짝 잠에서 깨어 일어났다. 그러자 스님은 언제 일어났는지 평온한 얼굴로 바라보며 말했다.

"처사님 잘 주무셨습니까? 몸은 좀 어떠신가요?"

하며 결가부좌하고 참선하던 스님이 낮으면서도 부드러운 목소리로 인사를 건넸다.

"예 스님! 감사합니다."

하고 인사하고 이부자리를 정돈하였다. 아침이 밝아오려는지 절 방의 출입문 창호지에는 희뿌옇게 여명이 스며들고 있었다. 어찌할 줄 모르고 엉거주춤하게 서 있는데 스님은 무심하게 한마디 툭 던졌다.

"밖에 나가면 세숫물 준비해 두었으니 세수하고 오세요."

하며 다시 고요하게 참선을 하는 듯 살며시 눈감고 돌아앉았다. 밖으로 나가니 툇마루 밑 처마에 물과 깨끗한 수건 한 장을 곱게 접어 올려놓았다. 그러는 사이에 아침햇살은 해인사 마당에 쨍그랑하고 떨어졌다. 크게 기지개 두어 번하고 세수하고 수건 들고 스님 방으로 들어섰다. 그런데 조금 전까지 있던 스님은 온데간데없고 내 앞에는 어제 입었던 옷이 깨끗하게 접혀 놓여있었다. 아마도 그 스님이 밤새 내가 정신없이 잠자는 동안에 말려서 가져다 놓은 것이었다. 그 옷을 보는 순간 눈물이 울컥하고 흘러 차마 그 옷을 입을 수 없었다. 한편으로는 자신이 부끄러워 고개를 들 수 없었다. 그때 스님이 아침밥상을 들고 들어왔다.

"어서 옷 갈아입고 아침 드세요. 절간이라 식사가 조촐합니다."

하며 온화한 미소로 바라보았다. 어찌할 줄 모르고 섰다가 털썩 밥상 들고 있는 스님 앞에 엎드려 울고 말았다. 스님은 밥상을 한쪽으로 내려놓고 등을 다독이며 진정하라고 했다.

"처사님 왜 이러십니까? 얼른 식사하고 도해행자 만나러 가야지요."

스님의 '도해행자'라는 말에 서러움이 밀려왔다. 나를 진정시키고 스님은 또 어젯밤처럼 녹차를 우려내려고 조용하게 준비했다. 흐르는 눈물에 밥 말아 어떻게 다 먹었는지 정신이 혼미했다. 이윽고 스님은 빈 밥상을 들고 나갔다가 냉수 한 그릇 들고 돌아왔다. 곧이어 스님은 작설차 한잔을 건네주었다. 아침햇살이 절간의 문을 조용히 열고 들어와 찻잔에 살포시 내려앉았다. 우려 놓은 녹차는 아침햇살에 잘게 부서져 찻잔 속에서 노란 줄무늬가 아주 가늘게 하늘거렸다. 찻잔을 두 손으로 받쳐 들고 코앞으로 가져갔다. 은은한 녹차향이 가슴 속 저 깊은 곳을 지나 이내 머릿속으로 들어왔다. 아침햇살에 영롱하게 빛나는 풀잎 끝에 맺힌 이슬방울처럼 머리가 맑아졌다. 한 모금 조심스럽게 입에 품고 혀를 말아 목젖까지 차를 밀어 올리니 따뜻한 차의 온기가 마치 차를 빚어낸 스님처럼 따뜻하게 온몸을 감싸 안았다. 서너 잔의 차를 더 마시며 스님은 조용하고도 단호하게 말했다.

"인천에서 여기까지 무작정 달려온 처사의 심정은 백번 이해합니다. 그러나 도해행자는 처사님보다 수 백 배 아니 수 천 배 더 고민하고 아프게 뒹굴며 피눈물을 몇 말이나 삼키고 결정했을 것입니다. 부디 깊이 생각하시고 도해행자의 앞길을 응원해 주시길 이 땡중이 엎드려 당부드립니다."

하고 똑 같은 말을 서너 번이나 간절하면서도 완고하게 반복했다. 그 스님의 그런 모습과 무거운 톤의 목소리는 마치 수 천근이나 되는 바위처럼 무겁게 느껴졌다. 나의 힘으로는 도저히 옮길 수 없는 천년 바위처럼 느껴졌다. 스님은 빈 찻잔을 씻어 마른수건으로 닦아 포개 놓고는 조용히 일어서면서

"자! 처사님 이제는 도해행자 만나러 갑시다."

하며 앞서서 방문열고 나갔다. 도해행자 아니 아직 나에게는 형제 같은 내 친구 김영재이다. 가슴이 마구 떨렸다. 다리가 후들거리고 손

도 떨렸다. 스님은 빠른 걸음으로 행자들이 생활하는 곳으로 앞서갔다. 몇 채의 절집을 돌고 돌아 어느 방문 앞에서 스님의 발길이 멈추었다. 그 방문 앞 섬돌에는 유난히 하얀 고무신 한 켤레가 밤새 차가운 공기에 얼어붙은 듯 바들바들 떨고 있었다. 아니 바들바들 떨고 있는 것이 고무신이 아니라 내가 떨고 있었는지도 모른다. 앞서가던 스님은 그 방문을 향해 나직이 불렀다.

"도해행자! 여기 나와 보세요. 멀리 인천에서 손님이 찾아왔어요." 하고는 돌아서 가면서 나를 향해 합장하였다. 나도 엉겁결에 합장하며 인사했다. 그리고 고개를 돌려보니 바로 내 앞 그 자리에 어느 샌가 돌처럼 굳어버린 영재가 박혀있었다. 머리는 삭발하여 추운 겨울 날씨에 파랗다 못해 짙푸른 빛이 검푸르게 감돌았다. 후질구레한 짙은 황토색 물을 들인 붉은빛이 감도는 행자복을 입고 하얗게 질린 얼굴로 합장하고 나를 향해 허리 숙이고 서 있었다. 합장한 영재의 손이 겨울의 찬바람에 파랗게 질려 파르르 떨고 있었다. 한참을 그렇게 서 있던 두 사람의 모습은 차라리 그 자리에 그대로 굳어버린 한 쌍의 석탑이었다. 얼마의 시간이 그대로 멈춘 뒤 이윽고 영재는 떨리는 목소리로 말을 걸어왔다.

"어떻게 알고 여기로 찾아왔어요?"

그 목소리를 듣는 순간 얼굴에는 그냥 눈물이 터져 흘러내려 턱 끝에서 소낙비내리는 여름날 처마의 낙숫물처럼 떨어졌다.

"야! 김영재! 너 지금 여기서 뭐하냐? 이게 도대체 무슨 일이냐?" 그 순간 그에게 달려들어 행자복 멱살을 잡고 다짜고짜 밖으로 끌고 나왔다.

"처사님! 처사님! 이게 무슨 짓입니까? 이거 놓으세요?"

하는 다급한 영재의 목소리가 크게 들렸는데도 절 방의 다른 스님 어느 누구도 밖을 내다보거나 나와서 말리는 스님은 아무도 없었다. 이미 나에게는 그 어떤 말도 들리지 않았다. 그냥 멱살 잡은 채 정신 없이 해인사 밖으로 끌고 달리다시피 내려오고 있었다.

"창식아! 제발 이거 좀 놓아라. 이거 놓고 우리 이야기하자."

하며 멱살을 잡은 손을 비틀었다. 그가 그렇게 발버둥 칠수록 손을 바꾸어가며 더욱 힘차게 끌고 내려왔다. 영재가 울음 섞인 목소리로 애원하며 버티다가 멱살 잡은 손등을 물었다. 얼마나 세게 물었는지 손등에서 피가 흘러도 그냥 끌고 내려왔다. 두 사람이 넘어지고 뒹굴어도 놓아주지 않았다. 얼마나 그렇게 도해행자 아니 내 친구 김영재를 끌고 뒹굴었을까? 어느덧 어제 저녁에 보았던 해인사 버스주차장이 눈에 들어왔다. 그제서야 영재는 매달려 애원하듯 울면서 말했다. "야! 창식아 이거 좀 놓고 우리 여기서 이야기하자. 제발! 여기까지 왔으니 이것 좀 놓아라."

그 순간 해인사입구 상점들이 눈에 들어왔다. 여기저기서 상점주인들이 우리를 지켜보고 서 있었다. 어제 저녁에 도토리묵 한 그릇을 따뜻하게 쳐 주신 그 펑퍼짐한 식당주인도 가만히 팔짱끼고 바라보고 있었다. 그 순간 다리에 힘이 풀리면서 그 자리에 풀썩 주저앉고 말았다. 그러자 영재는 옷을 단정하게 고쳐 입고 주위의 사람들에게 합장하며 인사했다. 그리고 나서 영재는 나를 향해 합장하며 말했다. "창식아! 우리 여기 어디 따뜻한 찻집이라도 좀 들어가자. 거기서 우리 이야기 하자꾸나."

하며 나의 손을 잡아끌었다. 영재의 손은 참으로 따뜻했고 목소리는 아주 낮고 부드러웠다. 앞서서 손잡고 걸어가는 그의 발걸음도 울고 있었다. 어깨도 소리 없이 흔들리고 있었다. 하늘도 울고 땅도 울었다. 아니 나와 내 친구 영재가 우는 것이 아니라 차라리 하늘이 울고 있었다.

  그날 가야산은 해인사를 병풍처럼 둘러싸고 서 있는 주봉인 상왕봉을 비롯한 많은 봉우리들도 우리를 향해 기도라도 하듯이 약간은 숙인 듯한 자세로 묵묵히 우리를 지켜주고 있었다. 상점들이 즐비한 건물 중앙에 있는 가야다방으로 들어갔다. 지하 다방이라서 퀘퀘한 곰팡이냄새가 진한 커피향과 범벅되어 참으로 묘한 냄새가 손님을 맞이했다. 다방레지는 영혼 없는 목소리로 눈길도 주지 않고 청소하던 젖은 걸레로 테이블을 닦으며 인사를 건넸다.
  "어서 오세요. 차는 어떤 걸로 드릴까요?"
  하며 다방레지는 연탄난로 위에서 끓고 있는 보리차 두 잔을 누렇고 둔탁하게 생긴 컵에 가득 따루어 작은 쟁반에 받쳐 들고 아침부터 껌을 짝짝 씹으며 껌 씹는 목소리로 주문을 받았다. 그 다방레지를 힐끔 쳐다보니 얼굴에는 화장품을 덕지덕지 칠했고 입술은 아이를 잡아먹은 것처럼 빨갛게 칠했다. 영재는 쌍화차 두 잔을 주문하고 또 그 다방레지를 향해 합장하며 인사했다. 우리는 침침한 다방 한쪽 구석자리에 앉았다. 그리고 둘 다 아무런 말없이 그저 흐르는 눈물을 삼키고 있었다. 시간이 얼마나 흘렀을까? 다방레지가 언제 쌍화차 두 잔을 가져다 놓았는지도 모르고 있었다. 앞에 놓인 찻잔이 싸늘하게 식었을 무렵 영재가 먼저 입을 열었다.
  "여기까지 나를 찾으러 창식이 너 만큼은 꼭 달려 올 거라 생각하고 있었다. 그런데 내 생각보다 조금은 빨리 왔구나."

하며 나를 바라보고 억지로 빙그레 웃었다.

"창식아! 미안하다. 너에게 한마디 상의도 없이 나 혼자 결정하고 행동했다. 부디 이런 나를 용서하고 이해해 주었으면 고맙겠다."

그렇게 말하는 그의 목소리는 분명히 심하게 떨리고 있었다.

"야! 영재야! 너가 왜 중이 되려고 하느냐? 나는 지금 이 사실을 도저히 받아들일 수 없다. 지금 당장 나하고 이 길로 돌아가자. 고향에서 울고 있는 엄마를 생각해서라도 제발 나하고 돌아가자. 그리고 혜령이 누나를 생각해 보아라."

영재는 자신의 눈길을 담배 연기로 꼬질꼬질하게 찌든 거무죽죽한 지하 다방 천장에 꽂아 놓고는 한동안 말이 없었다. 둘 사이에 무겁고 깊은 침묵이 얼마나 흘렀을까? 기나긴 침묵이 흐른 뒤 다시 그가 입을 열었다. 그때 그의 목소리는 지금까지 단 한 번도 들어본 적이 없는 단호하고도 결연한 목소리였다.

"창식아! 니가 나를 얼마나 아끼는지 누구보다 잘 알고 있다. 아니 피를 나눈 형제보다 더 소중히 여긴다는 걸 잘 알고 있다. 나는 반드시 성불하여 너와 혜령이 누나 앞에 당당히 설 것이다. 너가 나의 삶을 대신 살아줄 수 없고 내가 너의 삶을 대신해서 살아줄 수 없다. 나를 낳아준 부모도 나의 삶을 대신해서 살아줄 수 없다. 너는 너대로 나는 나대로 자신의 삶은 오롯이 혼자서 살아야한다. 내가 스스로 결정한 삶이니 부디 용서하고 지켜봐주고 응원해줄 수 없겠니?"

그렇게 말하는 영재의 눈에는 맑은 광체가 뿜어져 나왔다.

"영재야! 나하고 다시 몇 날 며칠을 더 고민해보자 응? 그러고도 똑같은 결론이 나면 그때 다시 입산해도 늦지 않잖아. 제발! 그렇게 하자."

나도 더 이상 물러설 수 없다는 기세로 단호하게 이야기했다. 그러자 그는 눈을 지그시 감고 한참을 지나서 말을 이어갔다.

"창식아 나도 쉽게 결정하거나 우발적으로 행동한 것은 결코 아니야. 엄동설한 해인사 대법당 마룻바닥에 엎드려 수 없는 밤을 지새우며 속가의 인연을 끊으려고 울고 또 울었다. 나를 낳아주고 길러 준 어머니께 용서를 구하려고 울다가 쓰러져 일어나니 흘린 눈물이 대법당 마룻바닥에 얼어붙어 옷이 떨어지지 않더구나. 그때 얼어서 찢어진 행자복을 지금도 그대로 간직하고 있으며 내 마음의 채찍으로 삼고 있다. 너는 누구를 또 그 무엇을 고민하며 흘린 눈물이 얼도록 뒹굴어 본적이 없지 않느냐?"

하며 바라보는 그의 눈에서 흐르는 눈물이 행자복 앞섶을 적시고 있었다. 또 다시 우리는 깊은 침묵의 세계로 빠져 들었다. 얼마나 시간이 흘렀을까? 해가 중천을 지나고 있을 무렵 그는 슬며시 내 손을 잡으며 말했다.

"오늘은 이미 시간이 늦었으니 절로 올라가서 나하고 하룻밤 지내고 내일 돌아가거라. 그렇게 하자. 응! 창식아!"

그렇게 우리는 서로의 손을 맞잡고 천천히 다시 해인사로 걸어 올라갔다. 서로가 말없이 그냥 발길이 이끄는 대로 걷고 있었다. 평생을 두고 걸어도 그렇게도 발걸음이 무거운 길은 다시 걸어보지는 못했다.

그렇게 해인사 행자방에 돌아온 우리는 저녁식사도 함께하며 간혹 서로를 쳐다보고 피식 웃기도 했다. 저녁 먹고 두 사람은 대법당으로 들어갔다. 서로 아무런 말없이 몇 시간동안 부처님께 절을 했다. 추운 겨울날씨인데도 땀이 흘러 옷이 젖어들기 시작했다. 그도 땀으로 젖었는지 아니면 눈물로 젖었는지 행자복 앞섶이 흥건히 젖어있었다. 얼마나 더 절을 했을까? 도해행자가 절을 마치는 목탁을 짧고 강하게 세 번 쳤다. 나는 그대로 대법당 마룻바닥에 푹 쓰러져 있었다. 도해행자 영재가 내 등 뒤에서 포근하게 감싸 안고는 떨리는 목소리로 말했다.

"창식아 미안하고 고맙다. 너는 너의 세상에서 최선을 다하고 나는 이곳 승려의 세계에서 최선을 다해 우리 둘 나란히 자신의 세계에서 성공하자."

하며 말하는 도해행자의 가슴은 따뜻하면서도 속으로 흐르는 피눈물을 삼키고 있는 듯했다.

"그래! 도해스님 꼭 훌륭한 큰스님이 되시게나. 믿고 응원할게."

나는 그때 입으로는 그렇게 말하면서도

"아니야 수 백 번 고쳐 생각해도 아니야 이럴 수는 없어!"

라고 가슴은 아직도 그렇게 절규하고 있었다. 두 사람은 아무런 말도 하지 못하고 도해행자 방으로 향했다. 방에 돌아와서 그는 녹차를 우려냈다. 녹차 몇 잔을 마실 때까지 서로가 아무런 말도 못 했다. 한여름 가뭄 때 말라든 동네우물 바닥처럼 깊고도 어두운 침묵이 흘렀다. 아니 그 깊은 우물 같은 침묵에 우리 두 사람은 빠져있었다. 마침내 도해행자는 무엇인가 찾는 듯 책상 서랍을 열어 흰 봉투 하나를 내밀었다.

"이게 무엇이야?"

하고 물었다. 그러면서도 도해행자의 눈을 마주치지 못하고 천장만 쳐다보고 있었다. 그러자 도해행자는 내 손을 잡으며

"내일 아침에 인천으로 돌아갈 때 차비하여라."

하고는 내 손을 힘주어 꼭 잡았다. 그때 나의 손을 잡은 도해행자의 손등이 눈에 확 들어왔다. 그 순간 가슴이 갈기갈기 찢어지는 듯한 아픔이 몰려왔다. 이제서야 도해행자의 손등을 보니 추위에 갈라터져 피가 맺혀 있었다.

"야! 손이~ 이 손이 왜 이래? 이게 뭐야!"

하고 놀란 토끼 눈으로 소리쳤다.

"응! 괜찮아. 지금은 행자승으로 고행 수도하는 중이라서 찬물에 설거지하고 있어. 그래서 손등이 조금 튼 거야. 괜찮아. 이 정도는 얼마든지 견딜 수 있어. 몸이 힘들고 아픈 건 마음이 아픈 것에 비하면 아무것도 아니야 견딜만해."

하고 말하며 피식 웃으며 돈 봉투를 나의 손에 쥐어 주었다.

"아니야! 나 돈 있어. 이건 스님이 보관했다가 몸이 아프면 약 사먹어. 약 사서 손등이라도 좀 발라."

하고 떠밀었다. 그러자 도해행자는 엷은 미소를 띠며 말했다.

"조금 전 법당에서 절할 때 벗어놓고 간 너의 호주머니를 뒤져보니 돈이 얼마 없더구나. 그 돈으로는 인천으로 돌아가려면 모자랄 것 같으니 그냥 받아 주렴. 이것이 내가 속가에서 맺은 너에게 줄 수 있는 전부이다. 그러니 제발 아무런 말하지 말고 받아주렴."

하고는 잠시 망설이다가 조심스럽게 다시 입을 열었다.

"창식아! 혜령이 누나는 지금 어디에 계시냐? 여전히 건강하고 예쁘겠지?"

하는 도해스님의 눈길이 촉촉이 젖었다.

"응 혜령이 누나! 아마도 잘 있을 거야? 나도 연락 못 한지 한 참되었어. 지난 오월인가 유월인가 그때 한번 전화통화하고는 지금까지 연락을 못 했어. 왜? 그 누나가 궁금하냐? 알아보고 연락해 줄까?"

하며 스님의 눈을 마주쳤다.

"아니야! 그냥 너 보니까 생각이 나서~ 그리고 너 혜령이 누나에게 자주 연락하고 잘 해라. 그전에 내가 가만히 보니 누나는 나보다 너를 더 아끼는 것 같더라. 창식아! 너 여자 친구 생겼느냐?"

하고 느닷없이 엉뚱한 질문을 했다.

"아니 왜? 갑자기 그런 걸 물어? 너도 잘 알잖아. 지금 내가 연애질이나 할 형편이 아니란 걸 말이다."

라고 말하는데 나의 얼굴이 상기되어 벌겋게 달아올랐다.

"창식아! 혹시라도 말이다. 너 연애하려면 누나에게 승낙 받고 해라. 알았냐!"

그 말에 따지기라도 할 것처럼 말을 했다.

"왜? 내가 왜 그래야 하는데? 누나가 뭐! 내 애인이라도 되냐?"

도해스님은 빙그레 웃으며 말을 이어갔다.

"창식아 내가 보기에는 말이다. 혜령이 누나가 아마도 너를 가슴에 담고 있는 것이 분명하다. 나와 만날 때마다 언제나 너 이야기만 했어. 혜령이 누나는 틀림없이 너를 사랑하고 있어."

라고 말하며 내 손을 꼭 잡았다.

"물론 너 만큼 혜령이 누나가 나도 사랑해 주었다. 그런데 이제는 너가 나의 몫까지 누나를 사랑해야 해. 그래서 내가 누나에게 허락받고 여자 친구 사귀라고 말한 거야. 창식아! 혜령이 누나는 최소한 우리 두 사람에게는 관세음보살님이 강림하신 거야. 그러니 너는 꼭 혜령이 누나를 잡아야해 알았냐? 꼭! 내말 명심하거라."

그제서야

"응 알았어. 나도 언제부터인가 누나가 여자로 보여. 하지만 누나는 우리에게 너무나 큰 은혜를 베풀어준 큰 언덕 같은 사람이야. 바라보기조차 어려운 선배누나야."

도해행자는 얼굴에 엷은 미소를 띠며 합장한 자세로 말했다.

"내가 법당에서 수행하고 기도할 때마다 너와 혜령이 누나 서로 사랑하고 잘 되라고 기도할게. 그러니 남자인 니가 먼저 고백해 보아라. 틀림없이 누나는 행복하게 너의 사랑을 받아 줄 거야."

내가 재수하던 어느 날 대원사포교당 법당에 들렸었다. 거기서 혜령이 누나를 만났는데 그때 누나는 내게 말했다.

"난 연하의 남자와 결혼할거야. 하고 그 때 내가 분명히 보았다. 그 연하의 남자가 바로 너라고 말이다. 창식아! 너가 먼저 누나에게 고백해라. 내가 여기서 기도할게."

우리는 이미 스님과 처사가 아닌 옛날의 친구로 돌아가 시간가는 줄 모르고 서로를 가슴에 담고 있었고 용서하고 있었다. 그렇게 그날의 밤은 지나고 다음날 아침이 밝았다. 아침밥을 둘이서 마주앉아 먹고 해인사를 나왔다. 일주문까지 따라와서 배웅하고는 떠나는 나의 뒷모습에 합장하고 서서 몇 번이고 절하며 내가 보이지 않을 때까지 손을 흔들며 서 있었다. 조금 더 걸어 내려오다가 가던 길을 되돌아 올라와 보니 도해스님은 빠른 걸음으로 스스로 승가의 세계로 계단을 올라가고 있었다. 그런 스님의 뒷모습을 물끄러미 바라보니 가슴에 이유도 모르는 통증이 가슴 저 깊은 곳에서 올라왔다.

그 길을 도저히 혼자서 그냥 돌아서 떠나올 수 없었다. 그길로 해인사 뒤편 가야산을 향해 아무런 생각 없이 그냥 앞에 산으로 가는 길이 있기에 자꾸만 한발 한발 길을 따라 올라갔다. 마음이 허전하고 아파져서 그냥 돌아서 올 수 없었다. 자꾸만 '왜? 왜? 왜?'라는 질문만 자신에게 수 없이 되뇌며 그냥 앞에 길이 있으니 발이 이끄는 대로 하염없이 올라갔다. 산길을 오르면서 앙상한 굴참나무 가지 사이로 올려다 본 하늘도 나의 마음을 위로하듯 짙은 구름으로 덥혀 있었다. 얼마나 걸어 올랐을까? 등골타고 땀이 흘렀다. 주위를 살펴보니 어느새 가야산 정상에 도착했다. 조금 전까지 짙은 먹구름으로 덥혀 있던 하늘이 요동치기 시작했다. 바람이 불고 눈송이가 날리는가 싶더니 금새 강한 눈보라가 몰아치기 시작했다. 앞이 보이지 않는 지독한 눈보라였다. 아무런 준비 없이 홀로 올라온 터라 순간적으로 무척이나 당황했다. 몰아치는 눈보라에 갇혀 오싹한 두려움이 밀려왔다. 추위에 온몸이 떨리기 시작했다. 주위를 살펴보니 산정상 남쪽에 큰 바위 두 개가 서로 기대고 있고 그 바위 밑에 몸을 숨길만한 틈이 있었다. 그때 눈보라는 바위 뒤쪽에서 불어오는 북풍이었다. 눈보라가 멈출 때까지 피할 생각으로 바위틈에 몸을 간신히 밀어 넣었다. 눈보라는 한동안 멈추지 않았고 바람은 더 거세게 불었다. 얼마의 시간이 흘렀는지 바위틈에 쪼그리고 앉아있어서 다리가 몹시 저려왔다. 얼마나 시간이 지났을까? 온몸이 떨려 이빨이 서로 맞부딪히는 소리가 나의 의지와는 상관없이 '다다닥 다다닥'들려왔다. 아무리 몸을 웅크리고 손을 비비고 얼굴을 비벼도 소용이 없었다. 점점 정신이 혼미해지는 것을 알아차리는 순간 이러다 여기서 얼어 죽을 수도 있겠다 싶었다.

"정신을 차려야 해. 나는 살아서 혜령이 누나를 영재의 몫까지 사랑해야 해!"

하고 나 자신도 모르게 관세음보살을 불렀다.

"관세음보살 관세음보살 관세음보살~~~~~~"

추위에 몸과 입이 얼어붙어 분명히 관세음보살을 연호하는데 목소리는 밖으로 세어 나오지 않았다. 얼마나 시간이 흘렀는지 흐릿해진 눈을 비비며 정신 차리고 앞을 내다보니 다행히도 하늘은 다시 조금씩 열리고 있었다. 그토록 혹독하던 눈보라도 조금씩 그 위용이 수그러들고 있었다. 언뜻언뜻 구름사이로 햇살이 쏟아지고 바람도 서서히 잦아들었다. 그 때였다. 바위 뒤편에서 몇 사람의 인기척이 들렸다. 반가운 마음에 얼른 일어나 나가려다 휘청이며 넘어지고 말았다. 오랜 시간 쪼그리고 바위틈에 앉아있어서 그랬는지 다리가 풀려 넘어진 것이다. 얼른 일어나 툭툭 털며 인기척이 나는 바위 뒤편으로 돌아나갔다. 등산 장비를 갖추고 올라온 서너 명의 등산객이었다. 그 등산객 중 한 여인이 나를 보더니 흠칫 놀라며

"아니! 지금 이런 날씨에~ 여기까지 혼자 그것도 그런 복장으로 아무런 대책 없이 여기까지 올라오신 거라예?"

하며 놀란 듯 바라보며 큰소리로 말했다. 그들은 모두 나의 주변으로 우르르 몰려들었다.

"예~ 어쩌다보니 이렇게 되었습니다."

하며 추위에 얼어붙은 입으로 덜덜덜 떨면서 그들에게

"해인사에 스님이 되려고 입산한 친구를 찾아왔다가 홀로 돌아서는 가슴이 너무 아파서 아무런 생각 없이 그냥 앞에 길이 있기에 여기로 정신없이 올라 오다보니 이렇게 되었어요."

하고 여기에 올라온 이유를 억지로 기어들어가는 목소리로 말했다.

그들은 나를 바라보며 어이가 없다는 듯 그들 중 한 여인이 말했다.

"눈이 이렇게 내리는데 여기 얼어 죽으려고 왔어예?"

그렇게 말하는 그녀는 무척이나 놀란 듯 했다.

"아니요. 정상에 도착하니 눈이 내리기 시작했어요. 그래서 당황스럽고 겁도 나고 해서 여기 바위틈에서 눈보라를 피하며 기다렸어요." 그녀는 추위에 온몸이 삼발사발 떨고 있는 나에게 등산가방을 열어 바람막이 자켓 하나를 꺼내 건네주며 우선 이거라도 걸치라고 했다. 그리고 그 바위틈 앞으로 오라고 하였다. 그녀와 일행들은 등산가방에서 석유버너를 꺼내고 펌프질하고 불 붙여놓고 손이라도 좀 녹이라며 코펠에 물 붓고 끓이기 시작했다. 산정상의 해발이 높아서 그런지 석유버너의 화력이 꽤 쎈대도 물은 쉬 끓지 않았다. 한참을 지나서 코펠에서 김이 나기 시작했다. 그녀는 뜨거운 물 한잔을 건네주며 마시라고 했다. 그녀는 곧바로 등산가방을 뒤지더니 라면 한 개를 꺼내서 끓였다. 조금 기다리니 코펠에서 라면이 끓기 시작했다. 그녀는 젓가락으로 코펠의 라면을 휘휘 저어 먹으라며 내 앞으로 불쑥 내밀었다.

"선생님예! 저가 가져온 라면이예. 이것 밖에 없으니 둘이서 반씩 나누어 함께 먹어예."

하며 예쁘게 웃었다. 그런 그녀의 미소는 아마도 천사의 미소였을 것이다. 아니 내가 눈보라 몰아치는 바위틈에서 웅크리고 앉아 간절히 연호한 관세음보살이 간절한 나의 부름에 나타난 것이 분명했다.

"아니요. 저는 괜찮으니 그냥 드세요. 저는 뜨거운 이 물 한잔이면 충분합니다."

하고 사양하니 그녀는 또 빙그레 연화미소를 띠우며

"선생님예! 이런 산에서 체면 차리면 저체온 증으로 얼어 죽어예. 선생님이 여기서 얼어 죽으면예. 우리가 시체를 업고 내려가야 하니 얼른 드셔예. 그 대신 반은 남겨 줘예. 저도 먹어야 하니 말이라예."
하고 내 앞으로 코펠을 또 다시 내밀었다. 그래서 나는 그녀에게

"그럼 아가씨가 먼저 반을 먹고 저에게 주세요."

하고 말하니 그녀는 환한 표정으로

"선생님예! 아이 참! 이래 봐도 저는 여자라예. 내가 먼저 먹으면 여자라서예. 조금밖에 못 먹을 것 같아서 그래예. 그러니 딱 반만 얼른 먹고 줘예."

하며 그녀는 밝게 웃었다. 그 웃음에 하는 수 없이 라면을 받아들고 몇 젓가락 건져먹고 돌려주니 그 아가씨는 더 먹고 달라고 했다.

"선생님예! 남자가 뭐 그래예? 반도 모르나예? 그냥 국물도 후르룩 후르룩 몇 모금 더 마시고 줘예."

그때 마신 라면국물 맛은 아마도 이 세상에서는 맛보지 못하는 천상의 맛이었다. 아마도 관세음보살이 현신하여 끓여주는 라면이니 당연히 천상의 맛이었을 것이다. 그렇게 라면 한 개로 두 사람은 온기를 나누고 나니 그렇게도 무섭게 몰아치던 눈보라도 멈추었고 내린 눈도 햇살에 어느 정도는 녹아있었다. 그녀는 등산가방에 석유버너와 코펠을 챙겨 넣어 짊어지고는

"이제는 곧바로 하산해야 해예. 자! 출발해예."

하며 동료들과 함께 하산을 서둘렀다. 반개의 라면을 나누어 준 그녀는 등산스틱 하나를 건네주며 눈길이 미끄러우니 조심하라며 앞서서 손도 가끔씩 잡아주며 하산했다. 하산하는 길은 눈이 내려 쌓여있는 터라 나의 운동화로는 무척이나 미끄러웠다. 나는 그 때

대학생들 사이에서 유행하던 목이 긴 하얀 농구화를 신고 있었다.

그렇게 우리는 천천히 하산하면서 가야산 정상에서 라면 한 개를 나누어 먹었던 그 아가씨가 유독이 더 나를 챙겨 주었다. 함께 온 동료들의 눈치를 살피며 자꾸만 내 곁에서 말을 걸어 왔다. 그리하여 그녀와 대화하는 중에 나는 인천에서 대학을 다니는 학생이고 고향은 안동이라고 했다. 그리고 오늘은 대구를 거쳐 인천까지 가야한다고 말했다. 하산하면서 그녀는 대구에 살고 있으며 경북대학에 다닌다고 했다. 평소에 등산을 좋아해서 경북대학교 등산 동아리 반에서 이렇게 겨울산행도 가끔 한다며 오늘 올라온 이 가야산은 여러 번 올라온 산이라서 눈이 내려도 등산반 동료들과 함께 정상까지 왔다고 했다. 가야산을 하산하면서 함께 온 다른 회원들은 어느새 나와 그녀의 눈치를 살피며 오히려 조금 떨어져서 걸었다. 그날 그녀와 등산 동아리 반 회원들은 내 생명의 은인이었다. 눈보라가 몰아치는 가야산 정상에서 자칫 저체온 증으로 생명이 위태로울 수 있는 상황에서 나를 발견하고 구해 준 생명의 은인이었다. 그날 그녀와 서너 명의 등산 동아리 반 회원들은 대구 서부시외버스 터미널까지 동행했다. 해인사 정류장에서 대구까지 시외버스 타고 오면서 그녀와 나란히 앉아 서로 더 많은 이야기를 주고받았다. 버스에서 이야기하며 주로 그녀가 묻는 말에 대답하는 정도였다. 그녀는 대화를 적극적으로 이끌었다. 그런 그녀의 태도에

"혹시 이 아가씨가 내게 관심이 있나?"

하고 잠시 생각했다. 그러나 그날 나의 머리에는 온통 영재 생각으로 꽉 차있었다. 그녀와 대화하면서 주로 그녀가 묻는 말에 대답

하며 서로를 조금 더 구체적으로 알게 되었다. 그녀는 대구의 서부 터미널에서 등산반 동료회원들과 헤어지고 나서 함께 대구역까지 시내버스 타고 동행하며 친절히 끝까지 안내해 주었다. 그녀는 내 모습이 초라하여 측은하게 생각했던지 대구기차역에서 서울역까지 새마을호 자석표도 끊어주었다. 아니라고 해도 그녀는

"우리 엄마가 남의 일을 봐 주려면 삼년상까지 봐주라고 했어예."
하며 일방적인 행동으로 밀어붙였다. 그러는 사이 기차 출발시간이 다가왔다. 고맙다는 인사하고 개찰구로 막 들어가려는데 그녀는 상기된 얼굴로 화가 잔뜩 난투로 종이쪽지 하나를 내밀며 말했다.

"선생님예! 이거 받아예. 무슨 사람이 그래예? 아까 가야산 정상에서 얻어먹은 라면 반개 값은 언제 돌려 주실끼라예? 하다못해 연락할 주소라도 물어봐야 예의 아닌가예? 그거 내 주소라예. 인천에 가시면 편지해예."

하고는 쌩하고 돌아섰다. 돌아서는 그녀의 뒷모습은 화가 난 것이 아니라 방긋방긋 웃고 있는 듯했다.

"아이쿠! 미안합니다. 오늘은 정말 고맙고 감사합니다. 아가씨 덕분에 목숨을 구했어요. 내가 해인사에 입산 한 친구 때문에 제정신이 아닙니다. 다음에 꼭 보답할 기회주세요. 인천에 도착해서 편지 하겠습니다."

하고 겸연쩍게 뒤통수를 긁적거렸다. 그제서야 그녀는 환하게 웃으며 밝은 표정으로

"아니라예 괜찮아예. 괜히 한번 해본 소리라예. 인천에 가서 꼭 편지해예. 기다릴끼라예."

하고는 등산가방을 둘러매고 대구 기차역를 딸랑딸랑 빠져 나갔

다. 마치 가을날 도토리나무 밑에 금방 떨어진 도토리 마냥 윤기가 반지르 흐르는 통통 튀는 모습이었다.

 기차역을 걸어 나가는 그녀의 뒷모습을 물끄러미 바라보았다. 신발은 빨간색 등산화를 야무지게 신발 끈을 당겨 매어 신었고 바지는 겨울용 재질의 좀 두툼한 청바지를 입었는데도 엉덩이가 곧 터질듯 팽팽했다. 상의는 전문 등산용 자켓을 입었는데 가슴의 볼륨이 조금 크다고 느껴졌다. 둘러 맨 등산가방 옆에는 스텐 물잔이 하나 달려있었다. 그녀가 기분 좋게 걸어가는 발걸음 따라 매달린 물컵도 딸랑딸랑 춤추는 듯했다. 쫄랑쫄랑 걸어가는 걸음마다 그녀의 머리카락은 그다지 길지는 않았는데 빨간 등산가방 위에서 나폴나폴 춤추고 있었다. 그렇게 그녀는 조금 걸어가다가 몸을 획하고 돌려 뒷걸음으로 걸으며 그녀의 뒷모습을 물끄러미 보고 있는 나를 향해 살랑살랑 손을 흔들었다. 그리고는 자신의 손목을 손가락으로 가리키며 기차 출발 시간이 다 되었다며 빨리 들어가라고 손을 흔들었다. 그녀에게 꾸벅 인사하고는 플랫폼으로 뛰어서 들어갔다. 내가 기차에 오르고 자리에 앉았다. 기차는 이내 출발했다. 달리는 차창 밖으로 스치는 도시 풍경을 무심히 바라보고 있는데 차창 밖으로 대구역 바로 옆 육교 난간에서 지나가는 기차를 향해 크게 손을 흔드는 등산복 차림의 그녀 모습이 보였다. 그녀는 기차가 다 지나가도록 내가 어디에 탔는지에 상관없이 그냥 내가 탄 그 기차를 향해 그렇게 손을 흔들고 있었다. 나도 창문 유리에 손대고 그녀를 향해 작게 흔들어 주었다. 비록 그녀가 볼 수 없더라도 그냥 그렇게 손을 흔들어 주었다.

이윽고 기차는 도심을 벗어나 휑하니 빈 들판을 가로질러 달리고 있었다. 내 머릿속에는 그녀 생각은 별로 없었다. 그녀는 가야산 정상에서 부터 등산반 동료들의 눈치를 슬슬 보며 적극적으로 관심을 보였다. 대구에 도착해서도 등산반 다른 동료들과 헤어지고 처음 보는 나에게 서부시외버스터미널에서 대구역까지 바래다주고 기차표도 구입해 주었다. 또 가야산 정상에서 끓여준 라면 반개의 값을 돌려달라는 이유로 자신의 주소를 메모지에 적어 건네주었다. 그런 그녀의 적극적인 태도가 다소 부담은 되었지만 그냥 고마운 아가씨 정도로 느꼈었다. 그날 나의 머릿속에는 오로지 스님이 된 영재 생각으로 가득했다. 영재를 생각하면 할수록

"이건 아니야! 이건 아니야! 영재는 중이 되어서는 안 되는데~"

라는 생각으로 겨울풍경이 스치는 차창에 대고 혼잣말로 중얼거렸다. 고등학교 시절 불교학생회 활동하면서 스님의 길, 구도자의 길을 걷는 존귀한 스님에게 귀의 한다는 삼귀의례를 수 없이 듣고 배우고 입으로 독경한 우리였다. 그런데 지금 영재가 그 존귀한 스님이 된다는데

"내가 왜 이랬는가?"

하고 생각했다.

"이런 나의 생각이 욕심이고 번뇌일까? 그래! 이것은 나의 욕심에서 비롯된 번뇌일 거야!"

하고 아무리 마음을 고쳐먹으려 해도 내 가슴은

"아니야! 아니야! 안 돼!"

하는 생각이 제어할 수 없는 샘물처럼 솟아났다. 가슴은 겨울 빈 들판에 홀로 남겨진 낡은 허수아비처럼 생각할수록 더욱 자신이 초라

하고 텅 비어 갔다. 기차는 새마을호라서 그런지 빠르게 달려 서울역에 도착했다. 그 길고도 먼 길을 돌아 이틀 동안의 여행 아닌 여행을 마치고 무사히 자취방으로 돌아 왔다. 인천으로 돌아 온 후로 며칠을 그냥 허비했다. 도무지 모든 일이 손에 잡히지 않았다. 그러던 어느 날 늘 입고 다니는 미제 군용잠바 윗주머니 속에서 대구를 떠나올 때 대구 기차역에서 건네 준 그녀의 쪽지를 발견했다.

"아차! 내가 잊고 있었구나."

하고 그 쪽지를 살펴보니 대구시 수성구에 사는 김수영이라는 주소와 이름이 예쁜 글씨로 또렷이 적혀 있었다. 가야산 정상의 그 혹독한 눈보라 속에서 생명을 구해 준 그녀에게 편지를 써야겠다고 생각했다. 그날 밤 자취방에서 여러 장의 편지를 썼다가 찢어버리기를 반복하다가 겨우 한통의 편지를 썼다. 그 편지에 『혹독한 눈보라 몰아치는 가야산 정상에서 구해준 은혜에 감사하며 그날 끓여준 라면국물 맛은 목숨을 살린 관세음보살의 감로수였다. 아마도 수영씨는 관세음보살이 내 앞에 현신한 것이라 믿는다. 앞으로 살면서 그 라면국물 맛은 결코 잊을 수 없을 것이다. 그 때는 친구가 해인사에 스님이 되려고 입산한 충격으로 미처 못다한 감사의 마음을 갚아 줄 기회를 꼭 달라하며 기다린다.』고 적었다. 다음날 학교 구내우체국에 들러 등기 속달로 보냈다. 인천에 도착하여 곧바로 편지 쓰지 못한 미안한 마음으로 속달로 보냈다. 그리고 일주일 정도 지나서 대구 김수영 그녀로 부터 답장이 왔다. 그녀의 답장은 정성이 듬뿍 넘쳤다. 그녀는 "내 편지를 많이 기다렸고 다시 한 번 만나보고 싶다"

며 마치 오랫동안 사귄 친구처럼 따뜻하고 정성이 듬뿍 담긴 답장을 보내왔다. 그 후로 그녀와 여러 통의 편지가 오고 갔다. 편지가 오고 가면서 조금씩 편안한 사이로 변해갔다. 아마도 직접 대면하지 않고 편지로 소통하다보니 조금은 쉽게 서로의 마음을 열어 보였던 것 같다.

어느 때인가 부터 그녀는 편지에 보고 싶고 사랑한다는 말을 자연스럽게 써 보냈다. 몇 번의 편지를 더 주고받으면서 그녀는 자신의 집 전화번호를 적어 보냈고 집으로 전화하라고 했다. 그러면서 나의 자취방 주인집 전화번호를 달라고 했다. 나도 아무런 생각 없이 답장을 쓰면서 자취방 주인집 전화번호도 알려 주었다.

장미들의 수다

 그러는 동안 겨울방학이 끝나고 신학기 수강 신청하고 주말이나 쉬는 날이면 건설 현장에서 노가다하며 바쁘게 지냈다. 그렇게 시간은 흘러 대학생활 이학년 벚꽃 피는 봄이 되었다. 대학 캠퍼스는 새싹이 돋아나 누렇던 잔디 위로 파란색이 차츰 채색되어 갔다.

 신입생들의 밝은 표정도 새싹처럼 파랗게 온 캠퍼스에 넘쳐났다. 사월 달에는 중간고사를 치루었고 게으른 교수는 중간고사 시험 대신에 리포트로 제출했다. 낑낑 거리며 힘에 버거운 중간고사와 리포트를 제출하였다. 어느덧 대학생활의 꽃인 오월의 대학축제 시기가 돌아왔다. 축제를 함께 즐길 파트너를 구하기 위해 토목과 과대표가 주선하는 단체 미팅에 나가자는 과대표의 제의가 들어왔다. 미팅 나가자는 말에 머릿속에서는 갑자기 두 여인이 환하게 웃으며 번갈아 스크린 되어 스쳤다.
 "두 여자 중에 누구에게 축제 파트너로 와 달라 라고 이야기할까?"
 하고 망설이다가 장혜령 누나 그녀에게 말해보기로 마음속으로 결정하고 동전을 한 움큼 바꾸어 공중전화로 달려갔다.

  이번에 만약 그녀가 축제에 달려와 준다면 그녀에게 적당한 분위기 되면 고백하리라 생각하니 가슴이 콩닥거렸다. 수화기 들고 동전을 서너 개 밀어 넣고 다이얼을 돌렸다. 수화기 너머로 발신음이 길게 들렸다. 뚜르르 뚜르르~~ 하고 신호음이 서너 번 들려오더니 수화기 너머로 묵직한 남자 목소리가 흘러나왔다.
  "예 산업계 김아무개입니다. 무엇을 도와 드릴까요?"
  하는 아주 사무적인 말투로 전화 받았다.
  "수고하십니다. 장혜령 주사님 부탁합니다."
  나는 최대한 정중한 말투로 상대방이 보이지 않는데도 공중전화기에 대고 절을 꾸벅꾸벅 했다. 그러나 그는 쓰다달다 대꾸도 없이
  "장주사 전화요."
  하고는 수하기를 책상에 던지는 듯한 소리가 덜커덩하고 크게 들렸다. 곧이어 수화기 너머로 아주 사무적인 목소리로
  "예 산업계 장주삽니다."
  하고 그녀의 목소리가 들렸다. 지금까지는 곧잘 들리던 공중전화에서 동전 떨어지는 철커덕! 하는 가슴 졸이는 소리도 그녀의 목소리가 들리는 순간부터는 더 이상 나의 귀에는 들리지 않았고 다만 그녀 장혜령 누나의 애교 섞인 예쁜 목소리만 들렸다.
  "누나! 창식이 입니다."
  하고 설레는 마음으로 대답하니
  "어! 그래 반갑다. 오랜만이네 잘 있었어? 몸은 괜찮아? 밥은 먹었어?"

하며 대답할 틈도 주지 않고 그녀의 맑고 고은목소리가 쏟아져 나왔다.

"아~ 예 저는 잘 있어요."

하고 대답하는데 그녀는 바로 말을 이어갔다.

"그런데 어쩐 일이야? 무슨 일이 있는 거는 아니지?"

하고 그녀의 얼굴이 환하게 수화기를 타고 흘러 나왔다. 조금 망설이다 내가 더듬거리며 말했다.

"누나 오월 십일 토요일에 시간이 되나요? 우리학교 축제기간이라서 누나를 축제파트너로 초대하고 싶어요. 어때요? 그때 시간 낼 수 있어요?"

그러자 그녀의 목소리는 갑자기 차분해졌다.

"응 그렇구나! 그런데 그때는 안 되는 데~ 그 주 토요일과 일요일에 방통대 중간고사 기간이라서 안 되는데~~ 왜? 지금 너 나를 축제 파트너로 신청하는 거야?"

하며 잠시 뜸을 들이더니

"창식아 너 주변에 예쁜 여대생 없어?"

하고 말하는데 수화기 너머에서 아쉬워하는 그녀의 목소리와 얼굴이 와락 쏟아져 나왔다.

"창식아 대학생활의 꽃인 축제파트너는 미팅도하고 해서 그렇게 구해라. 너 이때 그런 거 못 하면 평생 후회한다. 나는 안 돼! 너의 애인도 아니고 나이가 많잖아. 후배 여자아이들 중에서 꼭 나보다 더 예쁜 아이로 구해서 즐겨라. 꼭 그렇게 하렴. 나 지금 근무 중이니 나중에 또 전화해줘. 이만 끊자."

하며 주위의 눈길을 의식하는 듯 낮은 목소리로 말했다.

"아~ 예 누나 죄송해요."

하고 말이 끝나기도 전에 수화기에서 전화 끊김 음이 '뚜뚜뚜~'하고 새어 나왔다. 한 움큼 바꾼 동전이 아직 반도 더 남아있었다. 그런데 이상하게도 가슴은 아직도 콩닥 거렸다. 터덜터덜 자취방으로 걸어갔다. 자취방에서 뒹굴다보니 어느새 해는 저물어 주위가 어두워졌다. 그녀의 퇴근시간이 지나도 내 자취방 주인집으로 그녀의 전화는 없었다. 그 다음날도 없었고 또 그 다음날도 그녀의 연락은 오지 않았다. 이틀을 기다리다 못해 그녀의 퇴근시간 오 분전에 면사무소로 전화를 걸었다. 몇 번의 신호음이 흐른 뒤 전화가 연결되었다. 그녀 혜령이 누나였다.

"누나! 나 창식이 입니다."

하고 반가운 목소리로 인사했다.

"그래 잘 있었니? 반갑다. 그런데 무슨 일이야? 요즘 전화 자주 걸어주니 좋다."

하며 그녀는 다른 날 하고는 다르게 여유로운 목소리로 밝게 말했다.

"창식아! 너 축제 파트너 구했나? 나보다 예쁜 여대생이야?"

하고 그녀는 놀리듯 말했다.

"누나 그냥 혼자서 축제기간에 밀린 리포트나 쓸려고 해요. 누나가 오면 좋은데~"

하고 말끝을 흐렸다. 그러자 바로 그녀의 목소리가 수화기에서 쏟아졌다.

"창식아 그러지 말아. 너와 나는 다음에 또 시간 내서 데이트하면 되잖아. 내가 그 주말에는 방통대 중간고사 기간이야. 안 그러면 당장 달려가지 왜 안 가겠어? 그러니 꼭 예쁜 여대생으로 파트너 구해서 축제 즐겨라. 이 누나가 이번만은 허락해 주마 알았지? 자꾸 동전 들어가는 소리 난다. 그만 전화 끊고 대학축제 재미있게 보내렴."

하고 그녀는 전화를 끊으려 했다.

"예, 알았어요, 누나. 다음에 꼭! 데이트 해주는 거죠? 그럼 약속했어요. 누나!"

하고 전화를 끊으려하니 수화기 저쪽에서 쪽~ 하는 소리가 들렸다.

"창식아 저녁 꼭 챙겨먹고 잘자."

하고는 전화가 끊겼다. 수화기를 내려놓고 자취방으로 돌아가는데 왠지 발걸음이 가볍고 콧노래가 나왔다. 내가 영재와 해인사에서 헤어지고 그 이후로 아직까지 그녀에게 영재 이야기는 하지 못 했다. 아니 의도적으로 말하지 않았다. 그녀도 영재 이야기는 단 한 번도 묻지 않았다. 전후사정을 미루어 짐작해 보면 그녀도 영재의 동정을 알고 있는 듯했다. 그렇게 며칠을 쪽~ 하는 소리가 귓전을 떠나지 않았다. 들뜬 마음으로 며칠을 보내고 나니 대학축제가 바로 코앞으로 다가온 어느 날 수업을 마치고 자취방으로 막 들어가려는데 주인집할머니가 기다렸다는 듯이 창문열고

"창식이 학생! 한참 전에 웬 아가씨가 전화해서 학생을 찾았네. 아직도 학교에서 돌아오지 않았다고 하니 학생 오면 대구로 전화해 달라고 부탁하고 끊었네. 여기로 들어와서 대구로 전화해 주게."

하며 방문 열어 적어놓은 전화번호 메모지를 건네주었다. 할머니께 고맙다고 인사드리며

"조금 있다가 공중전화로 할게요."

하며 전화번호가 적힌 메모지 받아들고 자취방으로 들어갔다. 김수영 그녀인가 싶었는데 메모지의 전화번호는 김수영씨가 편지로 전

해 준 그 전화번호가 아니었다. 동전 한 움큼 들고 방을 나섰다.

"김수영 그녀가 아니면 누구일까?"

그렇게 생각하는 순간 불길한 생각이 꼬리에 꼬리를 물고 떠올랐다.

"혹시 내 친구 김영재 도해스님이 아픈 건 아닐까?"

해인사에서 본 그의 마지막 모습 중에 갈라져 피가 맺힌 도해스님의 손등이 눈앞을 스치며 불길한 생각에 마음이 급해졌다.

"아니야! 아니야! 아닐 거야!"

하면서도 불길한 생각이 자꾸 들었다. 고개를 갸우뚱하며 후다닥 학교 작은 연못이 있는 인하정 팔각정으로 달려갔다.

그날따라 팔각정 옆 공중전화에는 서너 명의 학생들이 줄서서 기다리고 있었다. 그 줄 뒤에 나도 섰다. 기다리며 누구일까? 하는 생각이 꼬리에 꼬리를 물어 자꾸만 불길한 상상을 했다. 곰곰이 기억을 더듬어보니 김수영 그녀에게도 마지막으로 편지 한 것이 한 달 전쯤인 것 같다. 가야산 정상에서 만나 대구에서 헤어지고 며칠 후에 그녀가 직접 적어 건네 준 주소로 편지를 했었다. 약 일주일 후에 그녀의 답장을 받았고 그 후로 여러 통의 편지를 더 주고받았다. 언제인가 편지에서 내 자취방에 전화가 없느냐고 편지로 물었다. 그래서 자취방에는 전화가 없고 주인집전화로 연락하면 전화하겠다며 편지에 주인집 전화번호를 써 보낸 일은 있었다. 그리고는 중간고사와 리포트 제출하느라 더 이상 편지를 못 했다. 아마도 그녀가 기다리다 못해 주인집으로 전화했으리라 생각하며 억지로 불길한 생각을 덮으려고 김수영 그녀를 상상하고 있었다. 이런 상상을 하는 동안 내 차례가 돌아왔다.

공중전화기를 들고 동전 세 개를 밀어 넣었다. 연결 음이 서너 번 들린 후 '철커덩'하고 동전이 하나 떨어지면서

"여보세요?"

하는 소리가 약간은 중후한 중년부인의 목소리가 흘러 나왔다. 나는 조심스럽게 안녕하세요. 혹시 전화해 달라고 하신 분입니까? 저는 인천에 사는 송창식이라고 합니다. 그러자 그 중년부인은 이미 나를 알고 있는 듯했다.

"아~ 예 잠시만요. 수영아! 전화 받아라."

하는 중후한 목소리가 수화기 너머로 들려왔다. 그녀 김수영의 어머니였던 것이다. 그 순간 긴장하던 나는 긴 안도의 한숨을 몰아쉬었다.

"그렇지 영재 도해스님이 아픈 건 아니구나."

하고 가슴을 쓸어내렸다. 그리고 그녀가 전화 받기를 기다리는 동안에 전화기는 시외전화라서 그런지 여지없이 동전을 꿀떡꿀떡 삼키고 있었다.

"아! 제발 빨리 받아라."

하고 손에 남은 동전 서너 개를 더 밀어 넣었다. 이윽고 수화기 너머에서 약간은 설레는 듯한 밝은 목소리가 흘러나왔다.

"창식씨라예! 저 수영이 인데예 내가 전화 했어예. 잘 계시지예? 왜 요즘은 편지 안 해예? 기다리다 답답해서 전화 했어예."

라고 말하는 그녀는 거침이 없었다. 나는 조금은 더듬거리며

"아~ 예~ 지난주까지 중간고사 기간이라 편지 못 했어요. 이번 주에 편지 할게요."

하고 말하는데 바로 달아서 그녀가 말을 했다.

"창식씨예 이번 주말에 뭐해예? 우리학교 축젠데예~"

라고 말하는 어감이 강력했다. 대구로 내려오라는 의미가 그녀의 어감에서 분명하게 느껴졌다. 그 순간 약간 더듬거리며

"아~ 예~ 에~ 그렇군요. 우리학교도 내일부터 다음 주 수요일까지 축제해요."

하고 말하자 그녀는 기다렸다는 듯이

"창식씨예! 그럼 토요일 날 내가 인천으로 가면 안 돼나예? 인하대학교 구경시켜 줘예. 축제파트너 혹시 나 말고 또 다른 여자가 있는 건 아니지예?"

하며 마치 다른 파트너가 있다고 말하면 큰일 날 것 같은 태세의 목소리였다. 나는 어정쩡하게 목소리가 기어들어갔다.

"아 예~ 먼 거리인데요~"

하고 말하니 그녀의 목소리는 이미 인천으로 달려오고 있는 듯 신이 나 있었다.

"그럼 내일모레 토요일 인천 학교로 갈게예. 그래도 되지예. 학교 어디로 몇 시까지 갈까예?"

하며 약간은 설레는 듯한 목소리가 수화기에서 흘러나왔다.

"아~ 예~ 오시려면 학교캠퍼스에 인하정이라는 연못 옆에 팔각정이 있어요. 그곳으로 오시면 되요."

하고 내 말이 채 끝나기도 전에 그녀는 벌써 인천으로 달려오는 듯한 목소리로

"그럼 토요일 아침 열 시까지 거기서 우리 봐예. 창식씨예! 예쁘게 차려입고 갈게예."

그렇게 몇 마디 주고받는데 공중전화는 연신 동전을 꿀떡꿀떡

삼켰다. 마지막 한 닢 남은 동전을 밀어 넣으며

"수영씨 동전이 다 떨어졌어요. 그럼 그때 뵐게요."

하고 전화를 끊으려 하는데

"창식씨! 잠깐만예. 쪽 쪼오옥 쪽쪽~ 안녕~~~"

하는 소리가 수화기 너머에서 마구 귓속을 파고들었다. 그 순간 당황하여 어리둥절해 하는데 공중전화기는 동전을 다 잡아먹고 끊어졌다. '삐삐삐~~' 하는 소리가 들려왔다. 수화기를 걸어놓고 돌아서니 공중전화부스 앞에는 여학생 남학생들이 다음 차례를 기다리는 대여섯 명의 줄이 보였다. 약간은 미안한 마음이 들어 바로 뒤에 줄서서 기다리던 여학생에게 고개 숙여 미안한 마음을 표하고 본관 앞 잔디밭으로 걸어갔다. 본관 앞 잔디밭 언덕에는 둥근 모양으로 잘 정돈된 꽤 오래 묵은 회양목 몇 포기가 일 열로 도열해 있었다. 그 야트막한 회양목옆에 앉았다.

나의 얼굴은 전화를 끊고 나서부터 벌겋게 달아올랐다. 그때 나는 거의 일 년 내내 입고 다니던 검은 물들인 미제 군용파카 주머니에서 하얀 바탕에 빨간색 노송이 그려진 담배를 꺼내 한 개비 입에 물고 학교후문 근처 당구장에서 가져온 용현고개당구장이라는 글씨가 선명한 작은 성냥으로 담배에 불을 붙였다. 한 모금 담배연기를 길게 빨아들이고 파란하늘을 향해 내뿜었다. 하늘도 캠퍼스의 잔디도 파랗고 햇살은 무척 따뜻했다. 가슴은 분명히 약간 흥분되어 있었는데 머리는 그리 상쾌하지 않았다. 김수영 그녀가 여기로 내일모레 토요일에 온다는 사실에 왜 갑자기 혜령이누나 그녀의 얼굴이 겹쳐지는 것인지 마음은 복잡했다. 지난주에 장혜령 그녀와 통화했다. 그녀와 대학생활의 꽃인 대학축제를 함께 보내며 적당한 분위기에 그녀에게 사랑 한다 고백하고 싶었는데 하필이면 방통대 중간고사 기간이라서 그녀는

"다음에 꼭 데이트하자"

라고 했다. 그녀와 전화 통화하면서 마지막에 수화기 너머로 들려온 '쪽~'하는 소리가 또 다시 귓가에 들려오고 있었다. 그러자 김수영 그녀의 '쪽 쪽 쪼오옥~~ 쪽'하는 소리도 양쪽 귓가에서 서로 경쟁이라도 하듯이 번갈아 들렸다. 그러자 머릿속은 갑자기 혼란해져서 괴로웠다. 어느새 담배 한 개비가 다 타 들어가서 담배를 끼워놓은 손가락이 뜨거웠다. 필터만 남은 꽁초를 잔디 위에 비벼 끄고 다시 한 개비 입에 물고 성냥으로 불을 붙였다. 성냥불의 메케한 유황냄새가 코로 확 들어왔다. 그런데 그 유황냄새가 그리 기분 나쁘지는 않았다.

"어쩌지 이 상황을 어떻게 정리하지"

하고 하늘을 올려다보는데 바로 옆에서 붉은 장미들이 뭐라 쑥떡거리는 소리가 들렸다. 계절의 여왕답게 장미는 빨간 립스틱을 짙게 바르고 지들끼리 갑론을박 논쟁이 한창이었다. 그 중에서 약간은 통통한 장미가 화난 듯 열변을 토한다.

"야! 이 남자 이러면 안 되지 장혜령 그 여자는 뭐 되냐?"

그러자 옆에 있던 약간은 날씬한 장미가 타고 나서서 김수영 그녀를 두둔한다.

"야! 사랑은 쟁취하는 거야. 난 김수영 그 여자가 맘에 들어 나이도 이 남자하고 잘 어울리잖아 장혜령 그녀는 연상이고 밍기적거리잖아. 난 김수영 편이야."

그러자 옆에 있던 몇몇 장미들이 거들고 나선다.

"내가 이 남자라면 난 김수영 그 여자를 택한다."

"맞다 나도 그럴 것 같아."

"아니야 아무리 그래도 난 장혜령 그 여자 편이야 그동안의 정성을 생각 해봐라."

하고 주변이 다 듣기도록 장미 지들끼리 남의 일에 입이 벌죽다. 일렬로 늘어선 회양목은 가위든 정원사의 눈치를 보며 입을 굳게 닫고 한 점 흐트러짐이 없었다. 발밑의 잔디들도 뭐라고 귓속말로 속삭이고 있었다. 누가 뭐라고 하든 말든 오월의 하늘은 그저 파랗기만 했다. 온화하고 평온한 오월의 오후였다. 한참 동안 따뜻한 봄볕을 온몸으로 받고 있으니 봄날 담장 밑 병아리처럼 곤들곤들 졸음이 찾아왔다. 피우던 꽁초를 잔디밭에 비벼 끄고 꽁초 두 개를 집게손가락으로 집어 들고 그 자리에서 일어섰다. 먼저 옆에서 남의 일에 입이 벌죽던 장미들에게 씨익 웃으며 손 흔들어 인사하고 늙은 회양목을 바라보고는 가볍게 목례를 건넸다. 발아래 잔디들에게는 '고마워!' 하고 말하고 자취방으로 향했다. 이틀의 시간이 흐르는 동안 두 여인에 대한 입장을 정리하려고 무던히 노력했다.

그러나 시원한 결론은 없었다. 드디어 토요일 아침 해가 떠올랐다. 일어나 시계를 확인하니 아침 일곱 시가 다 되어갔다. 오늘 열 시에 김수영 그녀가 온다고 했다. 마음이 앞서고 설레기 시작했다. 밥을 지어서 두 가지 반찬이 전부인 아침을 해결하고 서둘러 세수하고 옷을 챙겨 입었다. 옷이라고 해봐야 특별히 입을 것도 없었다. 좀 두터운 청바지에 밝은 느낌이 나는 티셔츠 받쳐 입고 언제나처럼 검은 미제 군용파카가 전부였다. 그녀를 처음 만났던 가야산 정상에서 입었던 그 모습 그대로였다. 자취방 문을 잠그면서 손목시계를 확인해보니 벌써 아홉 시가 조금 넘었다. 자취방에서 약속장소인 인하정 팔각정까지는 오 분정도면 충분한 거리인데도 왠지 발걸음이 빨라졌다. 먼저 나가서 기다리는 것이 멀리 대구에서 인천까지 달려오는 그녀에 대한 예의라고 생각했다. 팔각정 지붕이 눈에 들어오자 다시 손목의 시계를 확인했다. 아홉시 이십오 분이 다 되어갔다. 팔각정에 가까워지면서 눈길이 바빠졌다. 주위를 살피는데 팔각정 위에서 거리가 꽤 떨어진 곳인데도 김수영 그녀가 나를 향해 팔짝팔짝 뛰면서 소리쳤다.

"창식씨예! 여기라예."

하고 소리치며 손을 흔들고 있었다. 그녀는 연한 하늘색 바탕에 큰 꽃무늬가 선명한 원피스를 입었고 손목에는 하얀 손수건을 예쁘게 메고 있었다. 신발은 연한 분홍빛 하이힐을 신고 왔다. 그녀를 발견한 나는 뛰듯이 팔각정으로 갔다.

"아니! 벌써 왔어요? 많이 기다렸나요? 언제 도착했어요?"

하고 그녀에게 인사했다.

"아이라예. 아홉 시 조금 지나서 여기 도착했어예. 창식씨예 고마워예."

하며 그녀는 몹시 설레는 표정이었다. 이제 겨우 두 번째 만나는데 그녀의 스스럼없는 행동에 나는 몹시 당황했다. 가야산 정상에서 처음 만났고 대구까지 버스로 동행하며 이야기하고 인천으로 돌아와서 여러 번의 편지를 주고받았으나 특별히 마음을 열어 보이지는 않았다. 그녀와의 관계는 이러한 상태인데 갑작스런 그녀의 저돌적인 행동은 나를 몹시 당황하게 만들었다. 마치 오랜 기간 동안 사귄 애인처럼 반가워하며 좋아했다. 그런 그녀의 행동에 당황하여 어정쩡하게 서 있는데 그녀는 준비해 종이가방을 손으로 가리키며

"창식씨예 자취방이 여기서 얼마나 멀어예. 내가 창식씨 옷 한 벌 사왔어예. 우리 거기 가서 이 옷 한번 입어 봐예. 몸에 맞으려나 모르겠어예."

그렇게 말하고 그녀는 『아태백화점』이란 글씨가 크게 적힌 종이가방을 들고 자연스럽게 팔짱을 꼈다. 그녀의 당돌하고 저돌적인 행동에 당황하여 그 자리에서 잠시 머뭇거리는 나를 그녀는 팔을 잡아끌었다.

"수영씨! 잠깐만요. 이러면 안돼요. 왜 나에게는 말도 한 마디 없이 이렇게 하나요."

하고 그녀의 얼굴을 바라보았다. 그녀는 더 밝은 표정으로 까만 눈동자를 깜빡깜빡 거리며

"창식씨예 왜예. 가야산에서 처음 만났을 때 보니 옷이 멋진 얼굴 다 망친다 싶었어예. 그래서 오늘 무슨 선물을 준비할까? 하고 고민하다가 엄마와 상의해서 사 왔어예. 왜예? 맘에 안 들어예."

하며 바라보는 그녀의 까만 눈동자가 반짝하고 빛이 났다.

"아니요 그런 것이 아니라. 너무 갑작스러워서 몹시 당황스럽네요. 이러면 나는 어떻게 해야 하나요?"

하고 그녀가 낀 팔짱을 손으로 밀어 풀었다. 그러자 그녀는 그만 까만 눈동자에 눈물이 그렁그렁 해졌다. 얼굴도 빨갛게 상기되었다. 그녀는 자존심이 몹시 상했는지 잠시 동안 그렇게 서 있더니 다시 팔짱 끼며 말했다.

"창식씨예 우리 여기서 이러지 말고 일단 창식씨 자취방으로 가예.

거기로 가서 우리 이야기 해예."

라고 말하며 또 나의 팔짱을 당겼다. 그런 그녀의 당돌한 행동에 어찌할 줄 몰랐다. 정신을 차리고 보니 어느새 그녀와 팔짱을 낀 채 나란히 자취방을 향해 걷고 있었다. 그제서야 그녀가 들고 있는 종이가방을 건네받았다. 그녀와 나란히 걸어가는 동안 우리는 아무런 말도 하지 않았다. 학교에서 자취방까지는 그다지 멀지 않아 곧 도착했다. 자취방 골목 입구에서 잠시 머뭇거렸다. 자취방 집은 지은 지 오래된 낡은 한옥 기와집인데 ㄱ자 집이었고 안채에는 할머니가 국민학교 다니는 손자 두 명을 데리고 사는 조손 가정이었다. 그 집의 모퉁이 방이 내가 얻은 자취방인데 시멘트 블럭으로 둘러친 담장과 처마를 이어 가렸고 연탄 부엌이 있으며 작은 찬장과 그릇 서너 개가 자취살림의 전부였다. 방안에는 책상도 없고 밥상 겸 책상으로 쓰는 스텐 둘레밥상 하나가 있었다. 이불은 군청색 앙고라 이불 두 개가 방안에 있었다. 이불은 일 년이 넘도록 그냥 덮기만 했던 탓에 꾀재재했고 벽에는 그냥 아무렇게 걸려있는 옷가지 몇 개뿐이었다. 이런 모양의 자취방이라 그녀와 들어가려니 부끄러워 발길이 떨어지지 않았다. 골목 입구에서 머뭇거리는 나를 바라보며 그녀는

"왜예 어느 집인데예. 얼른 들어가예."

하며 그녀는 팔짱낀 팔을 놓았다.

"저~ 수영씨 남자가 혼자 사는 자취방이라 좀~"

그녀가 방긋 웃으며

"알아예 안 봐도 비디오잖아예. 괜찮아예."

하고는 등을 떠밀었다.

"수영씨 자취방이 많이 지저분하고 냄새도 나요. 욕하실까봐 그래

요. 미안해요."

하며 자취방으로 들어갔다. 그녀는 부엌을 거쳐 방에 들어와서 이리저리 살피고 나서 여기 방의 월세가 한 달에 얼마냐고 묻고는 방바닥에 깔아놓은 담요를 들어 무릎을 덮고 앉으면서 그녀가 들고 온 종이가방을 열었다. 얼른 형광등을 켜고 마주앉으며

"방이 지저분해서 미안합니다."

라고 말했다. 그녀는 종이가방을 열다말고 나를 바라보며 눈웃음으로 대답했다.

"괜찮아예. 남자 자취방이 이정도면 생각보다 깨끗한데예."

하고는 그 종이가방에서 옷을 꺼내 앞으로 밀었다.

"어때예? 색상이 맘에 들어예? 한번 입어 봐예. 품이 맞을지 모르겠네예?"

하며 꺼내놓은 옷은 그 당시 유행하는 유명 스포츠웨어 코너에서 사온 캐주얼 한 벌에 양말까지 갖추어 사왔다. 옷을 들어 보이며 얼른 입어보라고 채근하는 그녀의 얼굴을 보니 마치 엄마가 아들에게 말하는 것 같은 표정이었다. 나는 하는 수 없이 옷을 갈아입을 테니 잠깐만 나갔다 오라고 말했다.

"괜찮아예. 돌아앉아 있을 께예. 남자가 뭐 그래예."

하며 담요를 들어 가리고 돌아앉았다. 난처해서 머뭇거리고 있는데 그녀는

"얼른 갈아 입어예. 힘들어예."

하는 수 없이 돌아서서 바지부터 갈아입고 티셔츠와 재킷을 입었다.

"아이고! 나한테 딱 맞네요. 맞춤인데요."

하고 양팔을 들어 보이니 그녀는 어깨까지 덮고 있던 담요를 내리

고 돌아앉으며 환하게 웃었다.

"역시! 이렇게 멋있었네예. 어머! 어쩜 옷이 딱이네예. 역시 우리 엄마는 눈대중이 잣대네예. 내가 우리 엄마에게 창식씨 키와 몸집이 우리 남동생하고 비슷하다고 말했어예."

그녀는 방안에서 몇 바퀴 돌면서 위아래로 훑어보았다. 그리고 내가 그 옷을 벗으려고 자켓을 벗으려하자 그녀는

"창식씨예 그냥 그대로 입고 우리 나가예. 어디 가서 점심 먹고 학교 구경가예."

그녀의 말에 손목의 시계를 확인하니 어느새 열한 시가 다 되어갔다. 그제서야 그녀를 바라보며.

"아이쿠! 내 정신 좀 보소. 아니 저~ 수영씨 혹시 아침도 못 드셨나요?"

이제서야 그녀가 멀리 대구에서 달려오느라 아침식사를 못 했구나 싶었다. 그녀는 까만 눈동자를 반짝이며 말했다.

"창식씨예 아침은 서울 언니네 집에서 먹고 왔어예. 어제 오후에 서울 제기동에 사는 언니네 집에 도착했어예. 거기서 자고 오늘 여기로 왔어예. 지금 시간이 조금 어정쩡하니 식사부터하고 학교로 가예."

하며 핸드백을 챙겨들고 일어섰다. 방에서 일어서는 그녀를 가만히 보니 발에는 짙은 고동색 스타킹을 신고 있었다. 스타킹 밑으로 언 듯 보이는 그녀의 종아리는 등산을 많이 해서 그런지 꾀나 탄탄해 보였다. 그녀가 막 자취방 문을 열고 나가다말고 갑자기 휙 하고 돌아서서

"이렇게 멋있는 창식씨를 한번 안아 봐야지예."

하고는 와락 껴안았다. 갑자기 당한 일이라 피할 겨를도 없었다. 그

리고는 바로 나의 볼에 그녀의 입술이 날아와 쪽쪽 볼 키스 하고는 얼굴이 빨개져서 그 검고 반짝이는 눈으로 빤히 바라보고 있었다. 그녀의 가슴이 콩닥거림을 느낄 수 있었다. 그 순간 당황하여 흠칫 놀라며
"수영씨! 이러시면 안되요. 우리는 아직 학생이고 어리잖아요."
　그러자 그녀는 물러서면서 정색하고 말했다.
　"창식씨예! 우리 정식으로 사귀어예. 친구가 아닌 애인으로예."
　하며 간절한 눈빛으로 바라보고 있었다. 눈빛에서 그녀의 말이 진심이라는 것이 가슴으로 느껴졌다.
　"수영씨 이러시면~~"
　하고는 나에게도 생각할 시간을 달라 말하고 우리는 자취방을 나와서 학교후문 근처 식당가로 걸어갔다. 중국집으로 들어가서 짜장면이나 아니면 학교 구내식당에서 먹자고 하니 그녀는 갑자기 지나가는 택시를 불러 세웠다. 그리고는 동인천 유명 레스토랑인 블랑몽으로 가자고 했다. 다른 변명을 할 사이도 없이 그녀는 택시에 오르며 어서 타라고 했다. 옆자리에 타자 택시는 출발했고 그녀에게 작은 소리로
　"그 레스토랑 엄청 비싸다고 하던데요? 나 돈 없어요?"
　하고 말하니 그녀는 못 들은 척 아무런 대꾸도 없었다. 어느덧 택시는 블랑몽 레스토랑 앞에 도착했고 그녀는 돈 만 원을 건네주며 택시비 주라고 고개를 내밀어 턱으로 말했다. 택시에서 내려 그녀는 앞서서 레스토랑으로 들어갔다. 말로만 듣던 그 고급 레스토랑에 처음 들어갔다. 레스토랑은 이국적인 인테리어에 휘황찬란한 조명이 한낮인데도 켜져 있었고 무척이나 깔끔했다. 아이보리색 제복을 입은 늘씬한 아가씨가 테이블로 안내하며 의자도 빼내 주어 의자에 앉았다. 그

녀는 이런 분위기가 익숙한 듯 아무렇지도 않게 자리에 앉아 메뉴판을 들고 주문했다. 낯선 분위기에 긴장한 나는 테이블위에 놓인 와인잔 형태의 잔을 들어 물을 한 모금 마셨다. 레스토랑에는 이국적인 분위기를 한껏 풍기는 피아노 반주에 맞추어 클래식 음악이 잔잔하게 울려나오고 있었다. 잠시 후 늘씬한 아가씨가 팔에는 붉은색의 타올을 걸치고 쟁반을 받쳐 들고 와서 정중하게 하얀 스프쟁반을 내려놓았다. 먼저 스프가 나오자 그녀는 스프에 후춧가루를 조금 뿌려 건네주고 다시 자신의 스프도 그렇게 하며 먹으라하여 몇 숟가락 먹었다. 곧이어 본 요리인 스테이크도 그 늘씬한 아가씨가 가져왔고 와인잔에 빨간 포도주도 채워 주었다. 그녀는 능숙하게 나이프와 포크를 들어 적당하게 자른 후에 나의 접시와 바꾸어 놓으며 노란 단무지를 곁들여 먹으라고 했다. 스테이크 소스 위에 뿌려진 파란 완두콩 요리가 무척이나 예뻐 보였다. 스테이크에 곁들여진 야채와 옥수수 위에 뿌려진 소스도 새콤 달달하여 처음 먹어보는 맛이라 좋았다. 스테이크를 먹으면서 빨간 포도주도 몇 번이나 짱! 하고 건배하며 맛보았는데 약간은 짜릿한 맛이었다. 후식으로 달달한 케익과 아이스크림 한 접시도 나왔다. 마지막으로 커피는 블랙으로 나왔는데 그녀는 나의 눈치를 살피다가 각설탕 두 개를 넣고 티스푼으로 살살 저어 작은 티스푼으로 몇 번이나 떠서 맛을 보고는 고개를 끄덕이며 건네주었다. 식사가 끝나고 커피까지 마셨는데도 먹는 둥 마는 둥 했다. 낯 설은 분위기 탓인지 양식의 양이 작아서 그런지는 모르겠지만 포만감은 없었다. 그 어색한 식사를 다 하도록 서로 별다른 말이 없었다. 조금 전 나의 자취방에서 있었던 그녀의 당돌하고도 갑작스러운 포옹의 충격이 커서 그런지 서로 별다른 이야기를 못 했다. 그렇게 식사를 마치고

식사 값은 물론 그녀가 계산했다. 그리고 우리는 나란히 레스토랑을 나오면서

"수영씨 고마워요. 이런 고급 레스토랑은 처음 와 봤어요."

그러자 그녀는 나를 바라보며

"저는 예. 부모님과 이런 레스토랑 몇 번 다녀 봤어예. 그런데 다른 남자랑은 저도 오늘이 처음이라예."

하고는 다시 택시타고 학교로 돌아오니 오후 한 시쯤 되었다. 우리는 다른 커플들처럼 자연스럽게 다정히 팔짱끼고 축제장 이곳저곳을 돌아다녔다. 그러다가 내가 속해있는 불교학생회 써클룸에 들렀다. 그곳에는 몇 명의 써클 회원이 늦은 점심으로 짜장면을 시켜서 먹고 있었다. 후배 일학년 여학생이 짜장면을 먹다말고 일어서서 인사했다.

"선배님 식사는 하셨나요?"

하며 구십 도로 인사했다. 우리는 먹고 오는 길이라 말하고 빈 의자에 수영씨를 앉히고 옆에 앉았다. 인사하던 후배 여학생이 눈치를 보더니 말을 걸어왔다.

"선배님 애인이신가요? 너무 이쁘십니다. 선배님 이러시면 안 되지요? 그럼 우리는 어떻게 해요? 선배님 믿고 나는 축제파트너도 없는데~"

하며 어색한 분위기를 돌리려고 농담을 걸어왔다.

"어~ 그래~ 그러면 너는 형식이 있잖아. 형식이 저놈 보나마나 홀애비야."

하고 어색한 농담을 받았다.

그리고 우리는 잠시 후에 불교학생회 써클룸을 나와서 토목과 축제장으로 갔다. 그곳에는 토목과 친구들 몇 명이 둘러앉아 이미 마신 막걸리로 얼큰하게 취해있었다. 그 자리에서 친구들과 막걸리 한 바가지를 벌컥벌컥 마시고 볶은 굵은소금 몇 알을 입에 털어 넣었다. 그 때 토목학과 과 친구 중에 한 명이 막걸리를 한 바가지 그것도 그 중에서 제일 큰 바가지로 가득 퍼 와서는 수영씨에게

"이거 다 못 마시면 우리 노가다 애인자격 없어요. 어디 친구애인으로 자격이 되나 한번 봅시다."

하며 굵은소금 몇 알을 손바닥에 올려놓고 히죽히죽 웃었다. 나는 얼른 그 바가지를 가로 막으며

"야! 너 죽을래 왜이래."

하며 가로막으니 옆에 있던 다른 친구들이 박수치며 웃었다. 그러자 그녀는 나를 옆으로 밀치고는

"이거 한 번에 다 마시면 창식씨 애인이 되나예? 다 마시면 책임 질 거지예."

하며 그 큰 바가지를 덥썩 받아들고는 어느새 마시고 있었다. 미처 말릴 틈도 없이 그녀는 조금도 흘리지 않고 단숨에 들이키고는

"자! 이만하면 자격이 되지예? 꼭 책임져야 해예."

하고는 바라보았다. 그러자 얼큰하게 취기가 오른 친구들의 박수소리와 환호성이 운동장을 흔들었다.

"와아! 브라보! 올해는 이 아가씨가 우리 토목과 파트너 중에 퀸이다."

하고 소리를 지른다. 그러자 그들 중에 한명이 벌떡 일어나서 종이박스 한 장을 벅벅 뜯어 깔아주며 여기 앉으라고 했다. 얼른 그녀의

팔을 잡아 옆구리에 끼고는 친구들을 향해 손 흔들며 그 자리를 도망치듯 빠져나왔다. 조금 걷다가 그녀에게 괜찮냐고 물었다. 그러자 그녀는 약간은 비틀거리면서도 아직은 견딜만하다고 했다.

"수영씨! 왜 그랬어요?"

그냥 토목과 친구들이 전통적으로 하는 장난입니다. 그러자 그녀는 옆으로 돌아서서 말했다.

"기껏 막걸리 한 바가지로 창식씨 애인이 될 수 있다면예. 난 그 자리에서 까무라져도 다 마실 수 있어예. 창식씨 이제 시험도 합격했으니 우리 정식으로 사귀어예."

그렇게 말하는 그녀의 까만 눈에서 빛이 반짝였다. 그 순간 아무런 말없이 그녀를 품에 안았다. 야구장 담벼락에 기대었지만 지나가는 커플들은 우리를 보고도 못 본체 해주었다.

"수영씨! 아까 자취방 나오면서 말했잖아요. 나에게 조금만 시간을 주세요? 저도 수영씨가 좋아요."

하고 말하는데 그녀가 내 품에 안긴 채 울고 있는 것 같았다. 얼른 허리를 약간 숙여서 그녀의 얼굴을 보았다. 분명히 그녀는 울고 있었다.

"아니 왜요? 수영씨! 지금 울고 있나요?"

하고 그녀의 어깨를 두 손으로 잡고 흔들었다. 그러자 그녀는 손목에 맨 하얀 손수건을 풀어 눈물을 닦고는 고개 들어 빤히 바라보며 "창식씨예 고마워예. 나 지금 너무 좋아서 울고 있어예."

하며 그 작은 주먹으로 내 가슴팍을 통통 두드렸다. 아무런 말도 못하고 그녀의 손을 잡고 걸었다. 오늘은 대학축제의 하이라이트라서 많은 행사들이 준비되어 있었다. 인하대 야구부가 축제를 맞이하여 연세대 야구부와 친선경기하고 있었고 야구장 외야 입구 쪽에서 커다란 물통에 막걸리 가득 채워놓고 누구나 몇 바가지든지 마음껏 마시는 행사를 토목과에서 전통적으로 하고 있었다. 안주는 볶은 굵은 소금이 전부였다. 야구장 관중석에는 치어리더들이 아찔한 복장으로 응원의 열기에 불을 붙이고 막걸리 한 바가지에 얼큰하게 취기가 오른 응원단은 목이 터져라

"인하! 인하! 인하! 파이팅!"

을 외쳤다. 그런 야구장을 막 벗어나니 그녀는 살짝 나의 귀에다 대고 화장실 가자고 했다. 조금 전에 막걸리 한 바가지를 단숨에 다 마신 것이 이제 신호가 온 것이다.

"왜요? 술이 취하나요? 수영씨! 괜찮아요?"

하고 그녀를 꽉 잡았다. 그녀는 괜찮다며 화장실이 급하다고 했다. 급히 야구장 뒷편 인문학관으로 이동해서 화장실로 갔다. 나도 화장실에서 볼일보고 밖에서 한참을 기다렸다. 자꾸만 여자화장실 쪽으로 살피며 기다리는데 그녀가 나왔다. 화장실에서 나오는 그녀의 얼굴이 하얗고 창백하게 보였다. 얼른 다가가서 그녀의 팔을 잡으며 "수영씨! 괜찮아요? 얼굴이 왜 이래요?"

하고 그녀를 부축했다. 그녀는

"우리 저기 의자에 조금만 앉아 있다가 가예. 저 괜찮으니 걱정 말아예."

하고는 나의 팔을 잡고 약간은 비틀거리며 걸었다. 의자에 앉아서 그녀는 깊은 심호흡을 몇 차례 몰아쉬었다.

"창식씨 미안해예. 술이 취해서 화장실 가서 다 토하고 나왔어예. 이제 조금만 있으면 괜찮아예."

하며 살며시 어깨에 머리 기대고 눈을 감았다. 이런 상황이 처음이라 어찌할 줄 몰랐다.
"수영씨! 안되겠어요. 병원이라도 갑시다."
하고 말하니 그녀는 눈을 감은 채 손을 저으며
"오 분만 이러고 있으면 괜찮아예."
라고 했다. 시간이 조금 지나자 그녀의 얼굴색이 본래의 모습으로 서서히 돌아왔다. 안도의 한숨을 쉬며 담배 한 개비 꺼내 물고 성냥으로 불을 붙였다. 그 담배를 거의 다 피워갈 때 쯤 그녀는 자리에서 일어났다.
"창식씨예 미안해예. 이제는 살 것 같아예."
하며 바라보는 눈길이 오전처럼 빛이 났다.
"창식씨예 나 때문에 많이 놀랐지예. 이게 다 창식씨 때문이라예."
하며 생긋 웃어 보였다. 그녀를 부축해 일어나서 학교 본관 앞 잔디밭으로 걸어갔다. 여기저기서 기타 치며 부르는 노래 소리가 들려왔다.

그때 축제를 주관하는 학생회 측에서 공지하는 소리가 스피커에서 크게 들렸다. 조금 있다가 오후 네 시부터 축제장 주 무대에서 초대가수 은희와 철수가 출연하는 축하무대가 있으니 중앙무대로 모이라는 안내 방송이었다. 날이 어두워지는 여섯 시부터는 축하 불꽃놀이도 한다고 했다. 그녀는 팔짱을 이끌며
"우리 빨리 가서 앞자리에 앉아예. 그래야 잘 볼 수 있잖아예."
하며 걸음을 재촉했다. 그녀가 이끄는 데로 무대중앙 앞자리에 나란히 앉아 문득 손목의 시계를 확인하니 벌써 세 시 사십 분이었다. 시간을 확인하고 그녀에게 물었다.

"수영씨 오늘 몇 시에 가시면 됩니까?"

그녀도 자신의 시계를 확인하고는

"왜 예? 저 오늘 안 갈 건데예. 서울언니에게 자고 내일 간다고 했어예."

하고는 나의 얼굴을 그녀는 방긋 웃으며 바라보았다. 순간적으로 덜컥 겁이 났다. 아니 당황스럽고 혼란스러웠다.

"어~ 그래요. 인천에 또 누구 아시는 분이 있나요?"

하고 더듬거리며 그녀에게 물었다. 그녀는 다시 나의 얼굴을 바라보고 환하게 웃으며 말했다.

"예! 있어예. 송창식이라는 분인데예. 그분 참 좋은 사람이라예."
하며 혼자 방긋방긋 웃는다. 어이가 없어 피식 웃으며

"지금 농담하지 말고요. 몇 시쯤 전철타고 가면 되나요?"

그녀는 정색을 하고 바라보며 말했다.

"창식씨예 당신 남자 맞아예. 무슨 남자가 이래예. 여자가 자고 간다는데~ 여자가 간다 해도 붙들어야지예."

하며 토라진 모습으로 쌩 했다.

"어~~~ 내 자취방이 너무 지저분해서요."

하고 변명 아닌 변명을 했다. 그러자 그녀는 아주 재밌다 는 표정을 지으며 가느다란 손가락으로 볼을 살짝 찌르고는

"창식씨예 나 이래봐도 그렇게 쉬운 여자는 아니라예. 설사 우리가 정식으로 사귄다 해도 결혼하기 전에는 그런 일은 결코 없어예. 미리 김칫국부터 마시지 말아예."

하며 까만 눈동자를 깜박거리며 재밌다 는 표정으로 웃고 있었다. 드디어 축제의 하이라이트인 축하무대가 막을 열었고 그녀와 나는

출연한 초대가수의 노래를 따라 불렀다. 가수 철수는 무대에 올라와서 기타를 삐딱하게 옆으로 어깨에 메고 폴짝폴짝 인형처럼 가위뛰기하며 노래를 불렀다. 우리는 서로의 손바닥을 펴고 번갈아가며 손뼉치고 환호하며 앵콜을 외쳤다. 그렇게 즐거운 시간이 흘러가고 어느새 어둠이 깔리고 불꽃놀이도 끝났다.

캠퍼스 잔디밭에는 축제커플들이 여기저기 적당한 거리 두고 캠퍼스 가로등불 희미한 조명아래 나란히 둘 씩 누워있는 모습이 보였다. 도시 한 복판이라 누워서 밤하늘을 올려다보아도 별은 몇 개밖에 없었다. 오월이라 아직은 밤이 되니 추웠다.
"수영씨 춥지 않아요? 추운데 이제 그만 갑시다."
하고 잔디밭에서 일어났다. 그녀도 추운지 팔짱끼고 바짝 붙었다.
"창식씨예 오늘 너무너무 고마워예. 나에게 또 이런 날이 올까예?"
하며 종종걸음으로 따라왔다. 학교후문으로 나오면서 그녀를 주안 전철역으로 바래다주려고 택시를 찾았다. 그런데 그녀는 계속해서 팔짱끼고 자취방 쪽으로 걸으려 했다.
"수영씨! 여기서 택시 타요. 주안 전철역까지 바래다 드릴게요."
하니 그녀는 웃으며 말했다.
"전철 막차는 아직도 두 시간이나 남았어예. 창식씨 자취방 가서 조금만 있다가 바래다 줘예."
하고는 팔짱을 끌고 자취방 쪽으로 그녀가 앞서서 먼저 걸었다. 그리하여 침침하고 너저분한 자취방에 그녀와 나 단둘이서 갇히게 되었다. 그녀는 두리번거리더니
"창식씨예 우리 커피나 한 잔 해 예."

하는데 자취방이라 전기포트도 없었다. 그녀는 연탄화덕에 양은냄비 올려 물을 끓이고 커피 병에서 커피 알갱이 두 스푼 넣고 설탕과 프림을 조금씩 넣어 뚝딱 두 잔의 커피를 끓였다. 따뜻한 커피 한두 모금 홀짝거리며 마시더니 무릎에 덮고 있던 이불을 걷고는 나를 향해 심각한 얼굴로 말을 꺼냈다.

"창식씨예 내가 조그마한 것 하나 드리고 싶은 데예~ 창식씨가 화낼까봐 두려워예. 화 안 낸다고 약속해 줘예."

그녀는 눈치를 심하게 살피며 옆에 있는 핸드백을 당겼다.

"아니~ 뭔데요? 또 뭘 주려구요?"

하며 엉거주춤하게 대답하자 그녀는 핸드백을 열다말고 나의 손을 살며시 잡으며 다른 한 손으로 핸드백에서 무언가 종이 한 장을 꺼내서 손에 쥐어주면서

"창식씨예 절대로 화내시면 안되예. 이거 수표인데예. 우리 아버지가 내게 여자아이라서 급히 꼭 쓸 일이 생기면 쓰라고 준거라예. 창식씨예 이 수표에 금액이 안 적혀 있어예. 쓰실 때 필요한 만큼 적어서 쓰시면 되예. 창식씨 다음 학기 등록금으로 써예. 창식씨예. 화내시면 저 여기서 지금 울어 버릴거라예."

그런 그녀의 행동에 어이가 없어서 그녀를 바라보며 아주 냉정한 얼굴로 말했다.

"수영씨 일단은 감사합니다. 그러나 저는 이런 것은 절대로 받을 수 없어요. 아니 받을 이유가 없어요. 왜 나에게 이것을 주려고 합니까?"

그러자 그녀는 얼굴이 붉어지면서 검은 눈동자에 눈물이 그렁그렁 했다. 나의 얼굴을 한참이나 바라보다가 결심한 듯한 표정으로 말했다.

"창식씨예 전번에 가야산에서 우리가 처음 만났던 날 창식씨가 해 준 이야기 중에 어렵게 대학을 진학하게 되었고, 집에서 키우던 누렁이를 팔아서 입학금으로 냈다고 들었어예. 그리고 창식씨 때문에 동생 다섯 명이 고등학교도 못 가게 되었다는 이야기도 그때 들었어예. 그리고 무엇보다도 친구가 절에 스님이 되었다고 인천에서 해인사까지 무작정 달려왔다는 이야기는 내 가슴이 뭉클했어예. 그때 나는 예. 창식씨 몰래 눈물이 흘러서 혼났어예. 라면 한 봉지 끓여서 나누어 먹고 시외버스타고 대구로 오면서 창식씨 이야기 들으며 그때 나는 예. 이 남자 꼭 잡아야겠다고 결심했어예. 창식씨의 진실된 마음씨 때문에 고민도 많이 했어예. 그러다가 내가 좀 도와 드려야겠다고 결심했어예. 그래서 오늘도 많이 망설이다가 여기까지 왔어예. 창식씨예! 나의 이런 행동 때문에 자존심이 상했다면 용서해 줘예."

하고 그녀는 내 앞에서 고개를 푹 숙이고 힘없이 눈물만 삼키고 있었다. 그녀의 갑작스런 그런 행동에 당황하여 어찌할 줄 몰랐다.

"수영씨! 왜 이러십니까? 왜 내 앞에서 그렇게 울어요? 수영씨가 무엇을 잘못했나요?"

하며 그녀를 일으켜 세웠다. 그녀를 일으켜 세우자 그녀는 와락 내 가슴에 안기어 얼굴을 묻고 소리 내어 흐느꼈다.

"수영씨! 진정하세요. 이러시면 안되요. 그럼 저는 어떻게 해야 하나요? 자! 이 커피라도 조금 마셔요."

하며 다 식은 커피 잔을 그녀에게 건넸다. 그녀는 손목에 감고 있던 하얀 손수건을 풀어서 눈물을 닦으며 가슴에 안긴 채 뚫어져라 쳐다보다가 피식 웃으며

"창식씨예 그럼 저를 용서해 주시나예. 용서해주시는 거 맞지예."

하며 나의 자켓을 두 손으로 움켜잡고 힘주어 흔들며 빤히 바라보았다.

"예 그렇고말고요. 아니 내가 용서하고 말고 할 것이 있나요. 오히려 제가 잘못했어요."

그러자 그녀는 두 주먹으로 나의 가슴을 통통 치면서 말했다.

"창식씨예! 이런 나를 용서해주시는 건가예."

하며 바라보았다. 그녀를 안은 팔에 힘을 주며 그녀의 등을 토닥여 주었다.

"예 그렇고말고요."

하고 말하니 그녀는 나와 눈을 마주치며

"창식씨예 정말 용서해 주시면 우리 뽀뽀 말고 키스 해예."

라고 말하고는 길다란 속눈썹이 가지런한 눈을 살며시 감고 나를 향해 고개를 돌렸다. 그러자 내 가슴은 심하게 흔들렸다. 가슴속에서 뜨거운 불기둥 하나가 마구 요동치고 정신이 혼미해졌다. 잠시 천장을 바라고 있는데 어떤 의미인지는 모르겠으나 얼굴에는 뜨거운 두 줄기 눈물이 흘렀다. 아마도 나 자신의 가난에 대한 설움의 눈물이었다고 오십 년이 흐른 뒤 오늘에서야 그렇게 짐작해 본다. 잠시 그러고 있는데 그녀는 작고 까만 눈을 뜨고 나를 빤히 바라보며

"얼른 예!"

하고는 그녀의 상체를 더욱 밀착하며 살짝 흔들었다. 고개를 숙여 내려다보자 그녀는 다시 눈을 스르르 감는다. 그녀의 얼굴이 내 눈에 들어오자 그녀의 붉은 입술은 가늘게 떨고 있었다. 입술에는 창꽃색의 옅은 붉은 립스틱을 칠했고 얼굴에는 약간의 화장을 했으며 눈가에는 아이라인으로 포인트를 잡은 화장을 한 아름다운 얼굴이었다.

난생 처음 여자의 입술에 내 입술을 갖다 댔다. 그 촉감은 무척이나 따뜻했고 달달했다. 서서히 두 사람의 맞닿은 입술을 통해 서로의 체온이 전달되어 왔다. 그렇게 얼마의 시간이 흘렸다. 그리고 그녀와 나는 서로 돌아서서 서로가 서로의 눈을 마주하지 못했다. 손목의 시계를 확인하니 아홉 시 반이 넘었다. 그제서야 정신이 번쩍 들었다.

"수영씨! 지금 아홉시 반이 넘었어요. 전철 막차시간이 열시 반입니다. 이제 얼른 나가야해요."

하며 그녀를 바라보았다. 그녀도 자신의 손목을 걷어 시간을 확인하고는

"창식씨예 괜찮아예. 아직은 한 시간이나 남았어예."

하며 그녀는 옷매무새를 고쳤다. 그리고 그녀는 오른손 약지를 곧게 펴서는 나의 입술에 갖다 대면서

"창식씨예 오늘 너무 고마워예. 그리고 오늘 우리 둘 사이에 있었던 이 모든 일은 무덤에 가는 그날까지 서로 비밀이라예. 그렇게 하겠다고 말해 줘예."

하며 생긋이 웃어 보인다. 그렇게 하겠다는 뜻으로 고개를 끄덕였다. 그러자 그녀는 핸드백 열어 작은 손거울을 꺼내고 얼굴에 덧분을 바르고 립스틱으로 입술도 연하게 다시 칠하여 화장을 고쳤다. 그러고는 일어서면서

"이제는 가야해예. 정말 갑니다예~ 창식씨예!"

그녀의 그런 모습을 지켜보다가 나는 자켓을 찾아 입었다. 그녀는 자취방 문을 열고 나가다 말고 돌아서서 훅 끌어안았다. 그러고는 발로 정강이 걷어차며

"창식씨는예. 바보 멍청이라예. 이쯤 되면 못 가게 붙들어야 남자

아닌가예?"

하며 돌아선다.

"수영씨 안가도 되면 밤도 늦었는데 여기서 자고 내일 가실래요?" 하고 그녀의 뒤통수에 한마디 던졌다. 그녀는 발걸음을 멈추고 휙 돌아서서

"아니라예 창식씨예 오늘은 여기까지가 제일 행복해예. 우리 정식으로 사귀게 되면 언젠가 또 이런 날이 올끼라예. 그날을 위해 오늘은 아껴 둘끼라예. 아마도 서울언니가 지금 쯤 눈이 빠지라 기다릴끼라예."

하고는 앞서서 자취방 문을 열고 나섰다. 학교 후문 쪽 도로로 가서 택시 타고 주안 전철역에 도착하니 열 시 십 분이었다.

그녀는 전철티켓을 받아들고 주안역 플랫폼으로 들어가며 나의 볼에 살짝 뽀뽀하고는

"내일 대구에 도착하면 연락할 게예. 내일 저녁에 전화해주면 고맙고예. 안 해줘도 괜찮아예."

하며 하얀 손을 살랑살랑 흔들며 계단을 내려갔다. 나도 따라 손 흔들며 그녀의 뒷모습을 안타까운 마음으로 지켜보았다. 한 계단 두 계단 내려 갈 때마다 그녀의 모습은 점점 사라졌다. 마침내 그녀의 마지막 머리카락이 사라지는 그 순간 그녀의 얼굴이 통! 하고 다시 뛰어올랐다. 그녀는 자신의 목을 길게 늘이며

"창식씨예! 사랑해예."

하고는 돌아가라며 손을 흔들었다. 그렇게 그녀를 실은 서울 행 전철은 기적도 울리지 않고 빠르게 사라졌다. 그녀가 떠나고 나니 가슴

이 휑했다. 도대체 이런 감정은 또 무엇이란 말이냐? 전철역 계단을 내려와 광장의 긴 나무벤치에 털썩 주저앉았다. 자켓 주머니에서 솔담배 꺼내 한 개비 물고 몇 모금 피우다가 택시 승강장으로 천천히 걸어가며 밤하늘을 올려다보았다. 그날은 달도 없는 깜깜한 밤이라서 그런지 도시의 밤하늘에도 별이 반짝였다. 별빛이 무척이나 아름다웠다. 밤 열한 시가 훌쩍 지난 시간에 자취방으로 돌아왔다. 방에 들어오니 하루의 피로가 몰려왔다. 좀 누워야겠다는 생각으로 방을 정리했다. 이불을 펴고 베개 찾아 막 누우려는데 007책가방이 눈에 들어왔다. 가방은 눕혀져 있었고 그 위에 무엇이 반듯하게 놓여져 있었다. 누우려다 말고 후다닥 일어나 그 하얀 종이를 들어보니 그녀가 조금 전에 꺼냈던 바로 그 수표였다. 수표를 집어든 손이 떨려왔다. 아마도 그녀가 몰래 슬쩍 두고 간 것이 분명했다. 가슴이 떨렸다. 그러나 지금 당장은 어떻게 할 방법이 없었다. 덜컥 겁이 나고 이마에는 식은땀이 흘렀다. 어찌할 방법이 없어서 그 수표를 일기장속에 고이 펴 끼워두고 잠자리에 들었다. 불을 끄고 누웠는데 잠이 오지 않았다. 몇 시간을 엎치락뒤치락하다가 간신히 잠들었다. 다음날 아침에 일어나 시간을 보니 아홉 시가 넘었다. 아침을 대충 챙겨먹고 그녀 수영씨께 전화라도 해야겠다고 생각하고 학교로 갔다. 막상 전화를 하려다가 아직은 오전시간이라 수영씨는 아직도 대구에 도착하지 않았다는 생각이 들었다.

   인하정 팔각정 옆 공중전화부스 주변을 잠시 동안 서성거리다가 불교학생회 써클룸으로 갔다. 그곳에는 몇몇 회원들이 나와서 수다 떨고 있었다. 어제 수영씨와 함께 이곳에 들렸을 때 말을 걸어 온 후배 여학생이 인사했다.

"선배님 어제 데이트는 잘 하셨나요? 파트너 아가씨가 정말 예쁘던데요. 선배님! 애인은 아니지요?"

하며 은근히 기대하고 물어왔다.

"야 은숙아! 너 같으면 애인도 아닌데 그렇게 팔짱끼고 다니겠냐?"

하고 싱글벙글하며 대답해주었다. 은숙이는 입을 댓발이나 내밀면서

"피~~ 난 괜히 헛물켰네."

한다. 그러자 옆에 있던 후배 몇 명이 거들었다.

"형님! 어제 은숙이가 하루 종일 숨어서 형님 따라 다녔어요."

"야! 형식이 너 죽을래. 내가 언제 그랬냐? 그냥 조금 따라가다가 여기 왔잖아!"

그러자 또 한바탕 웃음소리가 써클룸에 퍼졌다. 은숙이는 얼굴이 빨개졌고 또 그것을 본 형식이가 놀렸다.

"어어! 은숙이 얼굴이 빨개졌다."

그러자 은숙이는 형식이에게 들고 있던 볼펜을 던지고 후배들은 재밌다 며 박장대소했다. 그러면서도 나는 김수영 그녀의 저돌적인 행동 그 충격에서 헤어나지 못하고 있었다. 곧바로 써클룸을 나서며 "형식아 오늘 은숙이 데리고 축제 신나게 즐기고 달콤한 데이트 하거라."

하며 은숙이를 향해 손 흔들어 주었다. 형식이는 떠나는 나의 뒤통수에다 대고 구십 도로 인사했다.

"형님! 고맙습니다."

하고 써클룸 밖에서도 쩌렁쩌렁 울리도록 소리쳤다. 자켓 주머니 속의 동전을 만지작거리며 공중전화 앞을 서너 바퀴 돌다가 그냥 자

취방으로 돌아왔다. 어느덧 시계가 열두 시가 지나도 주인집으로 수영씨는 전화오지 않았다. '아직도 수영씨는 대구에 안 갔나?' 하며 혼자 중얼거리고 방바닥에 드러누웠다. 어제 일어난 일을 하나하나 되짚어 생각하다가 그만 나도 모르게 곤히 잠이 들었다. 얼마나 시간이 흘렀는지 꿈결에 주인집 할머니의 부르는 소리가 들렸다. 후다닥 이불 걷어차고 일어나 문 열고 나가니 할머니는 전화 받으라 하셨다. 얼른 전화 받으니 김수영 그녀였다. 그녀에게 지금 바로 공중전화로 다시 걸겠다고 말하고 전화를 끊었다. 잠자다가 일어나 체육복 바람으로 길가의 공중전화로 달려가서 다이얼을 돌렸다. 수화기 너머에서 수영씨가 톡 하고 튀어 나왔다.

"창식씨예! 나 조금 전에 대구 집 왔어예. 그런데 하마 또 보고 싶어예. 어떻게 하지예. 지금 다시 또 갈까예?"

하고 말하는 중에 급하게 그녀의 말을 자르고는

"수영씨! 잠깐만요. 수영씨 어제 그 수표 왜 놓고 가셨어요? 나보고 어떻게 하라고 그랬어요?"

하고 말하는데 그녀가 내 말을 가로 챘다.

"창식씨예 쉿! 조용히 해예. 그 얘기는 다음에 만나서 해예."

하고는 아주 작은 목소리로

"지금 옆에 엄마가 들어예."

하더니 태연하게 다른 이야기를 했다.

"언니네 집에서 늦잠자고 조금 전에 왔어예."

하고 딴청을 부리기에

"수영씨 그럼 내가 이야기 할 테니 듣기만 하세요. 이 수표 다음에 만나면 꼭 그대로 돌려 드릴게요. 수영씨 제발 앞으로는 이런 짓 하지 말아요. 알았어요?"

하고 말하는데 수화기 너머에서 그녀의 가느다란 울음소리가 들렸다. 갑자기 가슴이 써늘해졌다.

"여보세요 수영씨!"

하고 급히 불렀다. 그러자 그녀는 목소리를 가다듬고

"알았어예. 창식씨 미안해예. 다시는 안 그럴 게예."

하며 말을 못하고 머뭇거렸다.

"아니에요. 난 오늘 아침부터 하루 종일 이것 때문에 수영씨 연락 오도록 기다렸어요. 미안해요."

그러자 그녀는 좀 밝아진 목소리로 말했다.

"어제는 고마웠어예. 최고로 행복한 하루였어예. 창식씨! 사랑해예. 내 맘 알지예."

하는데 내 손에 든 마지막 동전을 공중전화에 밀어 넣었다.

"수영씨 미안해요. 동전이 다 됐어요. 다음에 또 전화할게요. 수영씨! 저도 수영씨가 무척이나 좋아요."

하니 그녀는

"창식씨예 사랑해예."

하는데 사랑~ 소리만 들려오고 전화기는 야속하게도 '사랑해 예'란 그 말도 다 들려주지 않고 중간에 뚝 끊어졌다. 그 다음날 또 그 다음날에도 그녀에게 전화했다. 주머니는 언제나 동전이 가득했다. 그렇게 그해의 봄은 지나갔다.

안동에서 인천으로 쌀 한 말, 간장, 고추장, 된장, 김치 한 통 달랑 싸 들고 올라온 유학생활이라 늘 생활비가 모자랐다. 대부분의 주말에는 생활비에 보태기위해 주로 건설현장에서 아르바이트 하느라 힘든 생활의 연속이었다. 하늘의 태양이 점점 뜨거워지기 시작하는 유월 어느 금요일 오후였다. 요즘은 수영씨도 나도 열기가 식었는지 일주일에 한두 번 연락하는 정도였다. 건설현장에서 하루일과를 마무리하고 일당을 받아서 녹초가 된 몸으로 터덜터덜 자취방으로 들어갔다. 주인집 할머니가 방문을 노크했다.

"학생 고향에서 누나가 오늘 전화 좀 해달라고 점심 때 연락이 왔어요. 이리 와서 누나에게 전화하세요."

하기에

"아니에요 공중전화로 할게요. 감사합니다. 할머니."

하고 자취방 뒷골목 놀이터로 달려갔다. 지난번 학교축제 때 통화하고 한 달이 넘도록 연락하지 못 하고 정신없이 지나왔다. 그런데 갑자기 장혜령 누나의 연락이 왔다. 그녀의 연락이 너무나도 반가웠다. 몇 개의 동전을 밀어 넣고 다이얼 돌리니 연결 통화음이 나오기도 전에

"예 산업계 장주삽니다."

하고 아주 사무적인 그녀의 목소리가 들려왔다.

"누나! 창식이입니다."

하니 금새 목소리가 바뀌었다. 맑고도 밝은 그녀의 목소리가 수화기를 부수고 나왔다.

"창식아 잘 지냈어? 오랜만이네. 몸은 건강한 거야?"

하고 온통 걱정하는 말 뿐이다. 이번에는 내가 대답 대신 수화기에 대고 쪽쪽 하고 먼저 기습공격 했다. 그러고 나니 그녀는

"야! 창식아 누나에게 그러면 쓰냐 떽!"

하는데 그녀의 목소리가 조금 전 보다 더 밝게 울려왔다.
"누나 저는 잘 있었어요. 누나도 건강하지요. 그런데 오늘 무슨 일로 전화 하셨나요? 나 좋아서 죽는 줄 알았어요."
하고 대답했다. 그녀는 목소리를 가다듬고
"창식아 너 내일 주말인데 뭐하냐? 나 내일 서울로 올라가는데 오후에 얼굴 한번 보여 다오. 내가 인천 학교로 갈게. 몇 시쯤 가면 될까?"
했다. 잠시 머뭇거렸다. 내일 새벽에 석축공사 현장에 나가기로 되어있었다.
"누나 내일 서울에서 볼일 다 보고 오후 늦게 인천으로 오시면 안되나요? 가능하면 여섯 시 이후면 좋아요? 내일 아침에 공사장에 아르바이트 가려고 했어요."
하고 대답하니 그녀는
"아! 그렇구나. 음~ 현장에서 여섯 시에 마치냐? 힘들지 않아!"
하며 걱정스러운 목소리로 말했다.
"예 현장에서 마치는 시간이 여섯 시입니다."
라고 대답하자 그녀는 조금 생각하는 듯한 목소리로
"창식아 그럼 내가 일곱 시까지 갈게. 서울서 전철타고 인천역까지 가면 되냐?"
"아니요. 누나 주안역에서 내리세요. 주안역으로 일곱 시까지 나갈게요."
라고 말하는데 수화기에서 쪽쪽 하는 소리가 들리더니
"그래 창식아 내일보자. 오늘밤에 내 꿈 꿔!"
하고는 전화가 끊겼다. 전화 끊고 자취방으로 걸어가는데 갑자기 생각이 났다. 정작 혜령이 누나가 내일 왜? 서울에 무슨 일로 오는지는 물어보지는 못했다. 몹시 궁금했지만 내일 만나면 알겠지 하고 그냥 자취방으로 갔다.

다음날 아침 이른 시간 현장에 도착했다. 그리고는 현장의 반장에게 오후에 삼십 분만 일찍 마쳐달라고 말했다. 그 대신 덜 쉬고 열심히 일하겠다고 했더니 반장이 웃으며 저 석축 돌을 모두 이쪽으로 옮기면 시간에 관계없이 마치라고 했다. 헌 가마니로 만든 등지게 짊어지고 쉬지도 않고 견치석을 날랐다. 가끔 반장이 지나가며
"야! 창식아 쉬어가며 하거라. 다 못해도 다섯 시에 마쳐 줄게."
하며 나를 보고 씨익 웃으며 엄지손가락을 척 세워보였다.
"예 감사합니다. 반장님!"
하고 부지런히 석축 돌 견치석을 날랐다. 오후 세 시가 조금 지나서 일을 끝냈다. 반장이 헤벌쭉 웃으며 일당으로 일만 육천 원이 든 누런 봉투 건네주며
"오늘 고생했다. 저기 가서 오후 참으로 나온 우유 한 통하고 빵 하나 먹고 가거라. 그리고 참! 내일은 어쩌노? 내일도 나오너라."
나는 뒷통수를 긁적이며
"내일은 잘 모르겠어요? 아마도 어려울 것 같아요?"
라고 대답했다.
"반장님 내일 상황이 되면 나올게요. 그런데 아마도 내일은 어려울 것 같아요."
하며 싱글벙글 거리며 대답했다. 이미 나의 머릿속에는 장혜령 그녀 생각으로 가득 차 있었다. 일당으로 받은 돈 일만 육천 원을 지갑

에 반듯하게 펴 넣고 자취방으로 돌아오니 네 시 반 정도 되었다. 아직 약속시간은 두 시간이나 더 남았는데 마음이 급해졌다. 자취방이라 변변한 샤워장도 없는 터라 화장실에 붙어있는 손빨래 세탁장 겸 샤워장에서 하루 종일 견치석 옮기느라 땀으로 하얗게 소금꽃이 핀 작업복을 대충 손빨래해서 널어두고 샤워하고 면도도 하였다. 방에 들어가서 스킨로션을 문질러 바르고 머리도 짧지만 빗으로 빗어 넘겼다. 옷을 갈아입고 시계 보니 여섯 시가 다 되어갔다. 자취방을 나오며 방문을 자물통으로 잠그고 학교후문에 있는 시내버스 승강장으로 걸어가며 담배 한 개비를 피워 물었다. 왠지 가슴이 설레고 있다고 느껴졌다. 여름이 가까워 진 터라 아직 해는 서쪽하늘에 조금 남아 있었는데 벌써 하얀 낮달이 중천에 떠 있었다. 그 하얀 낮달이 하늘에서 나를 놀리려고 아직도 환한 하늘에 미리 나온 듯 했다. 서쪽하늘에 이제 막 석양이 물들기 시작하고 파란 바탕에 은은하게 물드는 붉은 석양이 지금의 내 마음 같았다.

　하늘 가운데 떠 있는 낮달은 나를 놀리다가 이제는 응원이라도 하는 듯 금새 노란색으로 곱게 물들기 시작했다. 시내버스타고 주안전철역 광장에 내리며 광장의 시계탑을 쳐다보니 여섯 시 삼십 분을 가리키고 있었다. 광장을 빠른 걸음으로 건너가서 주안전철역 출구로 갔다. 그녀의 모습은 아직도 보이지 않았다. 출구 주변을 휙 둘러보고 또 담배 한 개비 피우며 왔다 갔다 하는데 전철이 스르르 역사 안으로 들어 왔다. 피우던 담배를 발로 비벼 끄고 승객이 내리는 플랫폼이 건너다보이는 철조망으로 다가섰다. 퇴근시간이라서 많은 승객을 토해 놓고 전철은 금방 사라졌다. 철길건너 플랫폼을 걸어 나오는 머리카락이 좀 길어 보이는 여자가 그녀 장혜령이 분명했다. 그녀는 또박또박 걸어 나와 계단을 내려왔다. 계단 밑에서

"누나! 여기요."

하며 소리 지르고 계단을 뛰어 올라갔다. 계단 밑에서 불어오는 바람 때문에 그녀는 치맛자락을 한 손으로 살짝 누르며 옆걸음으로 내려왔다. 어깨에는 핸드백을 메고 까만 주름치마를 입었고 상의는 하얀 블라우스를 받쳐 입었는데 손목에는 레이스가 달려있어서 바람에 나풀거렸다. 상의는 치마와 같은 짙은 검정색이어서 한 치의 빈틈도 없어보였다. 그녀는 두 팔을 벌리고 얼굴에는 환한 미소 지으며 올라오는 나를 맞이했다. 두 계단 밑에서 꾸벅 인사하며

"누나! 힘들었지요? 지금 퇴근시간이라서 복잡했지요?"

하고 그녀가 내민 손잡고 한 계단 올라섰다. 그때 계단을 내려오는 사람은 그리 많지는 않았어도 여러 명이 바쁘게 우리의 곁을 스쳐 내려갔다. 그녀는 내 손을 당겨 와락 끌어안으며

"어디보자 우리 창식이 그동안 잘 있었어? 몸은 아픈데 없냐?"

했다.

그런 우리 곁을 지나가는 사람들이 힐끔힐끔 쳐다보며 바쁘게 스쳐갔다. 이미 그녀의 눈에는 창식이 밖에 없었다. 계단을 내려와서 광장으로 걸어가다가 광장 한쪽구석의 긴 나무벤치에 두 사람은 나란히 앉았다. 일곱 시 반이 되어가니 땅거미가 내리기 시작하여 금새 어두워졌다. 광장의 가로등이 하나둘 켜지기 시작했다.

"누나 우리 저녁 먹으러 가요. 무엇을 사 드릴까요?"

하니 그녀는

"너 자취방이 여기서 멀어?"

하며 일어섰다.

조금 전 자취방에서 나올 때 조금은 급하게 대충 정리하고 나왔지만 허름한 그곳으로 그녀를 데려가고 싶지는 않았다.

"누나 자취방은 학교 후문근처인데 여기서 삼번 시내버스타고 약 십오 분정도 걸려요. 왜요?"

그러자 그녀는 나를 바라보며

"우리 거기 가서 저녁 해먹자. 내가 밥 해줄게. 나 밥 잘해."

하며 손을 잡아끌었다.

"누나 안돼요. 밖에서 뭐라도 먹고 가요. 남자 자취방이라 아무것도 없어요."

그러자 그녀는

"쌀하고 간장만 있으면 돼. 우리 들어가면서 동네마트에서 반찬거리 조금사서 들어가자."

하면서 재촉했다. 그러는 그녀의 모습에서 왠지 초조함이 느껴졌다.

"누나 오늘 여기서 몇 시에 가시면 되나요? 그리고 어디로 가실 겁니까?"

하고 그녀에게 물었다. 그러자 그녀는 약간은 얼굴을 붉히며

"왜? 난생 처음 여기에 온 내가 갈 데가 어딨냐? 설마 이 밤에 낯선 곳을 찾아온 사람을 가라고 하려고?"

하며 나를 바라보는 그녀의 얼굴이 분명히 빨갛게 달아올랐다.

"아~니~요."

하면서 내가 말을 더듬으며

"누나 내 자취방은 안돼요."

하니 그녀가 걱정스러운 표정으로

"왜? 누구랑 같이 있어?"

하고 어색한 표정으로 바라보았다. 엉거주춤한 표정으로

"그런 건 아니고요. 남자 혼자 사는 자취방이라 지저분해서요."

그렇게 말하니 그녀의 표정이 금새 밝게 바뀌면서 환하게 웃는다.

"창식아 난 또 뭐라고 그래서 내가 가자는 거야. 보나마나 너 이불도 일 년이 넘도록 그냥 쓰지? 오늘 저녁에 자취방 청소랑 옷가지 빨래하고 내일 아침에 이불 세탁해 놓고 내일 밤에 청량리에서 기차타고 내려가려고 왔다. 창식아 다른 이야기는 천천히 하고 얼른가자."

하며 그녀는 버스에 올랐다. 잠시 후 학교 근처 마트에 들려 그녀는 이것저것 한 바구니 챙겨들고 나왔다. 일만 칠천 원이 넘게 나왔다. 나의 오늘하루 일당이 넘는 돈이다. 그녀는 핸드백 열어 이만 원을 주고 비닐봉지 하나들고 앞서나가며 거스름돈 받아오라며 마트 문을 열고나갔다. 나머지 비닐봉지 하나를 들고 따라 나갔다.

"창식아 잔돈은 받아 왔어?"

"예!"

하면서 거스름돈을 그녀에게 내밀었다.

"그냥 너 주머니에 넣어두어라. 그 잔돈은 오늘 저녁 방값이다."

라며 밝은 얼굴로 바라보았다. 더 이상 다른 말하지 않고 주머니에 넣었다. 그녀와 자취방으로 걸어오면서 그녀는 망설이다가

"창식아 내가 이러는 거 오해하지 마. 그냥 내가 이렇게 해주고 싶어서 그래. 너 내 맘 알지."

하며 그녀는 눈치를 살폈다.

"아~ 예~ 누나 고마워요. 누나에게 부끄럽고 미안해서 그래요."

그렇게 말하면서 그녀를 바라보았다. 그녀에게서 마치 우리 엄마 같은 포근함을 느꼈다.

"누나 내 자취방에 가서 실망하면 안돼요. 많이 지저분하고 퀴퀴한 냄새도 나요."

하며 걸어가는데 금방 자취방에 도착했다. 자취방문을 열고 들어가며 들어오라고 했다. 그녀는 부엌에 들어와서 들고 있던 비닐봉투를 연탄아궁이가 있는 부뚜막에 올려놓고는 들어오지도 않고 찬장을 열어 살폈다. 약간은 부끄러운 얼굴로

"들어오세요?"

하니 그녀는 아이보리색 하이힐을 벗어 한쪽에 세워놓고 방으로 들어왔다.

"남자 혼자 사는 자취방인데도 내 자취방보다 더 깔끔하구나. 창식아 미안한데~ 너 츄리닝 있으면 한 벌 다오. 나 옷 갈아입고 밥하게~"

하며 그녀는 좀 어색한 표정을 지었다.

"누나 추리닝은 입다가 그냥 벗어 놓았는데요? 다른 옷은 없어요."

라고 말하니

"미안하다 내가 미처 준비해오지 못했어. 괜찮아 그냥 주라."

하기에 다른 방법이 없어서 입다가 그냥 벽에 걸어둔 고동색 체육복 한 벌을 내놓았다.

그러자 그녀는 추리닝을 집어 들고 거침없이 옷을 갈아입으려다 말고 돌아보고는 조금은 어색하게 웃으며

"창식아 뭘 그렇게 보고 서 있어. 숙녀가 옷 갈아입는데 자리를 피

해주던지 아니면 최소한 등이라도 돌려라."

하며 장난 끼 섞인 투로 말했다.

"누나 나가서 담배 한 대 피우고 올게요."

하고는 방을 나왔다. 마당을 지나 골목으로 나가며 누나의 옷 갈아입는 모습을 상상하다가 혼자 피식 웃었다. 천천히 담배를 다 피우고 돌아와 부엌문 앞에서

"누나 들어가도 되나요?"

하니 그녀가 부엌문 열면서 들어오라 하는 모습이 눈에 들어왔다. 추리닝이 그녀에게 잘 맞아보였다. 그녀는 어느새 옷을 갈아입고 부엌에서 저녁준비를 하고 있었다. 그런 그녀를 보며

"누나 그 체육복이 몸에 맞나요? 불편하지는 않아요?"

하니 그녀는 얼굴이 조금 빨개지면서 대답했다.

"응 괜찮아 잘 맞는데. 하며 처다보지도 않고 저녁준비에 분주하였다. 그런 그녀의 모습을 보고 있다가 슬며시 장난기가 발동하였다. "그런데 누나 그 추리닝 이제 더 이상 나는 못 입을 것 같아요. 아래위 앞뒤로 툭툭 튀어 나와 버렸네요."

하고 말하니 그녀도 밝은 얼굴로 농담을 받아쳤다.

"창식아 나 가슴이 작아 그리고 아직 히프도 그렇게 안 커."

하며 그녀는 나에게 혀를 낼름거렸다. 조금 지나자 스텐 둘레밥상에 저녁상을 차려 들고 들어왔다. 참으로 신기했다. 그 짧은 시간에 뚝딱 진수성찬을 차려 왔다. 그녀의 밥상은 오늘이 두 번째로 받았다. 처음은 그녀가 근무하는 도리원 그녀의 자취방에서 약 일 년 반전에 받았고 오늘이 그 두 번째로 받는 밥상이다.

"창식아 배고프지? 자 어서 먹자 나도 배고프구나."

하며 숟가락을 나에게 건넸다. 자취방에는 숟가락도 젓가락도 하나뿐이었다. 그녀는 어디서 났는지 나무젓가락을 들고 있었다.
"창식아 이 고등어통조림찌개 먹어 봐. 너 입맛에 맞으려나 모르겠다."
하며 숟가락으로 찌개를 떠서 입에 넣어 주었다. 그 순간 울컥했다. 입으로 받아먹고는 방 천장을 쳐다보며 눈물을 삼켰다. 마치 어릴 때 할머니가 장손주인 나에게 해주던 모습이었다. 그러자 그녀는
"왜! 맛이 없냐? 급하게 했더니~"
하고는 나의 표정을 살폈다. 그녀와 눈이 마주치는 순간 참았던 눈물이 와락 쏟아졌다.
"아니요 누나! 너무 고마워요. 이런 밥상은 처음입니다. 그것도 처녀가 차려주는 밥상은 처음이라서 그래요. 누나 너무 미안하고 고마워요."
하고 참았던 눈물을 흘렸다. 그런 모습을 그녀는 입에 나무젓가락을 물고 한참동안 가만히 보고 있더니 얼른 눈물을 손등으로 훔치며
"야! 사내자식이 이런 일로 울기는~ 내가 전에 너에게 말했잖아 사내는 부모가 돌아가기 전에는 울지 말라고 창식아! 찌개 다 식는다. 어서 먹자."
하면서 나무젓가락으로 찌개건더기를 건졌다. 얼른 먹던 숟가락을 그녀에게 건네주었다.
"아니야 난 찌개국물은 잘 안 먹어. 너 먹어. 국물을 많이 먹으면 살이 쪄~"
하며 다시 찌개냄비에서 고등어살점을 건져 나의 밥 위에 올려놓았다. 그렇게 우리는 주거니 받거니 하며 저녁식사를 마치고 커피도

한잔 끓여 마셨다. 그리고는 잠시 서로가 얼굴을 마주보고 앉아 말이 없었다. 잠깐의 침묵이 우리의 분위기를 무겁게 짓눌렀다. 그때 그녀는 살짝 앞으로 다가앉으며

"창식아! 저번에 약속한 데이트는 내일 낮에 하자. 너희 학교 캠퍼스 구경하며 데이트하자. 오늘은 시간이 많이 지났으니 이야기나 조금하고 일찍 자자."

하고는 가만히 바라보았다. 이렇게 단 둘이 마주앉아 가까이서 그녀의 얼굴을 바라보고 있으니 그녀는 무척이나 아름다우면서도 빈틈이 없어 보였다. 눈동자, 눈썹, 이마, 오똑한 코, 그다지 크지 않은 촉촉한 입술 이 모든 것들이 아담하고 무척이나 아름답게 보였다. 그러나 그녀의 얼굴 전체에서 풍기는 분위기는 야무지고 흔들림이 없어 보였다.

"창식아 나의 이런 행동에 실망하지 않았니? 실망했다면 미안해. 그런데 나 헤픈 여자는 아니야. 너에게 만은 이러고 싶었어. 나도 오늘 많이 망설였어."

하고는 걱정스러운 표정으로 가만히 바라보았다.

"누나 아니에요. 저는 누나가 너무 고마워요. 누나가 내 곁에 있어서 무척이나 행복해요."

하며 그녀와 눈을 맞추었다. 그러자 그녀는 조금 편안한 자세로 담요를 당겨 비스듬하게 누우며

"너가 그리 생각해주니 다행이다. 그리고 너가 좋다고 하니 나도 행복해."

하며 바라보는 눈빛에 사랑이 흘렀다. 에로스적인 사랑이 아니라 아가페적인 사랑의 눈빛이다. 참으로 포근한 눈빛이다. 마치 따뜻한

봄날에 어미닭이 병아리를 품고 있는 듯 평화롭고 포근한 눈빛이었다. 이런 분위기에 취해있는데 갑자기 그녀가 벌떡 몸을 일으키며
"창식아! 너 뭐하나 물어보자? 너 왜 그동안 나에게 영재 이야기는 안 했냐? 나도 불교학생회 후배들에게 영재 소식 다 들었다. 합천 해인사에 스님으로 입산했다며~ 영재한테 무슨 일이 생긴 거냐?"
하고는 나의 입을 뚫어져라 바라보았다.
"누나 미안해요. 누구보다 먼저 알려드리고 상의해야 하는데 잘못했어요."
하고 고개를 숙였다. 그러자 그녀는 덮었던 담요를 걷어내고 앞으로 더욱 바짝 다가앉으며
"영재가 그렇게 될 때까지 너는 도대체 뭐 했어? 왜 그렇게 되도록 나에게 한마디 말도 안했어?"
하며 그녀는 원망하듯 다그쳤다. 나는 입이 열 개라도 그녀가 지난 삼 년 동안 영재와 나에게 해 준 일을 생각하니 할 말이 없었다.

나는 한숨 만 푹 쉬고 고개 숙이고 있었다. 그러자 그녀는 나의 무릎에 두 손을 얹고 힘주어 흔들며 말했다.
"창식아! 내가 너희 두 사람 얼마나 사랑하는지 잘 알잖아! 도대체 무슨 일이 있었냐? 설마 너희 두 사람 싸운 거냐?"
하며 또 다시 다그쳤다.
"아니요 누나. 결코 그런 일은 없어요."
하고 조용히 그녀에게 지난 일 년 반 동안의 이야기를 모두 다 했다. 영재가 서울형네 집에서 재수하던 일, 그때 영재네 형 집에서 일어난 이야기며, 영재의 형이 미국으로 들어가고 형편이 어려워진 이

야기, 영재 주변의 모든 이야기를 다 했다. 그리고 영재의 재수생활에 방해 될까 염려되어 의도적으로 모른 체 했던 나의 행동도 빠짐없이 말했다. 영재가 서울대 법대를 꼭 가야만 한다는 그의 심리적 중압감도, 어려워진 형수의 입장과 그곳에 빌붙어서 재수하는 영재의 심정도 이야기 했다. 그리고 영재가 해인사에 입산할 때 나에게 한마디 상의도 없이 혼자서 결행하고 한 달이 지난 후에 주용이에게 전해 듣고 알았다는 사실도 그녀에게 이야기했다. 영재가 해인사에 입산했다는 소식을 듣고 바로 그 다음날 아침 인천에서 해인사까지 주머니에 달랑 몇 만원으로 무작정 달려가서 캄캄한 밤에 홀로 해인사 사천왕상문 앞에서 영재를 부르다 혼절하였고, 어떤 스님 덕에 살았고, 다음날 영재 도해행자를 만나 무조건 멱살 잡고 정신없이 끌고 나왔다가 서로 부둥켜안고 한없이 운 이야기도 했다. 그 다음날 해인사를 홀로 돌아서서 와야 하는 가슴이 너무나 허전하고 아파서 그 길로 해인사 뒷편 가야산으로 올라갔다가 심한 눈보라에 고립되어 겨울등반 온 경북대학교 등산 동아리반 회원들을 만났고, 그들 중 한 여대생이 목숨을 구해준 일이며 그동안의 모든 일을 하나도 빠뜨리지 않고 보태는 것도 없이 모두 말했다. 이 모든 이야기하는 동안 그녀의 얼굴표정은 여러 번 변했다. 그녀의 송아지 눈 같은 커다란 눈에서는 연신 눈물이 흘렀고 여러 장의 티슈를 적셨다. 나의 이야기에 그녀는 얼굴표정으로 더러는 맞장구치기도 했고 이야기 도중에 "미쳤어, 그래서, 응," 하면서 추임새도 넣었다. 이야기를 다 듣고 나서 앉아있던 그녀는 상체를 일으켜 세워 두 무릎으로 살며시 내게 다가와 두 팔로 힘껏 감싸안고는 아무런 말없이 한참을 흐느껴 울었다. 그녀의 고개를 어깨에 걸쳤는데 어깨위의 옷이 젖어 옴을 느꼈다. 그녀도 울고 나도 하염없이 눈물이 흘렀다. 얼마의 시간이 흘렀을까? 그녀는 고개 들어 나의 얼굴에 흐르는 눈물을 티슈로 닦아 주었다.

"누나 죄송해요. 누나가 우리 두 사람을 그렇게도 사랑했는데~ 우리가 보답도 못하고 실망시켜서 정말 죄송해요."

하며 나는 그녀 앞에 무릎을 꿇고

"누나 이 못난 우리를 용서하지 마세요. 다시는 돌아보지도 말아요."

하고 말하자 그녀는 화들짝 놀라며 나를 안아 일으켜 세우며

"야! 창식아! 너 지금 뭐하냐? 남자가 함부로 여자 앞에 무릎을~ 그런 행동은 어디서 배웠냐?"

하며 나의 볼에 흐르는 눈물을 닦아주었다. 그녀는 나의 팔을 잡아 편하게 앉히고 두 손을 꼭 잡고서는

"창식아 미안해. 그랬구나. 나는 그런 줄도 모르고~ 지난 몇 달 동안 너를 의심했다. 분명히 너는 알고 있을 것인데 그동안 단 한마디도 나에게 말하지 않았다. 그래서 어떨 때는 바쁜 척 또 어떨 때는 반갑게 통화하면서도 너를 의심했다. 도대체 왜? 그동안 한마디도 안했어?"

하면서 나의 손을 힘주어 꼭 잡고 흔들었다.

"누나 죄송해요. 진작에 누나하고 상의해야 되는데~ 내가 스스로 내 감정에 빠져서 판단이 잘못되었어요. 누나 죄송하고 부끄러워요. 그리고 누나에게 말하는 시기를 놓치고 나서는 더욱 누나에게 말씀 드릴 용기가 없었어요. 누나 이것은 나의 변명입니다."

하고 말하니 그녀는 두 손을 꼭 잡은 채 바라보았다. 그녀의 얼굴은 얼마나 울었는지 이미 퉁퉁 부어 있었고 눈동자는 빨갛게 충혈 되어 있었다. 그런 모습으로 가만히 바라보더니

"창식아! 너 눈 감아 봐."

하며 살며시 그녀의 상체가 나의 가슴에 밀착되어 오더니 두 팔로 꼭 껴안고 키스했다. 그녀와 한참동안 그대로 있었다. 그녀와 그렇게 이야기하는 동안 시계는 어느새 새벽 두 시를 가리키고 있었다. 그녀는 슬며시 일어나 주변을 정리하고 담요 들어 한 장은 바닥에 깔고 또 한 장은 위에 덮어놓고 손을 잡아당기며 눈 좀 붙이라고 했다. 그녀는 나와 나란히 누웠다. 그리고는 나의 귀에 대고 낮으며 조심스러운 목소리로

"창식아 우리 오늘 저녁은 곱게 자기다. 너도 남자니까 어렵고 힘들겠지만 너를 믿는다. 창식아 언젠가는 우리가 서로 이렇게 편하게 누울 날도 올 거야. 그날을 위해 오늘은 기도하며 자자."

라고 말하며 그녀는 꼭 안아 주었다. 아무런 말없이 그녀가 이끄는 대로 했다. 막상 한방에 나란히 누운 그녀도 나도 쉽게 잠들지 못했다. 한참동안 뒤치락거렸다. 그러다가 그녀의 손이 이불속으로 슬며시 다가와 내 손을 잡았다. 그리고는 내손을 당겨 그녀의 봉긋한 젖가슴에 올려놓으며 귓속말을 했다.

"내가 너를 너무 심하게 고문하는 것 같다. 창식아 오늘은 정말 여기까지만 하자."

하고는

"창식아 한번 살살 만져봐."

했다. 나는 가슴도 몸도 그 순간 파르르 떨렸다. 손도 부들부들 떨고 있었다. 그러다가 내 손에 힘이 들어가며 그녀의 젖가슴을 체육복 위에서 천천히 움직였다. 그 순간 그녀는 살짝 몸을 움츠리더니 눈을 살포시 감은 듯했다. 몇 번을 만지는데 그녀의 손이 내 손을 다시 잡

앉다.

"창식아 너 참을 수 있지?"

했다. 대답 대신에 고개만 끄덕였다. 그러자 그녀는 내손을 살며시 그녀의 봉긋한 젖가슴에서 다시 내려 내 가슴위에 얹어 놓고는 귀에 대고

"참아 주어서 고마워 창식아 사랑해."

하며 조용히 눈감고 그녀는 잠이 들었다. 눈을 감았는데도, 밤이 깊었는데도 잠이 오지 않았다. 그렇게 뒤치락거리다가 나도 모르게 잠이 들었다. 어제 낮에 현장에서 석축 돌 견치석을 나르느라 몸이 몹시 피곤했던지 아주 깊은 잠에 빠졌던 것 같았다. 잠결에 뭔가 부스럭 거리는 소리가 들리는 것 같아 놀라 벌떡 일어났다. 찬란한 태양이 동쪽 하늘에 솟아오른 지 한참을 지난 열 시였다. 그녀는 언제 일어났는지 벌써 내가 입던 옷가지 몇 개를 빨래해서 널어 두었고 아침상도 차려 놓고 기다렸다.

"창식아 일어났어? 피곤하면 좀 더 자고 일어나."

하며 나의 등을 토닥여 주었다. 마치 엄마가 어린 아들을 대하는 듯 포근한 모습이었다.

"누나 언제 일어났어요? 나 깨우지 그랬어요."

하고 돌아보니 그녀는 방에서 일어나 부엌으로 향하며

"창식아 아침먹자. 아침밥 먹고 저번에 약속한 데이트가자. 안동에서 여기까지 왔는데 학교 구경 시켜줘."

하고는 미리 차려놓은 밥상을 들고 들어왔다. 그녀와 아침을 먹고 학교 캠퍼스를 걸었다.

"누나 오늘 몇 시에 가면 되요?"

하고 물었다. 그녀는 대답 대신에 나의 얼굴을 바라보며 눈웃음으로 생긋 웃었다.

"창식아 정신 차려라. 이 불 여시가 홀기니 정신이 없냐? 어제 만나자 마자 얘기 했잖아. 이렇게 약속한 데이트하고 자취방에 돌아가서 담요하고 너 옷가지 몇 개 더 빨아놓고 가야지. 오늘 저녁 아홉 시에 청량리에서 출발하는 새마을호 기차타고 내려가려고 한다. 어제 이미 기차표도 예매하고 왔어."

하며 핸드백 열어 예매한 기차표를 보여주었다. 그렇게 팔짱끼고 걷던 그녀가 갑자기 걸음을 멈추고는

"창식아 우리 지금 데이트하는 거 맞아?"

하며 눈웃음 날리며 말했다. 갑작스런 그녀의 질문에 당황하여 얼떨결에 더듬거리며

"왜요 누나? 우리 지금 데이트하는 거 맞잖아요? 뭐가 잘못됐나요?"

하고 말하니 끼고 있던 팔짱을 더욱 힘주어 끌어당기며

"피~~ 창식아! 지금 우리 데이트하면서 계속 나보고 '누나 누나' 하면서 이게 무슨 데이트냐?"

라고 말하고는 나를 놀리듯 바라보았다.

"그럼 누나 말고 뭐라고 불러요?"하며 나도 웃었다. 그러자 그녀는

"에이~ 창식씨! 나도 누나이기 전에 여자랍니다. 누나 누나하지 말고 혜령씨 하고 한번 불러봐. 나 창식씨 한테 그 소리 듣고 싶어."

그제서야 나는 좀 어색한 투로

"혜에~려~엉씨"

하고 억지로 기어들어가는 목소리로 부르니 그녀는 좋아라하면서

팔짱을 낀 채 재미있다는 표정으로 팔짝팔짝 뛰었다. 그렇게 그녀와 시간가는 줄 모르고 캠퍼스 데이트를 마치니 배가 실죽 해졌다.
 "혜령씨! 배고픈데 뭐 좀 먹으러가요."
 라고 말했다. 그러자 그녀도 배가 고픈지
 "창식씨 이제 그만 데이트 끝내고 자취방으로 가자. 거기 가서 밥 먹고 담요랑 옷 몇 개 더 빨아놓고 또 놀자."
 하며 팔짱을 끌고 가려고 했다. 나는 슬며시 발걸음을 뒤로 버티며
 "혜령씨! 오늘 우리의 첫 데이트 끝내려면 여기서 뽀뽀 해줘요. 그래야 우리의 첫 데이트가 멋있는 추억으로 남잖아요."
 그러자 그녀는 주위를 한번 슥 둘러보고는 일요일이라 별로 눈에 띄는 사람이 없자
 "창식씨! 오늘처럼 이렇게 멋진 데이트했는데 뽀뽀 말고 우리 키스하자."
 하며 걸어가다 말고 길에서 나를 향해 고개를 살짝 돌리고 눈을 감았다. 그녀와 잠깐 동안 키스하고 그 여운을 가슴 가득안고 자취방으로 돌아왔다. 자취방에 들어서자마자 그녀는 와락 끌어안으며
 "창식씨! 우리 다시 키스하자."
 하며 그녀는 학교 길거리에서 잠깐 한 키스의 아쉬움을 깊으면서도 길게 토해냈다. 정말 강렬하고 긴 키스였다. 그녀와 한참동안 꽃이 피고 나비가 나풀거리는 파란들에서 손을 맞잡고 빙빙 돌아가는 듯한 기분으로 달콤하고도 애틋한 키스를 했다. 그 달콤한 시간이 지나고 그녀는 곧바로 어젯밤에 입었던 고동색 체육복으로 갈아입었다. 어제 저녁에는 나 더러 자신도 여자이니 옷 갈아입도록 돌아서던지 아니면 나갔다 오라고 했다. 그런데 오늘은 아무런 말도 하지 않고 자

연스럽게 옷을 갈아입었다. 입고 있던 윗옷을 훌렁 벗는데 그녀의 봉긋한 젖가슴이 그대로 내 눈에 들어왔다. 까만색의 버금가리개 어깨끈이 두 줄로 그녀를 꼭 안고 있었다. 얼른 돌아서서 다른 것을 찾는 척 눈길을 돌렸다. 그러자 그녀는

"창식아 너 몰래 훔쳐보지 말아라. 눈 꼭 감고 있어라. 다 됐다 하면 돌아서라."

라고 말하고 그녀는 또 혼잣말처럼 중얼거렸다.

"우리 창식씨는 봐도 되는데~ 너는 안 돼 알았지?"

하고 중얼거리기에 획하고 돌아서며

"혜령씨! 다 됐나요?"

하고 말하니 그녀는 이미 돌아서며 체육복 입은 팔을 들어 보였다.

"창식씨 보려면 조금 더 빨리 봐야지. 이미 버스는 떠났어요."

하며 기분 좋은 얼굴로 생긋 웃었다. 그녀는 곧바로 담요 두 장과 옷가지 몇 개를 안고 화장실에 딸려있는 세탁실로 들어갔다. 담요 두 장에 세제를 풀고 그녀와 맨발로 손을 맞잡고 벅벅 밟았다. 그녀는 담요에서 일어나는 거품을 손바닥에 가득 담아 나의 얼굴에 칠하며

"창식씨 이불 세탁하는 것 도와주어서 고마워요."

하며 마치 내가 이미 남편이라도 된 것처럼 말하며 까르륵 웃었다. 그렇게 그녀와 담요와 옷가지 세탁을 마쳤다. 자취방에 들어와서 커피 한잔을 끓여서 스텐 둘레밥상에 올려놓고 마주앉았다. 금방 끓인 커피 몇 모금 마시고 그녀는 얼굴색을 정색으로 하고는

"창식아! 너 앞으로 영재 어떡할 거야?"

하며 바라보았다.

"누나 우리 이제 그만 영재를 놓아 줍시다. 영재가 진심으로 그렇

게 해달라고 말했어요. 그리고 영재는 내게 누나를 부탁했어요. 지가 못한 보답을 꼭 두 배로 갚아달라고 부탁했어요. 그러면서 영재는 "혜령이 누나는 나보다 창식이 너를 더 좋아한다."

라고 말하며

"창식아 꼭 혜령이 누나와 행복한 사랑해야 돼. 알았지."

하고 말하며 매일 부처님 전에 기도해 준다고 했어요. 그런 말을 영재는 나를 끌어안고 울면서 말했어요.

"누나는 우리가 앞으로 영재를 어떻게 대하면 좋겠어요?"

하고 그녀를 바라보자 그녀는 또 크고 까만 송아지 눈 같은 눈에서 눈물이 그렁거렸다. 그녀와 커피 잔을 사이에 두고 잠시 침묵이 흘렀다. 짧았지만 깊고도 어두운 우물바닥 같은 깊은 침묵이 흘렀다. 그러다가 그녀는 고개 들어 말했다.

"창식아! 너 언제 나랑 같이 해인사 도해스님 만나러 안 갈래? 주말에 시간되면 꼭 우리 둘이서 나란히 한번 가보자 응!"

하고 말하는 그녀의 얼굴에서 간절함이 배어 나왔다.

"그래요 누나. 시간 내서 주말에 한번 같이 가요. 그런데 금방은 안 되요. 요즘 나는 주말에 공사 현장에서 아르바이트하는 중이라서~ 여름방학 때 한번 시간 만들어 볼게요. 팔월 중순 이후에요. 방학 때 한 달 정도 열심히 노가다해서 이 학기 등록금 벌어야 해요."

하며 아무런 생각 없이 그렇게 말하고 말았다. 그녀는 눈이 둥그레지면서

"창식아! 너가 여기서 다음 학기 등록금을 방학 때 아르바이트해서 번다고? 이 학기 등록금이 얼마인데? 방학기간 동안 노가다해서 벌어야 한단 말이냐?"

하면서 놀란 토끼 눈을 하고 물었다. 그 순간 아차! 실수했구나 싶었다. 그래서 대답을 못하고 어물거리다가

"예 누나 다음 학기 등록금은 사십 만 원정도 되요. 지금 내 바로 밑의 남동생이 고삼이라서요. 내년에 대학에 가면 조금이라도 어머니를 도와 드려야 해요."

하며 말을 얼버무리고 얼른 다른 이야기로 화재를 돌렸다.

"누나 방학 때 시간 만들어서 미리 전화할게요. 그리고 누나 혹시 영재 만나면 뭐라고 말할 건가요. 그리고 우리가 찾아가도 만날 수 있으려나 모르겠어요. 행자수행 기간에는 일체의 면회를 통제한다고 했어요."

라고 말하니 그녀는 커다란 검은 눈동자를 굴리며

"행자수행기간이 언제까지라고 하더냐?"

라고 말하였다.

"누나 그것은 잘 몰라요. 어쩌면 방학 때 쯤 되면 아마도 영재의 행자수행기간이 끝날지도 몰라요. 하여튼 그때 쯤 우리 같이 가요."

하고 말했다. 그녀는 그렇게 하자고 대답은 했어도 얼굴표정은 굳어 있었다. 그녀는 다 식은 커피 잔을 들어 훌쩍 마시고는

"창식아 미안하다. 나는 그런 너의 사정도 모르고 철없이 그랬구나. 너 오늘도 나 아니었으면 노가다 일하러 갔겠네. 누나가 생각이 짧았다. 누나 자격이 없구나."

라며 미안한 표정으로 바라보았다. 그녀의 손을 잡으며

"아니요. 누나는 영재하고 나에게는 너무나 고마운 분입니다. 누나 내가 방학 때 안동으로 내려가면 좋은데 안동에서는 돈벌이 할 곳이 없어요. 그래서 여기서 노가다하면서 지내다가 한두 번 정도 안동에

다녀와요. 누나 우리 할머니가 그러는데 젊을 때 고생은 사서도 한다 했어요 누나 조금 힘은 들어도 일은 할만 해요.”

하며 그녀를 바라보고 씨익 웃었다. 그녀는 한참 동안이나 그저 나만 뚫어져라 바라보더니

"창식아! 고맙다. 내가 너에게 저번에 한 말이 생각나서 내가 부끄럽구나. 대학 합격통지서 들고 너희 집에 갔을 때 내가 너에게 말한 것 기억하니? 이제부터는 오롯이 너의 힘으로 대학을 졸업하라고 했잖아? 지금 너의 말을 듣고 나니 내가 너무 부족했다. 미안해!”

하며 앉은 자세로 나를 향해 양팔을 벌리고는

"창식아 나 한번 안아주라.”

했다. 조금 망설이다가 살며시 그녀를 안아주었다. 그녀는 아무런 말없이 눈감고 내 품에 안기어 있었다. 그 분위가 너무나 조용하여 그녀의 숨소리가 더 크게 들렸다.

그러다가 문득 손목의 시계를 보니 여섯 시가 다 되어갔다.

"누나 벌써 여섯 시네요. 우리 나가요. 오늘 저녁은 내가 쏠게요.”

하며 일어나니 그녀는

"내가 정말 사랑하게 될 것 같은 창식씨! 저녁은 소녀가 해드릴게요. 괜히 땀 흘려 번 돈 쓰지 말아요. 그 돈으로 사는 저녁 먹으면 체할 것 같아요.”

하며 일어나 부엌으로 나가서 그녀는 일곱 시가 다 되도록 무엇인가 열심히 요리했다. 저녁상 차려놓고 그녀는

"밖의 찬장에 잘 쉬지 않는 마른반찬 몇 가지 해놓았어. 일하러 다닐 때 밥 굶지 말고 꼭 챙겨먹어 창식씨.”

하며 하나밖에 없는 숟가락을 들어 건네주었다. 그녀와 저녁 먹고

청량리 기차역까지 바래다 줄 요량으로 서둘러 나갔다. 주안역에서 나에게 그만 돌아가라 말했다. 대답 대신에 그녀의 팔짱을 끼고 함께 전철을 탔다. 청량리 기차역광장에 도착하니 광장시계탑의 시계가 여덟 시 십오 분을 가리키고 있었다. 우리는 곧바로 대합실로 들어가서 기차 출발시간을 확인했다. 출발시간이 다가오자 역무원이 개찰구로 나와서 기차표를 확인하고 동그란 구멍을 뚫어서 돌려주며 들어가라 했다. 그녀는 개찰구 옆 창살로 다가와서 손 흔들며 작은 소리로
 "창식씨! 사랑해."
 하고 돌아서 가는데
 "혜령씨! 잠깐만요."
 하며 그녀를 개찰구 옆 창살 앞으로 다시 불렀다. 그녀는 몇 발자국 가다말고 다시 돌아서왔다. 그녀는 야트막한 창살위로 얼굴을 내밀었고 그녀와 가볍게 키스했다. 그리고 그녀는
 "창식씨! 빨리 돌아가요. 전철 끊기겠어요. 사랑해!"
 하고는 아쉬워하는 눈빛으로 뒷걸음으로 몇 걸음 걷다가 돌아서서 계단을 내려갔다. 한 계단 한 계단 내려갈 때 마다 그녀는 연신 돌아보고 손을 흔들었다. 그 모습은 마치 그녀가 점점 어둠속으로 빨려 들어가는 듯했다. 그녀의 마지막 모습을 지켜보다가 그녀의 모습이 계단 아래로 완전히 사라지자 청량리 전철역으로 뛰었다. 다행히 아홉 시 십 분전이다. 인천행 전철타고 자취방으로 돌아왔고 그녀가 도착하는 새벽 한 시가 넘도록 잠이 오지 않았다. 그녀와 함께 울고 웃고 했던 이틀 동안의 여운이 남아 뒤치락거렸다. 그녀의 크고 검은 눈동자가 자꾸만 나를 붙들고 늘어져 놓아주지 않았다. 지난 이틀 동안의 시간을 곰곰이 되짚어 보았다. 분명히 그녀는 영재의 모든 것을 다 알

고 있었고 이번 나와의 데이트를 작심하고 온 것이 분명했다. 서울에 볼일이 있다는 말은 나를 만나기 위한 핑계였을 것이다. 이번에 보여준 그녀의 모든 행동은 분명히 전과는 확연히 달랐다. 지금까지 장혜령 그녀는 우리에게 한 치의 빈틈이 없는 철저하면서도 반듯한 선배였다. 그런데 이번에 내 앞에 나타난 그녀는 완벽한 여자였으며, 때로는 애틋한 선배로, 때로는 따뜻한 엄마이기도 했다. 그녀와 나는 달콤한 키스를 생각하며 잠들었다. 다음날 아침 하늘에서 부서지는 햇살은 유난히 아름답고 고왔다.

 그렇게 그해의 여름은 시작되었고 그녀는 일주일에 두세 번 전화해서 통화했다. 날씨가 점점 뜨거워져 그해의 여름은 깊어졌으며 그러는 동안에 대구의 김수영 그녀도 일주일에 한 두 번 씩 꼭 통화했다. 그렇게 시간은 흘러 일 학기 기말시험을 마치고 여름방학이 시작되었다.

하룻밤에 만리장성을 쌓다

방학이 시작되면서 저번에 나에게 각별히 배려해 주던 공사 현장의 반장을 찾아갔다. 현장에 도착하니 하루의 일과가 거의 끝나가는 시간이었다. 현장 사무실 앞에서 서성거리다가 지나가는 반장을 발견하고는 후다닥 달려가서 꾸벅 인사했다.

"반장님 안녕하세요? 창식이 입니다."

하고 인사하고 '방학동안 여기서 일하려고 찾아왔다'고 말했다. 그러자 반장은 반갑게 맞으며 현장사무실로 데리고 들어가서 공사 과장에게 소개했다. 그 현장의 규모는 꽤 커 보였다. 그는 공사 과장에게

"허과장님 창식이 야가 일하려고 왔는데요. 야 현장에 좀 씁시다. 야가 인하대 다니는 학생인데요. 저번에 몇 번 일 시켜보니 착실해요. 안동에서 올라왔다고 합니다. 가정형편이 어려워서 돈 벌어서 학교 등록금 내려고 한다고 말하네요."

하고 너스레를 떨자 그 과장은 쳐다보지도 않고 자신이 하던 업무를 계속하며 귀찮다는 듯한 표정으로

"반장이 알아서 하세요."

하고는 나를 슬쩍 한번 쳐다보고는 가라고 손짓했다. 그 과장의 뒤통수에 대고 꾸벅 절하고 반장을 따라 현장 인부들의 휴게실로 갔다. 거기서 반장이 타 주는 커피 한잔 마시며 반장에게 말했다. 방학이 두 달이니 오십일 정도 일하게 해달라고 말했다. 반장은 '비 오는 날 빼면 두 달 꼬박 일하면 그 정도는 할 수 있다'고 했다. 반장은 당장 내일부터 아침 여섯 시 반까지 나오라고 했다. 반장에게 잘 부탁한다며 현장에서 돌아왔다. 현장은 학교정문에서 가까운 학익동 하천 주변이었다. 공사 현장은 자취방에서 걸어서 십오 분 정도의 거리였다.

현장에서 돌아오는 길에 학교캠퍼스를 가로질러 걸어오는데 대구 김수영씨가 생각났다. 통화 한지도 오래된 것 같아 이천 원을 동전으로 바꾸어 인하정 옆 공중전화에서 그녀에게 전화를 걸었다. 동전이 철커덕하고 내려가면서 수하기에서 반가운 그녀의 목소리가 들려왔다.
"여보세예. 창식씬가예. 보고 싶어예."
하고 밝은 목소리가 돌돌 굴러 나왔다.
"예 수영씨 오랜만입니다. 잘 계셨나요?"
하고 그녀에게 인사했다. 그녀와의 통화는 십 여일 만에 했다. 그동안 기말고사 치고 나서 통화하자고 했고 그녀도 그러자고 했다. 그녀도 기말고사 치고 학과에서 수업을 종강하여 어제부터 여름방학이라고 말하며
"창식씨도 방학했어예?"
하고 묻기에 우리는 삼 일전에 방학했다고 대답하자 그녀는 대뜸 "방학 때 뭐해예? 안동으로는 언제 내려 오시나예? 안동 오면 놀러가

도 되나예?"

 하고 들뜬 목소리로 물어왔다. 나는 착 가라앉은 목소리로 그녀에게 말했다. 방학기간 동안은 여기서 공사현장에 나가서 일해야 하고 그 돈으로 다음 학기 등록금 낼 거라고 말했다. 그리고 팔월 마지막 주에 잠시 안동으로 내려가서 삼사 일정도 머물다가 올라올 것 같다고 말했다. 그러자 그녀는 저번에 주고 간 수표에 백만 원을 써서 국민은행에 가서 돈 찾아 등록금 내고 당장 안동으로 내려오라고 했다. 그녀가 수표 이야기를 하자 일기장 속에 꽂아둔 수표가 생각났다. 그녀에게 단호하게 그렇게는 못 한다고 이야기하고 현장에서 일하다가 하루라도 쉬는 날 있으면 연락하겠다고 말했다. 그녀는 혼자서 전화를 받고 있는지 수화기 너머로 울음소리가 가늘게 들려왔다. 그녀는 울음 섞인 목소리로 내일 당장 대구로 내려오라고 말했다. 내일부터 현장에 나가야 하기 때문에 그렇게는 안 된다고 말했다. 그러자 그녀는 내일 오후에 나의 자취방으로 오겠다고 생떼를 썼다. 그런 그녀를 달래며 통화 하다 보니 동전이 다 떨어졌다.

 "수영씨! 지금 동전이 다 되었어요. 상세한 이야기는 나중에 만나서 해요."

 하며 전화를 끊었다. 수화기를 걸어놓고 축제 때 그녀와 둘이서 나란히 누웠던 캠퍼스 잔디밭으로 갔다. 오늘은 그녀 없이 혼자서 잔디밭에 앉으니 그때 그녀가 누웠던 빈자리가 무척이나 허전하게 보였다. 잔디위에 두 다리 펴고 앉아 담배 한 개비 꺼내 입에 물었다. 혼자서 담배연기를 하늘로 훅하고 내뿜으며 올려다본 하늘에는 하얀 뭉게구름 몇 조각이 두둥실 떠가고 있었다. 나도 저 뭉게구름처럼 김수영 그녀에게 두둥실 떠가고 싶었다. 김수영 그녀는 다복하고 풍요로운 집안의 딸이었다. 그녀의 아버지는 직업군인으로 대구 모 부대장 급인 대령이었고 어머니는 대구 어느 전문대학의 교수라고 했다. 양부모 사이에 일남이녀 중 둘째딸로 태어났다. 그 당시 우리 사회에서는 엘리트 중에 엘리트집안의 딸이었다. 그래서 상당히 개방적이고 활동적이며 어느 구석에도 하나의 구김살 없이 밝고 명랑하였다. 그러면서도 여타의 부잣집 딸처럼 화초같이 크지는 않았는 것 같은 인상을 강하게 받았다. 군인아버지의 강건한 훈육과 교육자이신 어머니의 교육이 만들어낸 붉은 빛 호박보석같이 빛나는 여대생이었다.

해맑은 수영씨를 생각하며 잔디밭에서 두개비의 담배를 피우고 나서야 일어서 자취방으로 돌아왔다. 방에 들어서자마자 일기장속에 넣어둔 수표를 확인했다. 수표를 들고 잠시 마음이 흔들렸다. 수표를 보고 있으니 고향의 할머니와 어머니의 모습이 떠올랐다. 감자밭 이랑에 골골이 배추씨 뿌리고 키워서 지금쯤 한 보따리 뽑아 머리에 이고 장터에 내다 팔아 몇 천 원을 받아온다. 그 몇 천 원의 돈에도 환하게 웃는 어머니의 모습이 떠오르자 수표를 들고 있는 손이 떨렸다. 지독한 가난이 서러워 울컥 눈물이 흘렀다. 그러나 이 수표는 도저히 아니라고 고개를 가로저으며 방에 그냥 벌렁 누웠다. 수표를 생각하니 마음속 갈등이 나를 괴롭혔다. 어금니를 꽉 물고 수표를 일기장에 다시 꽂아두었다. 저녁을 대충 챙겨먹고 이른 시간 잠자리에 들었다. 내일은 아침 일찍 일어나 현장으로 가야했다. 막 잠이 들려는 순간 주인집 할머니가 부르셨다.

"학생! 방에 있어요? 전화 왔어요. 여기 와서 전화 받아요."
하고 큰소리로 불렀다. 달려가 전화 받으니 김수영 그녀였다. 지금 바로 공중전화로 다시 하겠다고 말하고 전화를 끊었다. 이미 잠자리에 들려던 참이어서 조금은 귀찮았으나 체육복을 걸치고 동네 놀이터 옆 공중전화로 달려가 그녀에게 전화했다. 그녀는 곧바로 전화를 받았다.

"창식씨예! 저녁식사 했어예?"

하며 오후보다는 조금 밝아진 목소리가 전화기에서 흘러나왔다.

"예 수영씨 조금 전에 먹고 막 잠자려던 참 입니다. 그런데 무슨 일 있어요?"

하니 그녀는

"아니라예. 창식씨예 나 내일 오후에 인천으로 갈끼라예. 인천에 가서 그 수표 받아서 내가 돈 찾아 드릴끼라예. 그리고 또 창식씨랑 상의해야 할 일이 있어예. 현장에 일하러 갈 때 자취방 부엌문 잠그지 말고 가시면 안 되나예?"

하는 그녀의 목소리는 간절했다. 이런 당돌하고도 저돌적인 그녀의 태도에 당황하여 말문이 막혔다.

"수영씨! 안돼요. 제발 진정하세요. 도대체 왜 이러십니까? 나는 절대로 그 돈 받을 수 없어요. 그렇게 하면 나는 뭐가 됩니까? 이렇게 오면 화낼 겁니다. 그러니 오지마세요."

하며 강경한 어조로 말하고 그녀를 달랬다. 그녀는 나의 그런 태도에 또 울음 섞인 목소리로

"창식씨예 너무해예. 내가 싫은 거지예. 그래도 내일은 꼭 올라 갈 끼라예. 인천에 가서 꼭 창식씨랑 상의해야 할 일도 있어예. 그러니 부엌문 잠그지 말고 일하러 가예."

하며 연신 훌쩍거리는 소리가 들렸다.

"여보세요. 수영씨! 미안해요. 무슨 일인지 지금 전화로 말하면 안 되나요. 그러면 내가 너무 부담스럽습니다. 수영씨를 내가 싫어할 이유가 없잖아요. 수영씨가 고맙고 좋아요."

하며 그녀를 안심시켰다. 그러자 그녀는 다시 조금은 밝아진 목소리로

"창식씨예 고마워예. 창식씨 마음이 그러면 나는 아무런 상관없어예. 나머지 이야기는 내일 만나서 해예. 창식씨 자꾸 전화기가 동전 잡아 먹네예. 창식씨예 사랑해예."

하며 그녀는 내일 인천으로 온다는 사실을 다시 한 번 강하게 각인시키고는 전화를 끊었다.

자취방으로 돌아온 나는 그녀의 이런 저돌적인 행동에 갑자기 불안이 덮쳐왔다. 그러나 내일아침 일찍이 현장으로 가야했다. 잠자리에 누워 뒤치락거리다가 늦은 시간에 겨우 잠들었다. 다음날 아침에 눈을 뜨니 다섯 시 삼십 분이 넘었다. 바쁘게 세수하고 아침을 먹는 둥 마는 둥 하고 작업복 챙겨 입고 방문 닫고 부엌을 나서며 여느 때와 같이 자물통을 걸다가 수영씨가 오늘 온다는 말이 생각났다. 잠시 머뭇거리다가 혹시 하는 생각으로 자물통을 잠그지 않고 그냥 고리에 걸어만 두고 현장으로 달려갔다. 현장에 도착하니 반장이 반갑게 맞이했다. 오늘 할일은 그동안 미리 쌓아놓은 석축 위에 첨단 콘크리트를 하는 작업이었다. 넓다란 철판 위에 모래와 시멘트를 내리 삽으로 비벼 석축 첨단위에 바르는 작업인데 인부 여덟 명이 한 조가 되어서 일하는 작업이었다. 조장은 흙칼로 석축 위 첨단 면을 매끈하게 펴 바르는 미장을 했다. 인부 네 명이 내리 삽으로 시멘트를 섞는데 삽질

이 얼마나 빠른지 삽날이 춤을 추었다. 모래질통꾼 두 명이 모래를 날라 와 부어놓으면 내가 시멘트 한 포대를 모래위에 얹어주고 내리삽꾼은 빠르게 모래와 시멘트를 섞어 가운데 쭉 갈라놓았다. 그곳에 옆에 있는 큰 물통에서 물을 퍼서 서너 통 부어주는 소위 현장에서 말하는 쎄멘돌이와 물돌이 역을 맡았다. 그래도 어린학생이라고 비교적 쉬운 일을 시켰다. 하루 종일 약 이백 포대정도의 콘크리트작업을 끝냈다. 여름이라 오후 다섯 시 삼십 분인데도 아직 태양은 서쪽하늘 저만큼 위에 떠 있었다. 조장이 고생했다며 반장에게 보고하고 하루 일을 마쳤다. 반장이 다가와서는

"창식아 할 만하냐? 오늘 첫날인데 고생 많이 했다."

하며 빙긋 웃어 보이며 조장에게 한 마디 했다.

"에이! 박조장 어린아 한테 오늘 너무 고생시켰다. 내일부터는 데리고 살살 시켜라."

하며 나를 바라보고는 엄지를 척 곧추세우며 가라고 했다. 돈은 월말에 계산해서 한꺼번에 준다고 했다. 하루 종일 시멘트포대를 나르고 물을 퍼 날랐더니 작업복바지는 시멘트가루와 물이 범벅이 되었다. 윗도리도 땀에 젖었다 말랐다 를 반복해서 앞섶에 하얀 소금꽃이 피었다. 초여름인데도 얼굴은 하루 만에 햇볕에 그을려서 벌겋게 달아올랐다. 오후에 수영씨가 온다고 했으니 빨리 달려가서 작업복 헹구어 말리고 샤워할 생각으로 현장에서 대충 바지를 툭툭 털고 자취방으로 달려갔다. 자취방에 도착하여 부엌문 열려고 보니 아침에 그냥 걸어놓고 간 자물통이 없어졌다. 그 순간 놀라서 부엌문을 열었다.

그녀는 언제 왔는지 방도 깨끗이 정리하여 닦아놓았고 부엌도 깔

끔하게 청소하여 저녁을 준비하고 있었다. 그녀가 입고 있는 옷은 나의 고동색 체육복에 하얀 앞치마까지 두르고 있었다.

"아니! 수영씨 진짜로 왔어요? 언제 왔어요?"

하고 부엌으로 들어서는데 그녀는 저녁을 준비하다가 작은 부엌칼을 손에 든 채로 돌아보더니 칼을 던지다시피 내려놓고는

"창식씨 왔어예."

하며 달려들어 와락 안기려 했다. 놀라며 두 손을 뻗어 그녀를 막으며

"수영씨! 안돼요. 지금 옷이 시멘트가루 범벅입니다. 샤워하고 옷 갈아입어야 해요."

라고 말하는데 그녀는 그대로 달려들어 와락 가슴에 안겼다. 그런 나를 꽉 껴안은 그녀는

"창식씨예 나는 당신의 이런 모습이 좋아예. 창식씨 땀 냄새가 좋아예."

하며 나를 안고 팔짝팔짝 뛰었다. 그녀는 열두 시 조금 지나서 도착했고 그 동안 마트에서 장도 봐 오고 방이며 부엌이며 모두 청소하고 부엌살림에 부족한 모든 것을 사 왔다. 그리고 퇴근하는 시간에 맞추어 저녁을 준비하고 있었던 것이다. 그 순간 나는 이미 그녀의 남편이 되어있었다. 그것도 가난뱅이 남편이 되어있었다. 나의 의사와는 전혀 무관하게 말이다. 너무나 당황하고 어이가 없어서 눈앞이 캄캄했다.

"수영씨! 어찌됐든 먼 거리 달려와 주어서 고맙고 미안합니다. 우선 씻고 옷 갈아입고 올게요."

하며 그녀를 밀어냈다. 그녀는 그리하라고 물러나며 방에 갈아입을 체육복 준비해 두었으니 그것으로 갈아입으라 하는데 처음 보는

체육복 한 벌이 방바닥에 예쁘게 접혀 놓여져 있었다. 유명 스포츠웨어 마크가 선명한 체육복이다. 그녀가 미리 준비해 온 것이다. 샤워하고 작업복을 대충 손빨래해서 마당의 빨랫줄에 널어놓고 그녀가 준비해 온 체육복으로 갈아입었다. 그녀가 차려준 저녁 먹고 우리 두 사람은 나란히 체육복 차림으로 학교 캠퍼스 걸으며 이야기했다.

어느새 날은 어두워졌고 캠퍼스에는 가로등이 하나둘 켜지는데 방학이라 다른 사람들은 거의 없었다. 캠퍼스를 한 시간정도 걸으며 그녀가 오늘 인천으로 찾아온 이유를 말했다. 그녀는 내일 그 수표로 백만 원을 찾아 줄 것이며 칠월 이십 일경에 육박칠일 일정으로 나와 단둘이서 일본으로 해외여행 가자고 했다. 이 여행 계획은 저번 축제 때 나를 만나고 나서 그녀의 어머니를 졸라 허락받았고 그동안 여행사에 예약하여 준비했다고 말했다. 그리고 그녀는 나의 형편이나 우리 집 사정까지도 이미 그녀의 부모님께 모두 다 이야기했고 일본으로 여행가기 전에 그녀와 우리부모님께 인사하고 정식으로 사귀자고 했다. 이 모든 이야기를 다 할 때까지 그녀의 표정은 무척이나 행복해 보였다. 마치 꿈속에서 붕붕 날고 있는 것 같았다. 그런 그녀와는 정반대로 나의 얼굴은 점점 더 깊은 수렁에 빠져들었다. 눈앞이 캄캄해졌고 머리가 어지러웠다. 한편으로는 그런 그녀가 미워졌다. 아니 싫어졌다. 어떻게 이런 엄청난 일을 저지르면서 그동안 여러 번 통화했는데도 나에게는 단 한마디의 상의도 없이 일방적으로 저질렀단 말인가? 하고 생각하니 섭섭하기도 하고 무시하고 돈으로 밀어 붙이려 한다는 생각이 들었다. 몹시 자존심이 상했다. 그 순간 머릿속에는 고향에 계시는 할머니와 어머니의 얼굴이 까만 밤하늘에 선명하게 떠올랐다. 할머니와 어머니는 흙 묻은 손으로 눈물을 훔치면서도 환하게 웃으셨다. 그리고 연이어 장혜령 누나의 얼굴도 떠올랐다. 그녀의 이야기를 다 듣고 나서 나의 생각을 그대로 그녀에게 가감 없이 몹시 자존심이 상하고 무시당하여 불쾌하다고 솔직히 말했다. 그러자 그녀는 울면서 용서를 빌었다. 그녀는 이렇게 해서라도 나를 꼭 잡고 싶어서 나와는 상관없이 혼자서 고민하고 혼자서 결정하여 그저 깜짝 선물을 주고 싶은 마음뿐이었다고 말했다. 내가 보기에는 그녀의 이 모든 행동은 철이 없고 겁도 없는 엉덩이에 뿔난 망아지 같아 보여 참으로 실망이 컸다. 아니 몹시 불쾌했고 도저히 용서가 안 될 것 같았다. 그녀는 인하정 팔각정 마룻바닥에 주저앉아 용서를 빌며 울고 있었다. 너무나 어이가 없어서 더 이상 어떤 말도 못하고 그저 까만 밤하늘만 쳐다보고 있었다. 그렇게 얼마의 시간이지나자 그녀의 울음소리가 멈추었다. 정신을 차리고 그녀를 돌아보니 그녀는 팔각정 바닥에 엎드려 쓰러져 있었다. 쓰러져 울고 있는 그녀의 모습에 가슴이 아파왔다. 그녀의 팔을 잡아 일으켜 세웠는데 그녀는 그 상태로 얼마나 울었던지 축 늘어져 몸을 가누지 못했다. 그녀의 팔을 들어 어깨에 걸치고 부축하여 팔각정을 내려오니

"창식씨예 잠시만 여기 의자에 앉았다 일어나예."

하며 힘이 하나도 없는 작은 목소리로 말했다. 별다른 방법이 없어서 팔각정 밑 나무벤치에 그녀를 앉혔다. 그녀는 나의 어깨에 기댄 채 시간이 흐르자 조금씩 회복했다. 얼마의 시간이 흐른 뒤 그녀는

"창식씨예 이제는 됐어예. 집으로 가예."

하며 일어서는데 조금 비틀거렸다. 그녀의 팔을 끼고 자취방으로 돌아오면서 우리는 아무런 말도하지 않았다. 걸으면서 가만히 그녀

를 내려다보았다. 옛말에

"혼자서 하룻밤에 만리장성을 쌓는다."

하더니 그녀가 그랬구나 하는 생각이 들어 조금은 측은해 보이기도 했었다. 자취방에 들어와 시간을 확인하니 밤 열한 시가 넘었다. 정신없이 시간이 흘러버린 것이다.

"수영씨 어떡해요. 지금 시간이~"

하고 그녀를 바라보니 그녀는 태연하게 입은 옷 그대로 방바닥에 축 늘어져 누우며

"창식씨예 나 오늘 안 가예. 여기서 자고 내일 갈끼라예. 서울언니에게 여기 온다고 말도 안 했어예."

하며 방바닥에 쓰러지듯 누워서 눈을 감았다. 나는 어정쩡한 자세로 앉지도 못하고 그냥 뻘쭘하게 서 있었다. 그녀는 감았던 눈을 가늘게 뜨고는 손짓하여 옆에 누우라고 했다. 앙고라 이불을 하나 더 꺼내 깔고 덮어주면서 조금 떨어져 옆에 누웠다. 그러자 그녀는 내게로 몸을 옮겨와 이불속으로 나의 손을 살며시 잡으며 말했다.

"창식씨예 미안해예. 내가 잘못했어예. 나머지 얘기는 내일하고 오늘은 그냥 자예."

했다. 그리고 그녀는 체념한 듯 작은 목소리로

"창식씨예 오늘밤에는 저의 꽃봉오리를 꺾지 말아예."

하며 스르르 눈을 감았다. 얼마의 어색한 시간이 흘렀다. 그녀는 다시 나를 향해 슬며시 돌아누우며

"그런데예 오늘 밤이라도 창식씨가 하고 싶은 데로 하셔도 되예. 창식씨가 오늘밤에 어떤 선택을 하더라도 수영이는 당신을 원망하거나 미워하지 않을 끼라예."

하고 그녀는 다시 사르르 눈을 감았다. 뜨거운 피가 펄펄 끓는 청춘이라 힘들고 괴로웠지만 그녀를 지켜야 한다고 생각하며 슬며시 돌아누워 한동안 뒤척이다 잠이 들었다. 아마도 새벽 두 시가 넘어서 잠이든 것 같았다.

다음날 아침에 눈을 뜨니 그녀는 옆에 없었다. 시간을 확인하니 아침 여섯 시가 다 되었다. 현장에 가야한다는 생각으로 스프링이 튕기듯이 일어났다. 방문을 열고 나가니 그녀는 부엌에서 이미 아침 밥상을 차리다 말고 나를 쳐다보았다.
 "창식씨예 잘 잤어예. 안 그래도 현장에 가야할 것 같아서 곧 깨워드리려 했어예."
 하며 어젯밤하고는 다르게 밝은 얼굴로 해맑게 웃으며 말했다. 아침부터 이러지도 저러지도 못하고 서 있었다. 그런 모습을 보고 그녀는 내게 다가와서는
 "창식씨예 얼른 세수하고 밥 먹어예."
 했다. 대충 눈곱만 떼는 세수하고 그녀가 차려준 밥상 앞에 앉았다. 몇 숟가락을 먹다가
 "그런데 수영씨 오늘은 어떻게 할 겁니까?"
 하고 그녀를 바라보았다.
 "창식씨예 다른 생각하지 말고 몸 안 다치게 현장에서 일하고 와예. 나는 예 오늘 여기서 천천히 깊이 생각해 보고예. 창식씨가 일마치고 오면 저녁 먹고 서울언니네로 갔다가 내일 대구로 갈게예. 그러니 몸조심해서 일하고 와예. 아참! 창식씨예. 그 수표 나에게 주고 가예."

그녀가 수표를 달라고 하는 소리에 잠시 머뭇거리다가 일기장 속에 넣어둔 수표를 꺼내 건네주었다.

"수영씨! 나 그 돈 절대로 받을 수 없어요."

하며 먹던 아침밥을 마저 먹고는 현장으로 달려갔다. 현장에 도착하니 일곱 시가 다 되었다. 어제 함께 일했던 조장이 헐레벌떡 달려오는 나를 발견하고는

"반장님 창식이 저기 오는데요. 우리 조에 같이 데리고 갈까요?"

하며 조장은 나를 향해 그리로 오라고 손짓했다. 그러자 반장은 큰소리로

"어이! 그럼 박씨는 이리로 오소. 그리고 창식이 데리고 가서 오늘 야리가다작업 마무리하고 와요."

하며 조장에게 빨리 현장으로 가라며 큰소리로 떠들었다.

조장이 오라는 곳으로 가니 일 톤 화물차에 손목만한 각재가 반차쯤 실려 있었다. 우리 작업 조는 그 현장에서 약 2Km정도 떨어진 2공구였는데 작업구간은 오백 미터 정도 되는 구간이었다. 이미 석축 기초콘크리트를 쳐 놓았고 그 기초위에 10미터 간격으로 석공들이 돌을 쌓기 편하도록 야리가다(나무로 설치하는 기준틀)를 설치하는 작업인데 중간에 두 개의 하천 낙차보도 있어서 그곳도 야리가다를 설치해야 했다. 현장에 도착하자 조장은 장화를 주고는 측량용 스테프 들려주며 하천으로 내려가서 10m 간격으로 스테프를 잡으라고 했다. 조장은 익숙하게 트랜싯 측량기를 세웠고 다른 인부 두 명은 각목과 망치 들고 따라 내려왔다. 오늘 하루 종일 석축 야리가다 육십 개정도 설치하는 작업이었다. 그렇게 오전 작업을 하다가 점심 먹고 다시 그

곳으로 왔을 때 학교에서 측량실습으로 만져본 트랜싯을 세웠다. 그런 나의 행동을 지켜보던 조장이 다가와서는 세워놓은 트랜싯을 확인하더니 "창식아! 너 측량도 할 줄 아느냐?"

하며 눈이 둥그레졌다.

"예! 토목과 학생이라 실습하며 배워서 조금은 알아요."

하고 대답했다. 그렇게 그날의 일을 마치고 여섯 시가 다 되어서 현장사무실로 돌아왔다. 반장이 수고했다며 측량장비를 챙겨들고 사무실로 들어가는데 조장이 반장에게

"반장님 창식이가 토목과 학생이래요. 그래서 측량도 할 줄 알아요."

그러자 사무실로 들어가던 반장이 돌아서서

"창식이가 측량을~"

하며 나에게 따라 오라고 손짓했다. 영문도 모르고 반장의 꽁무니를 따라 사무실로 들어갔다. 반장은 사무실에 들어가서 며칠 전 나를 본체만체하던 공사과장에게

"과장님 창식이 야가 인하대 토목과 학생이라 측량을 좀 할 줄 안다고 하네요. 설조장이 오늘 데리고 가서 2공구 석축 야리가다 설치하는데 창식이가 측량을 하더랍니다."

하고 너스레를 떨자 그 공사과장이 돌아보고는 나에게 그리로 오라고 손짓을 했다. 과장은 나에게

"몇 학년이냐? 측량은 어디까지 배웠느냐?"

등을 묻고는 자신은 인하공업전문대학을 나왔다고 말했다. 그러고 나서 창식이는 내일부터 사무실 측량팀에서 일하라고 지시했다. 기분이 좋았다. 현장에서 인정해주었고 또 무엇보다도 힘이 덜 드는 측

량팀에서 일하게 되어 어깨가 으슥해졌다. 그러는 동안 벌써 여섯 시 삼십 분이 넘었다. 얼른 과장과 반장에게 인사하고 자취방으로 달려갔다. 부엌문이 닫혀있었는데 자물통이 없어서 수영씨가 방에 있으리라 생각하고 부엌을 지나 방문을 열었다. 방과 부엌은 깨끗하게 정돈되었고 부엌에는 저녁상이 차려져 있었는데 그녀 수영씨는 보이지 않았다. 밖으로 나와서 주변을 찾아보아도 그녀는 없었다. 골목을 들락거리며 기다리는 동안 담배를 두 개비나 피웠다. 그때 그녀가 골목 입구로 들어서다가 나를 발견하고는

"창식씨예! 언제 왔어예? 많이 기다렸나예?"

하고 환하게 웃으며 뛰어 와 등 뒤에서 나를 슬쩍 안으며

"고생했지예 얼른가예. 배 많이 고프지예. 저녁준비 해놨어예."

하고는 옆으로 다가서며 생글거리는 얼굴을 내 눈앞에 들이밀고는

"창식씨예! 나를 찾았어예?"

하며 생글생글 눈으로 웃었다. 그런 그녀의 모습이 귀여웠다.

"수영씨 가버린 줄 알았어요? 그런데 부엌문에 자물통이 없어서 안심하기는 했어요."

라고 말하며 방으로 돌아와 샤워하고 작업복을 체육복으로 갈아입고 그녀가 차려놓은 저녁을 먹었다. 그녀는 연신 먹는 모습을 바라보고 입가에 흐뭇한 미소를 지었다. 그녀도 한 그릇을 다 먹었다. 저녁을 먹고 커피도 한잔했다. 그녀가 앞으로 다가 앉으며 오늘 하루 동안 그녀가 한 일을 이야기했다. 그녀는 그 이야기를 시작하면서 몇 번이나 화내지 말라는 다짐을 받았다. 갑자기 아침에 현장으로 일하러 갈 때 수표를 달라고 하던 일이 떠올라 혹시 하고는 섬찟한 기분이 들었다.

결국 그녀는 화를 안내겠다는 나의 대답을 듣고서야 자신의 핸드백을 당겨 열더니 무엇인가 종이 한 장을 꺼내 내게 건네주며

"창식씨예 정말 화내면 안되예?"

하며 걱정스러운 눈으로 바라보았다.

"이게 뭔데요?"

하고 자세히 들여다보니 나의 이 학기 등록금 납부영수증이었다. 영수증에는 국민은행 납부 필 도장이 선명하게 찍혀있었다. 그 영수증을 받아들고 너무나 놀랍고 당황하여 멍하니 앉아있었다. 그러자 그녀는 핸드백에서 이번에는 두툼한 봉투를 하나 더 꺼내서 손에 쥐어주면서 손을 잡고 놓지 않고 바라보는데 까맣고 커다란 눈동자에는 이미 눈물이 고여 그렁거렸다.

"창식씨예 제발 화내지 말아예."

하며 애원하는 표정으로 바라보고 있었다. 아무런 대답도 않고 가만히 있으니 불안한 표정으로 나의 손을 잡고 있던 그녀의 손에 힘을 더욱 주어 꼭 잡았다. 그러다가 그녀는 입을 열었다. 저번에 수표를 여기에 두고 대구로 내려가서 그녀의 부모님께는 이미 그때 수표 이야기를 다 했다고 말했다. 그래서 오늘 그 수표로 백만 원을 찾았고 나의 공공칠가방을 뒤져서 등록금고지서를 찾아 은행에서 납부하고 나머지 돈은 봉투에 담아왔으니 제발 화내지 말고 아무런 말도 하지 말고 그냥 받아달라는 것이었다. 이 상황을 어떻게 해야 할지 눈앞이 캄캄해졌다. 머릿속에는 또 고향의 할머니 어머니의 얼굴이 번갈아 떠오르고 장혜령 그녀의 얼굴도 떠올라 정신이 혼미해졌다.

"아이쿠! 아이쿠! 기어이 큰일이 났구나! 이걸 어쩐다?"

하며 생각하면 생각할수록 눈앞이 더 캄캄해졌다. 아무런 말도 할 수 없었다. 그렇게 시간이 조금 지나자 호흡이 곤란해졌다. 얼굴이 벌겋게 달아오르던 어느 순간 눈에는 눈물이 주르륵 흘러내렸다. 그 눈물의 의미는 무엇일까? 아마도 그 눈물의 의미는 가난한 자신에 대한 깊은 서러움이었을 것이다. 그녀도 한동안 아무런 말없이 옆에서 눈치만 살피다가 살며시 다가와서는 꼭 끌어안았다. 그리고 그녀는 가느다랗고 떨리는 목소리로

"창식씨예 그동안 나는 너무나 행복한 시간이었어예. 그리고 고마웠어예. 물론 나만의 일방적인 사랑이었지만 묵묵히 받아주어서 고마워예. 창식씨예 이런 수영이를 용서해 줘예. 설령 우리의 인연이 오늘 여기까지라 해도 나는 예. 부끄럽거나 후회하지 않을끼라 예. 앞으로 평생을 살아가면서 창식씨를 가슴속에 품고 살아 갈끼라예. 창식씨는 예. 내가 그동안 등산하며 올랐던 그 어느 산보다도 더 높고 더 듬직했어예. 창식씨의 가슴은 그 어느 산보다 더 뿌리가 깊었어예. 창식씨예! 다만 우리가 가야산에서 처음 만나고 반년이 지난 오늘까지 창식씨에게 단 한 가지 아쉬운 것이 있어예. 빈말이라도 좋으니 수영이를 사랑한다는 말을 듣고 싶어예."

하고는 내 손을 살며시 놓았다. 그녀의 말을 다 듣고 있는데 내 표정은 점점 더 굳어졌고 목구멍은 큰 돌이 걸린 듯 뻣뻣해서 말이 나오지 않았다. 앉은 채 흐르는 눈물만이 우리의 적막을 녹이고 있었다. 얼마의 시간이 더 지났을까? 흐르던 눈물도 말라 이제 더는 흐르지 않았다.

"수영씨! 이러시면 나는 어쩌란 말입니까? 내가 도대체 어떻게 해야합니까?"

하고 착 가라앉은 목소리로 말했다. 그러자 그녀는 나와 눈을 마주치며

"창식씨예 저도 잘 모르겠어예. 창식씨 맘이 시키는 대로 해예. 저는 예. 이미 어젯밤에 나의 꽃봉오리를 지켜달라고 했을 때 창식씨는 나의 냄새가 좋다고 하였어예. 그때 나는 창식씨가 하고 싶은 데로 하라고 말했어예. 저는 예 그때 이미 창식씨가 어떤 선택을 하셔도 행복하게 받아들일 마음의 준비를 다하고 그런 말을 했어예. 그런데도 창식씨는 그 큰 고통을 꾹꾹 참고 수영이를 보석처럼 지켜 주셨어예. 그때 나는 결심했어예. 우리의 운명은 하늘에 맡기고 창식씨를 나의 욕심에서 놓아주어야 한다고예."

하며 그녀는 내가 지금까지 한 번도 본적이 없는 결연한 얼굴을 하고 있었다. 그래서 그녀는 오늘 낮에 모든 일을 실행했고 그녀 혼자서 세운 여름방학 계획인 일본 해외여행도 다 취소했다고 말했다. 한동안의 시간이 말없이 흘렀고 시간은 야속하게도 여덟 시를 넘고 있었다. 그날 끝끝내 그녀에게 어떤 결정도 내리지 못했다. 나에게 그토록 깊이 빠르게 빠져든 김수영 그녀가 한편으로는 안쓰럽기도 했다. 동시에 나라는 남자를 믿고 사랑을 일방적으로 키워 온 그녀가 무척이나 어여쁘게 보였다. 또 한편으로는 가난한 나 자신이 죽도록 미웠다. 시간이 흐르고 있기에 뭔가 말을 해야만 했다. 얼마의 시간이 흐르자 그녀도 나도 감정이 조금은 가라앉았다.

"수영씨! 먼저 너무나 고맙습니다."

하고는 말을 계속하지 못하고 감정을 잠시 조절하고는

"수영씨가 내게 해준 모든 것을 아무런 조건 없이 받아들이고 싶어요. 하지만 우리는 아직도 나이 어린 학생입니다. 조금 더 깊이 생각

하고 냉철하게 행동할 필요가 있어요. 그렇다고 수영씨가 싫어서 이러는 것은 절대 아닙니다. 나도 수영씨 만큼이나 수영씨를 좋아합니다. 그래요. 나의 가슴에도 언제인가 부터 뜨거운 불기둥이 하나 타오르고 있어요. 그래서 어젯밤에도 수영씨를 가슴에 새겼기에 곱게 지켜야겠다고 스스로 결심했어요. 그리고 수영씨 이 돈 백만 원은 그럼 저가 잠시만 빌릴게요. 방학동안 열심히 노가다 일해서 꼭 팔월 말 전에 도로 갚아드릴게요. 그러니 이 돈으로 더는 나에게 다른 말 하지 마세요. 여기서 더 그러시면 나 자신이 너무나 초라해질 것 같아서요."

하고는 그녀를 바라보니 그녀는 방바닥에 시선을 고정한 채 속으로 울고 있었다. 그런 그녀를 일으켰다. 힘없이 일어서는 그녀를 힘껏 포옹하니 그녀의 앞가슴이 나의 가슴에 와 닿았다. 그 느낌은 마치 몽실몽실한 뭉게구름 위를 걷는 듯한 몽환적인 느낌이었다. 그녀는 자신의 몸을 내게 맡기고 올려다보고 있었다. 그 크고 까만 눈동자를 가만히 내려다보며

"수영씨! 나도 수영씨를 진심으로 좋아합니다. 그리고 나는 믿어요. 우리가 서로 지금처럼 진실하면 반드시 하늘은 우리를 도와주리라고 아니 우리의 바램을 하늘은 꼭 이루어 줄 거라고 믿어요. 수영씨도 그렇게 믿어야만 해요."

하고는 그녀와 키스했다. 그러자 그녀는 온몸으로 전율을 느끼는 듯 파르르 떨고 있었다. 떨리는 그녀를 한 번 더 꼭 안아주었다. 그녀는 몸도 마음도 떨고 있었고 목소리마저 떨면서

"창식씨예! 사랑해예! 나는 이제 원도한도 없어예. 창식씨가 날 사랑해주시니 나는 지금 죽어도 좋아예. 창식씨예 이렇게 못난 수영이를 사랑해주어서 지금 너무너무 행복해예. 참말로 고마워예."

하며 그녀는 사랑에 취한 눈동자로 오랫동안 바라보고 있었다. 이제는 그녀의 숨소리도 편안하게 들렸다. 그녀를 안은 팔을 풀고 손목시계를 확인했다. 시간은 채찍 맞은 말처럼 아홉 시를 향해 달리고 있었다.

"수영씨 이제는 출발해요. 서울언니네 너무 늦게 가면 형부가 욕해요."

그러자 그녀도 자신의 손목시계를 확인하더니 이내 떠날 채비를 하였다. 주안전철역에서 그녀를 태운 전철은 서울을 향해 어두운 밤길로 빨려 들어갔다. 그녀가 떠나고 전철역 광장 벤치에서 담배 한 개비 피우는데 여름의 뜨거운 바람 한 줄기가 훅 하고 나를 휘감아 지나갔다. 이 바람은 아마도 그녀가 떠나면서 남기고 간 바람 같았다. 벤치에서 일어나 천천히 걸어서 자취방으로 향했다. 한 걸음 한 걸음 마다 그녀를 생각했다. 한 시간정도 걸으며 아무리 생각해도 그 돈 백만 원은 빨리 돌려주어야겠다는 것 하나 외에는 아무것도 정리되지 않았다. 그러자 머리가 아파왔다. 자취방에 도착하자 새벽 다섯 시로 자명종시계를 맞춰놓고 맨바닥에 그대로 푹 쓰러졌다.

다음날은 아침에 일어나 현장으로 가서 측량 팀 보조로 일했다. 오후 여섯 시가 넘어서 자취방으로 돌아왔다. 주인집 할머니가 대구 아가씨가 전화 해달라며 전화 왔다고 하셨다. 아마도 수영씨 그녀가 대구에 도착했나보다 생각하고 저녁 일곱 시가 넘어서 전화했다. 자취방 뒤편 놀이터로 가서 전화했다. 전화 연결 음이 뚜르르 뚜르르 하고 몇 번 들리더니

"여보세요?"

하며 들려오는 목소리는 뜻밖에 수영씨 어머니의 중후한 목소리였다. 다른 날 같으면 아무런 말없이 바로 수영씨를 바꾸어 주었는데 오늘은 그녀의 어머니가 조금 망설이다가

"아! 인천 학생이군요. 수영이에게 조금 이야기 들었어요. 학생! 고마워요." 하고는

"수영이를 이뻐해 주어서 고맙다" 며 대구에 한번 놀러오라고 말하며 잠시만 기다려 달라 하더니 "수영아! 전화 받아라."

하며 수화기를 내려놓는 듯 했다. 잠시 후 그녀가 전화를 받았다. "수영씨! 늦게 전화해서 미안해요. 현장에서 일하는 중이라 이제 퇴근해서 전화했어요. 잘 가셨나요? 몸은 괜찮아요?"

하니 그녀는 대뜸

"창식씨예! 저는 잘 왔어예. 미안해예. 현장에 계신 것을 생각하지 못하고 전화 해달라고 했어예."

하며 수화기에서 흘러나오는 그녀의 목소리는 여전히 밝고 명랑했다. 그리고 대구에 도착해서 그녀는 어머니와 지난 이틀 동안 인천에서 있었던 일 모두를 다 이야기 했고, 그녀의 어머니는 나를 참으로 반듯한 청년이라고 하였다며 정식으로 사귀어도 좋다는 허락을 했다고 말했다. 공중전화에 이천 원의 동전이 다 들어가도록 그녀와 통화하고 자취방으로 돌아오는 발걸음이 조금은 가벼웠다. 그날 이후 그녀에게 퇴근하면서 거의 매일 전화통화 하였다. 그렇게 시간이 흘러 현장에서 칠월 달 노임을 받았다. 한 달 동안 이십팔일을 근무했고 한 달의 노임으로 사십사만 육천 원이 들어 있었다. 그 봉투를 받아들고 자취방으로 돌아와서 수영씨가 수표로 돈을 찾아 등록금을 내고 나머지 돈을 넣어주고 간 봉투를 꺼내 팔십 만원을 맞추어 깊이 넣어두

고 나머지 돈 약 구만 원 정도로 또 한 달을 살아야 했다. 그렇게 뜨겁고 힘든 칠월이 지나가는 동안 김수영 그녀는 사흘이 멀다 하고 전화해서 통화했다. 그리고 장혜령 그녀도 한 달에 두세 번은 전화하여 통화하면서 팔월 달에는 꼭 시간 만들어 주말에 해인사 도해스님께 한 번 같이 가자고 했다. 전화통화하면서 혜령이 누나에게 그렇게 하자고 약속했다. 혜령이 누나는 통화할 때 마다 몸조심하라는 얘기와 밥은 꼭 챙겨먹고 일하라고 애절하게 부탁했다. 그렇게 그 뜨거웠던 칠월 달이 지나갔다.

제2장
그 시간에 멈춰버린 시계

가슴 아린 휴가의 계절

그렇게 시간은 흘러 팔월 초 어느 날 밤이었다. 낮에 내일은 비가 온다는 일기예보는 있었지만 밤 열시 경부터 새벽까지 하늘에 구멍이라도 뚫린 듯 세찬 비바람이 몰아쳤다. 다음날 아침은 다른 날보다 좀 빠르게 현장으로 나갔다. 벌써부터 현장직원들은 몇몇 인부들과 부산하게 움직이고 있었다. 하천 제방공사는 이미 거의 마무리 단계였지만 밤새 퍼부은 비로 붉은 황토물이 하천을 점령하고 거세게 흘렀다. 비가 그친 뒤라 팔월의 태양은 그 위세가 무섭도록 뜨거웠다. 마치 살갗이 타는 듯한 햇살아래서 현장은 바쁘게 응급복구를 하고 있었다. 공사현장은 거의 마무리 단계라서 다행히 큰 피해는 없었다.

오전 열한 시 반경에 반장은 인부들을 불러놓고 앞으로 삼사일 정도는 불어난 물로 일할 수 없으니 연락하면 다시 나오라고 말했다. 현장에서 돌아오면서 가만히 생각해보니 오늘이 목요일이니 최소한 다음 주 월요일까지는 쉬어야했다. 자취방으로 돌아오는 길에 혜령이 누나에게 공중전화 했다.
"예 산업계 장주 삽니다."

하고 언제나처럼 사무적인 목소리로 전화를 받는데 그곳은 이곳과는 다르게 아주 조용하고 평온한 분위기였다.

"누나! 창식이~"

하는데 그녀의 반가운 목소리가 내 귀에 울렸다.

"오랜만이네요 창식씨. 참! 어젯밤에 인천에 폭우가 내렸다고 라디오에서 수해가 심하다고 난리인데 어디 다친 데는 없어요?"

하며 나의 안부를 물어왔다.

"예. 괜찮아요. 내가 일하러 다니던 현장은 조금 피해가 있어요. 그래서 불어난 빗물 때문에 내일부터 다음 주 월요일까지 사일 정도는 쉬어야 해요. 그런데 누나. 거기는 비 피해 없나요?"

하고 말하니 그녀는 잠시 머뭇거리더니

"여기는 비 안 왔어요. 창식씨! 그럼 내일 오후에 대구로 올수 있나요? 내일 연가내고 오후에 대구로 갈게요. 우리 내일 오후 두 시쯤 대구역에서 만나요. 해인사에 한번 다녀오면 어떨까요?"

하며 미처 내가 대답할 틈도 없이 이야기했다. 내일 당장은 별다른 일이 없기에 그렇게 하자고 했다. 그러자 그녀는

"창식씨! 그럼 내일 대구에서 만나요. 쪽 쪼오옥~~"

하고는 전화를 끊었다. 전화 끊고 나머지 동전을 도로 토해놓은 공중전화기 밑구멍 후벼 파서 남은 동전을 집어 들고 자취방으로 걸어갔다. 가면서 가만히 생각해보니 아차! 싶었다. 대구 기차역에서 오후 두 시경에 만나서 해인사까지 간다고 해도 그 시간에 다행히 또 영재 도해스님을 만난다고 해도 돌아오는 시간이 빠듯했다. 아니 부족하여 못 돌아올 것이 분명했다. 혜령이 누나는 이 사실을 알고 약속한 것일까? 거기까지 생각이 미치자 다시 그녀에게 전화해야겠다는 생

각으로 오던 길을 되돌아갔다. 공중전화 앞에 서서 수화기를 들다말고 멈추었다. 그녀는 그 시간을 이미 알고 있다는 생각이 들었다. 저번에 내가 영재를 찾아갔던 이야기를 상세히 했을 때 인천에서 해인사까지는 어느 정도의 시간이 걸린다는 것을 분명히 알고 있었을 것이다. 그래서 좀 편하게 오라고 오후 두 시경으로 약속한 것이라는 짐작이 들었다. '장혜령 그녀는 분명히 나를 배려했고 그 후의 대책도 세워 놓았을 것이다'라는 생각에 미치자 들었던 수화기를 도로 내려놓고 돌아왔다. 자취방에 돌아와서도 그 시간문제 때문에 맘이 편하지 않았다. 오후 두 시경에 대구역에 도착하는 기차시간을 서울역에 전화해서 확인하고 시간이 조금남아 오랜만에 대중목욕탕을 다녀왔다. 내일 그녀와의 약속시간을 맞추려면 일찍 일어나야 했다. 좀 이른 시간에 누워서 잠을 청했는데 웬일인지 쉽게 잠들지 못하고 엎치락뒤치락 했다. 방안은 깜깜한데 천장에 장혜령 그녀의 얼굴이 선명하게 떠오른다. 누워서 천장에 떠오른 그녀와 달콤한 대화를 하다가 나도 모르게 잠이 들었다.

다음날 아침은 평소보다 일찍 눈이 떠졌다. 나름대로 부산하게 준비해서 그녀를 만나기 위해 대구로 출발했다. 서울역에서 출발하여 달리는 이 철길은 지난겨울에 영재를 만나러 무작정 달려가던 그 철길이 분명한데 오늘은 차창 밖 풍경이 그때와는 사뭇 다르다. 그때는 빈 들판이었는데 오늘은 푸른색으로 채색된 들판이다. 물론 그동안 계절이 바뀐 것도 사실이지만 그 이유보다는 내 가슴의 계절이 바뀐 것이다. 그때는 허허하고 아픈 가슴으로 달렸고 오늘은 장혜령 그녀를 만나려 달리니 설레는 가슴인 것이 그때와 지금이 다른 이유일 것이다. 그때는 느릿느릿 달리던 기차가 오늘은 상쾌하고 시원하게 달린다. 열차안의 풍경도 한껏 들떠있었다. 팔월 초순이라서 피서객들이 많아보였다. 연인들끼리 피서 떠나는 모습이 평소에는 한없이 부러웠는데 오늘은 그들이 별로 부럽지 않았다. 나도 곧 그녀 장혜령 누나를 만나기 때문이었다. 열차 뒷편에는 대학생으로 보이는 열댓 명의 한 무리가 기타를 치고 노래 부르며 해맑게 여행을 하고 있었다. 아마도 대학동아리 모임일 것이다. 그들의 밝은 모습이 달리는 차창 밖의 푸른 들판처럼 싱그럽게 보여 슬쩍 샘도 나고 부러웠다. 얼마 전에 인하대 불교학생회의 하계수련대회가 있었는데 나는 현장에서 근무해야하기 때문에 그들과 함께 가지 못했다. 수련대회 떠나는 날 동아리 선후배들에게 잘 다녀오라는 인사하고 현장으로 일하러 달려갔다. 후배 은숙이가 같이 가자고 며칠을 졸랐지만 그들과 함께 가지 못하고 현장에서 땀 흘려 일해야 했다. 그날은 수련대회 떠나는 동아리 친구들이 몹시도 부러웠는데 오늘은 함께 떠나는 저들의 동아리 여행도 그다지 부럽지 않았다. 다만 살짝 샘이 날 뿐이다. 열차 안의 분위기도 설레고 내 가슴도 설레고 있었다.

지난 일 년 반 정도의 대학생활하며 남들처럼 주말이나 방학기간에 여행은커녕 대학생이면 누구나 한 번쯤 하는 미팅도 하지 못했다. 가난이 언제나 청춘을 가로막는 혹독한 돈보라가 몰아쳤다. 주말이면 언제나 향긋한 여자 친구의 향수 대신에 시큼한 땀 냄새 풍기는 작업복에는 하얀 소금꽃이 피었다. 괜히 오늘 기차에서 여행하는 대학생 동아리회원들을 보고 이 지긋지긋한 가난이 한없이 서러웠다. 어느덧 기차는 대구역에 도착했다. 달리던 기차는 나와 여러 명의 승객을 플랫폼에 쏟아놓고 그 대학동아리 청춘들의 싱그러움을 싣고 스르륵 미끄러지면서 사라졌다. 열차에서 내려서 플랫폼에 걸려있는 낡은 시계를 쳐다보니 한 시 삼십 분이었다. 기차는 연착 없이 제 시간에 도착했다. 그녀와의 약속시간보다 조금 빨리 도착했기에 뒷편에서 여유 있게 하늘도 한번 쳐다보며 천천히 걸어 나갔다. 출구가 아직 저만치 멀리보이는 거리인데 출구 앞에서 그녀 혜령이 누나가 손을 흔들고 있었다. 그녀를 발견하고 뛰다시피 걸어갔다. 출구주변에는 아직도 나오는 사람들로 조금은 붐볐다. 그런데도 그녀는 다른 사람들의 시선은 아랑곳하지 않고 출구로 나오는 나를 덥석 안고는

"창식씨! 오랜만이네. 그동안 잘 지냈어."

하고는 기뻐서 폴짝폴짝 뛰었다.

"누나 많이 예뻐졌네요. 누나도 잘 계셨지요?"

하고 반갑게 인사하고 대구역을 걸어 나왔다. 기차역을 벗어나서 바로 옆 시내버스승강장을 향해 걸어가다 그녀는 점심 먹고 가자고 했다. 일단 서부터미널에 가서 해인사행 버스시간표 확인하고 버스표 두 장 예매하고 그 주변에서 식사하자고 했다. 삼십 분정도 시내버스타고 서부시외버스터미널에 도착하였다. 다행히 해인사행버스 출발시간이 삼십 분정도 여유가 있었다. 터미널 주변 분식점으로 간단하게 늦은 점심을 먹으러 갔다. 쫄면과 냉면을 시켜 먹었다. 그녀는 연신 쫄면을 젓가락에 돌돌 말아 내입에 쏙 넣어주고 냅킨으로 입 주변도 닦아주었다.

"창식씨! 배고프지 많이 먹어요."

하며 나의 먹는 모습을 쳐다보느라 정작 그녀는 몇 젓가락 못 먹는 듯 했다. 나는 물냉면을 시켜 먹었다. 냉면을 거의 다 먹어 갈 무렵 그

녀가 냉면그릇을 넘겨다보고는

"창식씨! 냉면국물 몇 모금 더 마시고 쫄면이랑 바꾸어 먹어요."

하며 그녀가 먹던 쫄면그릇을 앞으로 밀어놓고 냉면그릇을 들어 나의 입에 들이대며 냉면국물을 마시라고 하는 모습이 마치 어미가 아들에게 먹이는 듯한 표정이었다. 그렇게 그녀와 분식집에서 간단하게 늦은 점심을 해결하고 해인사행 버스에 올랐다. 버스에 올라보니 그 버스의 손님은 좌석의 절반 정도였다. 그녀와 나란히 앉아 손을 꼭 잡고 가는데 자석이 뒤쪽이라서 우리 뒤에는 다른 손님이 없었다. 버스는 이내 대구시내를 벗어나 외곽으로 달리고 있었다. 한여름의 열기가 얼마나 심했던지 오후 세 시가 넘었는데도 들판에서 일하는 사람들이 어쩌다 하나둘 보였다. 그녀와 나란히 앉아 차창에 스치는 풍경을 보며 인천 공사현장에서 일했던 이야기, 그녀가 면사무소에서 일어난 일, 방송통신대학교 이야기와 같은 소소한 이야기를 지루한 줄 모르고 나누었다. 그러다가 잠시 아무런 말없이 조용한 시간이 흐르는 듯했다. 그녀는 자신의 어깨로 나의 어깨를 툭 치면서

"창식씨!" 하기에 돌아보니 살며시 속눈썹이 길다란 눈을 감고 얼굴은 나의 방향으로 돌리고 고개를 살짝 뒤로 젖히고 있었다. "예누~"

하고 대답하다 말고 그대로 멈추고 말았다. 그러자 그녀는 빨리 키스하자는 말 대신에 어깨를 살짝살짝 흔들며 꽃분홍빛으로 촉촉이 젖은 입술을 예쁘게 내밀었다. 그녀의 뾰족이 내민 붉은 입술을 보는 그 순간 나도 모르게 우리는 이미 키스하고 있었다. 그녀의 붉은 입술에 내 입술이 거칠게 닿자 맞잡은 그녀의 손은 미세하게 떨렸다. 짧은 키스였지만 무척이나 달달했다.

시외버스는 꽤 빠른 속도로 달렸고 그녀도 나도 우리의 가슴은 달리는 버스 속도처럼 빠르고 한여름 태양보다 더 뜨겁게 달아올랐다. 우리가 키스를 하든 말든 다른 승객들은 대부분 머리를 푹신한 의자에 뒤로 기대고 졸고 있었다. 버스는 하늘로 쏘아올린 로켓마냥 하얀 먼지를 뒤로 뿜으며 달렸다. 버스는 달려오면서 서너 곳에 들려 승객들을 내리고 한두 명 태우기를 반복하더니 드디어 해인사 정류장에 도착했다. 가파르고 구불구불한 국도를 달려온 버스는 아직도 그 흥분을 가라앉히지 못하고 씩씩 거리며 당장이라도 달려 나가려는 태세로 섰다가 그녀와 내가 내리자 금세 제 갈 길로 사라졌다.

도착해서 손목의 시계를 보니 오후 다섯 시가 다 되었다. 해인사 정류장건물에 있는 작은 상점에 들려 도해스님께 드릴 인삼제품 음료수 한 통 사들고 해인사로 걸어 올라갔다. 지난겨울 어둠이 내리기 시작할 때 홀로 정신없이 오르던 그 길을 오늘은 그녀의 손잡고 올라가고 있었다. 사찰로 오르는 길은 지난겨울의 풍경과는 전혀 달랐다. 사찰입구 화강암으로 놓여 진 후덕교를 건너고 굴참나무, 가뭄비나무, 금강송 등으로 이루어진 숲속의 길로 손잡고 걸었다. 길옆으로 흐르는 개울물도 우리를 따라 무슨 구경거리라도 난 듯 거꾸로 올라오는 듯했다. 뜨거운 한여름이지만 숲속의 공기는 시원했다. 가슴속까지 깨끗하게 정화시켜 주는 듯했다. 그녀와 나란히 걸어 올라가는 길옆의 풀 한 포기 이름 모를 야생화 하나에도 그녀는

"어머! 멋있어라. 창식씨 이 나무는 쭉 뻗은 모양이 창식씨 닮았으니 송창식 나무라 불러야 겠어요. 어머나! 이 꽃이 참으로 곱네요."

하기에

"그럼 그 꽃은 혜령씨 닮아 고우니 장혜령꽃이라 불러요."

하고 우리는 해인사로 오르는 길가에 우리들의 나무와 꽃을 그렇게 정했다. 아마 지금도 그 길옆에는 송창식 나무와 장혜령꽃이 잘 자라고 있을 것이라 상상해 본다. 그렇게 걸어 올라가다 보니 우리는 어느새 『가야산해인사』라는 커다란 이름표를 이마에 달고 떡 버티고 서 있는 일주문 앞에 도착했다. 그녀와 그 일주문을 들어서면서 나란히 합장하고 반배했고 일주문 옆으로 늘어선 부도 탑에도 경건하게 반배했다. 지난겨울 혼자서 왔을 때는 머리끝이 쭈뼛 서고 무섭던 그 부도 탑이 오늘은 무척이나 경건하게 보였다. 조금 더 오르자 『해인 대도장』이라는 현판이 달린 사천왕상 문 앞에 도착했다. 지난겨울 어둠에 갇혀 굳게 닫힌 이 문에 매달려 손등이 부풀도록 두드리고 목이 터져라 부르다 혼절한 기억이 떠올랐다.

오늘 바로 그 대문 앞에 그녀와 나란히 서니 가슴이 떨려왔다. 그날은 그렇게 굳게 닫혀있던 대문이 오늘은 활짝 열려있었다. 막 사천왕상이 있는 대문을 들어서려는데 그녀가 팔을 잡아끌었다. 그 대문 옆에 썩은 고목나무 그루터기가 눈을 지그시 감고 버티고 있는 곳을 가리키며

"창식씨! 우리도 늙어서 죽은 뒤에 저 고목처럼 그 흔적을 남기는 사람이 될 수 있을까요? 최소한 창식씨 만이라도 저렇게 될 수 있도록 내가 내조 잘 할게요."

하며 팔을 꼭 끼고 힘을 주었다.

"그래요 혜령씨! 우리 이 세상에 왔다가 흔적을 남기는 그런 삶을 우

리함께 살아요. 그래야 우리의 영재 도해스님에게도 떳떳하잖아요."

하며 그녀와 그 대문을 들어서며 대법당을 향해 다시 한 번 반배하고 바로 『대광보전』이란 현판이 달린 대법당으로 들어갔다. 법당 안으로 들어간 우리는 부처님께 삼배를 올렸다. 삼배 올리며 부처님께 또 생떼를 썼다.

"부처님! 부처님! 우리의 자비하신 부처님! 오늘 우리가 당신의 제자인 도해를 데리러 왔어요. 그러니 부디 이 중생을 어여쁘게 여기시어 우리의 영재를 돌려주세요."

하고 속으로 기도하며 삼배를 올렸다. 그녀는 무엇을 빌며 삼배했는지 궁금했지만 물어 보지는 않았다. 그녀와 법당을 나와서 바쁘게 지나가는 어떤 스님에게 반배로 인사드리고 안동에서 도해스님을 찾아왔다고 말했다. 그러자 그 스님은 잠시만 여기서 기다리라고 했다. 기다리는 동안 그녀와 넓다란 대법당 앞마당 가운데 서 있는 석탑과 석등을 한 바퀴 돌며 구경하고 한참을 기다렸다.

얼마의 시간이 흐른 뒤 요사채 쪽에서
"아이고! 우리 처사님 하고 보살님이 오셨구나!"

하는 소리가 들려 돌아보니 깨끗한 승복을 차려입은 도해스님이 어엿한 모습으로 이쪽을 향해 빠르게 다가오고 있었다. 그녀는 어느새 다가오는 스님을 향해 다소곳이 합장하고 허리를 깊숙이 숙여 반배로 인사하고 있었다. 나도 엉겁결에 얼른 합장하고 반배하며 인사했다. 도해스님도 합장하고 걸어왔다. 환하게 웃으며 다가온 스님은 그녀의 손과 나의 손을 동시에 잡아 스님의 두 손으로 우리의 손을 맞대어 포개어 얹어놓고 따뜻하게 쓰다듬으며 반갑게 맞이해주었다.

스님과 인사하는데 가슴은 또 지난겨울 그때처럼 아려왔다. 아니 아린 것이 아니라 차라리 쓰라렸다. 그러다 그녀를 한번 슬쩍 옆으로 돌아보니 그녀의 눈에는 금방이라도 눈물이 왈칵 쏟아질 것처럼 그렁그렁 했다. 그런 우리의 분위기를 한눈에 파악한 스님은 '허허허!' 하고 일부러 소리 내어 크게 웃으며 우리를 스님 방으로 데리고 갔다. 스님은 방문 앞에 도착하자 섬돌 위에 하얀 고무신을 가지런히 벗어놓고 우리에게는 중앙의 섬돌에 신발 벗어놓고 들어오라며 마루로 올라섰다. 그녀와 스님이 시키는 대로 마루에 올라 스님 방으로 들어갔다. 방에 들어서자 그녀는 다시 곱게 합장하고 스님에게

"우리 도해스님! 저희들이 삼배부터 올리겠습니다."

하니 스님은 웃으며

"삼배는 무슨 그냥 앉으세요."

하였다. 엉겁결에 그녀와 나란히 합장하고 서 있었다. 그러자 도해스님은 승복의 옷매무새를 고치고 앉아 경건하게 합장했다. 그녀와 후배이자 친구인 영재에게 도해스님의 자격으로는 처음으로 삼배를 경건하고도 엄숙하게 올렸다. 영재 도해스님도 우리의 삼배를 앉아서 받으며 말없이 눈가가 붉어졌다. 아마도 그때 스님의 가슴은 우리보다 더 쓰리고 아팠으리라 생각했다. 우리의 삼배가 끝나자 도해스님은 방석을 깔아주며 앉으라 하고는 우리 보살님과 처사님 저녁 공양은 드셨나요? 하고 물었다. 저녁공양이라는 스님 말에 얼른 팔목의 시계를 확인하니 여섯 시 십 분전이었다. 여름이라 아직 해는 서쪽하늘 저만치 위에 떠 있었다. 이 시간이면 절에서는 벌써 저녁공양을 끝낸 시간이다. 영재 도해스님은 포트에 물을 끓이며 다기를 꺼내 녹차를 우려 한 잔씩 따르며 마시라고 했다.

그러는 동안에 세 사람 사이에 흐르는 분위기는 무겁다기보다 차라리 경건했다. 아무런 말없이 두 번째 찻잔을 채우자 그녀가

"스님 건강은 괜찮으신 거죠?"

하고 입을 열자 영재 도해스님은 대답 대신에 엷은 미소를 지어보이며

"예 보살님! 여기 공양주 보살님들이 잘 보살펴 주어서 괜찮아요."

하며 또 환하게 웃어 주었다. 그렇게 우리는 이야기 나누었고 영재 도해스님은 나에게 그녀 혜령이 누나를 앞에 두고 그녀에게 스님 자신이 못 다한 몫까지 꼭 사랑해 주라고 당부했다. 나도 스님에게 그렇게 하겠다고 대답했다. 그리고 그녀에게는 두 사람이 행복하게 살 수 있도록 부처님께 백일기도 올리겠다고 스님이 약속했다. 우리는 시간 가는 것도 잊은 채 많은 이야기하면서 그녀는 영재 도해스님에게

"왜 스님이 되었냐?"

라고는 단 한마디도 꺼내지 않았다. 이야기를 나누면서 그녀는 한참동안 굵은 눈물을 흘렸고 스님은 흐르는 눈물을 닦으라고 그녀에게 말없이 티슈를 몇 번이나 뽑아 고이 접어서 방석위에 올려 주었다. 시간은 흘러 저녁 일곱 시가 지나가고 있었다. 그제서야 도해스님은 우리가 돌아갈 때 타고 갈 택시를 미리 불러주겠다 하며 전화하러 어딘가로 다녀왔다. 도해스님은 떠나가야 하는 그녀와 나에게 스님이 사미계 받을 때 축하선물로 받은 다기세트 세 벌 중에 두 벌을 따로따로 곱게 포장해서 각각 나누어 주었다. 우리는 그 선물을 안 받으려 했지만 스님은 이것은 스님이 아닌 김영재가 속가의 인연으로는 마지막으로 주는 선물이니 받아달라고 했다. 그리고 스님은 앉아있는

우리 두 사람을 향해 갑자기 일어나서 합장하고 삼배를 하려고 했다. 스님의 갑작스런 이런 행동에 놀라 엎드리려는 스님의 팔을 잡자 스님은 아주 경건한 의식을 치루는 듯한 표정으로 "이 영재가 끊어야 할 속세의 마지막 끈을 지금 막 끊어내려고 합니다. 그러니 그냥 앉아서 소승의 절을 받아주세요." 하며 우리 두 사람을 나란히 방석에 앉히고 다시 삼배를 시작했다. 삼배를 마치고 스님은 합장한 채 우리를 향해 서서

"장혜령 선배님! 그리고 내 친구 창식아! 누나를 잘 부탁한다."

하고는 눈을 감고 잠시 서 있다가 합장한 손을 내리며 미리 불러놓은 택시 타러 가자고 했다.

그때 그 스님의 모습에는 조금의 흔들림도 없었고 엄숙하고도 경건했다. 그리고 세 사람은 나란히 걸어서 일주문 앞까지 내려왔다. 그날 그렇게 세 사람이 나란히 걸어내려 온 길은 세 사람 모두에게 도해스님 내 친구 김영재가 속세에서 맺어진 장혜령 선배와 친구인 송창식의 자격으로는 마지막 길이 되었다. 그녀와 일주문 앞에서 미리 불러 준 택시를 타고 해인사를 떠나 치열한 삶의 사바세계로 그렇게 돌아왔다. 도해스님은 승가의 세계로 한 치의 흔들림 없이 자신의 발로 걸어서 들어갔다. 그리하여 김영재 도해스님과 송창식 그리고 장혜령 누나 세 사람 사이에 얽히고설킨 세 가닥의 질기고도 질긴 인연의 동아줄은 기어이 끊어지고 말았다. 그 질긴 인연의 끈이 끊어지고 나서 우리 세 사람 모두의 가슴속에서 똑 같이 한여름인데도 가야산 정상에 불어오는 지독한 눈보라 같은 아픔이 몰아쳤을 것이다. 그녀와 나는 속세에서, 도해스님은 승가세계에서 꼭 가야산 정상에 몰아치

는 혹독한 눈보라 같은 시련을 이기고 반드시 각자의 세계에서 우뚝 서리라 믿었고 결심했다. 세 사람의 가슴에 한여름에 몰아치는 눈보라를 우리는 온 몸으로 맞서서 반드시 이겨내고 우뚝 일어서야만 한다고 세 사람 모두는 다짐하고 또 다짐했을 것이다. 몰아치는 눈보라가 걷히고 나면 햇살은 제일 먼저 정상을 찬란하게 비친다는 사실을 가슴에 깊이 새겼다.

해인사 일주문 앞에서 그녀 혜령이 누나와 나를 실은 택시는 이런 일이 가끔 있어 익숙한 듯 해인사 계곡을 빠르게 내려왔다. 계곡을 빠져나오면서 택시차창으로 스치는 풍경은 몇 시간 전 우리가 해인사로 올라갈 때 하고는 완전히 달랐다. 그녀와 올라가면서 이름 붙였던 송창식 나무도 장혜령꽃도 내려가는 우리를 가만히 지켜보며 아무런 말도하지 못하고 슬쩍 손들어 흔들고 있었다. 계곡이 깊어서 그런지 어느새 땅거미가 슬금슬금 기어오르고 있었다. 출발해서 조금 내려온 택시기사는 차안의 룸미러로 슬쩍 뒤를 쳐다 보고는

"대구역으로 가시면 됩니까?"

했다. 그러자 그녀는 "아니요. 기사님 누가 대구역으로 가라고 했어요?" 라고 말하자 그 택시기사는

"해인사 총무원장이신 혜경스님이 손님을 그리로 모셔다 드리라며 택시비도 이미 지불 받았어요."

하며 달리던 차의 속도를 늦추고 조금 넓은 길가에 택시를 세웠다. 도해스님이 총무원장스님께 이 모든 것을 부탁하였던 것이다. 그녀는 택시기사에게 거창읍내에 있는 ***호텔로 가자고 말하니 그 택시기사는 약간은 곤란한 표정을 지었다. 그녀가 거리가 대구보다 멀면

차비를 더 드린다고 말하니 그 택시기사는 아니라며 거리가 짧아서 오히려 미리 지불받은 요금이 남으니 사천 원을 환불해주겠다고 했다. 그러자 그녀는 거절하며 기사님 수고비로 하라고 했다. 이내 택시는 달리기 시작했고 그동안 어리둥절해서 가만히 있던 내가 그녀의 옆구리를 팔꿈치로 툭 치고는

"누나! 갑자기 거창은 왜요?"

하고 작은 소리로 물었다. 그러자 그녀는 나의 귀에 작은 소리로 거창에 있는 *** 호텔을 미리 예약해두었으니 그곳에서 오늘밤 쉬고 내일은 지리산 대원사로 가서 구경하고 오후에 대구로 가자고 했다. 그렇다. 그녀는 이미 모든 일정을 파악하여 예약하고 준비했던 것이다. 조금은 당황스러워 그녀의 얼굴을 물끄러미 바라보고 있었다. 그러자 그녀는 조금 전까지만 해도 숙연하던 그 모습은 어디로 간데없고 약간 볼그레하게 상기된 얼굴이었다. 택시는 어둠속에서 부지런히 달려 거창의 ***호텔 정문에 우리를 내리면서 고맙다고 몇 번이나 꾸벅꾸벅 절하고 떠났다. 그녀는 호텔 프론트에서 미리 예약한 방을 확인하고 무엇인가 한참동안 이야기하고 나서 우리는 그녀가 미리 예약해 놓은 호텔방으로 들어갔다. 호텔방에 도착하여 도해스님이 준 다기세트 두 벌을 내려놓는데 그녀가 등 뒤에서 가만히 끌어안았다. 그녀는 얼굴을 등에 가볍게 대고는 말이 없었다. 나도 그녀의 그런 행동을 말없이 받아들이고 나를 안은 그녀의 손을 꼭 잡고 그대로 서 있었다. 잠시의 시간이 흐르자 그녀는 그 자세로 조용히 입을 열었다.
"창식씨! 사랑해요. 오늘 도해스님 앞에서 다짐해 준 그 말~"

하고는 무엇을 생각하는지 두세 번의 호흡을 조용하게 깊이 몰아쉬고는

"정말 고마워요. 창식씨! 도해스님이 우리를 위해 백일기도 올려준다고 했어요. 창식씨와 나 우리 서로 사랑하고 존경하며 살아가면 모든 일이 다 잘 될 거야? 창식씨! 도해스님 앞에서 당신이 그렇게 사랑하겠다고 다짐해주니 혜령이에게는 그 어떤 사랑의 프러포즈보다 더 감동적이었어요. 우리가 앞으로 살아가면서 어떤 고통이 닥쳐온다 해도 가야산 정상에 몰아치는 눈보라가 아무리 매섭다 해도 나는 오늘 창식씨의 그 다짐 기억하며 반드시 이겨내고 살아갈게요."
하며 마치 내 등에 기대어 꿈꾸는 듯한 목소리로 말했다.

그녀는 어제부터 이번 여행을 철저하게 파악하고 준비했던 것이다. 준비한 것만큼 그녀의 마음도 결심했던 것이다. 그녀는 나에게 샤워 하라고 했다. 내가 샤워하고 나온 뒤 그녀도 샤워장에 들어갔다. 내가 젖은 머리카락을 털고 말리며 스킨로션을 얼굴에 바르고 있는데 호텔방 초인종이 울렸다. 문을 열어보니 룸서비스 였다. 혜령이 누나가 주문한 삼계탕이 배달되어 왔다. 음식을 보니 갑자기 배가 실쭉해졌다. 조금 전 그녀가 프런트에서 무엇인가 이야기하더니 저녁을 주문배달 시켰던 것이었다. 그 호텔직원에게 천 원의 봉사료를 주었고 그 직원은 고맙다며 꾸벅꾸벅 절하고 가면서
"아름다운 밤 되세요."
하고 한마디 던지며 씨익 웃어 보이고 총총 걸음으로 사라졌다. 배달되어 온 음식을 간이 테이블에 막 차리기 시작하는데 어느새 그녀는 샤워를 마치고 젖은 머리를 하얀 수건으로 감고 나이트가운을 두르고 나오면서
"창식씨! 잠깐만요. 남자가 상을 차리면 되나요. 놓으세요. 소녀가

할게요".

　하며 나를 밀쳐내고 상을 차렸다. 그녀도 배가 고팠었는지 삼계탕 한 그릇을 뚝딱 해치웠다. 우리는 이마에 땀방울이 송골송골 맺히도록 아주 늦은 저녁을 맛있게 먹었다. 식사를 마치고 시계를 확인하니 밤 열 시 반쯤 되었다. 저녁식사를 마치고 나니 호텔방의 에어컨은 돌아가고 있어도 몸에서 열기가 후끈 올라 땀이 났다. 식사를 마치고 룸 냉장고를 열어보니 생수, 박카스, 맥주, 요구르트가 각각 두 병씩 나란히 들어 있었다. 그녀는 맥주 두 병을 꺼내서 삼계탕 먹을 때 남은 반찬으로 맥주 한잔 씩 하자고 했다. 그녀와 맥주를 마시며 자연스럽게 도해스님에 대해 이야기했다. 그녀와 나, 영재 우리 세 사람은 고교시절 불교학생회 활동을 함께 했다. 그러면서 포교당에서 불교 교리를 배웠고 여러 스님들의 설법도 들었다. 대원사 포교당 주지스님을 가까이 모시면서 불교학생회 활동을 통하여 아주 조금은 스님들의 생활도 알게 되었다. 불교에서는 부처님, 경전, 스님 이 세 가지를 삼보라고 배웠다. 그래서 불자는 부처님께 귀의하고, 부처님 말씀인 불법에 귀의하고, 존귀하신 스님께 귀의 한다는 삼귀의례를 학생회 법회 때 마다 독송하였다.

『거룩한 부처님께 귀의합니다. (귀의불양족존 歸依佛兩足尊)
　거룩한 가르침에 귀의합니다. (귀의법이욕존 歸依法離欲尊)
　거룩한 스님께 귀의합니다. (귀의승중중존 歸依僧衆中尊)』

　그날 밤 맥주를 마시다 말고 마주앉아 합장하고 도해스님을 향해 삼귀의례를 조용히 독송했다. 그러고 나서 몇 시간 전 해인사에 도착해서 도해스님을 만나기 직전에 대법당에서 그녀와 나란히 부처님 전에 삼배 올릴 때 나는 부처님께 영재 도해스님을 내게 돌려달라고 기도했다. 그녀는 대법당에서 부처님께 삼배 올리며 무엇을 기도했는지 그때부터 궁금하던 것을 물어보았다.

"혜령이 누나! 아까 해인사 대법당에서 부처님께 삼배 드리며 무엇을 기도했어요? 나는 그때 도해스님 영재를 데리려 왔으니 부디 이 불쌍한 중생을 측은히 여겨 돌려달라고 빌었어요."

하며 바라보았다. 그러자 그녀의 눈에서 반짝하고 빛이 났다.

"창식씨! 나는 그때 해인사 부처님께 정말 간절한 마음으로 빌었어요. 존귀하신 부처님! 부처님의 원력으로 창식씨가 혜령이 신랑이 되도록 이 불쌍한 중생을 굽어 살펴주세요. 하고 기도했어요."

라고 조용히 말하며 법당에서 부처님께 기도하던 그 간절한 눈빛으로 그윽하게 바라보았다. 그렇게 그녀와 시간가는 줄 모르고 이야기하며 서로의 가슴속에 굳건한 확신을 심었다. 어느새 맥주 두 병이 다 비워졌고 컵에 남은 반 잔정도의 맥주로 가볍게 건배했다. 그녀는 건배하면서

"우리의 사랑을 위하여!"

라고 외치면서 마지막 잔을 비웠다. 나도 그녀도 마신 맥주에 살짝 취기가 오른 듯했다. 그녀는 룸 테이블에 남아있던 빈병과 음식그릇을 정리하여 문밖에 가지런히 내놓았다. 우리는 침대에 나란히 누워 뜨겁고도 아름답게 그날 밤이 지나갔다.

다음날 아침에 일어나 호텔식당에서 아침식사로 부드러운 수프와 모닝빵 달콤한 쨈으로 든든하게 해결하고 모닝커피도 한 잔했다. 그

호텔식당에는 신혼부부로 보이는 몇몇 쌍이 다정하게 식사하는 모습도 보였다. 그들의 눈에는 아마도 우리도 그들과 같은 신혼부부로 보였을 것이다. 그녀와 짐을 챙겨 호텔에서 체크아웃하며 그녀는 호텔의 경비를 지불했다. 호텔에서 나와 지리산 대원사 계곡으로 가면서 그녀에게

"혜령이 누나 호텔에서 체크아웃하며 돈은 얼마나 지불했어요? 아마도 내 추측으로는 사십 만원은 될 것 같아요."

하고 물어보았다. 그러자 그녀는 생글생글 웃으며 눈을 맞추고는 "창식씨를 얻었는데~ 너무 싸게 지불하면 안 되잖아요? 얼마 안되요. 걱정 말아요."

하며 볼을 살짝 꼬집었다. 그렇게 그녀와 지리산 대원사 계곡에 도착하였다. 계곡은 이틀 전에 전국적으로 내린 비 때문인지 시원한 물줄기를 우렁차게 토해내는 소리가 가슴속까지 시원하게 만들었다. 계곡에는 벌써 많은 피서객이 몰려 한여름의 피서를 즐기고 있었다. 피서객들의 웃음소리가 가득 찬 계곡 따라 걸어가며 그녀는

"창식씨! 우리도 나중에 우리 아이들 데리고 여기로 피서와요. 저기 보세요. 아이들하고 계곡에서 물놀이하는 모습이 얼마나 행복한지~"

하며 말꼬리 흘리며 그녀는 몇 년 후 우리의 모습을 상상하고 있었다. 팔짱을 꼭 낀 그녀의 팔에 힘이 들어갔다.

"혜령씨 그래요. 나중에 우리도 아이들이 저 아이들 나이 정도 되면 꼭 여기로 피서와요."

하며 가벼운 발걸음으로 지리산 대원사에 도착하여 법당에 들렀다. 아마도 이번에는 두 사람이 부처님 전에 삼배하며 똑 같은 마음으

로 기도하리라 생각했다. 법당을 나와서 여기저기 둘러보고 우리는 나란히 대원사계곡을 천천히 내려왔다. 계곡입구에 도착하여 대구로 돌아오는 길은 두 번이나 버스를 갈아타고 힘들게 대구에 도착하니 오후 네 시경 이었다. 대구에서 안동행 직행버스타고 오다가 그녀는 도리원 정류장에서 아쉬운 작별을 뒤로하고 내렸다. 나는 한 시간 정도 더 걸려서 안동에 도착하여 집으로 왔다.

집에 도착하여 할머니 어머니께 인사하고 내일까지 현장에 비가 많이 와서 일을 못하고 쉬게 되어서 고향으로 내려 왔다고 말씀드렸다. 그리고 내일 아침기차로 다시 인천으로 올라가야 한다고 이야기 했다. 할머니와 어머니는 이 학기 등록금을 걱정하였다. 공사현장에서 일해서 등록금과 생활비를 벌고 있다고 말했다. 어머니는 바쁘게 몇 가지 반찬을 준비하였고 할머니도 덩달아 바쁘고 부산하게 왔다 갔다 하였다. 저녁 먹고 어머니는 이웃집에서 급하게 빌린 돈 이십 만 원을 내 놓으면서
"이 돈이라도 보태서 등록금 내라."
하였다. 어머니와 할머니 앞으로 그 돈을 도로 밀며
"할머니 어머니 제 걱정은 하지 말아요."
라고 말하며 인천에서 현장의 측량기사로 일하는데 그렇게 힘들지 않다고 말했다. 밥은 아침하고 저녁은 자취방에서 먹고 점심은 현장에서 준다고 말했다. 그리고 벌써 칠월 한 달 일해서 등록금은 벌었다고 했다. 내일 아침에 갈 때 쌀하고 반찬 조금만 달라고 하며 이른 시간에 잠자리에 들었다. 다음날 아침에 일어나 마당으로 나갔는데 우리 집 황소 누렁이의 빈자리가 눈에 확 들어왔다. 텅 빈 소마담을 바

라보니 괜히 속상하고 눈물이 핑 돌았다. 대학 졸업하고 빨리 돈 벌어서 황소 누렁이 두 마리 사야겠다고 다짐했다. 아침식사 마치고 어머니가 준비해준 쌀과 반찬을 들고 안동기차역에 도착했다. 열시 반에 출발하는 중앙선 완행열차타고 자취방에 도착하니 아직도 해가 서녘 하늘에 저만치 남아있는 여섯 시였다. 집에서 들고 온 짐을 정리하고 꿈같은 이틀 동안의 여행을 하나하나 되짚어보며 누웠다가 이틀 동안 혹시 현장에서 연락은 없었는지 궁금했다. 자취방 주인할머니께

"혹시 이틀 동안 나에게 전화 온 것이 없어요."

하고 확인을 했다. 그러나 이틀 동안 아무도 찾는 전화는 없었다고 했다. 조금 이른 시간이지만 라면을 하나 끓이고 밥도 한 냄비해서 고향에서 할머니 어머니가 싸주신 골골이 배추 겉절이 김치통을 열어 저녁을 해결했다. 이틀 동안 길고 긴 여행의 여독이 몰려와 초저녁에 잠들었다. 몽롱한 잠결에 주인집 할머니가 방문을 두드렸다. 일어나 시계를 확인하니 저녁 아홉 시가 다 되어가는 시간이었다. 그 시간에 대구 수영씨가 전화했다. 그러고 보니 일주일이 넘도록 수영씨 그녀와 통화를 못 했다. 잠자다 말고 이 늦은 밤 시간에 전화한 그녀에게 급하게 대충 체육복 걸치고 자취방 윗목에 놓아둔 비상용 동전 통에서 한 줌의 동전을 들고 동네 놀이터 공중전화로 달려가 전화 걸었다. 공중전화는 철커덕하고 연결되었다.

"여보세요? 수영씨 오랜만이네요. 그런데 이 늦은 시간에 웬 일입니까?"

했다. 수영씨는 여전히 밝고 통통 튀는 목소리로

"창식씨예! 잘 있었어예 반갑네예. 지난 일주일 동안 식구들하고 동해안 해수욕장으로 피서 갔다가 조금 전에 집에 왔어예. 그동안 연

락 못해서 죽는 줄 알았어예."

하며 그동안 연락하지 못한 이유를 말했다.

"아~ 그랬군요? 식구들하고 피서는 재미있게 잘 다녀왔나요?"

하고 좀 낮은 톤으로 말했다. 그러자 그녀는

"피서 가서 지루해서 혼났어예. 창식씨랑 함께 가고 싶었는데예~ 호랑이 아버지와 어머니, 동생 그리고 아버지부대의 다른 가족도 함께 갔어예. 지루하고 싫었어예. 바닷가 모래밭에 앉아서 창식씨만 생각했어예. 수영복 입은 내 모습 창식씨에게 보여드리고 싶었어예. 아 참! 창식씨는 휴가 없어예."

했다. 그래서 좀 어색한 목소리로

"공사현장에서 아르바이트하는데 무슨 휴가가 있어요."

하며 씁쓸한 목소리로 대답했다. 그런 목소리를 듣고 그녀는 내 기분을 눈치 차렸는지

"창식씨 미안해예."

하며 어쩔 줄 몰라 했다. 그래서

"아닙니다. 수영씨 괜찮아요. 이왕 가족이 함께 간 피서이면 재미있게 보내고 오지 그랬어요?"

하고 마음에도 없는 인사치례 말을 했다. 그녀는 '벌써 팔월달인데 언제 안동으로 오냐? 또 언제 하루라도 쉬는 날이 없냐?' 등을 물었다. 다음 주에 또 비가 온다는 일기예보가 라디오에서 나오던데 하루라도 비 오면 쉬는 날이라고 말했다. 그러자 그녀는

"다음 주 금요일에 전국적으로 비가 온다고 텔레비전에 나왔어예. 그럼 그때 대구로 오세예."

라고 말하더니 곧바로 다시 고쳐 말했다.

"창식씨! 아니라예. 내가 목요일 오후에 인천으로 갈께예. 그래도 되지예."

하며 그녀는 벌써 설레는 목소리로 말하기에 그날 비가 온다고 해도 비의 양이 적게 내리면 일해야 하니 그때 가봐야 알겠다고 말했다. 그리고 현장에서 일하다가 팔월 이십오일경에 안동으로 내려 갈 계획이니 약 보름정도 후 그때 대구로 바로 내려가서 수영씨 만나고 안동으로 갈 것이라고 말하며 인천으로 오겠다는 그녀를 달랬다. 그녀는 다음 주 목요일에 다시 전화하겠다고 하며 '사랑해예!'란 말을 남기고 전화를 끊었다.

밤이 꽤 깊어졌는지 놀이터 주변도 길거리에도 지나가는 사람은 없었다. 자취방으로 돌아오며 솔담배 한 개비 피워 물었다. 담배연기 한 모금 길게 빨아들여 까만 밤하늘로 하얗게 내뿜었다. 전화 끊고 돌아오면서 장혜령과 김수영 두 여인 사이에 놓인 나 자신을 생각해보니 가슴이 답답하고 철렁했다. 방으로 돌아와 두 여인의 생각으로 뒤척이다 이내 잠이 들었다. 그날 밤 꿈속에서 혜령씨의 꿈을 꾸었다. 그녀와 멋진 풍경이 병풍처럼 둘러쳐진 파란들판에 자리 깔고 소풍 나온 꿈이었다. 그녀와 한창 달콤한 장면에서 그만 꿈을 깨고 말았다. 꿈에서 깨어나도 그 장면이 못내 아쉬워 조금 더 뒤척이다 일어나 시계를 확인하니 아침 여섯 시였다. 오늘이 월요일이라 서둘러 아침밥 챙겨먹고 공사현장에서 나오라는 연락은 없었지만 작업복 입고 현장으로 나갔다. 현장에 도착하니 반장은 고정인부 두 명과 무엇인가 일하고 있었다.

"반장님 뭐 하세요?"

하며 인사하니 반장은 오라고 연락도 안했는데 아침 일찍 출근한 나를 보고는 반갑게 어서 오라고 했다.

"창식아! 연락도 안했는데 어떻게 알고 왔어? 마침 잘 왔다. 안 그래도 사람이 모자라서 내일은 부르려고 했다. 오늘부터 바로 일하자."

하며 이번 폭우로 유실된 제방 첨단부분을 보수하고 조경수와 잔디를 보식하는 작업을 했다. 작업도구 챙겨서 막 출발하려는데 현장사무실에서 현장소장과 공사과장이 나왔다. 과장은 소장에게 나를 가리키며 "소장님 이 학생이 저번에 말씀드린 그 창식이 학생입니다."하며 나를 불러 소장에게 인사시켰다. 현장소장에게 구십 도로 허리 굽혀 인사했다. 그러자 소장은

"응, 그래 자네가 창식이 학생이구나? 설과장에게 이야기 들었네."
하고는 다시 설과장에게

"그럼 이달 이십삼 일까지 이 학생 불러 계속해서 일시키고 그때 상의한 대로 본사에 보고하게."

하고 두 사람은 다시 현장사무실로 들어갔다. 반장도 나도 무슨 영문인지 몰라 잠시 머뭇거리다가 하던 일을 계속했다. 그렇게 하루 일을 마치고 그날은 퇴근했다.

그 후 며칠 동안 팔월의 찜통더위는 극성을 부렸고 일하면서 소금물을 하루에 두 주전자 씩 마셨다. 목요일도 그렇게 일하다가 아홉 시쯤 되어 오전 참을 먹으려고 함바 식당으로 가다말고 대구 수영씨에게 전화해야 되겠다고 생각했다. 수영씨가 오늘 인천으로 온다고 말했던 날이었다. 함바 식당으로 들어가서 함바 식당 사장님에게 사정하여 전화를 걸었다.

"수영씨 지금 현장에서 일하는 중인데요."

그러자 그녀는

"창식씨예! 나 지금 인천으로 가려고예. 오후 네 시쯤에 도착해예. 부엌문 안 걸었지예."

했다. 지금 현장사무실이라서 길게는 통화 못하고 알았다며 전화를 끊었다. 아침에 자취방을 나서며 혹시 하는 생각이 들어 자물통을 잠그지 않고 그냥 걸어놓고 왔다. 그날도 날씨는 무척이나 뜨거웠고 작업복에는 여지없이 소금꽃이 하얗게 피었다. 퇴근 시간이 가까워지자 반장이 내일은 일기예보에 전국적으로 비가 온다고 하니 아침에 비가 오면 하루 푹 쉬고 모레 또 나오라고 했다. 퇴근하면서 시계를 보니 여섯 시 삼십 분이었다. 자취방으로 수영씨가 온다고 했으니 돌아가는 발걸음이 빨라졌다. 자취방 골목을 막 들어서는데 그녀가 "창식씨예! 일찍 오셨네예. 창식씨 기다렸어예."

하며 골목으로 팔짝팔짝 뛰어 나오더니 덥석 안겼다.

"창식씨예 고생 했어예 오늘 많이 덥지예."

하며 하루 종일 땀으로 쩔어서 쉰 냄새가 푹푹 풍기는 나의 팔을 끼고 방으로 들어가며

"수영씨 반갑네요. 오랜만입니다. 어찌됐든 여기까지 오느라 수고 많이 했어요."

하며 방으로 들어갔다. 만나서 자취방으로 들어가는 길이 그녀도 나도 별다른 어색함이 없고 자연스러웠다. 묘한 기분이 들었다. 샤워하고 작업복을 세탁해서 빨랫줄에 널어두고 방으로 들어가니 그녀는 좋아라하며 내게 달려들어 볼에 뽀뽀를 했다.

"수영씨! 이렇게 일방적으로 달려오면 어떡해요. 뭐 다른 급한 일

이라도 있나요?"

그러자 그녀는 생글생글 웃으며

"그냥 창식씨 보고 싶어서 왔어예."

하며 눈웃음을 날렸다.

"수영씨 언제 대구로 가실 겁니까?"

하고 물어보니 그녀는 내일 전국적으로 비 오면 쉬는 날이니 내일 지내고 모레 가겠다고 했다. 그녀에게 저녁 먹으러 가자하며 자취방을 나왔다. 방학기간이라서 학교후문 주변의 식당가는 대부분 문을 닫았다. 그래서 하는 수 없이 독쟁이 고개 먹자골목으로 갔다. 자취방에서 걸어서 약 십 분정도의 거리였다. 독쟁이 먹자골목에서 돼지갈비구이 먹으며 소주도 한 병 나누어 마셨다. 그녀가 세 잔을 마시고 나는 다섯 잔을 마셨다. 좀 이른 시간에 저녁 먹고 나와서 우리는 천천히 걸어서 자취방 골목에 도착하니 어느덧 날이 어두워졌고 시계는 여덟 시를 가리켰다. 하루 종일 현장에서 일하고 그녀가 온다고 해서 신경도 쓰였고 저녁 먹으면서 소주도 몇 잔 마셨더니 그녀도 나도 약간의 취기가 올라왔다. 그날 밤은 그녀의 여름휴가 이야기에 서로 맞장구치며 수다 떨다가 그녀는 행복한 꿈을 꾸는 듯한 밤이 지나갔다.

다음날 아침에 눈을 뜨니 문밖에서 낙숫물 떨어지는 소리가 추적추적 들리고 그녀가 부엌에서 아침 하는 소리가 달그락달그락 화음 맞추며 들려왔다. 아침 먹고 나서 비가 내려 마땅히 우중에 데이트할 장소도 없고 해서 이불을 펴 놓고 한나절 뒹굴며 보냈다. 많은 이야기 하며 그녀에게 내년 봄에는 군대에 갈 계획이라고 말했다. 바로 밑의 남동생이 올해 고삼학생이니 내년에 동생이 대학에 진학하면 우리 집 형편상 어쩔 수 없이 휴학하고 군대 가야 한다고 말했다. 그녀는 이런 갑작스런 말에 굳은 얼굴로 그대로 멈추어 있었다. 우리 집 형편상 군대에서 제대하면 동생이 또 다시 군대 가는 방법으로 해야 한다고 이야기 했다. 그러자 그녀는 아무런 말없이 한동안 고개 숙이고 있었다. 얼마의 시간이 흘렀을까? 그녀의 얼굴은 무척이나 어두워 보였다. 그리고 또 얼마의 시간이 더 흐른 뒤에 슬며시 고개 들어 그녀가 입을 열었다.

"창식씨예 내년 언제쯤 군대 가나예?"

하고 어두워진 표정으로 바라보고 있었다. 아니 차라리 애절한 눈빛이었다.

"글쎄요? 병무청에 자원입대 신청하고 알아보려고요. 될 수 있으면 내년 초에 입대 할 수 있도록 신청하려고요."

하며 그녀의 눈치를 살폈다. 그녀는

"창식씨예! 만약에 내년 봄에 입대하시면~ 나는 어떻게 해야 되나예?"

하고 말하고는 한참동안 망설이다가 그녀는 다시

"창식씨예! 군대 가기 전에 우리 약혼하고 군대 가면 안 되예. 그렇게 해주면 안되나예. 우리 올겨울에 약혼해예?"

하고는 건드리면 금방이라도 터질 듯한 얼굴로 바라보았다. 갑작스런 그녀의 말에 몹시 당황했다. 하는 수 없이 일단은 그녀를 안정시켜야 되겠다고 생각했다. 그녀에게 '급하게 생각하고 결정하지 말고 좀 더 시간을 두고 천천히 생각하여 결정하고 행동하자'며 그녀를 설득했다. '우리는 아직도 학생신분이고 군대에 가게 되면 삼 년이 걸리고 또 재대하고 다시 복학해서도 대학을 졸업하려면 이 년이 더 걸

립니다. 결혼문제는 빨라야 앞으로 오 육년은 더 지나야 한다.' 고 말하며

"수영씨! 이 문제는 신중해야 해요. 감정에 치우쳐 결정하면 절대로 안 됩니다."

그러자 그녀도 내 말에 고개를 끄덕이면서도 착잡한 표정이었다. 이렇게 착 가라앉은 분위기 속에서 한동안 시무룩하던 그녀가 조심스럽게

"창식씨예! 내일 우리 집에 가서 엄마랑 이 문제를 상의 해봐도 되나예? 아마도 엄마라면 어떤 대책이 있을지도 몰라예."

하고는 나에게도 부모님과 상의하라는 강력한 눈빛으로 바라보았다.

그녀에게 이번 달 이십오일경에 현장에서 일 마치고 안동으로 내려가기 전에 대구로 내려가서 그때 다시 이 문제를 상의하자고 말했다. 그러는 동안에 시간은 흘러 점심시간이 되었다. 며칠 전 안동에서 가져 온 골골이 배추 겉절이에 간단하게 찌개 끓여 식사를 마치고나니 새벽부터 내리 던 비도 이제는 그쳤다. 하늘은 다시 습하고 뜨거워 한여름의 진가를 발휘했다. 답답한 가슴도 좀 식힐 겸 그녀와 함께 가까운 수봉공원으로 갔다. 공원에는 이미 여러 어른들이 나와서 운동하고 장기판을 벌이고 있었다. 나무벤치에도 삼삼오오 모여 이야기꽃을 피우고 있었다. 그녀와 수봉공원에 있는 6.25참전용사 전적비를 지나 숲속으로 이어진 등산로 따라 수봉산 정상으로 천천히 걸어갔다. 숲속의 풀잎은 오전에 내린 비로 짙푸른 잎사귀에 윤기가 반지르르하게 돌았다. 숲속의 길이라 한결 시원했고 불어오는 바람도 인천 앞바다에서 불어오는 바람이라서 그런지 시원하게 느껴졌다. 수봉공

원 정상에 도착하니 인천시가지 전체가 한눈에 들어왔다. 연안부두와 멀리보이는 파란 바다도 한눈에 들어왔다. 정상의 나무그늘 아래 벤치에 앉았다. 그녀는

"창식씨예 학교졸업하고 어디서 살 생각이라예?"

하고 그녀가 느닷없이 물었다. 그렇게 말하면서도 그녀의 시선은 수봉공원 정상에서 보이는 월미도 방향의 신축아파트에 꽂혀있었다. 아무런 말없이 대답대신 어깨로 그녀를 툭 치면서 턱으로 그 방향을 가리켰다. 그러자 그녀는 오늘아침 이후로 굳어있던 얼굴을 환하게 펴고 살짝 미소를 머금고

"창식씨예! 나도 지금 저 아파트 보고 있었어예. 창식씨랑 결혼해서 저기서 함께 사는 상상하고 있었어예."

하며 약간은 떨리는 목소리로 밝게 말했다. 또 대답 대신에 씨~익 웃어 보였다. 사람은 누구나 꿈을 꾸며 살아간다고 하지만 나에게 그런 꿈은 머~언 별나라 이야기였다.

"수영씨! 만약에 다음 생이 존재한다면 수영씨는 무엇으로 태어나고 싶어요?"

하고 물어 보았다. 그녀는 잠시 고민하다가 공원바닥에서 구구구 거리는 비둘기 한 쌍을 손가락으로 가리키며

"창식씨예 만약에 나에게 다음 생이 존재한다면 저 비둘기가 되고 싶어예. 저 한 쌍의 비둘기로 태어나 우리 저 비둘기처럼 서로 맘껏 사랑하며 살고 싶어예."

하며 비둘기가 몹시도 부러운 눈빛으로 바라보고 있었다. 그런 그녀의 얼굴에 살짝 볼 키스 해주었다. 종종걸음으로 걸어 다니는 잿빛 도시비둘기를 바라보니 작은 눈에서 밝고 영롱한 광채가 흐르며 깃

털도 윤기가 반지르르하게 흐르는 한 쌍의 비둘기가 무척이나 행복하게 보였다. 그녀와 그 비둘기 부부로부터 작으나마 서로서로 배려해주는 사랑법을 배우고 그 벤치에서 일어섰다. 우리는 비둘기 마냥 나란히 팔짱끼고 수봉공원을 내려와서 숭의동 재래시장에 들러 시장 구경하며 어묵과 떡볶이 먹고 몇 가지 반찬을 사서 자취방으로 돌아오니 해는 벌써 서산마루에 걸터앉아 있었다. 여기저기 걸어 다녔더니 땀으로 온몸이 축축했다. 마당에 딸린 세탁장 겸 샤워실에서 우리는 차례로 샤워하고 저녁을 먹었다. 그런데 이번의 만남에서 그녀가 나에게 보여준 태도는 이전의 모습과는 많이 변해있었다. 자취방에서 청소하고 정리하는 것부터 한 끼의 식사도 전과는 다르게 검소하고 알뜰했다. 무슨 이유인지는 몰라도 나의 형편에 맞추려고 참고 애쓰는 모습이었다. 그녀의 그런 모습이 싫지는 않았다. 밤이 깊어지고 잠자리에 들면서 그녀는

"창식씨예 나 안아 줘예."

하고는 말이 없었다. 그녀는 내 품에 안겨서 그렇게 한동안 미동도 없었다. 얼마의 시간이 흐른 뒤 까만 눈동자를 반짝이며

"창식씨예 오늘밤에 나의 꽃봉오리를 창식씨 손으로 직접 꺾어 줘예. 이제는 그래야만 될 것 같아예."

하며 그녀는 나의 손을 살며시 당겨 자신의 가슴 위에 올려놓았다. 순간적으로 그녀를 범하고 싶어 온몸에 전율이 흐른다. 그런데 손과 몸은 마치 석고상처럼 굳어버렸다.

"수영씨! 나도 그러고 싶어요. 정말 몸살 나도록 그러고 싶어요. 수영씨 향기가 나를 못 견디게 유혹해요. 나에게 당신은 소중합니다. 그래서 지금 가슴이 터지도록 아픈 고통을 참고 있어요."

하고는 그녀를 안았던 팔을 풀었다. 그녀도 내 말에 동의하며
"창식씨예 고마워예. 영원히 수영이를 이렇게 지켜주실 거지예."
하며 자신의 가슴 위에 얹어놓았던 나의 손을 잡고 힘을 꼭 주었다. 고개를 살짝 돌려 옆으로 나를 바라보고는 예쁘게 웃었다.
"창식씨예 수영이를 꼭 잡아 주셔야 되예. 나 도망가지 못 하도록 꼭 잡고 놓으면 절대로 안되예."
그렇게 그 밤은 흘렀고 아침이 밝아 그녀가 차려준 아침을 나란히 마주앉아 먹고 나는 현장으로 그녀는 대구로 떠났다.

현장에서 힘든 일을 하면서도 그녀 생각은 머릿속을 떠나지 않고 하루 종일 맴 돌았다. 팔월의 태양이 이글거려도 타지 않던 가슴이 두 여인의 열기로 새까맣게 타는 여름이었다. 두 여인의 가슴에 양다리 걸친 가슴은 시간이 흐를수록 더 깊이 찢어지는 여름이었다. 시간은 흘러 작업복이 온통 하얀 소금꽃으로 피어나던 팔월 이십삼 일이 되었다. 그날 퇴근시간 삼십 분전에 현장에서 그동안 열심히 일한 댓가로 삼십오 만원을 받았다. 그리고 그 회사 사장님이 직접 봉투 하나를 더 주셨다. 그 봉투는 현장소장과 설과장이 본사에 보고하여 시장님이 장학금으로 주는 특별보너스였다. 그 사장님은
"창식이 학생! 용기 잃지 말고 열심히 공부하길 바랍니다."
하고는 그 현장 모든 인부들과 함께 기념사진을 찍고 까만 승용차 타고 떠나갔다. 가슴은 뿌듯하면서도 사장님이 무척이나 고마웠다. 현장사무실에서 소장과 과장 반장 조장 그리고 같이 땀 흘린 모든 분들에게 일일이 감사의 인사드리고 그해 여름의 모질게 뜨겁던 태양도 서서히 식어가는 저녁 무렵에 퇴근했다. 자취방으로 돌아와 일당

으로 받은 삼십오 만원이 들어있는 봉투와 사장님이 준 특별보너스 봉투 열어 확인해보니 삼십 만 원이 들어 있었다. 방 깊숙이 숨겨두었던 봉투를 꺼내 대구 수영씨에게 돌려줄 백만 원의 봉투를 채워 놓았다. 그리고 나머지 돈 사십 만 원은 또 다른 두 개의 봉투에 넣어 보관하고 나머지 돈으로 대구로 갔다가 도리원을 거쳐 안동으로 가는 경비로 쓸 요량으로 주머니에 넣어두었다. 여름방학 기간 동안 현장에서 일하느라 정신없이 두 달이 지나갔다.

남들은 연인의 손잡고 산으로 바다로 피서 떠난다고 야단들이었다. 어느 때는 현장에서 일하며 여행 떠나는 그들이 한없이 부럽기도 했으나 올해의 여름은 그다지 부럽지는 않았다. 남들처럼 등산가방 메고 텐트 챙겨 산으로 바다로 가지는 않았지만 혜령씨와 해인사에서 영재 도해스님을 만났고 거창 ***호텔에서 아름다운 밤도 혜령씨와 보냈다. 지리산 대원사계곡도 그녀와 다녀왔다. 그때 그 여행은 가슴 아프고도 아름다운 여행이었다. 또한 어딘가로 떠나지는 않지만 수영씨가 두 차례나 인천으로 찾아와서 행복한 시간을 보낸 여름방학이었다.

내일은 아침에 일어나서 대구로 가야한다. 수영씨를 가야산에서 지난 이월 달 그렇게도 매서운 눈보라가 혹독하게 몰아치던 날 처음 만나서 대구역에서 헤어졌다. 그 후로 몇 번의 편지가 오고갔다. 지난 오월 달 축재기간에는 막무가내로 달려와서 정식으로 사귀자고 했고, 그녀와 전화통화도 시간이 허락되는 대로 여러 번 통화했다. 그녀가 인천으로 두 번이나 찾아와 만났지만 내일은 그녀를 만나기 위해서 내가 처음 대구로 가는 날이다. 그녀를 만나러 간다고 생각하니 가슴이 설레기도 하지만 그동안 수영씨의 저돌적인 사랑이 당황스럽고 부담스럽기도 했다. 특히 보름 전 약혼하고 군대 가라고 했던 그녀의 말이 몹시도 부담되었다. 가슴에 큰 돌덩이 하나를 얹고 있다는 느낌이 드는 것도 사실이다. 내 가슴이 그렇다 해도 나는 그녀를 꼭 만나야만 했다. 그녀에게 미리 연락해야겠다는 생각이 들었다. 주머니에 동전을 넣고 놀이터 옆 공중전화로 가서 다이얼을 돌렸다. 전화 받은 사람은 뜻밖에 수영씨의 어머니였다.

"안녕하세요? 인천~"

하는데 그녀의 어머니가 먼저 낮은 소리로

"아! 인천 학생이군요? 수영이가 그러는데 곧 대구로 한번 온다고 하던데 언제 오려하나요?"

하며 조용한 목소리로 물었다.

"아! 예. 내일 낮에 대구로 내려가서 수영씨 잠깐보고 안동으로 가려고 합니다."

그러자 그녀의 어머니는 알았다며 잠시 기다리라고 했다. 왠지 수화기로 건너온 그녀 어머니의 낮고 조용한 목소리의 느낌이 순간적으로 불안하게 엄습해 왔다. 평소보다 긴 시간을 기다린 후에 수영씨가 전화를 받았다.

"수영씨! 잘 계셨나요? 창식이입니다. 내일 시간이 되나요? 내일 대구로 내려가려고 합니다."

그러자 알았다며 대답하는 그녀의 목소리에 힘이 없어보였다. 가슴이 철렁했다. 어디 몸이라도 아프냐고 몇 번을 물어도 괜찮다고 했다. 그래서 그녀에게 내일 열두 시경에 대구역에 도착한다고 했고 그녀는 그리로 마중 나오겠다고 약속하고 전화를 끊었다. 다음날 아침 일찍 일어나 서둘러 대구로 출발했다. 공공칠가방에 몇 권의 책을 챙겨 넣고 그녀가 수표를 찾아서 등록금을 내어준 돈 백만 원이 들어있는 봉투도 소중히 챙겨 대구로 출발했다. 대구역에 도착하여 플랫폼에 걸려있는 낡은 시계를 쳐다보니 열두 시 이십 분이었다. 그녀와 약속한 시간이 이십 분이나 지났기에 뛰어서 출구로 달려갔다. 출구에서 기다리던 그녀는 나를 발견하고 웃는 얼굴로 손을 흔들고 있었는데 왠지 이전과는 다른 표정이었다. 무엇인가 무거운 느낌의 표정이었다. 그런 표정으로 나와 눈이 마주치자 옆에 서 있는 아주 세련된 차림의 중후한 중년여인에게로 고개를 살짝 돌리며 눈빛으로 언지를 주었다. 그녀의 어머니와 함께 마중 나온 것이다. 공공칠가방 들고 뛰어가던 그 순간 돌이 된 것처럼 출구 앞에서 굳어 발이 떨어지지 않았다. 짧은 순간이지만 머뭇거리다 출구로 나서자 수영씨는 어머니를 소개하며 인사드리라 했다. 갑작스런 상황이라 얼굴이 벌겋게 달아올랐다. 다리도 몸도 후들거렸다. 여름 두 달 동안 현장에서 일을 하여 얼굴은 햇볕에 그을려서 까맣고 입은 옷은 좀 얇은 바지에 색상은 시원한 느낌이드는 낡은 반팔셔츠를 입고 있었다. 세련되고 중후하게 보이는 그녀의 어머니에게 허리 숙여

"안녕하세요. 인하대학교에 다니는 송창식입니다."

하고 인사했다. 그녀의 어머니는 그녀보다 더 환하게 밝은 얼굴로 온화한 미소 지으며

"아~ 인천 학생 이렇게 만나게 되어 반갑습니다. 먼 길 오느라 고생했어요."

라며 수영씨에게

"인천학생 배고프겠다. 얼른가자."
라고 하시며 기차역 광장에 주차해 둔 그분의 차로 나갔다.

그녀의 어머니 차는 하얀색으로 번쩍번쩍 빛이 나는 그 당시 우리나라에서 일부 부유층에서 타고 다니던 승용차였다. 그녀의 어머니가 직접 운전하여 미리 예약한 수성못 주변의 **호텔 식당으로 이동했다. 호텔식당에 들어가니 까만 제복을 차려입은 늘씬한 아가씨가 의자를 빼내주었고 이내 주문을 받아 메모했다. 음식 나오기를 기다리며
"인천학생! 우리 수영이를 아껴주어서 고마워요. 그동안 딸한테 학생 이야기는 많이 들었어요."
하고 그녀의 어머니가 말을 시작하자 수영씨가 어머니의 말을 가로 막으며
"엄마! 밥이라도 먹고 이야기해예. 창식씨 체하겠어예."
하며 그동안 별다른 말이 없던 그녀가 조금 전보다는 밝아진 얼굴로 그녀의 어머니와 나의 얼굴을 번갈아 바라보며 의자를 살짝 내 곁으로 당겨 앉았다. 그러자 그녀의 어머니는 환하게 웃으며 나와 딸의 눈치를 살폈다.
"그래 알았다. 점심 먹고 스카이라운지로 올라가서 커피 한잔하면서 천천히 얘기하자."
하고 그녀의 어머니가 말하기에 그동안 아무런 말도 못하고 꿔다 놓은 보릿자루처럼 앉아있던 내가
"아~ 아닙니다. 괜찮아요. 말씀하세요."
하고 머리를 조아리며 말했다. 그러자 그녀의 어머니는 '고향이 어

디며, 부모님의 연세는 몇 이냐? 형제자매는 몇 명이냐? 인천에서 하숙하느냐?'등을 물었다. 나는 묻는 말에 상세히 대답했다. 그러자 수영씨는 간간이 대화에 끼어들어 나의 편을 들었다. 그녀의 어머니는 또 '우리 수영이는 언제 어디서 만났느냐? 그동안 몇 번이나 만났느냐? 우리 수영이를 학생은 어디까지 알고 있고 어떻게 생각하느냐?' 등을 물었다. 그녀의 어머니 질문에 대답은 수영씨가 가로 채 대신해서 대답하고 나는 얼굴만 벌겋게 붉히고 꿔다놓은 보릿자루처럼 눈만 껌뻑이고 있었다.

"아이고 엄마예! 내가 다 이야기 했잖아예!"

하고 그녀는 어머니의 입을 막으면

"수영씨가 한 말이 모두 맞습니다."

하고 대답했다. 그러는 사이 식사가 거의 마무리 되었다. 식사하며 무엇을 어디로 먹었는지도 몰랐다. 식사하면서 그녀의 어머니는 스테이크를 반으로 뚝 잘라 나의 접시에 올려주고는 어려워말고 많이 먹으라 하고 몇 번이나 반찬도 앞 접시에 덜어주었다. 마치 우리 어머니가 아들을 대하는 듯한 따뜻한 표정이었다. 그녀 어머니의 자상한 모습에 다소 긴장이 풀리고 얼굴표정도 조금은 밝아졌다. 그녀의 어머니는 스카이라운지로 올라가서 차 한 잔 하자며 먼저 일어났다. 그녀는 그때서야 곁으로 살며시 다가와서 팔짱끼고 세 사람이 나란히 엘리베이터 타고 스카이라운지로 올라갔다. 대구 시가지가 한 눈에 들어오는 넓은 창가에 자리 잡고 앉았다. 자리에 앉아 잠시 어색한 분위기가 흘렀다.

그때 공공칠가방을 열어 두툼한 돈 봉투를 꺼내며 수영씨의 눈치를 살폈다. 수영씨는 약간은 당황하는 듯한 표정이었으나 가만히 있었다. 그 돈 봉투를 들고 일어서서 그녀의 어머니께 정중한 자세로 돌려주었다. 그녀의 어머니는 그 봉투를 받지도 않고 수영씨의 눈치를 살피며

"인천 학생! 이 봉투는 무엇입니까?"

하며 나와 수영씨의 눈치를 번갈아 살폈다.

"어머님 이것은 수영씨에게 저가 잠시 빌린 돈입니다."

하며 그동안의 사연을 말하려고 하는데 그녀가 우리의 대화를 가로막으며

"엄마! 저번에 말씀 다 드렸잖아예."

하며 수영씨는 그녀의 어머니께 그동안의 사연을 소상히 다시 이야기했다. 그러자 그녀의 어머니는 두툼한 그 돈 봉투를 테이블 위에 내려놓고는

"인천 학생! 그럼 이 돈을 벌려고 공사현장에서 방학동안 두 달을 일했어요?"

하고 놀라는 눈치로 바라보았다. 나는 그동안에 있었던 일을 소상히 말하고 이 돈을 꼭 돌려주어야 하기에 오늘 여기로 왔으니 받아달라고 했다. 그리고 반드시 나의 힘으로 대학을 졸업하겠다고 말했다. 그녀의 어머니는 딸에게서 이 모든 것을 이미 들어서 대충은 알고 있었는데도 나에게서 직접 듣고 싶었던 표정이었다. 그녀의 어머니는 맞은편에 앉아있던 나에게 살짝 일어서면서 손을 끌어당겨 잡고는 그 두툼한 봉투를 내 손에 도로 쥐어주며

"인천학생! 이 돈 받아요. 수영이에게 이미 듣기는 했지만 설마하고 반신반의 했어요."

하며 측은한 표정을 지었는데 간절함도 함께 보였다.

"아닙니다. 어머님! 저는 절대로 이 돈은 받을 수 없어요. 저가 이 돈을 받으면 저의 할머니 어머니의 갈라터진 손마디에 대한 배신입니다. 그리고 저 자신에게도 도저히 용서가 안 됩니다. 그래서 꼭 돌려 드려야만 합니다. 죄송합니다. 수영씨 어머님."

하며 그 두툼한 봉투를 수영씨 어머니 앞으로 도로 밀었다. 그러자 수영씨도 울먹였고 그녀의 어머니도 눈물이 그렁그렁 했다. 그러자 수영씨는 그 두툼한 봉투를 집어 들고 자신의 핸드백 속에 넣었다.

잠시 동안 세 사람은 아무런 말이 없었다. 그녀의 어머니는 자신의 핸드백을 열어 손수건으로 눈물을 훔치고 다시 나에게 차를 마시라 하였다. 어머니도 찻잔을 들어 몇 모금마시고 찻잔을 내려놓으며 수영씨 하고 어느 단계까지 사귀었는지를 물었다. 그래서 나는 그녀의 어머니께 말했다. '수영씨가 나에게도 소중하기에 함부로 행동하지 않았고 지켜야할 선은 절대로 넘지 않았다'고 조심스럽게 말씀드렸다. 나의 솔직한 이야기를 다 듣고는 다소 안도하는 표정으로

"인천학생! 우리 수영이를 그리도 곱게 지켜주어서 엄마로서가 아닌 같은 여자로서 정말 고마워요."

하면서 최근 며칠 동안 수영씨 집에서 일어난 일을 이야기했다. 수영이가 이번에 학생에게 갔다가 돌아와서는 '학생이 내년에 군대 가야 한다며 군대 가기 전에 학생하고 약혼하도록 허락해 달라'고 우리 부부를 설득하고 떼쓰며 지금도 전쟁 중이라고 하였다. 그녀의 어머니가 이야기하는 동안 꿀 먹은 벙어리처럼 아무런 말도 못하고 앉아 있었다. 그녀의 어머니는 내게

"학생의 생각은 어떠냐"

라고 물었다. 그녀의 어머니께 대답하기 전에 먼저 수영씨의 표정을 살피며 얼마 전 인천에서 그녀에게 말했던 그대로 대답했다.

"예, 어머님 말씀드리겠습니다. 저가 인천에서 이 문제로 수영씨에게 했던 말 그대로 말씀드리겠습니다. 수영씨나 저나 아직은 나이가 어린 학생입니다. 또 저가 군대 가서 제대하려면 삼 년 정도 걸리고 또 제대 후에 바로 복학한다 해도 대학을 졸업하려면 또 이 년의 시간이 더 걸립니다. 그러니 결혼문제는 최소한 앞으로 오 육년 후에나 고민할 문제입니다. 그래서 약혼하자고 할 때 수영씨에게도 부탁했어요. 결혼문제는 단순히 감정적으로 결정할 일이 아니니 시간을 두고 신중히 생각하라고 이야기 했어요. 물론 저가 이러는 것이 수영씨가 싫어서는 결코 아닙니다. 저도 수영씨 만큼이나 수영씨를 좋아합니다. 어머니 지금 저의 생각은 이렇습니다. 만약에 저의 생각이 틀렸다면 지도해 주십시오."

하고 말했다. 수영씨 어머니는 이야기를 다 듣고는 딸을 바라보며 "수영아! 그래 이 학생의 말이 다 맞다고 엄마도 생각한다. 우리 딸이 에미를 닮아서 사람 보는 눈은 수준급이구나. 나머지 이야기는 다음에 아빠하고 또 나누자."

하며 나에게

"우리 수영이를 곱게 지켜주어서 정말 고마워요. 앞으로도 오랫동안 잘 지켜주길 바랄게요."

하며 나머지 차를 마셨다. 그리고는 수영씨에게 '엄마는 먼저 들어갈 테니 이 학생하고 재미있는 시간 보내고 오너라.'하며 나에게 '수영이하고 좋은 시간 보내고 조심해서 안동으로 잘 가요.'라는 말을 남기고 수영씨 어머니는 먼저 일어났다. 어머니가 나가면서 수영씨를 엘리베이터 앞으로 데리고 가서 엘리베이터가 도착할 때 까지 두 모녀는 무엇인가 이야기했고 엘리베이터가 도착하니 그녀의 어머니는 나에게 손을 가볍게 흔들어 주고는 내려갔다. 수영씨 어머니가 가고 조금 더 있다가 여기서 나가자하여 그녀와 수성못 공원으로 갔다. 팔월 말이라 해도 아직은 태양이 뜨거웠다. 아이스크림을 하나씩 사서 나무 그늘이 있는 공원벤치에 나란히 앉았다. 그녀는 팔짱을 끼면서

"창식씨예 우리 엄마 처음 만난 느낌이 어땠어예?"

하고는 환하고 밝은 표정으로 생글생글 웃으며 바라보았다.

"으~~음 솔직히 아무것도 지금은 생각이 안나요. 내가 어떤 말을 했는지도 기억이 안나요. 수영씨 혹시 내가 어머니께 실수하거나 결례하지는 않았나요."

하며 그녀를 바라보니 그녀는 기분 좋은 표정으로

"창식씨예! 우리 엄마에게 크게 실수하셨어예."

하고는 연신 눈가에 웃음이 살랑거렸다.

"예! 내가 실수했다고요? 수영씨 무슨 실수를 했어요?"

하니 그녀는 또 생글생글 웃으며

"에이그 바보라예! 창식씨는 본인이 실수하고도 모르니 바보라예."

하며 놀렸다.

"엄마가 약혼문제를 물었을 때 올겨울에 약혼하자고 해야지예. 에이그 이 바보!"

하며 그녀는 나의 볼에 뽀뽀를 했다. 그러면서 수영씨는 어떻게 해서라도 약혼 허락을 받겠다고 했다. 수영씨에게 시간을 두고 천천히

생각하고 약혼을 하더라도 오년 후에 하자고 설득했다. 내 말에 토라져있더니 핸드백에서 그 두툼한 돈 봉투를 꺼내서 받으라 했다. 내가 받는 것을 거절하자 그녀는 엄마가 엘리베이터 앞에서 '이 돈 봉투는 꼭 창식씨에게 돌려주고 오라'고 했다며 억지로 공공칠가방을 빼앗아서 그 속에 집어넣었다. 그녀의 엄마는 '이 돈은 인천학생이 땀 흘려 모은 소금꽃이 핀 돈이다'라고 말했다고 했다. 그녀는

"창식씨예! 오늘 수영이는 꼭 이 돈을 드리고 싶어예."

하며 간절한 눈빛으로 말했다. 하는 수 없이 알았다며 이 돈 언젠가는 다시 갚아준다고 말했다. 그녀는 그 돈을 받아주어서 고맙다하며 그녀의 어머니도 기뻐할 거라고 말했다. 그러다가 문득 손목의 시계를 확인하니 오후 세 시였다. 손목시계 확인하는 것을 보고 그녀는 벌써 가야하냐고 물었다.

"수영씨! 오늘은 그만 가야해요. 그리고 수영씨 집에서 엄마도 기다릴 겁니다. 우리 다음에 또 만나요."

하니 그녀도 어쩐지 그날은 쉽게 그러자고 했다. 그녀가 집으로 떠나고 시외버스 북부정류장으로 갔다. 안동행 직행버스표를 사려고 하다가 혜령씨가 떠올랐다. 그녀에게 전화를 걸었다. 전화 받은 그녀는 좋아라하면서 어디냐고 물었다. 지금 대구에서 안동으로 가려고 하는데 도리원에 들려서 혜령씨 만나고 집으로 갈 생각이라고 했다. 그러자 그녀는 안 된다며 퇴근하고 안동으로 오겠다고 말했다. 일곱시에 시외버스 터미널에서 만나자 약속하고 그녀는 급하게 전화를 끊었다. 그때의 시간이 네 시가 다 되어갔다. 내가 안동에 도착하면 여섯 시쯤 도착하니 한 시간정도 남는 시간이었다. 대구에서 시외버스타고 안동에 도착하여 시간을 확인하니 여섯 시 십 분이었다. 혜령

씨와의 약속시간은 한 시간이 좀 못 되게 남아있었다. 시간이 어정쩡하게 남아서 터미널 뒤편으로 걸어서 낙동강 둑으로 걸어갔다. 낙동강 둑으로 가는 길은 공구상 골목을 지나야 했다. 각종 공구를 파는 공구상 골목을 들어서니 길바닥은 하루 종일 달구어진 아스팔트 열기로 매캐한 기름 냄새를 마구마구 토해냈다. 그 골목 끝에는 중앙선 철길이 가로막고 있었고 낮은 철교 밑을 통과하여 강둑에 올라섰다. 강둑 밑에는 허옇게 늘어선 미루나무가 눈에 들어왔고 벌써 막바지 여름을 통곡으로 붙들고 늘어지는 매미가 시끄러웠다. 강둑 쪽으로 길게 늘어선 미루나무 그늘 밑으로 들어가 공공칠가방을 열어 수영씨가 억지로 밀어 넣어 준 두툼한 돈 봉투를 꺼냈다. 그 하얀 봉투에 먼저 측은한 표정으로 바라보던 그녀의 어머니얼굴이 나타났다. 수영씨 어머니의 그렁그렁하던 눈이 클로즈업되었다가 사라지고 이내 눈가에 웃음이 살랑거리던 수영씨 얼굴이 나타났다. 하얀 봉투를 들고 앉아 혼자 씨익 웃었는데 기분이 아주 묘했다. 모처럼 한가한 시간을 보내고 엉덩이 털털 털고 일어나 터미널로 걸어갔다. 터미널에 도착하여 조금 기다리니 그녀 혜령씨가 타고 온 직행버스가 들어왔다. 일곱 시가 조금 지난 시간이었다. 그녀는 내리자 말자 우리 집으로 가는 시내버스 막차 시간을 물었다. 이십분 뒤에 출발한다고 하니 나의 손을 잡고 제과점으로 무조건 뛰어가서 제일 큰 케익 하나를 사 들고는 다시 뛰어서 간신히 시내버스 막차를 탔다. 턱까지 차오른 숨을 고르고

"창식씨! 오늘 창식씨 집에 가서 할머니 어머니하고 함께 저녁 먹어요."

하며 내 옆구리를 팔꿈치로 툭 치며 기분 좋게 웃어보였다. 시내버

스의 승객은 막차라서 그런지 몇 명밖에 없었다.

"혜령씨! 그럼 내일이 화요일인데 출근 안 해요?"

하고 물었다. 그녀는 미소를 띠우며

"창식씨! 나 내일부터 육일 동안 휴가예요. 올여름 휴가는 창식씨 집에서 할머니하고 같이 보내려고요."

라고 말했다. 깜짝 놀라며

"뭐라고요? 언제까지요?"

하니 그녀는

"왜요? 내가 그러면 안 되나요? 아마도 할머니께서 무척 좋아라 할걸요? 손주 머느리 이뻐라 할겁니다."

하며 말하는데 그녀의 마음을 분간하기 어려웠다. 골려주려고 농담하는 것 같기도 하고 정말 그럴 생각인 것도 같아 가슴이 뭉클하면서도 덜컹 겁도 났다.

"혜령씨! 농담하지 말고 휴가 맞아요?"

하니 그녀는 옆구리를 또 쿡 찌르며 정말 육일 동안의 여름휴가라고 했다. 그녀는 면사무소에서 아직은 졸병 신세라 제일 늦게 휴가 받았는데 화요일부터 금요일까지 사 일인데 주말 이틀을 합치면 육 일 동안 휴가라고 했다. 그래서 우리 집에서 이삼 일보내고 그녀의 부모님이 있는 고향으로 갈 계획이라고 했다. 그런데도 삼 일전 인천에서 나와 통화할 때 아무런 말이 없었다. 몹시 당황스럽지만 이미 막차 타고 오는 중이라 달리 뾰족한 방법이 없었다.

집에 도착하니 서서히 땅거미가 기어오르는 시간이었다. 할머니는 밭에서 따온 부리(상추)를 한 소쿠리 우물가에서 씻고 있었는데 어머니 모습은 보이지 않았다. 마당으로 들어서는 혜령씨를 힐끔 쳐다보던 할머니는 씻고 있던 부리를 우물가에 던지고

"아이고! 이 아가씨가 또 오네? 에미야! 창식이하고 그 아가씨가 왔다."

하며 부엌 쪽을 향해 소리쳤다.

"에미야! 얼른 여기 나와 봐라."

그러자 부엌에서 저녁 짓고 있던 어머니가 앞치마에 손을 비벼 닦으며 마당으로 나와서 혜령씨 손잡고 반갑게 맞았다. 혜령씨는

"할머니 어머니 그동안 잘 계셨어요?"

하며 밝은 표정으로 허리 숙여 인사드리고 우리는 마당 가운데 펴 놓은 멍석에 앉았다. 바로 아래 남동생은 고삼 학생이라 시내에서 자취하고 있어서 집에 없었고 여동생이 항소 누렁이가 팔려가고 없는 빈 소마담에 모깃불을 피워 놓았다. 어머니는 혜령씨에게 잠시만 기다리라며 부엌으로 들어가 저녁상을 차렸다. 그러자 혜령씨는 어머니의 만류에도 불구하고 얼른 부엌으로 따라가 어머니를 도와 밥상을 차려 나왔다. 할머니는 씻고 있던 부리 한 소쿠리를 마저 씻어 가져 오셨다. 무쇠 솥에서 금방 지어온 밥은 노란 좁쌀에 흰 쌀이 조금 섞인 조밥에 된장 한 그릇과 두어 가지 푸성귀 반찬이 전부였다.

"아가씨가 왔는데 밥이 이리 험해서 어떡하나. 험한 조밥이지만 많이 들어요."

하며 어머니는 혜령씨에게 미안해했다. 그러자 할머니도 거들면서 "아가씨 이 쌈 싸서 많이 들어요."

하시며 쌈과 밥상을 그녀 앞으로 밀었다. 혜령씨는 할머니와 어머니에게

"아니예요. 할머니 어머니 괜찮아요. 우리 집도 이렇게 먹고 살아요. 요즘은 이 부리 쌈 하나면 밥 한 그릇은 그만입니다."

하며 그녀는 밥상을 당겨 내 여동생 셋 을 챙기며 맛있게 저녁을 먹었다. 저녁 식사하면서 부리 쌈 한 쌈 싸서 할머니와 어머니께 드리기도 하며 복스럽게 한 그릇을 뚝딱 비우고는 물그릇을 들고 우물가로 가서 손펌프를 익숙하게 퍽퍽 길러내고 시원하게 한 그릇의 물을 떠 왔다. 어머니와 그녀는 저녁상 설거지를 함께하고 김이 모락모락 나는 삶은 옥수수 한 소쿠리 들고 멍석으로 돌아왔다. 혜령씨와 우리 식구들은 멍석에 둘러앉아 저녁을 다 먹고 혜령씨가 사온 케익을 잘라 먹었다. 여동생들은 물론이고 할미니 이머니도 생전 처음 먹어보는 케익이었다. 어린 막내 여동생은 케익의 달달한 맛에 손가락을 몇 번이나 더 빨아먹었다. 짧은 여름밤이 깊도록 혜령씨와 어머니는 이야기 나누었다. 오늘 혜령씨가 여기에 온 이유도 말했다. 이틀 정도 있으며 밭일을 도와드리고 가겠다고 했다. 또 그녀는 창식씨가 인천에서 일해서 등록금도 이미 내고 왔다고 나를 대신해서 이야기했다. 밤이 깊어지자 어머니는 당신이 주무시던 방에 이미 그녀의 잠자리 봐주고는 나를 불렀다. 이 방에서 함께 자라고 하며 어머니는 여동생들하고 할머니 방에서 자겠다고 했다. 나는 당황하여 안 된다고 하며 어머님이 막내여동생하고 혜령씨하고 함께 자라고 말했다. 그러자 어머니는 이러지도 저러지도 못하고 안절부절 하였다. 그러자 혜령씨가 눈치 차리고 어머니에게 다가와서 그녀는 어머니 방에서 어머니와 같이 자면 된다고 말했다. 그렇게 말하는 혜령씨의 얼굴은 부끄러운지 어두운 밤인데도 볼그스레하게 달아올랐다. 어머니는 그녀에게 잠자리가 불편해서 미안하다고 했지만 혜령씨는 일 년 반전에 이미 한번 자고 간 일이 있었다. 그래서 그런지 어머니도 그녀의 말에 못이기는 척 하며 그렇게 결정하고 그녀의 잠자리는 해결되었다. 짧은 여름밤이라 새벽은 금방 찾아왔다. 다음날 새벽이 훤하게 밝아오자 어머니와 그녀는 아침을 차렸고 할머니는 새벽일로 고추밭에서 풀을 뽑다가 이슬에 젖어 우중충한 옷소매로 돌아오셨다. 그제서야 겨우 일어나 시계를 보니 여섯 시 삼십 분이 지나고 있었다. 아침밥을 챙겨 먹고 고추밭으로 가서 고추 수확하는 일을 하루 종일했다. 혜령씨는 마치 자기 집인 양 편안해 보였다. 할머니와 어머니도 며느리처럼 딸처럼 다정하고 편하게 이야기하며 일했다. 고추 따며 이야기 하다가 가끔은 그녀도 할머니 어머니도 밝게 웃었다. 세 사람이 따 놓은 홍고추 자루를 메어 날랐다. 혜령씨의 스스럼없는 이런 행동이 정말 고맙고 신기했다. 점심을 먹고 잠시 쉴 때 어머니는 혜령씨에게 그만 가라고 해도 그녀는 이틀 만 도와주고 가겠다고 했다. 하루의 일을 끝내고 저녁 먹고 나는 조금 어두워지자 손펌프가 있는 우물가에서 샤워했고 뒤이어 할머니도 간단하게 씻고 잠자리에 들었다.

얼마 후 우물가에서는 혜령씨와 어머니의 소리가 낮으면도 조심스럽게 들려왔다. 혜령씨는 어머니의 등을 밀어주며 마치 딸과 엄마가 목욕하는 듯했다. 할머니 방에 누웠어도 낮고 조심스러운 어머니와 혜령씨가 목욕하면서 나누는 이야기 소리가 들려왔다. 그렇게 하루가 더 지나고 그 다음날 고추 수확하는 일을 하다가 오후 세 시경에 혜령씨는 그녀의 집으로 떠났다. 돌아가는 그녀에게 어머니는 몇 푼의 돈을 주려했으나 그녀는 오히려 할머니 손에 이만 원의 용돈을 기어이 쥐어주고 나와 함께 시내로 시내버스타고 나왔다. 시내에 도착한 그녀와 버스터미널 옆 이층에 있는 학 다방으로 올라갔다. 그 다방은 디제이가 레코드판을 돌리며 손님들이 신청한 사연을 읽어주고 신청곡도 틀어주는 음악다방이었다. 혜령씨가 커피 두 잔을 주문했고 다방레지는 의례히 메모지와 커피를 가져왔다. 그녀는 커피 잔에 프리마와 설탕 넣고 저어 작은 스푼으로 커피맛을 몇 번이나 맛보고는 건네주었다.

"창식씨 사연과 노래 신청해요."

하며 메모지와 볼펜을 밀어 주었다. 메모지에 혜령씨를 사랑한다는 내용과 노래는 '애모'를 신청했다. 음악다방 디제이는 유리창 너머로 보이는 우리에게 야릇한 미소를 보내며 사연과 음악을 들려주었다.

『눈웃음
아침햇살이 문살에 찰랑대듯/언제나 님의 사랑은/가슴에 찰랑 거려요
햇살의 온기 따뜻하게/문살에 비치면/님의 사랑에 눈 뜹니다
하늘의 태양이 남아있는 한/님의 가슴으로 열어 비춰주는/한 줄기 햇살 품에 안은/이 가슴은 아려옵니다.』

음악다방 디제이는 쪽지에 적힌 사연을 한껏 분위기 잡고 부드러운 목소리로 읽어주었다. 신청한 노래 '애모'가 흘러나오자 그녀는 나에게

"창식씨 고마워요. 나도 사랑해요."

하며 행복한 표정을 지어보였다. 늦여름의 열기가 식어가기 시작하는 오후 다섯 시가 넘어서 그녀는 시외버스타고 세촌리 고향으로

떠났다. 혜령씨는 사 남매의 막내로 태어났고 큰오빠가 두 분의 연로하신 부모님 모시고 농사짓고 있었다. 그렇게 넉넉하지는 않았지만 다복한 집안의 딸이었다. 큰오빠하고는 나이가 열다섯 살이나 차이가 났다. 그녀는 부모 같은 큰오빠라고 얘기했다. 팔월 말이 되자 나는 인천으로 돌아가야 했다. 집을 나서며 가만히 생각해보니 혜령씨 그녀가 세촌리로 떠나간 후로 며칠 동안 통화를 못했다. 그녀가 휴가 중이라 이번 주 주말이 지나고 다음 주 월요일 오후에 면사무소로 전화해야겠다고 생각했다. 기차역에서 서울행 비둘기호 열차표를 사고 나서 대구에서 헤어진 후로 며칠 동안 통화도 못한 수영씨에게 전화해야겠다고 생각했다. 전화가 연결되고 들려온 목소리는 이번에도 그녀의 어머니가 전화를 받았다. 수영씨 어머니는 나에게 '그동안 잘 있었느냐?'고 묻고는 우리 집 어머니의 안부도 물었다. 그리고 '지금 어디냐'고 하기에.

"안동에서 인천으로 올라가려고 지금 안동 기차역에 왔습니다." 하고 대답하자 수영씨 어머니는

"인천 학생 지금 대구로 내려와서 하루 놀다가 내일 인천으로 올라가세요. 인천학생에게 내가 부탁할 말도 조금 있고 하니 대구로 오세요."

하며 말하는 수영씨 어머니의 목소리는 왠지 포근하고 정겹게 들렸다. 선뜻 대답을 하지 못하고 머뭇거리는데 그녀의 어머니는 잠시만 기다려 달라하고 수영씨를 불렀다. 그녀는 언제나처럼 밝고 통통 튀는 목소리로 대뜸 대구로 오라고 졸랐다. 오늘이 금요일이이니 대구에서 하루만 놀다가 내일 인천으로 가라고 붙들고 사정했다. 저번에 수영씨 어머니가 한 말 중에 약혼문제는 천천히 그녀의 아버지와 상의하겠다는 말이 생각났다. 그리고 또 그녀의 어머니가 오늘은 직

접 대구로 와서 하루 놀다가라는 말을 하는 것을 보니 수영씨 가족 사이에서 어떤 중대한 결론이 내려졌다는 생각이 들었다. 생각이 거기에 미치자 가슴이 떨렸다. 그래서 수영씨에게 지금 바로 대구 북부터미널로 가겠다고 약속하고 전화를 끊었다. 곧바로 기차표를 환불받아 시외버스 타고 대구 북부터미널로 갔다. 대구에 도착하니 오후 네 시경이었는데 수영씨는 대구 북부정류장에서 기다렸다. 그녀는 외출복이 아닌 체육복 차림으로 슬리퍼를 끌고 나왔다. 수영씨는 몹시 반가워했고 얼굴표정도 환하게 밝았다. 그녀는 바로 버스정류장 앞에서 택시타고 그녀의 집으로 갔다. 택시타고 가면서 그녀의 어머니가 집으로 데리고 오라고 했으며 그녀의 아버지는 군부대의 일로 일주일정도 장기출장이라고 했다. 얼떨결에 그녀를 따라가는데 당황하여 무엇을 어떻게 해야 할지 아무런 생각도 나지 않았다.

택시는 삼십 분정도 달려 어느 주택가 골목입구에 도착했는데 그 주변의 주택들은 하나같이 고급스러웠다. 반대로 나의 차림새는 저택의 위용에 눌려 더욱 초라하게 느껴졌다. 집에서 나올 때 어머니가 주신 쌀과 반찬 몇 가지를 넣은 가방이 순간적으로 나를 슬프게 했다. 그러나 그 가방은 천금과도 바꿀 수 없는 소중한 어머니의 사랑보따리이었다. 수영씨 집은 담장이 높고 큰 나무대문이 굳게 닫혀있었다. 대문과 담장 위에는 창살이 설치되어 있었는데 줄 장미 넝쿨이 예쁘게 정리되어 있었다. 수영씨가 초인종을 누르자 '띠~이잉 턱!'하는 소리와 함께 철커덩하고 그 큰 대문이 열렸다. 대문안쪽 옆에는 큰 개가 한 마리 있었는데 영국산으로 족보가 있다고 했다. 그 개집의 환경이 나의 자취방보다 좋다는 생각이 들어 가슴이 아프고 슬프다는 생각이 순간적으로 스쳤다. 대문에서 현관으로 가는 길은 약간 노란빛이 도는 대리석으로 깔려 있었고 마당의 잔디는 깨끗하게 잘 정리되어 있었다. 마당 앞 담장주변에는 목련꽃 나무가 한 그루 있었고 그 옆으로는 주목이 위풍도 당당하게 서 있었다. 아름다운 정원이라는 느낌이 들었는데 또한 서늘한 느낌도 동시에 들었다. 대문에서 현관으로 가는 길옆으로 회양목이 있는데 하나 같이 동글동글하여 군기가 잡혀서 차렷! 자세로 도열해 있었다. 그녀의 아버지가 영관급 군인이라서 그런지 더욱 그렇게 보였다. 현관에 들어서니 그녀의 어머니는 밝은 표정으로 마치 백년손님을 맞이하듯 자애로운 표정으로 손을 덥석 잡으며

"인천 학생 어서 와요!"

하며 맞아주었다. 거실은 깨끗하였다. 그녀의 어머니는 그 집 찬모에게

"이모 오늘은 이만 퇴근하세요."

하니 그 집 찬모는

"사모님 감사합니다."

하고 인사하며 퇴근했다. 거실의 소파는 가죽이었는데 짙은 고동색으로 윤기가 좔좔 흘렀다. 거실에 들어가 그녀와 나란히 소파에 앉아 있었고 그녀의 어머니는 부엌에서 찻상을 들고 나왔다. 소파 테이블에 찻잔을 가지런히 차려놓고 가운데는 다식과 초코렛이 담겨진 아름다운 접시가 자리를 차지했다. 그녀의 어머니는 맞은 편 소파에 앉으며 차를 마시라 권했다. 진한 한약냄새가 퍼지는 한방차였다. 그녀의 어머니는 지난 며칠 동안 수영씨 가족이 상의한 내용을 이야기했다. 약혼문제는 나의 생각대로 대학을 졸업할 때 까지 미루고 그 대

신 수영씨와 정식으로 사귀는 것은 허락한다고 말하며 "인천학생! 우리 수영이 많이 예뻐해 주세요." 하고는 '서로 사귀더라도 마지막 선은 인천 학생과 수영이를 위해서라도 꼭 지켜주길 수영이엄마가 아니라 딸과 같은 여자로서 부탁한다.'고 했다. 그리고 조금 더 이야기 나누다가 그녀의 어머니는 오늘 선약이 있어서 여 동생네 집에 가서 자고 내일 오후에 돌아온다고 말하며 수영씨에게 저녁과 아침을 잘 챙겨주라고 당부하고는 나갔다. 내가 보기에는 그녀의 어머니는 나를 믿고 또한 딸을 믿고 그렇게 일부러 자리를 피해주시는 것으로 느껴졌다. 그녀의 어머니에게 '내일 오전에 인천으로 가야하니 못 뵙는다.'고 말하고 잘 다녀오라고 인사했다. 그녀의 어머니는 '수영이하고 재미있는 시간 편하게 잘 보내고 조심해서 인천으로 가요'라고 말했다. 그녀의 어머니가 나가고 수영씨는 그동안 집에서 있었던 이야기를 상세하게 흥분된 어조로 말해주었다. 그녀 아버지의 완강한 반대가 있었는데 엄마가 아버지를 설득하여 이렇게 결론이 났고 그녀의 아버지는 내가 군대 가기 전에 얼굴 한번 보자고 하였다고 했다. 그러한 이야기를 하는 동안 수영씨는 매우 만족한 표정으로 약간은 흥분되어서 얼굴이 볼그스레하게 달아올랐다. 그런 그녀의 말을 듣고 나의 감정은 요동쳤다. 조금은 다행이다 싶으면서 또 심장이 마구 뛰었다. 그동안 수영씨의 저돌적인 태도에도 나는 한 번도 그녀와의 관계에 대하여 심각하게 고민하거나 생각해보지 않았다. 아니 생각하지 않는 것이 아니라 그럴만한 마음의 여유가 없었다. 당장 내 앞에 놓인 가난과 싸우느라 늘 수영씨의 저돌적인 사랑공격에 피동적이었다. 그렇다고 그녀가 싫은 것도 분명히 아니었다. 이 시점에서 어떻게 처신해야 할 것인가? 참으로 난처하고 답답했다. 장혜령, 김수영 이 두 여자 사이에 갇혀있는 자신을 생각하니 가슴에서 터질 듯한 아픔이 밀려왔다. 그날 밤새도록 홀로 고민하고 고민해도 아무런 결론을 내리지 못했다. 그녀와 하룻밤이 달콤하면서도 아프게 지나갔다. 결국 다음날 대구를 떠나오면서 그녀에게 시간을 두고 신중히 생각하자는 말만 남기고 인천으로 왔다. 대구에서 인천까지 달려오면서 그저 스치는 차창 밖의 풍경에 눈길을 던져놓고 멍하니 왔다. 두 여인 사이에 눈길을 던져놓고 멍 때리고 있었다. 생각할수록 가슴이 더 아파왔고 그 고통이 깊어졌다. 할머니가 늘 말하던
"애가 끓는다."
란 말이 이럴 때 했나보다 하고 생각했다.

구월달이 되면서 방학동안 현장에서 일하며 작업복에 피는 하얀 소금꽃과 싸우고 또 두 여인과 연애하느라 못한 공부에 집중했다. 혜령씨와 수영씨는 번갈아가며 전화해서 하루가 멀다 하고 밤낮으로 통화했다. 처음에는 두 여인을 놓고 몇 날 며칠을 뒤치락거리며 잠을 이루지 못하고 아파했다. 시간이 흐르면서 두 여인들의 전화도 조금씩 뜸해졌다. 주말에는 현장에서 아르바이트하며 정신없이 지나다보니 추석이 코앞으로 다가왔다. 청량리역으로 달려가서 추석 사일 전인 금요일 밤 기차표를 예매하고 돌아오면서 혜령씨에게 전화해야겠다고 생각했다. 주안역에 내리자마자 바로 공중전화를 걸었다.
"예 산업계~"
하는 목소리가 혜령씨 목소리였다.
"혜령씨 창식이 입니다. 잘 계셨지요."
그녀는 낮고 가느다란 소리로 쪽 쪼오옥! 하고 들려왔다. 그리고는

'이번 추석 때 고향은 언제 내려오느냐?' 하기에 추석 사 일전인 목요일 밤기차로 내려가니 금요일 새벽 한 시에 도착한다고 했다. 그러자 주변 동료직원의 눈치가 보이는지 알았다며 도착하는 날 기차역에서 만나자고 하며 전화를 끊었다. 열차의 도착 시간이 새벽 한 시인데 하고 생각했지만 그녀는 뭐든 철저히 대비하고 신중하면서도 과감했기에 걱정은 안 되었다. 주안역에서 시내버스 타고 학교후문에 내려 자취방으로 걸어가는데 대구 수영씨 생각이 났다. 이틀 전에 통화했는데 하며 놀이터 옆에서 공중전화를 걸었다.

"창식씨 전화 했네예. 잘 있었어예 저녁은 먹었어예."

하고는 '추석 때 언제 안동으로 오느냐? 추석 지나고 언제 인천으로 가느냐?' 등의 일정을 물어보며 수영씨는 추석연휴에 가족 동반해서 동남아로 해외여행을 사박 오일 일정으로 간다고 이야기했다. 추석 연휴 이틀 뒤인 금요일 아침 아홉 시에 김포공항으로 귀국하니 마중 나오라고 했다. 금요일은 오전에 강의가 없고 오후에 한 시간의 강의가 있기는 해도 가능하면 마중 나가겠다고 대답하고 해외여행 건강 조심하고 잘 다녀오라고 말했다. 그녀도 추석 때 고향에 잘 다녀오라며 '사랑해예 창식씨!'를 끝으로 전화를 끊었다. 바쁘게 며칠을 보내고 주말에는 건설현장에서 아르바이트했다. 방학 때 일했던 반장의 소개로 아파트공사 현장에서 합판 거푸집 정리 작업을 했다. 합판에 박힌 못을 뽑고 폐유를 칠하는 작업이라 작업복이 폐유로 범벅이 되었다. 일당으로 일만 육천 원을 받았는데 아무리 작업복이지만 세탁비는 따로 더 주지는 않았다. 조금은 섭섭했지만 꾹 참고 돌아왔다. 바쁘게 살다가 추석 사일전인 십팔 일 목요일 저녁에 완행열차를 타고 안동역에 내리니 금요일 새벽 한 시 이십 분이었다. 혜령씨 그녀가 기다린다고 했으니 기차역 지하도를 뛰어서 출구로 나가니 꽤 여러 사람들이 마중 나와 있었다. 혜령씨가 달려오는 나를 발견하고는 손을 흔들어 반겼다.

"창식씨 여기요."

하며 반겨주었다. 그녀와 기차역 앞 포장마차에서 가락국수 한 그릇 먹고 그녀는 팔짱끼고 택시가 손님을 기다리며 길게 늘어서 있는 택시 승강장에서 도리원 혜령씨 자취방으로 택시타고 달려갔다. 그녀가 안동으로 오기 전에 준비해놓고 온 야식을 먹고 이야기하며 달콤한 시간이 흘렀다. 어느새 새벽이 훤하게 밝아왔다. 그도 그럴 것이 안동역에서 택시 타고 그녀의 자취방에 도착하니 새벽 세 시가 다 되어갔다. 그제서야 혜령씨는 이부자리를 펴 주고 좀 자라고 했다. 그녀는 그길로 부엌에서 밥을 해놓고 바로 출근했다가 열두 시가 조금 지나서 퇴근하고 돌아왔다. 늦은 아침 겸 점심을 먹고 그녀와 나란히 누워 두 시간정도 눈을 붙였다. 한숨 더 자고 일어나 그녀는 세수하고 약간의 화장하고 우리는 시외버스타고 안동으로 왔다. 정육점에서 돼지고기 몇 근을 사서 우리 집으로 갔다. 추석명절이 되어도 우리 집에는 찾아오는 손님이 거의 없었는데 올해는 우리 집에 손님이 온 것이다. 혜령씨는

"어머니와 할머니께 저녁에 이 고기 볶아서 먹자"

하며 마치 자신의 집 인양 어린 여동생들을 씻기고 부엌청소도 했다. 그날은 할머니가 어머니께 말했는지 어머니와 동생들이 할머니 방에서 자고 혜령씨와 내가 어머니 방에서 자게 되었다. 혜령씨는 아니라며 '저는 어머니하고 함께 잘게요'하며 말하는데 그녀의 얼굴은 부끄러워서 홍당무가 되었다. 이미 어머니는 작은방에 우리의 잠자

리를 준비해 두었다며 괜찮으니 편하게 자라고 했다. 그날 밤은 추석 바로 밑이라서 보름달이 유난히 훤하게 밝았다. 달빛이 창호지에 스며들어 그녀의 얼굴에 살포시 내려앉아 무척이나 곱고 예뻤다. 다음 날 아침에 혜령씨는 부끄러워하면서도 밝은 얼굴로 아침을 어머니와 함께 지어서 웃음꽃이 피어나는 아침식사를 마치고 그녀의 큰오빠 댁으로 갔다. 안동시내까지 따라갔다가 그녀를 보내고 돌아왔다. 그렇게 그해 추석은 우리 집에 사람 사는 냄새가 풍기는 추석이 지나갔다. 추석 연휴 마지막 전날 미리 예매한 비둘기호 열차 타고 인천으로 돌아왔다.

다음날 오후에 혜령씨에게 면사무소로 전화해서 통화했다. 혜령씨는 그 연휴 마지막 날이 당직이라고 했다. 혜령씨는 돈 때문에 무리하게 일하지 말고 건강 챙기고 밥 거르지 말라고 하였다. 시월 달에 휴가 쓰고 주말에 인천으로 한번 오겠다하며
"창식씨! 사랑해요. 보고 싶어요."
하고는 전화를 끊었다. 그날 오후는 시월 달에 혜령씨가 인천으로 온다는 소리에 벌써부터 마음이 설레어 온통 그녀 생각으로 보냈다. 저녁에 자려고 눕다가 달력이 눈에 들어왔다. 내일 날짜에 볼펜으로 검게 동그라미가 쳐져 있었다. 내일 아침 아홉 시에 수영씨 가족이 해외여행에서 귀국하는 날이었다. 김포공항으로 마중 가겠다고 대답은 했는데 막상 그날이 내일로 다가오니 가슴이 답답해졌다. 가족 여행이라고 했으니 수영씨 아버님도 함께 있을 것이라 생각하니 더 눈앞이 캄캄해졌다. '갈까? 말까?'하고 밤이 늦도록 고민하다가 공항에 마중가기로 결심하고 잠이 들었다.

그 시간에 멈추어 선 시계

다음날 아침에 일어나서 옷도 최대한 깔끔하게 챙겨 입고 공항으로 나갔다. 캄보디아에서 들어오는 입국장 앞에서 기다렸다. 약속한 시간보다 한 시간 정도 지난 열 시쯤 되어서 그녀의 가족은 각자 한 두개의 여행 가방을 끌고 나왔다. 수영씨는 중간 정도크기의 곤색의 가죽 가방이었는데 밑바닥에 네 개의 작은 바퀴가 달린 가방이었다. 그런데 이상하게도 입국장을 나서는 일행은 아무리 봐도 그녀와 남동생 어머니 세 사람이었다. 이번 해외여행에 함께 동행한듯한 서너 무리의 다른 가족들과 서로 헤어지는 인사를 하고 마중나간 나를 발견한 그녀는 자신의 여행 가방을 하나 끌고 달려왔다. 그녀를 뒤따라 나오는 그녀의 어머니와 처음 보는 그녀 남동생에게 '해외여행 잘 다녀오셨습니까?' 하며 인사했다. 그녀의 어머니는 나를 보자 반갑게 안아주시고 마중 나와 줘서 고맙다며 등을 가볍게 두드려 주셨다. 마치 사위를 대하듯 자상하고 포근한 표정이었다.

그러나 오늘 처음 만나는 그녀의 남동생은 다소 어색하게 인사했다. 공항 입국장에서 나오며 그녀의 어머니와 남동생은 어머니의 승용차로 이동하면서

"수영아 내일은 늦게라도 대구로 오너라. 내일 저녁에는 너희 아빠가 오는 날이다."

하면서 그녀의 어머니는 수영이하고 좋은 시간 보내라고 하며 손

을 가볍게 흔들어 보이며 떠나갔다. 아마도 그녀는 여행하면서 오늘 이 상황을 미리 어머니께 다 말씀드렸던 모양이다. 갑작스런 이런 상황에 어떤 말도 못하고 그저

"아! 예~"

하고 엉거주춤하게 대답하고 그녀를 바라보았다. 그러자 그녀는 눈가에 웃음이 살랑 거렸다. 오늘 처음 만난 그녀의 남동생은 못 마땅한 표정으로 나와 그녀를 번갈아보며 말없이 고개만 살짝 숙여 인사하고 가면서도 몇 번이나 고개 돌려 힐끔힐끔 우리를 바라보았다. 수영씨와 공항에서 인천행 공항버스 타고 동인천 전철역까지 오는 동안 그녀의 아버지는 이번 여행에서 처음부터 빠졌다고 말했다. 그 당시 우리나라가 정치적으로 어수선해서 함께 가지 않았다고 했다. 수영씨 아버님에 대한 이야기와 해외여행 이야기를 하다 보니 어느새 버스는 동인천에 도착했다. 우리는 동인천에서 내려 삼번 시내버스 타고 자취방으로 돌아왔다. 벌써 시간이 열두 시가 다 되었다. 수영씨의 여행가방을 방에 두고 그녀와 학교 구내식당으로 가서 점심 먹고 서둘러 다시 자취방으로 돌아왔다.

오후 두 시부터 한 시간 동안 강의가 있어서 강의 들으러 가야하니 그동안 방에서 해외여행 여독도 좀 풀 겸해서 한숨 자라고 했다. 그러나 그녀는 함께 학교로 가서 캠퍼스도 구경하고 잔디밭에서 기다린다며 팔짱끼고 나보다 먼저 나섰다. 그녀에게 캠퍼스 구경하며 잔디밭에서 기다리라 말하고 강의실에 들어갔다. 강의실에 들어가니 벌써 대부분의 과 친구들이 와 있었다. 토목과에서 유일한 홍일점인 선희가 나를 보더니 옆으로 다가와서는

"창식아! 너 조금 전에 팔짱끼고 나란히 걸어오던 그 여자가 애인이냐? 너 저번 축제 때 데리고 온 파트너가 그 아가씨야?"

하고 관심을 보이자 몇몇 과 친구들이 옆에서 거들었다.

"아! 축제 때 막걸리 한 바가지 단숨에 다 먹어치운 그 아가씨 말이냐? 누가 뭐라 해도 올해 축제는 그 아가씨가 퀸이었지."

하고는 나와 선희가 이야기하는 주변으로 마치 이리떼처럼 몰려들었다. 수영씨는 이미 우리 학과친구들 사이에서 축제 때 막걸리 한 바가지 사건으로 어느 정도는 알려져 있었다. 그때 선희는

"어느 대학교 학생이냐? 몇 살이냐?"

하며 관심을 보이자 옆에 있던 주섭이가 선희에게 농담을 한마디 툭 던졌다.

"선희야! 너 늦었구나. 그러게 진작에 붙들어야지?"

하고는 희죽 희죽 웃었다. 그러자 선희 그녀는

"야! 니들은 시동생뻘이야! 어딜 형수뻘 되는 나를 넘 보냐?"

하고 주섭이에게 한방 먹였다. 그러자 모였던 친구들이 박장대소하며 한바탕 웃었다. 그날의 수업은 전공과목인 구조역학 시간이었는데 교수님의 강의가 하나도 머리에 들어오지 않았다. 한 시간 동안 교수님은 열정을 다해 강의하였지만 무척이나 지루한 시간이었다. 강의는 끝났고 책에다 밑줄까지 쳤지만 아무것도 머리에 남는 것이 없었다. 강의가 끝나자마자 본관 앞 잔디밭으로 달려갔다. 그녀도 강의시간이 지루했던 모양이었다. 잔디밭 귀퉁이에 수북한 클로버 무더기에서 네잎클로버를 찾고 있었다. 그녀의 손에는 네잎클로버 몇 개를 찾아들고 있었다. 두리번거리며 그녀를 찾고 있던 나에게

"창식씨예! 오늘은 운이 좋은날인가 봐예. 행운의 네잎클로버를 세

개나 찾았어예."

하며 손에 들고 있던 네잎클로버를 자랑스럽게 보여주었다.

"우와! 대박이다. 우리학교 여학생들이 틈만 나면 여기서 네잎클로버 찾아 다 따가서 잘 없는데요. 수영씨가 오늘 그것도 세 개나 찾았으니 대박입니다."

하며 맞장구 쳐주었다. 그녀는 행복한 웃음을 지으며 다가왔다. 네잎클로버 세 개를 나의 구조역학개론 책갈피에 고이 펴서 끼워 넣었다. 그녀는 좋아라하며 팔짱을 끼고 캠퍼스를 조금 걷다가 자취방으로 돌아왔다. 작고 소소한 일에도 그녀는 나와 함께하는 모든 일에 행복해했다. 자취방에 들어서자 수영씨는 자신의 여행가방을 열어 짐 정리하며 공항면세점에서 사온 고급시계를 꺼냈다.

"창식씨예! 손 이리 줘 봐예. 우리 엄마가 창식씨 주라고 공항면세점에서 시계를 사 주셨어예."

하며 손목에 채워주었다. 소위 남들이 흔히 말하는 상당히 비싼 고가의 금딱지 명품 시계였다. 놀라서 화들짝 팔을 빼며

"수영씨! 어머님이 왜 이런 고급시계를 저에게 주십니까? 저는 이렇게 부담스러운 선물은 안 받을래요."

라고 말하며 손목의 시계를 풀어 그녀에게 돌려주었다. 그러자 그녀는 당황하는 기색이 역력했다. 그녀의 어머니가 마음먹고 처음으로 하시는 선물이니 부담감 갖지 말고 받아 달라고? 그녀는 사정하듯 말했다. 수영씨 어머니는 이번 해외여행을 출발하면서 공항면세점에서 그녀와 상의해서 이 시계를 구입했고 그녀에게 입국하는 날 나를 만나서 꼭 전해주고 대구로 내려오라고 했다고 그녀는 말했다. 그래서 오늘 그녀의 어머니가 공항에 마중나간 나를 반기는 모습이 그렇

게도 밝았으며 다정하게 안아주었고 등도 다정하게 토닥여 주었던 것이라는 생각이 들었다.

"수영씨! 어머님의 마음은 저가 고맙게 받을게요. 그러나 이것은 나에게 너무나 과분한 선물입니다. 이 시계는 수영씨가 잘 보관하고 계세요. 그리고 오 육년 후 만약에 우리가 약혼한다면 그때 나에게 주세요."

하고는 그녀가 들고 있던 고급스러운 시계 통에 조심스럽게 넣어 다시 포장했다. 그녀는 아니라며 그냥 받아달라고 애원했으나 그녀를 설득했다.

"수영씨! 지난 여름방학 끝 무렵에 그 돈 봉투도 안 받고 기어이 돌려준 것만으로도 양어깨에 돌보다 무거운 부담을 안고 있어요. 그런데 또 이러시면 할머니와 어머니가 나를 위해 땅바닥 헤매서 손가락 끝에 흘리시는 피에 대한 배신이며 나 스스로의 자존심에도 씻지 못할 상처를 주는 일입니다."

하고 확고한 의지를 그녀에게 말했다. 그러자 그녀는 시계를 들고 아무런 말없이 눈물만 흘리고 있었다. 그녀를 설득하느라 방안의 분위기는 가라앉을 대로 가라앉아 마치 천장이 바닥에 와 닿은 듯했다. 가슴이 답답하여 질식할 것 같은 분위기였다. 그녀가 들고 있는 시계를 달라하여 방 한쪽구석에 치워놓고 저녁 먹으러 나가자 했다. 학교로 가서 좀 걸으면서 그녀의 기분을 달래야 하겠다는 생각으로 후문을 지나 공학관 건물 앞으로 걸으면서 그녀는 말했다. 그녀 아버지는 올 겨울에 내가 군대 가기 전에 약혼하겠다는 수영씨의 말에 노발대발했고 완고하게 반대했다. 그래서 며칠에 걸쳐서 그녀와 어머니가 설득한 끝에 겨우 그녀의 아버지는

"지금은 둘 다 학생이고 나이도 어리니 대학을 졸업하면 딸 수영이의 선택을 존중하겠다."
는 답을 하였다고 했다.

가족회의에서 그렇게 결론이 난 후로 그녀의 어머니는 나를 실질적인 사위로 인정해주는 상황이라고 말했다. 그런 이야기를 하는 그녀는 나의 팔에 바짝 매달려 기분이 조금은 좋아진 것 같았다. 그녀의 어머니께 나의 뜻을 오해하지 않도록 잘 전해달라고 그녀에게 말했다. 그녀도 나의 확고한 생각에 한발 양보하기로 했다. 그 대신 다음 기회에 그녀의 어머니가 직접 주면 감사히 받겠다고 약속했다. 그녀와 걸으면서 공학관을 지나 본관 앞 잔디언덕에 오니 월미도 방향 서쪽하늘에는 저녁놀이 무척이나 아름답게 물들었다. 저녁 먹으러 식당으로 가자고하니 그녀는

"창식씨예. 저녁은 자취방에 가서 내가 차려드릴 게예. 요즘 신부수업으로 배운 된장찌개 만들어 드릴 게예."

하며 비로소 밝아진 표정으로 말했다. 자취방으로 걸어가는데 어느새 해는 풍덩하고 서해바다에 빠져버렸고 어두움이 밀려들었다. 요즘 들어 만날 때 마다 조금씩 그녀의 태도가 바뀌는 모습이 나를 배려하려고 노력하는 모습이었다. 그런 그녀가 무척이나 예쁘고 고맙게 느껴졌다. 걸어가다 말고 그녀에게 가벼운 볼 키스를 해주었다. 그녀도 가벼운 볼 키스였지만 별다른 감정으로 받아주었다.

"창식씨예! 사랑해예. 나 수영이 버리지 말아예."

하며 목소리가 가늘게 떨렸다. 그녀가 자신을 버리지 말라고 말한 것은 아마도 내가 그 명품시계 선물을 받지 않아서 불안하여 그렇게

말했으리라 추측했다. 대답 대신에 그녀를 팔에 힘주어 꼭 안아 주었다. 자취방으로 돌아와서 그녀가 된장찌개 끓이고 밥하는 동안 나는 방 한쪽 구석에 밀어두었던 그 시계를 그녀의 여행 가방에 살며시 다시 넣었다. 된장찌개로 조촐한 저녁을 맛있게 먹었다. 방구석에 있던 시계의 포장한 통이 없어진 것을 보고 그녀가 묻기에 여행가방에 도로 넣었다고 말했다. 그러자 그녀는 잠시 머뭇거리다가 이내 포기한 듯한 표정으로

"창식씨예! 다음 기회에 우리 엄마가 주면 그때는 꼭 받아 주어야 되예. 그렇게 하겠다고 얼른 대답해예."

하며 손잡고 간절한 표정으로 말했다. 그렇게 하겠다고 고개를 끄덕이니 그녀는 그제서야 안심한 듯

"고마워예 창식씨! 우리 다음에 결혼하여 예쁘게 살아예."

하며 가슴에 안기어 행복한 꿈을 꾸었다. 그렇게 그녀는 해외여행의 여독이 몰려 왔는지 깊고도 행복한 밤을 보냈다. 다음날 아침에도 수영씨는 일어나서 아침을 차렸다. 아침식사를 가볍게 먹고 그녀와 저번에 올라갔던 수봉공원으로 가서 재잘거리며 데이트를 즐기다가 연안부두로 가서 점심은 그녀가 산다며 회를 시키고 소주 한 병도 나누어 마시며 점심을 먹었다.

자취방으로 돌아와서 그녀는 여행 가방을 끌고 대구로 갔다. 다음날 그녀와 전화 통화하면서 그 시계에 대한 이야기를 했다. 수영씨 어머니는 "인천 학생은 속이 깊고 넓은 학생이라고 하며 자신들의 생각이 짧았다고 말하였다"고 전해 들으니 그동안 무겁고 답답하던 가슴이 조금은 후련해졌다. 그 후로 며칠에 한번 씩 혜령씨도 수영씨도 통

화하면서 특별했던 추석을 보낸 구월이 지나갔다.

　시월이 되면서 점차 하루가 다르게 날씨도 서늘해졌다. 지금까지 주중에는 학교생활에 집중하고 주말에는 주로 건설현장에서 일했다. 시월로 접어들면서 주말뿐만이 아니라 주중에도 가끔씩 현장에서 일하면서 바쁘게 보냈다. 몸이 좀 피곤해도 혜령씨, 수영씨와 삼사 일 간격으로 통화하면 언제나 행복했다. 시월 중순이 지난 어느 날 혜령씨에게 연락이 왔다. 아무런 생각 없이 평소와 같은 기분으로 전화를 걸었다. 전화가 연결되자 혜령씨는
　"창식씨 안농! 내일 학교강의 언제 끝나요?"
　하였다. '내일이 금요일이니 오후 세시에 강의가 끝난다.'고 대답하고는 '그건 왜 묻냐.'고 하니 그녀는 내일 그 시간에 맞추어 인천으로 오겠다고 했다. 저번 달에 통화하면서 시월 달에 연차휴가 쓰고 인천으로 오겠다고 말 한 그녀였다.

　오후 세 시에 자취방으로 갈 테니 옆길로 새지 말고 바로 오라고 말하고는 전화를 끊었다. 이번 주말에도 현장에서 일을 할 계획이었는데 그녀가 온다고 하니 일하러 못 간다고 현장에 바로 연락을 했다. 다음날 오후 한 시 반에 강의실로 가면서 자취방 대문을 걸지 않고 그냥 자물통을 걸어두고 갔다. 강의를 마치고 자취방으로 돌아오니 세 시 이십 분정도 되었는데 혜령씨는 이미 도착해서 옷가지를 세탁하고 있었다. "아니! 혜령씨 언제 왔어요?"하고 달려가서 그녀를 안고 빙 한 바퀴 돌았다. 그녀도 좋아서 해맑은 얼굴로
　"창식씨! 나 빨래하느라 옷이 다 젖었어요. 창식씨 옷 버려요 먼저

방에 들어가요. 이거 하나마저 헹구어 널어놓고 갈게요."
 하며 환하게 웃었다. 방에 들어가서 체육복으로 갈아입으려고 하니 벽에 걸어놓은 체육복이 보이지 않았다. 혜령씨가 세탁하였나 싶어 마당의 빨랫줄을 넘겨보니 가지런히 널려있었다. 다른 체육복을 찾아 갈아입으려고 보니 혜령씨가 이미 다른 체육복을 입고 있었다. 하는 수 없이 잠옷으로 갈아입고 세탁장으로 나가니 그녀는 막 세탁을 마치고 뒷정리하고 있었다. 그녀는 허리가 아픈지 하늘을 향해 허리 젖히며
 "창식씨! 가을하늘이 넘 예뻐요. 우리 이제 들어가요. 들어가서 커피 한 잔해요. 내가 커피 타서 들어갈게요."
 하며 가을하늘만큼이나 환하게 웃었다. 방으로 들어오면서 부엌의 찬장을 살펴보니 안 보이던 몇 개의 반찬통이 더 보였다. 혜령씨가 오면서 밑반찬을 가져온 것이 틀림없었다. 한 달 전 추석 때 어머니가 챙겨주신 반찬이 거의 다 떨어진 상태였는데 그녀가 가져온 반찬통이 가지런히 놓인 것을 보는 순간 가슴이 울컥했다. 혜령씨에게서 어머니 같은 모정이 느껴졌다. 뒤이어 방으로 들어오는 그녀는 커피 잔을 작은 쟁반에 두 잔을 따끈하게 준비해서 들어왔다. 방으로 들어서는 그녀를 힘껏 포옹하며
 "혜령씨! 당신은 마치 우리엄마 같아요. 혜령씨 고마워요. 사랑해요."
 그러자 그녀는 나를 더욱 힘주어 안으며
 "창식씨! 사랑해. 얼마나 보고 싶었는지 몸살이 다 났어요."
 이렇게 우리는 달콤한 키스를 했다. 커피를 마시며 이야기하던 중에 '이번학기 마치고 휴학하고 군대에 가야한다'고 말을 했다. 바로

밑의 남동생이 내년에 대학에 진학하면 형편상 어쩔 수 없이 자원입대해야 한다고 말했다. 십일 월 쯤에 병무청에 자원입대 신청할 계획이라고 이야기했다.

그녀는 갑작스런 군 입대 이야기를 듣고 당황했는지 잠시 동안 말이 없었다.
"창식씨! 군대 가면 언제 제대하나요?"
하고 묻기에 현역 복무기간이 이십칠 개월이니 삼 년 정도는 걸린다고 말했다. 삼 년이란 말에 그녀는 무엇인가 깊이 생각하는 듯했다. 그러더니 걱정이 가득한 얼굴로
"창식씨! 그럼 나는 어떻게 해야 되나요? 당신만 믿고 기다려야 하나요?"
하며 눈가에 살짝 이슬이 맺혔다. 그런 그녀를 안아주면서
"혜령씨 대한의 아들이라면 누구나 한번은 가야만하는 의무입니다. 미리 조금 당겨서 군대에 가는 것뿐입니다. 내가 혜령씨를 믿고 사랑하는 것만큼 혜령씨도 나를 믿는다고 생각합니다."
하며 그녀를 안심시켰다. 그녀는 고개를 끄덕이며 대답했다. 그녀는 눈물을 손등으로 훔치고 앞으로 다가앉으며
"창식씨! 나 내년 이월 달에 방통대 졸업해요. 졸업식 날 창식씨가 사주는 짜장면 먹고 싶었는데~~"
하며 예쁘게 웃어보였다. 그녀는 방송통신대학을 작년에 일 년을 휴학하고 올해 다시 복학 했었다. 나중에 알게 된 사실이지만 그녀의 말단 공무원 박봉으로 일 년 동안 모아둔 돈을 나의 입학금으로 주었다. 그 돈 봉투가 그녀의 방송통신대 등록금이었던 것이다. 자신은 일

년을 휴학하고 그 돈을 나에게 주었던 것이다. 그래서 그녀의 방송통신대 졸업이 일 년 늦어졌던 것이다.

"창식씨! 제대하고 복학하려면 앞으로 삼 년은 지나야 복학하겠네요? 그럼 나는 내년 이월 달에 방통대 졸업하고 영남대학교에 편입할까요?"

하며 굳은 얼굴로 바라보았다. 그녀의 영남대학교 편입이라는 말에 그녀에게 꼭 그렇게 하라고 말했다. 지금 이 기회를 놓치면 평생을 두고 후회 할 것이니 꼭 그렇게 하라고 했다. 그러자 그녀는 방긋 웃으며 그렇게 하려면 공무원을 그만두어야 된다고 했다. 공무원을 그만두게 되면 연로하신 부모님 모시고 농사짓는 큰오빠가 그녀의 학비를 대줄 형편이 안 된다고 했다. 그래서 그럼 공무원 생활을 대구시로 옮기고 영남대학교 야간학부로 편입하면 가능할거라 생각하여 공무원을 대구시로 옮기는 방법을 찾아보자고 했다. 당장 내년에 편입이 불가하니 앞으로 일 년 동안 천천히 생각해 보자고 했다. 대구시와 경상북도에서 인사교류는 가끔 있어도 경상북도에서 대구시로 들어가는 기회를 잡는 것은 그야말로 하늘의 별따기 보다 어렵다고 그녀는 말했다. 또 다른 방법은 대구시 공무원채용시험에 새롭게 응시하여 합격하고 신규임용 발령 날 때 제일 희망근무지를 대구시 동구청으로 신청하여 가는 방법이 있다고 했다. 그 두 번째 방법으로 한번 해보자고 말했고 그녀도 힘은 들어도 노력하기로 했다. 시간은 흘러 그녀는 저녁식사를 준비하려고 일어났다. 오늘저녁은 혜령씨 방통대 졸업식 때 먹을 짜장면을 미리 당겨서 살 테니 짜장면 먹으러 가자고 했다. 그녀는 밝게 웃으면서 그렇게 하자고 했다. 그녀와 걸어서 오 분정도 걸리는 학교후문 부근 식당으로 가서 중국집에 들어갔다. 혜령씨 방통대졸업 기념식사이니 간짜장 두 그릇에 양장피 요리를 하나 더 시키고 빼갈도 두 잔을 주문했다. 저녁을 먹으며 그녀는 독주인 빼갈도 한 잔을 마셨다. 식사를 마치고 나란히 팔짱끼고 약간은 어두운 캠퍼스를 한 바퀴 걸었다.

가을이라 밤공기가 조금은 서늘했다. 밤공기가 서늘해서 그랬는지 그녀는 나의 팔을 들어 자신의 어깨위에 얹고는 안아 달라고 했다. 그녀의 어깨를 감싸 안으니 그녀는 나의 품을 파고들었다. 그녀는 조금 전 저녁을 먹으면서 마신 빼갈 때문에 취기가 오르는지 얼굴도 빨갛게 달아올랐다. 그런 그녀의 모습이 수은등 불빛 아래에서 신녀처럼 아름다웠다. 그녀는 술기운이 오르자 추운지 그만 돌아가자고 하였다. 그녀는 나의 허리를 꼭 껴안고 돌아오면서 약간은 비틀거렸지만 천천히 걷다보니 어느새 자취방에 도착했다. 그날 밤은 빼갈 덕분인지 뜨거운 밤이 지나갔다. 그녀는 토요일 하루를 더 보내고 일요일에 도리원으로 떠나갔다.

시간은 빠르게 흘러 십일월이 지나가고 연말이 다가오고 있었다. 십일 월 한 달 동안 주말에는 대부분 현장에서 일했고 주중에도 가끔씩 현장에서 일하여 한 달 동안 모은 돈이 이십만 원정도 모였다. 그 동안 혜령씨와 수영씨는 하루가 멀다 하고 전화 통화했는데 요즘은 조금 뜸해졌다. 십일월 달에 병무청에 자원입대를 신청했고 내년 삼월 초에 입대하게 될 거라는 회신을 받았다. 방학은 지난주에 했지만 며칠 동안 더 현장에서 일하다가 이십사 일에 대구로 내려가서 수영씨 만나고 그날 도리원으로 가서 혜령씨를 만나 하루를 보내고 이십

육 일경에 집으로 가려고 혜령씨와 수영씨에게 통화하면서 약속했다. 공사 현장은 동절기라서 더 이상 일이 없었다. 학교 학생처에 군 입대를 위한 휴학계를 제출하였고 자취방 주인에게도 밀린 방값을 지불하며 군대를 간다고 말했다. 자취방 주인할머니는 눈물을 찔끔 거리며 삼년 후에도 꼭 이 방으로 오라고 했다. 고향으로 책과 자취방 살림살이를 세 박스 묶어서 동경화물로 보냈다. 그리고 그 자취방에서의 마지막 밤을 빈방에서 그동안 현장에서 일해서 받은 돈과 수영씨 어머님이 기어이 돌려 준 돈을 합쳐서 이백사십 만원을 넣어둔 공공칠가방과 함께 이불 없이 자려는데 주인집할머니가 하룻밤 이거라도 덮으라며 주신 얇은 이불을 덮고 인천에서 이년 동안의 자취생활을 마감했다. 아침에 일어나 세수하고 옷을 챙겨 입는데 주인집 할머니가 방문을 노크했다.

"창식이 학생! 우리 집에서 마지막으로 떠나는데 굶겨서 보낼 수 없으니 안방으로 와서 밥 한 그릇이라도 먹고 가세요."

할머니의 말씀에 가슴이 따뜻해졌다. 안방에 들어가니 할머니가 정성스럽게 차린 밥상이 기다리고 있었다. 그날의 할머니 밥상은 오랜 세월이 흐른 지금도 내 가슴에서 식지 않고 따뜻하게 남아있다. 주인집 할머니는 건강하게 군 생활 마치고 꼭 다시 이 집으로 오라고 몇 번이나 당부하였다. 그동안 많은 은혜 베풀어주어서 감사하다는 인사를 했다.

그 자취방 골목길을 나서면서 자꾸만 돌아보았는데 대문 앞에서 할머니도 내가 보이지 않을 때 까지 손을 흔들고 있었다. 골목을 나와서 걸어가는데 자꾸만 혜령씨와 수영씨의 추억이 나 더러 함께 가자며 발뒤꿈치를 물고 놓아주지 않았다. 학교후문으로 와서 시내버스를 타려고 하다가 학교 안으로 들어갔다. 인하정 옆 공중전화에서 수영씨와 혜령씨에게 전화했다. 대구에서 수영씨를 만나고 혜령씨 퇴근시간에 맞추어 면사무소로 간다고 약속했다. 전화를 끊고 공학관을 지나 본관 앞 잔디밭 언덕도 한 바퀴 돌면서 지난 이 년 동안의 두 여인들과 함께 흘려놓은 추억의 조각들을 하나도 빠뜨리지 않고 공공칠가방에 주워 담았다. 혜령씨와 수영씨의 잔상을 모두 한 가방에 쓸어 담았다. 마지막으로 불교학생회 서클룸에 들렸다. 웬일인지 방학이고 이른 아침시간인데 서클룸 문이 열려있었다. 혹시나 하는 생각으로 서클룸에 들어서니 후배 서너 명이 나와 있었다. 동계수련대회 준비로 나왔다며 반갑게 인사하는데 그들 중에는 나를 좋아하던 은숙이도 함께 있었다.

후배들에게 휴학하고 군대 간다고 이야기하고 지금 고향으로 내려가기 전에 학교 한 바퀴 돌아보고 간다고 했다. 은숙이가 눈물을 살짝 보이면서 잘 가라고 손을 흔들어 주었다.
"창식이 형! 군대에서 제대하고 오시면 나는 졸업하고 없어요. 형을 다시 만나려면 내가 휴학하고 기다릴 수밖에 없네요. 창식이 형! 내가 휴학하고 형 올 때까지 기다릴 게요."
하고 후배 은숙이는 진심인지 농담인지 그렇게 말했다. 그런 은숙이를 살짝 안아주면서
"은숙아! 고마워 나도 너가 제일 보고 싶을 거야."
하고는 후배들과 작별인사하고 캠퍼스를 한 바퀴 빙 돌아 차가운 아스팔트길을 홀로 공공칠가방 하나 달랑 들고 걸어 나오려니 괜히

가슴이 아려왔다. 지난 이년 동안의 시간을 가난과 치열하게 싸우며 견디어온 대학생활이었다. 막상 그렇게 캠퍼스를 떠나려하니 왠지 모를 설움이 밀려와 울컥 눈물이 한바탕 밀려왔다. 몰아치는 혹독한 돈보라를 빨알간 맨몸으로 맞섰던 시간이 서러운 눈물로 한꺼번에 치밀어 올라왔다. 가난한 이년 동안의 대학생활이 몸서리치게 싫었다. 흐르는 눈물을 시커먼 군용파카 옷소매로 닦으며 혼자 피식하고 웃었다. 이년 동안의 인천 유학생활을 그렇게 마무리하고 외롭고 쓸쓸하게 홀로 떠나왔다. 인천을 떠나 수영씨와 약속한 대구기차역에 도착한 시간은 오후 두 시가 조금 지났다. 대구로 오는 도중에 대전역에서 급하게 가락국수 한 그릇으로 점심을 때웠다. 대구역 출구로 걸어 나오니 수영씨가 이미 마중 나와 기다리고 있었다. 그녀는 출구 창살 안으로 손을 들이밀어 흔들며

"창식씨예! 여기예 수영이라예."

하며 반가워 통통 뛰었다. 출구를 막 나서자 달려와 풀싹 안기며
"창식씨예! 사랑해예. 많이 보고 싶었어예."

하며 주변의 많은 사람들은 이미 그녀의 눈에는 보이지 않는 듯했다.

그녀와 기차역 광장으로 나오자 크리스마스 캐럴이 올렸고 화려한 크리스마스트리가 보였다. 왠지 지나가는 많은 사람들도 이 분위기에 들떠 있어 보였다. 오전에 인천을 마지막으로 떠나오면서 착잡하게 가라앉은 기분이 크리스마스 분위기에 휩쓸려 그런지 아니면 그녀를 만나 반가워서 그런지 한결 마음이 가벼워졌다. 그녀와 함께 앞산공원 전망대로 가서 토스트 몇 조각과 커피를 마시며 군 입대 이야

기와 인천에서 자취방 정리한 이야기를 했다. 그녀도 경북대학교에서 있었던 이야기, 그녀의 어머니와 아버지에 대한 이야기를 했다. 그녀의 아버지는 요즘 군부대의 일로 많이 바쁘신 것 같았다.

작년에 대통령이 시해되는 10.26사태 발생 이후로 신군부 세력은 12.12 군사쿠데타를 성공하여 나라와 정치를 장악했다. 유신정권이 붕괴되면서 전국은 민주화를 요구하는 시위가 대학생을 중심으로 거세게 들불처럼 일어났다. 급기야 민주화를 요구하는 부마사태가 발생했고 5월 17일 신군부세력은 계엄령을 전국으로 확대하자 5.18 민주화운동이 일어났다. 신군부 세력은 이를 폭동이라 규정하고 무력으로 진압하는 과정에서 수많은 희생자가 발생하는 등 일련의 사건으로 나라의 운명은 바람 앞에 등불이었다. 이런 격랑의 시기에 그녀의 아버지는 일선에서 부대를 지휘하는 연대장 자리에 있었다. 이러한 시기라서 그녀의 아버지는 여러 일들로 요즘은 집보다 부대일로 정신이 없다고 그녀는 말했다. 이번에 대구로 내려오기 전에 인천에서 그녀와 전화통화하면서 군대 입대하는 일정은 이미 알려주어서 그녀가 알고 있었다. 그래서 내년 일월 말경에 그녀의 아버지를 만나고 입대하기로 그녀와 약속도 했다. 그렇게 수다를 떨다보니 시간은 어느새 오후 세시 반 정도 되었다. 그녀에게 그만 안동으로 가야겠다고 말했다. 웬일인지 그날 그녀는 나를 못 가게 더는 붙잡지 않았지만 아쉬운 표정은 역력했다. 수영씨 집안은 독실한 기독교 집안이었다. 그런데도 불교를 믿는 나에게 수영씨도 그녀의 어머니도 그동안 단한 번도 종교 이야기는 하지 않았다. 기독교인들에게는 오늘이 크리스마스이브이니 즐거우면서 중요한 날이었다. 아마도 수영씨 가족은 그날 저녁에 함께 교회에 가는 날이라서 그녀는 몹시 아쉽지만 나를 보내준 것이라 짐작했다. 그녀는 북부 시외버스터미널까지 따라와서 살짝 볼에 뽀뽀하면서
"창식씨! 사랑해예."
를 남기고 그녀는 택시타고 떠났다. 북부 시외버스터미널에서 출발한 버스는 한 시간 반 정도 달려 도리원 정류장에 나를 내동댕이치고는 제 갈 길로 떠났다. 손목의 시계를 확인하니 다섯 시 삼십 분이었다. 겨울이 깊은 연말이라서 그런지 해는 이미 서산을 넘으면서 붉게 물들인 석양마저 끌고 가려고 안간힘을 쓰고 있었다.

혜령씨가 근무하는 면사무소 방향으로 천천히 걸어가며 혜령씨와 수영씨를 생각하니 머리가 아파왔다. 그러나 나의 마음의 무게 추는 아무래도 혜령씨 쪽으로 조금 더 기울어져 있다고 생각했다. 그런 생각을 하며 걷다보니 어느새 면사무소마당 벤치에 앉아있었다. 혜령씨가 퇴근하도록 기다리는데 겨울이라 주위가 어두워지고 면사무소는 형광등이 하나둘 켜졌다. 오늘도 벤치 주변의 허옇게 빛바랜 낙엽들은 입이 벌겋게 남의 흉을 본다.
"이 남자! 바람둥이라서 예쁜 우리 장주사가 불쌍하다."
하며 큰소리로 떠들며 야단들이다. 그래서 듣다 못 한 내가 그들에게 한마디 해주었다.
"니들이 남자의 깊은 속을 알기나 해! 아무것도 모르면서 남의 말이라고 함부로 그렇게 말하면 못써! 철지난 낙엽들 주제에 니들이 뭘 말아!"
하고 일침을 놓으니 쑥떡 거리던 입이 바싹 말라 오그라들었다. 허

옇게 빛바랜 낙엽들의 수다가 잠잠해질 무렵 혜령씨가 퇴근하여 다가오면서 낮은 목소리로

"창식씨! 미안해요 많이 기다렸지."

하며 달려와서 추위에 빨갛게 달아오른 두 뺨을 그녀의 따뜻한 손으로 비볐다. 그런 우리의 모습을 자전거타고 퇴근하던 동료 남자직원이 힐끔힐끔 쳐다보고는 모른 채 하며 그냥 지나갔다. 그녀는 얼른 팔짱끼고 총총 걸음으로 그녀의 자취방으로 갔다. 자취방에 들어서니 약 이년 전에 처음으로 찾아온 이 방에서 있었던 가슴 아린 기억이 가슴을 또 마구 헤집고 들어왔다. 처음으로 이 자취방에 왔던 그날 뺨에 서너 차례 몰아쳤던 천둥번개가 오늘 다시 몰아치는 듯하여 얼굴이 벌겋게 달아올랐다. 그녀는 부엌에서 무엇인가 조금 정리하고 따라 들어왔다. 그녀는 핸드백을 내려놓고 앉지도 못하고 상기된 얼굴로 엉거주춤하게 서 있는 나를 와락 끌어안으며 키스했다.

"창식씨! 나 눈 좀 봐줘요? 보고 싶어서 눈이 다 짓물렀어요."

하며 검은 커다란 눈동자를 깜빡깜빡 거렸다. 그녀의 눈은 정말 맑고 아름다웠다. 그녀는 곧바로 저녁을 하느라고 한참이나 부엌에서 들어오지 않았다. 이윽고 저녁상이 차려졌고 그녀와 둘이서 오붓한 저녁식사를 했다. 그녀는 부엌에서 설거지하는 동안 부엌에서 한참을 있더니 방문열고 들어왔다. 꽃무늬 조립식 이불장을 열어 미리 준비해 둔 듯한 잠옷 한 벌을 내어주며 갈아입고 자취방 옆에 붙어있는 세면장에서 씻으라고 했다. 그동안 그녀는 큰 냄비에 물을 펄펄 끓여서 세면장에 준비해두었던 것이다. 그 세면장에는 수도꼭지와 샤워꼭지가 하나 씩 달려있었고 빨간색의 큰 고무통에 김이 펄펄 나는 따

뜻한 물 한통이 준비되어 있었다. 시멘트벽에는 굵은 못을 박아 놓았고 그 대못에는 하얀 수건 한 장이 걸려있었다. 그녀가 준비해준 따뜻한 물로 간단하게 세수하고 발을 닦고 신었던 양말은 빨래해서 그녀 방으로 들어갔다. 그녀는 내 손에 들린 세탁한 양말을 보더니

"창식씨! 그걸 빨래해서 들고 왔어요? 내가 지금 나가서 씻어오려고 했는데~ 남자가 양말 빨래하면 어떡해요."

하며 손에 들린 양발을 받아서 곱게 펴서 옷걸이에 걸어놓았다. 그녀에게

"인천에서 자취하면서 늘 이렇게 했어요."

하며 씨익 웃어보였다. 그녀는 나의 어깨에 걸쳐져있는 하얀 수건으로 얼굴을 부드럽게 톡톡 두드리며 나머지 물기를 닦아내고 그녀가 쓰던 화장품을 손으로 얼굴과 손등에 곱게 발라주고는 두 손바닥으로 나의 뺨을 잡아당기며 입술에 살짝 뽀뽀했다. 그녀와 따뜻한 방에 나란히 누워서 군 입대와 그녀의 영남대학교 편입문제를 상의했다. 그녀는 '내년도 상반기 대구시 공무원 채용시험에 응시하겠다.' 하며 합격하도록 기도해 달라고 했다. 다음 날은 크리스마스 휴일이니 고운사로 가서 부처님전에 맹세하고 기도하자고 했다. 밤이 깊어지고 어렴풋이 잠이 들었는데 그녀의 촉촉한 입술이 느껴졌다. 슬며시 감았던 눈을 뜨니 이번에 그녀는 도로 눈을 사르르 감으며

"창식씨 사랑해요. 오늘 밤처럼 우리 앞으로 이렇게 다정하게 살아요. 혜령이가 그렇게 되도록 참고 또 참으며 살게요. 가야산정상에 무섭게 몰아치는 눈보라도 혜령이는 창식씨 사랑만 있으면 다 이길 수 있어요."

라고 말했다. 그렇게 우리는 한겨울에 펄펄 끓는 청춘의 아름다운

밤을 보냈다. 다음날 아침은 휴일이라 조금 늦게 일어나 그녀가 차려준 아침을 먹고 고운사에 당도하니 성탄절이라서 그런지 무척이나 고요했다.

 고운사 일주문을 지나 법당으로 들어가서 경건한 마음으로 촛불 켜고 향을 피웠다. 그녀와 나란히 방석을 깔고 합장하여 부처님께 삼배를 올리며 기도했다. 그녀의 내년도 상반기 대구시 국가공무원 채용시험에 합격하도록 인도해 달라고 빌었다. 부처님은 우리의 기도에 답이라도 하는 듯 온화한 미소를 지으며 내려다보고 있었다. 법당을 나오면서 방석을 제자리에 정돈하고 촛불도 끄고 반배로 인사하고 법당을 나섰다. 고운사 총무스님은 한겨울에 그것도 성탄절에 절을 찾은 청춘남녀에게 법당 앞에서 인사를 건넸다. 몇 년 전 여름방학 때 고등학교 불교학생회에서 하계수련대회 왔을 때 밤새워 우리들의 철야정진기도를 지도해주시던 혜경스님이었다. 스님에게 인사드리고 몇 년 전 하계수련대회 때 스님의 지도를 받았다고 말씀드리니 스님은 나보다 그 당시 불교학생회 부회장직을 맡고 있던 혜령씨를 어렴풋이 기억했다. 스님 방으로 들어가서 스님이 우려 주는 따뜻한 녹차를 마시며 스님과 고요하고도 평온한 시간을 보냈다. 스님에게 오늘 우리는 부처님께 혜령씨의 합격을 기원하러 왔다고 말하니 스님은 반드시 좋은 결과 있을 것이라 하며 매일 예불드릴 때 합격기원 기도를 올려 주신다고 했다. 천군만마를 얻은 듯 든든했다. 스님은 우리를 바라보며 참 잘 어울리는 선남선녀라서 보기에 좋다고 하였다. 스님은 부처님께 사시맞이 공양예불올리고 점심공양하고 가라며 장삼을 챙겨 입고 법당으로 향했다. 스님은 생년월일과 주소를 물어 축원지에 적고 사시맞이 공양예불을 올리면서 우리의 소원성취 기도를 해주었다. 간절한 마음으로 부처님께 절을 올리며 기도했다. 기도가 끝나고 점심공양하고 그녀와 천천히 걸어서 절을 내려오는데 그녀가 내게 물었다.

"창식씨 오늘 법당에서 절하며 무엇을 기도했어요? 나는 창식씨가 멀지않은 장래에 내 신랑감이니 군대 가서 몸 건강하게 잘 다녀오도록 부처님이 항상 함께해 달라고 빌었어요."

하며 아침햇살에 포르르 포르르 날아다니는 한 마리 새처럼 맑고 밝게 말했다. '나는 뭘 빌었더라?' 하면서 잠시 뜸들인 후에

"혜령씨 대구시 공무원시험에서 우수한 성적으로 합격하게 해달라고 빌었어요."

라고 말하니 그녀는

"혜령이가 창식씨 색시 되도록 해달라고는 왜 안 빌었어요?"

하며 삐친 듯 말했는데 그녀의 얼굴은 좋아서 생글생글 거렸다. 그렇게 우리는 차가운 겨울바람이 불어오는 길을 추운지도 모르고 일직면 소재지까지 걸어 나왔다. 그곳에서 시내로 들어와 음악다방에서 노래와 사연을 신청하고 커피 마시며 데이트를 즐겼다. 어느덧 태양이 서산마루에 걸렸을 때 그녀는 대구행 시외버스타고 도리원으로 떠나고 나는 조금 늦은 시간에 집에 도착했다. 인천에서 동경화물로 보낸 책과 자취방살림이 나보다 먼저 도착해있었다. 할머니 어머니와 동생들이 늦은 시간에 저녁식사를 하다말고 마루로 나와서 나를 반겼다. 먹다만 저녁을 함께 먹고는 내년 삼월 달에 군대 가려고 휴학계 내고 짐을 다 싸서 내려왔다고 말씀드리니 할머니는 장손자가 군대 간다는 말에 또 눈물부터 흘렸다.

"할머니 요즘 군대는 편하데요. 밥도 배불리 먹도록 주고요. 작지만 월급도 준다고 하니 걱정하지 마세요."

하며 할머니를 안심시켰다. 그러자 할머니는 연신 치맛자락으로 눈물을 훔치며

"니 애비가 살았으면 얼마나 뿌듯해 할까?"

하셨다. 할머니의 '니 애비'란 말에 어머니도 치맛자락으로 눈물을 훔치셨다. 이런 광경을 물끄러미 바라보고만 있던 바로 밑 남동생에게 '너는 영남대학교 입학원서는 어떻게 되었냐.'고 분위기를 바꾸며 물었다. 동생은 농림고등학교를 다니고 있기에 영남대학교 농학과에 동일계열 특별전형으로 원서를 냈다고 말하며 아마도 무난히 합격될 거라 했다. 그러자 할머니는 동생이

"합격된다고 하더라도 돈이 없으니 학교 시킬 일이 캄캄하다"

며 고개 돌려 방문을 바라보고 있었다. 그리고 큰 여동생이 여고에 다니고 있었고 내년에 둘째 여동생도 여고에 진학하게 되니 할머니와 어머니는 도저히 방법이 없다며 여동생들을 고등학교 중퇴시키는 수밖에 없다고 하였다. 여동생들의 고등학교 중퇴란 말에 하늘이 캄캄해졌다. 공공칠가방을 열어 두툼한 돈 봉투 세 개를 할머니와 어머니 앞에 가지런히 내놓았다.

"할머니! 이 돈은 내가 인천에서 공사현장에서 일해서 일 년 동안 모은 돈 이백사십 만원입니다. 이 돈이면 우선 일 년 동안은 동생들이 학교를 다닐 수 있으니 한 번 더 버티어 봅시다."

하고 말하니 할머니는 또 눈물을 철철 흘리셨다. 남동생에게

"만약에 영남대학교에 합격하면 이 돈으로 등록금 내고 생활비는 너가 경산에서 자취하며 신문이라도 돌려서 해결하며 삼 년만 버티

어 다오. 내가 제대하고 복학하면 그때 너는 다시 군대에 가야한다. 너가 군대에서 제대하고 나오면 그 사이에 내가 대학졸업하고 취직하여 돈 벌면 우리형제 모두 학교는 어렵지만 할 수 있을 것이다."
라고 말했다.
"할머니 어머니 두 분이 우리 때문에 얼마나 고생하는지 잘 알고 있어요. 그러나 몇 년 만 더 고생하시면 우리가 돈 벌어서 효도할게요."
하고는 우리식구 모두는 울었다. 그날 나는 평생을 양 어깨에 무겁게 짊어지고 살아온 돈이란 놈과 원수를 맺고 말았다. 그렇게 맺은 돈과의 원수는 평생을 풀어도 풀지 못하고 지금도 돈은 원수로 여기며 살아가고 있다. 그날 이후로 누구라도 돈으로 시비를 걸어오면 죽기 살기로 대들며 살아오게 되고 말았다. 다음날부터 나는 시내로 내려가서 중학생, 고등학교 저학년 학생에게 영어와 수학을 가르치는 가정교사 자리를 구하러 다녔다. 부처님이 보살펴주어서 다행히 방학동안 하루에 한 학생에게 한 시간 씩 개인지도 하는 가정교사 자리를 여섯 명이나 구했다. 그들을 군대 가기 며칠 전까지 지도하고 그 수강료로 백이십만 원을 벌어서 십만 원 정도는 쓰고 모두 할머니께 드렸다. 그렇게 시간이 흐르는 동안 혜령씨와 수영씨는 늘 통화했고 혜령씨는 거의 매 주말마다 안동으로 달려와서 데이트를 즐겼다. 대구의 수영씨도 안동으로 두 번이나 왔다갔고 나도 대구에 일박 이일로 한 번 다녀왔다. 바로 밑의 남동생은 영남대학교에 무난히 합격했다. 입학금 내고 학교에서 조금 떨어진 곳에 자취방도 구했다. 동생을 데리고 경산으로 내려가서 인천에서 내가 쓰던 자취방 살림살이 대부분을 그대로 옮겨주었다. 동생에게 대학생활은 사정이 허락하는 대로 최대한 즐기며 틈틈이 아르바이트 자리를 구해서 힘들어도 버티고 살아가라고 당부하고 올라왔다.

그렇게 시간은 흘러 이월 오일 구정이 되었다. 구정이 지나고 혜령 씨가 다녀간 이틀 뒤인 이월 십일 경에 입영통지서가 병무청에서 날아왔다. 신병 소집 일자와 장소가 또렷이 적혀있었다. 삼월 삼일 화요일 열시 중앙국민학교 운동장이었다. 입영통지서를 아무에게도 보여주지 않고 열흘정도 숨기고 내색도 안했다. 그 열흘이 나에게는 무척이나 힘들고 두려운 시간이었다. 군대 가기 전에 수영씨 아버지를 한번 만나고 가라는 말이 가슴에 걸려 있었기에 수영씨에게 먼저 전화로 입영 날자와 시간을 말해야겠다고 생각하고 기차역 앞 공중전화에서 다이얼을 돌렸다.

"수영씨! 창식이 입니다. 며칠 만에 목소리 듣고 싶어서 전화 했어요."

그녀는 약간은 떨리는 목소리로 전화를 받았다. 다른 이야기를 조금하다가 입영통지서를 받았고 날짜와 장소도 말했다. 그녀는 내일 아침 일찍 안동으로 오겠다며 울음 섞인 목소리로 말하며 전화를 끊었다. 다음날 아침 이른 시간에 그녀는 안동으로 날아왔다. 어제 통화하면서 약속한 아침 이른 시간에 터미널로 마중 나갔다. 터미널에 도착하여 버스에서 내리는 그녀를 발견하고는

"수영씨! 이른 시간에 오느라 고생했어요."

하며 그녀를 맞이하자 그녀는 마중 나온 나를 보더니 그냥 그 자리에 주저앉아 소리 내어 엉엉 울어버렸다. 주변의 사람들은 나와 그녀를 번갈아 쳐다보았고 몹시 당황하여 그녀를 일으켜 세웠다. 그녀는

내 품에 안기어 계속 울면서 조용한 낙동강 강변으로 가자고 말했다. 그녀의 어깨를 감싸 안고 천천히 걷는데 그녀는 힘없이 매달려 약간은 비틀거리며 걸었다. 강변에는 겨울의 칼바람이 매섭게 몰아쳤고 마땅히 앉을만한 자리도 없었다. 주위를 둘러보니 천리천 뚝방을 지나 공구상 골목입구에 허름한 다방이 눈에 들어왔다. 우선 칼바람이라도 피하려고 그곳으로 들어갔다. 그 허름한 다방으로 걸어가며 그녀는 몹시 추운지 온몸을 떨면서 꼭 안아 달라고 했다. 그녀는 내 품에 안겨서도 한동안 울기만하더니 핸드백에서 수건을 꺼내 눈물을 닦으면서 통통 부은 눈으로

"창식씨예! 수영이는 지금 너무나 두렵고 무서워예. 창식씨 지금 나는 어떻게 해야 하나요?"

하며 울음 섞인 목소리로 온몸을 벌벌 떨면서 지난 며칠 동안 그녀의 집에서 갑자기 일어난 일을 이야기했다. 그녀의 아버지는 신군부가 쿠데타를 성공하여 나라를 장악할 때 쿠데타에 비협조적이었던 조직을 정리하는 단계에서 어느 날 새벽 갑자기 군 헌병대가 집으로 들이닥쳐 아버지를 체포하였다. 지금은 군 영창에 수감된 상태라고 말했다. 그리고 그녀의 어머니도 입시비리에 연류 되었다며 지금은 수사를 받고 있으며 교수직에서도 해임되었다고 했다.

일주일 전 통화할 때 왠지 그녀의 목소리가 평소와는 다르게 가라앉아 있어서 마음에 걸리기는 했었다. 그런데 갑자기 며칠사이에 이런 일이 다 벌어진 것이다. 참으로 믿을 수 없고 두려운 일이 벌어진 것이다. 지금은 그녀의 어머니가 홀로 동분서주하면서 이 일을 수습하고 있다고 말했다. 지난 며칠 사이에 그녀 집에서 일어난 일을 다

이야기하고 조금 정신을 가다듬고는 핸드백을 열어 가져온 명품 시계가 포장된 통을 건네주었다. 몇 달 전 추석 때 그녀의 어머니가 공항 면세점에서 구입하여 선물하려던 그 명품시계였다. 그녀는 집안의 사정이 이렇게 혼란스러우니 지금이라도 이 시계를 나에게 주고 싶어서 어머니께 '오늘 안동에 갔다가 최대한 빨리 돌아오겠다.'고 말하고 안동으로 왔다고 했다. 그녀는 '지금 곧바로 다시 대구로 돌아가야 한다.'고 말했다. 어느 정도 사건이 정리되면 다시 연락하겠다고 말하고 그녀는 울어서 퉁퉁 부은 얼굴로 곧바로 대구로 돌아갔다. 그녀가 떠나고 그 명품 시계통을 들고 집으로 돌아오면서 두려움에 다리가 후들거렸다. 집으로 돌아오면서 '이 시계를 어떻게 할까?' 하고 고민하다가 우선은 어머니께 말하고 깊이 잘 보관하라고 맡기기로 결심했다. 집에 도착해서 시계통을 열어 시계를 꺼내 보았다. 시계는 태엽이 다 풀어져서 멈춰있었다. 시계의 시간을 수영씨가 울면서 건네 준 그 시간으로 맞추었다. 다시 시계통에 넣어 고이 포장하여 어머니께 아무도 모르는 곳에 깊이 감추어 두라고 당부했다. 그 후로 며칠을 기다려도 그녀의 연락은 다시 오지 않았다. 가슴은 답답하고 몹시 두려웠다. 며칠의 시간이 흐르고 이제는 할머니와 어머니 그리고 혜령씨에게도 군 입대 날짜와 장소를 알려야만 했다. 할머니와 어머니는 최근 나의 행동을 보고 짐작은 하였던 것 같았다. 혜령씨는 입영날짜를 그녀에게 통보하던 날 면사무소에는 몸이 아프다 말하고 다음날 하루 병가를 내고 안동으로 달려왔다. 그녀는 안동댐의 전경이 한눈에 들어오는 모텔에 방을 잡고 하루 동안 울고 웃다가 또 울고 웃었다. 그녀와 가슴이 아프면서도 애틋한 하룻밤을 보내고 그녀는 돌아갔다. 그녀는 삼 일후 입영하기 전 마지막 토요일인 이월 이십팔

일에 우리 집으로 오겠다고 말했다. 그녀는 나보다 할머니와 어머니를 위로하려고 아마도 그렇게 생각했던 모양이었다. 시간은 쏜 화살처럼 흘렀다. 이월의 마지막 날인 토요일에 혜령씨는 소고기와 미역 한 오리를 사 와서 그날 저녁에 미역국을 끓이고 소고기 파티를 열었다. 저녁을 먹으면서 그녀는 할머니와 어머니께 창식씨가 군대에 가고 없어도 가끔 놀러 와도 되냐고 말해서 허락을 받았다. 그날도 어머니와 동생들은 할머니 방에서 자고 그녀와 어머니 방에서 아쉬움에 살이 떨리는 밤을 보냈다. 다음날 점심을 먹고 나서 그녀는 또 할머니와 어머니께 창식씨가 없어도 자주 놀러오겠다는 말을 했다. 그렇게 하라는 할머니의 대답을 듣고 그녀는 도리원으로 떠나갔다. 입영 하루 전 삼 월 이 일에 면소재지 이발관에서 길게 자란 머리카락을 빡빡 밀었다. 검은 긴 머리카락이 이발소 시멘트 바닥에 떨어지는 것을 보는 순간 울컥하고 눈물이 흘렀다. 그러자 김씨 이발사는

"이제 창식이도 진짜 사나이가 되는구나. 축하하네. 몸성히 잘 다녀오게."

하며 위로해 주었다. 그날 김씨 이발사는 이발비를 받지 않았다. 머리를 빡빡 밀고 집으로 돌아오니 할머니는 나의 머리를 쓰다듬으면서 또 우셨다. 오후에 수영씨와 입대하기 전 마지막으로 통화를 해야겠다고 생각했다. 시골이라 우리 동네에는 공중전화가 없어서 면소재지까지 고등학교 때 타고 다니던 녹이 벌겋게 쓴 자전거를 타고 달려가서 전화를 걸었다. 전화통화에서 수영씨는 '아직도 그녀의 아버지는 군 영창에 구속 중이며 어머니는 지인의 도움을 받아 아버지 구명을 위해 정신없이 다닌다.'고 했다. 그리고 전화를 끊으면서 제발 수영이를 잊지 말고 군 생활 건강하게 하라고 했다. 그리고 군대에서

전화 할 수 있으면 전화라도 꼭 자주 걸어달라고 애원을 했다. 그녀에게 하늘이 무너져도 정신만 차리면 반드시 솟아날 구멍이 있으니 힘내라고 당부하며

"수영씨! 가야산 정상에 모진 눈보라가 그렇게 몰아쳐도 시간이 지나면 햇살은 다시 비추었어요. 그러니 절대로 포기해서는 안돼요. 수영씨 당신은 가야산 정상의 그 혹독한 눈보라 속에서 나를 구했어요. 이 매서운 눈보라도 당신은 반드시 이길 수 있어요. 훈련소에 입대해서 전화할 수 있으면 꼭 전화할게요. 수영씨! 당신을 사랑합니다."

하고 전화로 그녀 수영씨에게 처음으로 사랑한다는 말을 했다. 그렇게 통화하는 동안에도 그녀의 울음 섞인 목소리만 들려오는 전화를 끊고 돌아서 왔다. 다리에 힘이 빠지고 세상이 무서워서 자전거를 끌고 찬바람이 몰아치는 길을 터덜터덜 걸어서 돌아왔다. 입영전야는 어느 유행가 노랫말처럼 뿌얀 담배연기만 방안에 가득 퍼졌다. 그 연기 속에 혜령씨와 수영씨의 얼굴이 떠오르다가 사라지고 또 떠오르는 밤이었다.

그렇게 마지막 밤이 지나고 입영하는 날 아침이 밝아왔다. 어머니가 차려준 아침밥을 억지로라도 다 먹었다. 그리고는 할머니가 정성들여 차려놓은 정한수상 앞에서 조상신에게

"이집 장손이 군대를 가니 꼭 조상님들의 가호로 무탈하게 군복무 마치고 돌아오도록 보살펴 주십시오."

라고 할머니는 기도했고 나는 엎드려 세 번의 절을 하였다. 그리고는 방으로 들어가서 할머니와 어머니께 큰절을 공손히 올리고 이 년 동안 들고 다니던 공공칠가방을 어머니 장롱 속에 깊이 넣어두었다.

그렇게 고향집을 나서면서 아무도 삽지걸 밖으로 나오지 말라고 당부하였다. 그 길로 뒤도 돌아보지 않고 그렇게 고향집을 떠나왔다. 신병 집결장소인 중앙국민학교에 도착하니 아직 시간이 한 시간정도 남아있었다. 오늘 입영하는 장병이 많은지 벌써 중앙국민학교 앞 길거리는 평소보다 많은 사람들이 왔다 갔다 했다. 구 시장으로 들어가는 골목입구의 공중전화로 가서 대구 수영씨에게 전화를 걸었다. 신호음이 길게 뚜르르 뚜르르~~ 몇 번을 울어도 전화를 받지 않았다. 갑자기 불안한 마음이 몰려와 가슴이 떨리고 다리가 후들거렸다. 전화를 받지 않아서 막 끊으려는 순간에 철커덕하고 전화가 연결되었다. 조심스러운 목소리로

"여보세요?"

하는 목소리가 수화기를 타고 흘러나왔다. 수영씨 어머니였다. 순간적으로 무슨 말로 인사해야할지 망설이다가 기어들어가는 목소리로

"안녕하세요. 안동의 송창식이 입니다."

하고 인사했다. 그녀의 어머니는 생각과는 다르게 약간은 떨리는 목소리였지만 담담하게

"아 예! 인천 학생이군요. 오늘 군대에 입대하는 날이라고 수영이가 말했는데~"

하며 말끝을 흐렸다. 나는 조심스럽게 '지금 입영장병 소집장소에 도착했고 마지막으로 수영씨와 통화하려고 전화했다'고 말했다. 그리고 수영씨 어머니께 요즘 많이 힘드신 일이 있다고 들었는데 걱정이 많다고 하며 '꼭 모든 일이 순조롭게 해결되리라 믿는다.'고 말했다. 그러자 그녀의 어머니는 잠시 머뭇거리더니

"인천 학생! 여기 우리 집 일은 걱정 말고 군대생활 건강하게 몸조심해서~"

하고는 말을 잊지 못하고 잠시 머뭇거리더니 목이 메인소리로

"대한의 자랑스런 아들로 군복무 마치고 씩씩한 모습으로 우리 웃으며 다시 만나요. 그리고 우리 수영이 서로 떨어져 있어도 많이 이뻐해 주세요."

라고 당부하고 그녀를 바꾸어 주었다.

"창식씨예! 지금 군대에 가시나예? 미안해예 창식씨 입대하는 날 꼭 가려고 했는데~~"

하며 그녀는 올먹이고 있었다. 그녀에게 '군대 가서 몸조심하고 건강하게 씩씩한 대한의 아들로 돌아오겠다.' 고 말하며 그녀에게

"수영씨! 집안일은 언제나 하늘은 정의의 편이니 굳건한 마음으로 건강하게 버티다 보면 반드시 좋은날이 옵니다."

하고 말했다. 그녀에게 논산훈련소에서 전화할 수 있는 기회 되면 또 전화하겠다고 말하고 '수영씨가 나를 사랑하는 것만큼 나도 사랑한다.'고 말했다. 그렇게 통화하는 동안 수화기에서는 그녀의 흐느끼는 울음소리만 가늘게 들려왔다. 전화를 막 끊으려고 하는데 그녀의 어머니가 갑자기 수화기를 빼앗듯이 넘겨받아서는

"창식이 학생! 우리 수영이 많이 사랑해주세요. 우리 집 일은 어떤 일이 있어도 내가 반드시 해결할 테니 건강한 모습으로 우리 꼭 다시 만나요. 다음에 만나면 그 때부터는 사위라 부를게요. 우리 예비사위 사랑합니다."

하고는 그녀에게 수화기를 건네며

"군대 가는 사람에게 마음 편하게 다녀오도록 인사해라."

하고 말했다. 수화기를 돌려받은 그녀는 울음 섞인 목소리로
"창식씨예! 사랑해예. 수영이는 창식씨를 많이많이 사랑해예."
하고는 전화를 끊었다. 공중전화부스 밖으로 나와서 하늘을 올려다보니 이런 우리의 분위기를 하늘도 아는지 짙은 구름이 가득했다. 담배 한 개비 피우며 몇 걸음을 걸어오다가 혜령씨가 생각이 났다. 다시 공중전화기로 돌아가서 그녀가 근무하는 면사무소로 전화를 걸었다.
"예 산업계 장주삽니다."
하는 그녀의 밝은 목소리가 흘러나왔다.
"혜령씨! 창식이입니다. 나 지금 입영장병 소집장소에 왔어요."
라고 말했는데 수화기에서 답이 없었다. 아주 가늘게 흐느끼는 그녀의 울음소리가 작게 들렸다.
"창식씨! 미안해요. 오늘 그 자리에 내가 나가야 하는데~~ 군대 가서 건강하게 잘 다녀오세요. 창식씨! 보고 싶어요 그리고 사랑해요."
하고는 계속 흐느끼고 있었다. 그녀에게 군복무 마치고 진짜 사나이가 되어 돌아오겠다고 말하고 열심히 공부해서 대구시 공무원채용시험에 꼭 합격하고 방통대 졸업하면서 영남대학교에 편입하라는 말을 하고 수화기에 대고 길고 긴 키스를 몇 번이나 하고 전화를 끊었다. 다시 솔담배 한 개비에 불을 붙이고 터덜터덜 걸어서 중앙국민학교 운동장으로 걸어갔다.

제3장
주인 잃은 군사우편

일 년의 군대생활

학교 운동장에는 벌써 많은 사람들이 모여 있었고 여기저기서 눈물을 훔치는 여자들이 보였다. 입영 대상자는 모두 머리를 빡빡 밀어서 누가 말하지 않아도 머리만 보면 알 수 있었다. 아직은 시간이 삼십 분정도 남아서 혼자서 터덜터덜 걸어가는데 누군가 뒤에서 등을 쳤다. 돌아보니 고등학교시절 불교학생회 친구인 철민이와 희준이였다. 오늘 입대한다고 환송하려고 나왔다며 몸 건강하게 잘 다녀오라며 삼 만원을 주머니에 찔러 넣었다.

"야! 군대 가는 놈이 무슨 돈이 필요하냐?"

하며 사양하니 그래도 가져가서 배고프면 초코파이 사먹으라고 주머니에 밀어 넣었다. 세 사람은 길거리에서 부둥켜안고 서로를 격려하고 고맙다고 인사했다. 철민이는 고등학교를 졸업하고 아버지를 도와서 농사일을 하였고 희준이는 경북대학교에 다니는 친구였다. 대구에서 하숙하는 희준이가 철민이에게 연락하여 오늘 입영하는 나를 위로하기 위해 대구에서 달려왔던 것이다. 이런 친구가 있어 허전하고 아프던 마음이 한결 든든하고 훈훈해졌다. 희준이는 조금 전에 건네준 돈 삼 만원을 나의 바지 허리춤에 실밥을 뜯고 접어서 숨

겨주며

"창식아! 다른 선배들이 그러는데 입영열차에서 입영장병들의 가져온 돈을 기관병들이 빼앗는다고 하더라. 이렇게 숨겨서가야 그들에게 빼앗기지 않는다고 하더라. 절대로 주지 말고 챙겨가거라."

하며 우리는 서로 포옹하며 격려해주었다.

그때였다. 입영장병을 호송하는 기관병이 호각을 호르륵 호르륵 불면서 빨리 들어오라고 했다. 친구의 손을 놓고 학교운동장으로 들어갔다. 학교운동장에서 입영자 인도를 위해 나온 기관병들이 인원점검을 마치고 네 줄로 줄을 맞추어 기차역으로 이동하여 입영장병 전용열차를 타고 출발했다. 고향안동을 눈에 담으려고 창밖을 보고 있는데 호송을 담당하는 기관병 세 명이 열차 칸에 들어섰다. 그 기관병들은

"장병 여러분의 영광스러운 현역입대를 진심으로 축하한다."

라고 말하는 목소리가 칼날같이 예리하며 각이 잡혀있었다. 먼저 창문의 커튼을 일제히 내리고 한참동안 여러 가지 주의사항을 말하고 군기를 잡기위한 얼 차례가 시작되었다.

"의자위에 수류탄! 의자 밑에 수류탄!"

하며 정신이 하나도 없도록 '의자 밑에 수류탄' 하면 의자위로 '의자위에 수류탄'하면 열차바닥에 엎드리는 얼 차례로 숨이 목구멍까지 헉헉 차오르도록 몰아세웠다.

이렇게 정신없이 몰아치는 얼 차례를 받았고 창문은 검은 커텐으로 가려져 있어서 입영열차는 어디로 어디쯤 가고 있는지 분간하기

조차 어려웠다. 얼마나 시간이 흘렀을까? 점심으로 도시락이 나왔다. 도시락을 먹는 시간도 김밥이 어디로 들어가는지 정신이 하나도 없도록 얼 차례는 계속되었다. 이윽고 입영열차는 논산 신병훈련소에 도착하였다. 하루 종일 얼마나 긴장했던지 몇 시간이 지나도록 오줌도 한번 나오지 않았다. 그렇게 신병 입영자는 논산훈련소에 입소했다. 논산훈련소에 입소하고 며칠 동안 정신없이 신체검사를 하였고 131*****의 숫자가 새겨진 군번 목걸이와 군복을 지급받아 갈아입었다. 입대할 때 입고 온 사복과 부모님께 드리는 편지 한 통을 동봉해서 고향으로 보낸다고 했다. 다른 전우들은 모두 부모님께 올리는 편지를 한 통씩 써서 동봉하는데 나는 두 통의 편지를 썼다. 한 통은 할머니 어머니께 드리는 편지였고 또 다른 한 통은 혜령씨에게 썼다. 그리고 그 사복소포의 수취인 주소도 혜령씨 자취방주소로 적어서 제출했다. 그러자 훈련소 소대장이 이상하게 생각했는지 소대장실로 불려서 편지를 이렇게 쓴 이유를 물었다.

"우리 집 할머니와 어머니는 글을 읽을 줄 모릅니다. 그래서 여자 친구인 장혜령에게로 보내면 그녀가 부모님께 이 소포를 전해 줄 것입니다. 편지도 그녀가 부모님께 읽어 주어야하기 때문에 그렇게 했습니다."

하고 바짝 긴장한 자세로 크게 대답했다. 소대장은 잠시 머뭇거리더니 규정상 편지는 한 통 밖에 안 되는데 특별히 눈감아 줄 테니 훈련병생활 잘하라며 돌아가라고 했다.

그 후 시간이 많이 지난 뒤에 혜령씨에게 들어보니 나의 사복소포와 동봉한 편지를 받고 그날 밤새도록 울어 퉁퉁 부은 얼굴로 다음날 할머니 어머니를 찾아가서 편지를 읽어주고 셋이서 많이도 울었다고 들었다. 그렇게 정신없이 훈련소에서 기합과 훈련으로 몸은 언제나 녹초가 되었다. 고된 훈련을 받다가 가끔은 오 분간의 휴식시간이 주어졌는데 그 휴식시간 마지도 조교는 훈련병에게
  "전원 담배일발 장전! 발사!"
하며 구령에 맞추어 피우게 했다. 군대에서 지급되는 화랑담배를 일제히 한 개비 씩 피우며
  "이 세상에서 가장편한 자세로 누워서 휴식하라"
고 했다. 파란하늘이 눈에 들어오자 하늘은 스크린 되어 고향에 계시는 할머니와 어머니의 모습이 떠올랐다가 사라지고 혜령씨와 수영씨의 얼굴도 떠올랐다.

두 여인의 얼굴에는 눈웃음이 살랑거렸다. 이때 조교는 호각을 삐빅! 불면서 좌우로 정렬을 외쳤다. 마음대로 상상하기조차 부족한 짧은 오 분 동안의 휴식시간이었다. 어느덧 힘든 훈련소 생활 네 번째 주가 되자 저녁 점호시간 직전 훈련병 한 사람당 오 분 동안 전화하는 기회를 주었다. 부모님이 계시는 고향집에는 전화가 없어서 못하고 혜령씨는 퇴근시간이 지나서 못하고 그래서 수영씨에게 전화를 돌렸다. 전화가 연결되었고 수화기에서
  "여보세예."
하는 소리가 들리자마자
  "충성! 훈련병 송창식 입니다."
하니 수영씨는 잠시 반가운 목소리로
  "몸은 건강하지예."

하고 물었고 '건강하게 잘 생활하고 있다'고 말했다. 이어서 수영씨 집안일은 어떻게 되었는지 물어보니 그녀는 흐느껴 울며 아직도 그녀의 어머니가 변호사를 선임하고 최선을 다해서 대응하고 있다고 했다. 그녀의 근황을 이야기 하다가 뒤에 줄서서 기다리는 전우 때문에 전화를 끊어야 한다고 하니 그녀는 더 크게 흐느끼며

"창식씨예! 사랑해예. 수영이 버리면 안 되예. 보고 싶어예. 쪽쪽 쪼~~~~오옥"

하는 그녀의 목소리에

"수영씨! 저도 보고 싶고 사랑해요. 꼭 힘 내세요 충성!"

하고는 전화를 끊었다. '수영이 버리면 안되예' 하는 소리가 전화 끊고 내무반으로 돌아와도 귀에서 계속해서 메아리쳤다. 고된 신병 훈련을 받다가 조금만 여유가 생겨도 그 소리는 들려왔다. 그 때는 그날 그 수화기에서 흘러나오는 수영씨의 그 목소리 '수영이 버리면 안 되예' 하는 소리가 내 평생 마지막으로 듣는 수영씨 목소리라고는 생각도 하지 못했다. 오랜 세월이 흐른 지금도 그때 그녀의 목소리는 어제 일처럼 생생하게 귀에서 재생되어 들려온다. 이렇게 짧은 통화를 하고 그날 밤은 한숨도 못자고 뜬눈으로 지새웠다. 그 다음날도 또 그 다음날도 수영씨의 목소리가 가슴에 걸려 몹시 답답하고 아팠다. 며칠 후에 다시 전화하는 시간이 주어졌다. 이번에는 오후 네 시경이어서 혜령씨에게 전화했다.

그녀는 나의 목소리를 듣고서는 통화하는 내내 훌찌럭거리며 통화했다. 그녀는 내일 우리 집으로 달려가서 부모님께 나와 통화했다고 이야기한다고 했다. 그녀는 사랑한다는 말을 남기며 많이 보고 싶다

고 말했다. 혜령씨는 '훈련소생활 마지막 주에 면회가 된다고 했으니 할머니 어머니 모시고 면회 오겠다' 하며 전화를 끊었다. 그렇게 혹독하게 몰아치는 신병교육도 가야산정상에 몰아치는 눈보라에 비교하면 견딜 수 있었다. 그동안 전화하는 한 번의 기회가 더 있었는데 수영씨에게 전화를 하니 수화기에서

"이 번호는 없는 번호입니다."

하는 녹음된 기계소리만 흘러나왔다. 번호를 잘못 돌렸나 싶어 또박또박 몇 번을 다시 돌려도 수화기에서는 똑같은 소리만 흘러나왔다. 가슴이 답답해서 터질듯이 아파왔다. 그렇게 터질듯 답답한 가슴을 안고 낑낑거리며 씨름하는 사이 신병훈련소 생활이 끝나가는 마지막 주 토요일에 면회가 이루어졌다. 혜령씨 그녀가 할머니 어머니를 모시고 먼 거리를 면회하려고 달려왔다. 넓은 면회실에서 한 테이블에 한 가족씩 면회했고 면회시간은 삼십 분으로 한정했다. 그녀는 오단 스텐 찬합에 김밥, 돼지갈비 찜, 튀김 닭, 하얀 쌀밥, 반찬 등을 푸짐하게 준비해왔다. 면회실에서 할머니와 어머니 그녀에게 큰소리로 '충성!'하고 인사하니 할머니와 어머니는 나를 끌어안았고 이번에는 반가워서 눈물을 흘렸다. 혜령씨가 옆에서 어물쩡하게 서 있자 할머니는 그녀의 팔을 당겨 안아 주라고 했다.

그녀와 아주 잠깐의 포옹이었지만 그녀도 나도 따뜻한 포옹이었다. 면회시간이 이십 분쯤 지나자 할머니는 어머니를 면회실 밖으로 불러냈다. 그녀와 내가 이야기 할 시간을 주려고 일부러 그렇게 했던 것이다. 그 사이에 혜령씨는 한 번 더 나를 꼭 안아주었고

"창식씨! 사랑해요. 너무너무 보고 싶었어요."

하고는 음식도 이것저것 먹으라며 연신 젓가락으로 집어서 입에 쏙 밀어 넣어주었다. 그녀는 의자를 옆으로 옮겨 볼에 뽀뽀도 살짝 했다. 조금 지나서 할머니와 어머니가 들어왔다. 어머니께 동생들의 상황을 물어보니 한 달 전에 영남대에 다니는 남동생이 다녀갔으며 쌀과 반찬을 가지고 갔는데 돈은 더 주려고 해도 있다고 하며 그냥 갔다고 했다. 고등학교 다니는 여동생 두 명도 근근이 다니고 있다고 했다. 할머니는 남은 음식을 싸 가지고 가라고 했는데 훈련소에서는 일체의 음식물 반입을 철저히 차단하였다. 할머니는 '오늘 이 음식은 모두 이 아가씨가 준비했고 여기까지 오는 모든 차비도 이 아가씨가 다 냈다' 고 말했다. 그러자 그녀는 아니라며 부끄러워했다. 나를 바라보는 그녀의 눈길은 이미 헤어지는 아쉬움에 촉촉이 젖어있었다. 조금 지나서 짧은 면회는 끝나고 훈련소 내무반으로 돌아왔다. 그녀와 할머니 어머니는 대전을 거쳐 기차타고 먼 거리를 돌아 다시 안동으로 되돌아갔다.

힘들고 지독한 신병훈련을 마치고 공과대학을 다니다가 입대하였다는 이유 하나로 전투 공병 주특기를 부여받아 김해에 있는 제2공병학교로 배치 받아 다시 사주 동안의 후반기 주특기교육을 받았다. 후반기 교육을 받는 기간 동안 혜령씨는 주말에 두 번이나 면회 왔다. 짧은 시간의 면회였지만 먼 거리를 달려와서 나를 안아주며 행복해했다. 후반기 교육기간 동안은 훈련병에게도 약간의 자유가 주어졌고 편지도 전화도 틈나는 대로 허용되었다. 약 한 달 동안 후반기교육을 받으면서 수영씨 집으로 편지도 두 번이나 보냈는데 기다리고 기다려도 답장은 없었다. 전화도 여러 차례 걸었지만 그때마다 없는 번호라는 기계소리 만 들려왔다. 당장 달려가서 확인하고 싶었지만 훈련병이라 가슴만 까맣게 타 들어갔다. 그렇게 후반기 공병학교 교육을 마치고 제2공병학교 수료식 하던 그날 밤 중사 한 분의 인솔로 일곱 명의 진우가 함께 기차를 타고 서울로 이동하었나.

다음날 아침 군용트럭 뒤편에 실려 몇 시간을 달렸다. 딱딱한 나무의자가 엉덩이를 쑤시는 시간이 되어서야 경기도 가평 현리에 있는 맹호부대 공병대로 자대배치 받았다. 공병대 삼 중대 이 소대로 배치받았고 내무반 관물대에 따블백을 풀어 관물의 각을 칼처럼 잡아놓고 신병 진입신고를 고참들에게 혹독하게 치루었다. 신병으로 전입하고 한 달 정도 지나서는 주말에 사단법당으로 종교 활동도 다녀오고 부대 내의 공중전화도 고참들의 눈치 보며 조금씩 할 수 있었다. 혜령씨와는 일주일에 한두 번씩 통화했다. 그럴 때마다 혜령씨는 자대로 주말에 면회 오겠다며 언제쯤 면회가 가능하냐고 물었다. 금방 전입 온 신병이라 한 달 정도는 지나는 칠월 달에 면회 오라고 했다. 혜령씨를 통해서 고향에 계시는 부모님 소식도 조금씩 들었다. 부대 안에서 신병티를 조금 벗는 유월 중순부터 수영씨에게 계속해서 편지와 전화를 해도 수영씨로 부터는 어떠한 소식도 답장도 없었다. 소식이 끊기고 처음에는 까맣게 타 들어가던 가슴도 시간이 흐르면서 조금은 안정을 찾아갔다. 빨리 시간이 흘러 첫 휴가 나가면 당장 수영씨 집으로 달려가서 확인하고 만나야겠다고 다짐했다.

그렇게 자대생활에 적응할 무렵인 칠월 마지막 주 토요일에 혜령씨가 면회를 왔다. 면회 신청한 혜령씨는 계급이 이등병인데 외박신청이 가능하냐고 면회실 관리자에게 물어 신청하여 외박이 허락되었다. 일요일 오후 네 시까지 귀대를 명령받고 첫 외박을 나갔다. 소대 내무반에서 외박준비해서 면회실로 나가기까지 한 시간이 더 걸렸다. 군대에 입대하고 오 개월 만에 부대담장 밖으로 그녀 혜령씨가 찾아와서 처음으로 나갔다. 부대에서 그리 멀지않은 현리읍내로 가서 그날 밤에 묵을 여인숙으로 들어가 우리는 서로를 부둥켜안고 한동안 놓아주지 않고 그대로 정열적인 포옹을 했다. 그리고 그녀가 외박이 안 되는 것으로 알고 도리원에서 준비해 온 음식을 풀어놓고 먹었다. 혜령씨는 옆에서 연신 급하게 먹으면 체하니 천천히 먹으라고 하면서도 이것도 먹여주고 저것도 먹여주었다. 음식을 먹는 동안 그녀는 하나도 먹지 않고 나만 바라보며 행복해 했다. 한참을 먹고 나니 커피 생각이 나서 그녀와 함께 현리 읍내로 나가서 다방에 들려 커피를 마시고 나오는 길에 과일도 조금 사 가지고 작은 강변길을 나란히 걸었다.

"창식씨! 우리도 언제 한번 저 강가에 캠핑와요. 저기 저 사람들 보세요 얼마나 좋아 보여요."

하고 말하기에 강 쪽 풍경을 바라보니 대학생 무리가 여름방학을 맞이해서 단체로 야유회를 왔나 보다. 강변의 작은 모래밭에 발로 선을 그어놓고 편을 갈라 피구하며 계곡이 떠들썩했다. 그들의 웃음소리와 싱그러움이 시원한 계곡물에 녹아드는 것 같아 몹시 부러웠다. 혜령씨나 나도 저들과 똑같은 푸른 청춘이고 몇 달 전만 해도 저들과 같은 대학생이었는데 우리는 늘 돈과의 전쟁으로 저들이 청춘을 즐기는 시간에 건설현장에서 일을 했고 혜령씨는 면사무소에서 일을 하여야만 했다. 입고 있는 작업복에 소금꽃이 하얗게 피어나도록 일했다.

"그래요 혜령씨! 제대하고 꼭 저들과 같이 우리도 동해안 바닷가로 피서가요. 동해안 해수욕장에서 수영복 입은 혜령씨 모습 보고 싶어요. 다음에 우리 꼭 함께 가요."

하며 그녀를 안아주었다. 그녀는 내 품에 안기어 걸으면서

"창식씨! 나 혜령이는~ 이렇게 창식씨 하고 같이 걷는 것만으로도 저들보다 백배천배 더 행복해요. 창식씨 사랑해요."

하며 쳐다보는 그녀의 눈망울은 저들의 싱그러움에 대한 부러움으로 젖어있었다.

"우리 이제 그만 여인숙으로 가요. 거기 가서 샤워하고 푹 쉬어요."

하며 끼고 있던 팔짱을 당겨 돌아서는데 그녀의 눈은 계곡에서 놀고 있는 대학생들에게 던져놓고 있었다. 천천히 걸어서 여인숙으로 향하는데 길고긴 여름날의 태양도 어느덧 서산마루를 향해 기울기 시작했다. 여인숙으로 돌아와 그녀가 조금 전에 사 온 복숭아를 씻어 하나씩 나누어 먹고는 막상 샤워를 하려고 하니 둘 다 입고 있는 옷밖에 없었다. 다른 방법이 없어서 그녀와 나는 샤워하고 속 내의차림으로 우리는 마주앉았다. 그런 모습이 어색했던지 그녀는 얇은 이불을 하나 바닥에 깔고 하나는 덮고 누웠다. 방에 들어오면서 틀어놓은 벽걸이 선풍기에서는 뜨거운 바람을 헉헉 거리며 토해냈다. 우리는 나란히 누워서 그녀의 대구시 공무원채용시험과 영남대학교에 편입하는 이야기를 하다가 그날 밤은 한여름의 열기만큼이나 뜨겁게 지나갔다. 다음날은 조금 늦게 일어나서 그녀가 가져온 음식으로 아침 먹고 어제 오후에 걸었던 계곡을 다시 거닐며 데이트 즐기다가 점심 먹고 오후 두 시경에 그녀는 현리에서 마장동으로 가는 시외버스 타고 떠

났다.

그녀가 떠나고 아직은 귀대 시간이 두 시간정도 남았는데 부대로 복귀하여 복귀신고를 했다. 그날 저녁에 제대 말년의 장한수 병장에게 내무반 복귀신고를 호되게 치루었다. 힘든 신고식을 치루면서도 혜령씨의 웃는 모습이 눈앞에 아른거려서 행복했다. 그렇게 졸병생활의 힘든 과정을 정신없이 지내다보니 어느덧 연말을 지나면서 계급도 일병으로 진급했고 새로운 신병도 두 명이나 들어왔다. 그동안 지나간 많은 사건 중에서 가장 속 시원한 사건은 꼴통 장한수병장이 육군만기 제대하고 떠나간 일이었다. 그러는 동안에 혜령씨와는 이삼일에 한 번씩 통화하면서 이월 달에 치르는 대구시 공무원채용시험을 차근차근 잘 준비하고 있다고 했다. 혜령씨는 지난 가을에도 연말에도 내가 너무나 보고 싶어 견디다 못해 우리 집을 두 번이나 다녀왔다고 했다. 그녀에게 채용시험 칠 때까지라도 참고 최선을 다 하자고 당부했다. 그리고 그동안 대구의 수영씨에게도 여러 차례 전화했다. 그러나 여전히 없는 번호라는 소리만 수화기에서 들려왔다. 서너 번의 편지를 더 보냈는데도 답장은 단 한 장도 돌아오지 않았다. 내가 보낸 편지가 반송이 되지는 않았으므로 누군가는 나의 편지를 분명히 받았을 것이라고 추측했다. 내무반으로 배달되어오는 편지는 혜령씨의 편지가 가장 많았고 대학 생활하는 남동생의 편지와 여고를 다니는 여동생들의 편지도 가끔 보내왔다. 그해의 겨울은 무척이나 혹독했다. 사단장이 새로 바뀌면서 맹호부대에 걸맞게 모든 사병의 발을 호랑이 발바닥으로 만들라는 사단장의 지시에 따라 매일 아침에 2km정도의 거리를 맨발로 구보했다.

그렇게 혹독한 시간이 흐르던 일 월 삼십 일 금요일 오후였다. 중대장실로 급하게 오라는 지시라며 소대장이 직접 나를 데리고 중대장실로 갔다. 중대장실에서 소대장은 무슨 일이냐고 중대징에게 물었다. 중대장도 모른다하며 나를 데리고 대대장실로 급히 갔다. 대대장실에 도착한 중대장은 대대장에게 거수경례하며

"충성! 삼 중대 이 소대 송창식 일병 데려왔습니다."

하고 보고하자 대대장은 자신의 업무를 보다말고 책상에서 일어섰다.

"추~웅성! 삼 중대 이 소대 일병 송창식 대대장님의 명받고 왔습니다."

하고 대대장실이 떠나가도록 큰소리로 경례하니 대대장은 대충 경례를 받고는 미소 지으며 중대장과 나에게 소파에 앉으라고 했다. 무슨 일인지 영문도 모르고 대대장실로 불려온 나는 온몸이 삼발사발 떨렸다. 중대장도 영문을 몰라 어리둥절해하며 엉거주춤하게 소파에 앉으면서 앉으라고 손짓했다. 대대장이 소파 정면에 기대어 앉으니 대대장실 따까리 상병이 따뜻한 쌍화차 세 잔을 들고 나왔다. 대대장은 차를 마시라 하고는 자신의 쌍화차를 들어 한 모금 마시고 나서 나를 바라보며

"야! 너가 송창식 일병이냐?"

하고 물었다. 대대장의 질문에 스프링이 뛰듯이 일어나 부동자세로 잔뜩 얼어서 큰소리로

"예! 삼 중대 이 소대 송창식 일병입니다."

하고 대답하자 대대장은 빙그레 웃으며 자리에 앉으라고 했다. 바

로 앉지 못하고 주춤하자 대대장은 미소 지으며 또 앉으라 했고 중대장이 자신의 옆자리로 앉으라 했다. 중대장 옆에 부동자세로 앉자 중대장은 대대장에게

"송일병이 무순 사고라도 쳤습니까?"

하고 물으니 대대장은 중대장의 대답 대신에 나를 바라보고 '송일병 병무청이나 육본에 잘 아는 사람이나 친척이 있냐.'하고 물었다. 나는 '전혀 아는 사람이 없습니다.' 하고 여전히 부동자세로 크게 대답했다. 그러자 대대장은 고개를 갸우뚱 거리며 중대장에게

"송창식 일병은 다음 주 화요일 이월 삼일 자로 의가사 전역 전통이 왔네. 조금 전 사단에서 전통이 왔네. 지금까지 군대생활하면서 이런 경우는 처음이라서 말일세."

하며 중대장에게 중대로 내려가서 전역을 위한 보고서 만들어 보고하라고 말하며 마시던 차를 마시라고 했다. 대대장은 나에게 다시 한 번 '먼 친척이라도 없느냐'고 물었고 나는 아무도 없다고 대답했다. 중대장도 놀라는 눈치로 마시던 차를 마시고는 일어나서 대대장에게 거수경례하고 중대로 돌아왔다. 중대장과 내가 중대장실로 들어가는 것을 지켜보던 소대장이 급히 따라 들어왔다. 중대장은 소대장에게

"송창식 일병은 다음 주 화요일자로 의가사 전역이야!"

하며 중대의 행정병에게 송창식 일병 의가사 전역 보고서 만들어서 대대장실에 보고하라고 했다. 차렷 자세로 굳어있는 나와 소대장에게 의자에 앉으라고 했고 중대장 따까리가 끓여온 커피를 마시라고 했다. 중대장은 행정병이 건네 준 나의 신상명세서를 한 장씩 넘겨가며 자세히 보다가 또 물었다. '육본이나 병무청에 아는 사람이 정

말 아무도 없냐'며 솔직히 이야기하라고 했다. 아무도 없다고 대답했다. 중대장은 연신 고개를 갸웃갸웃 거리더니 소대로 내려가라고 했다. 중대장실을 나서니 분명히 대낮인데 하늘이 노랗게 보였다. 도무지 뭐가 뭔지 모르겠다. 분명히 내 귀로 들었지만 도대체 방금 무슨 일이 벌어진 것인지 아무것도 모르겠고 노랗던 하늘이 이제는 오히려 캄캄한 밤으로 보였다. 너무나 갑자기 벌어진 일이라 다리에 힘이 풀려 걸을 수가 없었다. 중대장실 앞 계단에 그냥 철퍼덕 앉아버렸다. 너무나 급작스럽게 벌어진 일이라 몸이 벌벌 떨려오고 이마에는 한겨울인데도 식은땀이 흘렀다. 조금의 시간이 지나고 나서 정신이 조금씩 차려졌다. 이마에 흐르는 식은땀을 소매로 훔쳐 닦으며 막 일어서려는데 소대장이 중대장실에서 나오다가 나를 발견하고는 후다닥 달려와서 팔을 부축했다.

"송창식 일병! 왜 그래! 괜찮느냐?"

하며 팔을 잡아 일으켜 세우며 정신 차리라고 했다. 차렷 자세를 취하며 '괜찮습니다.' 하는데 다리에 힘이 풀려 비틀거렸다. 소대장은 그때 마침 그 앞으로 지나가는 정상병에게 나를 부축해서 소대장실로 데리고 오라고 했고 정상병은 비틀거리는 나를 부축해서 소대장실 소파에 앉히고 돌아갔다. 행정병이 따뜻한 물 한 컵을 주었고 그 따뜻한 물을 마시고 조금 지나서 몸도 마음도 조금씩 안정이 되었다. 소대장은 분대장과 내무반장을 불러서 '송창식 일병은 다음 주 화요일자로 의가사전역이니 일요일 저녁에 전역파티 준비하고 인사계 상사에게 전역을 위한 모든 과정을 진행하라'고 지시했다. 그리고 소대장은 소파에 앉으면서

"송창식 일병! 이제 정신이 좀 드냐?"

하며 천천히 잘 생각해 보라하며 분명히 누군가의 도움이 아니면 이런 경우는 없다고 했다. 그렇게 시간이 조금 흐르자 긴장했던 몸도 조금씩 풀렸고 정신도 차려졌다. 그때 불현듯 대구 수영씨가 떠올랐다. '혹시 수영씨 그녀의 아버지가?' 하는 생각이 들었는데 나는 아니라고 고개를 저었다.

그녀의 아버지는 지금 군 영창에 수감되어 있다고 수영씨가 울면서 말하던 기억이 떠올랐다. '아니야! 아니야!'를 머릿속으로 되뇌면서도 누군가의 도움이라면 수영씨 아버지 밖에는 아무도 떠오르지 않았다. 소대장실에서 나와 내무반으로 돌아오니 이미 내 소식을 전해들은 고참들이 모두 부러운 눈치로 모여들어 '어떻게 된 거냐.'고 물었다. 나도 모르는 일이라고 말했다. 잠시 후 저녁식사 하러 식판을 챙겨들고 대대식당으로 가서 저녁을 먹으면서 아무리 생각해도 나를 도와줄 사람은 수영씨 아버지밖에 없다는 생각이 굳어졌다. 그렇다면 '지금은 혹시 수영씨 집에 전화하면 받을지도 모른다.'는 생각이 번쩍하고 뇌리를 스쳤다. 저녁을 먹다말고 내무반으로 달려와서 중대본부 앞에 있는 전화기로 달려가 떨리는 손으로 전화를 걸었다. 그러나 전화기에서는 여전히

"이 번호는 없는 번호입니다. 다시 확인하고 걸어주세요."

라는 기계소리가 흘러 나왔다. 그 소리가 나오는 순간 다리에 힘이 풀려 후들거렸다. 그날 밤은 설레기도 하고 가슴이 떨려 꼬박 뜬눈으로 지새웠다. 토요일이 어떻게 지나갔는지도 모르고 일요일도 내무반에서 쉬면서 지내다가 저녁식사 후에 내무반장의 묵인 하에 소대원들이 차려준 초코파이와 소주 두 병으로 전역파티를 했다. 어제부

터 전역대기자의 대우를 받아 야간 초병임무를 비롯한 모든 일에서 열외 되었다. 전역 환송파티가 끝나고 혜령씨가 생각이 났으나 일요일이라 전화를 할 수 없었다. 내일 오전에 전화해야겠다고 생각했다. 그러나 혹시 하는 생각으로 수엉씨 집으로 또 전화를 돌렸다. 그러나 그 결과는 변함없이

"이 번호는 없는 전화번호입니다. 다시 확인하고 걸어주세요."

라는 차가운 기계소리만 듣고 내무반으로 돌아와서 깊은 잠에 빠졌다. 잠결에 기상나팔 소리가 들려 벌떡 일어났다. 아침점호를 마치고 마지막으로 맨발구보도 했는데 그날은 춥지도 않았고 발바닥도 아프지 않았다. 아침식사하고 다른 소대원들은 동계적응 훈련장으로 이동했다. 나는 인사계 특무상사가 소대 내무반으로 와서 전역을 위한 모든 절차를 진행했다. 목숨과도 같은 개인화기 소총, 철모와 대검 수통 등을 반납하고 전역자에게 지급되는 물품을 수령했다.

육군 만기 전역자가 입고 폼 잡던 일명 개구리복도 지급 받았는데 가슴에 달린 계급장은 일 계급 특진된 누런 송충이가 세 마리인 상병 계급장이 달려있었다. 반납하고 남은 개인 물품을 담아갈 개구리 따블백도 지급받았다. 그러는 사이에 동계 적응훈련 나갔던 소대원들이 오전 훈련을 마치고 부대로 복귀했다. 소대원들과 식사하고 소대로 돌아오니 나의 사수인 노참봉 상병이 피엑스에서 추억록 한 권을 사 들고 왔다. 소대원 모두가 전역을 축하하는 추억록을 한 페이지 씩 써주었다. 마지막으로 제일 앞 페이지에 소대장이 추억의 글을 쓰고 그날 저녁 점호시간에 나에게 전달해주었다. 우리 2소대는 그날 오후에는 훈련이 없었고 연병장에서 체력단련으로 축구하고 병영 막사

주변을 청소했다. 오후 세 시경에 전역신고식을 미리 연습했다. 전역신고 요령을 연습하고 나니 비로소 전역한다는 실감이 들었다. 군대에 입대하고 정확히 십일 개월 만에 전역을 한다고 생각하니 지나간 시간들이 영화처럼 파노라마 되어 눈앞을 스쳤다. 관물대에 남아있던 팬티와 런닝셔츠는 사수인 노참봉 상병에게 주고 군용양말 몇 켤레는 이제 막 자대 배치 받은 이등병에게 나누어 주었다. 나머지 개인 관물을 개구리 따블백에 넣고 정리하다가 혜령씨에게 전화해야겠다는 생각이 들어 전화기로 달려가 그녀에게로 다이얼을 돌렸다.

"예, 산업계 장주삽니다. 무엇을 도와 드릴까요?"

하고 여전히 사무적인 그녀의 음성이 들려오자

"혜령씨! 창식이입니다. 잘 계셨지요?"

하니 그녀는 금방 달라진 밝은 목소리로 대답했다. 그녀에게 놀라지 말라고 몇 번이나 말하고 내일 날짜로 의가사전역한다고 이야기했다. 그러자 그녀는 놀라면서 정말이냐고 몇 번을 확인했다. 그녀는 약간의 울음 섞인 목소리로 내일 안동에 도착하면 몇 시냐고 물었다. 정확한 시간은 잘 모르겠으나 내일 오전 열 시에 사단장에게 전역신고하고 바로 전역자 여비를 지급받아 출발하니 아마도 오후 늦은 시간이 되어서야 도착할 것 같다고 말했다. 그녀는 청량리에서 오후 한 시에 출발하는 기차로 내려오면 그녀가 퇴근하고 안동역으로 마중 나오겠다고 했다. 그녀와 그렇게 하기로 약속하고 전화를 끊었다. 그녀에게 전역한다는 통화를 하고나니 가슴이 설레며 발걸음도 무척이나 가벼웠다.

다음날 아침 마지막 군대 짬밥을 먹었는데 입대한 이후로 가장 맛있는 식사였다. 식사를 마치고 전역자에게 지급되는 예비군복 군인들 사이에서 부르는 일명 개구리복을 입고 개구리 따블백을 메고 소대장실 앞에서 소대장에게 전역신고를 했다.

"충성! 신고합니다. 상병 송창식은 ****년 이 월 십 일자로 의가사 전역을 명받았기에 이에 신고합니다. 충성!"

하고 신고를 마치고나니 소대원들이 쭉 도열해서 환송해 주었다. 대대장실 앞에 도착하여 이 중대에서 육군 만기 전역하는 두 사람과 함께 전역 신고 마치고 연대 사령부로 이동해서 약 이십여 명의 전역자들과 함께 전역 신고 했다. 연대장은 전역자 모두에게 일일이 악수하며 '영광스러운 전역을 축하한다.'고 했다. 이어서 귀가 경비를 지급받아 각자의 고향으로 출발했다. 연대 사령부에서 군용버스 타고 현리 시외버스 승강장에 도착하였다. 잠시 후 기다리던 시외버스 타고 그 몸서리 처지고 제대 후에는 이쪽을 향해서는 오줌도 안 싸리라 결심하며 그 몸서리 처지는 현리를 떠났다. 버스는 덜컹거리며 일부러 느릿느릿 달리는 듯 했다. 그렇게 밍기적거리던 버스는 현리를 벗어나 달리는가 싶더니 북한강 강물이 시퍼렇게 내려다보이는 강가 대성리 간이정류장에서 서너 명의 손님을 토해내고 또 다른 몇 명의 승객을 태우고 출발했다. 그곳에서 승차한 승객 중 한 명의 아가씨가 옆자리에 와 앉았다. 곁눈질로 슬쩍 훑어보니 검정색의 롱부츠를 신었고 옅은 분홍색의 상의에 두툼하고 긴 코트를 입고 있었다. 옆자리에 앉으니 진한 화장품 냄새가 풍겼다. 혜령씨에게서 느끼던 화장품 냄새였다. 시외버스는 여전히 뒤뚱거리며 느릿느릿 달렸다. 얼마의 시간이 흐른 뒤 옆자리 아가씨가 먼저 말을 걸어왔다.

"제대하고 가나 봐요? 축하드립니다. 수고 많이 하셨네요."

하며 낮고 조용한 톤으로 눈인사 건네며 말을 걸어 왔다. 그녀에게 "군대 복무 중에 갑자기 의가사 전역을 했어요."

하고 말했다. 그 아가씨와 버스가 마장동 터미널에 도착할 때 까지 이야기를 나누었다. 나의 고향은 안동이며 인하대학교에 다니다가 군대에 왔다고 했다. 대학생활하면서 가정형편이 어려워 건설현장에서 일했으며 인하대학교 불교학생회 써클 활동도 열심히 하였다고 했다. 나의 형편과 대학생활을 이야기하는 동안 곁눈질로 슬쩍 바라보니 그녀는 눈가에 흐르는 눈물을 자신의 손수건으로 훔쳤다. 그리고 오늘 '마장동 터미널에 도착하면 청량리 기차역까지 택시타고 이동하여 중앙선 기차 타고 고향 안동으로 가야한다'고 이야기 했다. 그러자 그 아가씨는 그 부근의 지리를 잘 알고 있다는 듯

"아저씨 택시 타지 말고 걸어가요. 가까운 거리입니다. 내가 안내해 줄게요."

하고 말했다. 그리하여 나와 그 아가씨는 마장동 터미널에 내려 청량리 기차역광장까지 약 삼십 분의 거리를 걸어갔다. 그 아가씨는 '청량리 기차역 주변 뒷골목이 오팔팔 사창가 여서 포주들이 홀로 걸어가는 군인을 보면 달려들어 놓아주지 않는다.'고 했다. 그녀가 애인처럼 팔짱끼고 걸어가면 안전하다며 걸어가는 동안 임시로 애인이 되어주기도 했다. 팔짱을 낀 그녀의 체온이 무척이나 따뜻하게 전해왔다. 그렇게 무사히 청량리 기차역광장 시계탑 앞에 도착하였다. 기차 출발시간이 다가오자 그녀는 기차역광장의 시계탑 앞에서 무사히 고향으로 잘 가라는 인사하고 대왕코너 백화점 방향으로 걸어갔다. 그녀는 걸어가면서 몇 번이나 뒤돌아보며 잘 가라고 고동색 가죽장

갑을 낀 손을 흔들어 주었다. 멀어져가는 그녀의 뒷모습에 꾸벅꾸벅 인사했다. 그렇게 인사하고 돌아서니 기차 출발 시간은 아직도 조금 남아있었다. 청량리역 광장 공중전화에서 출발하기 직전에 혜령씨에게 전화하여 안동 도착 시간을 미리 알려주었다. 드디어 내 고향 안동으로 출발하는 기차에 몸을 싣고 기차는 출발했다. 기차는 빠르게 미끄러지듯 달렸다. 어느덧 서울시 외곽으로 달리자 눈이 희끗 희끗하게 덮인 들판을 가로질러 달렸다.

기차는 아무런 일도 없다는 듯 빠르게 달려 원주를 지나고 제천역에 도착했다. 제천역에서 십 분정도 정차하여 검은 연기를 내뿜는 디젤기관차로 바꾸어 다시 씩씩 거리며 달렸다. 학교 다니며 여러 번 지나다닌 기찻길이었지만 오늘은 차창 밖으로 스치는 풍경이 새롭게 느껴졌다. 한겨울의 삭막한 풍경이 오늘 내 눈에는 모든 것이 설레어 보였다. 한참을 물끄러미 스치는 풍경을 바라보다가 문득 수영씨가 떠올랐다. '수영씨 집안에 무슨 일이 벌어졌고 왜 전화가 없어졌을까?' 하고 생각하니 지금 그녀는 아마도 모질게 몰아치는 가야산 정상에서 불던 그런 눈보라와 같은 어려움에 갇혀있다는 생각이 들었다. 이년 전 그녀는 가야산 정상에 모질게 몰아치는 눈보라 속에서 코펠에 물을 끓여 따뜻한 물 한 컵과 한 개의 라면으로 나의 목숨을 구했다. 그런데 지금 나는 그녀에게 아무것도 할 수 없다고 생각하니 가슴이 답답하고 아파왔다. 일단 고향에 도착하면 며칠 내 대구로 달려가서 확인해야겠다고 생각했다. 그리고 경산으로 가서 영남대학교에 다니는 동생을 만나 나의 복학문제도 상의하고 매듭을 지어야 했다. 우리 집 형편으로는 두 명이 동시에 대학을 다니는 것은 현실적으로 불가능한 일이었다. 내가 복학하게 되면 동생은 또 나처럼 다니던 대학을 휴학하고 군대에 자원입대해야 한다. 이 문제를 동생하고 상의해서 결론을 내려야 했다. 그리고 또 이제 여고 삼학년이 되는 여동생이 내년에 대학을 가려고 하면 어떻게 해야 하나?하고 이런 생각을 하니 머리가 아파왔다. 이유모를 설움이 북받쳐 가슴속에서 불덩이 하나가 일더니 이내 입안이 타는 듯 쓰게 느껴졌다. 마치 어릴 때 내가 고뿔에 걸리면 어머니가 숟가락에 녹여서 입에 넣어주던 금개랍 약 맛처럼 썼다. 아니 지금 나의 입에는 그 금개랍 약보다 열 배는 더 타는 듯 쓰고 입술이 바짝 타 들어갔다.

  가야산 정상에 몰아치는 눈보라를 알몸으로 받는 듯한 고통이 밀려왔다. 가야산 정상에는 혹독하게 몰아치는 눈보라를 임시로라도 피할 수 있는 비좁은 바위틈이라도 있었다. 그러나 지금 나에게 몰아치는 돈이란 이 돈보라는 임시라도 피할 수 있는 좁은 바위틈마저도 내 앞에는 없었다. 그냥 그대로 알몸으로 홀로 오롯이 이겨내야 하는 돈보라가 지금 몰아치고 있는 것이다. 모질게 몰아치는 돈보라를 홀로 가슴으로 몽땅 받아 꿋꿋이 일어서야만 했다. 내 친구였던 도해스님은 혈육이라는 인연의 모진 끈을 끊어내려고 몸부림치며 가야산 정상에 몰아치는 지독한 눈보라에 홀로 맞서 싸우며 법당의 마룻바닥에 흘린 눈물이 얼어붙어 떨어지지 않는 그런 고통을 이겨내고 스님으로 당당하게 혜령씨와 내 앞에 우뚝 섰다. 지금 나에게 불어오는 이 돈보라를 반드시 이겨내고 혜령씨와 도해스님 앞에 떳떳하게 서리라 다짐하고 또 결심했다. 나도 모르게 어금니를 꽉 물었다. 그때 달리던 기차가 터널 속으로 들어섰다. 무심코 눈길 던져놓은 유리창이 새까만 거울 되어 얼굴이 선명하게 비쳤다. 그 새까만 유리창 거울에 비친 얼굴에는 두 줄기 눈물이 흐르고 있었다. 흐르는 그 눈물마저도 새까만 눈물이었다. 달리는 기차가 길고도 긴 중령터널을 벗어나자 까만 차창에 비치던 눈물 흐르는 얼굴은 어디로 갔는지 사라지고 없고 맑은 차창에는 밝고 시원한 들판 저편에 저녁노을이 붉게 물들어 있었다. '참으로 아름다운 세상이구나!' 하고 손등으로 흐르는 눈물을 닦고 바라보니 열차는 풍기읍 벌판을 시원하게 달리고 있었다.

길고도 긴 중령터널을 힘들게 달리던 기차가 터널을 빠져나오니 이토록 아름다운 세상이 시원하게 펼쳐지듯이 지금 나에게 몰아치는 이 혹독한 돈보라도 언젠가는 끝이 나리라 생각했다. 아무것도 잡히지 않는 맨주먹에 힘이 들어갔다. 석양이 붉게 물든 아름다운 풍경 속으로 기차는 시원하게 달렸다. 나와 혜령씨가 손잡고 이 기차처럼 달린다면 언젠가는 아름다운 꿈의 세상을 시원하게 달리는 그런 날이 우리에게도 올 것이라 생각하였다. 이제 한 시간 남짓 더 달리면 기차는 입영열차를 탔던 그곳에 나를 도로 내려놓고 또 기차는 제 갈 길로 무심히 떠나갈 것이다. 철커덩 거리며 달리는 디젤열차는 앞에서 시커먼 연기를 길게 토하며 달리고 달려 어느덧 안동역에 나를 내동댕이치고 아무런 일도 없었다는 듯 기적을 울리며 신나게 달려갔다.

플랫폼에 내려 내 고향 안동의 밤공기를 가슴속 깊숙이 빨아들였다. 달콤한 고향 내음이 코를 통해서 몸속 깊숙이 파고들었다. 천천히 플랫폼을 걸어 나오며 기둥에 걸린 시계를 보니 여섯 시 반이 조금 지나고 있었다. 밤안개에 젖은 가로등이 푸른빛을 비추어 전역하여 귀

향하는 나를 환영해주었다. 조금 걸어 나오니 기차역 출구가 보였다. 빠른 걸음으로 출구로 나와서 두리번거리며 주위를 둘러보아도 혜령씨의 모습은 보이지 않았다. 여기저기 둘러보아도 그녀의 모습은 보이지 않았다. 기차역 광장으로 나와 서너 그루의 소나무가 있는 작은 쉼터 옆 벤치에서 화랑 담배 한 개비에 불을 붙였다. 담배를 피우면서도 눈길은 기차역 출구 앞을 서성거렸다. 여전히 혜령씨 그녀의 모습은 보이지 않았다. 시간은 흘러 일곱 시가 다 되어갈 무렵 기차역 앞 택시 승강장에 한 대의 택시가 미끄러지듯 들어왔다. 그 택시가 승강장에 멈추기 바쁘게 혜령씨는 택시에서 내려 기차역 출구를 향해 달려갔다. 달려가는 그녀의 모습을 발견하고는

"혜령씨! 여기요."

하고 소리쳐도 그녀는 듣지 못하고 출구로 달려가 여기저기 나를 찾았다. 그녀 뒤를 따라 뛰어가며

"혜령씨! 여기요."

하고 다시 부르자 그제서야 예비군복을 입은 나를 돌아보고 그녀는 두 팔 벌린 채 달려왔다. 그녀는 넓은 안동역 광장에서 '창식씨!'하고 외치며 달려와 와락 끌어안았다. 기차가 도착하고 얼마의 시간이 흐른 밤이라서 그런지 기차역광장 주변에는 다른 사람들이 한두 명 정도밖에 없었다.

"창식씨! 늦어서 미안해요. 많이 기다렸지요."

하며 좋아했다. 그녀는 '예비군복 입은 모습이 멋지다'고 말하며 내가 메고 있던 개구리 따블백을 받아 어깨에 걸치고 팔짱끼며 가자 하며 당겼다. 택시 승강장으로 가려하니 그녀는

"창식씨 일단 저녁부터 먹으러가요."

하며 기차역광장 옆에 있는 일미식당으로 들어갔다. 뚱뚱하고 투박한 일미식당 주인아주머니는 식당 문을 열고 들어서는 우리에게
"오늘 장사는 끝났니더!"

하며 퉁명스럽게 말하며 눈 길도 주지 않고 식탁을 젖은 행주로 닦고 있었다. 하는 수 없이 길 건너 맞은 편 골목 안으로 들어가서 아구찜 식당으로 들어갔다. 식사 주문하고 식탁에 마주앉아 밝은 불빛 아래서 그녀는 송아지 눈처럼 크고 검은 눈동자를 반짝이며

"창식씨! 이렇게 갑자기 전역이라니 믿어지지 않아요. 도대체 무슨 일이에요?"

하기에 일단 저녁 먹고 택시 타고 우리 집으로 가서 천천히 이야기하자고 했다. 그러자 그녀는 이렇게 늦은 시간에 갑자기 집으로 가면 할머니와 어머니가 놀라시니 오늘 저녁은 시내에서 자고 내일 아침에 집으로 가자고 했다. 그녀는 오늘아침에 전화 받고 면사무소에 내일 하루 연가를 냈으니 그렇게 하자고 했다. 나도 어차피 내일 열 시까지 지역사단에 들어가서 예비역 전입신고를 해야 하기에 그렇게 하자며 식사를 마치고 나왔다.

시내 중심가의 화려한 네온사인이 번쩍거려도 길거리에는 추운 날씨 탓인지 오가는 사람은 그리 많지 않았다. 구시장 중심가를 그녀와 팔짱끼고 조금 걷다가 그녀는 팔짱을 당기며 고개로 옆에 있는 모텔을 턱으로 가리켰다. 시간도 어느덧 저녁 여덟 시가 다 되어가는 시간이라 그곳으로 들어갔다. 모텔 방에 들어가서 달콤한 키스하고는 따뜻한 방바닥에 마주앉았다.

"창식씨 이렇게 갑자기 전역이라니 도대체 무슨 일이에요?"

하며 그녀는 조금은 걱정스러운 표정으로 바라보았다. 이렇게 갑자기 의가사 전역을 하긴 했어도 나 자신도 상세한 이유를 몰랐다. 사일전에 갑자기 통보 받았고 그동안 부대에서 일어났던 일을 그대로 그녀에게 이야기해주었다. 지금도 누가 의가사 전역을 신청하고 도와준 일인지 나도 전혀 모른다고 말했다. 내일 집에 가서 어머니를 만나보면 어떤 실마리가 잡히지 않을까? 하고 생각했다. 그날 밤은 그녀와 함께 많은 이야기를 나누다가 행복한 밤을 보냈다.

다음날 아침에는 좀 늦게 일어나서 아침을 콩나물 해장국집에서 먹고 그녀와 함께 지역사단에서 예비역 전입신고하고 정육점에 들러 돼지고기 몇 근 사서 집으로 갔다. 집에 도착하여 할머니 어머니께 인사드리니 무척이나 반가워하셨다. 할머니는 조상님이 돌보았다며 하늘을 향해 합장하고 여러 번 절을 했다. 어머니도 치맛자락으로 눈물 훔치며 생각보다 빨리 재대하고 왔다고 하였다. 방으로 들어가서 할머니와 어머니께 큰절로 인사했다. 그리고 어머니가 부엌에서 타 온 커피 마시며 그동안의 이야기를 자세히 들었다. 내가 군대에 입대하고 작년 늦가을에 면사무소 호병담당자하고 어떤 사람이 찾아와서 이것저것 물었는데 '이렇게 어려운 형편인데 송창식이는 어떻게 대학을 다녔냐.'고 물었다고 했다. 어머니는 '집에서 키우던 황소 누렁이를 팔았고 이웃집에서 돈을 빌렸다'고 말하며 '무슨 일로 이런 것을 조사 하냐.'고 그때 어머니가 물어보았다. 그러자 함께 온 면사무소 호병담당 직원이 어머니께 '아드님을 조기에 제대시키려하니 걱정하지 마세요.'하며 '빠르면 내년 봄에 제대할 수 있다'고 말했다고 했다. 할머니와 어머니는 혹시 부정이라도 탈까봐 그동안 아무에게도 말하지 않았다고 했다. 그동안 혜령씨가 몇 번을 우리 집에 왔다가도 기도하는 마음으로 혜령씨에게 조차 말하지 않았다며 어머니는 혜령씨에게 미안하다고 말했다. 그러자 혜령씨는 아니라며
"참! 잘하셨어요."
라고 말하며 얼굴이 붉어졌다. 이런 이야기 다 듣고 어머니께 혹시 그때 혹시 '누가 나의 의가사 제대를 신청했는지 이야기 못 들었어요.'하고 물어보니 어머니는 그때 그런 말은 못 들었다고 했다. 누가 나의 의가사 전역을 신청했는지 몹시 궁금했다. 내일 면사무소에 가서 호병담당자에게 물어 보아야겠다고 생각했다. 할머니가 어머니께
"에미야! 우리 장손자 배고프겠다. 얼른 점심 먹자."
하고 말하자 어머니는 일어나며
"아이고 내 정신 봐라. 이 아가씨도 배고프겠다. 점심차려 올 테니 잠시만 기다려요."
하며 그녀의 등을 쓰다듬으며 미안한 표정을 지었다. 그러자 그녀는 아니라며 어머니와 함께 일어나며 할머니께
"할머니 조금만 기다리세요. 저가 어머니하고 함께 차려올게요."
라고 말하며 부엌으로 가서 조금 전에 사온 돼지고기에 묵은 신 김치 썰어 넣고 빨갛게 볶아서 점심상을 차려들고 들어왔다. 점심 먹고 나서 어머니는 삶은 고구마를 가져왔고 우리는 둘러앉아 그동안의 이야기를 하다가 할머니는 혜령씨의 손을 잡고는
"아가씨! 우리 손자 대학졸업하고 돈 벌면 우리 손주 며느리해요. 이제 이 년만 더 기다리면 되잖아요."
하고 말하니 그녀는 얼굴을 붉히며 고개도 못 들고 있더니 할머니 손을 잡으면서

"할머니가 저를 손주 며느리로 받아주시면 그렇게 할게요."

하고 빨갛게 달아오른 얼굴로 방긋 웃어보였다. 그러자 옆에 있던 어머니가

"아가씨! 이 시에미 될 나한테는 물어보지도 안나요."

하고는 어머니가 그녀의 어깨를 다독이자 온 식구가 한바탕 웃었고 그녀도 빨간 얼굴로 밝게 웃으며

"어머니가 허락 안 하시면 저는 오고 싶어도 시집 못 와요. 어머니 허락해주세요."

하며 애교 섞인 표정으로 어머니를 안아 주었다. 그러자 어머니도 그녀의 등을 토닥이며

"그래요 허락하고말고요. 꼭! 내 며느리로 와 주세요."

하여 또 한바탕 웃음소리가 문지방을 넘어 마당에 하얗게 널브러졌다. 그렇게 시간을 보내다보니 벌써 오후 세 시가 지났다. 그녀를 시내까지 가서 바래주고 오겠다고 말하고 그녀와 면소재지까지 걸어가서 시내버스타고 시내로 왔다. 시내에 도착해서 음악다방에 들려 사연과 노래를 신청하고 커피마시며 시간을 보내다가 다섯 시가 조금 지나서 그녀는 도리원으로 떠나고 나는 집으로 돌아왔다.

주인 잃은 여러 통의 군사우편

집에 도착하니 어둠살이 골목길에 깔리는 시간인데 할머니가 삽지걸을 서성거렸다. 내가 시내에서 돌아올 때까지 저녁도 안 먹고 기다린 것이다. 저녁을 먹고 나서 어머니는 숭늉 한 그릇을 들고 들어와서 대학교 복학문제를 이야기 했다. 영남대학에 다니는 동생이 휴학하고 군대 가고 내가 일 년이라도 빨리 졸업하고 돈 벌어야 된다고 말했고 할머니도 그렇게 하라고 했다. 내일 당장 대구동생에게 가서 둘 형제가 잘 이야기하고 인천으로 가서 복학 절차를 알아보고 자취방도 구하라고 했다. 일단은 동생하고 먼저 상의해서 하겠다고 말하고 할머니 방에서 일어나 마당으로 나왔다.

음력 섣달 그믐경이라서 한 치 앞도 보이지 않는 캄캄한 겨울밤이 마치 현재 나의 상황과 같다고 생각하니 가슴이 쓰라려 왔다. 재대하면서 가져온 마지막 화랑 담배가 딸랑 세 개비 남아있었다. 화랑담배 한 개비 입에 물고 불을 붙였다. 하늘에는 북두칠성이 선명했고 수많은 별들이 마구 머리위로 쏟아졌다. 삽지걸 옆 작은 바위에 걸터앉아 담배연기를 까만 밤하늘에 뿜으니 하얀 연기위로 혜령씨 얼굴이 나타났다가 사라지고 뒤이어 수영씨 얼굴도 떠올랐다. 내일 아침 일찍 출발하여 면사무소에 들러 의가사 전역을 신청하고 도와준 사람에 대하여 물어보고 대구로 내려가서 수영씨 집으로 찾아가서 수영씨에 대해서 알아보고 나서 남동생을 만나 하룻밤 조용히 이야기해야겠다고 생각했다. 이런 생각으로 추운지도 모르고 담배 두 개비를 더 피우며 화랑 담배 빈 갑을 버렸다. 그날 밤은 섣달그믐의 짙은 어둠보다 더 깊고 캄캄한 수렁을 헤매다가 겨우 잠들었다. 다음날 아침에 일어나 할머니와 어머니께 대구에 다녀오겠다고 말씀드리고 공공칠가방에 속옷 두 벌과 세면도구 챙겨 넣고 작은 시집 두 권과 수필집 한 권을 챙겨 집을 나왔다. 면사무소에서 호병계장을 만나 의가사 전역을 신청해 준 사람에 대하여 물어보았다. 그의 대답은 병무청에서 담당자가 현장 실사하러 나와서 요구하는 서류를 제출했고 그때 우리 집으로 현장조사 차 동행했으나 누가 의가사 전역을 신청했는지는 모른다고 했다. 여전히 답답한 가슴으로 대구로 출발하면서 시내에 살고 있는 친구 철민이 집에 들려 그 집 전화로 동생 자취방 주인집으로 전화했다.

자취방 주인은 동생이 일하는 염색 공단 회사의 전화번호를 알려주었다. 그 회사로 다시 전화해서 동생을 찾으니 현재 작업 중이라며 동생에게 이쪽으로 전화하라고 전해 준다고 했다. 동생은 이내 연락이 왔다. 전화통화하면서 내가 의가사 제대 했으며 지금 대구로 동생을 만나러 가겠다고 했다. 동생은 돈 벌기 위해서 방학기간 동안 집에도 오지 않고 그곳에 머물면서 염색 공단에 출근하고 있으니 퇴근시간에 맞추어 자취방으로 오라고 했다. 대구 동생 자취방으로 가서 나의 복학 문제를 상의하러 간다며 친구 철민이에게 이야기하고 바로 시외버스 터미널로 갔다. 동생은 퇴근하고 만나자고 했는데 대구로 달려가서 수영씨 집을 찾아가려는 생각으로 서둘러 대구에 도착했다. 대구 시외버스 북부터미널에 도착하여 분식집에서 우동 한 그릇으로 점심을 해결하고 택시타고 저번에 딱 한 번 간 적이 있는 기억을 더듬어 그 골목 근처에 도착했다. 그런데 그 주변에는 비슷한 저택들이 즐비한 골목이 하나가 아니라 몇 개의 골목이었다. 여기가 거기 같고 해서 하는 수 없이 골목마다 한 집 한 집 찾아가며 확인을 하였다. 몇 골목을 기웃기웃 헤매다가 마침내 수영씨 집을 찾았다. 커다란 나무대문 앞에서 잠시 망설였다. 집주변의 풍경은 변화가 없었고 집안은 정적이 감돌았다.

한참을 망설이다가 초인종을 떨리는 손으로 눌렀다. 잠시 후 누군가가 대문 앞으로 나오는 소리가 들리고 이윽고 큰 대문에 붙어있는 작은 대문이 열렸다. 대문을 열고 나온 사람은 오십 대의 중년부인이었다.

"안녕하세요. 저는 인천에서 대학 다니는 송창식이라고 합니다. 이 집이 혹시 김수영씨 집이 아닙니까?"

하고 물었다. 그 중년부인은 경계하는 눈빛으로 쭉 아래위로 한 번에 훑어보고는

"아예! 이전 주인집 딸을 찾아오셨군요. 우리가 이집을 사서 석 달 전에 이사 왔어요."

하였다. 나는 약간은 떨리는 목소리로

"그럼 혹시 여기에 살던 분은 어디로 이사 갔는지 알고 계십니까?"

하고 물어보니 그 중년부인은 친절하게 잠시 안으로 들어오라고 했다. 그 집 마당으로 들어갔다. 마당 가운데 펼쳐놓은 테이블 의자에 앉아 기다리니 부인은 집안에서 차 두 잔을 가져왔다. 따뜻한 차 몇 모금마시니 떨리던 가슴이 조금은 진정되었다. 마주앉아 차를 마시던 그 부인은 무엇인가 생각이 난 듯 잠시 집안으로 들어갔다. 얼마 후 그 부인은 나오면서 여러 통의 편지를 들고 나왔다. '혹시 이 편지를 보낸 사람이냐?'고 하며 내게 개봉도 안한 편지를 보여주었다. 군사우편 도장이 선명한 틀림없는 나의 편지였다. 그 부인은 여러 통의 군사우편 도장이 찍힌 편지가 계속해서 배달되어 오기에 버리지 않고 보관했다며 건네주었다. 그 편지 꾸러미를 받아드니 갑자기 울컥해서 밀려나오는 눈물을 억지로 삼키며 고맙다고 인사했다. 그런 나의 표정을 유심히 지켜보던 중년부인은 자신들은 복덕방 소개로 이 집을 구입했고 이집의 거래대금도 복덕방에 지불했다 하며 전 주인은 한 번도 만난 적이 없다고 말했다. 단지 복덕방 영감님 말로는 전 주인은 군인이고 강원도 어디로 이사 갔다는 말만 들었다고 했다. 그 복덕방의 위치를 물어보고는 감사하다는 인사를 정중히 드리고 그 집을 나왔다. 그 집의 높은 담장, 커다란 나무대문, 담장위의 쇠창살, 쇠창살위의 줄장미 넝쿨, 마당 앞 담벼락에 기대 선 목련나무, 가지런한 회양목도 둥글둥글하게 모두 그때 그 자리에 그대로 있었는데 그 집에 살던 사람만이 어디로 가고 없었다. 그 집을 나와서 복덕방으로 찾아가면서 자꾸만 눈물이 흘렸다. 그 눈물의 의미가 무엇인지는 나도 몰랐다. 그냥 가슴속에서 자꾸만 눈물이 펌프질하는 것 같았다. 그 중년 부인이 일러준 복덕방은 그다지 멀지않은 큰길가에 있었다. 복덕방으로 들어가서 영감님께 그 집이야기를 하고 나의 신분도 자세히 말씀드렸다. 복덕방 영감님께 '혹시 전 주인이 이사 간곳이 어딘지 아십니까.' 하고 물었다.

그러자 그 영감님도 이사 간곳이 강원도 원주 어디라고 만 알고 주소도 연락처도 지금은 모른다고 했다. 그 집을 소개하고 이전하는 당시에는 수영씨 어머니가 그 집에 살았는데 다섯 달 전에 급히 이사 가면서 전화도 전화국에 반납하고 가서 지금은 모른다고 했다. 복덕방 영감님은 여기 동사무소에 가서 물어보라고 했다. 복덕방을 나서니 하늘이 노랗고 눈앞이 캄캄하며 다리에 힘이 풀려 더는 걸을 수가 없었다. 그러고 다니는 동안 짧은 겨울해가 기울기 시작하는 네 시가 넘었다. 택시타고 동사무소로 달려가서 김수영씨 가족이 이사 간 원주 주소를 물어 보았는데 전출지 동사무소에서는 새로 전입 간 주소지는 모른다고 하였고 설사 안다고 해도 알려줄 수 없다고 했다. 수영씨를 만나야겠다는 마지막 한 가닥 희망마저 물거품이 되었다. 눈앞이 캄캄해졌다. 가슴속으로 흐르는 눈물을 삼키며 시내버스 타고 동생 자취방이 있는 경산으로 갔다. 시내버스 타고 번잡한 시가지를 스치는데 차도 건너편 인도로 걸어가는 아가씨들 모두가 수영씨를 닮아 보였다. 길 건너에 지나가는 아가씨 중에 한 명이 가슴에 책을 안고 걸어가는 여대생의 모습이 눈에 들어왔다. 그 순간 '그렇다!'하며 무릎을 쳤다. 수영씨가 다니던 경북대학교가 떠올랐던 것이다. 경북대학교에 찾아가서 확인해 보아야겠다는 생각을 하고 손목의 시계를 확인하니 다섯 시가 넘었다. 곧 날이 어두워지니 경북대학교는 내일 오전에 확인해야겠다고 생각했다.

시내버스는 어느새 영남대 앞 버스 승강장에 도착하였고 일 년 전 나와 같이 얻은 동생의 자취방을 그때의 기억으로 더듬어 찾아갔다. 자취방문에는 자물통이 채워져 있었다. 아직도 동생은 퇴근하여 돌아오지 않았다. 자취방 처마에 기대앉아 한참을 기다리니 동생이 녹초 되어 터덜터덜 들어왔다. 동생은 허름한 작업복에 모자를 푹 눌러 쓴 깡마른 모습이었다. 그런 동생의 모습이 눈에 들어오자 반가움보다는 안쓰러움이 밀려와 괜히 눈물이 찔끔 나왔다. 나를 발견한 동생은

"형님! 언제 왔어요? 많이 기다렸지요? 군대에서 고생이 많았지요?"

하며 달려와서 부둥켜안고는 기뻐했다.

"그래! 너도 학교하면서 돈 번다고 고생이 많구나. 오늘 많이 힘들었나 보다 어서 들어가자."

하니 동생은 방문열고 들어가며 먼저 방에 들어가라고 하고는 연탄불을 갈아 넣고 작업복을 벗고 겨울인데도 찬물로 샤워하고 체육복으로 바꾸어 입고 한참 후에 방으로 들어왔다. 동생이 샤워하는 동안에 부엌을 확인해보니 밥을 지어먹은 흔적이 없었다. 찬장을 뒤져봐도 아무것도 없었고 라면 두 봉지가 전부였다. 방으로 들어오는 동생에게

"너 밥은 어디서 먹고 지내느냐? 부엌에는 아무것도 없던데?"

라고 말하니 동생은 저녁은 골목 건너편 보리밥 식당에서 매일 사 먹고 아침은 굶고 회사에 가면 열 시에 오전 참으로 잔치국수가 나오며 점심도 회사에서 준다고 했다.

"형님! 우리 저녁 먹으러 가요. 길 건너 보리밥집이 가격도 헐하고 먹을 만해요."

저녁을 먹으려고 골목을 나서니 벌써 어둠이 짙게 내렸고 가로등이 켜져 있었다. 보리밥집에서 저녁 먹으면서 우리 형제는 소주도 한 병 시켜 나누어 마셨다. 저녁을 먹으면서 군대에서 의가사재대한 이야기를 했다. 그러자 동생이 먼저

"형님! 그럼 다음 학기에 휴학하고 나도 군대에 자원입대 할게요. 내가 군대에 갔다 오면 형님이 졸업하고 취업하여 돈 벌면 우리형제 여동생들이 모두 공부할 수 있잖아요? 그러니 형님은 바로 복학하세요. 내가 여기 염색공단에서 군대에 입대할 때 까지 돈 벌면 조금은 보탬이 될 겁니다."

하며 나를 쳐다보고는 소주잔을 들어 건배하자고 했다. 동생은 내가 오전에 전화해서 통화하고 나서 오늘 하루 종일 회사에서 일하면서 혼자 생각하고 결심했던 것이다. 그런 동생이 든든했으나 한편으로는 안쓰러웠다. 동생은 그래도 할머니 어머니가 우리 때문에 너무 고생한다며 눈가에 이슬이 맺혔다. 식사 마치고 동생 자취방으로 돌아오며 많은 이야기를 나누었고 동생에게 다음 주 월요일에 회사에 말하고 하루 휴가 얻어서 병무청에 자원입대도 알아보고 신청하고 학교에 휴학계도 내라고 당부했다. 동생은 오히려 나보고 내일이 금요일이니 내일 바로 인천으로 올라가서 복학 신청하라고 했다. 등록금고지서 받아서 자신에게 연락하라고 하며 그동안 일해서 백만 원 정도는 모아놓았으니 돈 걱정은 하지 말라고 했다. 그러면서 동생은 나를 바라보며

"형님! 이 돈은 나 입학할 때 형님이 벌어서 준 돈 지금 도로 갚아

드리는 것이요."

하며 밝은 얼굴로 웃어 보였다. 우리 집에도 아마 돈이 조금은 있을 거라고 하였다. 우리 형제는 자취방 골목입구 구멍가게에서 소주 두 병과 두부 두 모를 안주로 사가지고 자취방에 들어가서 소주 마시며 많은 이야기 나누다가 좀 늦은 시간에 잠자리에 들었다. 잠결에 무엇인가 부스럭 거리는 소리가 들려 일어나서 시계를 보니 아침 여섯 시가 조금 지났다. 동생은 회사에 출근준비하면서 나의 아침을 걱정하여 냄비와 라면 하나를 챙겨놓고 나에게 메모를 남기는 중이었다.

"어! 형님 일어났어요? 나는 회사에 일곱 시까지 가야해요. 나는 회사에 가서 먹으면 되는데 형님은 아침이 없어요. 이 라면이라도 끓여 드시고 일어나는 대로 인천으로 가시라고 메모 남기는 중인데~"

하며 쓰다만 메모지와 이만 원이 들어있는 봉투를 내밀었다.

"형님! 우선 이 돈이라도 가지고 가요. 지금 나에게는 이 돈 밖에 없어요. 인천에 가고 또 가고 못하니 가신김에 자취방도 알아보고 계약하고 내려오세요."

하며 씨익 웃고는 바쁘게 출근했다. 허름한 작업복에 창모자를 푹 눌러쓴 동생의 뒷모습이 무척이나 의젓해 보였다. 그런 모습의 동생이 자랑스러웠다. 그가 출근할 때 골목 앞까지 따라가서 몸조심하고 요령껏 일하라고 당부했다. 인천에 갔다가 내려오면서 친구 철민이네 집에서 저녁에 주인집으로 전화하겠다고 말하니 동생은 바쁘게 걸어가다 돌아서서 뒷걸음으로 걸어가며

"형님! 우리는 가난하고 천해서 안 다쳐요. 그러니 내 걱정은 하지

말아요."

라고 큰소리로 말하며 손을 흔들고 뛰어갔다. 동생의
"우리는 가난하고 천해서 안 다쳐요."
린 말에 올컥하여 새벽 댓바람부디 눈물이 흘렀다. 동생자취방에 돌아와서 동생이 챙겨놓은 냄비뚜껑을 열어보니 동생은 냄비 속에 라면 한 봉지와 계란 한 개 그리고 청자담배 한 갑을 챙겨두었다. 동생이 형을 세심하게 챙겨 놓았던 것이다. 나는 그 길로 방바닥에 엎드려 동생에게 편지 썼다.

『사랑하는 동생 보아라! 의젓하고 당당한 너의 모습에서 이 형은 많은 힘을 얻었다. 가야산 정상에 몰아치는 눈보라가 아무리 혹독하다 해도 시간이 지나면 멈추고 밝은 태양이 비추듯이 지금 우리 형제에게 몰아치는 이 매서운 돈보라도 우리 형제가 힘을 합쳐서 견디고 나면 반드시 우리에게도 밝은 태양은 뜰 것이다. 그때 가서 우리 형제 소주잔 기울이고 웃으며 오늘을 이야기 하자. 고맙고 든든한 동생에게 형이~』

라고 쪽지 편지를 써서 돈 이 만원이 든 봉투에 도로 넣어두고 라면 끓여 아침 식사하고 경북대학교로 갔다. 수영씨가 다니던 학과 사무실로 찾아가서 김수영씨에 대해서 문의했다. 학과 사무실에서는 그녀에 대하여는 아무것도 말해줄 수 없다고 했다. 간절하게 사정해도 안 된다며 단지 지난해 구월 달에 휴학했다는 사실만 이야기해주었다. 하는 수없이 돌아서 나오다가 학과 사무실벽에 붙어있는 삼학년 강의 시간표를 보았다. 그 시간표에 곧 시작되는 강의가 있었다. 혹시

하는 마음으로 그 강의실로 찾아갔다.

강의실에는 벌써 여러 명의 학생들이 모여 있었는데 그중에서 여학생 서너 명이 모여 있는 곳으로 다가갔다.
"저 실례합니다. 저는 이 학과에 다니던 김수영씨 남자친구입니다. 혹시 김수영씨를 아시는 분이 계시나요?"
그러자 그녀들 중에서 한 명이 조금 떨어진 곳에 있던 여학생을 소리쳐 불렀다.
"야! 명희야! 여기 와 봐라."
하고 부르는 소리에 그 여학생이 다가오자
"여기 이 분이 김수영이 남친 인가봐!"
하며 그 여학생에게 말하고 그녀는 다른 자리로 갔다. 명희라는 그 여학생에게
"안녕하세요? 혹시 김수영씨를 아시나요?"
라고 인사하자 그 여학생은 나를 빤히 쳐다보고는
"그럼 혹시~ 당신이 인하대학교에 다닌다던 그 송창식씨입니까?"
라고 되물었다. 내가 그 송창식이라고 대답했다. 그 여학생은 수영씨하고 같은 과에서 가장 친하게 지냈으며 수영씨에게서 나의 이야기를 귀가 닳도록 들었다고 했다. 그 여학생의 말에 의하면 수영씨는 지난 구월 달에 이 학기 등록하고 개강하여 일주일도 못 되어서 갑자기 휴학계를 제출했고 과에서 가장 친하게 지낸 자신에게도 말한마디 없이 사라졌다고 했다. 그 여학생도 수영씨가 궁금하여 여러 번 그녀 집으로 전화해도 전화마저 해지되어 연락처를 전혀 모른다고 했다.

혹시나 하고 강의실까지 찾아갔는데 가슴만 더 답답해졌다. 벌써 시간이 열시를 지나고 있었다. 동대구역에서 기차타고 서울로 올라왔다. 대구에서 출발한 기차기 서울에 도착할 때 끼지 수영씨의 마지막 목소리 '수영이를 버리면 안되예.'하는 소리가 달리는 기차를 따라오며 잡고 늘어져서 가슴이 아파왔다. 대전역에서 가락국수 한 그릇으로 점심을 때우고 서울을 거쳐 인천 학교에 도착하니 오후 세 시가 넘었다. 토목학과 사무실에 들러 복학을 신청하였고 다음 주 금요일까지 수강 신청하라는 안내서를 받았다. 학교 캠퍼스를 한 바퀴 천천히 돌아보고 불교학생회 서클룸에도 가 보았다. 문이 걸려 있었다. 후문으로 나와서 복덕방에 들러 자취방을 알아보니 이미 학교 가까운 곳은 없었고 방 삭월 세도 많이 올라서 부담이 되었다. 좀 방이 허술하고 학교에서 멀어도 좋으니 삭월 세가 헐한 방으로 물어보니 복덕방 영감님은 귀찮다는 듯 그런 방은 이 근처에는 없으니 시내버스 삼번 종점인 십정동 공단 주변에 가서 알아보라고 말하며 두고 있던 장기판만 쳐다보았다. 복덕방을 나오니 오후 다섯 시가 다 되어갔다. 일 년 전에 내가 살던 자취방 집으로 찾아갔다. 일 년이란 시간이 흘렀지만 그 골목도 그 집도 그대로 였다. 그 집 대문 앞에서 초인종을 눌렀다. 잠시 후 주인집 할머니가 대문을 열고나왔다.

"할머니 잘 계셨어요?"

하고 인사했다. 할머니는 놀라면서도 반갑게 맞아주었다.

"아니! 이게 누구야! 창식이 학생 아닌가! 군대 간다더니 벌써 휴가 나온 거야?"

하였다. 할머니 방으로 들어가서 지난 일 년 동안의 이야기를 했다. 그리고 지금 복학하고 자취방을 구하려고 여기로 왔다고 말했다. 할머니는 몹시 안타까워하는 표정으로 내가 살던 방은 이미 다른 학생이 들어왔다고 했다. 그 집 할머니와 이야기를 조금 더 하다가 그 집을 나왔다.

이미 어둠이 짙게 내렸다. 다른 자취방은 내일 더 찾아보기로 하고 오늘 저녁 하룻밤 지낼 곳을 생각해보았다. 찾아갈 곳이 하나도 없었다. 친구들도 방학기간이라 모두 고향으로 내려가고 아무도 없었다. 학교 후문 주변을 서성거리다가 하는 수 없이 학교 후문 근처의 낡은 여인숙으로 들어갔다. 여인숙방으로 들어가니 벽지는 몇 년을 그대로 썼는지 누렇게 찌들어 있었고 퀴퀴한 냄새가 진동했으며 이불은 눅눅하고 낡아서 하늘거리고 찌든 때가 묻어 있었다. 여인숙이라 샤워장도 없었다. 여인숙 숙박비을 지불하고 나니 배가 고파왔다. 학교 후문 식당가로 가서 중국집에서 짬뽕밥으로 저녁을 먹고 나와서 마땅히 갈 곳도 없고 해서 수봉 공원으로 올라갔다. 이미 어둠속에 묻힌 공원은 가로등 불빛이 겨울의 찬바람에 꽁꽁 얼어붙어서 시퍼렇게 떨고 있었다.

이년 전에 수영씨와 나란히 앉았던 그 나무벤치에 오늘은 나 홀로 앉아 청자 담배 한 개비 피우면서 월미도 방향을 바라보았다. 수영씨가 나와 함께 결혼하여 사는 아름다운 꿈을 꾸던 신축 아파트가 환하게 조롱하듯 폼 내며 밝게 빛나고 있었다. 밝게 빛나는 아파트가 눈에 들어오자 벤치의 빈 옆자리가 더욱 허전하고 쓸쓸했다. 피우던 담배

연기를 길게 뿜어내며 나도 모르게 '아~ 수영씨!' 하고 낮게 불렀다. 어느새 주위는 완전히 어두워졌다. 겨울공원에 밤 운동 나온 부부가 가볍게 뛰어서 공원을 빠져나가고 나도 그 부부 뒤를 따라 공원에서 내려왔다. 여인숙으로 길이가면시 독쟁이 재래시장 앞에서 붕어빵 한 봉지 사고 옆 가게에 들러 콜라도 한 병 사들고 여인숙 방으로 돌아왔다. 붕어빵과 콜라로 내일 아침을 해결할 생각이었다. 여인숙에 들어와서 잠자려고 누우니 하루 종일 나를 따라다니는 수영씨의 '창식씨! 수영이를 버리면 안되예.' 하는 목소리가 또 들려왔다. 수영씨 생각으로 뒤척이다 늦은 시간에 겨우 잠들었다. 다음날 아침에 눈을 뜨니 아홉 시였다. 대충 세수하고 어제저녁에 사온 붕어빵 네 개와 콜라로 아침을 대신하고 학교 후문 쪽으로 가서 삼 번 시내버스 타고 복덕방 영감님이 말해준 십정동 종점으로 갔다. 학교에서 종점까지는 시내버스로 약 삼십 분이 걸리는 거리였다. 아침 시간이라서 그런지 종점까지 타고 온 사람은 버스기사와 안내양 그리고 나 밖에 없었다. 안내양은 검은 바지에 짙은 빨간색 윗도리 제복을 입었고 머리에는 윗도리 제복과 같은 색깔의 모자를 실핀으로 고정하여 쓰고 있었다. 안내양이 입은 짙은 빨간색 제복 상의는 동전 때가 묻어서 차라리 검은색으로 보였다. 버스가 종점마당에 도착하자 안내양은 다가와서

"아저씨! 종점입니다. 내리세요."

하고는 젖은 마대걸레로 차 바닥을 문질러 청소했다. 종점에 내려서 어디로 가야할지 막막했다. 주위를 두리번거리며 나오는데 종점 담벼락에 붙어있는 여러 장의 광고 전단지가 눈에 들어왔다. 대부분의 전단지는 공단의 구인광고였다. 그중에 월셋방 전단지도 몇 개 있

었다. 월세방 전단지를 살펴보며 전단지에 적혀있는 전화번호를 볼펜으로 적고 있었다. 그런 나의 행동을 지켜보던 그 안내양은 버스 차바닥을 닦은 젖은 마대 걸레를 수돗물에 벅벅 치대 씻으며 말을 걸어왔다.

"아저씨! 월세방 구하러 왔어요. 내가 알고 있는 방 하나 소개해 줄까요?"

하며 그 안내양은 다 씻은 마대 걸레를 담벼락에 거꾸로 기대 세우며 말했다. 그 안내양의 체구는 작았지만 다부지고 명랑해 보였다.
"아저씨! 인하대 복학생 이지요?"

아마도 내 머리가 짧은 것을 보고 그 안내양은 그리 생각했던 모양이다. 그 안내양에게 방값이 헐한 집으로 소개해 달라고 하였다. 잠시 머뭇거리며 무엇인가를 생각하는 듯한 표정을 짓더니 그 안내양은 자신을 따라오라 하며 뛰듯이 빠르게 걸어갔다. 종점에서 언덕으로 약 이백 미터 정도 떨어진 집으로 안내하고는 그 집주인에게 잘해주라고 부탁하고 종점으로 돌아갔다.

집주인은 돌아가는 안내양 뒤 꼭지에 대고 '경자야! 고맙다.'하고 큰소리로 말했다. 집주인은 나에게 '그 안내양하고 서로 잘 아는 사이냐'고 물었다. 그 안내양은 여기로 자취방 구하러 올 때 타고 온 버스안내양이며 오늘 처음 본 사람이라고 대답했다. 집주인은 그 안내양은 '우리 앞집에서 자취한다.'고 말했다. 집주인이 빈 방문을 열어 보여 주었는데 방은 깨끗하였고 크기도 좀 큰 편이었다. 부엌도 깔끔했고 방의 도배지도 새로 발랐다. 무엇보다 삭월 세도 학교후문 근처에 비하면 절반 값이었다. 학교에서 거리는 좀 멀어도 마음에 들어서 계약하고 계약금으로 두 달 치 방세인 삼 만원을 지불하고 버스 종점으로 갔다. 종점 마당에 들어서니 조금 전 자취방을 소개해 준 그 안내양이 달려와서는

"아저씨 그 방 계약했어요?"

하고 물으며 자신은 바로 그 앞집에서 자취한다고 했다. 그녀는 커피를 한 잔 가져다주었고 '이제 앞뒤 집에서 살게 됐으니 친하게 잘 지내보자'고 했다. 커피를 마시며 다음번 운행 나가기 전까지 이야기를 나누었다. 그 안내양은 경남 밀양이 고향이라고 했다. 가정 형편이 어려워서 중학교를 졸업하고 여고에 진학하지 못 하였으며 친척의 소개로 이 버스회사에 안내양으로 취직해서 낮에는 안내양으로 일하고 밤에는 야간고등학교를 다녀 올해 졸업했다고 말했다. 그리고 그녀는 올해 인하공업전문대학 야간학부에 입학한 신입생이라고 자랑스럽게 말했다. 그녀의 이름은 송경자라고 자신을 소개했다. 그녀의 나이를 물어보지는 않았지만 나보다 두세 살은 적을 것이라고 짐작했다. 그때 그녀가 일하는 버스가 출발하려고 시동을 걸자 그녀는

"아저씨! 다음에 또 만나요."

하며 버스로 뛰어갔다. 나도 그녀를 따라 그 버스타고 동인천 전철역 앞에서 내리며 버스비로 학생 토큰 하나를 건네주니 그녀는 받지 않고 눈웃음으로 눈짓하며 그냥 내리라고 했다. 전철 타고 청량리로 오면서 공공칠가방을 열어 시집을 펼쳤는데 시는 보이지 않고 그 안내양의 생글거리는 눈웃음이 시집에 나타났다가 사라지고 했다. 청량리 기차역에 도착하여 오후 한시 기차표를 예매하고 햄버거와 콜라 한 잔을 사먹고 나니 기차 출발시간은 아직도 삼십

분정도 남아있었다. 공중전화로 들어가서 오늘이 토요일이란 사실도 까맣게 잊어버리고 혜령씨에게 전화 걸었다. 전화 연결 음이 여러 번 울려도 받지 않아서 막 끊으려고 하는데 동전이 철커덕하고 내려갔다.

"예 면사무소 입니다."

하는 목소리가 흘러 나왔다. 그녀 혜령씨의 목소리였다. 그녀는 '오늘이 토요일인데 그녀가 출근한 사실을 어떻게 알고 전화했느냐'며 평소보다 큰 목소리로 밝게 말했다. 그날은 그녀가 당직하는 날이라서 면사무소에는 그녀 밖에 없었고 대구시 공무원채용시험 마무리 공부하고 있다고 했다. 그녀에게 이틀 전 대구에 가서 동생하고 나의 복학문재와 동생이 휴학하는 문재를 상의하였고 인천으로 올라와서 어제 복학신청하고 자취방도 계약했으며 지금은 안동으로 내려가려고 청량리역에서 기차시간 기다리다가 전화했다고 말했다. 그러자 혜령씨는 꼭 상의할 일이 있으니 안동에서 내리지 말고 의성까지 오라고 했다. 조금 망설이다가 그렇게 하겠다고 대답하자 그녀는

"창식씨 얼른 와요. 기차 도착시간에 맞추어 나갈게요. 사랑해요."

하고는 전화를 끊었고 기차역으로 달려가서 차표를 의성역으로 바꾸었다. 기차는 제 시간에 출발하여 힘차게 달렸다. 창가에 앉아서 공공칠가방 열어 수필집을 펼쳤는데 이번에는 혜령씨 수영씨 그리고 그 안내양의 얼굴이 번갈아 수필집의 페이지마다에 나타났다. 수필집은 그 당시 베스트셀러였던 정다운 스님의 『옷을 벗지 못하는 사람들』이란 수필집이었다. 그 수필집 책갈피에 번갈아 나타나는 세 여인의 얼굴을 꾹꾹 눌려 끼워 놓고는 몇 편의 수필을 읽었다. 그 때 읽은 수

필 중에서 무소유에 대한 내용을 읽었다.『모든 번뇌는 소유의 욕심에서 비롯되며 모든 것을 훌훌 털어버릴 때 비로소 세상의 모든 것을 다 소유하는 것이다. 그렇게 모든 것을 버릴 때 비로소 자유로울 수 있다.』라고 수필에서 스님은 그렇게 말했다. 모든 번뇌는 욕심에서 비롯되니 아무것도 가지지 말고 빈 털털이가 되면 번뇌도 사라진다고 했다.

그 한편의 수필을 읽고 나서 지금 나에게 '가야산 정상에 몰아치는 혹독한 눈보라보다 더 지독하게 몰아치는 이 돈보라도 훌훌 털어버리면 이 고통에서 자유로울 수 있을까? 그래서 이 지독한 돈의 굴레에서 자유로울 수 있을까?' 하고 생각하니 정다운 스님의 수필이 나에게는 한낱 사치스러운 땡 중의 말장난으로 밖에 들리지 않았다. 수필을 읽다가 괜히 짜증이 나서 덮어놓고 차창으로 스치는 풍경을 멍하니 보고 있었다. 그때 수레밀고 지나가는 홍익매점 아저씨가 다가왔다. 어제부터 식사도 제대로 못하였던 터라 김밥 한 줄과 사이다 한 병을 샀다. 김밥 한 조각을 입에 넣었는데 동생의 깡마른 모습이 떠올라서 마치 모래알을 한입 씹는 것처럼 목에 걸려 넘어가지 않았다. 사이다로 목을 축여도 김밥은 여전히 목에 걸려 넘어가지 않았다. 기차는 계속 달렸고 어느덧 저녁 일곱 시가 조금 넘어서 의성역에 도착하여 내렸다. 출구로 나가니 혜령씨가 반겼다.

"창식씨! 여기요."

하며 밝은 얼굴로 손을 흔들었다. 기차역에서 그녀와 바로 택시타고 도리원 그녀의 자취방으로 갔다. 자취방에는 저녁을 미리 준비해서 오색 밥상보로 곱게 덮어 두었던 밥상을 들고 들어왔다. 지난 이틀 동안 제대로 된 식사를 한 끼도 먹지 못한 나에게 그 밥상은 진수성찬이었다. 이마에 땀방울이 맺히도록 허겁지겁 먹는 모습을 바라보며 그녀는

"창식씨 다니면서 식사는 꼭 챙겨 먹어야지요. 그러다 병나면 혜령이는 창식씨에게 시집 안 갈 겁니다."

하며 웃으면서도 걱정스러운 표정을 지었다. 그녀는 자신이 차린 밥상을 맛있게 먹는 나를 바라보며 걱정하면서도 한편으로는 무척이나 행복하게 보였다. 식사를 마치고 그녀와 '동생이 휴학하고 군대에 가고 내가 복학하기로 결정하고 인천으로 올라가서 복학신청하고 자취방도 구했다'는 이야기를 하다가 문득 낮에 청량리역에서 전화 통화할 때 혜령씨가 '꼭 상의할 일이 있다'고 한 말이 기억이 났다.

"아참! 혜령씨! 아까 전화로 상의할 일이 있다고 의성으로 오라고 했는데 상의할 일이 무슨 일이야?"

하고 말하니 그녀는 잠시 눈을 꼭 감고 있으라고 했다. 절대로 눈 뜨지 말라고 하며 등 뒤로 돌아가더니 그녀는 등 뒤에서 살포시 포옹하였다. 눈을 뜨고 고개를 돌리자 그녀는 나에게 살며시 키스를 해 왔다. 키스를 하면서 그녀는 나의 손에 무엇인가 꼭 쥐어 주었다. 내가 말을 못하도록 그녀는 키스하고 있는 입술을 떼지 않았다. 내 손에 쥐어 주는 것이 돈 봉투라고 느껴졌다. 고개를 돌리려 하자 그녀는 고개를 따라오면서 맞닿은 입술을 놓아주지 않았다. 그대로 멈추고 한동안 가만히 있었다. 그러자 그녀는

"창식씨! 화내지 말아요. 그리고 아무런 말도하지 말아요."

하며 등 뒤에서 더욱 힘주어 안았다. 봉투를 잡은 나의 손이 떨려왔

고 가슴이 저며 왔다.

　그녀는 군대에서 제대하고 바로 복학하려면 아마도 등록금이 준비되지 않았을 것이라며 먼저 이 돈으로 등록하고 내년에 그녀기 영남대학교에 편입하게 되면 그때 돌려 달라고 했다. 그녀를 향해 돌아앉으며
　"혜령씨! 이러면 안돼요. 인하대학에 합격하고 입학금 낼 때 돈 봉투를 주면서 그때가 마지막이라고 혜령씨가 말 했잖아요. 혜령씨와 나 사이에 이 돈이란 놈이 끼어들면 내가 혜령씨를 미워하게 될지도 몰라요. 난 지금부터 이 돈이란 놈하고 치열한 전투를 벌여서 반드시 돈이란 놈을 꺾고 일어서서 당당하게 혜령씨와 내 친구 김영재 도해스님 앞에 우뚝 일어서야만 합니다. 그렇게 일어서서 혜령씨를 내 친구 김영재 몫까지 두 배로 사랑하겠다고 영재에게 아니 도해스님에게 해인사 대법당 부처님 앞에서 약속했어요. 혜령씨 제발 내가 그 약속 지킬 수 있도록 도와주세요."
　하며 그녀에게 돈 봉투를 도로 밀었다. 그녀는 그 돈 봉투를 집어 들고 가슴에 품어 안고는 소리 없이 눈물만 흘렸다. 그녀가 흘리는 눈물의 의미는 무엇이었을까? 한참 동안 그 돈 봉투를 꼭 끌어안고 말없이 울기만 하던 그녀는 그 하얀 돈 봉투를 나의 손에 다시 쥐어주며
　"창식씨! 그럼 이 혜령이는 누구입니까? 아직도 송창식과 김영재의 선배누나에 불과 합니까? 이 혜령이는 창식씨의 선배누나가 아닌 당신의 여자이기를 간절히 바라고 또 바라며 기도했어요. 창식씨! 이제부터는 제발 당신이 나를 누나가 아닌 당신의 여자로 받아주세요. 그래서 내 남자가 돈이란 놈과 치열하게 벌이는 전쟁에 둘이서 두 손 꼭

맞잡고 싸워서 반드시 이기고 일어서는 그날까지 나도 창식씨와 함께 싸울 것입니다. 혜령이는 내 남자인 당신이 돈이란 놈을 이기고 당당하게 가야산 정상에 우뚝 서게 하고야 말 것입니다."

하며 그녀는 어깨가 흔들리도록 흐느끼고 있었다. 나는 아무런 말도 하지 못하고 그녀를 꼭 끌어안았다.

"혜령씨! 고맙고 미안해요. 나처럼 가난한 남자를 당신의 남자로 받아주어서 정말로 고마워요. 가야산 정상에 그토록 혹독하게 몰아치던 눈보라도 시간이 지나면 끝이 나고 밝은 태양이 비치면 그 산꼭대기에 찬란한 햇볕이 제일먼저 비치듯이 지금 나에게 몰아치는 이 돈보라도 언젠가는 끝이 나겠지요. 그리고 혜령씨는 틀림없는 송창식의 여자입니다. 내 친구 김영재에게 아니 도해스님에게 그의 몫까지 두 몫으로 혜령씨를 사랑하겠다고 약속했고 또 반드시 그 약속 지키겠습니다. 혜령씨 사랑해요."

라고 말하고 우리는 부둥켜안고 울면서 서로의 눈물을 닦아주며 피식 웃기도 했다. 혜령씨는 고등학교 때 불교학생회 활동을 하면서 그녀는 나보다 한해 선배누나였다. 그러나 사실 따지고 보면 그녀는 생일이 음력으로 이월 달이고 나는 삼월 달이니 불과 한 달차이로 누나였다. 그 당시에는 국민학교 입학할 때 입학기준일이 삼월 일일이라서 그녀는 일곱 살에 나는 여덟 살에 입학하여 한 달 차이로 좀 억울한 후배가 된 셈이다.

그러나 어찌하랴 하루가 누나라도 누나는 분명하다고 말하며 그녀가 울다가 웃다가하여 두 사람 사이의 분위기가 많이 가벼워 졌다. 그리고 그 돈 봉투는 우선은 내가 쓰고 내년에 혜령씨가 영남대학교에 편입하면 그 등록금은 반드시 내가 내겠다고 말했다. 그녀도 그렇게 해달라고 했다. 그녀는 내년에 영남대학에 편입하면 내 남자가 대학교에 보내주니 두 배로 행복할거라고 말했다. 그렇게 우리의 그날 밤은 잊지 못할 애틋히면서 아름다운 밤을 보냈다.

    다음날 아침에 떠오르는 태양은 다른 어느 날보다 더 붉게 떠올랐다. 일요일 아침이라 천천히 그녀와 고운사 부처님께 들렸다. 오늘 두 사람은 아마도 똑 같은 마음으로 부처님께 기도할 것 같았다. 버스에서 내려 고운사까지 걸어가는 길은 작은 계곡물을 여러 번 건너야하는 돌밭 길이었다. 지금은 겨울이라 바삭 마른 도랑 섶의 자갈길이었다. 몇 년 전 고등학교 불교학생회에서 하계수련대회 갈 때 이 길을 여러 명이 함께 걸어가다가 얕은 개울물을 건너야할 때 여학생을 서로 업어 건네준다고 등을 들이밀던 이야기를 했다. 그녀는 그때 내가 우리 동급생인 연희를 업어 건네줄 때 질투가 나서 나도 업어달라고 하니 내가 아닌 다른 후배인 종각이가 달려와서 업어주어서 내심 섭섭했다고 하며 웃었다. 그리고 그때 길가에는 철 이른 코스모스가 피어 하늘하늘 거렸다. 그중에서 빨간 코스모스를 따서 여고생 하얀 교복 등짝에 코스모스 꽃도장을 찍으며 '누나는 내가 도장 찍었으니 이재부터는 내꺼야!' 하던 나에게 화를 내는 척 했어도 그때 기분은 정말 좋았다고 말하며 '그때 그 꽃도장으로 지금 혜령이는 도망도 못 가고 꼼짝없이 창식씨 여자가 되었어요.' 하며 또 밝게 웃었다. 오늘은 겨울이라 그런 풍경은 없었으나 바람도 잠잠하고 햇살이 무척이나 포근했다. 고은사 법당에서 부처님께 삼배 올리며 간절히 기도했다. 지금 나에게 몰아치는 혹독한 돈보라를 혜령씨와 두손 꼭 잡고 함께 당당하게 맞서 이기고 우뚝 일어설 수 있도록 부처님이 보살펴 달라고 기도했다. 법당에서 나와서 총무스님께 인사드리고 스님이 우려 주는 보이차 몇 잔 마시고 국도변까지 걸어 내려왔다. 계곡의 길을 걸어 내려오면서

"혜령씨! 오늘은 법당에서 부처님께 삼배 드리며 무엇을 기도했어요?"

하고 물으니 대답을 안 하고 뽀루퉁해 있었다. 왜 그녀가 삐쳤는지 그 이유를 몰랐다.

"혜령씨! 왜요? 내가 뭐 잘못했나요?"

하며 그녀를 가로막고 물었다. 그러자 그녀는

"창식씨! 언제까지 나에게 혜령씨 혜령씨 하고 부르실 건가요? 그냥 혜령아! 하고 불러주면 안되나요? 아니면 자기야! 하고 불러주면 어디 덧나나요?"

하며 살짝 삐친 듯한 표정으로 바라보더니 이내 방긋 웃으며 지금 당장 혜령아! 하고 불러 보라고 애교 섞인 얼굴을 했다.

"혜령아!"

하고 약간은 어색한 투로 부르니 그녀는 좋아라하며 애교 섞인 자세로 허리를 살살 꼬며

"응 자기야!"

하면서 우리는 계곡을 내려왔다. 안동시내에서 점심 먹고 그녀는 도리원으로 나는 집으로 서로 헤어졌다. 집에 도착해서 할머니와 어머니께 대구에서 동생을 만났고 인천에 가서 복학 신청하고 자취방 계약하고 내려온 일 모두를 말했다. 그러자 어머니는 이백만 원의 돈을 내놓으며 이 돈으로 등록금 납부하고 인천 가서 자취방 살림살이

사라고 했다.

"어머니 이 돈 어디서 났어요? 이웃집에서 빌렸어요?"

하고 물어보니 백만 원은 옆집에서 빌렸다고 했다. 그래서 백만 원은 도로 가져다주라고 말하고 나머지는 나에게 있으니 걱정하지 말라고 했다. 그리고 동생이 대구 염색공장에서 일하여 모아둔 돈도 이 정도는 있으니 걱정하지 말라고 했다. 다음날 면소재지 농협에 가서 등록금을 지로로 납부했다.

며칠 후 대구동생이 우리 동네 동장 집으로 전화해서 전화해 달라고 연락이 왔다. 면소재지 우체국으로 달려가서 통화하니 동생은 그동안 병무청에 지원 입대 신청했고 빠르면 오월이나 유월 달에 입대할 예정이라고 했다. 영남대학교에도 입대를 위한 휴학계도 어제 제출했다고 말했다. 그리고 입대 영장이 나올 때까지 그곳에서 일하다가 군대에 가겠다고 하였으며 나의 통장 번호를 알려 달라고 했다. 그동안 모아 둔 돈을 보내줄 테니 형의 등록금으로 우선 쓰라고 했다. 동생에게 집에서 어머니가 준비해준 돈으로 충분하다며 동생이 안동으로 올 때 가지고 와서 직접 어머니께 드리라고 말했다. 그리고 끼니 거르지 말고 건강 챙기라고 당부했다. 지금 우리 집 사정은 누구 하나라도 쓰러지면 온 가족이 함께 쓰러지게 되니 제발 건강 챙기라고 당부했다. 겨울철이라 마땅히 할 일은 없었지만 며칠 동안 집에서 열심히 땔감 나무를 했다. 이웃집에 사는 준구형 하고 함께 나무하러 다녔다. 지게에 바소구리 얹고 묵직한 도끼로 아카시 뿌리와 마른나무를 잘라서 한 짐 지고 돌아오곤 했다.

그렇게 시간이 흐르던 어느 날 혜령이의 대구시 공무원채용시험 결과를 발표하는 날이 되었다. 혜령이에게 전화하려고 고등학교시절에 타고 다니던 벌겋게 녹이 난 자전거를 타고 면소재지 우체국으로 달려가서 전화를 걸었다.

"예 산업계 입니다. 무엇을 도와드릴까요?"

하는 남자직원의 목소리였다.

"장혜령 주사님 부탁합니다."

하니 잠시 후에 그녀가 전화를 받았다. 그녀는 약간 흥분된 어조로 "자기야! 얼른 이리로 달려 와요. 나 업어줘요. 조금 전에 대구시 공무원시험결과 발표 났어. 그런데 그런데! 내가 수석으로 합격했어." 하고 말하는 그녀의 목소리는 이미 흥분하여 떨리고 있었다.

"우와! 혜령아! 축하 축하해! 진짜로 수석합격이야! 업어주고 말고 지금 당장 달려갈게."

하고 말하니 그녀는 아니라며 퇴근시간에 맞추어 면사무소로 오라고 했다. 그 시간에 맞추어 가겠다고 약속하고 전화를 끊었다. 벌겋게 녹슨 자전거를 타고 돌아오는 길은 마치 세단을 타고 달리는 듯 상쾌했고 마음은 하늘을 날아가는 듯 가벼웠다. 자전거타고 달리는 길옆으로 참새도 떼 지어 따라오며 축하해주는 듯 재잘거렸다. 집으로 돌아와서 할머니와 어머니께 그녀의 공무원시험 수석합격이라는 소식을 이야기하고 점심식사 후에 도리원으로 내려가서 놀다가 내일 돌아오겠다고 말했다. 할머니도 어머니도 그녀의 합격소식에 마치 자신의 딸이 합격한 것처럼 기뻐했고 할머니는 고쟁이 속주머니에서 돈 이 만원을 꺼내 주며

"빈손으로 가지 말고 저번에 아가씨가 사온 그 빵 케~ 뭐라고 했

나?"

"아이고 할머니 케이크요."

"그래 그 게이코라도 하나 사 가라."

헸다. 힐미니가 준 돈으로 제과점에 들려 생크림 제일에 『경축 수석합격 장혜령』이라고 써서 시외버스터미널에서 대구행 시외버스 타고 도리원으로 달려갔다. 면사무소에 도착하니 아직 퇴근시간 까지는 시간이 좀 더 남아있었다. 들고 간 케일통을 의자에 올려놓고 앉아서 청자담배 한 개비를 피우는데 또 허옇게 빛바랜 플라타너스 잎들이 수근거린다. 그들이 뭐라고 떠들든 말든 오늘은 모두 용서해주리라 생각하며 그들의 수다에 귀를 기울였다.

"야! 이 남자 봐라. 오늘은 케일도 사 가지고 온 걸 보니 우리 장혜령주사 생일인가? 야! 너는 소문도 못 들었냐? 아 글쎄! 우리 면소 장주사가 말이다. 대구시 공무원시험에 글쎄 일등을 했다더라."

"아하! 그랬구나! 그래서 이 남자 장주사에게 잘 보이려고 선물까지 들고 왔구나. 참! 남자들이란 어쩔 수 없어. 그러니 평소에 잘 하면 될 것을~ 쯔쯔쯔"

"아니야! 여자들이 더 문제야! 이런 알량한 선물에 그냥 넘어가니 말이야."

하고 수다를 떠는데 이번에는 옆에서 엉크런 자세로 서 있던 울타리 탱자나무도 온 동네가 다 듣기 도록 큰소리로 허옇게 말라비틀어진 플라타너스 낙엽들에게 흥분해서 떠들었다.

"우와! 우리면소 장주사가 합격이라고! 그것도 수석합격이라고! 내일 조간신문에 대문짝만하게 나오겠네!"

하며 허옇게 빛바랜 낙엽들의 수다를 거들었다. 나는 혼자서 빙그레 웃으며 그 말라비틀어진 낙엽과 엉크런 탱자나무에게 가벼운 윙크를 보냈다.

"야! 그렇게 대단한 장혜령 주사가 내 애인이야! 알았어!"

하며 허옇게 말라비틀어진 플라타너스 낙엽들과 엉크런 울타리 탱자나무들에게 있는 폼 없는 폼 다 잡았다. 그렇게 으스대며 노닥거리다 보니 어느새 면사무소 마당에는 어둠이 깔렸다. 직원들이 하나 둘 퇴근하기 시작했다. 그녀는 다른 직원들 보다 조금 늦게 나왔다.

"창식씨! 많이 기다렸어?"

하며 다가오는 그녀에게 얼른 등을 돌려대고 업히라고 하니 그녀는 조금도 망설임 없이 업혔다. 그녀를 덜렁 업고 면사무소마당을 한바퀴 빙 돌았다. 그녀는 좋아라하면서도 등을 통통 두드리며 내려놓으라 했다. 다른 직원들은 모두 먼저 퇴근하고 아무도 없는 마당에서 "혜령아! 고맙다. 장한 나의 여인 혜령아 사랑해!"

하며 우리는 면사무소 마당 한가운데서 길고도 아름다운 키스를 하였다. 그리고 벤치에 올려놓았던 케익을 들고 나가려하니 이번에는 허옇게 말라비틀어진 낙엽들도, 엉크런 울타리 탱자나무들도 모두 면사무소마당이 떠나가도록 환호의 박수를 쳐주었다.

"와우! 이 남자 멋지다! 최고다! 짝 짝 짝!"

그녀와 그들의 박수와 환호를 받으며 그녀의 자취방으로 갔다. 자취방에 들어가서 케익을 열어본 그녀는 케익에 선명하게 새겨진 장혜령 이름 석 자를 보고 기뻐서 또 눈물을 흘렸다. 이 케익은 할머니가 당신에게 사 주라고 고쟁이 속주머니에서 꺼내준 돈으로 샀다고 하니 그 케익을 바라보면서

"할머니 감사합니다. 고맙습니다."

하면서 왜 할머니께 이야기 했냐며 어머니도 알고 있냐고 물었다. 해령이의 장한 모습을 두 분께 자랑했고 오늘 여기에 갔다 온다고 이야기하고 왔다고 말했다. 그녀는 할머니와 어머니가 좋아하더냐고 물으면서 얼굴이 발그레하게 달아올랐다. 그녀는 케익 위에 하나의 촛불을 켜고 나와 함께 끄자고 했으나 이것은 당신의 케익이니 혼자서 촛불을 끄라고 했다. 촛불을 끄고 케익 나이프로 그녀의 이름이 있는 부분의 반을 잘라서 먹었다. 나머지 반은 내일 할머니와 어머니께 가져다주라고 하며 다시 곱게 포장해서 보관해 두었다. 그리고 혜령이에게

"공무원 신규임용은 언제쯤 되냐"

고 하니 아마도 성적이 좋아서 상반기 중으로 임용 될 거라고 했다. 나는 이번 달 이십칠 일쯤에 인천으로 올라갈 계획이라고 말하니 그날 그녀도 함께 인천으로 가겠다고 했다. 주말과 삼일절 공휴일까지 삼 일간의 연휴라서 함께 인천으로 올라가서 나의 자취방 살림을 챙겨주고 오겠다고 했다. 그래서 이십칠일 토요일 오전 열시 기차로 함께 인천으로 가기로 약속했다. 그날은 밤이 깊어서야 행복한 잠자리에 들었다. 다음날 그녀가 곱게 포장해서 남겨 둔 반개의 케익을 들고 집으로 돌아와 할머니께 그 반개의 케익을 드렸다. 할머니는 그 케익을 보고는 좋아하셨다.

며칠이 지난 후 나는 책과 쌀 그리고 어머니가 챙겨주는 반찬 등을 포장해서 인천자취방으로 수화물로 보냈다. 공공칠가방에 나의 물건을 챙겨 넣고 군대 가기 전에 어머니께 맡겨 놓았던 수영씨가 내게 주었던 그 명품시계도 챙겨 넣으며 수영씨 생각을 했다. 아마도 그녀는

아직도 내가 군대에 있다고 생각하고 있을 것이다. 수영씨 집안은 어떻게 되었으며 어디에 있는지 몹시 궁금해졌다. 그녀가 떠오르니 가슴이 저려왔다. 그리고 누가 나의 의가사 전역을 신청했는지도 궁금했다. 그때의 추측으로는 의가사 전역 신청은 분명히 수영씨 아버지께서 딸에게서 나의 가정 형편을 다 듣고 군대에서 영관급으로 있었으니 도움을 준 것이라고 짐작했다. 이십칠일 아침 할머니와 어머니께 인사드리며 여고 삼학년이 되는 큰 여동생에게 동생들과 할머니 어머니를 부탁하고 집을 나왔다

어쩔 수 없는 외로운 슬픔

안동역에서 혜령이를 만나 인천 자취방에 도착하니 오후 네시가 다 되었다. 수화물 취급점에 들러 안동에서 보낸 물건을 찾아오고 시장에 들러 필요한 이불과 옷장 밥상 찬장 등의 자취방에 필요한 물건들을 사 와서 정리를 대충하니 저녁 일곱 시가 넘었다. 늦은 저녁을 그녀와 함께 먹고 나서 길고도 피곤한 하루가 지나갔다. 이번에는 혜령이가 세심하게 챙겨주어서 제법 틀을 갖춘 자취방 살림살이가 되었다.

나의 새로운 자취방에서 다음날 혜령이가 도리원으로 돌아가는데 청량리역까지 따라가서 보내고 돌아왔다. 오후에 자취방에서 나머지 짐을 챙기며 정리하고 있는데 누군가 방문을 노크했다. 집주인인가 하며
"누구세요? 잠시만요."
하고 체육복 바람으로 문 열고 나가니 앞집에서 자취한다던 안내양 송경자씨였다.
"안녕하세요? 언제 오셨어요?"

하며 생글생글 웃으며 인사했다. 그녀는 오늘 오전에 이집 주인할머니가 학생이 왔다고 이야기해서 알았다고 했다.
"아직도 자취방 짐 정리를 다 못해서 방이 어설픈데 잠시 들어오세요. 커피라도 한 잔 드릴게요."
하니 그녀는 내 말이 끝나기도 전에 들어왔다. 그녀는 오늘이 쉬는 날이라 하며 한참동안 이야기하며 뜨거운 커피가 싸늘하게 식도록 눌러앉아 있었다. 그녀는 인하공업전문대학 환경공학과에 입학했으며 내일 저녁 일곱 시에 첫 수업이 있다고 했다. 대학생활을 시작하면서 설레는 가슴으로 많은 것을 물었고 앞으로 같은 경상도 보리문둥이끼리 오빠라 불러도 되냐고 했다. 그렇게 말하기에 그녀의 나이를 물어보니 나보다 세 살이나 어렸다. 그래서 편하게 오빠라고 부르라고 했다. 서로가 어려운 형편인데 마음이라도 의지하며 잘 지내자 말하고 그녀는 돌아갔다. 그날 저녁은 자취방 정리하느라 늦은 시간에 잠이 들었다. 다음날은 오전에 복학하여 첫 강의를 들으려고 구조역학개론 책 한 권을 들고 가벼운 마음으로 조금 이른 시간에 학교로 향했다. 한 시간정도의 여유가 있어서 불교학생회 서클룸으로 발길을 옮겼다. 서클룸에 막 들어서니 후배 몇 명이 있었고 그들 중에는 나를 좋아하던 은숙이도 있었다. 은숙이는 나를 보고는 놀라며
"선배님! 벌써 휴가 나왔어요?"
하며 달려 나와 나의 손을 잡았다.
"응! 은숙이 일 년 사이에 많이 예뻐졌구나. 그동안 잘 있었어."
하며 은숙이와 후배들에게 인사하고 군대에서 의가사 전역하고 이번 학기에 복학했다고 말했다. 복학이라는 말에 그들 모두는 의아해하며 반겨주었고 은숙이는

"그럼 선배님하고 이제 동급생이니 말 놓아도 되나요?"

하며 애교를 부리며 좋아했다. 그들과 수다 떨다가 강의실로 들어갔다. 강의실 안에는 여러 명의 학생들이 있었는데 대부분 일 년 후배들이라서 서먹서먹했다. 과대표에게 이번학기 복학생이며 **학번이라고 소개했다. 그러자 과대표는 앞으로 나가서 소개하면서 일 년 선배인데 제대하고 이번 학기에 복학하게 된 것이라고 학생들에게 소개해 주었다. 나는 함께 즐거운 캠퍼스 생활하자고 인사했다. 곧이어 강의는 시작되었다. 구조역학개론 책을 펴다가 책갈피 속에서 네잎크로버를 발견하고 그만 울컥했다. 수영씨가 이년 전에 캠퍼스에서 찾은 네잎크로버 였다. '크로버 잎은 책갈피 속에서 그때 그대로 예쁘게 남아있는데 수영씨는 지금 어디에 있을까?'하고 생각하니 가슴이 아파왔다.

신학기 개학하고 첫 수업이라 교수님은 이번 학기 동안의 수업방향을 설명하고 다음 주부터 본격적인 진도를 나간다는 이야기하고 강의를 끝냈다. 불교학생회 서클룸에 다시 들러 후배들과 조금 놀다가 자취방으로 돌아왔다. 책갈피 속에 있던 네잎크로버를 본 후로 계속해서 수영씨의 잔상이 따라 다녔다. 라면 하나 끓여서 식은 밥과 김치로 점심을 먹었다. 라면을 먹으면서도 수영씨가 가야산 정상에서 끓여 준 라면 반개가 떠올랐다. 수영씨를 생각하니 가슴이 또 아려왔다. 가슴이 답답하여 자취방을 나와서 십정동 공단 쪽으로 걸어갔다. 혹시라도 공단에서 주말에 일할 수 있는 일자리를 찾아볼까 하고 버스 종점을 지나는데 종점 담벼락에 구인광고 전단지가 몇 장 붙어있었다. 그 전단지를 하나하나 꼼꼼히 읽어보았는데 대부분은 직원을 채용한다는 구인광고였다. 그중에서 세 개의 전화번호를 적어서 시내버스 종점 공중전화로 갔다. 구인광고 전단지에서 적어온 번호로 전화를 걸어서 대학생이며 주말에 이틀 동안 일당으로 일할 수 있는지 문의했다. 그러나 날 일을 할 수 있는 곳은 하나도 없었다. 공중전화 부스를 나서려다 일 년 전에 일하던 건설현장의 반장이 생각났다. 그런데 그 반장의 전화번호가 없어서 그때의 현장사무실 전화번호로 전화를 걸었다. 수화기에서는 없는 번호라는 기계음이 들려왔다. 다른 건설현장이라도 찾아가 보아야겠다고 생각하며 나오는데 등 뒤에서 '오빠야!' 하며 부르는 소리가 들려 돌아보니 안내양 송경자씨였다. 그녀는 오늘도 종점에서 시내버스 차 바닥을 닦고 마대 걸레를 수돗가에서 씻고 있었다. 반갑게 인사하며 그녀에게 여기 십정동 공단에 주말에 날일 할 곳을 찾아보려고 나왔다고 말했다. 그녀는 잠시 기다리라 말하고는 사무실로 들어가서 커피 두 잔을 가지고 왔다. 그녀와 마주서서 커피 마시며 '주말에 일할 곳이 혹시 이 근처에는 없냐'고 물어보았다, 그녀는 잠시 망설이는 듯하더니

"오빠야! 내일은 학교에서 언제쯤 수업이 끝나요?"

하고 물었다. 내일은 오전에 두 시간 오후에 두 시간의 수업을 마치면 오후 내 시경이면 수업이 모두 끝난다고 했다. 그녀는 그럼 그때 학교 앞 시내버스 승강장에서 만나자고 했다. 그녀는 한 달에 두 번 쉬는데 내일이 쉬는 날이라며 그때 만나서 그녀가 잘 아는 지인이 근무하는 공장에 함께 가서 주말에 일할 수 있는지 함께 알아보자고 했다. 그녀와 그렇게 하자고 말하고 그녀는 시내버스 타고 다시 운행을 나갔다. 그녀의 버스는 이제 인천 시내를 한 바퀴 돌아서 다시 여기로 돌아오면 오후 여섯 시에 퇴근하고 일곱 시까지 인하공전 야간학부

에 오늘 첫 수업을 받으러 가야했다.

  오늘이 입학하고 첫 수업이니 대학생활에 대한 기대와 설렘이 클 것이다. 그래서 그런지 그녀는 이미 조금은 들떠 있어 보였다. 그녀는 버스가 시내를 한 바퀴 돌아 종점에 다시 도착하면 약 이십분 동안의 휴식시간에 청소하고 잠시 커피 한잔 마시면 다시 출발하는 고된 일을 하는데도 밝은 얼굴이었다. 곧이어 그녀가 일하는 버스는 종점에서 서너 명의 승객을 태우고 다시 출발했다. 나는 이왕 여기까지 나왔으니 공단으로 걸어갔다. 공단의 골목은 무척이나 조용했고 공단이라서 그런지 길바닥의 흙도 기름때가 묻어서 검게 보였다. 도로 옆 하수구는 기름 냄새와 공장 폐수가 범벅되어 머리가 아프도록 심한 악취가 풍겼다. 한참을 걷다보니 어느 공장 담벼락에 붙어있는 구인광고 전단지가 눈에 들어왔다. 자세히 읽어보니 막노동하는 인부를 구한다는 내용이었다. 그 회사 정문의 수위실로 들어가서 문의했다. '대학생이고 주말에 일하고 싶은데 가능하냐.'고 문의하니 수위실에서 인터폰으로 사무실에 무엇인가 한참을 이야기하더니 수위 아저씨가 나를 데리고 사무실로 갔다. 그 공장은 어떤 기계 부품을 만드는 공장으로 직원이 많아보였고 규모도 크게 보였다. 수위아저씨의 안내를 받아 사무실로 들어서니 그 회사 과장이라는 사람이 의자에서 일어서며 소파에 앉으라고 했다. 그분에게 지방에서 올라온 인하대학교 학생이라며 집안 형편이 어려워서 주말에 일해서 생활비를 벌어야 한다고 말했다.

  그는 나의 이야기를 듣고 착하다고 하며 매 주말마다는 일이 없고 공장에 일거리가 생기면 연락할 테니 나오라고 했는데 일당으로 지급되는 돈이 얼마 되지는 않았다. 건설 현장에서 주는 일당에 비하면 너무 작아서 실망했다. 그렇다고 매 주말마다 고정으로 일하는 것도 아니라서 마음에 들지 않았다. 그러자 그 과장은 제안을 했다. 그 공장의 직원 중에 한 사람이 인하대학교 야간학부 기계공학과에 다니는데 나에게도 야간학부로 옮기고 여기서 근무하라고 이야기 했다. 그러면 정식직원으로 채용하는 방안을 검토하겠다고 말했다. 그렇게 정식직원이 되면 월급은 한 달에 이십만 원 정도라고 하며 깊이 생각하고 학교에도 알아보고 가능하면 연락하라며 자신의 명함을 건네주었다. 그날 그분이 주는 명함이 태어나서 처음으로 받아 본 명함이었다. 그 명함에는 회사마크와 회사이름이 윗줄에 선명하게 큰 글씨로 새겨져 있었고 그 밑줄에 경리과장 박**하고 적혀있었다. 마지막 줄에는 회사 전화번호가 적혀있었다. 그날 받은 명함은 내생에서 처음 받은 명함이라 오랫동안 명함의 모서리가 부풀도록 지갑에 넣고 다녔다. 그 과장에게 돌아가서 한번 깊이 생각해보고 연락하겠다고 말하고 자취방 주인집 전화번호를 적어주고 그 공장을 나왔다. 공단의 검은 먼지가 풀풀 날리는 길을 걸어서 천천히 자취방으로 갔다. 자취방주인이 터덜터덜 걸어오는 나를 발견하고는

"창식이 학생! 조금 전에 학생을 찾는 전화가 왔어요. 이 번호로 전화해보세요."

하며 전화번호가 적힌 쪽지를 건네주었다.

"귀찮게 해서 죄송합니다. 고맙습니다."

하고 쪽지에 적힌 전화번호를 확인하니 낯선 번호였다. 조금 전에 받은 명함의 전화번호를 확인해보니 그 번호는 아니었다. 그 순간 혹

시 수영씨가 전화한 것은 아닌가하는 생각이 들어 마음이 급해졌고 버스종점으로 달려가서 전화를 걸었다.

"여보세요? 누가 이 번호로 전화 해달라고 해서요."

하고 말하니 상대방은 대답도 안히고 수회기를 던지듯 내러놓으며 "전화해 달라 하신 분 전화요!"

하는 소리가 들려왔고 잠시 후에

"창식씨! 혜령이가 전화했어요."

라며 그녀의 밝은 목소리가 흘러나왔다.

"혜령아 지금 어디야?"

그녀는 대구에 있는 도청에 업무 차 출장을 왔다가 업무마치고 다방에서 전화를 했던 것이다. 별다른 일은 없었지만 시간의 여유가 생겨서 그냥 목소리 듣고 싶어서 전화했다며 나의 일상을 물어왔다. 그녀에게 '지금 주말에 일하려고 일자리 알아보려고 공단에 나와서 몇 곳에서 면접을 했고 한 회사에서 나에게 학교를 야간학부로 옮기고 그 회사에 근무하라는 제안을 받았는데 월급이 생각보다 작아서 고민 중이다.'라고 말했다. 그러자 그녀는 펄쩍뛰면서 그렇게 하지 말라고 했다. 학교수업에 전념하라 했고 주말에 조금씩 일할 수 있으면 그렇게 하라고 했다. 그녀는 대구에 있는 남동생은 지금 어떻게 지내냐고 물었다. 동생은 휴학하고 입대할 때까지 염색 공단에서 일하고 있다고 말하니 동생에게도 가끔은 연락하라고 말했다. 그녀가 동생까지도 세심하게 챙기고 있었다. 그리고 그녀는 오월 달 대학축제 때 인천으로 오겠다고 했다. 축제 일정이 잡히면 미리 전화하겠다고 이야기하고 전화를 끊었다. 자취방으로 터덜터덜 걸어오면서 공단에서 일하는 것과 야간학부로 옮기는 것은 혜령이가 하지 말라고 하니 포기하기로 결론 내렸다. 그리고 내일 오후에 버스 안내양 송경자씨를 만나 그녀 지인의 공장에 가자고 했으니 일단 일자리 구하는 일은 내일 더 생각하기로 했다.

  다음날 아침에 일어나 학교로 가면서 옷을 신경 써서 조금은 깔끔하게 챙겨 입고 나왔다. 오후에 강의를 마치고 경자씨와 약속한 학교 앞 버스 승강장으로 나가니 그녀는 언제부터 기다렸는지 학교 정문을 나서자 반가운 표정으로 달려왔다.
  "오빠야! 여기요. 벌써 수업 끝났어요."
  하며 밝은 표정으로 다가왔다. 이른 봄인데도 그녀는 화사한 옷차림으로 한껏 멋을 부렸고 얼굴에는 화장을 연하게 바르고 나왔다. 안내양 근무복을 입고 있을 때와는 다른 밝은 모습이었다.
  "아니 경자씨! 많이 기다렸어요. 오늘따라 강의가 늦게 끝나서 미안해요."
  하며 그녀에게 인사했다. 그러자 그녀는 다가와서 자연스럽게 팔짱을 끼고는 지나가는 택시를 세웠다. 택시 타고 그녀는 기사에게 남동공단으로 가자고 하였고 택시가 달리는 동안에 그녀는 어제 저녁에 인하공전 첫 수업에 대한 이야기를 했다. 공단에 도착해서 어떤 공장으로 들어가며 그녀가 오늘 오전에 미리 이 공장에 근무하는 과장에게 이야기 했으며 그 과장은 그녀 고향의 먼 친척이라고 했다. 그 공장 수위실에서 연락하고 기다리면서 주위를 둘러보니 그 공장은 산업용 쇠파이프를 생산하는 공장이었다. 공장의 규모가 상당히 커 보였다. 수위실에서 조금 기다리니 그 과장이라는 분이 깔끔한 근무복을 입고 나왔다. 수위실 옆 직원 휴게실로 들어가서 그는 휴게실 매

점에서 커피 세 잔을 사서 의자에 앉으며 나에게

"무슨 학과에 다니며 몇 살이냐?"

를 묻고서는 경자가 부탁해서 알아보았는데 주말에만 일하는 자리는 없다고 했다

방학 때 두 달 정도는 임시직으로 일하는 자리가 있다고 했는데 월급은 역시 이십만 원 정도라고 하며 유월 말일 전에 미리 연락하라고 했다. 그 과장은 경자의 간절한 부탁도 있고 하니 신경 쓰겠다고 말했다. 그 과장에게 '신경써주셔서 감사하다'하고 인사하고 그녀와 그 공장을 나왔다. 그녀와 조금 걸어서 공단 앞 시내버스 승강장으로 가면서 그녀에게 '이렇게 신경써주어서 고맙다고 말하고 여기도 삼번 시내버스가 다니냐'고 물었다. 그녀는 여기서 육십오 번 시내버스 타고 동인천에서 내려 삼번으로 갈아타고 가야한다고 했다. 곧이어 시내버스가 도착했고 우리는 동인천에서 내렸다. 버스에서 내리자 그녀는 다시 팔짱을 끼며

"오빠야! 우리 여기서 저녁 먹고 조금 놀다가 들어가요."

하며 한껏 기대에 부푼 얼굴로 빤히 쳐다보았다. 오늘 그녀가 오후 시간을 나의 일자리 때문에 고생한 것이 고마워서 그렇게 하자고 말하며 저녁 먹으러 가자고 했다. 그녀는 경양식 레스토랑으로 가자고 했고 식사하면서 대학생활과 축제에 대해 이야기 했는데 축제 때 나의 축제 파트너로 그녀를 불러 줄 것을 은근히 기대하는 듯했다. 그런 그녀의 이야기를 애써 모른 체하며 다른 이야기로 분위기 바꾸었다. 식사를 마치고 나오면서 식대를 계산하려고 카운터로 갔더니 이미 그녀가 계산했다고 하였다. 조금 전 그녀는 화장실 다녀오는 척하며

계산을 했던 것이다.

"아니! 경자씨 오늘은 내가 사야하는데 왜 벌써 계산했어요. 그러면 미안하잖아요."

하며 그녀를 바라보니 그녀는 생글생글 웃으며 나의 팔짱을 끼고는

"내가 돈을 벌고 있으니 내가 계산해야지요. 나중에 오빠가 돈 벌면 그때 또 사 주세요."

길거리 커피자판기에서 커피 두 잔을 뽑아서 천천히 걸어갔다. 걸으면서 무슨 말을 어떻게 해야 할지 참으로 난감했다. 아무런 말도 못하고 한참을 걸어가는데 그녀가 먼저 입을 열었다.

나의 팔짱끼고 내게 바짝 달라붙었다. 그녀가 상처받지 않도록 조심스럽게 그녀에게 나의 생각을 이야기했다.

"경자씨! 나는 지금 누구를 사랑하거나 좋아할 형편이 아닙니다. 지금 당장 학비와 생활비를 벌어야하는 고학생입니다. 우리 집은 할머니 어머니 그리고 나는 육 남매의 장남이며 고향에는 적은 토지로 우리 식구의 양식도 부족한 어려운 형편입니다. 그리고 나에게는 이미 내가 결코 배신할 수 없는 여인이 한 분 있어요."

하고 천천히 걸으며 그녀에게 말했다. 나의 이야기를 가만히 듣고 있던 그녀는

"오빠야! 미안해요. 나는 오빠를 처음 보는 순간에 나처럼 어려운 형편의 복학생이라는 것을 짐작했어요. 그래서 조금이라도 도와드리고 싶어서 그랬어요. 나의 행동이 불편했다면 이해해주세요."

하며 그녀는 자신도 고학생이니 앞으로 좀 더 시간을 두고 생각해보자고하며 서로 비슷한 어려운 처지에 객지에서 고생하면서 마음이

라도 서로 의지하며 오빠동생으로 잘 지내자고 했다. 그런 이야기하며 걸어오다 보니 어느새 십정동 버스종점이 눈앞에 나타났다. 그녀는 본인의 자취방 앞에서 커피 한잔마시고 가라며 기어이 그녀의 자취방으로 들어오라고 했다. 그녀의 자취방 구조는 나의 방과 비슷했으며 그녀는 그 집에서 자취를 시작한지 벌써 삼년이 더 지났다고 했다. 부엌을 거쳐 방으로 들어가 앉으니 아가씨 방이라서 그런지 무척이나 깔끔했다. 방안에는 작은 분홍색 장롱이 있었고 작은 이단 서랍이 달린 화장대도 있었다. 화장대 거울 앞에는 꾀 많은 화장품이 가지런히 정리되어 있었다. 그 화장대 옆으로 책상도 하나 놓여있었다. 책상 위 책꽂이에는 여러 권의 책이 가지런히 꽂혀 있었고 시집도 몇 권이 함께 있었다. 그 시집 중에 한 권을 뽑아 펼쳐보고 있는데 그녀가 커피 두 잔을 따뜻하게 타서 들고 들어왔다.

"경자씨! 시를 좋아하시나 봐요?"

하며 그녀를 바라보니 '가끔 마음이 허전하고 피곤하면 시집을 펼쳐서 몇 편 읽다가 잠들곤 한다.'고 말했다. 그녀는 본인이 시집을 보면서 흉내 내며 쓴 시라며 시작노트를 가져와 보여주었다. 그 노트에는 수십 편의 시가 있었는데 주로 사랑에 대한 내용이었다. 언제나 님을 만나 훨훨 하늘을 날아가는 꿈을 꾸며 잠드는 모습을 노래한 시가 눈길을 끌었다. 나도 시를 좋아한다며 그녀와 대화하다가 이제 그만 나의 자취방으로 가야겠다하며 일어났다. 그녀의 방문을 막 나서려는데 그녀는

"난 오빠가 좋아요. 그러니 미워하지 말아요. 지금 당장 애인으로 사귀자고는 안 할게요. 그러나 언젠가는 오빠가 나를 사랑하게 만들 겁니다."

라고 말하는 그녀의 손을 잡고 다시 그 자리에 앉았다. 그리고는 그녀에게 내가 배신할 수 없는 여자 혜령이에 대해 그동안 지나온 이야기를 자세히 들려주었다. 내가 경자씨 당신이 싫어서가 아니라 나에게는 이미 결코 내가 배신할 수 없는 여인이 있고 또 그 여인을 사랑하고 있다고 말했다. 그래서 경자씨 당신의 사랑을 받을 수 없는 나를 용서하고 우리 형제 같은 오빠동생으로 서로 아끼며 지내자고 말하고는 자취방으로 돌아왔다.

그날 밤은 마음이 편하지 않아서 늦은 시간까지 쉬 잠들지 못했다. 어떤 일을 해서라도 돈을 벌어야했기에 여기저기 건설현장 만 보이면 찾아가서 일자리를 알아보고 다녔다. 그러던 어느 날 학교에서 시내버스 타고 십정동 종점으로 오면서 동인천 번화가를 지나오는데 오층 빌딩건물 유리창에 적힌 『기흥건설』이라는 회사 이름이 눈에 들어왔다. 기흥건설은 이 년 전 군대 가기 전에 일했던 바로 그 회사였다. 그때 사장이 특별보너스도 준 바로 그 회사였다. 급히 버스에서 내려 그 회사로 찾아갔다. 기흥건설은 그 빌딩 삼층에 사무실이 있었고 사무실 앞에 도착하여 조심스럽게 노크하였다. 사무실은 그 빌딩 삼층 전체를 쓰고 있었고 사무실에 직원의 숫자는 얼른보아도 서른 명은 넘어 보이는 규모가 큰 건설회사 였다. 사무실에 들어가서 경리과 팻말이 붙어있는 여직원에게 재작년 연말까지 학익동 제방공사현장에서 일했던 학생이라며 다시 일하려고 찾아왔다고 말하자 그 여직원 뒷편에 앉아있던 과장이 일어서면서

"아! 송창식 학생이구나. 그때 군대에 간다고 했는데 벌써 복학했나요."

하고 들어오라며 의자를 내주며 앉으라고 했다. 그에게 공손히 인사하며 '저를 기억해주셔서 감사합니다.' 하고 말했다. 군대에 입대했다가 일 년 만에 의가사 전역을 했고 올해 바로 복학했다고 과장에게 말했다. 그러지 그 과장은 나에게 특별 보너스를 전달할 때 사장님을 모시고 현장에 왔다고 했다. 그때 회사에서는 처음으로 각 현장에서 추천받아 근로자들에게 특별 상여금 주는 제도를 시행했고 그 첫 대상자가 나였기에 기억한다고 했다. 과장에게 주말에 현장에서 일할 수 있도록 도와달라고 말했다.

과장은 잠시 기다리라 하고는 옆방의 사장실로 들어갔다. 잠시 후 사장실의 문이 조금 열렸다. 과장은 반 정도 열린 문으로 얼굴을 내밀고는 들어오라고 손짓했다. 사장님께 공손히 인사했다. 사장은 환하게 웃으며 반갑다고 했고 소파에 앉으니 비서가 차를 내왔다. 주말에 일하려고 찾아왔다고 말하니 사장은 과장에게 동인천 지하상가 현장의 교통신호수 일을 시키라며 평일에는 오후 여섯시부터 밤 열한시까지 교대근무하고 주말에는 토요일과 일요일에 기존 근무자와 협의해서 교대 근무하도록 조치하라고 그 과장에게 지시했다. 사장실에서 나온 과장은 현장으로 연락했고 내일부터 근무하라고 말하면서 야간근무이고 휴일에 근무하니 일당은 만 육천 원으로 결정하라고 사장님이 지시했다고 말했다. 사무실에서 나와서 동인천 지하상가 현장으로 갔다. 현장 소장과 공사 과장에게 인사드리고 내가 근무하는 위치와 초소도 확인했다. 초소는 간이 칸막이로 만들었는데 따뜻한 전기난로가 하나 놓여있었다. 공사 과장은 야간근무이니 특별히 안전에 신경 쓰라며 몇 가지 주의사항을 일러주었다. 현장에서 나오

면서 길옆의 공중전화로 가서 혜령이에게 전화 걸었다. 몇 번의 신호가 울리고

"예 산업계 장주삽니다."

하며 혜령이는 평온한 목소리로 전화를 받았다.

"혜령아! 나야 잘 있었어?"

하니 그녀는 밝은 목소리로

"퇴근시간이 다 되었는데 웬일이에요. 반가워요."

하며 좋아했다. 혜령이에게

"인천에서 일자리를 구했다는 좋은 소식도 전하고 혜령이도 보고 싶어서 목소리라도 들으려고 전화했어."

하고 군대 가기 전에 일했던 건설회사의 동인천 지하상가 현장의 교통 신호수 일을 평일에는 오후 여섯시부터 밤 열한시까지 근무하고 주말에는 교대로 낮 시간에 근무하는 일이라고 말했다. 혜령이는 참 좋은 사장님이라고 하면서도 매일 밤늦게까지 근무하면 피곤해서 어떻게 하냐며 걱정이 늘어졌다. 혜령이는 건강을 생각해서 꼭 끼니는 거르지 말라고 당부했다. 그녀는

"창식씨! 보고 싶어요. 사랑해요. 나의 낭군님!"

하며 전화를 끊었다. 일자리를 해결하고 혜령이와 통화도 하고나니 발걸음이 무척이나 가벼웠다. 시내버스 타고 자취방으로 돌아오면서 대구 남동생이 궁금했다. 자취방 주인집 전화로 동생의 자취방 주인집으로 전화해서 동생에게 연락해 달라고 부탁했다. 곧바로 동생이 전화를 걸어왔다.

동생은 여전히 염색 공단에 출근하며 한 푼이라도 아껴 쓰고 돈을

모아서 나에게 보탬이 되려고 고생하고 있었다. 아직까지 병무청으로 부터는 연락이 없다고 했다. 밥은 꼭 챙겨먹고 건강 조심하라고 당부하고는 시간되면 고향집에도 한번 다녀오라고 했다. 나도 인천에서 일자리를 구해서 낮에는 학교에 가고 밤에 현장이 교통 신호수 일자리라고 했다. 작은 돈이지만 생활비는 된다고 말했다. 군대 입영통지서 나오면 바로 연락하라고 말하고 전화를 끊었다. 자취방으로 돌아와서 저녁을 챙겨먹고 초저녁에 잠들었다. 잠결에 누군가 대문 두드리는 소리가 들려 일어나 시간을 확인하니 밤 열 시였다.

"누구세요?"

하며 대문을 열어보니 앞집에서 자취하는 경자씨였다.

"어! 잠시만요."

하고 방으로 들어와서 잠옷에서 체육복으로 갈아입고 나가니 그녀는 쟁반에 무엇인가 담아서 보자기로 덮어 들고 있었다.

"아이고 미안해요. 잠옷 바람이라서 잠시 옷 갈아입느라 기다리게 해서 미안해요."

하며 그녀가 들고 온 쟁반을 받아들며 잠시 들어오라고 했다.

"오빠야! 내가 반찬 몇 가지 만들어 왔어요. 잠옷 바람이면 어때요."

하며 생글생글 웃으며 방으로 들어왔다. 그녀는 이제 막 학교수업 마치고 돌아왔다고 하며 며칠간 전문대 야간학부 수업을 받아보니 대부분의 학생이 직장인이고 또 밤에 수업을 받으니 꿈에 그리던 그런 대학생활은 아니라고 했다. 대학생활은 이제부터 시작이니 야간학부라고 기죽지 말고 친구도 사귀고 스스로 대학생활의 낭만을 찾으라고 말했다. 그리고 나도 내일부터 오후 여섯시에서 밤 열한시까지 근무하는 일자리를 구했고 동인천 지하상가 현장의 야간에 교통

신호수로 일한다고 했다.

그녀는 내일부터 학교수업 마치고 동인천 내가 일하는 초소로 와서 함께 퇴근하자고 말했다. 그녀에게 그러지 말라고 해도 그녀는 그 시간이면 시내버스도 끝나고 없으니
"동인천에서 버스 종점까지 걸어오면서 오빠랑 데이트 할래요."
하며 근무하는 현장 초소부근에서 기다린다고 했다. 그녀와 이야기하다보니 밤이 깊어 이미 시간은 열한 시가 되었다. 밤이 깊었는데도 그녀는 일어날 기미가 보이지 않았다.
"경자씨! 밤이 늦었어요. 내일 아침 몇 시에 출근해요?"
하니 그녀는 아침 다섯 시 반까지 출근한다고 했다. 그제서야 그녀는 일어나 자신의 자취방으로 돌아가는데 늦은 시간이라 골목 끝까지 따라갔다. 골목 끝에서
"잘 자요"
하고 돌아서는데
"오빠야! 이 경자 미워하지 마세요. 난 그냥 오빠가 좋아요. 내일 학교에서 수업 마치면 밤 열시 정도 되니 현장 초소 앞에서 기다릴게요."
하며 그녀는 자신의 방으로 들어갔다. 그날 밤은 경자씨가 한말 때문에 한동안 잠들지 못했다. 다음날 아침에 일어나 학교 가려고 시내버스 타면서 버스 토큰을 안내양에게 주었는데 받지 않았다. 내가 엉거주춤하자 그 안내양은
"96호 안내양 경자가 학생은 차비 받지 말라고 하던데요. 학생이 경자 애인이라고 하던데요. 경자 애인 맞지요. 우와! 멋있게 생겼다!"
하며 의미심장한 미소를 지으며 다른 사람들이 보기 전에 얼른 들어

가라고 했다.

　그런 일이 있고 부터는 토큰을 안 받는 안내양이 가끔씩 있었다. 나는 삼번 시내버스 안내양들 사이에서 공공연하게 경자씨의 애인으로 자리 잡게 되었다. 그날은 내가 현장 야간경비로 첫 출근하는 날이라 조금 이른 시간에 저녁을 챙겨먹고 출근했다. 현장사무실에 도착하니 다섯시 삼십분이었다. 현장의 공사 과장은 야간 형광 띠가 있는 안전복과 안전모자, 장갑, 작업화, 호루라기, 핸드마이크, 야간지시봉 등의 물건을 챙겨주며 퇴근시간이 되면 복잡해지는 차량들을 특히 조심해서 근무하라고 말하며 퇴근할 때 초소의 경광등을 반드시 켜놓고 현장 사무실에 와서 확인하고 퇴근하라고 했다. 나와 교대하는 주간 근무자는 나이가 오십 살이 넘는 아저씨였다. 그분은 야간에 술 취한 운전자가 가끔 있으니 각별히 조심하고 어떠한 경우라도 시민들과 다투지 말라고 당부했다. 그 아저씨는 여섯시가 되면서 내가 근무하는 것을 삼십분 정도 지켜보고는 잘 한다며 퇴근했다. 근무를 시작하고 조금 지나 퇴근시간이 되면서 차량이 밀려오기 시작하였다.

　호루라기 불며 야간 지시봉으로 수신호하며 차량을 원활히 흐르도록 정리하는 일이 생각보다 힘이 들었다. 자동차의 매연 때문에 몇 시간이 지나자 목도 아파왔다. 밤 열시가 지나자 차량도 줄어들었다. 초소의 의자에서 조금은 휴식을 취할 수 있었다. 초소 안의 전기난로에 얹어놓은 주전자의 따뜻한 물 한 모금으로 피로를 풀었다. 열 시 삼십분이 지나자 현장의 야간 작업조가 작업마무리를 서둘렀다. 나도 슬슬 퇴근준비를 시작하는데 초소 맞은편 대로변에서 경자씨가 눈이 마주치자 반갑게 손을 흔들며 폴짝폴짝 뛰었다. 그런 그녀가 반가웠지만 한편으로는 은근히 부담스러웠다. 현장 정리하면서 그녀를 향해 손을 흔들어 주었다. 마치는 시간이 되자 야간작업 공사대리가 초소로 왔다. 초소 안의 전기난로와 전등을 끄고 경광등을 켜놓고 현장 사무실로 들어가서 일보를 정리하고 나오면서 시계를 보니 열한 시 십 분정도 되었다. 경자씨는 현장사무실로 들어가는 것을 보고 현장 사무실 옆 작은 도로에서 기다렸다.

"경자씨 많이 기다렸지요. 피곤할 텐데 그냥 가시지 왜 기다렸어요?"

하니 그녀는 괜찮다며 오히려 '밤늦게 까지 일해서 피곤하니 얼른 가요'하며 팔짱끼고 빠른 걸음으로 걸었다. 그녀는 걸어가면서 아직은 밤공기가 쌀쌀한지 바싹 매달렸다.

"오빠야! 그 여자분 혜령씨 나보다 예뻐요? 지금 어디에 살아요? 그리고 뭐해요? 대학생인가요? 나이는 몇 살이에요?"

하며 혜령이에 대하여 물어왔다. 저번에 경자씨에게 혜령이에 대해서 이미 모두 이야기 해주었는데 또 물었다. 경자씨는 혜령이가 궁금한 것이 아니라는 생각이 들었다. 그런데 '경자씨는 왜 또 혜령이에 대해 물었을까?' 하고 생각하고 있는데 그녀는 팔을 당기며

"그 여자분 나보다 훨씬 예쁘지요. 그렇지요?"

하며 다그쳐 묻기에 나는 말을 돌렸다.

"경자씨 예쁘다는 기준이 뭡니까? 예쁘다는 것은 지극히 주관적인 판단이지요. 제 눈에 안경이잖아요. 내 눈에는 경자씨도 아름답고 마음씨가 무척이나 고와요."

하였다. 그날 그녀는 무릎이 살짝 덥히는 검정색 톤의 쥐색 주름치

마에 조금 두툼한 밝은 연노랑색의 티를 입었고 그 위에 작은 주머니가 장식으로 달린 창꽃색의 조끼를 입고 있었다. 그녀도 하루 종일 일하고 야간수업 받았으니 피곤할 텐데 얼굴은 밝았으며 살짝 들뜬 기분으로 피로한 기색이 전혀 없었다.

"오빠야! 나에게 아름답다고 말해줘서 고마워요. 나 오늘 오빠하고 데이트한다고 멋 내고 왔는데 어때요?"

하며 내 앞에서 두 팔을 뒷짐 지고 허리를 살짝 굽혀 애교를 부렸다. '경자씨의 옷도 화장도 예쁘지만 경자씨 맘이 더 예쁘다'고 말하니 그녀는 좋아라하며 팔짱끼고 통통 뛰었다. 그러는 사이에 우리는 버스종점에 도착하였고 그곳에서 그녀는 나에게

"오빠야! 오늘 데이트 고마워요. 그 댓가로 여기서 키스하고 가요."

하며 그녀는 종점 담벼락에 기대며 나를 쳐다보는 눈이 이미 촉촉하게 젖어있었다. 밤늦은 시간에 기다릴 때부터 부담스러웠는데 갑자기 이 상황 되니 너무나 당황스러웠다. 내가 까만 밤하늘을 쳐다보고 가만히 있으니 그녀는 나를 끌어안으며

"오빠야! 키스까지만 해줘요. 더 이상은 오빠에게 요구하지 않을 게요."

하였다. 내가 머뭇거리는 사이에 어느 샌가 그녀의 입술이 다가와 나의 입술위에 살며시 닿았다. 당황하여 얼른 고개를 돌렸다.

"경자씨! 미안해요. 우리 이러면 안돼요. 내가 경자씨 사랑을 받아줄 수 없다고 말했잖아요."

하니 그녀는 고개를 숙이고 홀로 천천히 앞서서 걷는데 울고 있는 것 같았다. 걸어가는 그녀의 팔을 잡아당기자 그녀는 돌아서며 또 힘껏 포옹하고는

"오빠야! 나도 알아요. 내가 이러면 안 된다는 걸 알면서도 내 맘이

안 되는 걸 어떡해요. 오빠야! 고마워요. 우리가 이루어지지 못 한다 해도 오빠를 가슴속에 아름다운 추억으로 간직하고 평생을 살아갈 겁니다."

하고는 손등으로 흐르는 눈물을 훔치고는 다시 웃는 얼굴로 바라보았다. 그녀의 어깨를 감싸며 아무 말도 못 하고 천천히 걸었다. 그녀도 더 이상 아무런 말없이 따라 걸었다. 그녀의 방 앞에서 고맙고 미안하다고 말하고 어서 들어가서 쉬라하고 자취방으로 올라왔다. 그날 밤은 피곤했지만 늦은 시간까지 쉽게 잠들 수 없었다.

그렇게 삼월이 지나가고 사월이 되었다. 그동안 혜령이와 동생도 몇 번을 통화했고 경자씨 그녀도 한동안은 밤늦게 퇴근하는 나와 동행했다. 요즘 들어서 경자씨는 일주일에 한두 번 정도 그녀가 안내양 일을 쉬는 날에는 어김없이 퇴근하는 나를 마중 나왔고 반찬도 떨어지기 무섭게 가져왔다. 그렇게 시간은 흘러 사월 중순이 지난 어느 날 경자씨는 편지 한 통 건네주었다. 이 편지가 무엇이냐고 물어보니 그녀가 나를 생각하며 쓴 시라고 했다. 부끄러우니 집에 가서 읽어보라고 했다.

『SORROW (슬픔)

송 경자

어쩔 수 없는/ 외로운 슬픔이기에/ 나 혼자/ 외로이 우나요
어쩔 수 없는/ 외로운 슬픔이기에/ 나 혼자 외로이/

이 밤을 지세야 하나요

해가 서산에 지면/ 천지는 온통/ 홍장미빛으로 물들어가건만
어찌 나만이 쓸쓸히/ 들창가에서 몸부림치며/ 눈망울 적셔야 하나요
따뜻한 세상을 잃어버린/ 외로운 삶
나 어찌 하오리까마는/ 그래도 그 무엇인가

그리워하며 애타게 눈물짓는/ 소녀의 애틋한 아쉬움의 눈물
애타게 아픔마저 어둠이 서리어/ 시들은 마음을 찬미하는가
어쩔 수 없는 외로운 슬픔이기에/ 시들어진 마음을
밤하늘에 날려 보내고/ 내 무덤으로/ 말없이 따라 가오리까

소녀의 눈물을 찬미하는/ 저 종소리가
가슴을 파고들 때 면/ 쓸쓸한 창가 외로이 서서
혼자 외로이/ 눈망울 촉촉이 적셔야만 하오리까
어쩔 수 없는 외로운 슬픔』

읽으면 읽을수록 가슴이 저며 왔다. 이 시에서 송경자 그녀의 마음을 어찌 이리도 아프게 썼단 말인가? 여러 번 읽을수록 눈물이 가슴 속으로 흘러 견딜 수 가 없었다. 내가 그녀에게 너무나 혹독한 상처를 남기는 것 같아 견딜 수 없었다. 그러나 여기서 흔들리면 그녀에게 더 큰 고통만 안겨줄 것이 분명하였다. 몇 날 며칠을 고민하다가 그녀에게 편지로 답시를 적었다.

『대지(大地)위의 길

나만이 걸어야 하는/ 홀로의 길이 있노라
이글이글 타오르는 대지/ 홀로 끝없이 끝없이
걸어야만 하는/ 운명의 길이 있노라

험한 길/ 뜨거운 태양아래
나 홀로 걸어가다/ 목말라 쓰러져도
일어나 또 걸어야만 하는/ 홀로의 길이 있노라

그 길을 향하여/ 끝없이 끝없이
걸어 왔노라/ 돌아보지도 못하고
앞에 놓인 험한 길/ 말없이 걸어야만 한다』

나도 그녀에게 답시로 써서 호주머니에 넣고 그녀가 퇴근하고 학교가기 전에 잠시 그녀의 자취방에 들리는 시간에 맞추어 그녀의 자취방 앞에서 그녀를 만나 전해주고 현장에 야간 근무하러 갔다. 그날 현장에서 퇴근하는 밤늦은 시간에 그녀는 어김없이 기다리고 있었다. 그녀와 늦은 밤 시간에 소소한 일상을 이야기하며 돌아왔다. 그녀는 답시를 수업시간에 펼쳐놓고 여러 번 읽고 또 읽었다고 했다. 그녀는 그 시에서 무엇을 자신에게 전하려하는지 깊이 생각하고 행동하겠다고 말하며 돌아왔다.

낮에는 학교수업, 밤에는 현장에서 근무하면서 한 달이 훅하고 지나갔다. 오늘은 현장에서 한 달 동안 일한 월급을 지급받는 날이라서 다섯시 반까지 현장 사무실로 오라고 노무담당 주임이 말했다. 한 달 동안 근무한 월급으로 사십만 원이 들어있는 봉투를 받아서 대로변에 있는 제과점에 들러 중간 크기의 케잌을 하나 샀다. 근무하는 동안 케잌은 초소에 보관하였다가 퇴근하면서 경자씨에게 줄 생각이었다. 한 달 내내 그녀가 가져다준 반찬에 대한 작은 보답으로 준비했다. 퇴근하면서 바로 택시 타고 버스 종점에 내려 경자씨 자취방에 도착하니 다행히 아직도 그녀의 방에는 환하게 불이 켜져 있었다. 자취방 대문을 노크하였다. 그녀는 학교에서 돌아와 샤워를 했는지 젖은 머리를 수건으로 둘러쓰고 문을 열고 나왔다. 문 앞에 서 있는 나를 발견하고는

"오빠야! 잠시만요."

하며 도로 방으로 들어가더니 한참 후에

"오빠야 기다리게 해서 미안해요."

하며 아직도 덜 마른 머리를 빗어 넘기고 옷도 챙겨 입고 나왔다. 그녀에게 들고 온 케잌을 내밀며

"경자씨! 나 오늘 월급 받았어요. 한 달 동안 만들어 준 반찬값으로 이거 하나 사왔어요."

라고 말했다. 그녀는 케잌통은 받지 않고 손을 잡아당기며 잠시 들어와서 함께 먹고 가라고 했다. 두 사람은 따뜻한 커피 한잔에 케잌을 반으로 뚝 잘라 나누어 먹었다. 그녀는 반개의 케잌을 케잌통에 도로 넣으며

"이것은 오빠가 가져가요."

하였다. 아니라며 경자씨가 두고 내일 아침에 먹고 출근하라고 했으

나 그녀는 기어이 건네주었다. 방에서 일어나 나오려 하는데 그녀는
"오빠 고마워요. 난생 처음으로 케일 선물 받았어요."
 하며 살짝 포옹하고는 웃어주었다. 내 방으로 돌아와서 잠자려고 누웠는데 그녀의 생글거리는 눈웃음이 아른거렸다.

 학교와 현장 근무로 늘 피곤한 몸으로 하루하루 보내던 사월 하순 어느 날 동생이 내일 점심시간에 회사로 전화해 달라며 자취방 주인집으로 연락이 왔다. 다음날 오전 강의를 마치고 학교 인하정 옆 공중전화에서 전화를 걸었다. 전화가 연결되고 한참을 기다려서 동생이 전화를 받았다.
 "형님! 접니다. 낮에는 학교수업 받고 저녁에는 현장 근무하느라 많이 힘들지요. 형님! 나 입대 영장이 나왔어요."
 하고 말하기에 입대일이 언제냐고 물으니 오월 십이일 안동국민학교 운동장에 집합해서 논산 신병훈련소로 간다고 했다. 동생은 사월 말일까지 회사에서 근무하고 집으로 올라간다고 했다. 동생은 자취방도 정리하고 염색 공단 회사에도 이야기하고 오월 삼일 경에 집으로 가서 며칠 쉬다가 입대하겠다고 했다. 동생에게 현장 근무 날짜를 조정해서 오월 팔일 토요일에 집으로 가겠다고 했다. 동생은 오지 말라고 했지만 그때 만나서 소주도 한잔하자고 했다. 동생이 입대하는 그 주 금요일부터는 대학 봄 축제를 시작하는 날이다. 동생이 군대에 입대한다는 말에 무엇을 어떻게 해야 할지 머릿속이 텅 비었고 마음만 급해졌다. 공중전화 부스를 나서다가 혜령이가 떠올랐다. 손목시계를 확인하니 열한시 반이었다. 혜령이에게 전화를 걸었다. 신호음이 들려오자 곧바로

"예, 산업계 장주삽니다."

언제나 같은 목소리가 흘러나왔다.

"혜령아! 창식이야 잘 있었어? 목소리 듣고 싶어서 전화했어."

하니 그녀는 금빙 애교 섞인 목소리로

"혜령이도 창식씨 보고 싶어요."

하며 대답했다. 동생이 오월 십이일에 입대한다고 하며 입대하기 전 토요일인 오월 팔일 집으로 내려갈 계획이라고 말했다. 그날 혜령이도 나와 같이 우리 집에 가면 안 되냐고 물었다. '그렇게 신경 써주어서 고맙다'고 말했다. 혜령이는 '그 주 토요일 몇 시에 안동역에 도착하냐.'고 물었다. 열두시에 도착하는 기차로 내려간다고 하니 혜령이는 그 시간에 맞추어 안동으로 오겠다고 했다. 그렇게 약속하고 그녀와의 아쉬운 전화를 끊었다. 오후 수업 마치고 자취방으로 돌아와서 저녁을 챙겨먹고 좀 이른 시간에 현장으로 출발했다. 현장 사무실에 도착하여 공사 과장을 만나 오월 팔일 토요일과 일요일 이틀 동안 동생이 군대 입대하기 전에 고향을 한번 다녀와야 하고 그 다음 주말은 대학축제라서 주말에 현장 근무를 쉬게 해달라고 미리 말씀드렸다. 공사 과장은 웃으면서 지금까지 한 번도 쉬지 않고 열심히 근무했으니 그렇게 근무 조를 편성하겠다고 말했다. 감사하다고 몇 번을 인사하고 근무복과 장비를 챙겨서 초소로 가려고 나가는데 공사 과장이 불렀다. 과장 책상 앞으로 다가가니

"창식아! 아직 근무교대 시간이 삼십 분정도 남았으니 너 이거 한번 배워 볼래?"

하며 설계 시방서, 내역서, 수량 산출서 등을 펼쳐보였다.

"예 과장님! 가르쳐 주시면 열심히 배우겠습니다."

하며 대답하자 과장은 나를 힐끔 쳐다보며
"창식아! 너 학교에서 CP예정공정표 작성하는 방법을 배웠느냐?"
하기에 이 학년 때 한 학기 수업을 들었다고 말했다. 그러자 내역서를 주며 이 내역서 보고 CP예정공정표를 내일 현장으로 올 때까지 나름대로 만들어 오라고 했다. 다음날 오전에 학교로 가서 학과 사무실로 찾아갔다. 대학원생인 조교에게 도움을 청했다. 조교의 도움을 받아 이 학년 때 배운 CP예정공정표를 끙끙대고 작성했다.

『CP예정공정표는 한 가지 공정의 소요시간을 일의 양과 투입자재, 장비, 인력이 단위 시간에 수행하는 작업의 양으로 계산하여 전체공정 소요시간을 산출한다. 단위공정이 산출되면 선행공정 중도공정 후속공정으로 나열하여 필수적으로 소요되는 전체 공정을 그래프로 나타내는 CP(critical path)예정공정표이다.』

하루 동안 홀로 강의실에서 끙끙대고 겨우 CP예정공정표를 만들었다. 그날 수업을 마치고 조금 빠른 시간에 현장으로 가서 공사 과장에게 만들어 온 CP예정공정표를 제출했다. 과장은 한참을 살펴보더니
"창식아! 이 CP예정공정표 정말 니가 만들었냐? 누구의 도움을 받았냐?"
하며 놀란 눈으로 바라보았다. 학교에서 조교의 도움을 조금 받아 일위대가에 있는 작업량을 장비, 인력의 단위수행 량으로 계산해서 오늘 하루 종일 끙끙거리며 만들었다고 했다. 과장은 나에게 현장 초소로 가라하며 고생했다고 말했다. 현장에서 한 시간정도 지났을 때

반장이 야간근무복 차림으로 근무초소로 오더니 대신에 근무한다며 현장 사무실에서 공사 과장이 부르니 가보라고 했다. 현장 사무실에 들어서니 근무복 벗어놓고 공사 과장 옆으로 오라고 하였다. 공사 과장은 그 현장의 전체 예정공정표인 막대그래프 예정공정표를 펴 놓고는 일주일의 시간을 줄 테니 밤에 출근하지 말고 현장전체의 CP예정공정표를 만들어 오라며 내역서, 시방서, 수량 산출서, 일위대가표 등의 서류를 챙겨주었다. 일주일 동안 현장에는 안 나와도 근무한 것으로 할 테니 CP예정공정표를 만들어 오라며 바로 퇴근하라고 했다. 공사 서류 한 보따리 싸서 돌아오면서 걱정되었다. 과연 '이 일을 공사 과장이 원하는 만큼 할 수 있을까?'하고 가슴이 답답해졌다. 다음날부터 강의시간을 제외하고는 밤늦은 시간까지 아주 작은 단위의 공정부터 하나하나 소요공정을 계산하였다. 이틀을 꼬박 붙들고 씨름하니 약 이백 개정도의 소단위공정 분석이 끝났다. 다음날 아침에 일어나 문방구에서 방안지 전지 열 장을 사 왔다. 방안지를 방바닥에 펼쳐놓고 소단위공정을 묶어서 중단위공정과 대단위공정으로 다시 묶었다. 중단위공정부터는 학교에서 배운 대로 소요시간에 할증 시간도 부여해서 구분했고 선행공정과 후속공정을 구분하여 방안지에 나열하고 도중공정을 첨가하여 전체 예정공정표의 윤곽이 어느 정도 나왔다. 내가 만든 CP예정공정표의 소요시간과 과장이 준 막대그래프의 예정공정을 비교하니 내가 만든 CP예정공정이 한 달 정도 더 소요된다고 나왔다. 무엇을 잘못 적용했나 싶어서 처음부터 다시 하나하나 하루 종일 붙들고 낑낑대며 세심하게 검토했다.

학교에서 배운 것으로는 잘못 적용된 점을 못 찾았고 전체 공사기간이 더 길게 나온 이유를 찾아보니 시방서 및 일위대가표에 적용된 단위작업 수행 량이 실제현장에서 행해지는 작업수행 량에 비해 적게 잡힌 것이 원인으로 파악되었다. 밤이 깊도록 검토를 천천히 몇 번이나 다시 검토해 보아도 별다른 원인을 파악할 수 없었다. 다음날 오 일만에 모든 서류를 챙겨들고 오후 세시 경에 현장으로 가서 공사과장에게 작성한 CP예정공정표를 제출하였다.

"과장님 저의 실력으로는 최선을 다 했는데 부족한 점이 있으면 가르쳐 주십시오."

하며 머리를 긁적였다. 과장은 그 서류를 들고 현장 소장실 옆 감독관실로 들어가며 따라오라고 했다. 감독관실 넓은 책상위에 내가 만들어온 방안지를 길게 이어 펴놓고 만들어온 공정별로 순서에 따라 늘어놓았다. 그러자 현장전체의 공정이 한눈에 들어왔다. 공사과장은 놀란 눈빛으로 '이 공정표를 정말 너가 다 만들었냐.'하고 물었다. 그리고 '이 공정표를 현장소장과 공사감독이 있는 자리에서 브리핑할 수 있냐'고 물었다. 갑작스런 제의에 당황하여 얼굴을 붉히며 우물쭈물하자 과장은 틀려도 좋으니 브리핑 한번 해보라고 했다. 그래서 '잘 모르지만 아는 데까지 설명 드리겠다.'고 했다. '내일이 수요일인데 오후 두 시에 가능하냐.'고 물었고 그 시간이면 가능하다고 대답했다.

공사과장은 내일 오후 한 시까지 출근하라며 오늘은 그냥 퇴근하라고 했다. 그길로 자취방으로 돌아왔다. 지난 오일동안 밤낮으로 집중하던 일을 마치니 피로가 한꺼번에 몰려왔다. 나도 모르게 잠이 들었고 어느 때 인가 이상한 느낌이 들어 일어났다. 잠을 자다가 코피가 흘러나와서 깨어났다. 화장지로 코를 틀어막고 부엌에서 세수하고 정신 차리고 시간을 보니 밤 열한시였다. 정신이 돌아오니 배가 허전하여 부엌에서 라면을 하나 끓여 식은 밥 한 공기와 먹고 조금 지나서 다시 잠들었다

다음날 아침에 일어나 학교에 가서 오전강의를 듣고 학교 구내식당에서 점심을 해결했다. 학교 후문에서 삼번 시내버스 타고 동인천 현장으로 갔다. 현장 사무실에 들어가니 오후 한시가 조금지난 시간이었다. 공사 과장은 밝은 얼굴로 '긴장하지 말고 너가 아는 데까지 설명하라'고 했다. 두 시가 조금 지나서 감독관실에 들어가니 그 자리에는 기흥건설 사장님을 비롯한 열 명이 넘는 사람들이 모여 있었다. 공사 과장은 앞에 나가서 CP예정공정표에 대해서 간략하게 설명하고 이 공정표에 의해서 공사를 관리하면 절대공기의 단축은 물론이며 공사비도 절감할 수 있다며 CP예정공정표를 만든 나에게 브리핑하라며 지휘봉을 건네주었다.

"안녕하세요. 저는 인하대학교 토목과에 다니는 송창식입니다. 먼저 아직까지는 배우는 학생인 저에게 이렇게 기회를 주신 사장님을 비롯한 감독관님 그리고 여러 대선배님들께 감사합니다. 저는 단지 학교에서 배운 아주 단편적인 지식으로 책대로 이 CP예정공정표를 만들었습니다. 그러다보니 실제 현장과는 다르며 저가 아직은 모르는 필수적인 다른 소요시간을 계산하지 않았으며 각종자재, 장비, 인력. 기능공의 숙달정도를 고려하지 않았고 단지 일위대가에 잡힌 단위작업량으로 계산해서 이 CP예정공정표를 작성했습니다."

하며 작성한 CP예정공정표를 소단위부터 상세히 설명했다. CP예

정공정표를 설명하면서 붉은색 매직펜으로 크리티컬 패스(critical path)를 그리며

"매일의 공정에서 이 단위 공정이 늦어지면 현장의 전체 공기가 늘어납니다. 그럴 경우 긴급 대처 방법도 제시했다."

약 사십 분에 걸쳐 전체 설명을 마치고나서

"많이 부족한 저에게 이런 자리를 배려해 주신 사장님께 감사드립니다. 아직은 배우는 학생이라 현장의 경험이 없는 저에게 앞으로 많이 가르쳐 주십시오. 열심히 배우고 노력하겠습니다. 감사합니다." 하고 인사했다. 그러자 그 방안의 모든 사람들이 조용했다. 잠시 그런 분위기가 흐른 뒤에 사장님이 일어나면서 박수를 치자 모두가 크게 박수를 쳤다. 사장님은 공사 감독관을 향하여

"김 감독님! 이 학생이 일 년 반전에 우리 회사 제방공사현장에서 일했는데 그때 너무나 착실하고 성실하게 일해서 특별 상여금을 준 그 학생입니다. 지금 내 생각으로는 당장 우리 회사에 스카웃하고 싶어요. 대학교 졸업하고 우리 회사로 왔으면 하고 기대하는 학생입니다. 어이! 박과장 창식이 학생하고 이 CP예정공정표 더 연구해서 현장에 바로 적용하는 방안을 만들어 보고하세요."

하며 학교 수업에 지장이 없도록 조치하고 야간 경비는 시키지 말고 공무 과장 보조로 대리고 일하도록 하라고 지시했다. 공사 감독도 아직은 이 CP예정공정표가 생소한지 별다른 말이 없었다. 오후 세시가 조금 지나서 모두 떠나고 공사 과장은 나를 대리고 현장 소장실로 들어갔다. 현장 소장은 나에게 CP예정공정표에 대해 단 며칠 만에 현장 전체를 파악하고 그렇게 한눈에 보이도록 상세하게 만들었다며 칭찬하고 고생했다며 며칠 푹 쉬고 연락하면 그때 나오라고 했다. 물

론 일당은 걱정하지 말라고 했다. 곧 본사 사장님께 보고하고 지시하는 대로 일정금액이 급여로 지불되리라 생각한다고 말했다. 나는 '다음 주말에 동생이 군대에 입대하므로 안동 고향집에 다녀와야 한다.'고 말씀드리며 소장님께 배려해 달라고 말했다. 그러자 공사 과장은 소장에게 '창식이 학생은 다음 주말에는 고향을 다녀와야 하고 그 다음 주 금요일과 주말에는 대학축제기간 입니다.'라며 나의 일정을 소장에게 보고하였다.

   소장님은 환하게 웃으며 '창식이 학생은 이제부터 공무보조로 사무실에서 근무하니 주말은 당연히 휴일이다.'라며 그렇게 하라고 과장에게 말했다. 소장과 과장은 오늘 나의 브리핑으로 기분이 좋아보였다. 소장실에서 나오자 공사 과장은 '일주일 동안 고생했다'며 며칠 푹 쉬고 다음 주 월요일에 나오라고 했다. 오후 네시가 조금 지나서 자취방으로 돌아왔다. 지난 일주일 동안 혹독한 시간이 흐르는 동안 혜령이에게 연락을 못해서 종점으로 다시 내려가 공중전화를 걸었다. 혜령이와 통화하면서 지난 일주일 동안 일어난 일에 대하여 이야기했다. 그녀는 좋아라하며

  "역시 우리 낭군님이야! 고생하셨어요. 어서 목욕탕가서 사우나하고 푹 쉬세요. 그래야 다음 주말에 소녀와 만날 수 있잖아요. 창식씨! 얼른 보고 싶어요. 사랑해요."

  하며 전화를 끊었다. 공중전화 부스에서 나오는 나를 발견한 경자씨가 밝은 얼굴로

  "오빠야! 오랜만이네요?"

  하며 다가왔다. 그녀를 일주일 이상 못 본 것 같아 반갑게 인사했

다. 그녀는 지난 며칠 동안 나의 자취방을 올려다보니 밤늦게 까지 불이 켜져 있었다고 하며 오늘 밤에 학교수업 마치고 나의 자취방으로 오겠다고 말하고 그녀는 급하게 버스 타고 다시 운행을 나갔다. 그길로 동네 대중목욕탕에 들러 사우나하고 자취방에 도착하니 허기가 느껴져서 시간을 보니 일곱 시가 넘었다. 저녁밥을 지어서 몇 가지 마른 반찬으로 저녁 먹고 한숨 자려고 이불장을 열고 이불을 꺼내다가 구석에 넣어둔 명품 시계통이 눈에 들어왔다. 그 순간 나도 모르게 '아! 수영씨!'하며 그녀의 얼굴이 떠올랐다. 얼른 그 시계통을 집어 들고 가슴에 품으며 눈감고 기도했다.

'자비하신 부처님! 김수영씨가 내게 연락하도록 부디 인도하여 주십시오.'

하고 가슴에서 우러나는 기도를 했다. 부처님께 간절한 기도가 닿도록 한참 동안 그렇게 기도했다. 그녀는 강원도 원주 어딘가에 분명히 있다고 믿고 또 믿었다. 기도하는 동안 가슴에 품은 명품 시계통이 마치 김수영 그녀처럼 포근하고 따뜻했다. 그녀는 내가 아직도 군대에 복무중이라 생각하고 아마도 연락도 못하고 있으리라 짐작이 되었다.

아마도 내년 이때쯤에는 분명히 연락하리라 굳게 믿고 기다려야겠다고 생각하고 시계통을 다시 이불장에 고이 넣어두고 잠이 들었다. 잠결에 어렴풋이 대문을 두드리는 소리가 들려 화들짝 잠이 깨었다. 방문을 열고 부엌대문 쪽을 향해서

"누구세요?"

하니 경자씨 였다. 그녀는 손에 무엇인가 들고 있었다.

"잠시만요 경자씨!"

하고는 얼른 잠옷을 체육복으로 갈아입고 대문으로 나가니 그녀는 몇 개의 반찬통을 들고 있었다. 반찬통을 받아들며 들어오라고 하자 그녀는 마치 자신의 방처럼 스스럼없이 들어왔다. 늦은 시간이리 오렌지주스 두 잔을 가지고 방으로 들어가서 그녀와 마주 앉았다. 주스를 마시며 지난 일주일 동안에 현장에서 일어난 일들을 이야기했고 이제부터는 낮에 몇 시간 씩 현장에서 공무팀 보조로 일하게 되었다고 말했다. 그녀는 마치 본인의 일처럼 좋아했다. 그러면서 내일은 그녀가 비번이라 쉬는 날이니 소래포구로 데이트가자고 했다. 내일 강의가 오전에 두 시간이나 있어서 소래포구로 가는 것은 곤란하다고 했다. 그러자 그녀는 그럼 내일 열한 시에 인하정에서 만나자고 약속했다. 그곳에서 만나서 함께 점심 먹고 데이트하다가 그녀는 저녁 일곱시부터 아홉시까지 두 시간 강의를 듣고 그동안 후문 근처에서 기다리다가 함께 돌아오자고 했다. 그것마저 거절할 수 없어서 그러자고 하였다. 잠시 후 그녀는 자신의 자취방으로 돌아가며

"오빠야! 오늘밤에 내 꿈꿔. 나는 자면서 거의 매일 밤 오빠 꿈만 꿔요."

하며 애교스런 표정을 짓고 돌아갔다. 그녀가 돌아가고 다시 잠자리에 들면서 오늘밤은 그녀 말대로 그녀의 꿈을 꿀 지도 모른다는 생각을 하며 잠이 들었다. 다음날 아침에 일어나 생각해보니 어젯밤 꿈에 나타난 여인은 그녀가 아니라 혜령이었다. 기분이 좋아 빙그레 웃으며 떠오르는 태양을 향해 크게 기지개 켰다. 가야산 정상에서처럼 한바탕 눈보라가 모질게 몰아치던 지난 일주일 동안의 혹독한 시간을 견디어 냈다. 오늘 아침에 비치는 햇살은 어느 때보다 더 밝고 상

쾌했다. 모처럼 가벼운 마음으로 학교에 갔다. 오전 강의 시간까지 두 시간정도 여유가 있어서 불교학생회 서클룸으로 발길을 옮겼다. 서클룸에는 여러 명의 회원이 나와 있었는데 제일 먼저 은숙이가 반겼다.

"창식이 선배님! 어서 오세요. 오랫만에 오셨네요. 그동안 왜 안 오셨어요. 선배님 보고 싶어서 내 눈이 다 물었어요."

하며 애교 섞인 목소리로 쪼르르 달려 나와 구십 도로 허리 숙여 인사하자 다른 후배들도 반갑게 인사하며 맞이해주었다. 학교와 현장 근무를 하다 보니 서클활동은 자연히 조금 소홀 했었다. 그래서 올해 신입생 후배들과는 낯이 설어 조금은 서먹서먹했다. 그때 올해 회장직을 맡고 있는 형식이가 다가와서 다음 주말에 시작되는 축재행사 때 계획을 상의했다. 이번 축제 행사로 토요일 저녁에 연등을 들고 캠퍼스를 한 바퀴 돌아오는 제등 행렬을 준비한다고 했다. 축제 주관을 맡고 있는 총학생회 측과도 협의했고 승인 받았다며 이번 주말에 회원들이 모두 나와서 연등을 백 개정도 만들고 대형 용모양의 조형물도 하나 만든다고 했다.

"회원들이 다함께 작업하니 선배님도 시간되면 꼭 나오세요. 선배님! 그리고 다음 주 토요일 저녁 제등행렬 행사할 때 맨 앞에서 목탁을 좀 쳐주세요."

하였다. 축제 때 혜령이가 온다고 한 것이 생각나서 형식이에게 '앞에서 목탁 치는 일은 회장이 하여야한다'며 사양했다. 그리고 이번 주 토요일은 고향에 다녀야한다며 미안하다고 말하고 시간 나는 대로 서클룸으로 나와서 연등제작하는 작업을 조금이라도 함께 하겠다고 말했다. 이때 옆에 있던 은숙이가 어느새 커피 한잔을 따뜻하게 타 왔다.

"은숙아! 고마워 역시 그래도 날 생각해주는 건 은숙이 밖에 없구나."

하며 칭찬하자 은숙이는 장난스럽게 입을 삐죽거리며

"선배님! 그래 봤자지 뭐 피~~ 올해 축제도 파트너는 전에 그 아가씨하고 오실 거잖아요. 제등행렬 행사 때 선배님 파트너 오면 제가 특별히 예쁜 연등 하나 만들어드릴게요."

하여 은숙이에게

"은숙아! 고마워. 올해 축재는 은숙이 하고 즐기려 했는데 은숙이가 저리도 챙겨주니 어쩔 수 없이 또 저번의 그 파트너 모셔와야겠구나."

라고 말하자 은숙이는 자신이 한 말을 취소한다며 손을 휘휘 저었다. 그러자 서클룸 안은 한바탕 웃음소리가 넘쳤다. 회장 형식이는 또 은숙이를 얼굴이 빨개졌다며 놀렸고 은숙이는 나의 파트너에게 주겠다고 말한 예쁜 연등 취소한다며 축재 때 나와 파트너하자며 쪼르르 달려와서 냉큼 팔짱을 꼈다. 이렇게 모처럼 후배들과 여유롭고 한가한 시간을 보내고 강의실로 걸어가면서 '어쩜 은숙이의 행동이 그녀의 진심일지도 모르겠다.'는 생각을 했다. 그런 생각을 하다가 생글생글 웃는 모습의 혜령이가 떠올라 인하정 옆 공중전화로 가서 혜령이에게 전화 걸었다. 그녀는 '이번 주 토요일 날 안동기차역에서 기다리겠다.'고 말하고는 업무가 바쁜지 급하게 전화 끊으면서도

"창식씨! 얼른 보고 싶어요. 사랑해요 쪼오옥~"

했다. 강의실로 걸어가는 발길이 불어오는 봄바람처럼 가벼웠다. 교수님의 강의는 두 시간 연속되는 강의였는데 오늘은 조금 빨리 강의를 마쳤다. 강의실을 나오면서 시계를 확인하니 열한 시가 조금 넘었다. 경자씨와의 약속한 시간은 아직도 조금 남아있기에 천천히 인

하정 방향으로 걸어가는데 저쪽에서 경자씨는 나를 발견하고 환하게 웃으며 다가왔다. 그녀를 만나 학교 구내식당으로 가서 점심으로 한식 뷔페를 먹고 나서 그녀는 또 소래포구로 데이트가자고 했다. 소래포구까지는 시내버스로 삼십 분정도 걸렸고 포구에 내리니 불어오는 바닷바람이 무척이나 시원하고 상쾌했다. 해변 따라 산책길이 있었고 그 길을 따라 몇 명의 데이트하는 사람들이 보였으나 무척이나 조용했다. 오늘 경자씨는 데이트하기 위해 한껏 멋을 부리고 나왔다. 바닷바람이 불어오자 그녀에게서 향긋한 향기가 풍겨왔다. 해변 산책로 따라 걸어가며 늦은 봄을 즐기며 그녀는 길가의 이름 없는 꽃에도 예쁘다며 좋아했다. 한참을 그렇게 데이트하다가 그녀는 문득

"오빠야! 오빠는 이런 데이트 여러 번 해보았지요. 저는 오늘 이렇게 가슴 설레는 데이트는 처음이에요. 고마워요. 이곳이 이렇게 아름다운 곳인지 전에는 미처 몰랐어요."

하며 경자씨는 자신의 치열한 삶속에서 처절하게 살아온 이야기를 해주었다. 그녀는 지금까지 살아온 자신의 삶을 비 오는 날에도 가야하는 목표가 있는 새는 하늘을 날고, 눈이 덮여있어도 가야하는 목표가 있는 사슴은 산을 오르듯 그녀는 가야하는 목표가 있기에 새가 되어 하늘을 날았고, 때로는 사슴이 되어 산을 올라왔다고 했다.

그녀는 나에게서도 자신과 똑같은 새이며 사슴이라고 느꼈다고 했다. 험하고 힘든 길을 홀로 걸으면 처절하고 외롭지만 비슷한 처지의 나와 그녀가 곁에서 서로 위로하고 격려하며 함께 걸으면 행복하고 웃으며 걸을 수 있다는 것을 그녀는 나를 알고 나서 배웠다고 이야기했다. 걸어가는 길에 혹독한 눈보라가 몰아치고 걸어가다 돌부리에

걸려 넘어져 무릎에 붉은 피가 흐른다 해도 그녀는 나와 함께라면 행복하게 웃으며 걸어갈 수 있을 것 같다며 먼 하늘에 시선을 던져놓고 허공을 향해 독백하듯 말했다. 그녀의 어깨를 감싸며

"경자씨! 물길이 아무리 멀어도 가야하는 목표가 있는 연어는 그 물길을 오르고, 가야할 목표가 있는 달팽이는 아무리 느려도 자신이 지나온 길에 끈적한 흔적 남기며 가는 걸음을 결코 멈추지 않듯이 당신과 나는 반드시 인생이란 작은 배를 오로지 혼자타고 가야할 곳이 있기에 태풍이 불어도 거친 바다로 힘차게 노 저어 나아가야만 합니다."
하고 말하자 그녀는 고맙다고 말하며 철이 들고부터는 철저히 혼자서 외롭게 살아왔다고 했다. 고향 밀양에 부모님과 여러 형제자매가 있으나 인천 객지로 떠나온 후로는 자신의 삶은 오로지 혼자서 결정하고 지켜 나오며 살았다고 했다. 오직 배워야겠다는 일념으로 낮에는 시내버스 안내양으로 일하고 야간고등학교에서 졸면서 공부했다고 말했다. 그리고 검정고시를 통해서 올해 인하전문대학에 입학하면서 입학금도 생활비도 지금까지 모두 혼자서 해결했다고 말했다. 두 사람 사이의 분위기는 무겁게 가라앉았다. 그렇게 조금 걷다가 그녀는 갑자기 돌아서서 나를 빤히 쳐다보며

"오빠야! 그런데 이제는 나도 혼자라는 사실이 때로는 두려워요. 또 가끔은 너무너무 외로워 홀로 자취방에서 몇 시간을 울기도 했어요. 그런데 오빠를 알고 나서 다시 용기가 생겼어요. 오빠가 나를 받아줄 수 없다는 걸 알면서도 자꾸 이러는 것은 나도 잘 모르겠어요. 하지만 오빠! 그냥 이렇게 내 옆에 있어만 줘요. 그것만으로도 경자는 행복하고 외롭지 않아요. 그래서 내가 오빠를 더 놓아드릴 수 없어요. 오빠야! 미안해요. 그리고 고마워요."

하며 그녀는 마른하늘을 쳐다보는데 맑은 눈동자에 이슬이 송글송글 맺혔다. 내 앞에 서 있는 그녀를 그 무엇으로도 그 어떤 말로도 위로할 수 없었다. 아무런 말도 못하고 그냥 그녀를 따뜻하게 안아주며
"경자씨! 당신은 나보다 아니 이 세상 어느 누구보다도 더 대단하고 장합니다. 그리고 어느 누구보다 더 강하고 더 예뻐요. 우리 앞으로 앞뒤 집에 살며 서로 위로하고 격려하며 서로의 목표에 도달하는 그 날까지 함께 노력하며 살아요."

하고 말하자 그녀는 밝은 표정으로
"오빠야! 지금 나에게 삶의 목표가 무엇이냐고 한번 물어봐 줘요?"
하며 생글생글 웃었다.
"경자씨는 삶의 목표가 무엇인데요?"
하고 물으니 그녀는 저 먼 바다 수평선 위로 시선을 던지며
"대답 안 할래요. 지금은 아무것도 말할 수 없어요."
하며 팔짱을 끼며 천천히 걸었다. 팔짱 낀 그녀의 고개 숙인 모습을 보고 있으니 가슴이 아파왔다. 내가 여기서 무엇을 어떻게 해야 될지 모르겠다. 머릿속이 하얗게 텅 비었다. 그냥 담배 한 개비를 피워 물었다. 가슴깊이 빨아들인 담배연기를 애꿎은 하늘을 향해 길게 뿜었다. 아무런 말도 없이 담배만 뻐끔뻐끔 피우며 아려오는 가슴을 달래고 있는데 그녀가 팔짱을 당기며 그녀는
"오빠야! 이렇게 편하게 대해주어서 정말 고맙고 감사해요. 사랑의 감정이 없다면 거짓말이지만 나에게는 또 다른 감정이 하나 더 있어요. 믿음이라고 해야 하나 오빠는 나에게 큰 언덕으로 남아있어 더 이상은 외롭지 않을 것 같아요. 이런 어리광을 그대로 받아주어서 정말 고마워요."

하며 한결 기분이 좋아진 표정으로 말했다. 그러는 사이에 시간은 흘러 어느덧 하늘에는 노을이 붉게 물들었고 바닷물도 덩달아 붉게 물들어 금빛 윤슬이 찬란했다.

그녀는 학교로 돌아가서 후문 근처 식당에서 저녁 먹자고 했다. 여기 소래포구에서 회와 매운탕으로 먹자고 하니 그녀는 싫다고 했다. 오늘 이 데이트 기억 오래오래 간직하자는 의미로 짜장면 먹으러 가자고 했다. 여기서 먹는 돈이면 일주일 치 반찬값이라며 그냥 가자고 팔을 당겼다. 내가 사겠다고 하니 그 돈을 자신에게 주면 반찬을 만들어 주겠다고 하며 버스로 걸어갔다. 학교 후문 근처에 도착하니 여섯 시가 거의 다 되어갔다. 만리장성 중화요리 집으로 들어가서 짜장면을 먹고 그녀의 수업이 끝날 때까지 불교학생회 서클룸에서 기다리겠다고 했다. 그녀는 야간학부 수업을 받으러 가고 나는 아무도 없는 서클룸으로 들어가 혼자서 007책가방을 열어 토질역학 리포트를 썼다. 책을 뒤지며 여러 장의 리포트 쓰다가 시계를 확인하니 벌써 아홉 시가 다 되어갔다. '아이쿠!' 싶어 얼른 책과 리포트지를 챙겨 가방에 넣고 서클룸을 정리하였다. 서클룸의 전등을 끄고 문도 잠궜다. 열쇠는 늘 보관하던 자리에 잘 숨겨두고 인하공전 방향으로 걸어갔다. 인하 팔각정을 지나 걸어가는데 저 앞에서 그녀가 책 몇 권을 가슴에 안고 나를 향해 뛰어오고 있었다. 후문에서 삼번 시내버스를 탔는데 그녀는 그 버스 안내양과는 친해보였다. 종점이 가까워지자 버스에는 다른 손님이 없었다. 그 버스 안내양과 경자씨는 운전기사 옆에 바짝 붙어 앉아서

"오기사님 이 아가씨가 야간대학에 다니는 109호 안내양 송경자입

니다."

라고 말하자 그 기사님은 백미러로 그녀를 힐끔 쳐다보고는

"송양 대단합니다. 열심히 하는 송양의 모습이 우리 기사들 사이에서도 자자해요."

하며 그녀를 치켜세웠다. 그러자 그 버스 안내양은 기사에게 낮은 소리로

"저 뒤의 남자손님은 경자애인이어요."

라고 말하자 기사님은 다시 고개를 늘려서 백미러로 힐끔 쳐다보았다. 그들과 조금 떨어진 자리에 앉아있던 나는 못 들은 척 창밖을 물끄러미 바라보고 있었다. 종점에 내려서 먼저 걸어 나왔고 경자씨는 그들과 인사를 나누고 뒤따라 쫓아와서는 팔짱끼고 걸었다.

"오빠야! 오늘 데이트 너무 좋았어요. 고마워요. 소래포구는 앞으로 영원히 나의 기억 속에 아름답게 남을 것 같아요."

하며 밝은 목소리로 말했다. 그녀의 자취방 앞에서 살짝 포옹하고 우리는 헤어졌다.

오월의 축제

그 후로 이틀의 시간을 학교와 현장을 오가며 바쁘게 지났다. 다음 날 아침 자명종시계가 깨워서 일어나 바쁘게 정리하고 고향으로 출발했다. 종점에서 버스를 타고 보니 경자씨가 근무하는 버스였다. 그녀에게 동생이 군대에 입대하기 때문에 고향으로 간다고 이야기 했다. 그녀는 잘 다녀오라며 돌아올 때 어머니 반찬 많이 가져와서 좀 달라고 하며 밝게 웃어 보였다.

청량리에서 새마을호 열차타고 출발하여 한참을 지나서 차창 밖을 바라보니 이른 아침이라 그런지 연초록의 대지가 한 폭의 그림처럼 아름다웠다. 자취방에서 아침을 먹는 둥 마는 둥해서 그런지 배가 고프던 차에 홍익매점 아저씨에게 김밥 두 줄과 음료수를 샀다. 아침이라서 그런지 김밥은 따뜻했다. 몇 조각 먹지도 않았는 것 같은데 김밥은 사라졌고 사이다 한 병을 마시고 나니 스르륵 잠이 왔다. 새벽부터 잠을 설치고 자취방을 나선 터라 곤하게 의자에 기대어 잠이 들었다. 깊이 잠들었다가 도착을 알리는 안내방송에 화들짝 놀라 일어나니 도착시간이 얼마 남지 않았다. 뻐근한 목덜미를 만지며 정신을 차리고 공공칠가방과 보따리 챙겨들고 내릴 준비를 했다. 안동역에 내려 빠른 걸음으로 혜령이가 기다리는 출구로 갔다. 출구 앞에서 나를 발견한 그녀는 손들어 반갑게 인사하며 웃고 있었다. 그녀는 몇 시에 도착했는지 이미 무엇인가 가득 들어있는 듯 두 개의 가방이 통통해 보였다.

"혜령아! 언제 왔어. 많이 기다렸지."
하며 출구로 나서니 그녀는 곁에 있던 가방을 들면서 집으로 가는 시내버스 타는 곳으로 앞서서 걸어갔다. 양손에 든 가방 중에 좀 크고 무거워 보이는 가방 하나를 받아 들었다. 무게가 꾀나 묵직했다.
"혜령아 이게 다 뭐야? 뭘 이렇게 담아 왔어?"
하니 그녀는 방긋 웃으며
"별거 아니야! 그냥 동생분이 곧 입대한다고 하니 저녁이라도 따뜻하게 온 식구가 함께 한 그릇하려고 고기 조금 사왔어요."
하며 팔짱을 끼고
"창식씨! 우리 이 근처 어디 가서 점심 먹고 가요. 갈비 먹으러 가요."
하며 팔을 당겨 갈비골목으로 들어갔다. 갈비집에 들러 양념돼지갈비를 구워먹으며 그녀는 연신 쌈을 싸서 먹여주었다. 냉면도 한 그릇 배불리 먹고 그녀와 걸음을 재촉하여 시내버스 타고 집으로 왔다. 집에 도착하니 할머니 어머니 동생들은 점심 먹고 쉬고 있었다. 그런데 정작 남동생은 보이지 않았다. 어머니께 '동생은 어디 갔냐.'고 물어보니 어제 오후에 대구에서 와서는 오늘 아침에 '시내에 사는 친구 만나러 간다며 나갔다'고 하며 이제 곧 올 거라고 했다. 동생은 아침에 나가면서 '오후에 형이 온다며 일찍 오겠다 했다'고 말했다. 그녀와 나는 할머니와 어머님께 인사드리고 사랑방에서 인천에서 일하는 이야기를 했다. 군대 가기 전에 일하던 건설회사에서 일하는데 사장님이 잘해주셔서 힘들지 않다고 했다. 그리고 아직은 저녁이 되려면 한참이나 남았는데 그녀와 어머니는 부엌에서 무엇인가 부산하게 준비했다.

나는 논과 밭을 한 바퀴 돌아보러 나갔다. 논에는 못자리를 했는데 벼씨가 빼곡하게 잘 자라고 있었다. 빈 논바닥은 바짝 말라 있었다. 나의 대학 입학금 때문에 우리 집 누렁이를 팔고 없으니 경운기 있는 이웃집에 부탁해서 논갈이하고 써래질 해야 할 텐데 걱정이었다. 밭에는 이랑을 지어 감자를 심었는데 감자 싹이 제법 크게 자라고 있었다. 감자밭 헛골의 잡초를 언제 뽑았는지 풀 한 포기 없이 깨끗했다. 들판 여기저기에는 일하는 이웃사람들이 보였고 논밭 둑에는 푸른 새싹이 자라서 들판은 초록색으로 물들었다. 봄 가뭄이 들어 이제 곧 모내기해야 되는데 도랑에 물이 없어서 걱정이었다. 집으로 돌아오는 길에 길가에 선 이팝나무꽃이 흐드러지게 피어 하얀 쌀밥 한 그릇 고봉으로 떠 놓은 것처럼 복스럽게 피어있었다. 이팝나무꽃 한 아름 꺾어들고 집으로 돌아와 혜령이에게 건네주니

"아이고! 이팝나무 꽃이 향기가 너무 좋아요."

하며 그녀는 길다란 소주 댓병에 푸짐하게 꽂아 할머니방 윗목에 놓여있는 여고 삼 학년 동생이 쓰는 작은 책상위에 올려놓았다. 그리고 나에게 살며시 다가와서는

"창식씨! 고마워요. 창식씨가 내게 주는 꽃 선물은 처음인데 한 아름이나 꺾어주시니 행복해요."

하며 살짝 윙크하고는 얼른 부엌으로 갔다. 오늘은 우리 집의 맛있는 냄새가 마당에 흥건하게 번지니 마치 잔칫집 같았다. 친구 만나러 시내로 간 동생은 해가 서산으로 기울어질 무렵에야 힘없이 터덜터덜 걸어왔다. 삽지걸에서 싸리 빗자루 들고 허리 펴는 나를 보고는 동생은 밝은 얼굴로 뛰어오며

"형님! 언제 오셨어요."

하며 동생이 먼저 인사했다.

"그래 시내 가서 친구들 만나서 놀다 천천히 오지 벌써 오느냐? 그동안 대구에서 고생이 많았다. 몸은 건강하지?"

하며 삽지걸 쓸던 싸리 빗자루를 내려놓고 동생을 반갑게 안아주었다. 그러자 동생은 웃으며 '군대영장이 좀 천천히 나왔으면 돈을 조금 더 모을 수 있었는데~'하면서

"형님도 인천에서 밤늦게까지 일한다면서 힘들지 않아요."

라고 말했다. 동생에게 미리 함께 온 혜령이에 대하여 슬쩍 이야기해 주었다. 그녀는 '내가 대학을 가도록 많은 도움을 주었고 지금은 나와 각별하게 지내고 있다'고 말해주었다. 동생도 할머니와 어머니께 그녀에 대해서 대충은 들었다고 했다. 동생이 도착하고 얼마 지나지 않아 저녁상이 차려졌다. 우리 집 식구 여덟 명과 혜령이가 보태져서 아홉 명의 대식구가 저녁상에 둘러앉았다. 할머니는 우리 집에서 처음으로 사람 사는 냄새가 난다고 하며 좋아했다. 할머니는 동생에게 혜령이를 소개하며

"이 아가씨가 너의 형 대학 입학금을 주신분이다."

하고 소개하자 그녀는

"아니에요. 저는 그냥 할머님이 좋아해주셔서 자주 놀러올 뿐이에요."

하며 얼굴이 빨개졌다. 동생도 엉거주춤하게 인사하면서 방안의 분위기는 잠시 어색하였다. 그러다가 이내 방안은 다시 잔칫집 분위기로 돌아왔다. 돼지갈비찜을 한 솥 하였고 온 식구들이 그날은 즐거웠다. 어머니는

"오늘 갈비찜은 이 아가씨가 사 와서 직접 했다."

라며 우리 집 식구들은 이미 혜령이가 우리 가족이나 다름없는 분위기였다. 이런 분위기가 생소한 동생은 나와 혜령이의 눈치를 번갈아가며 살폈다. 그동안 내가 동생에게 한 번도 혜령이에 대해 진지하게 이야기를 나눈 적이 없었기에 어리둥절해하는 것도 전혀 이상하지 않았다. 그녀는 갈비찜 그릇을 할머니 앞으로 당겨놓으면서

"할머니 많이 드세요. 가마솥에 푹 삶았더니 고기가 물러서 드시기 좋아요."

하며 방 전체의 분위기를 바꾸었다. 그러자 어머니가 일어서며

"오늘 같은 날 술 한잔하면 좋겠구나."

하며 밖으로 나갔다. 할머니는

"저번에 먹다 남은 소주가 고방 어디에 있을 것이다."

하며 밖으로 나가는 어머니 등 뒤에 대고 말하였고 잠시 후 어머니는 반쯤 남은 소주 댓병을 들고 들어왔다.『연비원소주』란 상표가 선명한 초록색 소주 댓병이었다. 지난겨울에 봉화에 사는 고모부 내외분이 우리 집에 들리러오면서 들고 온 소주병인데 지금까지 고방에 남아 있었던 것이다. 연비원 소주는 주둥이가 길쭉한 파란 병의 소주였다. 그때만 해도 비싼 고급술이었다.

걸쭉한 농주가 농부들의 허기진 배를 채워주는 유일한 술이던 때

였다. 그 농주마저 쉽사리 만들어 먹지 못하던 지독한 가난은 비록 우리 집만의 형편이 아닌 시골농촌 대부분의 형편이었다. 거기다가 나라에서 밀주를 단속하던 시절이라 몰래 담가놓고 먹던 시절이었다. 이렇게 귀한 소주라서 어머니는 고방에 숨겨두고 아끼던 술을 들고 왔다. 작은 스텐 소주잔 두 개도 들고 왔다. 혜령이는 소주병과 소주잔을 받아들고 먼저 할머니와 어머니께 한잔씩 따라드렸다. 할머니는 단숨에 한 잔을 비우고는

"우리 손자들과 아가씨도 한잔씩 하거라."

하며 흐뭇한 표정을 지었다. 그녀는 나와 동생에게 한잔 씩 따라주었고 동생은 얼른 마시고 소주병을 들고 혜령이에게

"형님을 그렇게도 많이 도와주셔서 감사합니다."

하며 소주 한잔을 따라 건넸다. 그녀는 아니라며 손사래 치며 안 받으려하자 할머니가 옆에서 받으라고 권했고 어머니도 혜령이에게 오늘 같은 날 한잔 받으라고 했다. 그녀는 이런 분위기에 당황하다가 동생이 한 번 더 받으라고 하자 못이기는 척 술잔을 받아들고는 고개를 예쁘게 살짝 돌려 조금 마시고는 얼굴을 찡그리며

"아이고! 너무 독해요."

하며 술잔을 내려놓자 온 식구의 한바탕 웃음소리가 방문을 넘었다. 그렇게 그날 그 소주병은 빈병이 되었다. 할머니와 어머니는 두잔씩 더 드셨고 혜령이도 한잔을 더 마셨다. 그녀의 얼굴은 금방 빨갛게 달아올랐다. 빨갛게 달아오른 그녀의 얼굴이 독한 소주 탓인지 부끄러워서 그랬는지는 지금도 분간이 안 된다.

그때 연비원 소주는 지금의 소주와는 다르게 알콜 농도가 삼십오

도였다. 저녁식사가 끝나고 날이 어두워지자 그녀는 이제 그만 돌아가겠다며 일어섰다. 그러자 어머니는 그녀를 붙들며 이 밤에 어떻게 가겠다고 하느냐며 셋방을 정리해 놓았으니 자고 내일가라고 하셨다. 할머니도 동생도 모두 그렇게 하라고 붙들었다. 그녀는 못이기는 척하며 할머니께 그렇게 하겠다고 말하고 다시 자리에 앉았다. 그렇게 그날 밤은 깊어갔다. 분위기가 조금 가라앉자 동생은 할머니와 어머니를 모시고 나와 혜령이가 있는 자리에서 할머니께 농협 예금통장과 도장을 내밀었다.

"할머니 여기 통장에 그동안 회사에서 받은 월급을 모아 예금해 놓았어요. 이 돈이면 형님 다음 학기 등록금을 낼 수 있을 겁니다. 그리고 남는 돈으로 내년에 여동생이 대학에 가면 입학금도 될 겁니다. 형님도 인천에서 야간에 일한다고 하니 할머니와 어머니가 힘들지만 앞으로 몇 년 만 더 고생하시면 됩니다."

라고 말하며 동생은 나와 혜령이의 눈치를 살폈다.

"형님! 다른 것은 아무것도 생각하지 말고 내가 군대제대 할 때까지 형님이 대학교졸업하고 취직하세요. 그래야 우리 집 식구들이 다 견딜 수 있어요."

하고 동생은 굳은 얼굴로 나를 바라보았다. 그때 나도 인천에서 찾아온 돈 봉투를 내놓았다. 현장에서 받은 월급봉투를 할머니께 드렸다. 지난 한 달 동안의 노임과 혜령이가 준 돈을 합쳐서 백 사십만 원이었다. 그러자 할머니는 나의 돈 봉투와 동생이 준 통장을 어머니께 건네주며 또 치맛자락을 들어 눈물을 닦으셨다. 그러자 어머니도 앞치마로 눈물을 훔치면서

"그래! 대구에서 니가 돈 번다고 고생했다. 니가 건강하게 군대 갔

다 오면 우리 집도 어깨 펴고 살날이 올 것이다. 나야 괜찮다 연로하신 할매가 걱정이다."

라고 어머니가 말하니 할머니는

"나는 조금 거들뿐이고 니 에미가 힘이 많이 들게다."

하였다. 그때까지 옆에서 말없이 앉아있던 혜령이 눈에도 눈물이 흐르고 있었다. 그녀는 무엇인가를 결심한 것처럼 굳은 표정으로

"할머니! 저도 작은 힘이지만 보탤게요."

그러자 할머니도 어머니도 그러지 말라며 지금까지 한 것만으로도 우리에게는 너무나 과분하다며 절대 그렇게 하지 말라고 했다. 아무런 말도 못하고 가만히 있던 내가 말을 했다. 혜령이는 올해 방송통신 대학교를 졸업했고 내년에 영남대학교에 편입할 계획이며 이제 곧 대구시 공무원으로 발령도 날 겁니다. 내년에 편입하면 영남대학교를 나보다 일 년 후에 졸업해요. 할머니와 어머니는

"아가씨는 그 동안 우리에게 많은 도움을 주었는데 우리는 아가씨에게 아무것도 도와드릴 수 없으니 어떻게 하냐?"

라고 했다. 혜령이는 아니라며 얼굴이 붉어졌다. 그렇게 그날 밤은 우리 집 온 식구가 행복한 저녁을 보냈다. 혜령이도 마음이 편안해보였다. 우리 식구 외에 한 사람이 더 보태졌는데 집안의 분위기가 이렇게도 바뀔 수 있다는 사실을 몸으로 느끼는 시간이었다.

다음날 아침을 먹으면서 동생에게 입대하는 날 다시 내려오겠다고 하자 동생은 그러지 말고 학교와 회사에 열심히 하라고 했다. 아침식사를 마치고 인천으로 가려고 집을 나서는데 어머니가 여러 가지 반찬을 한 보따리 싸 주었다. 아마도 혜령이와 어머니는 어제 저녁을 준

비하면서 미리 반찬 몇 가지를 준비했던 모양이다. 혜령이와 집을 나서며 동생에게 입대할 때 오지 못해서 미안하다고 말했다. 동생은
 "나는 국방부에서 먹여주고 재워주는 곳으로 가니 염려하지 말아요."
라며 씨익 웃었다. 시외버스터미널에 도착해서 그녀는 도리원으로 출발했고 나는 기차타고 인천으로 왔다. 고향을 다녀온 후 며칠 동안 학교와 지하상가 공사 현장의 일을 하며 바쁘게 보냈다. 동생이 입대하는 날이었다. 아침을 챙겨먹고 현장 사무실로 출근하면서 지금쯤 동생은 빡빡머리로 중앙국민학교 운동장에 있으리라 생각하니 나도 모르게 눈물이 흘렀다. 아침부터 말간 하늘을 쳐다보며 이렇게 가난이 몸서리치게 싫어지는 날도 일찍이 없었다. 어금니를 꽉 물면서 혼자 중얼거렸다.
 "오냐 이 돈보라야! 얼마든지 몰아쳐라. 내 기필코 돈보라 너를 알몸으로 받아 우뚝 일어서리라. 가야산 정상에도 눈보라가 멈추고 나면 따사로운 햇살이 제일먼저 산 정상을 비추듯이 지금 나에게 몰아치는 이 돈보라 멈추는 언젠가는 나에게도 밝은 햇살이 비출 것이다. 찬란한 햇살이 비치는 그날을 위해 오늘은 어금니 꽉 물고 반드시 견뎌낼 것이다."
 하며 가슴속으로 흐르는 눈물을 삼켰다. 십정동 시내버스종점으로 걸어가는데 혜령이 생각이 났다. 종점에 도착하여 전화를 걸었다.
"혜령아! 잘 지냈어. 이른 시간인데 전화통화 해도 괜찮아?"
 하니 그녀의 밝은 목소리가 수화기에서 흘러나왔다.
 "창식씨! 보고 싶어요. 오늘이 동생 분 입대하는 날이잖아요. 나 혼자라도 그곳으로 가야하는데 어쩌지요?"
 했다. 그녀는 동생의 입대 날짜를 기억하고 있었다.

그런 그녀가 무척이나 고마웠고 또한 미안했다. 그리고 그녀는 이번 주 금요일 저녁기차로 인천으로 오겠다고 했다. 토요일 새벽 이른 시간 청량리역에 도착한다고 말했다. 청량리역에 도착하면 전철 첫차가 운행하는 시간까지는 두 시간 정도 기다려야 하는 시간이다. 그래서 금요일 밤 마지막 전철로 청량리역 부근의 여인숙에 방을 잡아 몇 시간자고 그녀를 마중하러 가겠다고 말했다. 그녀도 그렇게 해주면 안심이 된다며 전화를 끊었다. 혜령이와 전화 끊고 돌아서니 막 출발하려는 버스가 보였다. 급하게 달려가서 올라타니 경자씨가 근무하는 버스였다. 그녀는

"오빠야! 오랫만이네요. 고향에서 가져온 맛있는 반찬 고마워요. 며칠이 지났는데도 매일 무엇이 그리도 바쁜지 인사도 못했네요. 오늘은 저녁에 시간이 조금 나니 오빠방으로 갈게요. 오늘은 현장에서 몇 시에 마쳐요?"

하며 미안해했다. 고향에서 돌아오던 날 저녁에 그녀의 자취방 앞에 몇 가지 반찬을 덜어서 가져다 놓았었다. 그녀에게 오늘 현장에는 오전에 근무하고 학교강의 마치고 오후 세 시에 다시 현장으로 갔다가 아마도 오후 일곱시 정도면 퇴근할 것 같다고 대답했다.

그녀도 오늘은 퇴근하고 학교에서 한 시간의 수업밖에 없기 때문에 강의를 마치는 대로 나의 자취방으로 오겠다고 했다. 그리고 나는 동인천에서 내려 현장 사무실로 출근하였다. 공무 과장이 오늘은 설계변경 작업 중인 공사기성 수량 산출서를 주면서 전체적으로 계산의 오류는 없는지 검토하라고 했다. 그러면서 복잡하고 시끄러운 여

기서 작업하지 말고 설계변경작업을 위해 얻어놓은 현장 옆 모텔 방 작업장으로 가서 검토하다가 학교에 가라고 했다. 만약에 다 못하면 강의 마치고 다시 모텔 작업 방에 들러서 수량산출서를 자취방으로 들고 가서 내일아침까지 검토결과를 보고하라고 했다. 모텔 방에서 집중해서 작업하다가 배가 실쭉하여 시계를 보니 열두 시가 조금 넘었다. 급히 하던 작업을 마무리하고 현장의 함바 식당으로 달려가서 식사하고 학교로 갔다. 오늘은 오후 네시까지 세시간의 강의가 있는 날이다. 토질역학강의를 들으면서 경자씨가 아침에 했던 말이 생각났다. 그녀는 오늘 야간학부 수업 한 시간을 마치면 여덟 시니까 늦어도 아홉 시전에 나의 자취방으로 온다고 했다. 무슨 일이 있는 것일까? 궁금했다. 강의마치고 다시 현장사무실에 도착하니 오후 다섯 시가 조금 지났다. 현장 함바 식당에서 저녁 먹고 모델 작업 방에 도착하여 두 시간 작업하다가 수량산출서를 들고 현장 사무실에 들러서 보고하고 퇴근했다. 자취방에 도착하여 씻고 방에 들어와서 체육복으로 갈아입었다. 보통은 잠옷으로 갈아입는데 오늘은 경자씨가 온다고 했으니 체육복으로 갈아입었다. 스텐 둘레밥상을 펴고 작업을 막 시작하려는데 문밖에서 그녀가 불렀다.

"오빠야 뭐해요? 벌써 주무시나요?"

하며 대문을 노크했다. 벌떡 일어나 대문을 열어보니 그녀는 반찬통 세 개를 들고 있었다.

"아니 경자씨! 이게 무엇입니까?"

하며 들고 있던 반찬통을 받아드니 그녀는 뒤따라 부엌으로 들어서면서

"빈 통을 돌려드릴 수 없어서 간단한 반찬 조금 만들었어요."

하며 건네주는 반찬은 장조림과 마른반찬이었다. 그녀는 내가 고향에서 들고 온 갈비찜을 맛있게 잘 먹었다고 했다. 따뜻한 커피를 타서 방으로 들어와서 모처럼 조용하게 마주앉았다. 그녀는 이번 주 금요일부터 대학축제 기간 중 주말에는 시간이 없고 월요일 밤 시간에 축제 마지막 날 밤이니 나랑 함께 보내자고 했다. 그녀에게 혜령이가 주말에 고향에서 올라왔다가 일요일에 내려가니 월요일 저녁에 시간을 만들어 보겠다고 했다. 그녀는 시간을 만들어 보겠다는 말에 고맙다며 축제 마지막 날 밤이라도 함께 축제를 즐길 수 있어서 좋다고 했다.

그녀는 오늘밤에 내가 야간작업을 해야 한다는 말에 일어나서 방문을 나서다말고 마중 나가는 나에게 돌아서서 갑자기 포옹하며 볼에 가볍게 뽀뽀하고 돌아갔다. 그녀가 돌아가고 밤이 늦도록 수량산출서를 검토했다. 그런데 그녀가 쪽쪽 하고 뽀뽀한 생각이 떠올라 도무지 집중이 되지 않았다. 바람이라도 좀 쐬려고 담배 한 개비 물고 골목길로 나섰다. 골목 끝에서 담배를 피우는데 경자씨도 골목으로 나와서 서성이다 나를 발견하고는 다가왔다.

"오빠야! 담배 피우러 나왔어요. 자려고 누워도 잠이 오지 않아서 나왔는데 오빠가 나오길래 왔어요. 오빠야 참 이상해요. 내일 새벽에 출근해야 하는데 잠이 안와요."

하며 그녀도 골목에 나와서 불 켜진 나의 방을 올려다보고 있었다고 말했다. 밤 열한 시가 넘은 시간이라 내일을 위해 그녀는 잠을 자야했다.

"경자씨! 그만 들어가 쉬세요. 나도 이제 들어가서 하던 일마저 마치고 자야겠어요."

하며 돌아서가려고 하는데 그녀는 등 뒤에서 와락 끌어안았다.

"오빠야! 이대로 조금만 있어요."

하는데 그녀의 따뜻한 체온이 전해왔다. 그 순간 내가 움찔하자 "오빠야! 내가 이러면 안 되지요? 나도 알아요. 그런데 입에서는 안 된다고 하는데 내 몸이 왜 자꾸 이러는지 나도 모르겠어요. 미안해요 하지만 나를 욕하면 안 되요".

하며 나의 손을 잡은 그녀의 손이 가늘게 떨고 있었다.

그녀는 오늘밤은 혼자라는 사실이 너무나 허전하였다고 말했다. 나는 돌아서며 그녀를 꼭 안아주며

"경자씨! 이런 마음을 스스로 이겨내야 합니다. 여기서 더 무너지면 당신이나 나 우리 둘의 가슴에는 깊은 상처만 남아요."

하며 그녀의 등을 쓰다듬어 주었다. 그녀는 알았다며 고개를 끄덕이며 자신을 지켜주고 바르게 인도해주어서 고맙다고 했다. 자취방으로 돌아온 나는 불을 끄고 잠자리에 들며 자명종시계의 알람을 새벽 네시에 맞추었다. 한숨 자고 일어나서 새벽에 다시 작업하여 아침에 바로 현장으로 출근하려고 생각했다. 한참을 뒤척이다가 겨우 잠이 들었다. 깊이 잠들었다가 화들짝 놀라 일어나서 시계를 확인하니 네시 오분 전이었다. 현장에서 들고 온 산출서를 검토하니 모두 몇 군데의 오류가 있었다. 연필로 표시하고 정정하였다. 어느덧 아침의 여명이 밝아왔다. 골목 입구로 나가서 기지개 켜고 있는데 경자씨가 출근하면서 나를 보고는 밝게 웃으며 아침 인사를 했다.

"오빠야! 오늘도 파이팅!"

하고는 급히 버스 종점으로 내려갔다. 그렇게 다시 하루가 시작되었다. 현장과 학교를 바쁘게 오가며 몸은 언제나 녹초가 되어도 내가 가야하는 길이기에 그저 앞만 보고 걸었다. 그렇게 힘든 시간은 흘러 드디어 금요일이 되었다.

오늘은 대학축제가 시작되는 날이라 수업이 없었고 불교학생회에서 저녁시간에 축제맞이 제등행렬행사가 있는 날이다. 현장에 출근하여 하루 종일 모텔 방에서 방안지와 씨름하며 횡단도 그리고 구적기 돌려서 수량을 계산하여 기입하는 작업을 했다. 오후 다섯 시 조금 지나서 퇴근하고 학교로 달려가서 불교학생회 서클룸으로 갔다. 잠시 후에 시작하는 제등행렬을 준비하던 은숙이가 나를 보고는 하얀 면장갑과 목탁을 들고 와서는 앞에서 '석가모니불' 연호하며 목탁을 쳐 달라고 했다. 서클에서 후배들이 행사 준비하는 동안 단 한 시간도 나의 공사현장 일 때문에 거들어 주지 못한 미안함에 목탁을 잡고 치기로 했다. 은숙이는 예쁜 빨간 연등을 하나 들고 한 손에는 핸드마이크 들고 뒤를 따르며 좋아했다. 제등행렬은 서클룸에서 출발하여 캠퍼스를 한 바퀴 돌아오는 행사였다. '석가모니불' 연호하며 약 오십 명의 회원이 함께 두 줄로 늘어서서 행진을 시작했는데 행렬이 캠퍼스를 돌면서 많은 학생들과 교수님들도 동참하셔서 어느새 백 명이 넘는 행렬이 되었다.

경자씨는 이 광경을 자신의 일을 마치고 늦게 학교로 와서 제등행렬하는 무리 속에서 함께 했다고 며칠이 지난 다음에 이야기했다. '앞에서 목탁 치며 걸어가는 나의 모습이 무척이나 부러웠다'고 말했다. 그렇게 제등행사를 마치고 후배들과 어울려 학교후문 근처 어느 식당에서 행사 뒷풀이 하며 소주도 몇 잔 했다. 그렇게 모처럼 후배들과 어울려 여유로운 시간을 보내다가 밤늦은 시간에 헤어졌다.

혜령이가 밤늦은 시간에 고향에서 기차타고 내일 새벽 청량리역에 도착하는 날이다. 전철 막차를 타고 청량리 기차역으로 나갔다. 청량리역에 도착하니 밤 열한 시반이 조금 지났다. 주변의 여인숙을 두리번거리다가 골목 안에 위치한 허름한 여인숙으로 들어갔다. 여인숙 방은 무척이나 허름했고 퀴퀴한 냄새가 진동했다. 여기서 잠시 쉬고 새벽 네 시 반에 도착하는 혜령이를 마중 나가야 한다. 눅눅한 이불 깔고 잠시 누웠는데 이내 깊은 잠이 들었다. 오늘은 제등행렬을 했고 후배들과 뒷풀이로 소주도 몇 잔 마셔서 그런지 여인숙 방이 불결했지만 곤하게 떨어져 잠이 들었다. 새벽에 잠에서 깨어나 시계를 확인하니 혜령이 도착시간이 얼마 남지 않았다. 옷을 챙겨 입고 후다닥 청량리역 광장으로 나가니 아직 기차는 도착시간이 조금 더 남아 있었다. 출구근처에서 담배 한 개비 피우며 광장의 시계탑을 바라보았다. '저 시계탑은 얼마나 많은 사연을 품고 있을까?' 하는 생각이 들었다. 아직 어둠이 걷히지 않은 컴컴한 광장 정면에 시계탑은 엉크렇게 서 있었다. 그 자리에서 오고가는 사람들의 수많은 사연이 시계의 태엽처럼 감겨 있었다. 차가운 새벽안개가 서럽게 시계탑을 휘감아도 그저 묵묵히 온몸으로 다 품어주고 있었다. 그러거나 말거나 돌아가는 시계탑의 초침은 입을 굳게 닫고 그저 제 갈 길만 꾸벅꾸벅 가고 있었다. '저 낡은 시계처럼 그저 묵묵히 앞만 보고 나의 길을 꾸벅꾸벅 가다 멈출 때 혹시 나도 저렇게 초라할까?' 하고 생각하다가 피식 웃었다.

그때 열차도착을 알리는 방송이 광장바닥에 내린 새벽안개처럼 광장바닥에 낮게 깔렸다. 광장의 시계바늘이 새벽 네시 반을 가리키자 밤새 달려온 중앙선 새마을호 기차는 싣고 온 승객을 토해내었다. 태백산맥을 넘어오면서 힘이 들었는지 아직도 기차는 거친 숨을 몰아쉬고 있었다. 잠시 후 출구로 승객들이 쏟아져 나왔다. 밤새 달려온 승객의 대부분은 머리에 까치집을 하나씩 지어달았고 피로에 지친 푸석한 얼굴을 하고 종종 걸음으로 바쁘게 광장을 가로질러 어디론가 모두 사라졌다. 혜령이의 모습이 저만치 보였다. 그녀도 마중 나온 나를 발견하고는 환하게 웃으며 다가왔다.

"창식씨! 이 시간까지 어디서 기다렸어요? 많이 힘들었지요."

하며 달려와 가슴에 안겼다. 그녀는 묵직한 가방을 들고 왔다. 내가 받아들고

"뭘 이렇게 많이 가져왔어?"

하니 그녀는 팔짱을 살짝 당기며

"우리 서방님 반찬 만들어 왔어요."

하며 생글생글 눈웃음 지었다. 아직 전철 첫차 시간까지는 한 시간 반 정도 남았다. 그녀와 내가 조금 전까지 쉬었던 허름한 여인숙방으로 다시 들어갔다. 방에 들어서자 포옹하며 키스를 했다. 달콤한 키스를 하고 우리는 여인숙방에서 잠시 눈을 붙였다. 그녀도 밤새워 달려온 장거리 기차여행으로 피곤했는지 품에 안기어 금방 잠들었다. 곤하게 잠든 그녀의 얼굴을 가만히 내려다보다가 살짝 뽀뽀해 주고는 잠이 들었다. 얼마나 시간이 흘렀는지 그녀가 흔들어 깨워서 놀라 일어나보니 아침 여덟 시가 넘었다. 여인숙에서 급히 나와 전철을 탔는

데 오늘이 토요일인데도 출근 시간이라서 콩나물시루처럼 전철은 복잡했다. 전철이 서울 시내를 벗어나자 조금은 헐렁해졌다. 동인천에서 내려 시내버스 타고 십정동 종점으로 가는데 그 버스 안내양 눈치가 이상했다. 우리를 안 보는 척 하면서도 자꾸만 힐끔힐끔 돌아보았다. 아마도 내가 경자씨 애인이라는 소문을 알고 있는 모양이었다. 그런 안내양의 행동이 마음에 걸렸지만 애써 모른 체하고 종점에서 내려 자취방으로 왔다. 자취방에 도착하자 혜령이는 가져온 반찬을 꺼내고 쌀을 씻어 밥을 했다. 김이 모락모락 나는 밥과 그녀가 만들어 온 반찬으로 늦은 아침을 먹었다. 식사를 마치고 그녀는 여기서 한숨 푹 자고 일어나서 오후에 학교로 가자고 했다. 그녀도 나도 피곤하여 잠이 필요했다. 따뜻한 숭늉 한 그릇 마시고 나란히 누워서 조금 이야기 하다가 잠이 들었다.

얼마의 시간이 흘러 잠에서 깨어보니 그녀가 옆에 없었다. 시계를 확인하니 오후 두시였다. 화들짝 놀라 방문을 열어 혜령이를 찾았다. 그녀는 언제 일어났는지 벌써 옷가지 몇 개를 빨래해서 마당의 빨랫줄에 가지런히 널어놓았고 점심 밥상도 부엌 처마에 차려놓았다. '혜령씨!'하고 불러도 대답이 없어서 마당으로 나가 둘러보아도 그녀는 보이지 않았다. 골목으로 나가서 찾아보아도 그녀는 보이지 않았다. 담배 한 개비 피우며 골목을 서성거리는데 그녀가 큰 비닐봉지를 들고 골목입구에 나타났다.
"창식씨! 벌써 일어났어요. 피곤한데 더 주무시지 왜 일어났어요?" 하며 밝게 웃어보였다. 그녀는 내가 곤하게 잠자는 사이에 세탁하고 점심도 차려놓고 기다리다가 동네입구 마트에서 장을 봐 왔던 것이다. 비닐봉투를 받아 들어보니 무거웠다.

"혜령씨! 뭘 또 이렇게 많이 샀어."

하니 그녀는 별거 아니라며 사랑스런 눈웃음을 날렸다.

"창식씨! 얼른 들어가서 이거 정리해놓고 학교로 가요. 나도 대학 축제가 무척이나 궁금해요."

미리 차려놓은 점심을 먹고 그녀와 캠퍼스에서 벌어지는 축제의 작은 공연을 관람하며 시간 보내다가 토목과에서 축제 때마다 벌이는 막걸리 파티장으로 갔다. 오후 늦은 시간이라 막걸리통은 거의 바닥을 보였다. 대형 고무통에 가득 채워 둔 막걸리를 바가지로 누구나 퍼 마신다. 안주는 볶은 굵은소금이 전부였지만 오후 늦은 시간이라 거의 밑바닥이 들어났고 막걸리통 옆에는 술에 취한 토목쟁이들이 널브러져 있었다. 후배 한 명이 바가지로 막걸리 뜨려고 큰 통에 거의 거꾸로 처박히도록 엎드려서 한 바가지 떠 왔다.

"이 막걸리 원샷 해야 우리 노가다 애인 자격이 있어요."

하며 혜령이에게 권했다. 얼른 가로막으며 바가지를 받아들고 마시다가 그녀에게 조금 남겨서 마셔보라고 했다. 그러자 혜령이는 두 모금정도 마시고 바가지를 거꾸로 들어 보여주었다. 안주로 볶은 소금을 건네주었다. 그때 후배 한 명이 그 소금을 가로채며 안주는 뽀뽀로 하라고 했다. 그러자 토목과 친구들이 환호하며 "뽀뽀해! 뽀뽀해! 뽀뽀해!" 하고 외쳤다. 혜령이는 나의 눈치를 살피더니 얼른 달려들어 볼에 뽀뽀 했다. 그리고는 얼굴이 빨개져서 등 뒤로 숨었다. 그러자 토목과 친구들은 환호성과 박수로 화답했다. 이미 취기가 오른 토목과 친구들의 또 다른 어떤 봉변을 당할지 몰라 그녀를 데리고 얼른 그 자리를 피해 도망쳤다. 본관 앞 잔디언덕에는 몇 명씩 둘러앉아 기타를 치며 노래 부르고 관객들이 박수치며 따라 부르고 있었다.

축제 주 무대에서 연극반과 합장단의 공연을 관람했다. 공연 중간 중간에 사회자가 걸쭉한 멘트로 분위기를 돋우었다. 몇 번의 공연을 보고나니 어둠이 내렸다. 야간 공연으로 합창단의 발표가 이어진다는 사회자의 안내를 듣고 그녀는 그만 일어나 가자고 했다. 태양이 서해바다에 빠지는 소리가 풍덩! 하고 들리자 뱃고래가 밥을 달라고 꼬르륵 거렸다.

"혜령아! 저녁 먹으러 가자. 배가 밥 달라고 데모한다."

하며 학교 후문 식당가로 가자하니 그녀는 팔짱을 당기며

"낭군님! 저녁은 집에 가서 소녀가 차려드릴 테니 밥값은 후하게 소녀에게 주세요."

하며 학교 앞 버스승강으로 가자고 했다. 그러지 말고 여기서 저녁 먹고 조금 더 놀다가 가자고 했다. 그녀는 옆구리를 쿡 찌르며

"저녁은 자취방에서 내가 맛있게 만들어 줄 테니 그냥가요. 그리고 밥값은 뽀뽀로 주세요."

하며 팔을 당겼다. 버스타고 종점으로 가는 중에

"혜령아 내일은 몇 시 기차로 내려 갈 거야?"

하고 물어보니 그녀는 방긋 웃으며

"내일 오전에 자취방 대청소 해놓고 가려고 기차표 미리 예매해서 왔어요. 아침에 천천히 일어나서 조금 빨리 점심 먹고 열한 시쯤 여기서 나가면 될 거야."

하며 말했다. 그리고 그녀가 지금까지 말하지 않았던 대구시 공무원 임용에 대해서 물었다. 그러자 그녀는 지난달 말에 대구시에서 면

담했는데 칠월 일 일자로 동구청으로 발령 날 예정이라고 했다. 면담하면서 경상북도에서 근무한 공무원경력도 인정해 준다고 했다. 그녀는 내년 삼월에 영남대학교 야간학부에 삼학년으로 편입하려고 준비하고 있다고 했다. 그럼 다음 달에는 대구에 방을 구해야 되니 내가 내려가겠다고 했다. 그러자 그녀는 유월 마지막 주에 임용근무지가 발표되면 그때 연락하겠다고 했다. 대구에 방을 구하려면 보증금이 필요할 텐데 준비해 주겠다고 했다. 그녀는

"아이고! 서방님 그런 걱정은 말아요. 이미 혜령이가 다 준비해 놓았어요."

하며 나의 볼을 손가락으로 꼭 찌르며 애교 부렸다. 그러는 사이 버스는 종점에 도착했고 우리는 버스에서 내려 자취방으로 갔다. 그녀가 저녁 하느라 부엌에서 분주하게 준비했고 내가 거들려고 하자 옆에 있으면 오히려 방해되니 방에 들어가 가만히 있으라고 했다.

삼십 분정도의 시간이 흐르고 나서 그녀는 밥상을 차렸다. 그 동안에 된장찌개 끓여서 따뜻한 밥상을 뚝딱 차렸다. 두 사람이 마주앉아 오붓한 저녁을 먹었다. 식사 마치고 그녀는 설거지했고 커피도 한 잔 끓여서 들어왔다. 커피 잔을 내려놓고는 저녁 식사에다 후식으로 커피까지 대령했으니 이제는 저녁 밥값을 달라며 그녀는 눈을 살포시 감고 얼굴을 내밀었다. 그렇게 그날 밤은 행복하고 아름다운 밤이 되었다. 다음날 아침에 일어나니 그녀는 벌써 나머지 몇 개의 빨래를 해놓았다.

아침을 먹고 학교로 가서 축제장 여기저기를 기웃거리다가 학교

구내식당에서 점심을 빠른 시간에 먹고 전철 타고 청량리로 가서 그녀를 배웅하고 자취방으로 돌아왔다. 오후 두시가 지난 시간인데 피로가 몰려와서 나도 모르게 그만 낮잠이 들었다. 몽롱한 잠결에 방문을 두드리는 소리에 화들짝 놀라 일어났다. 주인집 할머니였다.

"학생! 어제 여기 왔던 그 아가씨가 전화해 달라고 했네."

하기에 헐레벌떡 버스 종점으로 내려가서 전화를 걸었다. 일요일인데 그녀는 도리원에 도착해서 면사무소로 들어가서 전화했던 것이다.

"창식씨! 혜령이야. 지금 도착해서 면사무소로 와서 전화했어요. 금방 보고 왔는데 또 보고 싶어요. 이번에 대학축제 너무 좋았어요. 고마워요. 창식씨 덕분에 행복했어요. 그리고 참! 부엌 찬장에 넣어둔 반찬 너무 오래두고 먹으면 안돼요. 아무리 바빠도 식사는 거르지 말고 꼭 챙겨먹어요."

하며 그녀는 나만 걱정했다. 그녀에게 이틀 동안 아무것도 해준 것이 없었다.

"혜령아 인천까지 와 주어서 고마워 사랑해!"

하고 말하자 그녀는

"아니야 내가 고마워."

했다. 그리고 다음 달에 대구로 이사할 때 꼭 연락하라고 당부하고는 전화를 끊고 자취방으로 돌아오는데 태양은 서산에 저녁노을을 아름답게 물들이고 있었다. 비포장 골목길의 흙먼지마저도 아름답게 보였다. 자취방에 돌아와 저녁을 먹으려하는데 누군가 부엌문을 또 노크했다. 아랫집에서 올라온 경자씨였다.

"오빠야! 지금 저녁식사하고 있었어요. 지금 퇴근하고 오는데 오빠 방에 불이 켜져 있기에 올라왔어요."

하며 그녀는 부엌으로 따라 들어왔다.

"경자씨 식사 안했으면 같이 먹어요."

하니 그녀는 아니라며 자신은 버스회사 식당에서 먹고 왔다고 했다. 대충 식사를 마치고 커피 한잔 끓여서 그녀에게 주었다. 그녀는 내일저녁 여섯시에 인하정에서 만나 축제 마지막 날을 함께 하자고 했다. 그런 말을 하는 그녀는 이미 설레고 있었다. 경자씨와 그렇게 하기로 약속하고 그녀는 돌아가고 난 바로 잠자리에 들었다. 조금 뒤 척이다가 잠이 들었는데 꿈속에서 혜령이를 만났다. 꿈속에서 혜령이를 꼭 끌어안고 곤하게 자고 일어나니 기분이 파란하늘에 떠다니는 한 점 뭉게구름처럼 가벼운 아침이었다.

오늘은 월요일이니 현장사무실로 출근해서 일하고 오후에는 퇴근하여 학교로 가서 경자씨와 만나기로 한 날이다. 현장에서 근무하다가 오후 이른 시간에 학교에 도착하여 불교학생회 서클룸에 들렀다. 후배들과 이야기하며 시간을 보내고 있는데 은숙이가 서클룸으로 들어왔다.

"어! 창식이 동급생 왔어."

하며 은근슬쩍 맞먹는 인사하고는 미안한 듯 눈웃음을 생글 거렸다. 은숙이는 어제 나의 축제파트너인 혜령이를 멀리서 보았는지

"선배님! 어제 데리고 온 파트너는 누구예요. 제 작년 축제 때 데려온 그 여자분이 아니잖아요?"

하며 물었다.

"은숙아 너 어제 어디서 우리를 보았느냐? 우리 보았으면 인사하지 그랬냐?"

했더니 은숙이는 살짝 토라지며

"피! 거기서 내가 인사하면 그 여자분이 기분 안 좋아 하잖아요. 내가 너무 예뻐서 그 여자분이 질투할까 봐 선배님 생각해서 억지로 참았어요."

하며 나를 놀리듯 은숙이는 말했다. 그런 은숙이에게 혜령이 그녀는 고향에서 공무원으로 근무하며 고등학교 때 불교학생회 한 해 선배 누나라고 말했다. 올해 방송통신대학을 졸업하고 내년에 영남대학에 편입하려 준비하고 있다며 혜령이를 은숙이에게 소개해주었다. 은숙이는 혜령이가 나보다 한 해 선배 누나라는 말에 다소 미안해하면서도 한편으로는 안심하는 눈치였다. 그러는 사이에 시간은 흘렀고 후배들은 서클룸 문을 닫고 후문 식당가로 가서 함께 저녁 먹으며 소주도 한잔하러 가자고 했다. 나는 오늘 저녁 약속이 있어서 미안하다며 인하정으로 갔다. 그곳에 경자씨는 아직도 보이지 않아서 인하공전 방향으로 천천히 걸어갔다. 인하공전 캠퍼스로 막 들어서는데 경자씨가 멀리서 먼저 나를 발견하고는 달려왔다.

"오빠야! 미안해요. 조금 늦었어요."

하며 냉큼 팔짱끼고는 인하공전 캠퍼스로 갔다. 캠퍼스는 축제의 막바지 열기로 달아올라 있었다. 축제장 주 무대에서는 초대 가수의 공연이 열렸고 많은 학생들이 파트너와 쌍쌍이 앉아 있었다.

그녀와 나도 그들 틈에 끼어 공연을 보고 노래도 따라 부르며 한동안 즐거웠다. 이윽고 어둠이 내려 가로등이 켜지고 주 무대에는 화려한 조명이 켜졌다. 몇 차례의 공연을 더 보다가 경자씨는 이제 그만 가자며 일어섰다. 우리는 인하공전 정문에서 택시타고 그녀와 십정동 종점으로 갔다. 그녀의 자취방에서 차 한잔하면서 그녀는 차분히 결심한 듯 내게 이야기했다.

"오빠야! 사실은 그제부터 어제까지 학교에서 오빠가 그 언니랑 다정하게 팔짱끼고 데이트하는 걸 몰래 숨어서 따라 다니며 다 지켜보았어요. 숨어서 몰래 바라보면서 한없이 눈물이 흘렀어요. 무엇 때문에 눈물이 흐르는지는 나도 몰라요. 그냥 눈물이 멈추지 않았어요. 그리고 밤에도 오빠 방을 올려다보았어요. 그 언니가 빨래하고 청소하며 오빠랑 이야기하고 웃는 모습도 몰래 지켜보았어요. 방에 늦은 시간까지 불이 켜져 있는 것을 보고는 정말 견디기 힘들었어요. 그냥 오빠 방으로 후다닥 달려가고 싶었어요. 그러나 오빠! 이제는 오빠를 내 가슴에서 내려놓을게요. 그 언니는 참으로 고왔으며 진정으로 오빠를 사랑하는 것 같았어요."

하며 그녀는 이제부터는 애인이 아니라 그냥 선배로 대하겠다고 담담하게 말했다. 사람이 사람을 사랑하는 것이 이리도 아플 수 도 있다는 사실이 깊은 밤 어둠만큼이나 무겁게 느껴졌다. 경자씨의 이런 마음을 어떻게 이해하고 어디까지 받아들여야할지 그냥 가슴이 답답하고 어지러웠다. 밤이 깊어서야 힘없이 나의 자취방으로 돌아왔다.

제4장
민들레 홀씨 되어

해변길에 불어오는 바람

　어느 날 혜령이에게 연락이 와서 통화했다. 그녀는 영남대학교 근처에 자취방 구했다고 했다. 유월 달 말에 대구시 공무원 임용발표가 나면 이사할 계획이라고 했다. 어느덧 오월 달이 휙 지나가고 있었다. 현장에서 오월 달 월급으로 사십삼만 원을 받았다. 그동안 혜령이와 일주일에 두세 번은 꼭 통화했다. 유월이 되면서 학교에서 기말고사 일정이 발표되었다. 앞으로 보름정도 지나서 기말고사 치고 종강하면 두 달의 여름방학이 시작된다. 그렇게 바쁘고 힘들게 일하던 어느 날 현장에서 일하고 있는데 혜령이에게서 현장사무실로 연락이 왔다. 현장사무실 근처의 공중전화로 달려가서 전화했다. 전화가 연결되자마자
　"창식씨! 잘 있었어요? 많이 보고 싶어요. 몸은 어디 아픈데 없지요? 창식씨 나 칠월 일일자로 대구시 동구청 민원실로 근무발령 났어요. 그래서 내일 의성군에 사직서 내려고 해요."
　라고 말했다. '그럼 언제 대구로 이사할 계획이냐'고 물었다. 그녀는 이번 주 토요일에 이사할 계획이라고 했다. 내가 '이번 주 토요일 봉양면 도리원으로 내려가겠다.'고 했다. 그러자 그녀는 그날 경산으

로 바로 오라하며 그녀 자취방주소를 알려주었다. '토요일 아침 일찍 도착하도록 가겠다.'하고 전화를 끊었다. 현장에서 일하며 시간을 쪼개어 기말고사 준비하면서 늘 잠 부족에 시달리며 며칠을 보냈다. 오늘이 금요일이니 내일새벽에 대구로 가야하기에 기말고사 준비히던 책을 덮고 막 잠자리에 들려고 하는데 경자씨가 찾아왔다. 그녀도 기말고사 준비로 교양과목인 수학책 들고 와서는 미분적분에 대해 물었다. 다행히 아는 문제라서 몇 문제 풀어주었다. 그녀는 이제 조금 알 것 같다며 모르면 내일 저녁에 다시 오겠다고 했다. 그녀에게 내일은 고향에 가고 없으니 일요일에 보자고 했다. 그녀는 책을 가슴에 안은 채 고맙다 말하고 돌아갔다. 내일 새벽 첫 전철로 서울역으로 가서 대구로 가야 하기에 곧바로 누웠다. 잠을 청하는데 몸이 너무나 피곤하고 경자씨가 금방 다녀가서 그런지 쉬 잠들지 못했다. 내일은 대구로 가서 혜령이 자취방 이삿짐을 정리해야 한다. 그녀에게 무엇인가 한 가지 해주고 싶었다. 그래서 그 동안 모아놓은 돈을 조금 챙겨서 가방에 넣었다.

내일 새벽에 출발해서 동대구에 내려서 택시타고 혜령이가 불러준 주소로 찾아가야 한다. 자명종시계를 새벽 네 시에 맞추어놓고 겨우 잠들었다. 잠결에 자명종시계가 요란하게 깨워서 일어나 아침을 대충 챙겨먹고 자취방을 나왔다. 전철 첫차를 타고 서울역을 거쳐 대구로 출발했다. 떠오르는 붉은 태양이 달리는 기차 차창을 무사통과하여 품에 안겨왔다. 햇살이 살포시 안기니 마치 혜령이 품처럼 포근했다. 포근한 햇살을 한 아름 안고 스르르 잠이 들었다. 어젯밤에 잠을 설쳐서 그런지 깊은 잠에 빠졌다. 얼마나 시간이 흘렀는지 사람들의 떠드는 소리에 놀라 잠이 깨었다. 기차는 구미역에 도착하여 손님을 내리고 또 다른 손님을 맞이하느라 시끄러웠다. 이내 기차는 다시 푸른 들판을 거침없이 가로질러 달렸다. 싱그러운 초록색 들판은 보기만 해도 속이 시원했다. 드디어 기차는 동대구역에 나를 내려놓고 제 갈 길로 무심하게 떠났다. 빠른 걸음으로 출구로 나가는데 혜령이가 나를 발견하고는 손을 흔들며

"창식씨! 여기요."

하며 환하게 웃으며 반겼다. 그녀가 주소를 가르쳐주고 찾아오라고 했기에 그녀가 마중 나온다고는 생각도 못했다.

"아니 혜령아! 연락도 안 했는데 어떻게 알고 여기로 나왔어."

하고 반가운 얼굴로 물었다. 그녀는 생글거리는 눈웃음으로

"서방님이 오시는데 이 정도는 알아야 되는 것 아닌가요."

하며 출구로 나서는 나를 반갑게 끌어안았다. 주변에 여러 사람들이 있었지만 혜령이 눈에는 나 한 사람밖에 보이지 않는 듯했다. 혜령이와 팔짱끼고 지차역을 빠져나와서 식당으로 걸어가며 제 작년 해인사 도해스님 만나러 갈 때 내가 이 기차로 왔다고 했다. 그래서 분명히 이 기차로 올 것이라 생각하고 놀라게 해주려고 그냥 마중 나왔다고 했다. 기차역 주변에서 간단하게 이른 점심 먹고 그녀와 버스타고 경산의 그녀 자취방으로 갔다. 도착하여 보니 오전에 이미 이삿짐 정리를 깨끗하게 마무리했다. 자취방에 들어가서 살펴보니 대부분은 도리원에서 쓰던 그대로였다. 그녀가 끓여온 커피 한 잔하고 그녀에게 근처의 재래시장으로 놀러가자고 했다. 일어서면서 그녀는

"창식씨! 혼자서 이삿짐 정리 다 했는데 수고했다고 뽀뽀도 안 해

주실 건가요?"

하며 다가왔다.

"응 그래. 너무너무 고생했어. 어이구 나의 사랑하는 님아!"

하며 달콤한 뽀뽀를 해주었다. 그녀는 재래시장은 왜 가지고 하느냐 물었다. 지금 당장 할일이 없으니 그냥 맛있는 것도 좀 사먹고 구경하러 가자고했다. 그녀는 시장가방을 챙겨 들고는

"오늘 서방님이 사 준다하니 많이 사 와야지."

하며 방문을 나섰다. 재래시장은 걸어서 십 분정도의 거리였다. 시장으로 걸어가며 그녀는 며칠 전에 군청에 사직서 제출한 이야기를 했다. 의성군청에 근무하면서 공무원 상조회에 가입했는데 사직서를 제출하니 상조회에서 그동안 냈던 회비를 돌려받았다고 했다. 공짜 돈이 생겼다며 오늘 저녁은 불고기집에서 먹자고 했다. 재래시장 앞에 도착하여 시장으로 들어가는 입구는 의류상점들이 도열해 있었다. 어느 가게 앞을 지나는데 진열된 여름 신상품이 그녀의 눈에 들어왔다.

"창식씨! 저 옷 참 예쁘다."

하기에 돌아보니 푸른색의 시원하게 보이는 투피스였다. 그녀의 팔을 당겨 그 옷가게로 들어갔다. 한 별 사줄 테니 입어보라고 했다. 그녀는 아니라며 가게를 나갔다. 그녀가 다시 그 가게로 돌아올 때 까지 옷가게에서 나가지 않았다. 잠시 후에 그녀는 다시 돌아왔고 주인은 혜령이에게 입어보라고 말하자 그녀는 못이기는 척 옷가게 뒷방으로 들어가서 갈아입고 나왔다. 새 옷으로 갈아입고 나오며 멋지게 포즈를 취했다. 지금까지 내가 본 그녀의 얼굴 중에서 가장 환하게 웃었다. 그녀에게 그냥 그대로 입고 나가자고 했다. 그러자 눈치 빠른 옷가게 주인은 얼른 가위로 상표를 잘라내고 입고 왔던 그녀의 옷은

종이가방에 담아주었다. 여름 신상품으로 한 벌 갈아입은 그녀는 파란하늘아래 한 송이 수선화처럼 곱고 청아해 보였다. 그녀도 기분이 좋은지 발걸음이 무척이나 가벼웠다.

"창식씨! 고마워. 어때 나 예쁘지! 그렇지. 내일모래 동구청에 첫 출근하는 날 이 옷 입고 가야지. 우리 서방님이 사 준 옷이니 입고 가서 자랑해야지."

하며 마치 한 마리 나비가 나폴 나폴 앞에서 날고 있는 것 같았다. 지금까지 그녀에게 늘 받기만하다가 처음으로 하나 사 준 옷이다. 괜히 어깨가 으쓱 했다. 그녀는 재래시장으로 걸어가며 김밥, 어묵, 튀김, 떡볶이 한 접시 씩 사고 반찬거리도 몇 가지 구입했다. 그렇게 재래시장을 조금 더 구경하다가 그녀의 자취방으로 돌아왔다. 그녀는 고맙다며 나를 끌어안고 방을 몇 바퀴나 빙빙 돌았다. 그리고 그녀는 달콤하게 뽀뽀해주었다. 그녀는 연신 나를 쳐다보며 기분이 좋아서 생글생글 웃었다.

아직 저녁시간이 저만치 남아있는데 부엌에서 무엇인가 열심히 조리를 했다. 조금 전 재래시장에서 사 온 반찬거리로 서너 가지 밑반찬을 만들어서 반찬통에 정성스럽게 담아놓고는

"이것은 내일 우리 서방님 가실 때 드릴 것입니다."

라고 혼잣말을 중얼거렸다. 혜령이는 재래시장에서 반찬거리 몇 가지 구입해서 나에게 밑반찬 만들어 주려고 했던 것이다. 반찬조리 끝내고 나서 정작 저녁은 나가서 먹자고 했다. 그녀와 좀 이른 시간에 식당으로 가서 양념돼지갈비를 숯불에 구워서 먹으며 소주도 한 병 나누어 마셨다. 식당을 나와서 내년에 그녀가 편입할 영남대학교 캠

퍼스를 한 바퀴 걸었다. 그녀는 요즘 영남대학교 편입전형에 중요한 영어 토익시험을 준비하고 있다고 했다. 어느덧 시간은 흘러 가로등이 하나둘 켜지기 시작했고 캠퍼스에도 걸어 다니는 사람이 거의 없었다.

학교에서 그녀의 자취방으로 돌아오면서 마트에 들러 맥주 몇 병과 마른안주도 사가지고 왔다. 자취방에 도착하여 술상을 차려놓고 마주앉아 맥주마시며 이야기 하다 보니 서너 병을 마셨다. 혜령이는 술기가 오른다며 술상을 치웠다. 자취방 옆 샤워장에서 간단하게 세수하고 들어왔다. 저녁 먹으며 마신 소주와 조금 전에 마신 맥주로 취기가 약간 올라왔다. 오늘 하루의 피로가 몰려왔고 혜령이는 나의 품에 안기어 아름다운 밤을 보냈다. 잠결에 밖에서 무슨 소리가 들려 눈을 뜨고 시계를 확인하니 아침 일곱 시가 조금지난 시간이다. 혜령이는 언제 일어났는지 부엌에서 아침상을 차리고 있었다.
"창식씨! 일어났어요. 우리 아침 먹고 팔공산 동화사에 갔다가 갓바위 올라가요. 그리고 창식씨 오늘 인천으로 몇 시에 출발하면 되나요"
하며 밥상 들고 들어왔다. 오후 네다섯 시쯤 출발해도 된다고 했다. 그녀가 차려준 아침 먹고 우리는 팔공산으로 출발했다. 동화사 대웅전에 들러 그녀와 나란히 부처님 전에 삼배 드리며 부처님의 은덕으로 혜령이가 영어토익 점수 잘 받게 해달라고 기원했다.

동화사를 한 바퀴 돌아보고 갓바위로 올라갔다. 등산로 따라 올라가면서 숨이 턱밑까지 차오를 쯤 갓바위 미륵부처님이 눈에 들어왔다. 혜령이는 나의 손을 잡고 숨이 차는 목소리로

"창식씨! 갓바위 부처님은 합격 기원하는 명소이니 혜령이의 편입시험 합격기원 기도해줘요."

하며 밝은 얼굴로 말했다. 갓바위 미륵 전에 도착해서 잠시 호흡을 고르고 방석 두 개를 미륵부처님 앞에 나란히 깔아놓고 향 피우고 그녀와 편입시험 합격기원 백팔배 기도를 했다. 절하는 횟수가 반쯤 지나자 그녀도 나도 얼굴에 땀방울이 살짝 맺혔다. 간절한 마음으로 미륵부처님께 혜령이가 영남대학교 편입시험에 합격되게 해달라고 기원했다. 앞에 깔아놓은 방석에 한 두 방울의 땀방울이 떨어질 무렵 백팔배는 끝이 났다. 흐르는 땀을 식히고 잠시 쉬었다가 우리는 팔공산을 내려왔다.

시내버스 승강장까지 내려오는 길에 더덕구이 정식으로 점심 먹자고 하니 그녀는 그냥 자취방으로 가서 먹자고 했다. 그녀의 자취방에 도착하니 오후 두 시가 다 되어갔다. 점심시간이 많이 지난 시간이라 허기가 찾아왔다. 그녀는

"우리 서방님 배고프시겠다. 조금만 참아요. 혜령이가 맛있게 차려드릴게요."

하며 바쁘게 점심을 차렸다. 배가 실죽하던 차에 포만감을 느끼도록 점심을 먹었다. 밥을 배가 불룩하도록 먹고 나니 식곤증이 몰려와서 잠시 곤하게 잠이 들었고 그녀도 내 곁에서 잠들었다. 짧은 시간이지만 달콤한 낮잠을 자다가 눈뜨고 시계를 확인하니 오후 네시였다. 인천으로 출발해야할 시간이 되었다.

그녀는 어젯밤에 만들어 놓은 밑반찬 통 서너 개를 보자기에 예쁘

게 싸주었다.

"혜령아 고마워 잘 먹을게. 인천에서 밥 먹을 때 마다 혜령이 보고 싶어 어떻게 하지."

하고 그녀를 바라보니 따뜻하면서도 아쉬운 포옹을 했다. 그녀와 함께 동대구역에 도착하여 서울행 기차표 예매하고 시간을 확인하니 삼십 분정도의 시간이 남았다. 대합실에서 기다리며 그녀는 이제 곧 동구청 민원실에 출근하면 처음에는 좀 바쁘게 지낼 것이라고 말했다. 나도 이제 곧 기말고사 치고 종강하면 방학인데 방학기간 동안 현장에서 일하다가 주말에 휴가 얻어서 다시 대구로 내려오겠다고 말했다. 이번 주는 현장일도 바쁘고 기말고사 시험공부도 해야 한다고 했다. 그녀는 말일까지 영어토익시험 공부한다고 했다. 그러는 사이에 기차 출발시간이 다가왔다.

"창식씨! 사랑해."

하고는 경산으로 돌아갔고 나는 서울행기차로 출발했다. 기차를 타고 얼마 지나지 않아 또 잠이 들었다. 자다 깨다를 반복하는 동안 기차는 서울에 도착했다. 전철로 갈아타고 동인천에 내려 시내버스 타고 종점에서 내렸다. 혜령이가 예쁘게 보자기에 싸준 반찬보따리를 들고 자취방으로 걸어가며 경자씨 자취방을 쳐다보았다. 그녀의 자취방 창문은 전등불이 밝게 켜져 있었다. 그녀의 자취방을 지나 자취방 골목으로 막 들어서는데 경자씨가 마치 기다린 것처럼 골목입구에서 반갑게 인사했다.

"오빠야! 고향 갔다가 이제 오시나요. 여기서 오빠 올 때까지 기다렸어요."

하며 다가와서는 반찬보따리를 받아들고 자취방으로 따라 들어왔다. 방에 들어와서 갈아입을 옷을 들고 샤워장으로 가서 샤워하고 들어오니 그녀는 반찬통을 부엌 찬장에 가지런히 정리해놓고 커피도 한잔 끓여 들어왔다.

"오빠야! 이번 주는 내가 반찬 안 만들어줘도 되겠네요. 반찬통 정리하며 조금씩 맛보았는데 역시 창식씨 어머님 손맛이 최고입니다." 하며 생글생글 웃었다. 그녀에게 반찬을 반씩 덜어서 가져가라고 하니 그녀는 오늘 낮에 일주일 치 반찬을 미리 준비했다고 했다. 그녀는 커피 한 모금 마시고는 기말고사 시험 공부하다가 오빠가 왔는지 궁금해서 나왔다고 말했다. 이번 주는 현장 일도 바쁘고 기말고사 준비로 힘들게 보내야 한다고 말했다. 그녀는 다 마신 커피잔을 들고 부엌으로 나가서 깨끗이 씻어놓고 그녀의 자취방으로 돌아가며 장거리 여행으로 피곤할 테니 푹 쉬라며 살짝 볼 키스를 하고 돌아갔다. 골목 앞까지 따라 나가서 그녀가 자취방으로 들어가는 뒷모습을 보고는 방으로 돌아왔다. 그날 밤은 이틀간의 대구여행으로 피곤했는지 곧바로 잠들었다.

그리고 그 후로 며칠간은 몹시도 바쁘게 지나갔다. 현장 사무실에서 설계 변경 작업하느라, 학교에서 강의하는 시간을 제외하고는 매일 밤 열시까지 현장에서 근무했고 아침에도 여덟시까지 출근했다. 정신없이 일주일 동안 현장사무실에서 일하며 학교에서 강의 들었다. 학교수업이 끝나고 현장 사무실에서 일하다가 퇴근해서 늦은 시간까지 기말고사 준비하느라 일주일 내내 하루에 네 시간 정도 잠을 잤다. 그 사이에 혜령이와는 두 번 통화했는데 그녀는 언제나 밥 꼭 챙겨 먹으라고 당부했다. 앞집에 사는 경자씨도 야간수업 마치고 돌아오는 길에 회사에서 야근하다가 퇴근하는 나와 종점에서 몇 번이나 만났다. 그녀도 나의 방 창문 불빛을 매일 확인하였다고 하며 너무 무리하지 말라고 당부했다.

토요일인 오늘은 현장 사무실에서 하루 종일 근무하다가 늦게 퇴근했다. 밤늦은 시간에 잠이 들었는데 잠결에 얼굴의 느낌이 이상해서 일어나보니 자면서 코피를 흘렸다. 깔고 자던 이불이 코피 투성이가 되었다. 다행히 더 이상은 코피가 흐르지 않았다. 언제 멈추었는지 흘린 코피가 말라있었다. 젖은 걸레로 이불에 묻은 코피를 닦아도 깨끗하게 지워지지 않았다. 나는 하는 수 없이 이불을 들고 샤워장으로 가서 주인집 큰 고무대야에 담구어 두었다. 그때의 시간이 새벽 네 시였다. 방으로 들어와서 한숨 더 자고 일곱 시에 일어났다. 아침을 챙겨먹고 새벽에 샤워장에 담구어 둔 이불을 세탁했다. 세제를 풀어서 발로 밟고 핏자국이 있는 곳은 손으로 비벼서 헹구었다. 이불 하나를 세탁하고 나니 이마에 땀이 맺혔다. 마당의 빨랫줄에 이불을 펴 널고 있는데 경자씨가 들렸다.

"오빠야! 지금 뭐 해요. 혼자서 이불을 세탁했어요? 나에게 말하지 그랬어요? 남자가 혼자서 빨았는데도 참 깨끗하게도 빨았네요."

하며 나를 거들어 이불 널어놓고 방으로 들어가 그녀와 함께 커피 한 잔했다. 지난 일주일은 기말고사를 하루에 두세 과목씩 쳤다. 현장 사무실의 설계 변경 작업은 어느 정도 마무리 되었다. 그렇게 지난 일주일의 시간이 휙 하고 흘렀다. 기말고사도 만족할 정도로 쳤고 현장의 설계 변경 작업도 거의 마무리되었다. 그날은 모처럼 몸도 마음도 여유로운 토요일 아침이었다.

경자씨도 모처럼 여유로운 모습으로 올라왔다. 그녀는 내 덕분에 '기말고사 시험을 영어는 보통으로 쳤고 다른 과목은 그런대로 잘 쳤다'며 기분 좋아했다.

"오빠야! 이제 이번 주에 대부분 일 학기수업 종강하면 여름방학인데 방학 때 뭐해요? 현장에서 쉬는 날 소래포구 바닷가로 데이트 가요. 언제 쉬는 날인지 그날에 맞추어 하루 쉬도록 근무 조정할게요."

하며 밝은 얼굴로 물었다. 주말인 오늘과 내일은 현장근무하지 않는다고 말했다. 그리고 다음 주말에는 고향을 한번 다녀올 생각이라고 말했다. 다음 주말은 혜령이가 대구에서 근무를 시작하고 한 달 정도 지나는 주말이라서 그녀를 만나러 갈 생각이었다. 그러자 경자씨는 자신도 오늘이 쉬는 날이라며

"오빠야! 그럼 우리 지금 소래포구로 데이트 가요."

하고 말했다. 오늘은 별다른 바쁜 일이 없기에 그렇게 하자고 했다. 경자씨가 예쁘게 차려입고 오는 동안에 이불을 마당의 빨랫줄에서 다시 뒤집어 널어두었다. 경자씨는 자신의 방으로 달려가서 예쁘게 차려입고 얼굴에 화장도 살짝 하고는 다시 달려왔다. 오늘 그녀가 입고 온 옷은 연한 베이지색 바탕에 작은 꽃무늬가 촘촘한 원피스였다. 옷감의 재질은 무엇인지 모르겠으나 걸을 때마다 치맛자락이 찰랑거렸다. 그녀와 종점에서 시내버스 타고 동인천에 내려 소래포구행 시내버스로 갈아타고 가는데 경자씨는 그 버스 안내양들에게 나를 자신의 오빠라고 인사시켰다. 얼떨결에 엉거주춤하게 그들에게 인사했고 버스에서 내릴 때마다 안내양들은 그녀에게 멋진 추억 만들고 오라고 했다. 그녀는 의기양양하고 밝게 웃으며 버스 안내양들에게 손

을 흔들어 주었다.

　소래포구에 도착하여 그녀는 팔짱끼고 해변길을 나란히 걸었다. 바다에서 불어오는 바람이 가슴을 무사통과 했다. 뻥 뚫리는 시원함이 기말고사 치느라 가슴에 쌓인 피로를 탈탈 털어 몽땅 끌어안고 가슴을 미끄러지듯 시원하게 스쳐갔다. 그녀도 일하며 시험 준비하고 기말고사 치느라 지친 몸을 보상받는 듯 좋아했다. 한동안 그렇게 걷다가 돌아보니 너무 멀리 걸어 온듯하여 우리는 오던 길을 되돌아서 걸었다. 그녀는 아무런 말없이 한동안 걸으면서 망설이다 조심스럽게 지난번 축재 마지막 날 그녀 방에서 있었던 그날 밤의 일을 이야기했다. 그날 이후로 그녀는 오히려 마음이 편해졌다고 했다. 내가 혹시라도 그녀를 오해하고 있을까봐 늘 볼 때마다 가슴이 무겁다고 했다. 이제는 정말 피를 나눈 친오빠처럼 편안하다며 고맙다고 했다.

　"창식이 오빠야! 내가 앞으로 어떤 남자를 만나서 사랑하게 되고 결혼해도 난 오빠를 잊을 수 없을 것 같아요. 무덤에 가는 그날까지 가슴에 품어 혼자만의 아름다운 진주로 가꾸어 나갈 겁니다. 오빠도 나처럼 그렇게 가슴에 품어주길 간절히 빌고 또 바라고 있어요."

　하며 그녀는 낮은 파도가 하얗게 부서지는 해변을 하염없이 바라보았다. 그런 그녀의 모습을 바라보니 그녀는 차라리 서러운 한 송이 꽃이었다. 마치 아침햇살에 이슬 머금고 막 피어난 한 송이 모메꽃처럼 순수하고 가냘프게 보였다. 외진 길모퉁이 모래밭에 뿌리내려 한 송이꽃을 피워낸 모메꽃처럼 그녀는 아무도 눈길 주는 이 하나 없는 외로운 삶을 살아온 한 송이 모메꽃이었다. 그런 그녀에게

"나도 경자씨처럼 그렇게 무덤에 가는 그 순간까지 나만의 소중한 보석으로 간직할게요."

하고 약속했다. 그 말을 하고나니 가슴이 아려오는 통증이 밀려왔다. '지금 가슴에 멍드는 이 통증은 도대체 무엇이란 말인가? 이것도 사랑인가?' 하고 생각하니 가슴이 더 깊이 아려왔다. 남자인 내가 이토록 아픈데 여자인 '경자씨 가슴은 어떨까?' 하고 생각하니 갑자기 그녀에게 미안했다. 아니 차라리 그녀에게 이럴 수밖에 없는 나 자신이 한없이 미워졌다. 그녀에게

"경자씨 미안해요. 만약에 우리에게 다음 생이 주어진다면 이번 생에서 못 다한 사랑 그때는 꼭 함께 아름답게 사랑해요."

하며 그녀를 꼭 안아주었다. 그러자 그녀는 나의 품을 파고들며 "오빠야! 난 지금 이 사랑으로도 충분히 행복해요. 지금의 우리 사랑을 나만의 가슴에 진주로 품고 아름답게 살아갈 게요"

하며 그녀는 가늘게 떨고 있었다. 그녀는 자신의 마음을 정리하고 담담하게 나를 대해주면서도 나를 배려하고 있었다. 그녀와 걸어가는 해안산책로 주변에는 낮달맞이꽃이 여리여리한 분홍빛으로 피어 불어오는 바닷바람에 가늘게 흔들리고 있었다. 갯모래에 뿌리내려 겨울에 바다에서 불어오는 혹독한 북서계절풍도 가장 먼저 온 몸으로 받으며 월동하여 늦여름까지 꾸준히 꽃을 피운다. 이 질긴 생명력의 낮달맞이꽃「무언의 사랑」이란 꽃말이 마치 지금의 경자씨 모습처럼 느껴졌다.

"경자씨! 저 분홍꽃 참 곱지요."

하고 바닷가 언덕으로 발길을 옮겼다. 그녀는 환하게 밝은 얼굴로 "오빠야! 이 꽃이 무슨 꽃이에요? 연분홍 꽃잎이 너무나 곱네요."

하며 낮달맞이꽃 송이를 당겨 꽃향기를 맡았다. 그녀와 낮달맞이 꽃 아름답게 어울리는 그림이었다. 그런 그녀의 모습이 무척이나 아름답게 보였다. 그녀는 여리여리하게 분홍빛이 출렁거리는 낮달맞이 꽃밭을 말없이 거닐었다. 바닷가 모래언덕에서 산책길로 나오며 그녀는 나의 어깨를 잡고 신발에 들어간 모래를 털며

"오빠야! 어젯밤에 코피도 많이 흘렸으니 우리 이제 점심으로 회 먹으러가요. 회 실컷 먹고 몸보신 좀 해요. 오늘 점심에 회는 내가 사고 저녁은 양식으로 오빠가 사요."

하며 생글거리는 눈웃음으로 어색한 분위기를 바꾸며 팔을 당겨 식당으로 들어갔다.

소래포구에서 회와 매운탕을 점심으로 먹고 동인천으로 돌아와 영화도 한편 보고 다시 학교로 돌아왔다. 캠퍼스를 천천히 걸으며 방학 동안 일하며 시간이 나는 대로 이렇게 가끔씩 가볍게 데이트하자고 했다. 그녀도 나도 방학 동안 열심히 일해서 이 학기 등록금과 생활비를 벌어야했다. 일하다가 힘들면 언제든지 자취방에서 커피 한잔으로 서로 격려하며 가야산 정상에 몰아치는 눈보라처럼 경자씨와 나의 운명에 모질게 몰아치는 돈보라를 정면으로 맞서서 당당하게 이겨내자고 서로에게 다짐했다. 어느덧 해는 서산마루에 걸렸고 하늘도 붉은 노을로 우리를 격려하는 듯했다. 학교후문 식당가에서 스테이크와 포도주 한잔으로 붉게 타오르는 저녁노을만큼이나 아름다운 저녁을 먹고 그녀의 자취방으로 돌아왔다. 그녀의 자취방에서 커피 한잔하고 나의 자취방으로 돌아왔다. 자취방으로 돌아오니 아침에 널어둔 이불은 주인집 할머니가 걷어서 가지런하게 접어두었다가 내

가 돌아오자 건네주었다.

"학생 해가 지면 이불은 금방 눅눅해져서 미리 걷어놓았어요."

하며 온화한 미소를 지었다. 그리고 무엇인가 더 할 말이 있는 듯 머뭇거리더니

"학생! 뭐 하나 물어보아도 되나요."

하며 머뭇거렸다.

"예, 그러세요."

하고 대답하자 할머니는 조심스럽게

"학생 아랫집 경자하고 사귀나요?"

하며 이미 우리의 사이를 다 알고 있다는 듯한 표정으로 말했다. "할머니 경자씨는 애인으로 사귀는 것이 아닙니다. 그냥 오빠 동생으로 친하게 지냅니다. 서로가 힘들게 돈 벌어서 학교 다니는 같은 처지라서 서로 돕고 지내고 있어요. 할머니 저는 고향에 애인이 있어요. 저번에 여기에 왔던 그 아가씨가 저의 애인입니다. 다음에 언제 또 오면 인사시켜 드릴게요."

하고 말했다. 그제서야 할머니는 타이르듯

"학생! 그래도 남녀관계는 모르는 일이니 조심해요. 내가 보기에는 경자가 학생을 좋아하는 것 같아요."

하며 고향에 있는 애인을 생각해서라도 경자하고는 적당한 거리를 두라고 당부했다. 할머니께 고맙다고 말하며 앞으로 조심하겠다고 했다.

기말고사가 끝이 나고 이제는 여름 방학이 시작되었다. 매일 아침 현장 사무실로 출근했고 현장의 업무는 바쁘게 진행되었다. 오늘은

퇴근 시간에 유월 달 월급을 받았다. 이번 달은 야근을 많이 해서 저번 달보다 조금 더 많았다. 두툼한 월급봉투를 들고 나오다가 길거리 리어카에서 참외를 한 봉투 샀다. 빈 봉투를 하나 더 얻어서 반씩 나누어 두 봉투로 만들어 돌아오는 길에 경자씨 자취방에 들러 부엌문 앞에 메모지와 함께 놓아두고 돌아왔다. 저녁을 챙겨먹고 토질역학 책을 조금 보다가 잠이 들었다. 잠결에 대문 두드리는 소리가 들려 일어나 대문을 열어보니 경자씨였다. 그녀는 퇴근하여 부엌문 앞에 놓아둔 참외봉투와 메모지를 보고 나의 방으로 올라온 것이다.

"오빠! 참외를 왜 그렇게 많이 사 주시나요. 고마워요 잘 먹을게요."

하며 방으로 들어왔다. 그녀와 커피 한잔하며 오늘 월급을 두툼하게 받아서 참외 한 봉투사서 반으로 나누었다고 말했다. 이야기를 조금하다가 그녀는 돌아가며 고맙다고 말했다. 이제 이틀만 지나면 칠월달의 첫 주말이다. 다음날 현장에서 점심 먹고 쉬다가 혜령이 생각이 났다. 현장사무실 앞 대로변 공중전화로 달려가 전화했다. 신호음이 몇 번 올리더니

"예 총무계 박주사입니다."

하는 동구청 민원실 여직원의 예쁜 목소리가 들려왔다.

"예, 안녕하세요. 장혜령 주사님 좀 부탁합니다."

라고 말하자 그 여직원은 잠시 기다리라 말하고는 전화를 바꾸어 주었다.

"예, 산업계 장주삽니다."

하는 혜령이의 밝은 목소리가 들려왔다.

"혜령아! 창식이야."

하니 혜령이는 주변에 민원인이 많은지 조심스럽게 말했다. 용건만 빨리 말해야겠다 싶어 이번 주 토요일에 대구로 내려가려 한다고 말하니 그녀는 토요일 열두 시에 안동역으로 내려오라고 했다. 무슨 일이냐고 하자 그녀는 토요일에 만나서 이야기하자며 끼니 거르지 말라고 당부하고는 전화를 끊었다. 무슨 이유로 대구가 아닌 안동에서 만나자고 하는지 일하는 오후 내내 궁금하여 머릿속에는 온통 혜령이 생각밖에 없었다. 여섯 시가 조금 지나서 퇴근 준비하는데 현장 사무실로 혜령이의 전화가 걸려왔다. 지금 퇴근하려고 준비 중이니 곧바로 전화하겠다고 했다. 퇴근하면서 공중전화를 했다. 신호음이 들리자마자

"창식씨! 혜령이예요. 낮에는 미안해요. 민원실에 민원인이 와서 통화를 제대로 못했어요. 토요일 열두 시에 도착하는 기차로 안동역에서 만나서 창식씨 집으로 가요. 아마도 군대에서 동생의 옷과 편지가 왔을 겁니다. 저녁에 그 편지 할머니와 어머니께 읽어 드리고 저녁도 같이 먹어요."

하고 그녀가 이야기했다. 순간 '아차!' 하는 생각이 들었다. 아마도 할머니와 어머니는 동생의 소포를 받고 고등학교 다니는 여동생에게 읽어 달라고 했을 것이다. 내가 미처 생각하지 못한 일을 그녀는 챙기고 있었던 것이다. 그런 그녀가 무척이나 고맙고 이뻤다. 나는 그렇게 하자고 말하고

"혜령아 고마워! 내 동생까지 챙겨주는 맘이 너무나 고맙고 한편으로는 미안해."

하며 수화기에 대고 '쪼 ~ 옥 쪽'하고 뽀뽀 해주며 전화를 끊었다. 이번에 내려가면서 그동안 현장에서 받은 돈 백 만원을 챙겨가서 할

머니께 드려야겠다고 생각했다.

  아마도 우리 집에는 지금쯤 돈이 없어서 고등학교 다니는 여동생의 학비가 부족하리라 생각되었다. 전화를 끊고 시내버스 타고 자취방으로 돌아오는데 버스 안내양이 나에게는 아예 토큰을 받지도 않고 그냥 스쳐 지나갔다. 종점에서 내려 걸어가려 하는데 그 버스 안내양이
  "아저씨! 커피 한잔하고 가요."
  하며 커피 두 잔을 들고 왔다. 커피 마시며 그 안내양은
  "아저씨 경자에게 요즘 무슨 일이 있는지 혹시 알고 계세요? 요즘 경자가 고민을 많이 하며 힘들어해요."
  하며 걱정스러운 표정으로 말했다. 무슨 일이냐고 물어보자 그 안내양은
  "경자가 아마도 아저씨 때문에 요즘 사랑병이 난 것 같아요. 경자는 나와 친하게 지내요. 며칠 전에 나에게 아저씨 이야기를 했어요. 아저씨는 너무나 좋은 사람이라고요. 그런데 경자는 아저씨를 사랑하면 안 된다고 했어요. 아저씨! 혹시 경자와 다투셨나요. 아니면 경자가 버스안내양이라서 싫으신가요."
  하며 그 안내양은 따지듯이 물었다. 그 안내양에게 그냥 씨익 웃어 보이며 경자씨는 참으로 곱고 사랑스런 동생이라고 말했다. 그리고 '커피 고맙습니다.' 하고 인사하고 자취방으로 올라왔다. 골목길을 걸어오면서 그 안내양이 한말
  "시내버스 안내양이라서 싫으신 건가요."
  하는 말이 발걸음을 따라잡고 늘어졌다. '청춘남녀 간의 사랑에도

직업의 귀천이 있는 것인가?'하며 혼자 중얼거렸다.

　저녁을 먹고 곧 잠이 들었는데 경자씨가 문을 두드렸다. 체육복 바람으로 나가니 그녀는 집 뒤편 수봉공원으로 산책 가자고 했다. 어두운 골목길을 그녀는 팔짱을 꼭 끼고 걸었다. 공원에 도착하니 밤늦은 시간이라서 공원에는 우리 두 사람 외에는 아무도 없었다. 어둠속에 고이 잠든 나무벤치에 나란히 앉았다. 벤치에 앉아서 내려다보이는 밤풍경은 참으로 고요했다. 우뚝 솟은 도원교회 종탑이 어둠속에도 큰 키를 자랑이라도 하는 듯 당당하였다. 교회 주변에는 주택가라서 띄엄띄엄 가로등이 켜져 있었다. 작은 주택들의 창문에는 가난하지만 다정하게 보였다. 그런 도시의 풍경을 물끄러미 바라보다가 그녀는 몇 번이나 망설이다가 말을 꺼냈다. 오늘 퇴근하면서 경자씨와 친하다고 이야기한 그 버스 안내양에게 이야기 들었다며 '혹시라도 오빠가 나 때문에 걱정하실까봐 이렇게 산책하자고 했다.'고 말했다. 경자씨는 오빠를 사랑하는 자신의 마음은 변함이 없는데 '오빠를 가슴에서 내려놓으니 지금은 오히려 마음이 편하다.'고 했다. '그러니 그 안내양 말은 신경 쓰지 말라.'고 하며
　"오빠도 경자를 여전히 좋아하지요? 그렇지요?"
　하며 살며시 끌어안았다. 그녀에게 대답 대신에 고개를 끄덕였다. 그러자 그녀는
　"오빠야! 걱정 말아요. 경자는 분명히 오빠보다 더 멋진 남자 만날 겁니다."
　하고는 나의 손을 잡고
　"이제 우리 그만 내려가요."

하며 일어섰다. 벤치에서 일어서서 그녀는

"오늘은 피곤하니 일찍 자야겠다."

고 했다. 자취방 골목 끝에서 그녀를 보내고 방으로 들어와 자려고 누웠는데 쉬 잠들지 못했다. 경자씨에게 하루 빨리 백마 탄 왕자가 나타나길 빌었다. 그날 밤은 한참을 뒤척이다 겨우 잠들었다. 그 후 이틀 동안의 시간을 현장에서 힘들게 보냈다.

현장에서 하루 종일 측량 작업하느라 흘린 땀이 작업복에 하얀 소금꽃으로 피어났다. 내일은 아침 일찍 일어나 고향으로 달려가야 한다. 저녁에 경자씨가 나의 퇴근하는 시간에 맞추어 종점에서 기다렸다. 퇴근하고 그녀와 나란히 걸어오면서 이번 주말은 고향을 다녀오겠다고 이야기 했다. 그러자 그녀는 약간은 부러운 듯

"고향에 가면 그 언니도 만나고 오겠네요."

하며 힘없이 말했다. 그냥 고향집에 볼일이 생겨서 간다고 했다. 그녀는 나의 얼굴을 바라보며

"고향에 갔다가 볼일 마치고 대구로 가서 그 언니 만나서 데이트하고 오세요."

하며 옆구리를 툭 쳤다. 그녀는 마치 나의 일정을 다 알고 있다는 듯이 태연하게 말했다. 경자씨와 함께 걸어오는 길이 도시의 어두침침한 골목길만큼이나 그녀와 나 사이에는 어색함이 깔렸다. 애써 그 어색한 분위기를 모른 체 하며 올라오는 골목길은 그날따라 더 깊고 어두침침했다.

다음날 아침에 일어나 고향으로 향했다. 철커덕 거리는 중앙선 새

마을호는 오늘따라 더 느릿느릿 달렸다. 오늘따라 더 느리게 달리는 것처럼 느껴지는 이유는 혜령이가 기다린다는 사실 때문인 것 같다. 지루한 시간을 지나 기차는 어느덧 안동역에 도착했고 뛰어서 출구로 나가니 혜령이가 예쁘게 차려입고 웃고 있었다. 그녀와 구시장 주변에서 점심을 먹고 마트에 들러 과일과 고기를 푸짐하게 샀다. 그녀는 할머님이 좋아하실 거라며 바나나도 한 꼭지 챙기고 여동생들을 위해서는 아이스크림도 몇 개 샀다. 이것저것 반찬거리도 챙겼다. 뿌연 먼지 날리며 달리는 시내버스 타고 비포장도로를 달려 집으로 갔다. 나는 양손에 보따리 두 개를 들었고 그녀는 큼지막한 수박을 들고 걸어가는 길은 칠월이라 그런지 땀방울이 등골을 타고 내렸다. 하이힐을 신은 그녀는 수박이 꽤나 무거웠는데도 발걸음은 가벼워 보였다.

"창식씨! 우리가 집에 이렇게 나란히 가면 여동생들이 싫어하는 것 아닌가요? 할머님과 어머님은 안 무서운데 여동생은 무서워요."

하며 팔짱을 끼고 설레는 듯 밝게 웃어 보였다. 집에 도착하자 할머니 어머니보다 여동생들이 더 그녀를 환영해주었다. 온 식구들이 둘러앉아 바나나와 아이스크림을 먹으며 좋아했다. 그 자리에서 나는 공공칠가방을 열어 돈 봉투를 꺼내서 할머니께 드렸다. 할머니는 곧바로 어머니께 건네주었고 어머니는 나와 혜령이를 번갈아 쳐다보며
"이 돈은 무엇이냐?"

하며 나를 바라보았다. 나는 '삼월 달부터 넉 달 동안 현장에서 일하고 받은 돈을 가지고 왔다'고 어머니께 말했다. 어머니는 이 돈을 보관해 두었다가 이 학기 등록금으로 쓰라고 했다. '이 학기 등록금은 방학동안 현장에서 일하고 받는 돈으로도 충분히 준비 할 수 있어

요'라고 했다. 그러니 '이 돈은 여동생들의 고등학교 학비로 쓰세요.'라고 말했다. 이때 할머니는

"야야! 혹시 이 돈 또 아가씨가 준거냐?"

하며 혜령이와 나를 번갈아 바라보았다. 그러자 혜령이는 아니라며 "할머니 이 돈은 창식씨가 인천에서 공사현장에 일해서 벌어온 돈이에요."

하며 얼굴이 붉어졌다. 그러자 할머니는 나를 바라보았다. 혜령이는 할머니 앞으로 다가앉으며

"할머니! 정말 이 돈은 창식씨가 낮에는 학교에 가고 밤에 공사현장에서 야간경비로 일해서 벌어온 돈이에요."

하며 그녀는 나를 바라보았다. 할머니와 어머니께 '내가 현장에서 일해서 모은 돈'이라고 말했다. 그제서야 안심하는 듯 할머니는 어머니에게

"에미야 이 돈으로 뒷집 할배에게 빌린 돈 갚아라."

하고 말했다. 뒷집 할배에게 빌린 돈이 얼마냐고 어머니께 물어보니 어머니는 두 달 전에 여고 다니는 두 여동생들의 공납금이 없어서 뒷집 할배한테 빌려온 돈이 오십 만원이라고 하였다. 어머니는 '내일 저녁에 뒷집 할아버지에게 갚아야겠다.'고 말했다.

돈 이야기하면서 분위기는 무겁게 가라앉았다. 무거워진 분위기를 바꾸려고 혜령이는

"어머님 이 바나나 하나 드세요."

하고 얼른 분위기를 바꾸었다. 식구들은 혜령이가 사온 아이스크림과 생전 처음으로 먹어보는 바나나로 한참동안 이야기꽃을 피웠

다. 나는 논으로 가서 풀을 뽑아야겠다고 일어섰고 혜령이와 어머니는 부엌에서 저녁 준비를 하였다. 밀짚모자와 장화를 챙겨 신고 논으로 갔다. 논에는 이미 벼가 잘 자라서 논바닥이 어울려 논흙이 보이지 않았다. 논에 들어서니 물토란과 역귀풀이 벼 사이사이에 듬성듬성 자라고 있었다. 장갑 끼고 논에 들어가서 잡풀을 뽑아 발로 꾹 밟아서 논 흙속으로 뭉개 묻었다. 얼마 지나지 않아 허리가 아파왔다. 이마에는 땀방울이 흘렀고 한여름의 태양은 무척이나 뜨거웠다. 벼 잎사귀에 긁힌 팔과 얼굴은 벌겋게 달아올랐다. 골을 잡아서 한참 동안 논풀을 뽑다보니 어느덧 저녁때가 다 되어갔다. 작업이 거의 마무리되어 가는데 막내 여동생이 찾아와서 저녁 먹으러 오라고 했다. 집으로 돌아와 손 펌프 물을 퍼 올려 박 바가지로 시원한 물을 한 바가지 덮어썼다.

"으이그! 시원하다."

하며 샤워하고 작업복은 대충 헹구어 널려고 하는데 혜령이가 왔다. "창식씨! 그걸 그냥 널면 어떡해요. 이리 주세요. 내가 다시 빨래해서 걸어 둘게요. 창식씨는 마당으로 가서 모깃불이나 좀 피워요."

하며 작업복을 받아들고 빨래를 했다. 나는 삼년 전 입학금 때문에 누렁이가 사라진 넓은 소마담에 모깃불을 피우고 마당에 큼직한 멍석을 깔았다. 빈 소마담에 피운 모깃불 연기 때문인지 눈물이 나왔다. 어머니와 그녀는 저녁밥상을 차려왔는데 정말 푸짐했다. 풋 호박으로 노릇하게 붙인 애호박 돈적을 한 쟁반 차렸다. 돼지갈비도 찜을 해서 푸짐하게 큰 양푼에 가득 담아 가져왔다. 마치 잔칫집 같았고 할머니도 어머니도 좋아하셨다. 온 식구가 맛보는 행복한 저녁이었다. 저녁을 먹고 그녀는 펌프 물에 담가 놓았던 수박을 갈라 내어왔다. 수박

을 후식으로 먹으면서 그녀는 여고 다니는 여동생에게

"아가씨! 군대에 가신 오빠가 옷을 보내올 때 동봉해서 온 편지 한번 가져와 보세요. 할머니와 어머니께 읽어드릴게요."

하며 여동생에게 말하자 동생은 그녀에게

"언니 그 편지는 벌써 내가 다 읽어드렸어요."

하였다. 그러자 할머니는 여동생에게

"야야! 그 편지 가져와 봐라. 이 아가씨가 한번 읽어보게."

라며 여동생에게 말했고 동생은 방으로 들어가서 편지를 들고 나왔다. 혜령이는 편지를 들고 마당 빨랫줄에 걸어놓은 붉은 백열등 밑으로 옮겨 앉아 할머니께 읽어드렸다. 혜령이가 편지를 읽기 시작하자 할머니는

"오늘같이 좋은날 너희 작은오빠도 함께 있었으면 얼마나 좋았을까?"

하며 또 치맛자락으로 눈물을 훔쳤다. 옆에 가만히 있던 어머니도 치맛자락을 걷어 올려 눈물을 닦았다. 갑자기 분위기가 숙연해지자 여동생이

"에이! 괜히 언니 때문에 울 할매 또 우신다."

하며 수박 한 쪽을 할머니에게 얼른 건넸다. 할머니도 어머니도 웃으시며 수박을 잡수셨고 동생들은 삶은 강냉이를 집어 들고 먹으며 밤하늘이 동그랗게 높아지도록 혜령이와 우리 가족은 동생의 편지를 읽고 이야기를 나누었다. 그러다 할머니와 어머니는 방으로 들어가시고 여동생이 혜령이와 함께 저녁 먹은 설거지를 했다. 나는 청자담배 한 개비 피워 물고 삽지걸로 나갔다. 잠시 후에 여동생이 삽지걸로 나와서

"오라버니 언니랑 들어가서 잘 주무세요. 혜령이 언니 기다려요."
하고는 돌아가며 혜령이에게
"언니도 잘 주무세요. 언니랑 오빠 때문에 또 내방 빼앗겼네요."
하며 혜령이 허리를 감싸 안아 주고는 할머니 방으로 들어갔다. 작은방으로 들어온 혜령이는 여고 삼 학년 수험생인 여동생 이야기를 했다. 설거지하며 여동생이
"내년에 여고 졸업하고 대구에 있는 교육대학에 진학하고 싶다"
고 말하면서 집안형편이 어려워서 그냥
"안동에 있는 지상전문대학 유아보육학과에 가려고 결심했다"
고 혜령이에게 말했다고 했다. 그녀는 나를 바라보며 아가씨 진학에 대해서 아가씨랑 한번 진지하게 의논하라고 했다. 그녀는 여동생이 자신처럼 공무원 시험 쳐서 공무원으로 근무하면서 방송통신대학에 진학하는 방법을 여동생과 설거지하면서 이야기했다고 했다. 그러니 동생과 한번 진지하게 고민해 보라고 했다. 멀지 않은 시기에 여동생과 상의하겠다고 대답했다. 가난한 우리 집이 아니었다면 열아홉의 막 피어나는 꽃 같은 여동생은 청순하고 발랄한 여대생이 될 것이다. 그러나 혹독하게 몰아치는 돈보라에 갇힌 우리 집에 태어나서 외진 길모퉁이에 피어나는 이름 없는 들꽃으로 피어나고 있다고 생각하니 가슴이 저며 왔다.

혹독하게 몰아치는 돈보라 때문에 그날 밤은 까만 어두움만큼이나 무거운 밤을 혜령이와 함께 꼭 끌어안고 그렇게 그 밤은 지나갔다. 그날 밤의 한치 앞도 보이지 않던 어둠이 물러나고 새벽에는 밝은 태양이 떠올랐다. 어렵고 힘 드는 길이지만 나에게 주어진 길이라면 그저

꾸벅꾸벅 한발 한발 걸어가리라 결심하며 산위로 떠오르는 태양을 향해 크게 심호흡했다. 칠월의 태양은 얼굴을 내밀자 말자 몹시 뜨거웠다. 새벽에 밭을 다녀오시는 할머니 치맛자락에 쇠비름나물을 한 아름 담아오셨다.

"에미야! 이 쇠비름나물 삶아 묻혀서 아침 먹자. 창식이는 이 쇠비름무침 좋아한다."

하며 새벽이슬에 젖어 후질구레하게 흙 묻은 치맛자락으로 들어왔다. 혜령이와 어머니는 그 쇠비름나물을 다듬어 삶아서 쇠비름 초고추장 무침을 해서 아침상에 올렸다. 금방 뽑아온 쇠비름으로 반찬해서 아침 먹고 혜령이와 나는 어머니가 만들어 준 반찬 보따리를 들고 대구로 출발했다. 혜령이는 안동에서 바로 인천으로 가라고 했다. 나는 그녀의 자취방에 들러서 반찬을 조금이라도 덜어주고 가겠다며 대구로 갔다. 혜령이도 내가 경산까지 동행하는 것이 싫지는 않았던 표정이었다. 그녀의 자취방에 도착하여 혜령이가 차려주는 점심을 먹었다. 여고 삼학년인 여동생 진학 문제를 그녀와 이야기했다. 그녀는 여동생에게

"올해 하반기 마지막 공무원 채용시험이 시월 달에 있으니 동생에게 준비해서 한번 도전해 보아요."

하고 말했다고 그녀는 조심스럽게 나의 눈치를 살피며 이야기했다. 여동생도 한번 도전해 보겠다고 하여 시험공부 할 수 있도록 그녀가 보던 공무원 시험과목 책을 모두 우편으로 보내주기로 했다고 했다. 그러니 너무 걱정하지 말고 인천에 가서 방학동안에 건강 챙기고 끼니 거르지 말라고 당부했다. 그녀는 내 곁에 다가와서는 꼭 안아주며

"창식씨! 당신은 이 혜령이의 서방님이 될 사람입니다. 지금 혹독

하게 몰아치는 이 가난을 창식씨는 반드시 이겨낼 수 있어요. 혜령이가 곁에서 함께 할게요."

하며 깊고도 달콤한 키스를 했다.

"혜령아! 고마워. 당신이 곁에서 지켜주니 반드시 당당하게 보란 듯이 이 돈보라를 이겨낼 거야. 그래서 난 반드시 찬란한 햇살이 비치는 정상에 당당하게 우뚝 일어설 거야!"

하며 그녀를 힘주어 안아주었다. 그녀는 나의 품에 안겨서 눈을 감고 가만히 있었다.

그녀도 나에게도 지금은 가야산 정상에 몰아치는 혹독한 눈보라 같은 돈보라가 몰아치는 시기였다. 우리 두 사람이 뜨거운 가슴으로 이렇게 꼭 안고 버티면 이 혹독한 돈보라도 언젠가는 멈추게 될 것이다. 돈보라가 멈추게 되면 눈보라 멈춘 가야산 정상에 가장 먼저 비치는 찬란한 햇살 같은 그런 햇살을 당당하게 맞이할 것이다. 그날을 위해 지금은 힘들어도 참고 견디어야만 한다. 그녀도 그것을 알고 있기에 지금 나의 품에 이렇게 안겨있을 것이다. 어느덧 시간은 흘러 오후 네 시가 지났다. 혜령이와 시내버스타고 동대구역에 도착하여 그녀는 대합실에서 팔월 중순 경 휴가 때 인천으로 와서 며칠 함께 보내겠다고 말하며 짧지만 달콤하게 볼 키스하고 경산으로 돌아갔다.

나를 실은 기차는 덜커덩 거리며 서울로 달렸다. 혜령이의 사랑을 한 아름 안고 들판을 지나고 터널도 빠져나와 기차는 서울역에 도착했다. 서울역에 내려서 전철타고 인천 자취방에 도착하니 저녁 아홉 시였다. 어머니가 싸 준 반찬과 쌀로 저녁을 끓여 먹고 잠자리에 들었다. 이틀 동안 다녀온 여정의 피로가 겹쳐 곤히 잠들었는데 밖에서 대문 두드리는 소리가 잠결에 들렸다. 잠이 덜 깬 눈으로 대문을 열어보니 경자씨였다.

"오빠 주무셨나요? 아이고 단잠을 방해했네요. 고향에는 잘 다녀오셨어요?"

하며 그녀는 대문을 밀고 들어와 방으로 들어왔다. 그녀는 한참을 수다 떨다가 돌아갔다. 그녀는 퇴근하고 지금까지 내가 돌아왔나 싶어서 몇 번을 올려다보았다고 했다. 내가 고향에 갔다가 혜령이를 만나고 돌아왔는지 몹시도 궁금했다고 했다. 자신의 방으로 돌아가는 그녀에게 고향에서 가져온 밑반찬을 조금씩 덜어서 건네주었다. 그녀는 환하게 웃으며

"며칠은 반찬 걱정 없이 살겠다."

하며 좋아했다. 경자씨도 이제는 나에 대한 감정이 조금은 정리되어 가는 것 같았다. 오늘 방에서 수다 떨면서 공전 야간학부 같은 학과 남자친구 이야기를 슬쩍했다. 그 남자 친구는 인천시 북구청에 근무하는 동갑네기 공무원이라고 했다. 그녀에게 잘해준다고 말하며 나의 눈치를 살폈다. 조만간에 경자씨를 만나서 우리의 관계를 매듭 지어야겠다고 결심했다. 방학이라 하루 종일 현장에서 바쁘게 며칠을 지내는데 혜령이의 전화가 현장사무실로 걸려왔다. 현장부근 길거리 공중전화에서 전화를 걸었다. 혜령이는

"밥은 먹었느냐? 어디 아픈 곳은 없느냐?"

하며 온통 내 걱정뿐이었다.

"창식씨! 나 영어 토익시험 봤는데 잘 쳤어요. 내년 봄 영남대 편입

하는 문재도 알아보았는데 별다른 문제없이 될 것 같아요."

하며 기분 좋은 소식을 전했다. 그리고 팔월 둘째 주말에 여름휴가 받으면 인천으로 와서 사 일정도 머물다 가겠다고 했다. 그럭저럭 며칠이 흐른 어느 날 퇴근하고 막 저녁을 먹으려 하는데 경자씨가 찾아왔다. 그녀는 내일이 주말이라 강화도로 데이트 가자고 했다. 나도 마땅히 별다른 계획이 없었고 주말에는 현장에 출근하지 않는 날이니 그러자고 했다. 이참에 경자씨와의 관계를 정리해야 되겠다고 생각했다. 다음날 아침은 조금 일찍이 일어나 경자씨와 강화도로 데이트 갈 준비를 했다. 어느 정도 채비가 끝나갈 무렵 그녀가 찾아왔다.

"오빠 아침식사 했어요? 지금 바로 출발해도 되나요?"

하며 예쁜 미소를 지었다. 지금까지 내가 보아왔던 어느 때 보다도 그녀는 더 예쁘게 차려입고 왔다. 얼굴의 화장도 평소와는 다르게 조금은 진하게 하고 왔다. 그녀는 강화도 동막해수욕장까지 가려면 시간이 많이 걸리니 얼른 출발하자고 재촉했다.

동인천에서 강화도행 버스 타고 동막 해수욕장 정류장에 도착하니 열한 시가 조금 지났다. 해변가 모래사장에는 이미 많은 피서객으로 북적이고 있었다. 그녀는 시원한 바닷바람이 불어오는 해변에서 수영복 입은 아름다운 아가씨들을 바라보며

"오빠야! 나도 저 수영복 입으면 저렇게 예쁠까? 우리도 저기 관리사무실에 가서 수영복 빌려 입고 해수욕 할까요?"

하며 의미심장한 웃음을 지었다. 대답을 못하고 머뭇머뭇하자 그녀는

"그냥 저런 모습이 부러워서 한번 해본 소리예요. 참 예쁘고 멋있어 보이네요. 오빠야! 우리 이제 저기 해변산책로 한 바퀴 걸어요."

했다. 칠월의 태양은 무척이나 따가웠으나 해변에서 불어오는 바람은 시원했다. 바닷바람이 불어 올 때마다 그녀의 머리카락이 시원하게 살랑거렸다. 그녀가 입고 온 치마는 착 달라붙어서 날씬해보였다. 그녀의 몸매가 무척이나 아름답게 느껴졌다. 햇살은 뜨거웠지만 살랑살랑 불어오는 바람이 시원한 느낌을 주었다. 그녀는 바람을 가슴으로 안으며 눈길은 저 먼 수평선 위에 던져두고 말했다.

"파도는 저기 저 수평선 위에서 똑 같이 출발하는데~ 나는 왜 남보다 어렵게 출발해야 하나요? 오빠야! 세상은 참으로 불공평해요."

하며 밀려오는 파도에 그녀의 깊은 한숨을 실었다. 해변에 밀려와 허연 거품을 내뿜는 파도처럼 힘들게 살아온 그녀의 외롭고 고달픈 삶이 가슴을 아프게 했다. 도해스님이 속세의 인연을 끊어 내려고 피를 토하는 고통을 이기고 당당하게 구도자의 길을 걸어가듯이 그녀도 나도 지금 우리에게 몰아치는 눈보라 같은 혹독한 가난이란 시련을 이겨내야 하는 현실이 몸서리나게 싫었다. 그녀의 손을 힘주어 움켜잡으면서

"경자씨! 당신은 이 세상 누구보다도 당당하고 자랑스러워요. 그리고 당신은 참으로 예뻐요. 오늘의 이 고통이 아마도 평생을 살아가는데 큰 밑천이 될 겁니다."

우리의 현실은 돈이란 올가미에 걸려 허우적거리며 살아가는 모습이 무척이나 힘들고 괴로웠다.

직장생활하며 학업을 계속하려니 남들이 즐기는 캠퍼스의 낭만 따

위는 최소한 그녀와 나에게는 사치스러운 의미 없는 단어에 지나지 않았다. 방학기간 동안 남들은 남녀가 어울려 서클에서 하계수련회 떠나고, 연인들 끼리 여행도 떠나는데 우리는 그들의 뒷모습을 물끄러미 바라볼 수밖에 없는 것이 우리들의 현실이었다. 지난 일주일 동안은 식사 때 마다 라면국물과 밥 한 공기로 살아왔다. 그래서 그런지 요즘 들어 가끔씩 속이 약간 쓰라렸다. 그녀와 잠시 해변도로를 걷다가 그녀는 팔짱을 당기며 가던 길을 멈추었다.

"오빠야! 저번에 말했던 우리학과 공무원 남자친구 있잖아요. 며칠 전에 수업마치고 함께 차 한 잔 했는데 나에게 사귀자고 말했어요. 그래서 한번 생각해 보겠다고 대답했어요. 그날 그 친구는 나에게 공무원시험에 도전하라고 했어요. 오빠는 어떻게 생각해요?"

하며 나를 바라보는 눈동자가 무척이나 맑게 빛이 났다.

"경자씨는 공무원시험에 응시하면 아마도 충분히 합격될 겁니다. 올 하반기 공무원시험이 시월 달에 있으니 지금부터 열심히 준비하면 반드시 좋은 결과 있을 겁니다. 그 공무원 남자친구의 도움을 받으세요. 그 친구는 아마도 공무원채용시험에 대해서 잘 알고 있을 겁니다. 그리고 그 친구와 사귀는 문제는 경자씨가 신중히 판단하세요. 그 문제는 경자씨 마음이 시키는 대로 하세요. 혹시라도 나 때문에 고민한다면 절대로 안 됩니다. 나는 경자씨가 좋은 남자 친구 만나 아름다운 사랑했으면 좋겠어요."

하며 바다색깔 만큼이나 파란하늘을 올려다보았다. 하늘색이 너무나 파랗게 보여 눈이 시려서 그런지 나도 모르게 눈가에 이슬이 맺혔다. 이런 나의 모습을 바라보던 그녀는 힘없이 작은 목소리로

"오빠야~ 우리는 결코 맺어질 수 없나요? 나는 수많은 밤 오빠를

사랑할 수 있도록 해달라고 하늘에 기도했어요."

하며 그녀는 더 이상 아무런 말이 없었지만 가늘게 어깨가 떨리고 있었다.

"경자씨! 미안해요. 나에게는 이미 내가 결코 배신할 수 없는 체령씨가 있어요. 경자씨가 같은 여자로서 이해해주면 고맙겠어요."

그녀는 조금 떨어져서 말없이 한동안 앞서서 홀로 걸었다. 시간은 흘러 오후 세 시경이 되었다. 칠월의 태양이 몹시도 뜨거웠다. 바람이 불어와서 약간은 시원했지만 답답한 가슴에 태양은 더욱 뜨겁게 느껴졌다. 그녀는 공무원채용시험을 준비하겠다고 했다. 그리고 같은 학과 공무원 남자친구는 조금 더 지켜보고 마음의 결정을 내리겠다고 말했다. 그리고 만약에 그녀가 같은 학과 남자친구와 사귀게 되더라도 오빠로서 곁에 있어 달라고 했다.

가슴속으로 아려오는 고통을 한 아름 안고 강화도 동막해수욕장에서 자취방으로 돌아왔다. 오늘 그녀와의 데이트를 마치고 그녀 자취방 앞에 도착했을 때 그녀는 커피 한잔하고 가라며 붙들었다. 그녀 자취방에 들어가니 오후 여섯시가 지났는데도 방안은 화끈거렸다. 작은 선풍기를 틀어 놓았는데도 땀이 등골을 타고 내렸다. 그녀는 커피를 마시면서 자꾸만 나의 얼굴을 빤히 쳐다보며 무엇인가 말하려고 망설였다. 그런 그녀의 모습을 바라보다가 내가 씨익 웃었다. 그러자 그녀는 내게 와락 달려들어 끌어안았다.

"오빠야 내게 땀 냄새 나지요. 나는 오빠의 땀 냄새가 좋아요. 그러니 날 거부하지 말고 잠시만 이대로 있어줘요."

하고 나의 얼굴을 빤히 쳐다보았다. 그녀의 눈가에는 이슬이 맺혔다. 그녀의 마음을 받아줄 수 없는 현실의 내가 무척이나 싫었다. 시간이 얼마나 흘렀을까. 어둠이 몰려와 골목길을 점령하고 있었다. 그녀와의 데이트를 마치고 자취방으로 돌아왔다. 길고도 긴 하루의 그녀와의 데이트를 마치고 그냥 그대로 방바닥에 쓰러져 깊이 잠들었다.

위장병 수발

하늘의 태양이 아무리 뜨거워도 매일 현장으로 출근했다. 현장에서 공사 진도를 확인하고 계획된 공정표와 비교검토하고 새롭게 계획공정을 짜며 한 달의 시간이 흘렀다. 현장에서 여름휴가 보너스와 함께 월급도 나왔다. 피곤하지만 저녁으로 밀린 공부도 짬짬이 하며 지냈다. 그렇게 힘든 하루하루를 보내다 보니 한여름 햇살에 내 몸도 조금씩 말라 들어갔다. 몸이 지치고 힘들다보니 먹는 것도 늘 라면과 그 국물에 말아 먹는 식은 밥 한 덩이가 전부였다. 팔월 달에 들어서면서 부터는 밑반찬도 거의 떨어졌다. 오늘은 퇴근하면서 전통시장에 들러 반찬 몇 가지를 사서 돌아오는데 갑자기 속이 쓰라려 통증이 느껴졌다. 약국에 들러 속이 쓰리다 말하고 위장약을 지어서 자취방으로 돌아왔다. 주인집 할머니는

"창식이 학생 대구에서 아가씨가 전화 왔어요"

하고 말하기에 급히 버스종점으로 다시 내려갔다. 전화 연결 음이 몇 번을 울려도 전화를 받지 않았다. 조금 더 기다리다 끊으려고 하는 순간 철커덕하고 전화를 받았다.

"예. 동구청 숙직실입니다."

하는 무뚝뚝한 남자의 목소리였다.
"안녕하세요?"
"혹시, 민원실 장혜령 주사님 좀 부탁드립니다."
그러자 그는 짜증스러운 목소리로
"민원실은 벌써 퇴근했어요."
하며 화난 듯 전화기를 던지듯이 끊었다. 아차! 하고 전화 끊으면서 시계를 확인하니 저녁 일곱 시가 가까웠다. 자취방으로 천천히 걸어오면서 그녀와의 지난번 통화내용을 더듬었다. 그때 혜령이는 이번 주 토요일에 인천으로 오겠다고 했다. 혜령이를 생각하니 배는 약간 쓰라려도 기분은 너무 상쾌하고 설레었다.

자취방으로 들어와서 여느 때와 마찬가지로 라면국물에 식은 밥 한 덩이 말아서 저녁을 먹고 곧 잠이 들었다. 요즘 며칠 동안 현장의 일을 바쁘게 하다 보니 매일 작업복은 땀에 절었다. 매일 퇴근하여 샤워하고 대충 저녁을 때우고는 픽 쓸어져 자고하는 일을 반복하며 며칠이 정신없이 지나갔다. 다음날 아침은 유난히 산뜻했다. 오늘이 금요일이니 내일이면 혜령이가 오기로 한 주말이다. 현장사무실에 도착하여 혜령이에게 전화를 걸었다. 그녀는 내일 오후 다섯 시쯤에 도착한다고 전화로 말했다. 전화를 끊고 현장사무실로 들어가는데 가슴 밑에서 또 통증이 밀려왔다. 오늘 아침을 먹고 나서 체한 것처럼 속이 편하지 않았는데 시간이 지나도 가라앉지 않고 통증이 더 심해졌다. 견디다 못해 현장 옆 약국으로 달려가서 짜먹는 위장약 몇 개를 사서 복용하고 통증이 조금 진정되는듯하더니 점심때가 되면서 속이 울렁거리며 결국에는 토가 나왔다. 견디려고 노력했는데 나의 토하는

모습을 본 공무과장이

"창식아! 너 왜 그래? 어디 아픈 거야?"

하며 놀라서 달려왔다. 급하게 화장실로 달려가서 조금 더 토하고 정신 차리고 얼굴을 세수하고 나니 통증이 조금은 진정이 되었다. 현장사무실로 들어가니 공무과장이 지금당장 병원에 가보라고 하면서 오늘이 금요일이니 병원 가서 진료 받고 주말에 쉬고 월요일에 출근하라고 했다. 그길로 현장근처의 내과의원으로 가서 진찰받았다. 의사선생님은 청진기로 배 여기저기를 진찰하더니 고개를 갸웃거리며 위내시경을 한번 해보자고 했다.

아침 여섯 시에 밥을 조금 먹고 열한 시가 되도록 물만 먹었다. 잠시 후에 환자복으로 갈아입고 내시경을 했다. 여러 번의 구역질하고 나니 위내시경이 끝났다. 눈물, 콧물을 질질 흘리다가 겨우 정신을 가다듬고 회복실에서 나오니 의사선생님의 면담이 있었다. 내시경사진을 보며 위계양이 생각보다 심각하다며 앞으로 일주일 동안은 부드러운 죽으로 먹으라고 처방하며 약을 지어주었다. 아마도 지난 보름 정도를 라면과 라면국물에 밥을 말아먹었던 생활이 위 통증의 원인인 것 같았다. 혜령씨가 만들어준 밑반찬이 떨어지고 시장에서 반찬사 올 돈도 지금 나에게는 없었다. 아니 돈이 없는 것이 아니라 이 학기 등록금을 모아야 했기에 돈을 쓸 수 없었다. 그래서 자취방 골목입구 작은 마트에서 주인에게 사정하여 라면 몇 개와 꽁치 통조림을 외상으로 가져왔었다. 꽁치 통조림에 고춧가루 뿌려서 반찬하고 라면만으로 한동안을 살았다. 이런 생활이 위궤양으로 나타났던 것이다. 의사가 처방해준 약을 들고 자취방에 도착하여 식은 밥을 다시 푹 삶아서 점심을 조금 먹고 약 한 봉지를 먹었다. 오전보다는 통증이 덜해졌으나 여전히 속이 쓰리고 아파왔다. 방에서 뒹굴다 나도 모르게 잠들었다. 얼마나 시간이 흘렀을까 문밖에서 부르는 소리가 들려서 잠이 깨었다. 시계를 확인하니 오후 여섯시가 조금 지났다. 체육복을 챙겨 입고 밖으로 나가니 경자씨였다. 그녀가 퇴근하는 길에 시원한 수박을 하나사서 반쪽을 들고 올라온 것이다. 속이 불편해서 당분간은 죽을 먹어야 한다고 말하였다.

"오빠야! 속이 얼마나 왜 아픈 거야? 병원에는 가보았어요?"

하며 방으로 들어오다가 부엌의 남비 뚜껑을 열어보고는

"아니! 이것은 흰죽이 아니라 그냥 밥을 삶아서 먹었어요? 내가 흰죽 한 그릇 끓여 드릴게요."

하였다. 그러지 말라고 말렸는데도 그녀는 한참을 부엌에서 무엇인가 덜거덕 거리더니 따뜻하게 흰죽을 끓여 한 그릇 들고 들어왔다. 그녀의 야간수업시간이 지나가고 있었다. 그녀가 끓여준 흰죽 한 그릇을 먹으면서 내일 오후에는 혜령이가 여기로 온다고 말했다. 혜령이는 여름휴가라서 며칠을 머물다 갈 예정이라고 그녀에게 말했다. 그 말을 듣는 순간 경자씨의 얼굴표정이 잠시 멀겋게 굳었다. 그러다가 이내 그녀는 표정을 밝게 바꾸며

"오빠야! 그럼 그 언니가 있으니 내가 걱정 안해도 되겠네요?"

하며 밝게 웃어주었다. 오늘 밤에라도 많이 아프면 자신에게 연락하라고 말하고 한숨 푹 자라하며 그녀는 공전 야간수업을 듣기위해 급히 택시를 타고 학교로 갔다. 그녀가 학교로 가고 약 한 봉지를 더 먹고 누웠는데 잠이 오지 않았다. 흰죽을 끓여준 경자씨가 자꾸만 천장에 아른거렸다. 혜령이가 온다는 소리에 굳어지던 그녀의 모습이

뇌리를 떠나지 않았다. 그런 모습의 그녀를 생각하니 속이 쓰라린 것이 아니라 가슴이 더 아파왔다. 엎치락뒤치락 거리며 뒹굴다가 늦은 시간에 겨우 잠들었다. 다음날 아침에 일어나 경자씨가 어제 끓여준 흰죽으로 아침식사를 했다. 오늘 아침 속 쓰림은 한결 좋아졌으나 약을 한 봉지 더 먹었다.

어제 현장사무실에서 일을 못하고 퇴근하여 병원을 가느라 못한 일을 해야겠다는 생각으로 출근했다. 현장사무실에는 오늘이 토요일인데도 공사과장과 몇 몇 직원들이 출근해있었다. 공무과장은 출근하는 나에게 몸도 아픈데 쉬지 않고 왜 나왔냐고 했다. 어제 못한 작업하려고 나왔다고 했다. 밀린 작업을 정신없이 하다 보니 점심시간이 되었다. 현장 함바 식당으로 내려가서 식사했다. 그날따라 점심 메뉴는 미역국이 나왔다. 미역국에 밥을 조금 말아서 한 그릇을 다 먹었다. 점심을 먹고 나니 어제보다는 조금 편했으나 여전히 조금은 속이 쓰려왔다. 사무실로 돌아와서 약 한 봉지를 더 먹고 다시 일을 시작했다. 시간이 가는 줄도 모르고 한참동안 일하다보니 오후 네 시가 넘었다. 다섯 시경에 혜령이가 온다고 했으니 하던 일을 급히 마무리하고 퇴근했다. 자취방에 도착하니 다행히 아직 혜령이는 오지 않았다. 방과 부엌을 정리하고 청소도 깨끗이 했다. 청소를 마무리하고 돌아서는데 혜령이가 도착했다.

"창식씨! 혜령이 왔어요. 아이고 힘 들어라. 이 가방 좀 받아요."

하며 커다란 가방을 내밀었다. 가방을 받아들고 방으로 들어서는데 혜령이는 나의 등 뒤에서 나를 끌어안으며

"창식씨! 보고 싶었어요."

하며 그녀는

"왜? 오늘은 서울역으로 마중 나오지 않았어요?"

하며 얼굴에는 예쁜 미소를 지으면서도 뽀루퉁한 모습이었다.

"혜령아! 미안해. 오늘 현장사무실에 출근했다가 조금 전에 왔어. 그래서 서울역으로 마중 나가지 못해서 미안해."

하며 그녀를 힘껏 안아주었다. 그녀는 밝은 얼굴로 아니라며 괜히 빨리 보고 싶어서 투정부렸다고 했다. 혜령이가 들고 온 큰 가방을 들고 방으로 들어서는데 뒤따라오던 혜령이는 부엌에서 먹다가 남겨둔 흰죽 냄비뚜껑을 열어보고는

"창식씨! 이게 뭐예요? 왜 흰죽을 끓여 먹었어요? 속이 아픈 거예요?"

하며 놀란 표정으로 냄비를 들고 물었다. 그런 그녀의 눈치를 살피며

"아니야! 괜찮아. 그냥 입맛이 없어서 흰죽을 조금 끓여서 먹었어." 하며 방으로 들어오라고 했다. 방으로 따라 들어오는 그녀의 얼굴표정이 굳어 있었다. 방으로 따라 들어온 그녀는 들고 온 가방을 열어 대구에서 준비해 온 몇 가지 반찬통을 방바닥에 내려놓았다. 한여름이라 모두 잘 변질이 되지 않는 마른반찬이었다. 그녀는 곧바로 체육복으로 갈아입고 가져온 반찬통을 부엌으로 들고나갔다. 작은 찬장에 깔끔하게 정리하고 저녁식사 준비하느라 한참 후에 들어왔다. 쌀을 씻어 냄비에 앉히고 석유곤로에 얹어 불을 붙여놓고 방으로 들어왔다. 방안에 있던 스텐 둘레밥상을 들고 부엌으로 나가려고 하다가 밥상 밑에 밀어놓았던 약봉투를 발견하고는

"창식씨! 이 약봉지는~"

하고는 스텐 둘레밥상을 도로 방바닥에 내려놓고 다그쳐 물었다.

"속이 아파요? 여기 짜먹는 위장약을 보니 위가 많이 아픈가 보네요? 얼마나 아파요? 언제부터 아팠어요?"

하며 경직된 표정으로 내 앞에 앉으며

"병원에 가보았어요? 병원에서 뭐라고 했어요?"

하며 대답 할 틈도 주지 않고 물었다.

"별거 아니야! 어제 속이 조금 쓰려서 병원에 갔는데 위궤양이 조금 생겼다고 했어. 약을 먹었더니 이제는 괜찮아 졌어."

하고 말하니 그녀는 다소 안심이 되는 듯한 표정으로 '정말 괜찮아요? 그럼 지금 저녁밥 먹어도 되나요?'하며 들고 있던 약봉지를 열어보았다.

"아니 창식씨! 무슨 약이 이렇게 많아요?"

하며 다시 그녀의 표정이 어두워지며 다가서서 그녀의 가늘고 긴 손으로 나의 배를 쓰다듬었다.

"창식씨! 이러지 말고 우리 지금 큰 병원 응급실로 가 봐요? 거기 가서 상세한 진찰받아요."

하며 나의 손을 잡아끌었다. 그런 그녀에게 오늘 병원에서 진료 받았고 약간의 위궤양이 있으니 한 일주일정도 약 먹어야 한다고 해서 약 먹었더니 지금은 속이 편하다고 했다. 그제서야 그녀는 조금 안심이 되는지

"오늘은 토요일이니 내일모레 월요일 날 나랑 다시 병원에 가 봐요."

라고 말하며 스텐 둘레밥상을 들고 부엌으로 나갔다.

무엇을 하는지 한참동안의 시간이 흐르고 나서 밥상을 들고 들어왔다. 그녀는 부엌에서 다된 밥을 다시 냄비에 뭉개서 흰죽으로 만들

고 심심하게 된장국도 끓여 들어왔다. 내가 먹기 편하도록 다진 밥을 다시 흰죽으로 만들었던 것이다. 그렇게 그녀가 다시 끓여준 흰죽으로 저녁을 먹고 다시 약 한 봉지를 먹었다. 한결 속이 편해졌다. 새가슴 밑이 쓰리던 증상도 없어지고 혜령이가 옆에 있어서 그런지 편안했다. 그날 밤은 혜령이가 내 곁에 누워서 어릴 때 할머니가 내게 그랬던 것처럼 따뜻한 손으로 배를 쓰다듬어 주었다. 그녀의 보드라운 손의 촉감이 무척이나 좋았다. 그렇게 이틀이 지나고 월요일 아침부터 혜령이는 큰 병원에 가자며 서둘렀다.

"혜령아! 아침에 현장에 출근해서 병원에 간다고 이야기하고 허락받고 올게."

하며 서둘러 출근했다. 현장에 도착하여 곧바로 공무과장에게 오늘 오전에 병원에 가서 진료 받고 오후에 출근하게 해달라고 말씀드렸다. 그러자 과장님은

"창식아! 아직도 속이 많이 아프냐? 속이 많이 아프면 인하대학병원에 가서 진료 받아보고 괜찮으면 내일 출근하거라. 인하대학병원은 우리 회사 협력병원이니 본사에 연락해서 원무과로 미리 전화해 놓을 테니 원무과로 가서 기흥건설에서 왔다고 접수하고 진료 받아라. 아마 병원진료비도 본사에서 바로 결재 될 거야."

하며 바로 퇴근하고 병원으로 가라고 했다.

"과장님 감사합니다."

하고 다시 자취방으로 돌아왔다. 혜령이와 인하대학병원으로 갔다. 원무과에 진료접수하고 혈압과 체온을 제고 피검사, 소변검사하고 내과과장의 진료를 받았다. 과장은 검사한 결과지를 쳐다보고는 청진기로 몇 차례 배와 등을 진찰하고는 돈이 좀 들더라도 위내시경

검사를 하자고 했다.

　과장님께 어제 동인천 **내과에서 위내시경 검사를 했고 위궤양이 좀 심하다고 내과 과장에게 말했다. 그러자 그 과장은 약간은 짜증스런 표정으로 말했다.
　"여기서 상세히 다시 검사해봐야 처방을 하지요."
　하며 내시경 검사실로 가라고 했다. 한참을 기다려 다시 내시경 검사하고 회복하고 하는 동안 오전시간이 훌쩍 지나갔다. 간호원이 나와서 오후 두 시에 내과과장님 면담이 있으니 부드러운 죽으로 점심 먹고 그 때 다시 오라고 했다. 혜령이와 병원 근처의 식당으로 가서 야채 죽을 시켜 조금 먹고 기다리다 오후진료를 받았다. 혜령이는 보호자로 나란히 내과 과장님 앞에 걱정스럽고 겁에 질린 표정으로 앉았다. 그 과장님은 여러 장의 결과지와 위내시경 사진을 한참이나 세심히 살피더니
　"다행히 위급한 상황은 아닙니다. 여기서 며칠만 더 늦었으면 위천공으로 이어질 뻔 했어요. 입원까지는 할 필요 없으나 앞으로 열흘 정도는 부드러운 죽으로 먹어야합니다."
　하며 약도 열흘분이나 처방했다. 약을 다 먹고 열흘 뒤에 다시 병원으로 나오라고 했다. 혜령이와 약 한 보따리 들고 자취방으로 돌아왔다.
　"창식씨! 큰일 날 뻔했어요. 현장에 전화하고 며칠 푹 쉬고 몸을 추슬러야 해요."
　하며 현장사무실로 전화하라며 걱정하였다. 혜령이가 여기에 있는 이틀정도는 더 쉬어야겠다고 생각했다. 현장사무실로 전화해서 병원에서 진료 받은 내용을 공무과장에게 말했다. 공무과장도 그렇게 하

라며 이틀정도 쉬어보고 몸이 괜찮으면 출근하라고 했다. 혜령이의 여름휴가는 나의 위장병 수발 하느라 며칠의 시간이 후다닥 지나갔다. 혜령이는 아무리 바빠도 식사는 거르지 말라며 귀에 굳은살이 베이도록 잔소리 하면서도 마치 그녀 자신이 아픈 것처럼 걱정했다. 그렇게 사일 동안의 시간이 지나니 속 쓰림도 이제는 없어지고 편안해졌다. 그러는 동안에 그녀는 흰죽 끓이는 방법을 상세히 일러주었고 참기름 몇 방울 떨어뜨린 간장도 준비해 주었다. 그렇게 모든 것을 준비해놓고 혜령이는 걱정을 한 아름 가득안고 경산으로 출발하며 매일 자신의 퇴근시간 직전에 전화하라고 했다. 그렇게 그녀는 인천을 떠나 경산으로 출발했다.

이번에는 내가 서울역까지 나가려해도 그녀는 기어이 동인천에서 헤어졌다. 그녀가 그렇게 떠나고 내일은 현장에 출근해야겠다고 생각하고 자취방으로 돌아와서 혜령이가 끓여놓고 간 흰죽 한 그릇과 약을 먹고는 좀 이른 시간에 잠들었다. 혜령이가 며칠 머무는 동안 자취방은 어느 구석 하나도 그녀의 손길이 닿지 않은 곳이 없었다. 그동안 못했던 이불이며 옷가지도 모두 세탁하여 뽀송하게 말려서 가지런하게 정리해 두었다. 부엌이며 방도 묵은 먼지 털어내고 청소하여 깔끔했다. 지난 한달 동안 현장의 일도 바빴고 학교에서도 기말시험과 리포트 제출로 바쁘게 살면서 소홀히 했던 모든 것이 이제 겨우 혜령이의 손으로 제자리를 찾았다. 가끔 속이 쓰리고 약간은 아파와도 바쁘다는 핑계로 무시하고 지나온 생활이 위장병의 원인이었다. 몸이 아파 누웠을 때 따뜻한 물이라도 한잔 챙겨주는 사람이 곁에 없어 홀로 버티어온 생활이 무척이나 서러웠다. 아니 옆에 사람이 없다 라기보다는 한 푼이라도 아껴서 이 학기 등록금을 내야하기에 굶주린 생활을 한 자신의 가난이 몸서리치게 서러웠다. 이러할 때 아랫집에서 자취하는 경자씨의 흰죽 한 그릇 끓여주는 보살핌이 무척이나 고맙고 따뜻했다.

그리고 바로 혜령이가 달려와서 며칠 동안 지극한 보살핌이 내 마음에 밀려오는 외로움과 서러움을 포근히 감싸주었다. 깊은 잠결에 누군가 방문 두드리는 소리에 놀라 일어났다. 경자씨가 퇴근하고 올라왔다.

"오빠야! 몸은 좀 어때요? 며칠 동안 지켜보니 그 언니가 청소하고 빨래하는 모습이 보여서 오고 싶어도 못 왔어요. 오늘은 그 언니가 보이지 않기에 올라왔어요."

하며 내 자취방에 들어와서 커피 한 잔 마시며 지난 며칠 동안의 이야기를 나누었다. 경자씨는 지난 일주일 만에 나의 얼굴이 반쪽이 되었다며 몹시 안타까워했다. 그녀는 뜨거운 커피가 다 식도록 이야기를 하다가 돌아갔다. 경자씨가 돌아가고 조금 뒤치락거리다가 잠이 들었다. 다음날 아침에 일어나서 일주일 정도 출근하지 못한 현장사무실에 출근했다. 그동안 밀린 작업이 산더미 같았다. 감독관실의 예정공정표와 작업진도표에 수정을 해야 하고 중간기성금 신청을 위한 도면작업도 해야 했다. 그동안 공무과장이 끙끙대며 그 많은 일을 혼자 처리하다가 출근한 나를 보자 무척이나 반가운 표정으로

"창식아! 오늘 출근했어. 몸은 이제 괜찮으니?"

하며 반겨주었다.

"과장님 배려해주셔서 감사합니다. 이제는 많이 좋아졌어요. 죄송

합니다."

하고 인사하고 그동안 밀린 작업하느라 한동안 정신없이 일했다. 그러면서도 혜령이에게 매일같이 오후 여섯 시에 전화했다. 그녀는 통화할 때 마다

"약은 잘 챙겨 먹느냐? 몸은 좀 어떠냐? 흰죽은 조금씩 그때그때 다시 끓여 먹어요."

하고 몇 번이나 당부했다. 그렇게도 뜨겁고 서러운 팔월을 아픈 몸으로 가난이란 무거운 운명을 질질 끌며 지나갔다.

어느덧 한여름의 혹독한 열기가 식어들기 시작했다. 이 학기 등록금도 내고 새 학기가 시작되기 전 주말에 맞추어 안동으로 내려왔다. 대구에서 혜령이도 달려와서 이틀 동안 시간을 함께 보내고 나는 또 처절한 삶의 현장으로 돌아왔다. 이 학기 들어 한 달이 넘게 위장과 협상하며 조심조심 지나왔다. 다행히 건강은 어느 정도 회복되었다. 병원에서 담당과장님은 이제는 더 이상 약을 복용하지 않아도 좋다는 진단을 받았다. 병원에서 나오면서 혜령이에게 병원 앞 공중전화에서 전화했다. 몇 번의 신호음이 들렸다.

"예, 산업계 장주삽니다."

하는 그녀의 일상적인 목소리가 들려왔다.

"혜령아! 창식이∼"

하는데 그녀는 조금 전과는 다른 목소리로

"창식씨! 오랜만이네요. 건강은 이제 괜찮아요?"

하며 반가워하는 표정이 수하기에서 돌돌 굴러 나왔다. 그녀에게 지금 막 병원에서 마지막으로 진료 받고 나왔으며 담당과장님은

"이제 위장약은 안 먹어도 좋다"

고 했다고 말했다. 그녀는 좋아라하며 지금은 근무시간이니 여섯 시에 다시 전화하라고 했다. 그러면서 개미만한 목소리로

"창식씨! 사랑해"

하고 전화를 끊었다. 그날 오후에 현장에서 퇴근하면서 그녀와 다시 통화했다. 그녀는 위장병이 완치됐다는 소식에 좋아했다. 그러면서 이제는 삼 학년 이학기이니 학교공부에 집중하면서 취업준비도 열심히 하라고 했다. 그리고 단 한 끼의 식사도 소홀히 하지 말라며

"창식씨! 더 이상 그렇게 몸이 아프면 혜령이는 창식씨한테 시집 안 가요."

하며 협박 아닌 협박을 하고 마지막으로

"창식씨! 보고 싶어요. 사랑해요."

하며 전화를 끊었다. 아랫집에서 자취하는 경자씨도 그동안 여러 번 들러 흰죽을 끓여주었고 공무원 생활하며 야간학부에서 함께 공부하는 같은 학과 남자친구 이야기도 가끔 했다. 경자씨는 요즈음 그 친구가 조금씩 자신의 마음을 흔든다고 내게 고백했다. 그리고 다음 달 시월에 치르는 인천시 공무원 채용시험도 착실히 준비하고 있다고 했다. 그 남자친구의 도움으로 체계적으로 준비하고 있다고 했다. 그런 말을 하는 그녀의 목소리에서 희망이 묻어났다. 그 후로 한동안 경자씨도 나도 요즘은 시간에 쫓겨 가며 생활하느라 만나지 못했다.

어느덧 시간은 흘러 가을의 단풍이 물들기 시작하는 어느 날 오후에 자취방 주인집으로 고향에서 여동생이 전화를 걸어왔다. 주인집 할머니가 적어준 전화번호는 우리 동네 동장댁 전화번호였다. 무슨

일로 여동생이 전화했는지 불안한 생각이 들었다. 급하게 버스종점 공중전화로 달려가서 고향의 동장댁으로 전화하여 여동생을 불러 달라고 부탁했다. 약 이십 분후에 다시 전화 걸었다. 신호음이 들리더니 여동생이 곧바로 전화를 받았다.

"창식이 오빠! 나요. 오빠! 배가 많이 아프다고 혜령이 언니에게 들었는데 지금은 어때요?"

하며 나의 안부를 먼저 물었다.

"응, 괜찮아 이제는 다 나았어. 할머니 어머니는 잘 계시냐? 그런데 무슨 일이야? 왜 전화했어?"

하고 물었다. 여동생은 잠시 머뭇거리더니

"오빠! 나 공무원시험 합격했어. 어제 합격통지서 받았어요."

하며 조금 떨리는 목소리로 말했다.

"우와! 내 동생 축하해! 참으로 장한 내 동생이다. 그동안 공부하느라 고생 많이 했다."

하며 공무원 채용시험에 합격해주어서 정말 고맙다고 했다. 그런 축하의 말을 하는 내 눈에서는 반가움과 서러움의 눈물이 뜨겁게 흘렀다. 그러자 여동생은 고등학교 졸업하고 혜령이 언니처럼 방송통신대학을 가고 싶다고 말했다. 그렇게 하라고 말하면서 너의 학비는 내가 어떠한 일이 있어도 마련하겠다고 말해주었다. 그러자 여동생은 밝은 목소리로

"정말요! 그럼 오빠만 믿고 나 방송통신대학에 진학해도 되지요?"

하며 설레는 목소리로 대답했다. 여동생은 공무원시험에 합격한 사실을 아직도 할머니와 어머니께 말씀드리지 않았다고 했다. 이 전화 끊고 집에 가서 말씀드리겠다고 말하며

"대구 혜령이 언니께는 오빠가 나 대신에 전해줘요. 혜령이 언니의 도움과 가르침이 너무 고마웠어요. 나 대신에 오빠가 고맙다고 전해줘요."

하며 기분 좋은 소식을 전하고 전화를 끊었다. 바로 돌아서서 시계를 확인하니 여섯 시가 조금 지난 시간이었다. 대구 혜령이에게 전화를 걸었다. 여러 번의 신호음이 들려도 전화를 받지 않았다.

"벌써 퇴근했나?"

하며 끊으려는 순간 철커덩하고 동전이 떨어지며 전화를 받았다.
"예, 민원실 호병계입니다."

하며 예쁜 여직원의 목소리가 들려왔다.

"안녕하세요? 혹시 산업계 장혜령 주사님 계십니까?"

하니 그녀는 전화수화기를 손으로 가리고 잠시 옆 사람에게 무엇인가 묻는 듯하더니

"잠시만 기다리세요. 장주사님은 지금 퇴근하려고 옷 갈아입으러 갔어요."

하고는 전화기를 책상위에 내려놓는 소리가 덜커덩하고 들렸다. 몇 개의 동전이 더 철커덩 거리며 내려가고 나서 혜령이는 전화를 받았다.

"혜령아! 나 창식이야."

하자 그녀는 약간은 숨이 차는 듯한 목소리로

"창식씨! 오랫만이네요. 몸은 괜찮아요. 그런데 무슨 일이에요."

하며 의자 당겨 앉는 듯한 삐걱하는 금속성소리가 들렸다.

"혜령아! 먼저 너무 고마워요. 오늘 여동생이 공무원시험에 합격했다고 연락이 왔어. 여동생이 혜령이에게 고맙다고 전화하라고 했어.

혜령아! 정말 고마워."

하고 말하는 나의 목소리는 서러워 약간은 목이 메인 목소리였다. 그녀는 큰소리로

"정말! 아가씨가 공무원시험에 합격했어요?"

하며 좋아라했다. 여동생은 고등학교 졸업하고 방송통신대학에 진학하겠다고 내게 이야기했다고 말했다. 그러자 그녀는 여동생하고 가끔 연락해서 방송통신대학에 지원하는 모든 절차를 상의할 테니 내게는 걱정하지 말라고 했다. 그렇게 기분 좋은 전화를 끊고 종점에서 터덜터덜 걸어왔다. 걸어오면서 경자씨의 자취방 창문을 무의식적으로 바라보았다. 그녀 방의 창문은 불이 꺼져 있었다. 아마도 야간수업하러 학교로 갔을 것이라 생각했다. 경자씨도 이번에 공무원 채용시험에 응시한 사실이 생각났다. 결과가 몹시 궁금했다.

오늘밤에 경자씨가 돌아오면 확인해야겠다고 생각하며 자취방으로 돌아왔다. 매일 현장과 학교를 시간과의 싸움으로 지내다보니 학교공부에 조금 소홀했다. 그동안 부족했던 수질역학 책과 씨름하다가 잠들었다. 잠결에 대문 두드리는 소리가 어렴풋이 들렸다. 자다가 깬 부스스한 얼굴로 일어나 시간을 확인하니 밤 열 시가 지났다. 대문을 열어보니 어김없이 아랫집 경자씨였다.

"오빠야! 벌써 주무셨나요? 아이고 단잠을 깨워서 미안해요."

하며 그녀는 자연스럽게 대문을 밀고 들어섰다. 그녀는 부엌에서 커피 두 잔을 따뜻하게 타서 들고 들어왔다. 커피를 마시며 그녀도 이번 공무원 채용시험에 합격했으며 인하공전 같은 학과 남자친구의 도움이 컸다고 말했다. 그리고 그와 이제는 정식으로 사귀자고 했으

며 그는 상당히 진실하며 속이 넓은 남자인 것 같다고 했다. 그리고 경자씨는 내년 상반기에 아마도 발령이 날 것 같다고 말했다. 그녀의 손을 꼭 잡아주며 진심으로 축하해 주었다.

   그녀는 약간은 설레고 흥분해서 한참을 이야기하다 돌아갔다. 참으로 다행이고 그녀의 앞날에 꽃길이 열리기를 밤하늘에 기도했다. 학교와 현장에서 시간에 쫓기며 살다보니 날씨는 빠르게 겨울을 향해 달렸다. 어느덧 대학생활 삼 년을 마무리하는 기말시험이 다가왔다. 그동안 경산의 혜령이도 주말에 한 번 더 다녀갔다. 혜령이가 만들어주고 간 밑반찬도 다 떨어졌다. 자취방에서 아침밥만 먹고 점심은 학교 구내식당에서 주로 값이 싼 라면으로 때우고 저녁은 현장식당에서 해결했다. 이러한 생활 속에서 몸은 조금씩 야위어 갔다. 늘 따라다니는 피로와 부족한 잠 때문에 녹초 되어 쓰러져 자는 날의 연속이었다. 기말고사시험이 끝나는 날 모처럼 시간의 여유를 가지고 평소보다 좀 이른 시간에 현장으로 가려고 학교후문 근처에서 시내버스를 기다렸다.

이름 없는 두 통의 편지

그때 뒤에서 누군가 어깨를 툭 쳤다. 놀라서 돌아보니 이년 전 자취했던 집주인 할머니였다.

"아이고 안동학생 아니요. 반가워요. 참 무심하기도 하지! 한 번쯤이라도 놀러오지 그랬어."

하며 반갑게 인사했다. 오랫만에 뵙게 되는 할머니가 무척이나 반가웠다.

"할머니 잘 계셨어요. 오랫만에 뵙겠습니다."

하고 인사했다. 그러자 할머니는

"학생 지금 시간되면 우리 집으로 가요. 우리 집에 올해 여름에 학생 앞으로 온 편지가 두 통 있어요. 그냥 버리려고 하다가 혹시나 해서 편지통에 그냥 두었어요. 지금 우리 집 우체통에 가 봐요."

하며 앞서서 걸으셨다. 할머니 집으로 걸어가면서 나에게 온 편지라면 그것은 분명히 수영씨 편지라고 확신했다. 가슴은 마구 쿵쾅 거렸다. 발걸음도 빨라졌다.

"할머니 천천히 오세요. 저 먼저 가서 그 편지 찾아볼게요."

하고는 뛰듯이 빠른 걸음으로 갔다. 할머니 집에 도착하여 벌겋게 녹이 난 철 대문 위에 걸려있는 편지통을 뒤졌다. 오랜 시간 방치된 편지 두 통을 꺼냈다. 봉투는 이미 빛이 바래서 누렇게 변해있었다. 그러나 볼펜으로 쓴 나의 이름은 또렷이 남아있었다. 얼른 봉투를 뒤집어보니 보내는 사람의 주소와 이름은 없었고 한 통은 그냥『대구에서~』라고 적혀 있었다. 또 한 통의 편지뒷면에는『원주에서~』하고 적혀 있었다. 글씨모양은 분명히 여자의 글씨인데 내가 기억하는 수영씨의 글씨체는 아니었다. 또박또박 정성들여 쓴 예쁜 글씨였다. 이마에 땀이 송글송글 맺히고 손이 벌벌 떨렸다. 순간적으로 수영씨 어머님의 편지라고 직감했다. 가슴이 떨리고 눈물이 흐를 것 같아 그 자리에서 편지를 뜯어볼 수 없었다. 두 통의 편지를 가방에 챙겨 넣고 돌아서는데 할머니가 골목길을 들어섰다.

"안동학생 편지 찾았어요? 그 편지통에 그대로 두었는데?"

하며 다가왔다.

"할머니 감사합니다."

하고 돌아서는데 할머니는 커피라도 한잔하고 가라며 대문 안으로 들어서며 나를 잡았다. 할머니가 따뜻한 커피를 타오면서 마루에 앉으라 했다. 그리고 지난 구월 달인가 어떤 아주머니가 전화를 해서 나를 찾았다고 했다. 할머니의 말로는 중년부인의 중후한 목소리였다고 했다. 할머니는 그분에게

"창식이 학생은 올해 봄에 복학했고 자취방을 구하러 여기도 왔었는데 방이 없어서 그냥 돌아갔다"고 말했다고 했다. 나는 속으로 "아! 수영씨 어머님이구나."

하고 나지막이 외쳤다. 그리고 할머니께

"혹시 그때 그분이 전화번호를 남겨주지는 않았어요?"

하고 할머니께 간절한 눈빛으로 여쭈어 보았다. 할머니는 전화번호는 말하지 않았고 그 부인은 죄송하다는 말만 남기고 전화를 끊었다고 했다. 할머니가 끓여 준 커피를 단숨에 마시고 학교로 돌아왔다. 학교 본관 앞 잔디밭에 그냥 털썩 주저앉았다.

그날따라 불어오는 바람은 꽤나 쌀쌀하였다. 편지봉투 우표에 찍힌 도장의 날짜를 확인하니 두 통의 편지는 열흘 간격으로 보내졌다. 먼저 온 편지를 개봉했다. 편지를 펼쳐든 손이 삼발사발 몹시 떨렸다. 심호흡 두세 번하고 정신을 가다듬어도 편지를 든 손은 점점 더 떨렸다. 예상했던 대로 그 편지는 수영씨 어머니의 편지였다. 편지 두 통을 다 읽도록 눈물이 흘러 글씨가 온전히 보이지 않았다. 수영씨 어머니는 군대에 간 것을 알면서도 많은 시간을 고민하다가 편지를 보냈다고 썼다. 입대하기 직전의 집안일로 수영씨 아버지는 삼 년형을 선고받고 지금도 감옥에서 수감 중이고 어머니는 모든 것을 포기하고 정리하여 원주로 이사 왔다가 다시 강원도 어느 깊은 산골로 옮겼다고 편지에 쓰여 있었다. 수영씨는 원주로 이사 온 후로 몇 달을 울면서 방황했고 그 후유증으로 심한 우울증을 앓게 되었다. 원주에서 다시 산골로 이사하고 얼마 지나지 않아 충청도 어느 절에 여승으로 입산했다고 편지에 쓰여 있었다. 두 번째 편지 말미에서 나에게 혹시라도 이 편지를 보게 되면 수영씨 가족 모두를 학생이 너그럽게 이해하고 용서해 달라고 썼다. 그리고

"인연이 닿아 언제 어디서 다시 만나게 되면 그때 인천학생에게 용서를 빌겠다."

고 쓰여 있었다. 그리고 지금은 힘이 들더라도 반드시 꿋꿋하게 일

어서서 큰 인물이 되라는 당부도 했다. 그날 잔디밭에서 어둠이 몰려와 편지글씨가 잘 보이지 않도록 그 두 통의 편지를 수 없이 읽고 또 읽었다.

얼마나 시간이 흘렀을까? 정신이 번쩍 들었다. '현장에 가야하는데~ '하는 생각이 들었다. 가방을 챙겨들고 학교를 빠져나와 급히 택시 타고 현장으로 달려갔다. 현장사무실에 들어서니 공무과장이 놀란 표정으로

"창식아! 오늘 너 무슨 일이 있느냐? 그동안 몸이 아파도 결근 안 하던 네가 오늘은 무슨 일이냐?"

하며 자리에서 일어나 반겼다.

"과장님 죄송합니다. 오늘 저의 개인적인 피치 못할 일이 있어서 늦었습니다. 죄송합니다."

하고 말하는 나의 얼굴을 바라보며 다가와서는

"창식아! 분명히 너 무슨 일이 있구나. 눈알이 벌겋게 퉁퉁 붓도록 울었네. 무슨 일이냐?"

하며 등을 쓰다듬으며 무척이나 걱정스러운 표정으로

"창식아! 무슨 일인지 모르겠으나 힘 내거라. 그리고 힘들면 오늘은 그냥 퇴근하고 내일 나오너라."

하며 따뜻한 물 한 컵을 건네주었다. 아니라며 늦었지만 야간작업 하고 퇴근하겠다고 했다. 그러자 과장은

"너의 그런 모습이 다른 직원들도 불편하니 그냥 퇴근해라"

하고 말했다. 과장님께 몇 번이나 배려해주셔서 감사하다고 인사하고 퇴근했다. 자취방에 돌아와서 허기진 배를 라면 하나 끓여 식은

밥 한 덩이 말아 먹었다. 스텐 둘레밥상에 편지 두 통을 올려놓고 읽고 또 읽었다. 수영씨가 충청도 어느 사찰에 여승으로 입산했다고 하였으니 덕수사가 가장 먼저 떠올랐다. 이제 며칠 지나면 겨울방학이 시작되고 날씨가 추워지면 현장도 쉬게 된다. 그때 덕수사로 한번 찾아가서 알아봐야겠다고 생각했다. 그날은 밤이 깊도록 잠을 이룰 수 없었다. 새벽녘에 겨우 깜빡 잠이 들었다. 아침에 일어나서 겨우 몸을 추스르고 학교에 갔다가 현장사무실에서 일했다. 사무실에서도 도무지 일에 집중이 되지 않았다. 지난 일주일 분량의 작업일보를 집계하고 공정표에 수정하다가 퇴근했다. 힘들어하는 나의 눈치만 말없이 지켜보던 과장이 먼저

"창식아! 오늘은 우리 조금 빨리 퇴근하자."

라고 말했다. 그렇게 며칠을 끙끙거리며 학교와 현장사무실을 오고갔다. 오늘은 퇴근시간에 한 달 노임을 받았다. 노임봉투를 확인하니 지난달 노임과 별반 차이가 없었다. 이번 달은 내가 몸이 아파서 며칠을 결근했는데 하며 노무주임에게

"주임님 이번 달은 며칠이나 결근했는데 돈이 너무 많아요."

하고 말했다. 그러자 노무주임은 빙그레 웃으며

"소장님 실에 들어가서 고맙다고 인사하고 퇴근하여라."

하고 말하며 소장님이 '그냥 한 달 치 월급을 그대로 주고 본사에는 창식이 결근처리하지 말라고 했다'고 말했다. 소장실 앞에서 조심스럽게 노크하고 들어갔다.

"소장님 저~ 창식이입니다. 저에게 한 달 치 월급을 그대로 배려해 주셔서 감사합니다."

하고 말씀드리자 소장님은 환하게 웃으시며

"창식아! 그동안 너는 야간작업도 많이 했는데 못 챙겨줘서 미안했다. 앞으로 몸 건강하게 식사 거르지 말고 함바 식당에서 꼭 저녁 챙겨 먹고 일 하거라."

하며 이만 퇴근하라고 말했다.

"소장님 감사합니다. 열심히 노력하겠습니다."

라고 꾸벅 꾸벅 몇 번이나 인사하고 소장실을 나왔다. 두툼한 노임봉투를 주머니에 넣고 기분 좋게 퇴근하였다. 현장사무실을 나서는데 공중전화가 눈에 들어왔다. 경산의 혜령이에게 공무원 퇴근시간이 다되어가니 며칠 만에 전화를 걸었다. 그녀와의 통화에서 그녀는 나의 여동생과 몇 번 통화했고 동생의 진로문제도 상의했다고 하였다. 이제 곧 방학하면 경산으로 주말에 한번 내려오라고 했다. 다음주 금요일 저녁에 대구로 내려와서 주말에 안동을 다녀오자고 했다. 그렇게 하자고 이야기하고 전화를 끊었다. 퇴근하는 길에 동인천 전통시장에 들러 밑반찬 몇 가지 조금씩 사 들고 돌아왔다. 자취방으로 돌아오면서 동네입구 작은 마트에 들렀다. 지난 일주일동안 돈이 없어서 마트주인에게 사정하여 라면과 꽁치통조림을 외상으로 가져왔었다. 그 외상값을 월급봉투를 헐어 갚았다. 그리고 라면도 열 개 사서 자취방으로 돌아왔다. 오랫만에 따끈한 냄비 밥을 지어 시장에서 사온 반찬으로 저녁을 먹었다. 그날 저녁은 깊은 잠을 자고 일어났다.

어느덧 학교에서도 기말시험을 마치고 수업도 종강하여 겨울방학이 시작되었다. 혜령이와 약속한 금요일 저녁에 서울역에서 비둘기호타고 동대구로 내려갔다. 서울역에서 혜령이와 통화하여 기차 도착시간을 미리 알려주었다. 비둘기호라서 그런지 기차는 꾸물꾸물

느리게 달렸다. 기차가 서울 도심을 벗어나자 창밖에 펼쳐진 석양이 서럽도록 붉게 타고 있었다. 완행열차라서 작은 간이역에도 빠짐없이 들리며 많은 사람들을 내리고 태우며 느리게 달렸다. 기차 안의 풍경은 승객이 타고 내릴 때 마다 다른 사투리로 언제나 시끌벅적 했다. 그렇게 온 동네를 기웃거리며 느릿느릿 달리던 기차는 드디어 동대구역에 도착했다. 낡은 시계가 걸린 플랫폼을 지나 출구로 뛰어갔다. 출구에는 밤늦은 시간인데도 혜령이가 반갑게 맞이해 주었다. 우리는 택시를 타고 경산 혜령이의 자취방으로 갔다. 시간은 새벽 한 시를 지나고 있었다. 자취방으로 들어서니 그녀는 저녁상을 차려 꽃무늬 밥상보로 덮어두고 마중을 나왔던 것이다.

석유곤로에 찌게를 보글보글 다시 끓여 늦은 밤에 저녁을 먹었다. 밤늦은 시간이라 세면장에서 대충 씻고 얼른 잠자리에 들었다. 내일은 아침에 일어나서 안동으로 가야했다. 다음날 안동에 도착하여 고기와 빵을 조금사서 고향집에 도착했다. 할머니와 어머니는 막 점심을 먹고 있었다. 두 사람이 나란히 삽지걸을 들어서자 여동생이 먼저 달려 나와 반겼다. 안동에서 사온 빵으로 온 식구가 둘러앉아 이야기를 나누었다. 할머니는

"야야! 속은 좀 어떻노? 많이 아팠다고 하더니 지금은 괜찮냐?"

하며 걱정스러운 표정으로 바라보았다.

"예, 지금은 다 나았어요. 그때 위궤양이 조금 있다고 했는데 지금은 다 나았어요."

하고 대답했다. 그리고 곧바로 여동생 진학문재를 이야기했다. 동생은

"고등학교를 졸업하고 내년에 방송통신대학에 진학하고 내년 봄에 공무원으로 발령이 나면 근무하면서 받는 월급으로 방통대 다니는 문제는 알아서 한다."

고 말했다. 나는 가방에서 돈 봉투를 꺼내 할머니께 드리며

"할머니 이 돈으로 여동생 방송통신대학교 입학금과 동생의 옷도 한 벌 사 주세요."

하며 그동안 인천에서 모아온 백만 원이 들어있는 돈 봉투를 내밀었다. 그리고 나의 등록금은 걱정하지 말라고 했다. 그제서야 옆에 계시던 어머니께서 일어나시며

"아이고 내 정신 봐라. 너희들 점심은 먹었느냐?"

하며 부엌으로 나가자 여동생과 혜령이도 따라 나갔다. 한참 후에 여동생이 점심 밥상을 들고 들어왔다. 혜령이와 마주앉아 늦은 점심 식사를 했다. 오후에 어머니와 여동생, 혜령이는 부엌에서 내일 나에게 줄 반찬을 만들고 저녁식사를 준비했다. 나는 마당으로 나와서 지게와 낫 한 자루를 챙겨 뒷산으로 갔다. 오년 전 준구형 하고 겨울이면 깨둥거리 나무하러 와서 양지바른 언덕 잔디에 나란히 앉아 생고구마 나누어 먹던 일이 생각났다. 그 형은 '지금 어디서 무엇을 하고 있을까?' 하고 생각했다. 그 형은 고등학교를 졸업하고 형편이 어려워서 대학진학을 포기하고 서울로 갔다. 몇 년 전 설날에 고향으로 왔었는데 그 때 준구형이 몹시 부러웠다. 형은 멋진 양복을 차려입고 왔었다. 서울에서 돈 벌어 고향의 동생들 학비를 보내준다고 했다. 지금 생각하니 그 형도 서울 어디에서 열심히 돈 벌고 있을 것이라 생각했다. 지금의 나와 같은 처지라 생각하니 준구형이 보고 싶었다. 그런 생각을 하면서 마른 맨다리 한 짐을 해왔다. 겨울이라서 하늘은 금방

어두워졌다. 저녁 먹고 여동생과 혜령이는 할머니 방에서 늦도록 공무원생활이며 방송통신대학에 입학하는 문제를 이야기했다. 그렇게 그날 밤은 어두움만큼이나 무거운 밤이 지나갔다. 다음날 아침 이른 시간에 어머니가 마련해주신 반찬과 쌀을 짊어지고 그녀와 경산으로 내려갔다. 그녀의 자취방에 도착해서 점심을 챙겨먹고 어머니가 만들어준 반찬과 쌀을 덜어주고 인천으로 출발했다. 동대구역에서 나를 바래준 혜령이의 얼굴표정이 조금은 어두워 보였다. 그녀는 개찰구로 들어가는 나에게

"창식씨 식사 거르지 말고 몸부터 챙기며 일해요. 사랑해요."

하며 가벼운 포옹을 해주었다. 그녀는 경산으로 돌아가고 동대구역에서 새마을호 타고 인천으로 돌아왔다. 기차타고 서울로 오면서 생각해보니 혜령이가 무척이나 고맙다는 생각이 들었다. 그러면서 한편으로는 그녀에게 미안한 마음이 들어 가슴이 아려왔다. 돈이란 멍에에 걸려 앞길이 보이지 않는 우리 집 사정을 훤히 알게 된 혜령이에게 미안했다. 그녀는 나의 양어깨에 걸린 무거운 가난이라는 짐을 뻔히 알면서도 색시가 되려고 한다. 그런 그녀가 무척이나 고맙고 사랑스러웠다. 한편으로 그녀의 얼굴이 떠오르자 가슴속에서 무엇인가 울컥하는 아픔이 올라왔다. 이런 나의 마음을 아는지 모르는지 기차는 무심히 마른들판을 씩씩거리며 달렸다. 그렇게 자취방에 도착하니 한꺼번에 피로가 몰려왔다. 나도 모르게 방바닥에 픽하고 쓰러져 잠들었다. 얼마나 잤을까? 잠에서 깨어 일어나니 몇 시간이 흘렀는지 캄캄한 밤이었다.

저녁밥을 챙겨먹고 커피 한 잔하려고 양은 남비에 물을 끓였다. 부

엌에서 커피 한잔 타서 방으로 들어서는데 문득 이불장구석에 넣어 둔 명품시계가 생각났다. 며칠 전 수영씨 어머니가 보낸 편지를 읽고 지금까지 마음이 편하지 못했다. 얼른 이불장 구석에 넣어둔 시계통을 꺼냈다. 명품시계는 삼년 전 수영씨가 울면서 내게 건네주던 그 시간에서 꼼짝도 하지 않고 그대로 멈춰있었다. 시계를 물끄러미 바라보다가 수영씨어 머니가 보낸 빛바랜 편지 두 통을 다시 꺼냈다. 봉투에 찍힌 우체국 소인을 자세히 살펴보았다. 두 통의 편지에 붙어있는 우표에 찍힌 도장은 같은 우체국 도장이었다. 혹시 이 우체국에 찾아가면 수영씨 어머님 소식을 알 수 있을지도 모른다는 생각을 했다. 그 편지를 밤이 깊도록 다시 꼼꼼하게 몇 번을 읽어 보았다. 날씨가 추워지고 현장의 일이 중지되면 덕수사를 한번 찾아가야겠다고 결심하고 명품 시계통을 다시 깊숙이 넣어두고 잠이 들었다.

다음날부터 매일 현장사무실에 출근하여 바쁘게 겨울방학을 보냈다. 연말이 가까워지면서 크리스마스 캐롤이 울려 퍼져 거리는 서서히 들뜨기 시작했다. 이제 이틀 후면 현장사무실도 문을 닫고 연말연초 일주일 정도 휴무에 들어간다. 크리스마스 날에는 혜령이와 통화했다. 그녀는 함께 연말을 보내자고 했다. 새해 아침 팔공산에 올라가서 일출을 보며 소원도 빌자고 했다. 현장에서 종무식을 하는 대로 연락하고 경산으로 가겠다고 약속했다. 그녀는 전화를 끊으면서

"몸은 괜찮아요? 식사는 무슨 일이 있어도 꼭 챙겨먹어요. 창식씨! 사랑해요."

하며 전화를 끊었다. 다음날은 아랫집에 사는 경자씨가 저녁시간에 반찬 한 통을 들고 찾아와서 한참동안 이야기하고 내려갔다. 경자

씨는 내년 일월 달에 용현고개 부근으로 이사 간다고 했다. 인하공전도 가깝고 공무원 신규임용지도 용현동사무소로 신청했다고 말했다. 그리고 같은 학과 남자친구의 집도 그 근처라고 말했다. 그리고 버스회사에는 연말까지만 근무한다고 했다. 경자씨는 모든 일이 잘 풀리는 듯 했다. 참으로 고맙고 반가웠다. 그렇게 며칠이 흐른 뒤 크리스마스가 지난 이십육 일에 현장 사무실에서 종무식을 했다. 공무 과장이 내년도 일월 사일부터 출근하라고 했다.

팔일 동안의 연말휴가가 주어졌다. 내일은 아침 일찍이 덕수사로 내려갔다가 경산으로 가야겠다고 생각했다. 퇴근하고 자취방에 도착하여 주인집 할머니께 연말에 며칠간 고향에 다녀온다고 말했다. 그리고 부엌과 방을 정리하고 이른 시간에 잠들었다. 다음날 아침 새벽에 일어나서 아침을 든든히 챙겨먹고 공공칠가방에 시집 두 권과 명품 시계통을 챙겨 넣었다. 명품시계는 만약에 덕수사에 갔다가 수영씨를 만나게 되면 돌려주고 싶었다. 자취방을 나서면서 부엌문 자물통을 잘 잠궜다. 인천 시외버스 터미널에서 덕수사로 출발했다.

덕수사로 가는 동안 버스 차창 밖으로 빠르게 스치는 겨울풍경에 무심히 눈길 던져놓고 아무런 생각 없이 앉아있었다. 메마른 겨울풍경이 스치는 버스차창에 수영씨 얼굴이 나타났다. 많이도 수척해진 얼굴이었다. 얼른 창문으로 손을 가져갔다. 차가운 유리창의 한기가 손바닥을 타고 가슴으로 전해왔다. 그 순간 입에서는 가늘게 '수영씨!'하고 새어나왔다. 수영씨는 눈물이 그렁거리는 표정으로 잠시 바라보더니 이내 사라졌다. 수영씨 얼굴이 사라진 차창에는 텅 빈 논바닥에 희끗희끗한 잔설의 풍경이 스치고 지나갔다. 그렇게 몇 번의 버스를 갈아타고 드디어 덕수사에 도착했다. 덕수사에 도착하여 대웅전 법당에 들러 부처님께 간절한 마음으로 향을 피우고 삼배 드리고 나왔다. 시간은 벌써 열한 시가 넘었다. 대웅전 마당에서 여유롭게 지나가는 스님을 향해 합장하고 인사드렸다.

"스님! 성불하십시오. 저~ 스님 뭐 좀 여쭈어 봐도 되겠습니까? 저는 인천 인하대학교에 다니는 학생 송창식이라고 합니다. 저는 오늘 여기 약 일 년 전에 입산한 속가명이 김수영이라는 스님을 찾아 왔습니다. 혹시 그 스님을 아십니까?"

하고 스님께 여쭈어 보았다. 스님은 합장하고 인사를 받고는 아주 평온한 얼굴에 엷은 미소를 띠우며

"처사님 먼 길 오느라 고생하셨습니다. 그런 스님은 잘 모릅니다. 우선 이리로 좀 오세요. 차라도 한 잔하면서 더 이야기 해봅시다."

하며 대웅전 옆 스님의 거처인 듯한 방으로 앞서서 안내하였다. 그 스님 방으로 엉거주춤한 자세로 따라 들어갔다. 스님은 방석을 내어주며 앉으라고 했다.

"스님! 먼저 삼배를 올리겠습니다."

라고 말하자 스님은 다소 놀라는 듯한 표정으로

"아니! 처사님도 불자이십니까?"

하시며 조용히 자리에 앉으며 합장을 하였다. 경건하고 공손한 마음으로 스님께 삼배 올리고 스님 앞에 앉았다. 스님은 조용히 녹차를 우려 한 잔 건네주며 오늘 여기로 찾아온 이유를 물었다. 나는 인하대학교 학생이며 고등학교 때부터 불교학생회 활동을 했다고 말했다.

스님에게 약 일 년 정도 전에 입산한 속가 이름이 김수영이라는 스님을 만나려고 왔다고 말했다.

"김수영씨는 원래 대구가 고향이었고 경북대학교를 다니던 학생이었습니다. 그런데 삼 년 전 갑작스런 집안사정으로 그녀는 다니던 대학을 휴학하고 강원도 원주 어디로 이사를 했습니다. 그때 나는 김수영씨와 헤어져 군대에 갔습니다. 그때 우리는 약 이년 정도 사귀었고 그녀의 부모님께 인사드리고 사귀던 사이였습니다. 그리고 일 년 후 나는 군대에서 의가사 제대하고 대학에 복학했으며 몇 달 전 김수영씨 어머니로부터 편지를 받고 김수영씨가 전라도 어느 절로 입산했다는 사실을 알게 되었습니다."

라고 그동안 수영씨와의 관계를 상세히 이야기했다. 그러자 그 스님은 아주 맑은 눈동자로 바라보며

"처사님! 마음이 많이 아프겠어요. 내가 알기로 덕수사 이 도량에는 그런 스님은 안계십니다. 그냥 충청도 어느 사찰에 입산하였다는 것 하나 만으로는 찾기 어렵습니다. 충청도에 여자 분이 비구니로 입산할 만한 절이 아마도 수 십 개는 될 겁니다. 처사님! 사람이란 인연이 닿으면 반드시 다시 만나게 될 것입니다."

하며 식어버린 찻잔에 따끈한 녹차를 몇 번이나 다시 채워주었다. 스님의 표정은 조금도 변화가 없었다. 너무나 맑고 평온해 보였다. 스님은 조용하면서 부드러운 목소리로

"학생! 그 출가하신 김수영이란 스님도 스님이기 전에 한 여인입니다. 학생을 만약에 지금 다시 만나게 되면 그 스님은 또 크나큰 아픔을 홀로 삭이는 밤을 얼마나 지새워야 할지도 모릅니다. 학생이 김수영 그 스님을 위해 기도해 주세요. 부디 성불해서 큰스님이 되라고 가

슴으로 기도해 주세요."

라고 말하면서 그 스님의 눈길은 절방의 문에 창호지가 깨끗하게 붙어있는 문살을 하나하나 헤아리는 듯 했다. 얼마의 시간이 더 흐른 뒤 스님은 조용히 일어나며

"학생! 여기서 점심 공양 드시고 가세요."

하며 앞서서 공양간으로 갔다. 그곳에는 여러 스님들이 점심 공양을 하고 있었다. 점심 공양을 먹는 동안 그 스님은 저쪽에서 다른 스님과 무엇인가 한참동안 이야기하고 돌아왔다. 그리고 맞은편에 앉아서 아무런 말없이 점심 공양을 했다. 점심 공양을 마치고 다시 스님방으로 돌아왔다. 스님은 또 차를 우려 한잔 주면서

"학생! 공양하면서 우리 절 총무스님께 말씀드렸는데 이 절에는 김수영이란 그런 분은 오시지 않았다고 하십니다. 부디 너무 가슴앓이 하지 말고 그 스님을 용서하고 기도해주세요. 필연이라면 반드시 서로 다시 만나는 날이 올 것입니다."

하며 봉투 하나를 앞으로 밀었다.

"학생! 이것은 우리 절 총무스님이 주시는 차비입니다."

라고 말하는 스님의 얼굴은 약간 발그레하게 상기되어 있었다. 아니라며 거절하였으나 스님은 이 절에서 관례적으로 학생처럼 찾아오는 분들에게 드리는 차비이니 받으라고 하였다. 그 돈 봉투를 주머니에 챙겨 넣고 덕수사를 내려오면서 하늘을 올려다보았다. 파란하늘을 배경으로 앙상한 굴참나무 가지가 지금의 내 가슴처럼 허전해 보였다. 터덜터덜 걸어 내려오는 발걸음 따라 굴참나무 낙엽 몇 장이 덩달아 따라오며 바스락 바스락 수근거렸다.

"야! 김수영이라는 분이 우리 절에는 없잖아 그치. 음~ 아무리 생각해봐도 그런 분은 나도 못 봤어. 이 학생 마음이 많이 아프겠다."

하며 수근거리는 낙엽들을 남겨두고 답답한 가슴 안고 대전으로 향했다. 대전행 직행버스 타고 오면서 김수영씨를 생각하며 기도했다. "수영씨! 부디 큰스님으로 내 앞에 다시 우뚝 서 주세요."

하고 두 손을 합장하고 간절하게 기도했다. 언젠가 수영씨가 내 앞에 나타나면 그녀에게 부끄럽지 않은 사람으로 살아가리라 다짐했다. 가야산 정상에 몰아치는 혹독한 눈보라처럼 지금 나에게 몰아치는 돈보라도 꿋꿋이 맞서 싸우다보면 반드시 밝은 태양은 비칠 것이다.

"그래 눈보라야! 아니 돈보라야 불어라. 아주 혹독하게 몰아쳐라. 이왕 오려거든 더욱 거세게 몰아쳐다오. 그래야 내가 너 돈보라를 알몸으로 맞서 싸울 가치가 있지 않느냐."

하며 어금니에서 뿌드득 소리가 나도록 꽉 물었다. 이윽고 버스는 대전에 도착하였다. 대전역에서 동대구행 기차표를 구입했다. 기차 출발 시간이 조금 남아있어서 얼른 공중전화부스로 달려갔다. 혜령이에게 저녁 일곱 시경 동대구역에 도착한다고 미리 전화하고 종종걸음으로 기차타고 출발했다. 기차는 이내 도심을 벗어났다. 황량한 빈 들판이 하얀 솜이불을 덮고 평온하게 깊은 겨울잠에 들어 있었다. 무심히 스치는 차창 밖 겨울풍경에 눈길을 던져두고 있는데 말간 유리창에 또 수영씨 얼굴이 스르륵 나타났다. 이번에는 삼년 전 그 때처럼 환하게 웃는 모습으로 까만 눈동자를 반짝이며 바라보고 있었다. 가슴 속에서 순간적으로 '아! 수명씨!'하고 불렀다. 그러자 이내 그녀의 모습은 흐릿해지면서 빈 겨울들판으로 멀어져 갔다. 손을 들어 창문유리에 손바닥을 가져다 붙였다. 차가운 느낌이 손바닥을 지나 가슴속으로 전해왔다. 흐르는 눈물을 손등으로 훔치니 기차 창문에는 바삭 마른 겨울풍경이 아무 일도 없다는 듯 빠른 속도로 스치고 있었다. 한참동안 물끄러미 눈길을 창밖으로 던져두고 있다가 들고 온 공공칠가방을 열어 시집 한 권을 꺼냈다. 몇 편의 시를 읽었는데 도무지 머리에 들어오지 않았다. 보고 있던 시집을 접어 무릎에 올려놓고 의자에 기대어 눈을 감았다. 오늘 하루 종일 긴장했던 육체는 스르르 잠이 들었다. 아련한 잠결에 안내방송이 흘러나왔다. 화들짝 놀라 일어나니 기차는 동대구역에 곧 도착한다는 안내방송이었다.

이미 도시는 어둠에 잠겨 있었고 길거리는 가로등과 네온불이 차갑게 얼어가고 있었다. 달리던 기차는 지친 나를 동대구역에 내팽개치고는 고개 돌려 매몰차게 빠져나갔다. 기차역 출구로 나서니 혜령이가 반갑게 맞이했다. 그녀는 긴 코트에 짙은 고동색 가죽장갑을 끼고 환하게 웃으며
"창식씨! 여기요."
하며 손목에 붉은 털이달린 장갑 낀 손을 흔들었다.
"혜령아 기다리느라 춥지? 마중 나와 주어서 고마워."
하며 출구로 나서니 그녀는 다가와서 팔짱끼며
"창식씨! 이제 몸은 괜찮아요? 어디보자 어머나! 우리 창식씨 얼굴이 반쪽이네."
하며 얼굴을 두 손으로 비벼주었다. 기차역 앞에서 시내버스타고 경산 그녀의 자취방으로 갔다. 자취방에 들어서자 그녀는
"창식씨! 보고 싶었어요. 너~무 보고 싶어서 내 눈이 다 물었어요."
하며 달콤한 키스를 건네 왔다. 그리고 미리 준비해 놓은 저녁을 먹었

다. 식사가 끝나고 그녀가 설거지하는 동안 세면장에서 간단히 세수하고 방으로 들어오니 어느새 그녀는 커피 한잔을 끓여 들어왔다. 오랫만에 조용하게 마주앉은 우리는 그동안의 이야기를 나누었다. 내일은 안동 고향집으로 가야했다. 혜령이는 삼십일일 오후에 종무식하고 내년도 일월 삼 일에 출근하니 십이월 삼십일 일 오후에 경산으로 다시 왔다가 인천으로 가라고 했다. 밤이 깊어서야 잠자리에 들었다. 그날 밤은 겨울인데도 추운 줄 모르고 행복한 밤이 지나갔다.

다음날 일어나 아침밥 먹고 혜령씨는 출근하고 나는 안동으로 내려왔다. 고향집에 도착하여 이틀 동안 부족한 땔감을 부지런히 했다. 이틀 동안 마당 아랫목에 나무가리 하나가 생겼다. 어머니와 할머니는
"이만하면 부자다 싶다. 저 나무가리만 쳐다보아도 안 먹어도 배가 부르다."
하며 좋아했다. 저녁을 먹고 식구들이 둘러앉아 여동생과 방송통신대학교 진학문제를 상의했다. 여동생은 이미 혜령씨와 여러 번 통화했고 자세히 안내 받았다며 걱정하지 말라고 했다. 여동생은 공무원으로 근무하게 되면 작으나마 어머니를 도울 수 있다며 오히려 나에게 이제 내년에는 대학 졸업반이니 공부에 더 집중해서 졸업하면서 바로 취직이 되도록 하라고 했다. 그런 말을 하는 여동생이 의젓해 보였다. 그때 어머니가 우리에게 당부했다.
"지금 우리 집 식구들은 마치 시계의 톱니바퀴처럼 서로 맞물려 힘겹게 억지로 돌아가고 있다. 만약에 식구 중에 어느 한 사람이라도 아프면 우리 집은 한순간에 무너진다."
하며 나의 얼굴을 바라보았다. 아마도 지난여름에 위장병으로 고

생한 것 때문에 그런 말을 한 것 같았다. 그러자 옆에 있던 할머니가 나를 바라보며

"야야! 돈 때문에 안 먹고 몸이 상하면 안 된다. 여기는 에미하고 내가 어떻게 하더라도 버티어 볼 테니 너무 걱정하지 말아라."

하며 긴 곰방대에 풍년초 가루담배를 꾹꾹 눌러 넣고 화롯불에 뻐끔뻐끔 불을 붙였다.

"할머니 내 건강은 걱정하지 마세요. 이제 일 년만 더 버티면 대학을 졸업하고 취직해서 할머니 어머니 걱정하지 않도록 할게요."

하고는 슬그머니 일어나서 삽지걸로 나서며 솔담배 한 개비 피워 물었다. 까만 한겨울 밤하늘에는 수많은 별들이 쏟아졌다. 작은 눈썹달 옆에 밝게 빛나는 별 하나가 눈에 들어왔다. 내가 걸어가야 할 목표는 저별과 같이 분명한데 한치 앞이 보이지 않는 캄캄한 암흑의 길이었다. 저 별도 지금의 나처럼 밤사이 캄캄한 그 길을 그저 묵묵히 홀로 걸어서 밝은 새벽을 맞이하듯 나 또한 한발 한발 걸어가다 보면 내게도 찬란한 새벽은 오고야 말 것이라 굳게 믿고 그저 앞만 바라보고 걸어가리라 다짐했다. 이틀 동안의 시간은 바쁘게 흘렀다. 경산의 혜령이에게 가려고 점심 먹고 집을 나섰다. 어머니는 쌀과 간장, 된장, 고추장, 김장김치, 무말랭이김치를 비롯해서 몇 가지 반찬을 준비해주었다. 내가 직접 들고 가기에는 양이 너무 많아서 안동시내에서 경동화물에 들러 인천으로 보냈다. 화물은 연말연시라서 일월 오일 경 인천에 도착한다고 했다.

대구로 내려와서 시내버스타고 경산의 혜령이 자취방으로 갔다. 자취방 근처에 도착하여 혜령이에게 전화했다. 그녀는 주인집 대문

옆 우체통에 방문열쇠가 있으니 들어가서 연탄불 한번 살펴보고 방에서 쉬고 있으라 했다. 그녀의 자취방에 들어가서 연탄불을 갈아 넣고 연탄아궁이의 불문도 활짝 열어두었다. 방바닥에 깔아둔 앙고라 이불 밑은 따뜻했다. 방바닥이 따뜻하여 나도 모르게 그만 스르륵 잠들었다. 꿈속에서 스님이 된 수영씨를 만났다. 아무리 따라가며 불러도 수영씨는 돌아보지도 않고 산속으로 사라졌다. 산속 숲길을 뛰어 따라가며 목이 터져라 '수영씨! 수영씨~~ '하고 불렀다. 그때 누군가 어깨를 흔들어 깨웠다.

"창식씨! 창식씨! 왜 이래요? 일어나요."

하며 다급하게 혜령이가 흔들어 깨웠다. 깨우는 소리에 놀라 일어나니 식은땀을 얼마나 흘렸는지 머리카락이 흠뻑 젖어있었다.

"혜령아 언제 왔어?"

하며 일어났다. 혜령이는 마른수건으로 얼굴에 흐르는 식은땀을 닦아주며

"창식씨! 어디 아파요? 왜 이리 식은땀을 흘려요? 악몽이라도 꾸었어요?"

하며 걱정스러운 눈빛으로 다가앉았다. 씨익 웃으며 괜찮다고 말했다. 그녀가 부엌으로 나가서 저녁상을 차리는 동안 세면장에서 세수하고 들어왔다. 그날 밤 내 여동생의 공무원생활과 방송통신대학교 입학에 대해서 이야기했다. 그녀는 여동생에게 일정에 맞추어 통화하며 진행할 것이니 걱정하지 말라고 했다. 혜령이 만 믿는다며 고맙다고 말했다. 혜령이는 내일새벽에 팔공산 갓바위로 새해 해맞이 가자고 했다. 그렇게 하자며 곧바로 잠자리에 들었다.

다음날 새벽 네 시가 채 되기도 전에 두툼하게 무장하고 국방색 말뚝 후레쉬 들고 출발했다. 택시타고 팔공산 입구에 도착했다. 아직은 어두운 새벽이었다. 후레쉬를 비추어 산길로 접어드니 앞뒤에 간간히 갓바위로 오르는 사람들이 있었다. 한참을 걸어 오르니 등골에 땀이 맺히고 숨이 턱밑까지 차올랐다. 먼동이 트기 시작했다. 어렴풋이 저 앞에 갓바위 부처님이 보였다. 그녀의 손을 꼭 잡고 차오르는 숨을 꾹 누르고 갓바위 미륵부처님 앞에 도착했다. 그녀의 이마에도 송골송골 땀방울이 맺혀있었다. 두 사람이 나란히 부처님 전에 삼배로 인사드렸다. 삼배하면서 마음속으로 조용히 내 친구인 영재 도해스님과 김수영씨를 부처님께 빌었다.

"거룩하신 부처님! 도해스님, 김수영스님 이 두 분의 스님이 당신의 제자가 되었습니다. 부디 큰스님이 되도록 인도해 주십시오."

하고 간절히 기도했다. 그곳에는 벌써 많은 사람들이 도착했다. 우리도 사람들 틈을 비집고 자리 잡았다. 어느덧 저 먼 산위가 붉게 물들기 시작했고 이내 태양은 떠올랐다. 태양이 솟아오르는 순간 우리는 서로의 눈을 바라보았다. 혜령이는 나의 팔을 힘주어 잡고 있었다. 그녀와 눈이 마주치는 순간 그녀에게 짧은 키스를 하며

"혜령아! 사랑해."

하고 말하는데 바로 옆에서 우리를 지켜보고 있던 젊은 부부가 한마디 했다.

"참! 좋을 때 입니다. 새해에는 소망하는 꿈 꼭 이루세요."

하기에 얼떨결에

"감사합니다. 새해 복 많이 받으세요."

하고 인사했다. 태양이 완전히 솟아오르자 갓바위 부처님께 절하

는 사람들로 미륵부처님전은 복잡했다. 또 다른 사람들은 절에서 무료로 제공하는 떡국을 먹으러 우르르 몰려갔다. 혜령이와 떡국 한 그릇 얻어먹고 천천히 팔공산을 내려왔다. 팔공산을 내려오다 해장국집에 들러 아침을 먹었다. 오랫만에 오붓하고 느긋한 시간을 보내다가 그 다음날 오후에 인천으로 올라왔다.

동인천에 내려서 시내버스타고 종점으로 오는데 그 버스안내양이 인사를 했다.
"아저씨! 송경자 친구 분 맞지요? 경자에게 무슨 일이 있어요? 지난 말일자로 퇴사했어요. 혹시 무슨 일인지 알고 계시나요?"
하며 몹시 궁금한 표정을 지었다. 아차! 그 순간 저번에 경자씨가 연말에 퇴사하고 이사한다고 했던 말이 생각났다.
"아~ 예. 경자씨는 공무원시험에 합격하여 곧 발령이 난다고 했어요. 아마도 그래서 퇴사했을 겁니다."
하고 말하자 그 안내양은 놀라는 표정으로
"아~ 그랬구나! 잘되었네요."
하며 다소 어리둥절한 얼굴로 어색하게 다시 말했다.
"경자에게 잘해주세요. 착하고 예쁘잖아요. 아저씨 종점에 내려서 잠시 나하고 커피 한잔하고 가세요."
하며 버스토큰도 받지 않고 방긋 웃어주었다. 잠시 후 버스는 종점에 도착했다. 그 안내양은 바쁘게 사무실로 달려갔다. 조금 엉거주춤한 자세로 기다리니 양손에 커피 두 잔을 들고 나왔다. 그 안내양은 버스에 약간은 삐딱하게 기대서서 커피를 홀짝 거리며 마셨다.
"아저씨! 경자가 아저씨를 만나고 나서 완전히 다른 사람이 되었어요. 전문대학에 다니면서 남자친구도 생겼다고 했어요. 우리는 모두 아저씨가 경자 애인인 줄 알았는데~ 아저씨 왜 경자와 헤어졌어요? 경자가 버스안내양이라서 아저씨가 싫다고 했어요?"

하며 따지듯이 물었다. 그 안내양에게 정색을 하며

"아가씨! 경자씨는 무척이나 착하고 예쁜 아가씨입니다. 경자씨와 나는 그동안 친한 오빠동생으로 지냈어요. 우리는 어려운 처지의 같은 고학생으로 서로 돕고 지냈어요. 경자씨는 고맙고 귀여운 동생이었어요."

하며 커피를 마시고 고동색의 플라스틱 커피 잔을 돌려주며

"커피 잘 마셨어요. 고맙습니다."

하며 인사하고 발걸음을 재촉하여 골목으로 걸어갔다. 경자씨 자취방 앞에 도착하여 대문 쪽을 살펴보았다. 경자씨 자취방 대문이 활짝 열려있었다. 경자씨가 방에 있나보다 하고 대문 앞으로 걸어갔다. 그때 그 집주인 아주머니가 나를 발견하고는

"학생! 경자는 어제 이사 갔어요. 아니! 경자가 이사하면서 학생에게 말도 안 했어요."

하며 놀라는 표정으로 말했다.

"아니요. 얼마 전에 이사한다고 이야기는 했어요. 저가 연말에 고향에 갔다가 오늘 오는 길이라 이사했는지 몰랐어요."

하며 그 방 대문 안쪽을 살펴보니 텅 빈방이었다. 아주머니께 언제 이사했냐고 물어보았다. 아주머니는 어제 이사 갔다고 했다. 그 집을 나와서 자취방으로 걸어가는데 왠지 서운한 생각이 들었다. 터덜터덜 걸어서 자취방 대문을 열고 들어서는데 대문 틈에서 하얀 봉투 하나가 떨어졌다. 얼른 주워보니 경자씨가 쓴 편지였다. 방으로 들어가

서 편지를 열었다. 또렷또렷한 예쁜 글씨로
 "가슴에 진주가 되도록 품고 살아가겠다."
 고 적었다.
 "멀리서라도 언제나 오빠를 지켜보며 자신의 삶의 등불로 삼겠다."
고 하며 한 편의 시를 적어놓았다.

『그림자

험한 공기 속에 우뚝 서 / 화폭 속에 담겨있는 / 검은 그림자
우웃빛 피부 반짝일 때 / 두 알의 석영이 번득이며 / 검은 그림자는 움직였어요.
나의 두 동공이 / 그림자 더듬을 때 / 멀리 사라져 갔어요.
태양과 북풍이 엇갈리는 / 여로에 나 홀로 서서 / 님의 그림자/ 더듬어야만하나요』

경자씨가 편지에 써 놓은 이 시를 읽으면서 가슴이 아려왔다. 그러면서도 새로운 자신의 길을 담담하게 걸어가는 그녀가 한편으로는 장하고 아름답게 느껴졌다. 천장을 바라보며 눈을 감고 조용히 기도했다. '경자씨! 당당하고 멋진 여인으로 부디 행복하세요.'하고 진심으로 기도했다. 그녀는 이사 가면서 편지를 남겼는데 답장을 써야겠다고 생각했다. 밤이 깊도록 여러 장의 편지를 썼다가 찢어버리고 또 썼다. 나 또한 '가슴속 깊이 호박보석이 되도록 품겠노라'고 쓰고 한 편의 답시를 썼다.

『겹 동백

살아서는 말 못하는 가슴 / 마지막 숨 몰아쉬며 떠올려 / 빙그레 피어나는 미소
한평생 가슴에 묻고 / 홀로 매만져 진주가 된 아픔 / 찬바람에 더욱 선명하다
가슴에 피어난 그리움 / 홀로 피어 더욱 붉은 / 송이채 떨어지는 겹 동백』

그런데 이 편지를 전달할 방법이 없었다. 별다른 방법이 없어서 삼월 달에 개학하면 그녀가 야간수업 마치고 나오도록 기다렸다가 그때 건네주리라 생각했다. 경자씨에게 쓴 편지를 책갈피에 고이 넣어두고 늦은 밤에 잠들었다. 다음날 아침에 눈뜨니 아침 여섯 시가 조금 지났다. 아무런 생각 없이 부엌으로 나가 아침밥을 챙겨먹고 회사로 출근하려고 방을 나섰다. 골목길을 조금 내려가다가 아차! 회사는 오늘까지 휴무라는 사실을 깨달았다. 빙그레 홀로 헛웃음 지으며 다시 자취방으로 돌아왔다. 그날은 방도 대청소하고 밀린 빨래하며 하루 종일 뒹굴뒹굴 여유로운 시간을 보냈다. 그러다 문득 공공칠가방을 정리하여 명품 시계통을 다시 이불장 깊숙이 넣어두었다. 그리고 수영씨 어머니가 보낸 편지 두 통을 꺼내 봉투의 우표에 찍힌 우체국 소인을 다시 자세히 살펴보았다. 그 우표에는 흐릿하게 소초라는 글자가 보였다. 소초라고 찍혀있는 우체국이 어디인지 몹시 궁금하였다. 혼자서 편지를 앞에 놓고 끙끙 거리다가 우체국에 가져가서 물어보아야겠다고 생각했다. 그 편지 두 통을 들고 동인천 우체국으로 달려

갔다. 우체국에 들어가서 창구의 아가씨에게 이 편지봉투에 찍힌 도장이 어느 우체국인지 물어보았다. 우체국의 여직원은 그 편지봉투를 유심히 살펴보더니 강원도 원성군 소초면 우체국이라고 일러주었다. 우체국을 나서면서 며칠 후에 현장사무실에 이야기하고 하루 휴가를 얻어 소초면 우체국에 한번 찾아가야겠다고 결심했다. 힘없이 자취방으로 돌아오면서 소초우체국에 이 편지 들고 가면 혹시라도 수영씨 어머니의 집을 찾을 수 있을지도 모른다는 생각을 했다.

자취방으로 돌아와 그저 멍한 시간을 보내다가 좀 이른 시간에 부엌에서 저녁을 준비하고 있었다. 그때 밖에서 누군가 대문 두드리는 소리가 들렸다. 부엌문을 열어보니 경자씨였다.
"아이쿠! 경자씨 어서 오세요. 이사 갈 때 못 뵈어서 궁금했어요."
하며 인사를 건넸다. 그녀는 검은색 두툼한 파카에 붉은색 셔츠를 받쳐 입고 조금 긴듯한 치마를 예쁘게 차려입고 환하게 웃어주었다.
"오빠야! 고향에는 잘 다녀오셨어요? 이사하면서 못보고 가서 오늘 일부러 찾아왔어요."
하며 부엌문을 밀고 나보다 먼저 들어왔다. 부엌에서 커피라도 한 잔 끓이려고 하는데 그녀는
"아니 벌써 저녁을 준비하고 있었어요? 오빠야! 우리 나가요. 오늘 저녁은 경자가 살게요. 저녁 먹고 영화도 한편 보고 우리 데이트해요."
하며 얼른 옷 갈아입고 나오라고 등을 떠밀었다. 그러자고 하며 방으로 들어와서 외출복으로 갈아입고 그녀에게 써놓은 편지를 책갈피에서 챙겨 주머니에 고이 넣고 방을 나서니 그녀는 생글거리며 마당

에서 상기된 표정으로 기다렸다.

우리는 곱창전골찌개로 저녁 먹으며 소주도 한 병 나누어 마셨다. 그리고 영화관에서 중국무협 영화도 한편 관람했다. 영화가 끝이 나자 우리는 그냥 이대로 헤어지기 아쉬워 자취방 뒷편 수봉공원으로 올라갔다. 겨울철 저녁이라서 그런지 공원에는 사람들이 아무도 없었다. 마도로스파이프를 삐딱하게 물고 시커멓게 서 있는 맥아더동상 옆 낡은 나무벤치에 나란히 앉아 그녀에게 답장으로 쓴 편지를 건네주었다.
"경자씨! 이사하면서 내게 쓴 편지에 대한 답장입니다. 나중에 집에 돌아가서 열어보세요."
하며 편지봉투를 내밀었다. 그녀는 그 자리에서 열어보려고 했다. 내가 아니라며 집에 가서 읽어보라 하며 밤도 깊었으니
"경자씨! 우리 이제 그만 내려가요."
하며 벤치에서 일어섰다. 그녀도 알았다며 편지를 핸드백에 넣고 팔짱끼고 천천히 걸었다. 그러다가 그녀는 갑자기
"오빠야!"
하며 팔짱낀 팔을 당겨 힘껏 포옹했다. 그녀의 얼굴은 살며시 눈을 감고 나를 향해있었다. 그녀는 온몸이 가늘게 파르르 떨고 있었다. 아무런 말도하지 못하고 머뭇거리는 나를 향해
"오빠야! 나는 오빠를 알게 되어서 그동안 무척 행복했어요. 이제부터는 나의 남자친구에게 경자의 사랑을 오롯이 줄 겁니다."
하며 쳐다보는 그녀의 눈망울에는 어두운 밤인데도 눈물이 고여 있었다. 우리는 잠시 동안 포근한 포옹을 했다. 그렇게 수봉공원을 내

려와서 그녀는 택시타고 용현고개 자신의 이사 간 자취방으로 떠나갔다. 자취방으로 돌아와 밤늦은 시간까지 천정에 그녀의 눈물고인 얼굴이 아른거려 엎치락뒤치락 거리다가 겨우 잠들었다.

다음날부터는 현장사무실에 출근을 시작하여 정신없이 바쁜 며칠을 보냈다. 금요일 퇴근하면서 사무실 옆 길거리 공중전화에서 경산의 혜령이에게 그녀의 퇴근시간 무렵에 맞추어 전화했다. 몇 번의 신호음이 들리고 혜령이가 전화를 받았다.

"예, 산업계 장주삽니다."

하는 그녀의 사무적인 대답이 들려왔다.

"혜령아! 나 창식이요. 그동안 잘 있었나요?"

그녀는 무척이나 반가운 목소리로

"창식씨! 잘 있었어요? 오랫만에 전화했네요. 그동안 연락이 없어서 안 그래도 오늘밤에 창식씨 자취방 주인집으로 전화하려고 했어요. 무슨 일이 있는 건 아니지요?"

하며 조금은 토라진 듯한 목소리로 물어왔다. 현장사무실의 일이 조금 바빠서 정신없이 지냈다고 했다.

"혜령아! 영남대학교 편입시험이 다음 주 금요일인데 준비는 잘하고 있어. 편입 시험 치르는 다음날인 토요일에 내가 경산으로 내려갈까? 그동안 시험 준비하느라 고생했는데 멋진 데이트하자."

하고 말하자 그녀는 아니라며 그녀가 다음 주 금요일에 편입시험 치고 그날 바로 출발해서 저녁에 인천으로 오겠다고 했다. 그럼 그렇게 하자고 혜령이와 약속하고 설레는 가슴을 안고 퇴근했다. 요즈음 현장사무실에서는 구정에 청구할 공사 기성 대금 청구서류를 만드느라 도면작업이 산더미처럼 쌓였다. 주말에도 쉬지 못하고 출근했다. 삼일 간 야간작업해서 화요일이 되어서야 겨우 서류를 완성했다. 지난 일주일은 정말 무리해서 일했다. 그날 퇴근시간에 공무과장이 지난 며칠을 고생했으니 내일은 하루 쉬어도 좋다고 했다. 이 기회에 내일 강원도 원성군 소초면 우체국에 다녀와야겠다고 생각했다. 그 우체국을 찾아가서 수영씨 집을 물어보고 찾아보아야겠다고 생각했다.

그날 밤 가방에 명품시계통과 편지 두 통을 챙기고 단편 수필집도 한 권 챙겨 넣었다. 다음날 새벽에 일어나서 전철 첫차로 청량리로 가서 마장동 시외버스터미널로 달려갔다. 마장동 시외버스터미널에서 원주행 직행버스 타고 출발했다. 시외버스가 달리는 동안 창밖을 물끄러미 바라보다가 그만 스르륵 창문에 기대어 잠이 들었다. 지난 며칠을 무리하여 현장에서 야간작업해서 몸이 몹시도 피곤했고 어젯밤에도 수영씨 생각으로 늦게 잠들었던 것이다. 어느새 버스는 원주터미널에 도착했고 웅성거리는 소리에 놀라 잠에서 깨었다. 급히 가방을 챙겨들고 버스에서 내렸다. 작고 허름한 터미널을 빠져나오면서 시간을 확인하니 오전 열 시가 조금지난 시간이었다. 원성군 소초면 소초우체국은 어디로 어떻게 찾아가야 하는지 앞이 깜깜하였다. 하는 수 없이 터미널 앞에 쭉 늘어서서 손님을 기다리는 택시로 갔다.
"저~ 기사님 뭐 좀 여쭈어 볼게요. 혹시 원성군 소초면 소초우체국으로 가려면 어떻게 가야 합니까?"
그 택시기사는 나를 아래위로 쭉 한눈에 훑어보고는
"택시로 가면 약 이십 분정도 걸리는데 가실라요?"

하며 초록색 택시 문을 열어주었다.

"저~ 기사님 요금은 얼마 정도입니까? 학생이라서 돈이 얼마 없어요."

하니 그 택시기사는

"학생이 돈이 없다고 하니 이천 원만 주세요."

하며 택시 뒷문을 열어놓고 운전석으로 가며 타라고 했다. 원주시에는 난생처음 찾아오는 낯선 곳이라 별 다른 방법이 없어서 택시를 탔다. 택시는 원주시가지를 벗어나 비포장도로를 빠르게 달렸다. 그 택시기사는 운전석 머리 위에 달려있는 거울로 힐끔 쳐다보고는

"학생! 소초우체국에는 무슨 일로 가나요."

하며 덜컹거리는 도로를 천천히 달렸다.

"아예! 아는 사람을 찾으러 가는 길입니다. 편지를 받았는데 주소가 적혀있지 않아서 우체국에 가서 물어보고 찾아가려고요."

하며 대답하자 그 택시기사는 이상하다는 눈빛으로 몇 번이나 힐끔힐끔 룸미러로 나를 쳐다보았다. 그러는 사이에 택시는 어느덧 소초우체국 앞에 도착했다. 낯선 우체국 앞에 나를 내려놓은 택시는 휙 하고 돌려 뿌연 먼지를 날리며 떠나갔다. 들고 간 가방에서 편지 두 통을 꺼내들고 우체국문을 열고 들어갔다.

허름한 시골우체국에는 짙은 밤색의 우체국 근무복을 입은 남자직원 두 명이 의자에 앉아 근무하고 있었다. 그중에서 한 사람이 고개도 들지 않고 사무적인 어투로

"어서 오세요."

하며 자신이 하던 일을 계속했다. 엉거주춤하게 창구 앞에 서서 망설이다가 편지봉투 두 개를 손에 들고

"안녕하세요. 저~ 뭐 좀 여쭈어 보려구요. 혹시 이 편지가 여기 이 우체국에서 보낸 것이 맞습니까?"

하며 편지 두 통을 그에게 내밀었다. 그는 편지를 받아들고 이리저리 살펴보더니

"예! 우리 우체국 소인이 맞네요. 그런데 왜 그러십니까?"

하며 이상하다는 표정으로 바라보았다. 겸연쩍은 표정으로 머리를 긁적이며

"저~ 여기서 이 편지 보낸 분을 찾으려고 왔습니다. 약 일 년 전에 이 곳으로 이사 온 분인데 혹시 여기에 오면 찾을 수 있을까 해서요."

그러자 그 직원은 건네준 편지를 다시 살펴보더니

"보내신 분의 주소가 없네요."

하며 고개 들어 나를 이상한 눈으로 훑어보았다.

"약 육 개월 전에 여기서 보낸 편지는 맞는데 보낸 분의 주소가 없으니 우리도 알 수 없어요."

하며 그 편지 두 통을 도로 내밀었다. 다시 그에게 바짝 다가서면서

"약 일 년 전에 여기 어디로 이사 오신 분인데 혹시 배달부가 보면 알 수도 있지 않을까요? 저~ 배달부 아저씨는 언제쯤 돌아오시나요?"

하고 말하니

"우리 우체국에는 배달부가 네 명인데 보통은 도시락을 싸서 다니는데 요즘은 겨울철이라 열두 시쯤 식사하러 잠깐 여기로 들어오기도 합니다. 혹시 그때 다시 와서 한번 물어보세요."

하고는 연신 고개를 갸웃거렸다. 그 직원에게 고맙다고 인사하고 우체국 문을 삐걱 열고 나왔다. 손목시계를 확인하니 열한 시가 다 되어갔다. 마땅히 갈 곳도 없고 해서 다시 우체국으로 들어갔다. 우체국

창구 맞은편 허옇게 빛바랜 낡은 나무의자에 앉아서 배달부가 오기를 기다리며 들고 간 수필집을 꺼내 몇 줄 읽고 있었다. 그때 그런 나의 행동을 곁눈질로 살피던 다른 한 직원이 조심스럽게 말을 걸어왔다.
"저~ 혹시 찾는 분이 군인 가족입니까? 약 일 년 전에 원주시내에 살다가 이 근처로 이사 온 집이 있기는 한데~"
하며 자신의 자리에서 일어나 손에 든 하얀색 볼펜으로 자신의 머리를 긁적이며 나를 향해 말을 걸어왔다.

군인가족이란 말을 듣는 순간 머리에는 천둥번개 같은 섬광이 꽝! 하고 스쳤다. 그 순간 다리에 힘이 쭈욱 빠지며 후들후들 떨려왔다. 나의 귀를 의심하며 나무의자에서 비틀거리며 일어나서
"예! 맞아요. 군인가족이 맞아요. 그 집이 어디인지 혹시 알고계십니까? 그 집 아주머니는 원래 대구 모 전문대학의 교수님이셨어요."
하며 자리에서 일어나 그분 앞으로 다가섰다.
"예~ 저어~ 어느 집인지는 정확히 모르는데 아마도 면사무소 뒷편 어느 집일 겁니다. 그 집 사모님이 법원에 속달로 등기우편물을 보내려고 여기에 몇 번이나 들리신 적이 있었어요. 그때 기억으로 대충 그 집 주소가 면사무소 뒷편의 동네 어느 집 번지로 어렴풋이 기억납니다. 면사무소 뒤편에는 열댓 집이 있으니 그곳으로 찾아가서 한번 물어보세요. 면사무소는 여기서 조금 밑에 있어요."
하며 면사무소 방향을 손가락으로 가리켰다. 우체국 나무의자에서 가방을 챙겨들고 그 직원을 향해 몇 번이나 고맙다고 인사하고 우체국을 나섰다.

그가 가르쳐준 방향으로 걸어가는데 갑자기 가슴이 마구 방망이질 하기 시작했다. 얼굴이 벌겋게 달아오르면서 다리도 후들거려 비틀거렸다. 도저히 더 이상 걸을 수 없어 바쁘게 가던 걸음을 멈추어 섰나. 나도 모르게 눈에서는 두 줄기 눈물이 흘러 앞이 보이지 않도록 범벅이 되었다. 한참을 그렇게 우두커니 서 있다가 겨우 정신을 가다듬고 흐르는 눈물을 팔소매로 훔쳐 닦으며 하늘을 올려다보았다. 하늘은 파랗게 얼어 몹시도 차가워 보였다. 한겨울 차가운 공기를 가슴 깊이 들이마시며 정신을 가다듬고 주머니에서 솔담배 한 개비 꺼내 불을 붙였다. 담배를 피우며 천천히 면사무소를 향해 걸어갔다. 걸어가면서 막상 수영씨 어머니 집을 찾는다면 무슨 말부터 해야 하나 생각하니 머릿속이 갑자기 하얗게 변했다. 무슨 말로 인사해야 할지 생각하며 걷다보니 면사무소 앞에 도착했다. 주위를 두리번거리며 둘러보아도 추운 겨울철이라서 그런지 지나가는 사람은 아무도 없었다. 손목시계를 확인하니 어느새 열두 시가 다 되어갔다. 우체국 직원이 면사무소 뒤편이라 했으니 면사무소담장 옆길로 걸어 들어갔다.

면사무소 뒤편으로 들어서니 작은 집들이 여기저기 띄엄띄엄 흩어져 있었다. 먼저 제일 가까이 보이는 집으로 들어갔다. 그 집 마당은 마치 안동 고향집처럼 허술하고 약간은 어지러웠다.
"계십니까? 실례합니다."
하고 조심스럽게 서너 번을 불렀다. 그러자 잠시 후 마루문이 열리고 아저씨 한 분이 나왔다. 그분은 점심식사를 하던 중이였는지 오른손에 밥 먹던 숟가락을 그대로 들고 입에는 먹던 음식을 질겅질겅 씹으며

"누구세요!"

하며 마루 위에서 다소 놀란 듯한 표정으로 나를 아래위로 큰 눈알을 희번득 굴리며 살펴보았다.

"안녕하세요. 저~ 죄송합니다. 뭐 좀 여쭈어 보려고 합니다."

그는 여전히 먹던 밥을 질겅질겅 씹으며 귀찮다는 듯

"뭔데요?"

하며 다소 퉁명스럽게 대답했다.

"아이고! 식사 중에 죄송합니다. 저~ 혹시~ 이 동네에 약 일 년 전 원주에서 살다가 이곳으로 이사 온 집을 찾고 있어요. 약 오십대 정도의 군인가족인데 혹시 모르십니까?"

하고 묻자 그분은 들고 있던 숟가락을 마룻바닥에 던지듯 내려놓고는 마루 밑 처마로 내려서면서

"아! 김대령네 집을 찾아왔구나."

하며 때가 꼬질꼬질하게 묻은 흰 고무신을 발가락에 걸치며 처마로 내려섰다.

"예! 맞아요! 어느 집입니까?"

하고 그분 앞으로 한발 다가섰다. 그분은 하얀 고무신을 대충 걸치고 질질 끌며 마당으로 나왔다.

"그런데 그 집은 어떤 일로 찾으시나? 내가 가르쳐 주어도 되려나."

하며 마당으로 나와서 그 골짜기 맨 위쪽에 있는 소초교회를 손가락으로 가르치며 교회 뒷집이라고 알려주었다. 그분에게 인천에서 대학을 다니는 학생 송창식이라고 나의 신분을 말했다.

"선생님 감사합니다. 식사 중에 귀찮게 해서 정말 죄송합니다. 감사합니다."

하며 허리를 굽신굽신하며 몇 번을 인사했다. 나의 신분을 학생이라고 밝히자 그는 다소 안심하는 듯한 표정으로 돌아서 들어갔다. 들어가는 그의 뒷꼭지에 대고 다시 고맙다고 허리 숙여 몇 번을 더 인사했다. 그 아저씨가 일러준 소초교회 뒷편의 작은집이 멀리서 어렴풋이 보였다. 그 집을 향하여 걸어가니 가슴은 또 다시 방망이질하기 시작하여 쿵쾅거렸다. 얼굴도 화끈거리며 벌겋게 달아올랐고 다리는 힘이 빠지며 후들거려 제대로 걸을 수 없었다.

정신을 차려 천천히 걸으며 솔담배 한 개비를 다시 입에 물고 바들바들 떨리는 손으로 성냥불을 붙였다. 성냥불의 매캐한 유황냄새가 코로 확 들어왔다. 담배연기 한 모금을 가슴깊이 빨아 들였다. 눈 밑에서 피어오르는 담배연기가 눈에 들어갔는지 눈물이 주르륵 흘렀다. 담배연기 때문인지는 모르겠으나 두 눈에서 눈물이 하염없이 흘렀다. 하늘을 쳐다보며 심호흡을 서너 차례하고 정신을 가다듬었다. 그렇게 담배 피우면서 천천히 걸었는데 어느새 소초 교회 앞에 도착했다. 고개를 돌리니 교회 뒷집이 눈에 들어왔다.

슬레이트 지붕의 작고 아담한 집이었다. 마당은 무척이나 깔끔하였고 방문은 굳게 닫혀있었다. 닫혀있는 방문 앞 섬돌에는 깨끗한 하얀 운동화 한 켤레가 다소곳하게 자리 잡고 있었다. 마당으로 들어서니 집안은 쥐 죽은 듯 조용했다. 심하게 떨리는 가슴을 온 힘을 다해 꼭 부여잡고 문 앞에서 기어들어가는 작은 목소리로 조심스럽게
"계세요. 실례합니다. 계십니까? 계십니까? 실례합니다."
하고 몇 번을 불렸다. 그러나 집안에서는 인기척이 없었다. 다시 한

번 이번에는 좀 큰소리로 불렀다. 그러자 방안에서 '어이쿠!' 하는 인기척이 들려왔다. 조금의 시간이 흐른 뒤 방문이 덜커덩하면서 열리며
"누구세요?"

하며 중년부인이 처마 밑 섬돌의 신발을 신으며 내려섰다. 그 순간 눈에 들어온 그 중년부인은 틀림없는 수영씨 어머니였다. 이년 전에 두 번씩이나 만났던 그 수영씨 어머니가 분명했다.

"어머니! 저 인천학생 송창식입니다."

하고 허리 숙여 공손하게 천천히 인사했다. 수영씨 어머니는 나를 확인하는 순간 그냥 그대로 처마 밑 섬돌 위로 털썩 쓰러지듯 주저앉았다. 그런 모습에 놀라 후다닥 달려들어 팔을 잡으며

"어머님! 어머님! 괜찮으세요? 어디 다치지는 않았어요?"

하며 부축해서 일으켜 세웠다. 처마에 쓰러져 앉은 채 나의 팔을 잡아당겨 몇 번이나 이리저리 쳐다보고는 심하게 떨리는 목소리로

"누구라고? 인천학생이라고?"

하며 팔을 잡아당겨 앞에 앉히고는 두 손으로 나의 얼굴을 쓰다듬으며 보고 또 보고 확인했다.

"예, 어머님! 저 인천학생 송창식입니다."

하고 떨리는 목소리 대답했다. 그러자 수영씨 어머니 눈에서 눈물이 주르륵 흘렸다. 뜨거운 두 줄기 눈물이 마치 폭포수처럼 흘러내리며
"아이고~~ 우리 사위! 어디보자! 틀림없는 우리사위가 맞나요?"

하며 나를 와락 끌어안고는 그 깊은 가슴이 심하게 요동쳐 흔들리도록 울면서 등을 쓰다듬고 토닥토닥 두드렸다.

그렇게 한참을 그대로 울기만하다가 다시 두 손을 뻗어 나의 뺨을

잡고는

"어디! 다시 한 번 보자! 그래! 그래! 틀림없는 내 사위가 맞네."

하며 이미 눈물로 범벅이 된 얼굴을 나의 볼에 대고 비비다가 다시 끌어안고는 엉엉 소리 내어 울었다. 그렇게 얼마의 시간이 흐르자 정신을 조금 차리더니 손을 잡고 일어나서 우선 방으로 좀 들어가자고 했다. 방에 들어서면서 수영씨 어머니를 앉혀 드리고

"어머님! 우선 저의 절부터 받으세요."

하며 절을 하려고 엎드리자 놀라며 나의 팔을 잡아당겨 앉혔다. "아닐세! 절은 무슨 절이야. 내가 절 받을 자격이 없어요. 그러면 안 돼요."

하였다. 아니라며 그냥 앉아서 절을 받으라 하는 나를 당겨 억지로 앉혔다. 자리에 앉으니 수영씨 어머니는 몸을 추스리며 잠시 부엌으로 나가서 따뜻한 차 두 잔을 끓여 고급스러운 쟁반에 받쳐 들고 들어왔다. 차 한 모금 마시라하며 찻잔을 들어 건네주었다. 그 찻잔은 분명히 이년 전 대구에서 큰 나무대문이 달려있던 그 집, 화려한 거실에서 마시던 향긋한 한약냄새가 나던 바로 그 쌍화차였다. 찻잔을 받쳐 들고 온 고급스러운 쟁반이며 찻잔, 찻숟가락도 분명히 그때 그대로였다. 찻잔을 받아 한 모금 마시며 수영씨 어머니의 얼굴을 바라보니 그 사이에 얼마나 울었는지 벌써 눈이 벌겋게 충혈 되어 있었다. 그때 까지도 수영씨 어머님의 눈에서는 눈물이 계속해서 흐르고 있었다. 쌍화차 몇 모금 마시며 두 사람은 한동안 아무런 말이 없었다. 그렇게 몇 모금의 차를 마시다가 수영씨 어머니가 먼저 말을 했다.

"인천학생! 그동안 잘 있어요? 몸은 건강하지요? 군대 가서 어디 다치지는 않았어요?"

하며 마치 자신의 아들처럼 애틋한 눈길로 바라보면서도 연신 눈물을 훔치셨다. 그리고 낮은 목소리로 지난 이년 동안 수영씨 집에서 일어났던 일을 차분하고 조용하게 말했다. 수영씨 아버님은 그때 그 일로 지금도 군대영창에 수감되어 있다고 했다. 아마도 내년 봄이면 만기 출소할 것이라고 했다. 그때 그 사건이 어느 정도 마무리 되어가는 삼월 달에 대구의 집을 처분하여 친정집 근처인 원주로 이사했고 그 후로 수영씨는 몇 달을 울면서 방황하며 지내다가 그해 팔월 달 어느 날 갑자기 간다온다는 말 한마디 없이 집을 나갔다고 했다. 딸을 찾아 전국을 수소문하며 헤매었지만 소용이 없었다고 했다.

그렇게 몇 달이 지난 그해 여름이 깊어갈 무렵 딸 수영이에게서 편지 한통이 왔고 그 편지에 수영이는 충청도 어느 절에서 스님이 되었다고 알려왔다고 했다. 그리고 그해 여름이 지나고 단풍이 물들기 시작하는 가을 어느 날 갑자기 승복 입은 수영이가 여기 이 집으로 찾아왔다가 딱 하루를 머물고 다시 떠나갔다고 했다. 그때 수영이는 딸로서는 마지막 밤을 보낸다며 비로소 속세에서 맺어진 질긴 부모자식 간의 인연을 이렇게 끊는다고 말하고 떠났다고 했다. 수영이의 법명은 명선스님이라고 했고 지금은 경상북도 봉화군 어느 작은 암자에서 조용히 수도하며 생활하고 있다고 그때 수영씨가 말했다고 했다. 이야기를 하면서도 눈물이 흘러 손수건이 다 젖도록 울고 있었다.
"어머니! 그 절이 봉화 어디에 있는 무슨 절입니까?"
하고 수영씨 어머니의 손을 잡으며 물었다. 고개를 가로저으며 봉화 어느 절인지 어디에 있는 절인지는 모른다고 했다. 아무리 다그쳐 물어도 수영씨는 끝끝내 말해주지 않았다고 했다. 그리고는 잠시 동안의 침묵이 흐른 뒤 말을 이어갔다. 지난 초가을에 수영이가 이 집에 찾아와서 하룻밤을 모녀가 지내면서 많은 이야기를 나누었고 그때는 수영이 마음이 평온해 보였다고 했다. 그날 밤 늦은 시간에 수영이는 나의 이야기도 했으며 군데 가기 전에 살았던 자취방집의 주소를 알려주며 어머니에게 그 주소로 자신을 대신해서 나에게 편지하여 수영이의 상황을 전해 달라고 부탁했다고 했다. 내가 군대에서 제대하면 분명히 그 집에 다시 갈 것이라 하며 편지하라고 당부했다고 했다. 그래서 나에게 두 통의 편지를 보냈던 것이다. 그러다 나의 손을 다시 덥석 잡으며

"아참! 내가 정신이 없구나. 인천학생! 아직 점심식사 못 했지요? 없는 반찬이지만 금방 차려올 테니 잠시만 기다려요."

하며 자리에서 일어나 부엌으로 나갔다. 부엌으로 나가고 시계를 확인하니 오후 두 시가 다 되어갔다. 얼마의 시간이 흐른 뒤 밥상을 들고 들어왔다. 몇 가지 반찬과 금방 다시 데운 된장찌개에 김이 모락모락 나는 밥상을 차려왔다. 수영씨 어머니와 마주앉아 식사하는데 연신 밥숟가락에 마른반찬을 올려주면서 또 흐르는 눈물을 훔쳤다. 밥을 거의 다 먹어갈 때 부엌으로 나가서 따뜻한 숭늉 한 그릇을 들고 들어왔다. 내가 다 먹은 밥상을 들고 부엌으로 나가려하자 말렸지만 내가 들고 부엌으로 옮겼다. 잠시 후 부엌으로 따라 나온 수영씨 어머니는 커피 두 잔을 타서 들어왔다. 커피를 마시다가 머뭇머뭇 하더니 조심스럽게 말했다.

"인천학생! 혹시 저~ 군대에서 의가사 전역 하였나요?"

하고 말하며 나의 눈치를 살피며 조심스럽게 물었다. 그 말을 듣는 순간 '아! 그랬구나! 역시 나의 의가사 전역을 수영씨 아버지가 신청

했구나!' 하는 생각이 뇌리를 스쳤다. 수영씨 어머니의 손을 잡으며 "그럼! 어머님! 나의 의가사 전역 신청을 수영씨 아버님이 하셨나요?"

하고 놀란 눈빛으로 바라보았다. 그러자 아니라며 고개를 가로저으며 본인이 직접 군법무변호사에게 부탁했다고 했다. 수영씨 아버지의 일로 재판을 받고 있을 때 군법무변호사를 선임했는데 그 변호사에게 수수료 삼백만 원을 따로 더 지불하고 병무청에 나의 의가사 전역을 그 변호사를 통해서 신청했다고 말했다. 나의 의가사 전역 신청은 수영씨 아버지를 구치소로 면회 갔을 때 나의 의가사 전역을 신청하라고 말해서 변호사를 통해 직접 신청했다고 말했다. 수영씨 아버지는 이 사건이 벌어지기 얼마 전 내가 군대 가기 전에 수영씨가 나와 약혼하도록 허락해달라고 생떼를 쓸 때 딸 수영이에게서 나와 우리 집 형편을 모두 이야기 들었다고 했다. 그래서 의가사 전역 신청을 하면 분명히 대상이 될 거라 하며 신청하라고 했다고 말했다. 어머니의 이야기를 듣고 나니 그동안 몹시도 궁금했던 나의 의가사 전역 신청에 대한 매듭이 풀어졌다. '아! 역시 그랬구나!' 의가사 전역 신청을 아마도 수영씨 아버지가 신청했으리라 하고 예상했던 그대로였다. "어머님! 감사합니다. 저는 군대에서 의가사제대하고 나와서 우리 집 어머니께 물어보고 면사무소 호병 담당자에게도 확인해 보아도 아무것도 알 수가 없었어요. 그래서 이런 일을 해주실 분은 분명히 수영씨 아버님 밖에는 없다고 혼자 그렇게 생각하고 있었습니다. 어머님! 정말 감사합니다."

하고 말씀드렸다. 인천학생이 건강한 몸으로 제대하였으니 다행이라고 말했다. 그렇게 수영씨 어머니와 지난 이년 동안의 이야기를 울면서 이야기하다 보니 어느새 시간은 오후 세 시가 다 되어갔다.

현재 나의 인천 자취방 주소와 주인집 전화번호를 적어드리며 혹시라도 수영씨 소식이 닿으면 꼭 수영씨에게 이 주소와 전화번호를 전해주시고 내게도 꼭 전화해 달라고 부탁을 드렸다. 그리고 나의 공공칠가방을 열어 가져간 명품 시계통을 꺼냈다. 앞으로 다가앉아서 수영씨 어머니의 손을 잡으며

"어머님! 이거 받으세요. 이것은 수영씨가 내가 군대에 입대하기 직전에 안동으로 급히 달려와서는 그때 수영씨 집에서 며칠 사이에 일어난 일들을 모두 울면서 이야기 했어요. 그리고 그때 이 시계를 나에게 전해주고 대구로 급하게 돌아간 그 시계입니다."

하고 명품 시계통을 돌려드렸다. 그러자 그 시계통을 보더니 억지로 참고 있던 눈물이 또 다시 터졌다. 그 시계통을 들어 가슴에 꼭 두 팔로 품고 한참을 말없이 방 천장만 쳐다보며 눈물을 흘렸다. 얼마의 시간이 흐른 뒤

"인천학생! 이 시계는 이미 우리 것이 아닙니다. 이 시계는 우리 딸 수영이 예비신랑의 것입니다. 지금 나에게는 딸 수영이도 없고 예비사위도 없으니 이 시계는 이미 우리 것이 아닙니다. 그러니 인천학생이 이 시계를 손목에 차고 언제나 내 딸 수영이를 생각해주세요."

하며 그 시계통을 열어 금딱지 명품시계를 나의 손목에 채워 주었는데 그 때 수영씨 어머니의 뜨거운 눈물이 나의 팔목에 뚝! 뚝! 뚝! 떨어졌다.

"인천학생! 학생이 이 시계를 손목에 차고 있는 동안은 틀림없이 나의 사위이고 우리 수영이의 남편입니다. 아마도 수영이 아니 명선스님도 학생이 이 시계를 아껴주길 바라고 있을 것입니다."

하며 시계가 채워진 손목을 어루만지며 흐느껴 울었다. 나의 눈에도 두 줄기 뜨거운 눈물이 흘렀다.

"예, 어머님! 그렇게 할게요. 수영씨를 생각하는 마음으로 언제나 가슴에 품고 다니겠습니다."

그렇게 두 사람은 마주 앉아 울고 또 울면서 얼마의 시간이 흘렀다. 그러다가 정신을 차리고 시간을 확인하니 오후 네 시가 훌쩍 지나고 있었다. 사십 년이 더 지난 오늘 서재 책상위에는 그 노란 금딱지시계가 여전히 그때 그 시간에 멈춘 채 놓여있다. 나는 인천으로 돌아가려고 가방을 챙겨들고

"어머니! 이제 그만 저는 인천으로 돌아가야 합니다."

하고 일어서니 수영씨 어머니는 벽에 걸린 뻐꾸기시계를 바라보더니

"인천학생! 벌써 시간이 네 시가 지났는데~ 지금 어떻게 가려고 그래요. 오늘은 시간이 너무 늦었으니 여기서 저녁 먹고 하룻밤 나하고 자고 내일 가세요."

하며 얼굴에 흐르는 눈물을 수건으로 닦으며 애틋한 표정으로 팔을 잡았다.

"아닙니다. 어머님. 저는 오늘밤이 늦어도 인천으로 돌아가야만 합니다. 내일 아침에 건설현장사무실에 출근해야 합니다."

라고 말씀드렸다. 그러자 수영씨 어머니는 놀라는 표정으로

"아니! 벌써 건설회사에 취직했어요."

하고 말하기에 기흥건설회사의 동인천 지하상가 공사현장에 겨울방학동안 임시로 일하고 있다고 말했다. 겨울방학 기간 동안 출근해서 내년도 일 학기 등록금과 생활비를 벌어야 하기에 현장에서 열심히 일해야 한다고 말했다. 그래서 내일은 아침 일곱 시까지 현장사무

실로 출근해야 하기에 지금 늦어도 인천으로 돌아가야 한다고 말했다. 그러자

"인천학생! 내년도 등록금을 방학기간 동안에 공사현장에서 그 힘한 일하여 돈을 벌이야 한디고요?"

하며 또 눈물을 흘렸다.

"인천학생! 그럼 조금 늦더라도 얼른 저녁상을 차릴 테니 저녁이라도 먹고 가세요. 밥이라도 따뜻하게 한 그릇 먹여 보내야 내 마음이 편할 것 같으니 그렇게 하세요."

하며 부엌으로 나갔다. 얼마의 시간이 흐른 뒤 따뜻한 밥상을 들고 들어왔다. 겨울이라 벌써 태양은 서산마루 위를 기웃거리는 시간이 되었다. 마음이 급해진 나는 차려준 식사를 허겁지겁 빠르게 먹었다. 식사를 마치고 수영씨 어머니께 큰절로 작별인사를 드리고 그 집을 나섰다. 수영씨 어머니는 마당에서 떠나는 나를 꼭 끌어안고는

"인천학생! 부디 우리 수영이 원망하지 마세요. 수영이를 용서해주세요. 이 에미가 대신 용서를 이렇게 빌게요. 그리고 수영이가 보고 싶으면 언제라도 여기 이 에미를 찾아오세요. 이 에미가 수영이 대신 따뜻하게 반겨줄게요."

하며 등을 쓰다듬으며 오히려 나를 울면서 위로해주었다. 다음에 또 시간 내어서 다시 어머님을 찾아뵙겠다고 말하고 그 마당을 나왔다. 수영씨 어머니는 내가 보이지 않을 때까지 마당 앞에서 울면서 뒷모습 지켜보고 있었다. 빠른 걸음으로 나오면서 몇 번이나 뒤를 돌아보는 나의 눈에서도 하염없는 눈물이 흘렀다. 그렇게 하늘이 서럽도록 붉게 물들기 시작하는 시간에 면사무소 앞에 도착하였다.

그곳에서 택시 오기를 기다리며 솔담배 한 개비를 피워 물었다. 수영씨 어머니하고 이야기하다 울고 또 울다가 이야기하며 많은 시간이 지나서 그런지 이제는 어느 정도 안정이 되었다. 다리도 더 이상 후들거리지 않았다. 그런데 기분은 참으로 이상했다. 그토록 간절히 바라던 수영씨 집을 헤매고 헤매이다 마침내 찾아왔다가 돌아가는 길인데 왜 이렇게 가슴이 허전한지 모르겠다. 가슴이 아픈 것도 아니고 후련한 것도 아닌 이 기분은 도대체 무엇이란 말인가? 그저 멍하니 머릿속이 하얀 백지처럼 느껴졌다. 그때 택시 한 대가 내 앞으로 다가왔다. 그 택시를 타고 원주시내 기차역으로 가서 서울을 거쳐 밤 열한시가 다 되어가는 늦은 시간에 자취방으로 돌아왔다. 그날 하루는 몸도 마음도 너무나 아픈 하루였다. 대충 세면장에서 씻고 연탄불 갈아 넣고 이내 깊은 잠에 빠져들었다. 꿈속에서 수영씨 어머니가 보였다. 그 때까지도 그 집을 떠나오는 나를 마당에서 한없이 바라보며 울고 있었다.

"수영씨 어머니!"

하고 꿈속에서 소리치다가 잠에서 화들짝 놀라 일어났다. 그 때가 새벽 세시가 조금지난 시간이었다. 잠에서 깨어 뒤척거리다가 머리맡에 벗겨놓은 명품시계가 눈에 확 들어왔다. 노랗게 번쩍이는 금딱지 명품시계를 들어 마른수건으로 정성스럽게 닦아 다시 시계통에 고이 넣어 이불장 깊숙이 보관해 두고 다시 잠들었다.

모진 인생 민들레 홀씨 되어

　그 후 이틀의 시간은 몸도 마음도 몹시 지친 피곤한 시간이 흘렀다. 금요일 오후 두 시경에 경산의 혜령이가 현장사무실로 전화를 걸어왔다. 혜령이는 영남대학교 편입시험 잘 보았다하며 지금 대구에서 인천으로 출발한다고 했다. 저녁 일곱 시경에 동인천 전철역에 도착한다고 했다. 그 시간에 맞추어 현장에서 일하다가 퇴근하여 동인천 전철역으로 마중 나가겠다고 약속하고 전화를 끊었다. 현장사무실에서 그동안 기성대금 청구서 만드느라 미루어 두었던 작업일보를 정리하여 예정공정표에 수정하는 작업을 했다. 현장 함바 식당에서 저녁을 조금 챙겨먹고 야간작업을 하다가 시간을 확인하니 여섯 시가 지나고 있었다.

　얼른 하던 일을 정리하고 퇴근하여 동인천 전철역으로 달려갔다. 일곱 시가 거의 다 되었다. 전철역광장을 둘러보아도 혜령이는 아직 보이지 않았다. 전철역 출구 앞으로 빠르게 걸어가는데 뒤편 공중전화부스에서 나오던 혜령이가 광장을 가로질러 걸어가는 나를 발견하고는

"창식씨! 여기요. 혜령이 여기 있어요."

하고 불렀다. 부르는 소리가 들리는 쪽으로 돌아보니 혜령이가 조금은 무거워 보이는 가방 하나를 두 손으로 들고 뒤뚱거리며 걸어오고 있었다.

"혜령아! 언제 왔어 벌써 온 거야!"

하며 전철역 광장을 가로질러 그녀에게 달려갔다. 역 광장은 이미 가로등이 밝게 켜져 있었고 퇴근하는 많은 사람들이 추워서 그런지 종종걸음으로 지나가고 있었다. 그녀는 두 손으로 들고 오던 가방을 내려놓고는 와락 끌어안으며

"창식씨! 우리 서방님 잘 있었어요."

하며 반가워 통통 뛰었다.

"혜령아 언제 왔어? 많이 기다렸어. 일찍 도착했으면 현장사무실로 바로 전화하지 그랬어."

하고 말하자 그녀는 여섯 시 반경에 도착해서 기다리다가 안 그래도 사무실로 전화하려고 하는데 급하게 전철역 출구로 가는 것을 보았다고 했다. 그녀의 가방을 받아 들어보니 꽤나 묵직했다.

"혜령아 뭐가 이렇게 무거워!"

하니 그녀는 환한 표정으로 반찬을 조금 준비해왔다며 걸어가는 나의 팔짱을 끼었다. 혜령이에게 여기서 식당에 들러 저녁 먹고 가자고 했다. 그녀는 이렇게 힘들여 번 돈인데 그냥 자취방으로 가서 그녀가 준비해온 반찬으로 따뜻하게 밥해서 먹자고 했다. 그렇게 우리는 자취방으로 가는 삼번 시내버스에 올라탔다. 버스타면서 안내양에게 시내버스 학생토큰 두 개를 주었는데 그 안내양은 눈인사를 건네며 받지 않고 그냥 얼른 타라고 눈짓했다. 시내버스 타고 종점으로 오는

동안 그 안내양은 몇 번이나 나란히 의자에 앉아있는 우리를 곁눈질로 힐끔힐끔 살피는 눈치였다. 시내버스가 종점에 도착하여서 내리는데 그 안내양은 눈길을 맞추며 슬쩍 윙크를 날렸다. 나도 고개 숙여 고맙다는 답례를 표시했다. 그런 나의 행동을 혜령이가 눈치 차렸던 모양이다. 종점에 내려서 자취방으로 걸어가며 혜령이가

"창식씨! 조금 전 시내버스 그 안내양이 왜 우리 차비 안 받아요?"
하며 약간은 의심스러운 눈치로 물었다. 갑작스러운 혜령이의 말에 당황하며

"어~ 그게~ 저어~ 가끔씩 이런 일이 있어. 그 안내양뿐만이 아니라 몇 몇 안내양들이 나의 차비는 안 받어. 내가 힘들게 일하면서 대학교에 다니는 고학생이란 소문이 안내양들 사이에 알려져서 그들이 차비를 안 받는다고 했어. 아마도 내가 복학하면서 방세가 헐한 이곳으로 찾아와 버스종점 담벼락에 붙어 있는 월세 방 전단지를 살피고 있을 때 어느 안내양이 내게 다가와서 월세 방을 구하냐?"
고 물었고 그때 나는

"인하대 복학생이며 헐한 월세 방을 구하려고 여기까지 왔다고 했어. 그 후로 가끔은 버스토큰도 안 받고 종점에 내리면 커피도 한 잔씩 뽑아주는 안내양도 있어."
하며 별 대수롭지 않다 라는 뜻으로 혜령이에게 이야기했다. 혜령이는 그 안내양들이 고마운 분들이라 말하며 눈치를 살폈다.

"아마도 내가 안내양 그들의 눈에는 몹시도 초라하게 보였나봐! 일년 내내 청바지에 이 군용파카 입고 다녀서 그랬나봐."
하며 얼른 우리의 대화를 다른 곳으로 돌리려고

"혜령아! 아직까지 저녁을 못 먹었으니 배고프겠다. 나는 다섯 시

에 현장 함바 식당에서 조금 챙겨먹었어."

하며 빠른 걸음으로 걸었다. 그러자 혜령이는 팔짱을 풀며 나 혼자 들고 있던 조금은 무거운 가방의 손잡이를 하나씩 나누어 들고 나란히 따라왔다.

"아참! 혜령아! 편입시험은 잘 쳤어? 어렵지 않았어?"

하고 물어보았다. 혜령이는 다소 안심하는 듯 조금 전보다는 밝은 표정으로 대답했다.

"응! 아마도 구십 점은 넘을 거야. 무난히 합격될 거야."

하며 환하게 웃어보였다. 그동안 고생하였다며 그녀에게 살짝 볼 키스 해주었다. 그러자 그녀는 기분이 좋아보였다. 자취방에 도착하여 그녀를 품에 안고 키스해주며 합격하면 등록금은 내가 준비해주겠다고 말했다. 그러자 그녀는 좋아라하면서도

"창식씨! 나의 서방님! 그런 것은 걱정하지 마세요. 이미 혜령이가 다 준비해 두었어요. 그런 걱정은 하지 말고 창식씨 건강이나 챙기세요. 한번만 더 저번처럼 아프면 혜령이는 창식씨에게 시집 안 갈래요."

하며 그녀는 마치 엄마가 아이의 엉덩이 토닥이듯이 나의 엉덩이를 토닥였다. 그리고 그녀는 체육복으로 갈아입고 부엌으로 나가서 경산에서 준비해 온 반찬으로 따끈한 밥상을 차려들고 들어왔다. 밥상에는 그녀가 경산에서 미리 만들어 온 서너 가지 반찬과 돼지갈비찜 한 쟁반이 올려져있었다. 저녁을 먹으면서 그녀는 돼지갈비찜 고기를 연신 나의 입에 밀어 넣었다. 그렇게 포만감이 느껴지도록 행복한 저녁을 먹었다. 식사를 마치고 그녀는 설거지하고 들어오며 커피를 들고 들어왔다. 두 사람이 마주앉아 커피 마시다가 이불장 밑바닥 깊숙이 넣어두었던 돈 봉투를 꺼냈다. 그 하얀 봉투를 혜령이 손에 꼭

쥐어주며

"혜령아! 이 돈은 지난봄 복학할 때 혜령이에게 빌린 돈 백만 원이야. 이제서야 갚는 거야. 그러니 영남대학교에 편입 합격되면 이 돈으로 등록해."

하고 돈 봉투를 건네주었다. 혜령이는 그 돈 봉투를 받아들고 가슴에 꼭 안으며 천장을 쳐다보는데 커다란 검은 눈에 눈물이 가득 고였다. 혜령이의 눈물 고인 눈은 마치 우리 집 누렁이가 낳은 송아지 눈처럼 속눈썹이 길고 검은 눈동자는 깊고 고요하여 너무나 맑아 보여 순하게 생긴 커다란 눈이었다.

"이 돈을 벌려고 먹지도 않고 몸이 상하도록 일해서 모은 돈인데~"
라고 혼잣말하며 잠시 그대로 있었다. 그녀는 화장지로 눈물을 꾹꾹 찍어내더니 나를 향해 두 팔 벌리며

"창식씨! 얼른 이리와요. 혜령이가 안아드릴게요."

하며 힘껏 포옹했다. 그녀의 가슴은 무척이나 따뜻했고 콩콩 뛰는 그녀의 심장소리가 들려왔다.

"창식씨! 그럼 이 돈은 나의 등록금으로 쓸게요. 창식씨가 보내주는 대학이니 열심히 공부할게요."

하며 깊고 깊은 키스를 해주었다. 달달하고 황홀한 시간이 폭풍처럼 우리 두 사람을 휘감고 지나갔다. 그러더니 그녀는 핸드백을 당겨 열고는 경산에서 미리 준비해 온 듯한 봉투 하나를 꺼내고 내가 준 돈 봉투는 그녀의 핸드백에 넣었다. 그리고 돌아앉으며

"창식씨! 이것은 내가 창식씨 다음 학기 등록금으로 준비했어요."
하며 그녀의 핸드백에서 꺼낸 그 봉투를 건네주었다. 내가 아니라고 했지만 그녀는 기어이 그 봉투를 받으라고 했다. 나는 하는 수 없이

그럼 이 돈으로는 나의 큰 여동생 방송통신대학교 등록금과 여동생 옷 한 벌 사주자고 했다. 혜령이가 이 돈을 가지고 경산으로 내려가서 직접 나의 여동생을 대구로 불러 할머니와 어머니 몰래 여동생에게 직접 전하라고 했다. 그녀도 '그럼 그렇게 하겠다.'고 말하며 돈 봉투를 도로 핸드백에 넣었다. 그날 밤은 따뜻하면서도 포근한 밤이 지나갔다. 그녀는 품에 안기어 꿈을 꾸는 듯 행복한 그날 밤이 지나갔다. 다음날 아침에 일어나서 그녀와 함께 월미도로 데이트 갔다.

연안 부두 여객터미널에서 우리는 처음으로 여객선을 탔다. 여객터미널에서 신분증을 제시하고 승선권 받아 여객선을 탔다. 이내 여객선은 부드러운 뱃고동소리를 묵직하게 울리고 시원하게 푸른 바닷물을 가르며 달렸다. 그녀와 달리는 뱃머리에서 난간을 꼭 잡고 불어오는 바람을 가슴으로 담았다. 끼룩끼룩 따라오는 갈매기를 향해 새우깡 하나 손에 들고 있으면 갈매기가 잽싸게 낚아채 날아갔다. 혜령이는 그것이 재미있다며 갈매기와 스릴 넘치는 밀당을 즐겼다. 얼굴을 스치는 바람에 그녀의 머리카락은 아름답게 살랑거렸다. 머리카락이 목 뒤로 날리자 그녀의 우윳빛 목덜미 피부가 햇살에 반사되어 윤기가 났다. 그녀의 가늘고 긴 목선은 무척이나 아름답게 보였다. 그녀를 스치는 바람에 그동안 돈과의 전쟁에서 쌓인 무거운 피로를 잠시나마 시원하게 털어냈다. 달리는 여객선을 혼신의 힘을 다해 따라오는 하얀 포말이 뱃머리에서 양쪽으로 빠르게 갈라지더니 여객선 꽁무니에서 만나 다시 하나가 되었다. 배를 따라 달려오던 하얀 포말은 흥분을 이기지 못해 이리저리 일렁이더니 이내 본래의 파란바다로 아무런 일도 없다는 듯 고요해졌다. 그렇게 여유롭고 아름다운 월미도 데이트를 다녀와서 그날 밤은 연탄불 피운 방 아랫목처럼 따끈따끈한 밤을 보냈다. 다음날 혜령이는 점심 먹고 경산으로 내려갔다.

몹시도 추운 겨울날씨가 며칠을 몰아쳐도 공사현장의 작업은 계속되었고 매일 현장으로 출근했다. 일월 말경에 한 달 노임을 받아 생활비 일부만 남기고 봉투에 넣어두었다. 매일 현장으로 출근하는 바쁜 생활을 하면서도 혜령이와는 통화를 몇 번이나 했다. 시간은 흘러 오늘은 혜령이의 영남대 편입 합격자 발표가 나는 날이다. 아침에 출근하면서 혜령이에게 전화했다. 혜령이는 오늘 열 시에 발표된다며 결과 나오면 바로 현장사무실로 전화하겠다고 했다. 감독관실의 예정 공정표를 수정하는 작업하면서 초조하여 일에 집중하지 못했다. 열한 시가 조금 지나서 혜령이의 전화가 현장사무실로 걸려왔다. 전화를 받자마자 그녀는 합격했다고 말했다. 지금 바로 공중전화로 다시 전화하겠다 말하고 전화를 끊고 현장 사무실 앞 길거리 공중전화부스로 달려갔다. 동전 서너 개를 집어넣고 다이얼을 돌렸다. 연결 음이 몇 번 울리자

"예, 민원실 조주사입니다."

하고 다른 여직원의 예쁜 목소리가 들려왔다.

"예, 수고하십니다. 산업계 장혜령 주사님 부탁합니다."

하며 설레어 떨리는 목소리로 말했다. 그러자 그녀는 다시 예쁜 목소리로

"예, 잠시만 기다리세요."

하며 수화기를 내려놓는 소리가 덜커덕 거리며 들려왔다. 공중전화에서 동전을 삼키는 소리가 두세 차례 들리도록 혜령이는 전화를

받지 않았다. 조금 더 시간이 지나고서야 혜령이가 전화를 받았다.
"예, 산업계 장주삽니다."

하며 작으면서 낮은 목소리로 말했다.

"혜령아! 창식이야 혜령아! 영남대학교 편입합격 정말 축하해! 역시 내 사랑 혜령이는 해낼 줄 알았어!"

하고 말하는데 혜령이는 나의 말을 가로막으며

"창식씨! 고마워요. 나 지금 전화 받기 곤란해요. 나중에 퇴근시간에 다시 전화해요."

하며 별다른 일은 아니고 지금 창구 앞에 민원인이 와서 길게는 통화를 못하니 오후에 여섯 시 지나서 퇴근 안하고 기다릴 테니 그때 통화하자며 급히 전화를 끊었다. 전화를 끊고 사무실로 돌아오면서 합격이라는 소식에 기분이 좋았는데 급하게 전화를 끊고 돌아서니 마음 한구석이 왠지 착잡했다. 사무실로 돌아오는데 길옆의 꽃가게가 눈에 들어왔다. 혜령이에게 축하 꽃바구니라도 하나 보내야겠다고 생각하고 꽃가게로 들어갔다. 꽃가게 주인에게 '여기서 대구시 동구청 민원실로 꽃바구니 배달이 되냐'고 물어보니 꽃집주인은

"예! 손님 전국 어디든지 가능합니다. 꽃바구니 받는 곳 주변의 우리 회원꽃집으로 전화해서 한두 시간 안에 배달됩니다."

하며 상냥하게 웃었다. 꽃집주인이 보여주는 몇 가지 꽃바구니 사진을 살펴보고 이만 원짜리 꽃바구니를 주문했다. 꽃바구니 리본에 『축 영남대학교 합격』『인천에서 송창식』이라고 써서 그녀가 근무하는 동구청 민원실 산업계 장혜령 주사에게 보내달라고 했다. 꽃집주인은 예쁜 목소리로

"애인인가 봐요! 대학합격을 축하드립니다."

하며 내가 보는 앞에서 전화번호를 찾아 대구시 동구청 주변의 꽃집으로 전화하여 꽃바구니 배달을 주문했다. 지갑 속에 꼬깃꼬깃 접어 넣어두었던 비상금으로 대금을 지불했다. 꽃집을 나와 사무실로 돌아가서 하루 종일 일하면서 혜령이의 낮으면서도 조심스러운 목소리가 마음에 걸렸다. 하루의 일과를 마무리하고 사무실을 나서며 시계를 확인하니 여섯 시 반이 다 되어갔다. 얼른 길거리 공중전화부스로 들어가 혜령이에게 전화를 걸었다. 전화 연결음이 들리자마자 철커덩하며 동전이 떨어지고

"창식씨! 나 혜령이야 낮에는 미안해요."

하며 밝은 그녀의 목소리가 들려왔다. 그녀의 밝은 목소리에 하루 종일 꺼림직 하던 기분이 싹 사라졌다.

"창식씨! 너무너무 고마워요. 오늘 점심 때 민원실로 배달되어 온 꽃바구니 너무 예뻤어요. 창식씨! 내 사랑하는 서방님 고마워요. 사랑해요 쪼~오~옥 쪽 쪽! 이렇게 예쁜 꽃바구니 난생 처음으로 창식씨에게 받으니 지금 날아갈 것 같아요. 옆 창구의 조주사가 하루 종일 많이 부러워해서 괜히 어깨가 으쓱 했어요."

하며 이번 주말에 경산으로 내려오라고 했다. 그렇게 하자고 약속하고 한참이나 기분 좋은 통화를 이천 원의 동전이 다 떨어지도록 했다. 전화하면서 그녀는

"오늘 낮에 진상의 민원인에게 걸려서 혼이 났지만 나의 꽃바구니로 기분 좋은 하루를 보냈다"

고 했다. 그녀와의 전화를 끊고 자취방으로 돌아오면서 겨울의 찬바람이 불어도 하나도 춥지 않았다.

혜령이는 그 다음날도 통화하면서 영남대학교 행정학과에 내가 준 그 돈으로 등록했다며 '서방님이 대학 보내줘서 무척이나 행복하다'고 전화로 말했다. 그렇게 며칠이 지나고 주말에 경산으로 내려갔다. 혜령이는 내가 보내준 꽃바구니를 그대로 화장대 옆에 놓아두었다. 며칠의 시간이 지나서 꽃이 약간은 시들었지만 꽃바구니에 걸린 리본의 『인천에서 송창식』하는 글씨가 반듯하게 잘 보이도록 놓아두었다. 경산에 도착한 토요일 오후에는 그녀와 나란히 영남대학교 캠퍼스를 천천히 둘러보았다. 그녀가 합격한 행정학과건물도 돌아보았다. 캠퍼스를 돌아보며 그녀는 설레는 마음으로 올해 오월 달 봄 대학 축제 때 꼭 대구로 내려와 달라고 했다. 그렇게 하겠다고 약속하면서 걸어가는데 팔짱끼고 걷던 그녀가 갑자기 걸음을 멈추고 두 손으로 나의 얼굴을 감싸며 놀란 눈으로

"창식씨! 여기 얼굴이 왜 이래요. 아니 마른버짐이 허옇게 피었잖아요. 언제부터 이랬어요."

하며 그녀의 보드라운 손으로 어루만졌다.

"어머나! 창식씨! 어디 아파요. 요즘 입맛이 없어요. 이것은 못 먹어서 영양실조로 생기는 마른버짐이잖아요."

하며 그녀는 핸드백을 열고 영양크림을 꺼내서 손가락으로 푹 찍어 그녀의 고운 손으로 발라주었다. 요즘 현장에서 좀 바쁘게 일하다 보니 다소 피곤해서 그렇다며 별일 아니라고 했다. 그 길로 학교 캠퍼스를 나와 이른 시간에 우리는 갈비 집으로 저녁 먹으러 갔다. 그녀는 먹지도 않고 양념돼지갈비를 구워서 연신 나의 입에만 밀어 넣었다. 그런 그녀 덕분에 정말 오랜만에 포만감 느끼도록 저녁을 먹었다. 저녁 먹고 식당을 나서니 어느새 하늘은 어두워지고 가로등이 띄엄띄

엄 켜지고 있었다.

그녀의 자취방으로 돌아와서 대학생활의 꽃인 서클 활동에 대해서 이야기하고 또 나의 여동생 이야기도 했다. 밤이 깊어서야 그녀와 나는 겨울하늘의 별빛만큼이나 아름다운 밤을 보냈다. 일요일 오후에 그녀가 만들어준 반찬보따리 들고 인천으로 돌아왔다. 시간은 빠르게 흘러 어느덧 구정이 코앞으로 다가왔다. 구정 이틀 전에 고향으로 내려갔다. 고향집에서 여동생에게 혜령이가 여동생의 방송통신대학 입학금을 내주었고 또 예쁜 숙녀정장 한 벌도 사 주었다는 이야기를 들었다. 할머니도 어머니도 그 이야기를 알고 있었다. 어머니는 혜령이 덕분에 고등학교 다니는 다른 여동생들의 학비를 냈고 어렵지만 근근히 버틴다고 말했다. 그 해의 구정은 가난한 살림의 우리 집이지만 마음만은 부잣집 부럽지 않은 명절을 보냈다. 구정 다음날 경산으로 내려가서 혜령이와 하루를 보내고 인천으로 돌아왔다.

이월 달에도 현장에 출근하여 언제나 바쁘게 생활하면서 그녀와 일주일에 한두 번 씩 전화통화 하였다. 그녀는 언제나 나의 반찬을 걱정하고 건강을 챙겨주었다. 그렇게 겨울방학 동안 현장에서 받은 노임으로 일 학기 등록금을 해결했다. 그렇게 아슬아슬하고 빠듯한 신학기가 시작되었다. 몇 달을 낮에는 학교, 밤에는 현장에서 일하느라 몸은 언제나 지쳐 있었으며 정신없이 지나갔다. 어느덧 오월 달이 되면서 중간고사를 치루었고 드디어 다음 주는 대학축제 기간이 되었다. 현장의 근무 조를 조정하여 주말에 경산으로 혜령이를 만나러 달려갔다. 영남대학교의 넓은 캠퍼스가 좁게 느껴지도록 혜령이와 돌아다니며 이틀간의 대학 축제를 청춘의 뜨거운 가슴으로 즐기고 인천으로 돌아왔다.

  그 후 시간은 빠르게 흘러 지독한 폭염이 나를 바짝 마르게 하는 여름방학 기간이었다. 현장에서 하루도 빠지지 않고 일했다. 현장에서 작업복에 피어나는 하얀 소금꽃과 새까맣게 그을린 얼굴로 뜨거운 폭염을 정면으로 도전하여 나에게 몰아치는 돈보라와 힘겨운 싸움했다. 몰아치는 돈보라와의 전쟁에서 지쳐 비틀거리면 어김없이 혜령이가 달려와서 응원하였고 그 돈보라와의 전쟁에 힘을 보탰다. 고향의 할머니와 어머니께 그 사이에 두 번이나 다녀오면서 작은 돈이지만 동생들의 학비와 생활비로 쓰라고 전해주고 왔다. 남들은 방학기간에 연인의 손잡고 산으로 바다로 떠나고 서클에서 하계수련대회도 선후배가 어울려 정겹게 떠나며 대학생활의 추억을 쌓아가는 시간에 나는 혹독하게 몰아치는 돈보라와의 전쟁으로 혈투를 벌였다. 몹시도 뜨거운 어느 날 현장에서 지친 몸으로 일하다가 시원한 냉수 한 병으로 목을 축이고 있는 나 자신의 축 늘어진 초라한 모습에 그만 울컥 눈물이 쏟아졌다. 쏟아지는 눈물을 삼키며 무심코 던진 눈길에 인도 모퉁이 갈라진 콘크리트 틈에서 착 늘어진 민들레 한포기에 눈길이 멈추었다. 뜨거운 도시 열기에 민들레 잎은 베베 돌아갔고 힘없이 고개 숙인 꽃대위에는 노란꽃이 피어 파르르 떨고 있었다. 그 모습이 마치 지금 나의 처지와 너무나 닮아 보여 가슴이 저리다 못해 심한 통증이 몰려왔다. 마시다 남은 물병을 들어 민들레에게 한 모금 나누어 주었다. 이 한 모금의 물이 민들레에게는 생명수가 될 것이다. 지치고 힘들 때 건네주는 한 모금의 의미를 생각하며

『모진 인생

어메 왜 날 낳으셨나요 / 이왕 낳으려면 / 금수저로 낳으시지 / 왜 흙수저로 낳으셨나요
갈라진 시멘트 틈바구니 / 모질게 뿌리내린 민들레
그대의 모진 삶 바라보며 / 난 이제서야 철이 든다』

인도모퉁이 갈라진 콘크리트 틈새에 모질게 뿌리내려 수많은 사람들의 발길에 짓밟히고 벌겋게 달구어진 시멘트바닥 열기를 온몸으로 홀로 받으며 기어이 밀어올린 꽃대위에 노란 한 송이 민들레꽃을 피웠다. 이제 곧 하얀 천사의 날개달린 홀씨 되어 이 아름다운 세상을 자유롭게 훨훨 날아갈 것이다. 한 송이 민들레꽃을 바라보며 나에게도 머지않은 날 홀씨 되어 저 푸른 창공을 훨훨 날아가는 아름다운 꿈을 꾸며 흐르는 눈물을 팔소매로 훔치며 일어났다. 혹독했던 여름이 지나고 대학생활의 마지막 학기가 시작되었다.

바람이 조금 서늘해지는가 싶더니 어느새 단풍이 물들기 시작했다. 그동안 토목기사 국가기술자격증 시험을 치루고 토목기사 1급 자격시험에 합격했다. 자격증시험 합격이라는 소식에 혜령이는 주말에 경산에서 인천으로 날아와 이틀 동안 축하해 주고 경산으로 내려갔다. 하늘이 점점 높아지고 서리가 한두 번 내릴 때 쯤 토목과 친구들의 취업소식이 하나둘 들려왔다. 우리나라 대기업 건설회사에 응시원서를 몇 곳에 내고 면접 보며 바쁘게 뛰어다녔다. 십일월이 되면서

학기말시험을 보고 한두 과목의 종강이 있던 어느 날 오전 열 시쯤에 토목과 사무실에서 과대표를 통해서 연락이 왔다. 우리나라 대기업인 k건설회사에 최종 합격했다는 통보를 받았다. 최종 합격이라는 통보 받고 토목학과 사무실을 걸어 나오는데 온몸이 떨려왔다. 떨리는 몸으로 인하정 옆 팔각정으로 달려갔다. 팔각정 옆 공중전화에서 혜령이에게 전화를 걸었다. 몇 번의 연결 음이 뚜르르 뚜르르 흘러나왔다. 공중전화에서 철커덩하고 동전 떨어지는 소리와 동시에

"예, 산업계 장주삽니다. 무엇을 도와드릴까요?"

하며 사무적인 그녀의 목소리가 들렸다.

"혜령아! 창식이야! 그런데에~ 나~ 오늘 k건설에 최종합격했어." 하는 말이 끝나기도 전에 그녀는 큰소리로

"뭐라고요! k건설에 합격했다고요! 정말로 합격했어요? 아이고 부처님! 감사합니다. 창식씨를 돌봐주셔서 감사합니다."

하고 그녀 자신도 모르게 큰소리로 말하다가 갑자기 작은 목소리로 속삭이듯

"창식씨! 고마워요 합격해주어서 고마워요. 사랑해요. 자랑스러운 나의 서방님! 혜령이는 지금 너무나 행복해요."

하며 점심시간 열두 시 반경에 다시 전화해 달라하며 전화를 끊었다. 전화 끊고 나오다말고 고향의 할머니와 어머니 생각이 났다. 다시 전화기를 들어 고향의 동장댁으로 전화 걸었다. 동장님에게 나의 취업소식 전하며 열두 시에 다시 전화를 걸겠다며 어머니께 연락 해줄 것을 부탁했다. 전화를 끊고나오니 그날따라 겨울인데도 햇살은 무척이나 따뜻했다. 이번에는 기쁨의 눈물이 한 줄기 주르륵 흘렸다. 인천으로 유학 와서 보낸 지난 몇 년의 시간들이 파란 겨울하늘에 펼쳐

졌다. 본관 앞 잔디밭에 앉아서 담배 한 개비 피워 물었다.

그날 피운 그 담배 맛은 무척이나 달콤했다. 담배연기를 길게 내뿜으며 올려다 본 피란히늘에는 먼저 고향이 할머니와 어머니의 눈물이 그렁그렁한 모습으로 떠올랐다.

"장하다! 내 아들아."

하고 환하게 밝은 얼굴로 나타났다가 사라졌다. 이어서 땀에 절어 시큼한 냄새 풍기는 소금꽃이 하얗게 핀 작업복이 나타났다. 그리고 라면 한 봉지 끓여 식은 밥 한 덩이 말아 먹으며 버틴 쓰라린 기억의 시간이 나타났다. 그 뒤로 내 친구 영재 아니 도해스님이 환하게 밝은 얼굴로 나타나서 엄지를 척 세워 축하해주었다. 그리고 생글거리는 눈웃음을 날리는 혜령이 얼굴이 나타났는데 무척이나 귀엽고 사랑스러웠다. 영화의 필름처럼 하늘에는 수영씨가 여전히 통통 튀며 좋아했고, 수영씨 어머니의 눈물이 그렁그렁한 모습도 스치고 지나갔다. 뒤이어

"오빠야! 축하해!"

하는 송경자씨 그녀의 얼굴도 나타났다. 모두가 환하고 밝은 모습으로 나타났다가 사라졌다. 지난 몇 년 동안 가슴에 안고 뒹굴었던 아프고 쓰라린 기억들이 하나도 빠짐없이 파란 겨울하늘을 스크린 삼아 파노라마 되어 펼쳐졌다. 잔디밭에 앉아서 피우던 담배를 비벼 끄고 시계를 확인하니 열두 시가 다 되어갔다.

그 자리에서 엉덩이 털며 일어나는데 갑자기 잔디밭 언덕에서 우레와 같은 축하 함성이 들렸다. 둥글둥글한 늙은 회양목이 일렬로 도열

해서 박수를 쳐주었다. 그 옆의 꽃잎과 잎사귀가 다 떨어진 장미가 흥분하여 약간은 붉은 빛이 도는 줄기에 윤기가 반지르르 흐르는 얼굴로 엉크런 가시 매달고 축하의 환호성을 질렀다. 노랗게 물든 잔디들도 작은 손으로 박수를 쳐주었다. 나는 그들 모두에게 고맙다고 손들어 인사하고 그들의 열렬한 축하를 받으며 인하정 옆 공중전화로 갔다. 고향의 동장댁으로 전화하여 할머니 어머니와 통화했다. 취업소식을 전하니 할머니는

"좋아서 동장댁 마당에서 덩실덩실 춤추셨다"

고 했다. 어머니는

"하루같이 장독대에 정한수 한 그릇 떠 놓고 기도했다며 조상님들이 돌보셨다"

며 좋아했다. 며칠 후 안동으로 내려가겠다고 말하고 전화를 끊었다. 그리고는 바로 경산의 혜령이에게 전화를 걸었다.

혜령이는 그때 까지도 설레는 목소리였다. 혜령이는 대그룹 k건설회사에 합격했다는 말에 몇 번이나 고맙고 사랑한다며 내일 당장 구청에 하루 휴가내고 인천으로 달려오겠다고 했다. 그러는 혜령이에게 삼일 후 금요일 저녁 일곱 시경에 안동으로 내려갈 테니 그때 안동에서 만나자고 했다. 그날 우리 두 사람이 나란히 할머니 어머니 찾아뵙자고 약속하고 전화를 끊었다. 삼일 후 저녁 일곱 시에 안동기차역에서 혜령이를 만나 제과점에서 커다란 케잌을 하나 사고, 고기와 반찬거리도 구입해서 택시 타고 어두운 시간에 고향집에 도착했다. 내가 오늘 늦은 시간에 도착한다는 소식을 들은 할머니는 미리 장독대에 준비해둔 학다리 소반 위에 정한수 한 그릇 올려놓고 그 앞에 초석

을 깔아놓았다. 내가 들고 간 k건설회사 합격통지서, 토목기사 자격증을 가지런히 학다리 소반 위에 올려놓고

"창식아 천지신명과 조상님께 고하는 절을 하거라."

내가 경건하게 두 번의 큰절을 했다. 할머니와 어머니는 내가 절하는 동안 옆에서 무릎 꿇고 앉아 두 손 모으고 기도를 올렸다. 절을 끝내고 그 학다리 소반을 그대로 방으로 옮겨와서 할머니와 어머니께 차례로 절을 했다. 곁에서 엉거주춤하게 서있던 혜령이도 얼떨결에 나와 나란히 절을 했다. 절을 받은 할머니는 학다리 소반을 머리에 이고 방에서 덩실덩실 춤을 추었다. 어머니는 혜령이에게

"아가씨 덕분에 우리 집에 오늘 같은 경사가 생겼어요. 정말 고마워요."

하며 치맛자락을 걷어 눈물을 훔치며 혜령이를 안고 등을 토닥여 주었다.

"아니예요. 어머니! 할머니와 어머님이 너무 고생하셨어요."

하며 할머니와 어머니를 안아주었다. 할머니와 어머니가 기쁨의 눈물을 흘리자 온 식구가 그날은 수정처럼 맑고 고운 눈물을 흘렸다. 그날은 케잌을 자르며 박수치고, 돼지고기를 두루치기해서 푸짐한 저녁을 늦은 시간에 먹으며 집안이 환하게 밝은 밤이었다. 토요일 오후에 혜령이와 경산으로 내려갔다가 일요일 밤에 인천에 도착했다. 그 후 바쁜 나날을 보내며 대학생활을 마무리하는 모든 수업이 끝났다.

십이월 이십오일 이년 동안 근무하던 기흥건설 현장사무실의 근무도 그만두었다. 현장사무실에 마지막 근무하는 날 오후에 기흥건설 사장님이 직접 현장으로 오셨다. 오후 다섯시 현장의 직원이 모두 모

인자리에서 사장님은 특별상여금을 주었다. 현금 백만 원이 든 두툼한 봉투를 건네주며

"송창식 학생이 이 현장에 근무하면서 CP예정공정표에 의한 세부공정표를 현장에 직접 도입하여 약 삼 개월의 공기가 단축되는 성과를 거두었습니다. 그리고 지금까지 공사비도 약 4%정도 절감하는 놀라운 효과를 달성했습니다. 아울러 현장의 안전관리에도 기여한 공로가 지대하여 이 특별상여금을 지급합니다."

라고 말하며 '대학졸업하고 우리 기흥건설에 올 것을 은근히 기대했는데 우리나라 대그룹의 K건설회사에 취업하여 간다고 하니 무척이나 아쉽다'며 축하한다고 말했다. 그날 저녁은 현장소장님이 마련한 회식을 끝으로 소금꽃이 하얗게 피는 현장근무를 마무리했다. 다음날 복학해서 지난 이년 동안 살았던 자취방을 정리하여 살림살이, 책, 옷가지를 박스에 포장하여 수화물로 보냈다.

대학생활 사년을 마무리하는 인천에서의 마지막 밤을 덩그러니 빈 방에 홀로 누워 까만 밤이 하얗게 지새도록 보내고 다음날 아침 안동으로 내려왔다. 이틀 후 연말연휴 삼일 동안을 경산으로 내려가서 혜령이와 꿈같은 시간을 보냈다. 혜령이는 나를 대리고 백화점 신사복 코너로 가서 신사복 정장 한 벌을 사 주었다. 약간은 검은 톤의 쥐색 신사복이었다. 하얀 와이셔츠에 분홍색 넥타이까지 완벽하게 코디해주었다.

"와우! 창식씨! 그렇게 차려입으니 완전 다른 사람 되었어요. 너무 너무 멋진 신사입니다. 역시 내 서방이야!"

하며 신사복코너에서 나를 몇 바퀴나 빙빙 돌아보며 좋아했다. 난

생처음으로 차려입은 신사복과 넥타이가 조금은 어색했지만 기분은 하늘을 붕붕 날아다녔다. 그리고 조금 떨어진 백화점 안에 있는 양화점으로 들어가 반짝이는 구두 한 켤레도 마련해주었다. 그 길로 우리는 백화점을 나와서 사진관에 들러 나란히 기념사진도 찍었다. 사람은 옷이 날개라더니 나는 완전히 새로운 사람이 되었다. 그렇게 연말휴가 보내고 안동으로 돌아왔다. 며칠 후 K그룹의 신입사원 연수교육을 경주 K호텔에서 받고 그룹 뱃지도 지급받았다. 혜령이가 사준 양복 깃에 노랗게 반짝이는 K그룹 뱃지를 꽂았다. 괜히 그룹 뱃지 꽂은 어깨가 올라가는 듯 했다. 그 후 서울의 K건설 본사 인사부로 며칠 출근하여 신입사원 오리엔테이션을 받고 서울본사 토목부에 발령받아 업무소개를 받았다. 그렇게 일주일정도의 시간이 흐른 뒤 고향근처의 현장으로 근무지발령이 났다. 고향근처의 현장에서 근무하며 어느 정도 업무에 적응하며 시간은 흘러갔다.

드디어 인하대학교 졸업식이 다가왔다. 그동안 경산의 혜령이와 이삼일에 한 번씩 통화하면서 그녀는 나의 졸업식에 할머니 어머니를 모시고 함께 가자고 했다. 그녀는 삼일 동안의 휴가를 받아 졸업식 바로 전날 안동에서 할머니와 어머니를 모시고 함께 인천으로 출발했다. 그녀는 이 모든 일정을 계획하고 준비하였다. 졸업식 하루 전날 할머니 어머니를 모시고 인천으로 출발하는 기차는 마치 고급승용차처럼 날씬해 보였다.

기차는 힘든 죽령고개를 넘으면서도 오늘은 가뿐하게 넘었다. 청량리역에 도착하면서 경쾌하게 축하의 기적도 울려주었다. 전철을 갈아타고 인천에 도착하여 혜령이가 미리 예약한 호텔방에 여장을 풀고 동인천 지하상가에 있는 화려한 중화요리식당으로 들어갔다. 식당입구에는 용 문양으로 휘황찬란하게 장식되어 있었고 붉은색의 둥근 등이 여러 개 달려 있었다. 황금색으로 치장한 인테리어가 더욱 분위기를 잡았다. 현란한 식당의 분위기는 마치 우리를 축하해 주는 듯했다. 식당에 들어가서 회전식탁에 둘러앉아 코스요리를 주문했다. 회전식탁은 검붉은 빛이 감도는 중후한 느낌의 식탁이었다. 이런 고급 중화요리 식사는 할머니도 어머니도 처음 먹어보는 코스요리였다. 혜령이는 어리둥절해 하는 할머니와 어머니께 차례로 요리를 앞접시에 덜어주며 많이 잡수라고 했다. 그렇게 멋진 중화요리로 저녁 식사하고 호텔로 돌아오며 동인천 지하상가를 구경했다. 호텔에 도착해서 혜령이는 할머니와 어머니의 잠자리를 살펴주었다. 그리고 혜령이와 호텔방 테이블에 마주앉아 커피를 한잔하는데 그녀는 들고 온 자신의 가방을 열어 금박포장지로 예쁘게 포장된 선물을 하나 꺼내

"창식씨! 이것은 혜령이가 준비한 졸업선물이야. 이 선물은 어쩌면 하찮고 별것 아니지만 나 장혜령에게는 이 세상 그 무엇보다도 소중한 마음의 징표야. 그래서 많이 고민하다가 오늘 창식씨 졸업선물로 준비했어."

하며 조금은 상기된 듯 발그레한 애교 섞인 얼굴로 건네주었다.
"혜령아! 이게 뭔데? 고마워 그리고 사랑해!"

하며 그녀에게 뜨거운 키스를 해주었다. 그녀가 건네 준 졸업선물은 사진액자처럼 느껴졌다. '혹시 저번에 혜령이가 대구 아태백화점에서 양복 사 주던 날 우리 두 사람이 사진관에서 나란히 기념사진 찍은 그 사진인가?' 하며 테이블 위에서 포장지를 풀려고 하는데 갑자기

그녀는 나의 손을 잡으며

"창식씨! 이거 풀어보고 실망하면 안 돼. 이것은 나에게는 특별한 결심을 하게 된 그날의 정표 같은 것이야. 그래서 그날 그대로 지금까지 소중하게 보관 했어."

하고 말하는 그녀의 눈에는 이슬이 살짝 맺혔다. 포장지를 개봉하는 나의 손도 떨렸다. 예쁘게 포장된 금박포장지를 벗기는 순간 액자 속에는 하얀 면 손수건이 반듯하게 들어 있었다. 그 손수건은 가장자리에 난초꽃 한 포기가 수놓아져 있었다. 파란색 실로 난초 잎을 수놓고 한 가닥의 꽃대를 곧게 올려 자줏빛 난초꽃 한 송이를 수놓은 손수건이었다. 그런데 그 하얀 면 손수건에는 얼룩이 져 있었다. 등 뒤에서 살포시 나를 안고 있던 혜령이는

"창식씨! 혹시 이 손수건 기억이 나?"

하며 상기된 얼굴로 바라보았다. 그렇다 오년 전 그녀가 우리 집에 처음으로 찾아왔다가 다음날 면사무소에 무단결근했다며 급하게 돌아가던 날 그녀와 두 손 맞잡고 비포장도로를 빠르게 걸어갈 때 서로 맞잡은 손바닥에 흐르는 땀을 닦아주던 바로 그 손수건이었다. 그 하얀 면 손수건을 보는 순간 나의 가슴은 떨리며 아려왔다. 그 액자를 잡은 양손이 미세하게 떨리며

"혜령아! 이 손수건은 오년 전 혜령이가 우리 집에 찾아왔다가 돌아가던 날 맞잡은 우리의 손바닥에 흐르던 땀을 닦아주던 그 손수건이잖아! 이 손수건을 그날 그대로 이렇게 지금까지 고이 보관했던 거야?"

하며 그녀를 바라보았다. 그녀는

"창식씨! 그날 내가 면사무소로 돌아와서 면장님에게 자존심에 상처가 남는 그런 잔소리를 많이 들었어. 그날 퇴근하고 속상해서 홀로

자취방에 엎드려 울면서도 그날 나는 창식씨를 내 남자로 선택하기로 결심했어. 그날이후 혹시라도 내 마음이 흔들릴까봐 창식씨 땀이 묻은 이 손수건을 세탁도 하지 않고 그대로 나의 앨범 속에 고이 넣어두고 지금까지 내 마음의 징표로 삼았어."

라고 말했다. 그랬던 것이다. 그녀가 해인사로 도해스님을 만나러 갔던 날 하루 전에 미리 거창의 ***호텔에 방을 잡고 일정을 미리 짜 놓았던 이유도 이해가 갔다. 그리고 지금까지 오년 동안 그토록 나에게 그녀가 헌신했던 그녀의 마음이 오롯이 이 한 장의 얼룩진 하얀 면 손수건에 고스란히 기록되어 있었다. 이 얼마나 소중하고 값진 졸업 선물인가. 액자를 들고 있는 나의 눈에도 감동의 눈물이 흘렀다.

"혜령아! 고마워. 이 손수건 선물은 우리 평생토록 가보로 보존하자. 사랑해!"

그렇게 그날의 설레고 가슴 부푼 밤은 의미 깊게 지나갔다.

드디어 졸업식 날 아침이 밝았다. 아침햇살이 그날따라 유난히 밝고 찬란하였다. 아침에 일어나 호텔식당에서 조식을 먹고 할머니는 고운쪽빛이 도는 한복을 입고 두툼한 여우 털목도리를 걸치고 평생토록 한 번도 안하던 화장도 혜령이가 연하게 해주었다. 어머니는 할머니 회갑잔치 때 입었던 꽃분홍색의 한복을 차려입었고 혜령이가 도와주어서 화장하고 머리도 멋지게 드라이했다. 나는 혜령이가 사준 양복과 하얀 와이셔츠를 받쳐 입었다. 양복 어깨 깃에 k그룹의 뱃지도 달았다. 분홍색 넥타이는 혜령이 직접 매어 주었다. 넥타이를 다 매어놓고 그녀는 넥타이를 두 손으로 잡아 살짝 당겨 가볍게 키스하며

"창식씨! 도망가지 말라고 소녀가 목에 이타리 매 놓았으니 꼼짝

말아요.”

하고 예쁘게 웃었다.

"호텔 방을 나서며 나는 구두신고 도망가라고 혜령씨가 사준 구두신고 노망가아지.”

하며 파리가 앉으면 미끄러질 듯 반짝이는 구두를 신고 학교졸업식장으로 왔다. 학교에 도착하여 토목학과 사무실에서 학사복과 사각의 학사모를 지급받았고 학사학위증도 미리 받았다. 캠퍼스에는 이미 수많은 졸업생과 축하객으로 가득 찼다. 할머니와 어머니는 혜령이의 손을 잡고 꽃다발 파는 장사꾼에게서 커다란 꽃다발을 하나 골라 할머니의 고쟁이 속주머니 돈으로 샀다. 혜령이도 예쁜 꽃다발 하나 더 구입해서 학교 본관 앞 잔디밭에서 기다렸다. 학교 대운동장에서 전교생들의 졸업식이 한 시간정도 걸려서 끝이 났다. 졸업식이 끝나고 본관 앞 잔디밭으로 돌아오니 혜령이는 할머니께 미리 준비한 꽃다발을 건네며 할머니가 직접 내게 건네주라 하였고 그녀도

"창식씨! 빛나는 졸업식을 진심으로 축하합니다.”

하며 꽃다발을 가슴에 안겨주며 가볍게 살짝 안아주었다. 그때 곁에서 일렬로 도열해 있던 회양목과 엉크런 가시만 남은 넝쿨장미와 노랗게 마른 잔디들의 함성이 들려왔다.

"와우! 축하합니다. 짝! 짝! 짝!…”

하며 캠퍼스가 떠나가도록 박수치며 축하해주었다. 동글동글한 자세로 도열해있던 회양목들이 먼저 큰소리로 말했다.

"야! 난 창식이가 반드시 해낼 거라고 진즉에 알아봤어! 될성싶은 나무는 떡잎을 보면 알잖아.”

하고 이야기하자 곁에 있던 엉크런 넝쿨장미가 말을 받았다.

"봐라! 내가 예전에 말했지. 이 남자는 혜령이 편이라고 말했잖아. 오늘 이렇게 차려입고 오니 얼마나 예뻐! 이 두 청춘남녀 앞길을 축하해주자. 그래! 그래! 축하해 주자. 나는 올해 오월 달에 제일 먼저 피는 빨간꽃 이들에게 줄래."

하며 덩달아 좋아했다. 노랗게 마른 잔디는 불어오는 바람에 후루룩 하늘로 잔디 잎을 날려 축포 터트리며 꽃가루 뿌리듯 하늘가득 노랗게 날렸다. 한줄기 바람이 일더니 어디선가 허옇게 빛바랜 플라타너스 잎 몇 장이 헐레벌떡 달려왔다.

"아이고! 다행이다. 우리 장주사하고 그 남자 여기 있다. 예쁜 장주사 애인 졸업식에 하마터면 늦을 뻔 했다. 장주사 남친 분 졸업을 축하합니다."

하며 가쁜 숨을 몰아쉬며 서걱되는 손으로 박수를 쳤다. 도리원 면사무소 마당에 있던 그 허옇게 빛바랜 플라타너스 낙엽들이 밤새 바람타고 인천까지 날아와 축하해주었다. 이들의 함성과 수다가 캠퍼스에 한바탕 들려오는 그때였다. 불교학생회 후배인 은숙이도 꽃다발을 하나 손에 들고 찾아왔다.

"창식이 형! 선배님의 졸업식을 진심으로 축하드립니다."

하며 들고 온 꽃다발 건네주며 밝게 웃어주었다. 은숙이도 오늘 나와 같이 졸업하는 날이다. 그녀에게

"은숙아! 오늘 너도 졸업하잖아! 은숙아 영광스러운 졸업을 진심으로 축하해."

하며 꽃다발을 한 아름 안은 모습으로 은숙이와 기념사진을 찍고 헤어졌다. 헤어지면서 은숙이는 할머니와 어머니께 불교학생회 후배라며 인사하고 혜령이에게도 인사했다.

"아가씨! 일 년 반 만에 다시 뵙네요. 반갑습니다. 그사이에 많이 예뻐졌네요. 그런데 저는 아가씨가 미워요. 아가씨 때문에 창식이 형을 놓쳤어요."

하며 밝게 웃으며 혜령이에게 진심 같은 농담을 던지고 떠나갔다. 은숙이가 가고 나서 우리는 여러 장의 졸업기념 사진을 찍었다. 기념사진 배경으로 노란 잔디는 융단을 깔아주었다. 엉크런 줄장미도 한껏 폼 잡고 배석했고 동글동글한 회양목은 연한 노란색으로 일렬로 도열해서 아름다운 배경을 연출해주었다. 혜령이는 학사모와 학사복을 할머니에게 입혀드리고 꽃다발을 하나 안겨주었다. 학교 본관건물을 배경으로 할머니는 사진을 찍었다. 그리고 어머니도 할머니와 똑 같이해서 사진을 찍었다.

"할머니! 어머니! 두 분이 그동안 너무너무 고생하셨어요."

하고 말하자 괜히 좋은날 두 분의 눈에서는 또 눈물이 흘렀다. 할머니와 어머니는 혜령이에

"아가씨가 아니었으면 우리에게 오늘같이 좋은날은 없었을 것이다."

하며 고맙다고 했다. 혜령이는 아니라며 얼굴이 발그레 달아올랐다.

그때 할머니는 어머니를 당기며 화장실 다녀오자 하며 자리를 피해주었다. 혜령이에게 학사모와 학사복을 입히고 멋진 포즈로 사진을 찍었다. 그리고 그녀를 힘껏 끌어안고 키스를 했다.

"혜령아! 고마워! 혜령이 아니었으면 오늘의 나는 아마도 없었을 거야. 이것은 모두 혜령이 덕분이야."

하며 그녀를 뜨겁게 안아주었다. 혜령이는 오히려 내게 고맙다며 사랑한다고 말했다. 얼마의 시간이 흐른 뒤에 할머니와 어머니가 우

리의 곁으로 돌아왔다. 혜령이는 어머니에는 학사복을 입혀드리고 할머니에게는 사각의 학사모를 씌워드렸다. 그리고는

"창식씨! 창식씨는 어머님을 업고 나는 할머님 업고 우리 이제 그만 이 학교를 떠나 아름다운 미래로 걸어갑시다."

혜령이와 나는 할머니와 어머니를 업고 잔디밭을 천천히 걸어 나왔다. 그 모습은 무척이나 아름다웠다. 마치 민들레 홀씨가 하얀 천사의 날개 달고 푸른 창공을 훨훨 날아가듯 혜령이와 나는 한 쌍의 민들레 홀씨 되어 넓고도 높은 푸른 하늘을 향해 자유로운 첫 비행을 떠났다. 파란하늘이 무척이나 아름다운 세상이었다. 한 쌍의 민들레홀씨는 살이 깊고 양지바른 푸른 언덕에 살포시 내려앉았다. 살이 깊고 기름진 푸른 언덕에 깊이 뿌리내려 노오랗게 꽃 피워 천사 같은 홀씨 훨훨 창공으로 날리는 그런 꿈을 꾸었다.

***** 여기까지 긴 여행 함께 걸어 주어서 감사합니다. *****

발행인의 말

서평 **박선해**

치열한 기억의 파문을 바람의 혁명으로
유영의 기원을 이룬 소설, **돈보라**

  모든 흔들림에도 깊이는 있다. 그 방황의 끝에는 억척스럽게 살아내는 모든 이들에게 위로를 줄 어떤 종소리와도 같다. 허공 속으로 널리 저 널리 울려 퍼져 사랑으로 되돌아 올 부메랑처럼…

  어떤 풍경을 새롭게 창작하는 그의 열정이 군데군데 소설의 심정으로 독자들에게 하오체로 표현하며 몰입을 주는 묘미가 있다.

  "그래 눈보라야! 아니 돈보라야 불어라. 아주 혹독하게 몰아쳐라. 이왕 오려거든 더욱 거세게 몰아쳐다오. 그래야 내가 너 돈보라를 알몸으로 맞서 싸울 가치가 있지 않느냐."

  위에서처럼 생살을 도리는 고민과 갈등 속에 길이를 잴 수 없을 살아가는 이야기들이 함축된 갈망의 눈물점이 되고 굳이 만들지 않아도 될 일들을 만들어 어제와 오늘 내일의 투영이 되어 주기도 한다. 그 강열한 메시지는 좌절할 수도 있던 순간순간들에 위아래 양 옆을 삶의 부호같이 다스리고 한 가닥 전설처럼 흐르는 구름의 줄기에 이력을 만들어 갔다.

누추한 배경이 있었어도 방임하지 않았던 임상근 작가가 펼쳐놓는 이 소설은 때로는 허구 속에 갈대처럼 흔들림은 있으나 실화가 찾아준 두렵지 않을 투명한 장단으로 각각의 일화들을 유효 적절히 단일화시키는 특질이 내재되어 있다. 그러면서 세상과의 소통을 이룰 연결을 이어갔다.

부드러운 듯 강하게 더 강인하게 극한의 휘청거림을 그 또한 존재로서 필요한 치료제로서의 가치를 이 소설을 통해 내려놓는 움직임을 보인다.

한국의 역사 인물을 재조명하는 공모전을 통하여 소설가로서도 인정을 받았다고도 할 임상근 소설가는 오늘의 <돈보라>가 탄생되기까지 시와 수필 시조, 소설 등 다양한 장르의 글을 창작을 통하여 접해왔다. 무엇보다 자신의 기초를 탄탄히 다지기 위한 노력을 해온 부단한 열정의 작가이다. 또한 일상을 통하나 통속적이지만은 않는 소설에서는 스스로 터득한 독특한 발상을 전하고 있다. <돈보라>가 갖는 특색이다. 그리고 소설가로서도 촉망되는 임상근 소설가의 특징들을 이 소설에서 들여다 봄직하다.

어쩌면 임상근 소설가는 시대적 삶에 지축마저 흔들릴 정도의 힘겨움이 있었을지라도 오열하고픈 일도 있었으련만 철옹성 같은 흐트

러짐 없는 자신에 대한 강한 집념, 완고함, 반듯하게 이끌어 가려는 삶의 행렬을 놓치지 않은 관조적 자기애가 있다.

타인에는 한걸음 내어놓으며 바라봐 주고 지켜봐 주는 긴장 있는 이 소설에서의 흡입력은 그의 뛰어난 발상 영역이다. 중간 중간 나타나는 시는 작가가 시를 먼저 쓴 흔적이다. 소설 속의 시는 소설 전체를 아우르며 압도하는 힘이 있다.

한권의 소설은 한권의 작가이다. 내·외적 이야기를 전개해 가면서 어쩌면 소설을 통한 삶의 이야기를 장장하게 구사하는 생애 철학이기도 하다. 임상근 소설가의 소설은 그러함에서도 물론, 자신의 인생기를 내포한 객관적 소설화를 위해 타성에 젖지 않으려 애쓴 모습이다.

"<돈보라>와 함께 우리 세상살이의 모든 길 위에서 특별한 성장을 위한 시간을 가져도 좋겠습니다."

"소설 <돈보라>라는 삶의 애증과 마안한 포용을 길들이며 치유와 행복을 향한 돈보라의 길 위에서 여러분의 삶이 한층 유복하기를 바래봅니다."

돈보라

초판1쇄 발행 2025년 02월 12일

지 은 이 임상근
펴 낸 이 박선해
펴 낸 곳 도서출판 신정

주소 경상남도 김해시 우암로 8
전화 010-3976-6785
전자우편 sinjeng2069@naver.com
출판등록 김해. 사00008. 2020년 9월 22일

ISBN 979-11-92807-24-9 03810

정가 18,000원

* 이 책은 저작권법에 따라 보호받는 저작물이므로 무단전재와 무단복제를 금지하며, 이 책 내용의 전부 또는 일부 내용을 재사용하려면 사전에 저작권자와 도서출판 신정의 동의를 받아야 합니다.
* 저자의 의도에 따라 작품의 보조동사와 합성(=합성명사)어는 띄어쓰기나 방언에 따라 표현이(지역어 향토어 속어 은어 표현 표기범 기타 등) 달라질 수가 있습니다.
* 잘못된 책은 교환해 드립니다.